www.tredition.de

Hinter einer „Legende" verbirgt sich im allgemeinen Verständnis eine von „Ruhm" und „Ehre" berichtende Geschichte. Das Wort „Legende" leitet sich von „legenda" (das Vorzulesende) ab und ist somit in seiner Überlieferung an eine schriftliche Vorlage gebunden.

Doch wo sollte im schriftunkundigen Barbaricum eine solche Legende niedergeschrieben worden sein?

Die Herkunft der „Legende vom Hermunduren" kann deshalb nicht auf eine konkrete Quelle oder ein Schriftstück bezogen werden. Dennoch schildert sie in ihrer Form ein Geschehen, dem eine historische Wahrheit zugebilligt werden könnte ...

Die eingebundenen historischen Ereignisse sind überliefert, wenn auch manches dieser Ereignisse in schöpferischer Freiheit vom Autor abgewandelt oder ausgeschmückt wurde. Der Roman erzählt eine Geschichte, die so oder auch so ähnlich und bestimmt auch ganz anders abgelaufen sein könnte ...

Ein historischer Roman bedarf umfangreicher Datenermittlungen in historischen Quellen, die mühevoll und zumeist nicht ohne Hilfe erfolgreich zu gestalten sind. Der Autor kämpfte immer auch mit der Tatsache, dass er gemachte Fehler selbst schwer erkennen kann.

Deshalb gilt sein Dank allen Helfern und Kritikern und damit all denen die, in gleich welcher Form, am Roman mitgewirkt haben!

Die Erkenntnisse historischer Forschungen zu den ‚Barbaren' sind nicht allumfassend und können keinesfalls als ‚lückenlos' beschrieben werden. Schriftliche Aufzeichnungen aus dem ‚Barbaricum' dieser Zeit existieren nicht und die Schilderungen der Herren Tacitus, Strabon, Velleius und Plinius, des Älteren, oder auch anderer Zeitzeugen, schließen eine ‚gefärbte' Darstellung im römischen Sinne nicht gänzlich aus. Und nur deren Dokumente blieben, zumindest zu Teilen, erhalten.

Unter Nutzung bekannter historischer Daten, Personen, Überlieferungen und Zusammenhänge unternimmt der Autor den Versuch der Darstellung des Lebens der Hermunduren und ihres Kampfes gegen römische Interessen.

Der Roman **„Die Legende vom Hermunduren"** ist ein Fortsetzungsroman, dessen bisher erschienene Titel

        Teil 1   **„Botschaft des Unheils"**
        Teil 2   **„Zorn der Sippen"**
        Teil 3   **„Schatten des Hunno"**
        Teil 4   **„Pakt der Huntare"**
        Teil 5   **„Dolch der Vergeltung"**

überarbeitet und in dieser Form neu verlegt wurden.

Angelehnt an historische Ereignisse dieses Zeitabschnittes, begleitet die Handlung die Anfänge des Verfalls Roms, dessen Imperium im Jahr 69 n. Chr. auf eine erste Krise zusteuerte.

G. K. Grasse

Die Legende vom Hermunduren

Schatten des Hunno

(Hunno – gewählter Anführer einer Gemeinschaft bei den Germanen, Anführer einer Hundertschar im Kriegsfall)

www.tredition.de

© 2017 G. K. Grasse

Umschlaggestaltung, Illustration: G. K. Grasse

Verlag: tredition GmbH, Hamburg
ISBN:
978-3-7439-3543-3 (Paperback)
978-3-7439-3544-0 (Hardcover)
978-3-7439-3545-7 (e-Book)

Printed in Germany

Das Werk, einschließlich seiner Teile, ist urheberrechtlich geschützt. Jede Verwertung ist ohne Zustimmung des Verlages und des Autors unzulässig. Dies gilt insbesondere für die elektronische oder sonstige Vervielfältigung, Übersetzung, Verbreitung und öffentliche Zugänglichmachung.

Bibliografische Information der Deutschen Nationalbibliothek:
Die Deutsche Nationalbibliothek verzeichnet diese Publikation in der Deutschen Nationalbibliografie; detaillierte bibliografische Daten sind im Internet über http://dnb.d-nb.de abrufbar.

Covergestaltung:
Von Rabax63 (Diskussion) - Eigenes Werk (Originaltext: Eigene Aufnahme), CC BY-SA 3.0, https://commons.wikimedia.org/w/index.php?curid=31309606

Inhaltsverzeichnis

Was die Historie über den Stamm der Hermunduren berichten kann ... 9
1. Ein Treffen im Verborgenen ... 11
2. Die Verschwörung ... 22
3. Die Verfolgung ... 40
4. Die Bedrohung ... 51
5. Recht und Ordnung ... 71
6. Hunno und Eldermann ... 85
7. Der Chattenfürst ... 96
8. Erinnerungen ... 106
9. Verstärkungen ... 118
10. Der Mondstein ... 130
11. Flusserkundung ... 144
12. Weiber ... 155
13. Der Fremde ... 162
14. Der Markomanne ... 181
15. Tod und Leben ... 190
16. Suche und Flucht ... 198
17. Folter ... 213
18. Unerwarteter Besuch ... 232
19. Die Abordnung ... 247
20. Bericht des Händlers ... 256
21. Kundschafter ... 270
22. Befreiung ... 274
23. Der Centurio ... 295

24. Die Würfel	308
25. Die Augenbinde	317
26. Der Römerhof	332
27. Heimkehr	346
PERSONENREGISTER	352
WORTERKLÄRUNGEN	358

Vorbemerkung des Autors

Eine Kritik veranlasste mich von der bisher in den ersten fünf Teilen des Romanzyklus verwendeten Form abzuweichen. Bisher nutzte ich vor jedem neuen Kapitel von mir als ‚Kopftexte' bezeichnete Einleitungen, die mit historischen Erkenntnissen, bekannten und belegten Ereignissen oder auch aus dem Studium der Geschichte gewonnenen Schlussfolgerungen einen verständlichen Rahmen meiner Erzählung abbilden sollten.

In der Neuauflage der Teile 1 bis 5 und der Fortsetzung ab Teil 6 der
„Legende vom Hermunduren"
verzichte ich auf diese ‚Kopftexte'.

Damit der geneigte Leser nicht auf wichtige Informationen verzichten muss, sind alle diese bisherigen Informationen und auch darüber hinausgehend Wissenswertes in der Form eines eigenständigen
‚Kompendium'
mit dem Titel
„Was sich noch zu Wissen lohnt ..."
zusammengefasst.

Worterklärungen und ein Personenregister befinden sich am Ende des Romans.
Die erstmalige Erwähnung von Personen und von erklärungsbedürftigen Begriffen sind im Text mittels Kursiv- und Fettdruck hervorgehoben.
Die Register sind seitenbezogen gestaltet, d. h., dass Erklärungen nach der Seitenzahl geordnet sind an der im Text die erstmalige Erwähnung auftritt.
Aus dem Lateinischen übernommene Bezeichnungen wurden der deutschen Schreibweise angepasst.

Dem Romanzyklus liegen die Kriterien der versuchten Einhaltung der historischen Wahrheit und der möglichst verständlichen Darstellung zugrunde. Historiker, die sich mit dieser Zeit auseinandersetzen, sind dürftiger Quellenlagen, widersprüchlicher Erkenntnisse und au(Interpretationen nicht immer in der Publikation zu einzelne1 einig.

Ich möchte vorausschickend erklären, dass diese meine Darstellung weder alle derzeitigen wissenschaftlichen Erkenntnisse in sich vereinigt, noch den Anspruch auf Vollkommenheit und detailgetreue Richtigkeit erhebt.

Als Autor steht mir dichterische Freiheit zu, die ich im breiten Spektrum wissenschaftlicher Widersprüchlichkeit und natürlich auch mit der Darstellung meines Verständnisses der historischen Situation ausnutze.

Sicher ist ein ‚Autor' nur ein Beobachter aller Veröffentlichungen, die sich mit dem Zeitraum, dem Ort und auch mit sonstigen Themen wie Gesellschaft, Politik, Wirtschaft, Militär, Kultur und Religion befassen.

Natürlich verfolgt er auch die Erkenntnisse der historischen Forschungen.

Trotzdem ist er kein Wissenschaftler und somit nicht in der Lage, das breite Spektrum der Erkenntnisse vollständig richtig zu erfassen, zu bewerten und in Vollkommenheit richtig wiederzugeben.

Einer Behauptung, der Autor könnte weder die Komplexität noch die detailgetreue Tiefe erreichen, um die Zusammenhänge darzustellen, könnte hier nicht widersprochen werden.

Trotzdem benötigt der Autor für die Absicht, einen historischen Roman zu verfassen, zumindest eine Arbeitsgrundlage bzw. eine Hypothese.

Diese vereinfachte Form historischer Grundlagen könnte ein Historiker fordern, nicht zu veröffentlichen, weil diese zu banal wären.

Was der Historiker zu verurteilen veranlasst sein könnte, wird der Leser möglicherweise freudig zur Kenntnis nehmen. Er wird des Autors vereinfachtes Verständnis historischer Zusammenhänge aufnehmen, um sich ein eigenes Bild dieser Zeit und der im Roman geschilderten Ereignisse zu erstellen.

Mit anderen Worten ausgedrückt, wird der Leser und nicht der Historiker, den Stab über dem Autor brechen ...

Ich wünsche Ihnen viel Vergnügen beim Lesen ...

Was die Historie über den Stamm der Hermunduren berichten kann ...

Der Roman zeichnet das Leben einer Stammesabspaltung der Hermunduren, beginnend um 64 n. Chr. im Territorium am Main, nach.
Die Hermunduren erschlossen sich den neuen Lebensraum auf Wunsch Roms. Zunächst, so ist es überliefert, prägte Freundschaft die Beziehungen.
Doch zu keiner Zeit der Existenz des Römischen Imperiums blieben Beziehungen zu den Nachbarn friedlicher Natur.
Zwischen der römischen Eroberungspolitik und dem Freiheits- und Unabhängigkeitsdrang der Bevölkerung im Barbaricum existierten ein großer Zusammenhang mit Wechselbeziehungen unterschiedlichster Art und ein fundamentaler Widerspruch mit Hass und Feindschaft, der im Kontext zur historischen Zeit und dem Territorium stand.
Die Römer, unbestritten zur Weltmacht gelangt, und die Barbaren, mit ihren zahlreichen Stämmen und Sippen, trafen am Rhein aufeinander.
Weder Rom noch die Barbaren des freien Germaniens erkannten d̲ natürliche Grenze als von den Göttern gegeben an.

Die segensreiche Botschaft der Zivilisation in die Wälder des Nordens getragen zu haben, wird zumeist den Römern zugeordnet.

Für den Barbar dagegen fällt die Rolle des beutegierigen, mordenden und plündernden Kriegers ab.
Doch stimmt diese Pauschalisierung?

Besaßen die germanischen Stämme nicht auch Lebensbedürfnisse? Bildete der Schutz des Lebens eigener Kinder und Familien gegen jeden Feind, ob Mensch oder Natur, nicht doch den Kernpunkt jeder kriegerischen Handlung germanischer Sippen.
Selbst dann, wenn die Germanen auszogen, neuen Lebensraum zu erringen ...

Karte Germanien um 60 n. Chr.

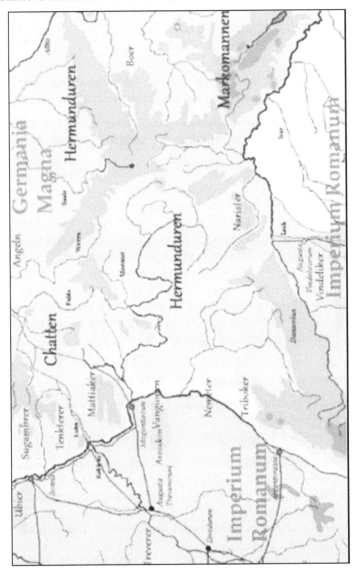

Grundlage von Cristiano64 - Eigenes Werk, CC BY-SA 3.0,
https://commons.wikimedia.org/w/index.php?curid=2749288
Modifiziert durch Autor

1. Ein Treffen im Verborgenen

65 nach Christus - Frühjahr (7. Maius)
*Barbaricum - Im Land der **Hermunduren** zwischen dem Fluss **Moenus** und dem **Herzynischen Wald***

*G**aidemar*, der *Hunno* der *Gefolgschaft*, änderte seinen ursprünglichen Plan, *Richwin* mit der neuen Mission zu beauftragen. Sich daraus ergebende Nachteile für eine Auseinandersetzung mit der starken Sippe des *Eldermann Hubert* befürchtend, verzichtete Gaidemar auf dessen Mitwirken. Richwin von seiner Funktion als Anführer eines Kriegertrupps abzuziehen und ins Dorf der *Schweinefurt* zu senden, bedeutete auch, auf eine Kampfbereitschaft der *Schar* von dessen *Jungkriegern* zu verzichten. Auch *Hagen*, der Fischer und Freund, kannte die Sippe an der Schweinefurt und den Mann, der ihnen bei ihrem neuen Vorhaben behilflich sein könnte. Für den Hunno der Gefolgschaft bestand somit keine Notwendigkeit, Richwin abzuziehen.

Hauptsächlich deshalb nahm Gaidemar das Angebot Hagens zur Begleitung *Gerwins* an. Er bestimmte *Thilo* als weiteren Begleiter und Boten. Noch früh am Morgen machten sich die beiden ausgewählten Männer und der Knabe zu Pferde auf den Weg.

Der Hunno beabsichtigte, am Mittag mit der Gefolgschaft und den übrigen Kriegern der Sippenaufgebote, nachzufolgen. Nicht alle Jungmänner der neuen Kriegerschar waren beritten. Auch weil die Gefangenen, in einem von zwei Ochsen gezogenen Wagen befördert wurden, war vorauszusehen, dass der Marsch dieser Kolonne einen Tag länger dauert. Diese Zeit sollten Hagen und Gerwin nutzen, um mit dem Fischer *Ernst* in Kontakt zu treten und die Lage im Dorf an der Furt zu ergründen.

Abgesehen vom misslichen Wetter, mit Regen und starkem Wind, gab es auf dem Weg zur Sippe an der Schweinefurt kein Ereignis, das ein schnelles Vorwärtskommen verhinderte. Der Reitertrupp um den Knaben traf im Verlauf des späten Tages in der Nähe des Dorfes der *Ebersippe* ein.

Die Fischerhütten am Flussufer befanden sich, vom Dorf aus, in Richtung der Abendsonne. Dem Waldrand vor den Fischerhütten folgend, stieß der Knabe auf einen kleinen See. Unmittelbar an dessen Ufer konnten sie lagern und vermochten, gedeckt vom Wald, über einen talwärts verlaufenden Bach hinweg, die Siedlung der Ebersippe zu beobachten. Der Lagerplatz am kleinen See erschien dem ortskundigen Knaben als günstig. Diesmal beabsichtigte Gerwin keinen erneuten Leichtsinn zu begehen und sein Pferd in die Koppel des Sippenältesten zu treiben.

Gaidemars Streitmacht würde, am Fluss entlang, aus der Richtung der Abendsonne eintreffen. An diesem Ort verblieb Thilo mit den Pferden, während sich Hagen und Gerwin zur Anlegestelle am Fluss begaben. Aus Vorsicht blieb Hagen am Waldrand zurück und Gerwin schlenderte allein auf die Fischerhütten am Ufer zu.

Das stürmische Wetter verhinderte das Fischen auf dem Fluss und Gerwin sah einige Fischer bei Ausbesserungsarbeiten an Netzen und Booten. Unter den Männern erkannte er Ernst und trat von hinten an ihn heran.

„Onkel, fischt ihr heute nicht?" fragte der Knabe in Erinnerung ihres letzten Kontaktes und der Rolle, in die beide dabei geschlüpft waren.

„Bei dem Wetter! Was willst du schon wieder?" knurrte Ernst missmutig.

„Vater lässt dich grüßen. Ich sollte mir wieder Fisch verdienen..." wagte Gerwin vorsichtig vorzuschlagen.

„Dafür kommst du ohnehin zu spät. Aber ich habe noch einige Fische vom gestrigen Fang. Komm mit zur Hütte!" Ernst legte sein Werkzeug zur Seite und führte den Knaben zur Hütte. Er lies Gerwin voran gehen. Als der Knabe in der Hütte stand, die Tür hinter ihm zugezogen war, ergriff der Fischer Gerwin im Nacken.

„Bist du wahnsinnig! Du wirst überall im Dorf gesucht. Der Älteste ist verschwunden, auch der Pferdeknecht und einige *Schergen* ... Die Familie des Ältesten beobachtet das Dorf. Es hat sich herum gesprochen, dass immer wenn ein bestimmter Bursche hier sein Unwesen trieb, Unheil über die Sippe herein brach. Bei mir waren sie auch schon!" brüllte Ernst den Knaben mit verhaltener Wut an.

„Lass mich los!" fauchte Gerwin, entwand sich dem Griff und drehte sich zum Fischer um. In seiner Hand sah Ernst ein Messer.

„Tu das nie wieder!" Gerwin sah den Fischer mit einem verärgerten und entschlossenen Blick ins Gesicht. Erstaunt betrachtete der Fischer die Waffe in der Hand des Knaben.

Im selben Moment betrat noch jemand die Hütte. Die Frau des Fischers, bisher mit Hantierungen an der Feuerstelle beschäftigt, erstarrte.

Daraufhin drehte sich Ernst zum eingetretenen Fremden um und sah sich Hagen gegenüber.

„Was willst du hier?" fragte er überrascht.

„Mit dir reden!" war Hagens gleichmütige Antwort. „Und lass den Knaben in Ruhe!" forderte der Fischer aus der **Ottersippe**.

„Hagen, ich schaffe das ohne deine Hilfe!" Gerwin steckte seinen Dolch zurück und trat verärgert zum Feuer. Die Wärme tat ihm gut. Er verfluchte Hagens Schutzabsicht. Offenbarte der Ältere doch damit, dass Gerwin nicht so ganz allein erschien. Die Situation zwang keinesfalls zur Verfolgung ins Haus.

„Ernst, begrüßt du deine Gäste innerhalb der Hütte immer in dieser Art?" fügte der Knabe, an den Fischer, gewandt hinzu. „Ich kann mich an einen freundlicheren Umgang zwischen uns erinnern?"

„Was seid ihr schon für Gäste? Gefahr bringt ihr mit ... Alte, geh raus und achte darauf, dass keiner sich der Hütte nähert, so lange wir sprechen!" Die Frau schlüpfte hinaus.

„Was wollt ihr?" fragte Ernst.

„Zuerst solltest du etwas freundlicher werden. Unter Fischern ist dein Verhalten kränkend." reagierte nun Hagen ärgerlich.

„Also, was wollt ihr?" knurrte der Fischer etwas freundlicher. Deutlich war die Verärgerung im Mienenspiel des Gastgebers zu erkennen. Gemahnt zur Freundlichkeit, zwang sich Ernst zur Milderung seines Ärgers. Die ihn beherrschende Angst jedoch konnte er nicht verschleiern.

„Was ist außer dem Verschwinden des Ältesten noch geschehen?" fragte Gerwin mit unbeteiligter Miene.

„Es geht um die römische Stute, die du gestohlen hast!"

Gerwin lächelte nur. Er verspürte keine Lust, über den Besitz der Stute zu streiten.

„Der Älteste folgte dir mit Kriegern, seither ist er nicht zurück gekommen. Was weißt du?" begehrte Ernst zu wissen.

„Die Familie des Ältesten..."

„...beobachtet alle, misstraut jedem und sucht den Ältesten!" vollendete Ernst den von Gerwin begonnenen Satz.

„Und ihr lasst euch alles gefallen?" kam des Knaben Gegenfrage.

„Was sollen wir tun?" knurrte Ernst zurück.

„Seid ihr Männer oder Weiber? Die Gelegenheit nutzen! Verdammt, der Älteste ist weg. Entmachtet ihn und seine Familie, wenn sie euch so im Nacken sitzen ... Wenn stimmt, was du mir bei meinem letzten

Aufenthalt geschildert hattest, könntet ihr die Gelegenheit doch nutzen ... Oder seid ihr alle nur Feiglinge?" trumpfte der Knabe auf und blitzte den Fischer zornig an.

„Wir sind Fischer und keine Krieger!" suchte Ernst nach einer Ausrede.

„Besteht eure Sippe nur aus Fischern?" hakte Gerwin sofort nach und so schnell die Auseinandersetzung ablief, hatte Hagen keine Gelegenheit in den Streit einzugreifen.

Der Knabe führte das Wort und vertrat seine Sache. Hagen erkannte, dass der Hunno mit dem Knaben nicht ein hilfloses Kind, sondern einen klugen und schnell handelnden Boten erwählt hatte, der seine Möglichkeiten kalt abschätzte und seine Ziele unerbittlich verfolgte.

„Nein, aber..." begann Ernst eine Erklärung von sich zu geben, die der Knabe sofort unterband und seinerseits den begonnenen Satz des Fischers beendete.

„...die Anderen sind auch alle zu feige?" vollendete Gerwin den von Ernst begonnenen Widerspruch.

„Nein, aber..." versuchte es Ernst von Neuem und wurde wieder vom Knaben unterbrochen:

„Dann hole mir die Mutigeren hierher oder besser im Wald an der Quelle zusammen. Ich muss mit diesen Männern sprechen!"

Der Ton, in dem Gerwin diese Forderung aussprach konnte kränken. Der Befehl des Knaben an den Fischer wirkte unangebracht und irritierte Ernst so sehr, dass er überrascht nur noch eine Frage vorbrachte: „Ich soll die Männer zu einem Knaben bringen?"

„Störe dich lieber nicht daran, den Knaben anzuerkennen. Er könnte es dir übel nehmen ..." Das war Hagens Gelegenheit zum Eingreifen. Sein Einwurf trug höhnische Züge. „Ich habe schon gesehen, wie er mit erfahrenen Kriegern fertig wurde ... Außerdem bin ich auch noch da. Doch besser, du erwähnst mich noch nicht." bemerkte Hagen versöhnlich.

„Deshalb höre zu!" forderte der Knabe.

„Bei unserem letzten Treffen versichertest du mir, dass es genug Unzufriedene gäbe ... Du hast mir damals sehr geholfen. Deshalb bin ich wieder bei dir!" Gerwin schwieg kurz und setzte fort, bevor Ernst Worte fand.

„Jetzt aber geht es um eure Sippe. Entweder ihr seid im Bündnis mit uns oder ..." Gerwin legte eine Pause in seine Worte, um deren Bedeutung zu unterstreichen. „... ihr zählt zu unseren Feinden ... Hubert ist unser Feind!" schloss er ab und sein Blick bannte das Erschrecken des Fischers.

Ernst wich einen Schritt zurück. Mit solcher Wendung hatte er nicht gerechnet und schon gar nicht mit so einer Forderung. Der Knabe ließ sich nicht beirren. Kein Wort und auch kein Blick waren geeignet, seinen aufwallenden Zorn zu besänftigen. Ernst spürte die Wut des Knaben, kannte aber deren Herkunft nicht. Bevor er nur ein Wort der Erwiderung fand, schlugen des Knaben Forderungen erneut zu.

„Mit Hubert gibt es kein Bündnis! Ein Freund der **Römer**, ein Sklavenhändler und nicht zuletzt ein wortbrüchiger Mann, der nur auf seinen Vorteil und seine Macht bedacht ist, kann nicht als Bündnispartner für uns in Frage kommen. Wir suchen einen geeigneten Mann, der die Macht in der Sippe übernimmt. Dabei kannst du uns helfen?" Gerwin wartete auf eine Reaktion des Fischers.

Doch Ernst war vom Knaben so beeindruckt, dass er gar nicht zur Besinnung kam. Deshalb setzte der Knabe umgehend fort.

„Wir erwarten heute, nach Einbruch der Dunkelheit, die Männer denen du vertraust und die an einer Entmachtung der Familie des Eldermanns interessiert sind. Wir erwarten euch an der Quelle, am kleinen See, auf der anderen Seite der Siedlung. Solltest du uns verraten, werden unsere Freunde das Dorf zerstören. Gnadenlos, verstehst du, vollkommen auslöschen!" Das Erschrecken des Fischers war noch nicht beendet. „Wir bringen sehr viele Krieger mit. Verrat an uns bedeutet Tod der Sippe!" ergänzte der Knabe.

„Ihr kommt alle Einzeln zur Quelle. Sollte Einer auf unsere Krieger stoßen, soll er den Namen des Knaben nennen. Kommen Andere, kennen wir kein Erbarmen!" fügte Hagen hinzu. In dem er auf den Knaben zeigte, sagte er ergänzend: „Das ist Gerwin!"

Im sich ausbreitenden Schweigen überdachte Ernst seine Möglichkeiten. Seine Überlegungen wurden vom Knaben noch einmal unterbrochen: „Falls du mich noch Mal des Pferdediebstahls bezichtigst, schwöre ich dir, lernst du die Spitze meines Dolches kennen!" Der Knabe blitzte den ausgewachsenen Mann an.

„Du solltest zumindest so viel Verstand besitzen, selbst zu erkennen, dass uns nach der Verweigerung deiner Hilfe zur Befreiung unserer Gefährten nicht viele Möglichkeiten blieben. Nur dank der Pferde gelangen Befreiung und Flucht! Merke dir das, falls dir weiterhin an meiner Freundschaft liegt …" Gerwins Wut erreichte den Höhepunkt. Sich dessen bewusst werdend, verrauchte sein Zorn.

„Das alles habe ich dir nur gesagt, damit du erkennst, zu was wir in der Lage sind. Schweige darüber und bringe uns mutige Männer! Und noch etwas. Wir wollen das Dorf nicht vernichten. Unser Ziel ist das Brechen der Macht des Eldermanns! Du hast die Sklaven gesehen, die an Bord der römischen Schiffe gingen?" bemerkte der Knabe lakonisch.

Er vernahm die letzten Worte des Bedauerns des Fischers zur Lage der Gefangenen.

„… die armen Schweine …"

„…sind alle frei! Gut, einige auch tot …" gab der Knabe unumwunden zu. „Nur von den Römern hat keiner überlebt!" knurrte Gerwin und blickte den Älteren herausfordernd an. „Keiner von unseren Brüdern befindet sich noch in den Klauen der Schergen! Ich kam damals nicht ohne Grund und warum ich jetzt hier bin, weißt du bereits!"

Ernst erstarrte erneut zur Salzsäule und brachte kein weiteres Wort hervor. Mit einem Mal begriff der Fischer die Gefahr für seine Sippe. Der Knabe vertrat einen mächtigen Gegner, der, wenn nicht alles nach seinen Wünschen geregelt würde, leicht die ganze Sippe vernichten könnte. Genau den Eindruck einer mächtigen Gefahr vermittelte der so unscheinbare Knabe, der sich bisher so bescheiden und unterwürfig gezeigt hatte.

Ernst schlotterten die Knie und er brauchte einige Zeit um die entstandene Situation zu verarbeiten. Hagen und Gerwin verließen die Hütte und kurz darauf trat die Alte ein.

„Sie sind weg. Was wollte Hagen?"

Ernst fasste sich und auch wenn er Angst vor der Familie des Hubert empfand, hatte er soeben eine weitaus größere Gefahr überstanden. Was war schon die Bedrohung durch Huberts Schergen gegenüber einer Macht, die die gesamte Sippe vernichten könnte? Ernst begriff und entschloss sich zum Handeln. Konnte er doch unmittelbar dazu beitragen, Huberts Sippenmacht zu erschüttern.

„Halt den Mund und kümmere dich um deine Arbeit. Schwatze nicht über den Besuch! Es könnte uns sonst den Kopf kosten … Ich muss noch mal weg!" Damit verließ der Fischer die Hütte.

Am Lagerplatz trafen die Gefährten wieder zusammen. Für das Treffen mit den Männern des Dorfes musste der Standort ihres Lagers gewechselt und ein möglichst sicherer, aber auch naher Platz für die

Pferde, gefunden werden. Im Falle von Verrat zur schnellen Flucht gezwungen, durften nur wenige Schritte bis zu den Tieren verbleiben.

An der Quelle am See angekommen, sammelten die Männer trockenes Holz und mit Einbruch der Dunkelheit entfachten sie ein Feuer.

Nur Gerwin blieb sichtbar am Feuer sitzen. Hagen und Thilo verbargen sich, getrennt voneinander, im Gebüsch. Nahe dem Pfad vom Dorf zur Quelle versteckt, mussten alle Männer an ihnen vorbei und so bestand die Möglichkeit, ungebetene Gäste auszumachen.

Als die Dunkelheit vollkommen ihren Mantel über die Landschaft ausbreitete, erschien Ernst als erster Gast. Vorsichtig, nach allen Richtungen Ausschau haltend, folgte der Fischer dem Bachverlauf. An den versteckten Gefährten vorbei, trat er wenig später in den Lichtkreis des Feuers. Er setzte sich, sichtbar für Neuankömmlinge, neben den Knaben.

„Wie viele werden kommen?" war Gerwins Frage an den Gast.

„Mit acht Männern habe ich gesprochen. Es könnten aber auch mehr werden. Wie viele seid ihr?" fragte Ernst seinerseits neugierig.

„Das wirst du sehen, wenn es an der Zeit ist!" lautete die kurze Antwort.

Ein weiterer Mann erschien, nickte dem Knaben zu und nannte dessen Namen. Dann setzte er sich und schwieg.

„Ernst, die Männer, die du nicht angesprochen hast, zeige mir!" Ein Dritter erschien und so ging es immer weiter.

Gerwin merkte sich die Männer, die ihm Ernst zeigte. Es waren Drei. Irgendwann erschien Hagen und setzte sich zu dem Knaben. „Elf habe ich gezählt und Elf Männer sitzen am Feuer. Es kommt keiner mehr!"

Davon ausgehend, dass sich die Gäste am Feuer kannten, von den Interessen untereinander wussten und jeden aus des Huberts Familie anzeigen würden, wenn sich einer von denen einzuschleichen versuchte, begann der Knabe die Zusammenkunft.

„Ich bin Gerwin. Ich danke euch für euer Kommen. Sind alle Männer hier, die von euch benachrichtigt wurden?" Die Männer sahen sich an, Einige nickten und Andere bestätigten mit einem „Ja!"

„Ernst hat acht von euch selbst angesprochen, elf Männer sind hier! Wer hat euch drei Bescheid gegeben?" Gerwin zeigte auf die Angesprochenen.

„Das war ich!" meldete sich ein großer, bärtiger Krieger.

„Fehlt jemand, den ihr benachrichtigt habt?" forderte der Knabe die anwesenden Männer auf.

Ernst und der Bartmann schüttelten mit dem Kopf. Der Knabe erhob sich.

„Folgt mir! Hagen, lösche das Feuer!" Gerwin führte die Männer tiefer in den Wald und stoppte erst auf einer kleinen Lichtung, in einer sich dort ausbreitenden Bodensenke. Er entzündete das dort ebenfalls vorbereitete Holz.

Die Männer wunderten sich über die Befehlserteilung des Knaben und ebenso über sein Verlassen des ersten Lagerplatzes. Erstaunt nahmen sie zur Kenntnis, dass der erwachsene Fremde bereitwillig den Befehl des Knaben ausführte.

Gerwin hatte den übrigen Tag darüber nachgedacht, wie er die Zusammenkunft mit den Verschwörern beginnen sollte. Er vertrat den Hunno und sich an Gaidemars Art erinnernd, direkt auf ein Ziel zuzusteuern, entschloss er sich, schon zu Beginn des Gesprächs für Klarheit zu sorgen. Dabei kam ihm Ernsts Bemerkung zum Pferdediebstahl recht. Scheinbar war diese Tat mit ihren Folgen allen Sippenmitgliedern bekannt.

„Warum haben wir euch gerufen? Ich bin der Knabe, den euer Ältester für einen Pferdedieb hält und verfolgte!" Raunen unter den Männern.

„Euer Eldermann hatte zwei meiner Freunde ohne Grund gefesselt und am Schandpfahl angebunden. Ihr habt sie alle gesehen, oder?" Die Männer nickten zum Zeichen ihrer Kenntnis.

„Bei der Befreiung unserer Gefährten bedienten wir uns der Pferde des Eldermanns. Wir waren in der Minderzahl und nur eine Kriegslist konnte uns helfen ... Die Gefangennahme des Narbenmannes aus eurem Nachbardorf geschah ohne Grund! Auch *Olaf*, der Bote des *Norbert*, lieferte keinen Grund. Zweifelt jemand an meinen Worten?"

Keiner der Männer am Feuer gab Unsicherheit zu erkennen, eher schien die Männer Neugier zur Art des ungewöhnlichen Zusammentreffens zu beherrschen.

„In eurem Dorf hat *Siegbald*, der vormalige Älteste der *Talwassersippe*, Unterschlupf gefunden und für Olafs Gefangennahme gesorgt. Unser Gefährte Olaf stand mit eurer Sippe in keinem Zwist! Was wiegt also schwerer, die Gefangennahme unserer Gefährten oder das Freilassen der Pferde und die Flucht mit ihnen?"

Die Männer schwiegen. Noch hatten sie den Grund des geheimen Treffens nicht erkannt.

„Vor wenigen Tagen war ich schon einmal in eurem Dorf. Ich wurde beim Verlassen verfolgt. Der Älteste und seine Krieger jagten mir nach. Dabei beging er einen Fehler ... Jetzt ist er unser Gefangener!"

Ein weiteres Raunen entrang sich der Brust einiger Männer.

„Warum erzählst du uns das?" fragte der Bärtige.

„Von Ernst wissen wir, wie euer Ältester herrscht. Wir wissen, dass seine Familie seine Macht brutal auslebt. Wir wissen, dass er euch alle als seine Untergebenen behandelt, dass er auf Grund der Stärke seiner Familie und seinem Reichtum eure Rechte einschränkt .... Viele von eurer Sippe sind abhängig von ihm ... Wir kennen auch seine Fähigkeiten mit der Peitsche!"

Den *Chatten* erwähnte Gerwin nicht. Dessen Nennung und jetzige Lage hätten zu Missfallen führen können ... Die Peitsche jedoch schien ihm eine Erwähnung wert zu sein. Der Knabe setzte fort und die Männer lauschten aufmerksam.

„Ihr habt jetzt die Möglichkeit, Huberts Macht zu zerschlagen und einen neuen Eldermann zu wählen!" Überraschung prägte die Gesichter der Männer, bevor Einige zu lachen begannen und Andere sich ratlos umsahen.

Es war schon eine groteske Situation, in der ein Knabe versprach, ihren so mächtigen Ältesten zu entmachten. Deshalb war das Lachen der Männer nicht so ganz unverständlich. Doch plötzlich verstummten alle.

Am Hals eines Lachers blitzte ein von Gerwins Hand geführter Dolch auf. Augenblicklich hatte der Knabe das Heft des Handelns wieder an sich gerissen.

„Wenn ihr glaubt, dass ich das nicht ernst gemeint habe, habt ihr sicher nichts dagegen, wenn ich dem Mann den Hals aufschlitze? Andernfalls bleibt sitzen, haltet euer Maul und hört weiter zu!" Diese eiskalte Bemerkung bewirkte bei einigen der Männer einen Schreck und die Erkenntnis in weitaus größerer Gefahr zu stecken, als bisher angenommen. Gerwin nahm das Messer vom Hals des Mannes.

„Wir bieten euch die Gelegenheit, euren Ältesten zu verjagen! Zu seiner Absetzung braucht ihr ein *Thing* und die Mehrheit in der Beratung. Diese Mehrheit müsst ihr bis Morgen herstellen!" Gerwins Forderung war unmissverständlich. Die Entschlossenheit, die der Knabe zeigte, beeindruckte die Anwesenden. Sich der hinter den Worten des Knaben lauernden Gefahr bewusst werdend, erstarrten die Männer und warteten auf die Fortsetzung.

Als keine kam, äußerte sich der Bartmann: „Huberts Familie ist zu mächtig! Er hat auch zu viele Mitläufer!"

„Sondert die Mitläufer ab! Entweder es gelingt euch und ihr schafft es, diese Mehrheit zu erringen, oder wir werden das Dorf stürmen! Mit unseren Kriegern sind wir euch überlegen!"

Gerwin ließ die Worte wirken. Sein gesamtes Handeln war auf einen Streit ausgerichtet und trotzdem elf Sippenkrieger nur einem Knaben gegenüber saßen, erschreckte diese die unbekannte Gefahr. Das Eine von Gerwins Zielen war erreicht, die Männer wirkten, ob der unbekannten Bedrohung, erschrocken. Jetzt musste der Knabe das Vertrauen der Anwesenden zurück gewinnen, das in seiner Bedrohung verloren ging.

„Wir wollen jedoch keinen Hader mit der Sippe. Im Gegenteil, wir brauchen eure Unterstützung!"

Wieder ließ der Knabe eine Pause zu und so konnten sich die Männer auf den scheinbaren Widerspruch zwischen erwarteter Hilfe und vergangener Bedrohung ausrichten.

„Diese Unterstützung werden wir von Hubert und seiner Familie nicht erhalten. Deshalb muss er entmachtet werden!" Gerwin musterte die Männer und fand bald heraus, dass unter diesen eine Ordnung vorlag, in welcher der Bärtige zu dominieren schien.

„Mit unserer Hilfe könntet ihr den Eldermann absetzen ... Doch es ist für euch besser, dass dies ohne unsere Waffen gelingt!" Unverständnis und Zweifel beherrschen die Minenspiele der am Feuer sitzenden.

„Unsere Stärke werden wir euch zeigen, wenn es notwendig ist und ihr den Machtwechsel nicht von allein schafft. Beratet euch und sucht eure Verbündeten. Doch Vorsicht, keiner warnt Huberts Familie!"

Die nächsten Worte presste der Knabe, gefährlich zischend, aus zusammengezogenen Lippen hervor. „Auf Verrat folgt die Vernichtung der Sippe! Dabei könnte es zu viele Opfer unter euren Freunden geben ... Wir treffen uns morgen in der Dämmerung wieder an der Quelle!" Der Knabe ließ an der Ernsthaftigkeit seiner Forderungen keinen Zweifel aufkommen. Mit seiner letzten Bemerkung unterstrich er seine Entschlossenheit und gab den Männern Beweise seiner Macht.

„Achtet darauf, dass nur ihr kommt und keiner euch folgt! Wir werden nur mit euch sprechen. Fremde werden wir töten!"

Diese letzte Drohung hatte den Grund, die Zahl der Wissenden einzugrenzen. Mit jedem zusätzlichen Mitwisser stieg die Gefahr des Verrats.

Gerwin erhob sich und gab damit das Ende des Gesprächs bekannt.

Die Männer verließen nacheinander den Beratungsplatz und kurz darauf verschwanden auch die Gefährten von dieser Stelle. Sie zogen sich auf ihren bisherigen Lagerplatz, zum See auf der anderen Seite der Siedlung, zurück.

Von dieser anderen Stelle aus, konnten sie die Bewegungen im Dorf beobachten und würden rechtzeitig bemerken, wenn die Familie des Ältesten gewarnt, Abwehrhandlungen einleitete.

Die Nacht verging ohne Besonderheiten und der nächste Tag brachte besseres, weil klareres Wetter, mit wesentlich weniger Wind und ohne Regen.

Thilo, keinem der Bewohner des Dorfes bekannt, betrat im Verlauf des frühen Tages das Dorf. In der Absicht mögliche Verrat zu erkennen, begab er sich ins Zentrum, zum Haus des Eldermanns. Auf dem Markt, wo sich Menschen zum Handel trafen, sollten sich neuere Nachrichten am Ehesten verbreiten ... Und war Verrat begangen, dürften sich geflüsterte Gerüchte zuerst auf dem Markt ausbreiten...

Den ganzen Tag lungerte der *Jungmann* zwischen den Ständen der Händler herum, hörte den Gesprächen der Männer und Weiber zu und erhaschte doch kein Wort über eine bevorstehende Gefahr. Er konnte nicht feststellen, dass Gerüchte über die Ereignisse der Nacht, über ungewöhnliche Treffen, besondere Maßnahmen der Familie des Eldermanns oder auch eine Gefährdung der Sippe die Runde machten.

Der Tag verging in der Geschäftigkeit der Dorfbewohner, der Fischer, Händler, Bauern, der Weiber und dem Spielen der Kinder. Thilo sah zwar den Einen oder Anderen der nächtlichen Besucher durch das Dorf laufen und einzelne Hütten aufsuchen. Doch Auffälligkeiten, wie Zusammenrottung von Häscher oder Besucherverkehr im Haus des Eldermanns, konnte er nicht ausmachen.

Da er selbst alle Besucher am nächtlichen Feuer gesehen hatte, von seiner Existenz aber nicht mal Ernst wusste, konnte er sich als Gast des Dorfes, wenn auch beobachtet, so doch ungehindert bewegen.

Gerwin dagegen war es nicht mehr möglich, sich im Dorf zu zeigen. Ihm drohte Gefahr und so verblieb der Knabe im Dickicht und beobachtete aus der Ferne.

2. Die Verschwörung

65 nach Christus - Frühjahr (9. Maius)
Barbaricum - Im Land der Hermunduren zwischen dem Fluss Moenus und dem Herzynischen Wald

Langsam und schleppend zog sich der Wurm des *Kriegerhaufens* der Gefolgschaft in Richtung zur Furt der Schweine.

Es gehörte zu Gerwins Pflicht, den Hunno der Krieger an einem geeigneten Ort zu empfangen und unentdeckt von den Anwohnern dorthin zu führen, wo ein Verbergen der Kriegerschar möglich war. Diese Pflicht war zum Ersten seiner inzwischen erlangten Ortskenntnis und natürlich auch der Tatsache geschuldet, dass er als der eigentliche Bote und somit als der Kontaktaufnehmende mit den Verschwörern, voraus geschickt worden war.

Gaidemar ritt an der Spitze seiner *Huntare* wie ein Feldherr, dann folgten zwei Gruppen seiner Jungkrieger mit dem Fuhrwerk der Gefangenen, wieder gefolgt von einer weiteren Gruppe der Jungkrieger. Richwins Trupp, als Vorhut vorausgeschickt, und *Reingards* Schar als Nachhut, bildeten den Anfang und das Ende des neuen Kriegerhaufens. Gaidemar, der die einzelnen Gruppen ihrer Herkunft nach geordnet hatte, beachtete die unterschiedliche Ausrüstung der Männer nicht und beließ es vorerst bei den Formationen, die sich mit der Sammlung der Krieger auf dem Dorfplatz der Ottersippe ergaben. Erst hinter der Gefolgschaft marschierten die Abordnungen der übrigen Sippen, die mit ihren Kriegern an der Vernichtung der römischen *Flussflottille* beteiligt waren. In dieser Ordnung erreichte der Kriegerhaufen am Folgetag des Aufbruchs, kurz vor der Dämmerung, die Nähe des Dorfes an der Schweinefurt.

Sich mit seiner Stute beschäftigend, war Gerwin plötzlich von drei Jungkriegern aus Richwins Vorhut umstellt und deren Anführer tadelte ihn ob seiner Unbesonnenheit. Bald darauf erschien der Hunno der Gefolgschaft und wenig später trafen alle von ihm eingesetzten Anführer ein.

Gaidemar beabsichtigte das Dorf der Ebersippe zu umzingeln. Deshalb bestimmte er die Verteilung der Kräfte und erklärte den beabsichtigten Ring um die Siedlung. Melder wurden eingeteilt und der Abmarsch der einzelnen Kriegerhaufen der Verbündeten festgelegt. Gerwin zeigte den Anführern den Weg bis zu deren Einsatzort.

Die Krieger der verbündeten Sippen schlossen den Ring um das Dorf der Ebersippe. Nur die Gefangenen verblieben, in der Obhut von **Ronalds** Trupp, im Lager am kleinen See.

Die Mannen der Gefolgschaft zogen, mit ihrem Hunno an der Spitze, zur Quelle am See, der auf der anderen, der Morgensonne zugewandten Seite der Siedlung, lag.

Dort eingetroffen, brachte Gaidemar die Jungkrieger in Position. Er traf mit der Sicherung des Beratungsplatzes und dem Anlegen von Hinterhalten, für unerwünschte Lauscher, alle Vorbereitungen für das zweite Treffen mit den Verschwörern der Ebersippe. Die Anwesenheit der Gefolgschaft schuf ausreichend Sicherheit für eine ungestörte Beratung. Der restliche Tag verging mit Warten, bis die Dunkelheit die Siedlung, den Wald und auch den Weg zum Beratungsort einhüllte. Nur der aufziehende Mond spendete spärliches Licht.

Als Erster betrat wieder Ernst, der Fischer, den erleuchteten Bereich des Feuers und nach kurzer Zeit erschien der Bartmann als Letzter. Gerwin saß am Feuer und nahm die Ankunft aller Verschwörer mit einem Kopfnicken zur Kenntnis. Die Ankömmlinge suchten sich einen Sitzplatz und als auch im weiteren Umfeld des Feuers kein Laut die Ruhe störte, erhob sich der Knabe. Dies war als Zeichen für Gaidemars Auftritt verabredet.

„Ich danke euch allen für euer Erscheinen. Ich bin Gaidemar, der Hunno der Gefolgschaft." Gaidemar trat in den Schein des Feuers.

„Ihr seid die Männer, die sich auf Gerwins Ruf schon einmal hier trafen. Gerwin forderte von euch, eure Männer zu sammeln und Bündnisse zu schaffen. Er erklärte euch eure Lage. Nicht die, die ihr selbst kennt, sondern die, die mit unserer Bedrohung verbunden ist. Ich hoffe, dass ihr versteht, warum unsere Bedrohung für euch erfassbar sein muss? Was habt ihr erreicht? Berichtet mir!" forderte der Hunno die Männer auf.

Der Bartmann sah Gaidemar verwundert an, hatte er doch nicht mit einem Krieger, sondern dem Knaben als Verhandlungsführer gerechnet. Lange ließ er sich seine Verwunderung jedoch nicht anmerken, war ihm doch ein Krieger lieber als ein unmündiger Knabe. Seine bisherige Unterordnung unter die Forderungen des Knaben blieb dem Wunsch seines Familienoberhauptes geschuldet, der schon länger die Erschütterung der bestehenden Machtverhältnisse in der Sippe betrieb. Das Auftreten des Knaben beeindruckte ihn insofern, weil dieser zu wissen schien, was er wollte und wie er sein Ziel zu erreichen trachtete.

Hinter dem Knaben verbarg sich ein von ihm erkanntes Machtpotential erfolgreicher Krieger. Der Bartmann begriff, dass diese Krieger gewillt waren, zur Veränderung der Sippenführung beizutragen. Sein Auftrag bezweckte das Einbinden der fremden Krieger in die eigenen Absichten. Von untergeordnetem Interesse war, wer sich als Verhandlungspartner stellte. Dieser Anspruch war eindeutig und so nahm der Bärtige den sich ihm bietenden Vorteil, als Erster sprechen zu können, wahr. Er glaubte nicht, dass dieser junge Krieger der tatsächliche Anführer der Gefolgschaft sein sollte.

„Ich bin **Modorok**, der Schmied. Meine Familie ist so alt wie die des Hubert, unseres Eldermanns. Unser Familienoberhaupt ist **Manfred**. Alle Männer kennen ihn. Ich habe mich seiner Unterstützung versichert. Wir betreiben schon lange einen Machtwechsel. Wir haben Freunde in der Sippe, aber keine Mehrheit. Bisher standen wir allein. Manfred kann etwa 80 bis 90 freie Männer aufbieten. Das Dorf selbst hat mehr als 300 freie Männer. Davon gehört, mit Mitläufern, etwa die Hälfte zu Huberts Lager. Wenn wir die Mehrheit erringen wollen, müssen wir einig sein. Wir wollen Manfred als Ältesten!"

Ein anderer Mann nahm das Wort. „Wir kennen Manfred. Er ist kein Händler, so wie wir. Wird er Eldermann, bleibt unser Handel auf der Strecke! Das ist nicht unser Wille!"

Die Beratung entwickelte sich zu einem heftigen Streit. Dies schuf eine Hitzigkeit, die Gaidemar nicht gefallen konnte. Die Angehörigen der Sippe nannten ihre Stärke und brachten zumeist den Namen des eigenen Familienoberhauptes als neuen Eldermann ins Gespräch. So wie die Verhandlung ablief, konnte keine der vertretenen Parteien eine Mehrheit für sich einbringen. Neben der Hausmacht des bisherigen Ältesten Hubert, schien der sich in den Vordergrund drängende Modorok, mit der von ihm genannten Anhängerzahl, am Ehesten für die Übernahme der Macht geeignet. Doch stimmten dessen Angaben, war es ein weiter Weg zur Mehrheit.

Die Fischer, unter den am Feuer sitzenden Verschwörern mit drei Vertretern eine Mehrheit aufbietend, hielten sich mit ihren Ansprüchen zurück. Den Männern um Ernst schien klar zu sein, dass sie sich in ihrer Gesamtzahl von nur etwa zwanzig Anhängern in der Unterzahl befanden und keiner der anderen Parteien ebenbürtig waren.

Ernst, der deren Wort führte, begrenzte die Ziele der Gruppierung auf den Wechsel des Eldermanns und auf die Schuldfreisprechung. Noch zwei andere Parteien, die jede für sich etwas mehr als dreißig Parteigänger benannten, forderten ihrerseits die Macht, wurden von Modorok jedoch belacht.

Das entstandene Spannungsfeld öffnete sich zwischen den vom Schmied vertretenen Ansprüchen und denen der übrigen Einzelgruppierungen, die sich auch untereinander nicht annäherten und im Widerspruch zu Modorok blieben. So konnte keine Einigkeit erzielt und schon gar keine Veränderung der Sippenmacht herbeigeführt werden.

Gaidemar wartete, bis sich alle Männer geäußert hatten. Ihm fiel auf, dass sich die Fischer, außer mit der Benennung ihrer Zielstellung, aus dem Streit heraus hielten. Ernst schwieg zur Darstellung der Familien und ihrer Oberhäupter.

„Ihr seid euch alle sehr einig, wie ich sehe ..." stellte Gaidemar den Streit zwischen den Verschwörern unterbrechend fest.

„Ihr streitet um den Ältesten wie um das Fell des Bären, den ihr noch nicht erlegt habt. Bei eurer Einigkeit zweifle ich am möglichen Erfolg ... Mir scheint, dass Hubert euch beherrschen konnte, liegt an eurem Zwist untereinander. Also müsst ihr erst darüber befinden, ob ihr Hubert weiter als Eldermann behalten wollt oder nicht?" Gaidemar schwieg und musterte die Männer.

Der Bartmann meldete sich „Hubert muss weg!" befand er und zustimmendes Nicken bestätigte seine Meinung.

„Also seid ihr euch jetzt in diesem Punkt einig?" Einzeln stimmten die Männer zu.

„Wenn das geklärt ist, erhebt sich die Frage, wie ihr das erreichen wollt? Sollen die Waffen sprechen oder trefft ihr die Wahl im Thing?" nannte der Hunno die beiden möglichen Wege.

„Wir können kein Thing einberufen, ohne einen Grund dafür zu haben." erklärte der Schmied.

Gaidemar lächelte in die Runde und auch dem hinter dem Hunno sitzenden Knaben huschte ein Lächeln durchs Gesicht.

„Ihr habt aber zwei Gründe!" antwortete Gaidemar und musterte die Verschwörer. Unverständnis charakterisierte die Mienen der Anwesenden.

„Welche wären das?" kam die Frage aus dem Kreis der am Feuer Sitzenden.

„Erst einmal ist euer Eldermann verschwunden. Hubert kann seiner Aufgabe als Anführer der Sippe nicht nachkommen! Den zweiten Grund können wir euch geben ..." Gaidemar schwieg und lauerte auf Widerspruch. Als dieser ausblieb, ergänzte er: „Euer Dorf ist umstellt! Das zwingt zu einer Entscheidung. Wollt ihr Kampf oder gebt ihr auf?" lautete Gaidemars lakonische Frage.

„Ihr droht uns?" knurrte der Bartmann und sprang erregt auf.

„Nein, ich schaffe euch einen Vorwand zur Einberufung des Things! Nur im drohenden Kriegsfall kann ein Thing sofort einberufen werden. Dieser Brauch gilt doch auch bei euch, oder?" grinste Gaidemar den Schmied an.

„Diesen Grund gebe ich euch." setzte der Hunno fort, als er die von der Überraschung entstellten Gesichtszüge Modoroks feststellte.

„Meine Krieger sind bereit, nur ..." Gaidemar ließ eine kleine Pause verstreichen.

„...will ich euch nicht als Feinde, sondern als Verbündete!" Der Hunno wartete, ob sich einer der Männer zu Äußern beabsichtigte.

Als das nicht geschah und noch immer alle in ihrer ablehnenden Haltung verbleibend, den fremden Hunno, der sie bedrohenden Krieger misstrauisch beäugten, begann er mit einer Aufzählung:

„Hubert nahm meine Gefährten gefangen. Einen Grund dafür gab es nicht. Der Eldermann betrügt euch mit seinen römischen Freunden. Er zwingt euch in Abhängigkeit. Wie viele von euch sind schon betroffen? Letztlich unterstützt er römische Sklavenjäger, oder sind die römischen Schiffe schon vergessen?"

Immer wieder, nach jeder Feststellung, eine bewusste Pause setzend, ging Gaidemar davon aus, dass auch der Begriffsstutzigste der Verschwörer die Ursachen der eigenen Pein erkennen musste.

„Hubert verrät eure Interessen für seinen Reichtum! Wie lange wollt ihr das noch dulden? Ich biete euch die Gelegenheit zur Veränderung. Jetzt liegt es an euch!"

Die Abgesandten der Sippe wirkten überrascht. Zuerst bestimmte Unentschlossenheit das Verhalten der Männer, dann nahm Einsicht von ihnen Besitz und letztlich siegte die Neugier.

„Wie willst du dafür sorgen, dass ein Thing einberufen wird?" fragte der Schmied vorsichtig.

„Was meinst du, wie es wirkt, wenn einige hundert Mann sich am Dorfrand in Waffen zeigen?" Gaidemar grinste den Schmied, der einige Jahre älter als er selbst war, unverschämt an.

„Die Krieger werden zu den Waffen gerufen!" kam dessen Antwort.

„Natürlich und wer führt diese Krieger an und wie viele werden es sein? Was geschieht, wenn ihr euch nicht zum Kampf bereit fühlt? Was wäre die Folge des Kampfes unter nicht einheitlicher Führung? Glaubt ihr uns abwehren zu können oder gar zu besiegen? Ihr habt etwa 300 Krieger." Es gefiel Gaidemar, Modorok herauszufordern.

„Die und noch etwas mehr habe ich auch! Wollt ihr Huberts Reich verteidigen? Um mich zu besiegen, müsstet ihr zumindest einig sein? Seid ihr euch einig? Sind alle eure Krieger zur Verteidigung der Macht eures Eldermanns entschlossen?" Der Hunno lauerte auf Modoroks Antwort.

Der Schmied bedachte sich. Dieser Bursche vor ihm schien eine harte Nuss zu sein. Der Mann sprach ständig von seiner Macht. War dieser Grünschnabel doch der Anführer?

„Andernfalls werde ich euch vernichten. Wir werden jeden gnadenlos töten, alle!" Gaidemar schwieg für einen Moment und die Verschwörer verarbeiteten beeindruckt die Drohung.

„Einigt euch und benennt einen neuen, anderen Führer eures Vertrauens und die Bedrohung durch meine Krieger fällt schlagartig weg!" schloss der Hunno seine Erklärung ab und sorgte für neues Misstrauen.

Wütende Worte fielen auf ein Feuer, das friedlich vor sich hin brannte. Der Zorn über die Todesdrohung für die Sippe erfasste die Herzen der Männer. Aufspringen, Schreien, das Ausstoßen von Verwünschungen und das Schütteln der Fäuste durch die Verschwörer schufen einen Pegel des Lärms, der geeignet erschien, Aufmerksamkeit zu erregen. Einer in der Runde blieb ohne sichtliche Beeindruckung. Auch der Knabe hinter ihm, rückte nicht einen Fuß vom Feuer ab.

Die Verschwörer, stehend, schreiend und wild gestikulierend auf den Hunno vorrückend, kühlten sich plötzlich ab. War es die Kaltschnäuzigkeit des Mannes, dessen eisiger Blick, dessen gleichgültige Haltung oder das einzige Wort, das er brüllte?

„Setzen!"

Ein Wort wie ein Peitschenschlag, das mitten in die zornesroten Gesichter der Verschwörer fuhr, brachte plötzliche Ruhe. Ernst und Modorok setzten sich zuerst, dann folgten die Übrigen.

„Wollte ich euch vernichten, hätte ich diese Beratung nicht eingefordert! Ich hätte euch nicht den Knaben als Boten geschickt."

Die Eiseskälte ging vom Hunno aus. Die Worte waren mit leiser, fauchender Stimme, zwischen nur mühsam beherrschten Lippen, herausgestoßen worden. Trotz der äußerlichen Ruhe Gaidemars ging von ihm eine körperliche Gefahr aus und wirkte auf die am Feuer sitzenden Männer. Das augenblickliche Schweigen bedrückte, beherrschte, bezwang. Gaidemar spürte die Hand des Knaben auf der Schulter und beruhigte sich.

„Würde ich euch als Sippe vernichten wollen, hätte ich euch vorher nicht gewarnt! Ich wäre wie ein Sturm über euch hergefallen. Mit Feuer und *Frame* hätten wir euer Leben beendet. Glaubt ihr etwa, ich brauche euch?" Gaidemar wies mit seiner ausgestreckten Hand auf die Versammelten.

„Nein! Als Dorn in meinem Fleisch brauche ich euch gewiss nicht! Bevor ich euch als Feinde in meinem Rücken lasse, vernichte ich euch! Doch ..." Gaidemar blickte ins Feuer und beruhigte sich weiter. „... biete ich euch die Möglichkeit den Eldermann abzusetzen! Macht das und findet einen Besseren! Dann bin ich bereit, euch in mein Bündnis aufzunehmen!" Der Hunno der Gefolgschaft schwieg.

Die Verschwörer, von den Drohungen und Angeboten überrascht, waren nicht sofort zu einer Entscheidung fähig. Gaidemar ließ ihnen die Zeit und wartete.

Er fürchtete die Männer nicht. Seine Krieger schirmten die Beratung ab und hätte nur einer seinen Frame zum Wurf erfasst, wäre er von Pfeilen durchbohrt zu Boden gesunken. Auch aus diesem Grund saßen Gaidemar und Gerwin, selbst im Moment der größten Erregung, gelassen am Feuer. Es bedurfte nur eines Armhebens, um die Verschwörer mit Pfeilen einzudecken.

„Nun, habt ihr euch besonnen?" fragte der Hunno die anwesenden Verschwörer.

Modorok räusperte sich, kratzte an seinem Bart und verkündete leise und sichtlich beeindruckt: „Wenn ich dich jetzt richtig verstehe, drohst du uns, falls Hubert Ältester bleibt. Aber du nimmst uns mit jedem anderen Eldermann, der nicht zu deinem Feind wird, in dein Bündnis auf?"

„Nun, endlich hat es der Erste von euch erfasst!" Gaidemar breitete seine Arme aus. „Wenn ihr jetzt noch begreift, dass ihr zur Entmachtung Huberts Einigkeit braucht, wären wir den nächsten Schritt weiter!"

„Du könntest aber auch einfach ins Dorf einrücken, bevor wir mit einem Kampf beginnen und Manfred die Macht übergeben?" fragte Modorok.

„Ja!" antwortete Gaidemar und ergänzte „Aber das genau will ich nicht!"

„Warum dann die Umzingelung?" blieb der Schmied mit seinen Fragen hartnäckig.

„Es ist eine Drohung! Ist eine Drohung auch gleich immer ein Kampf?" Gaidemar sah den Schmied an und lächelte.

„Also wäre es möglich zu verhandeln..." warf Einer der Anderen Verschwörer ein.

„Nein! Es gibt keine Verhandlung!" brüsk erfolgte Gaidemars Ablehnung.

Wieder war es Modorok, der zuerst die Zusammenhänge erfasste. „Die Drohung zwingt uns zur Einigkeit. Der Eldermann fehlt. Wir müssen einen neuen Anführer bestimmen ... Nach dessen Wahl schwindet die Bedrohung? Du willst mit der Umzingelung lediglich zum Thing zwingen?" folgerte der Bärtige und erkannte jetzt endlich die gesamten Zusammenhänge. Es war ein schweres Begreifen, dass von Streit, Zorn und Unverständnis bestimmt, endlich ein Ergebnis zeigte.

Gaidemars einfache Antwort lautete: „Ja!"

„Das wäre möglich, nur im Thing brauchen wir eine Mehrzahl und so zerstritten, wie wir sind..." dachte der Schmied laut nach. Gaidemar vollendete dessen Gedankengang „...löst doch zuerst einmal dieses Problem! Hubert muss weg und darin seid ihr euch einig!"

„Nur bleiben wir so zersplittert, wird die Neuwahl wieder Hubert an die Spitze bringen." stellte der Schmied betrübt fest. Die Männer der Sippe stimmten ihm mit Nicken zu.

„Dann überlegt, wer käme als neuer Ältester in Frage? Sammelt eure Kandidaten und dann beratet, wie ihr Einigkeit zu einem dieser Männer herstellt. Da Hubert für die Neuwahl nicht anwesend sein wird, besteht die Gefahr seiner Wiederwahl doch gar nicht!" brachte Gaidemar vor.

Es war schwer für die zumeist in der Abhängigkeit vom Ältesten lebenden Männer, sich einen Machtwechsel vorzustellen. Ernst hatte bei seiner Auswahl der Verschwörer nicht auf die Familienoberhäupter zurückgegriffen. Viele der Oberhäupter gehörten zu denen, die dem Eldermann verpflichtet waren. Sie lebten im Rahmen dessen Macht gut und hatten wenig Veranlassung zum Aufbegehren. Auch deshalb war keiner dieser Männer unter den Verschwörern. Ernst wählte für die erste Beratung die Männer, deren Wut auf den Eldermann ihm bekannt war und denen er vertraute.

Nicht jeder der Verschwörer stand in der Rangfolge der Familie so weit oben, dass er sich bedenkenlos zur Verpflichtung seiner Familie bekennen wollte. Unsicher darüber, dass gemachte Zusagen vom eigenen Familienoberhaupt abgelehnt würden, verfolgten sie zuerst die der eigenen Familie erreichbaren Absichten. Dazu gehörte die Ablösung des Eldermanns. Freiwilliger Verzicht auf den Führungsanspruch konnte unmöglich im jeweiligen Interesse des Familienoberhauptes liegen. Eine entsprechende Freigabe war gleichbedeutend mit einem Rangfolgeverlust, wenn das Familienoberhaupt die Wahl zum Eldermann ernsthaft erwägt.

Die Bereitschaft dieses Wagnis zu tragen und andererseits die Möglichkeit zu nutzen, um durch entschiedenes Auftreten unter den Verschwörern, in eine zentrale Rolle schlüpfen zu können, zeichnete zwei weitere Verschwörer aus. Die übrigen, an der Beratung teilnehmenden Fischer verfolgten die gleichen Ziele, denen sich Ernst verpflichtet fühlte. Deshalb waren sich nur Modorok und Ernst ihrer Aussagen sicher.

Sieben Verschwörer folgten den Vorschlägen des Hunnos. Wussten sich doch nur diese Vertreter in Übereinstimmung mit den Interessen ihres Oberhauptes oder zeigten Bereitschaft für ein Wagnis. Der Rest der Männer blieb unschlüssig.

Die Zustimmung zur Ablösung Huberts war der einfache Teil. Das Anrecht zur Anführerschaft der Sippe zu erringen, bestimmte die Verhältnisse unter den Verschwörern. Eine Auseinandersetzung mit der Streitmacht des Hunno schien nun keiner der Männer mehr in Betracht zu ziehen, ob jedoch Waffen zwischen den Gruppierungen der Familien zum Einsatz gelangen könnten, blieb noch offen.

„Wieso wird Hubert nicht auf dem Thing anwesend sein?" brach es aus einem der Männer hervor. Gaidemar sah den Fischer, der das fragte, ruhig an und erwiderte: „Weil ich ihn habe!"

Erstaunte Ausrufe bezeugten die Überraschung der Verschwörer.

„Du hast ihn? Warum? Wie ist dir das gelungen?" brachte einer der Männer hervor.

„Das ist eben so, …" erwiderte Gaidemar und setzte dann fort: „… er lief mir in die Arme … Außerdem habe ich auch noch ein kleineres

Problem mit ihm und das werde ich lösen, ob mit eurer Unterstützung oder gegen euch, entscheidet ihr!"

In die entstandene Pause der Verarbeitung dieser neuen Informationen kam aus dem Kreis der Anwesenden ein anderer Zwischenruf: „Zur Wahl als Eldermann gibt es in Huberts Familie noch andere Interessenten!"

„Wer ist das? Kann man den Mann für eigene Zwecke ausnutzen?" fragte der Hunno sofort.

„An wen hast du dabei gedacht?" lautete des Schmieds Frage an den Sprecher.

„An Huberts *Tochtermann*, den Mann seiner Ältesten! Die Spannungen zwischen beiden Männern sind euch doch allen bekannt ... *Ludwig* ist ein ruhiger, besonnener und kluger Mann!"

Die Erklärung des Sprechers schien von allen anerkannt zu werden. Auch dessen Fortsetzung wurde geduldig zur Kenntnis genommen und mit Kopfnicken begleitet.

„Ludwig ist auch ein Händler, aber lehnt den Sklavenhandel ab! Er handelte lange Zeit mit Eisenerz. Dazu war er viel auf Reisen. Er kennt die Römer und auch andere Sippen oder Völker!"

Die Verschwörer sahen sich überrascht an. Es war deutlich, dass alle Ludwig kannten und zum Teil auch schätzten. Doch sollte wiederum ein Mann aus Huberts Familie Ältester werden? Könnte das dann nicht Huberts Einfluss erhalten?

Der Sprecher, der Ludwig erwähnte, ergänzte seine Gedanken: „Vergesst auch nicht, dass Ludwig aus einer alten Familie stammt und sich deren Unterstützung sicher sein kann. Dadurch nimmt die Zahl der Mitläufer bei Hubert stark ab ... Gewinnen wir Ludwig und seine Familienmacht, gewinnen wir die Wahl!" behauptete der Mann abschließend. Einige der Männer nickten verhalten.

„Doch wird Ludwig unsere Wünsche befriedigen und nicht vielleicht dann seinem Schwiegervater wieder zum Eldermann verhelfen?" warf der Schmied in das Gespräch ein.

„Warum sollte er das tun, wo er doch selbst Eldermann sein kann?" fragte Gaidemar in die Runde und ergänzte nach einer kleinen Pause: „Andererseits, wie würde sich Ludwig seinem Schwiegervater gegenüber verhalten, wenn er Eldermann ist? Würde seinerseits die Gefangennahme meiner Gefährten gesühnt? Ich kenne den Mann nicht."

Modorok ergriff mehr im Selbstgespräch das Wort und alle hörten aufmerksam zu.

„Würden wir Ludwig heute hier zur Beratung holen, ihm vorschlagen Eldermann zu werden, sähe er darin Verrat an seinem Schwiegervater. Er würde sich gegen uns stellen. Zumal, so wie ich ihn kenne, er nicht unbedingt die Macht anstrebt. Bleibt der Älteste bis nach der Wahl vermisst und der Vorschlag für Ludwig kommt auf dem Thing, hätte er keinen Grund zum Widerspruch. Er müsste die Wahl annehmen .... Damit wäre Huberts Streitmacht aufgebrochen und dieser hätte keine Mehrheit mehr!" Modorok machte eine kleine Pause und setzte seine Gedanken dann fort:

„Mit unseren Stimmen bringen wir die Mehrheit auf Ludwigs Seite. Hubert und sein Klüngel wären ob der Wahl nicht erbost, ist doch einer von ihnen Eldermann. Sie werden trotz der Spannungen zwischen beiden Männern an ihren Vorteil glauben. Hubert ist schon sehr alt. Früher oder später wäre er ohnehin nicht mehr als Eldermann geeignet. Doch wie gelingt es uns, den neuen Eldermann Ludwig unsere Sicht der Dinge deutlich zu machen?"

„Diese Entscheidung liegt in euren Händen. Sehen wir alle eure Vorschläge und die jeweilige Macht eines möglichen Ältesten, ergibt sich, dass eure Hilfe nur Manfred oder Ludwig zum Ältesten berufen kann... Nur diese Männer können einer Gegenwehr von Hubert trotzen. Deshalb solltet ihr euch für einen dieser Männer entscheiden." Der Hunno machte seinerseits eine Pause in seinen ausgesprochenen Überlegungen.

„Ich denke nach euren Worten, dass Ludwig, wenn er seine Unterstützung erst kennt, zu einer ebenso starken Macht in der Sippe wachsen kann, wie sie von Hubert und Manfred bereits aufgeboten werden kann. Es wird dann drei gleich starke Parteien geben. Das kann zur Trennung der Sippe führen, oder zum Kampf." Gaidemar musterte die Verschwörer und versuchte herauszufinden, was seine geäußerten Gedanken bewirkten. Er zögerte mit seiner Fortsetzung, entschloss sich aber dann zur Offenlegung aller ihm sichtbaren Widersprüche.

„Es kann auch dazu führen, dass Ludwig und Hubert gemeinsam gegen Manfred vorgehen. Vergesst die verwandtschaftlichen Bande nicht ..." brachte Gaidemar zum Bedenken.

Ernst, der Fischer, der bis zu diesem Zeitpunkt beharrlich schwieg, kratzte sich am Kopf und begann seine Überlegungen preiszugeben.

„Ich kenne Hubert schon mein ganzes Leben. Er war schon da, als ich ein Knabe war und Vater mir das Fischen lehrte. Als ich meinen Frame erhielt, wurde Hubert zum Eldermann. Das ist viele Jahre her. Wir waren freie Fischer und konnten von unserem Fang gut leben. Im Dorf gab es Schmiede, Stellmacher und andere Handwerker. Die Lage am Fluss brachte Vorteile für den Handel und so gab es in unserer Sippe bald eine größere Zahl Händler. Dann kamen die Römer, erst selten und einzeln, dann öfter und bald nur noch in Gruppen. Den römischen Händlern folgten auch *Legionäre* und die brachten Sklavenjäger mit. Immer gelangten die Fremden über den Fluss zu uns. Und Hubert wurde immer reicher, er baute ein Haus aus Stein, er besaß römische Pferde, er brachte Sklaven zu uns, er verkaufte Sklaven. Niemals widersprach auch nur Einer. Geschah das dennoch, gab es bald einen Verletzten oder Toten. Für Hubert traten keine Veränderungen ein. Seine *Schergen* zwangen uns Abgaben auf und ihr alle wisst, dass ich nicht nur den Teil meine, den die Römer erhielten." Ernst sah, seit er zu Sprechen begann, zum ersten Mal auf und dem Hunno in die Augen.

„Sehe ich mir Ludwig an, sehe ich einen fleißigen und klugen Mann, der nicht mit Huberts Meute heult, der nicht in dessen Schuld steht und sich nichts von Hubert befehlen lässt! Diese Spannungen führten dazu, dass Ludwig, als noch junger Mann, mit dem Erzhandel begann und lange Zeiten fern vom Dorf weilte. Kam er von seinen Reisen zurück, kann ich mich immer an Auseinandersetzungen erinnern. Ich weiß, dass sein Schwiegervater nicht nur einmal aus seinem Haus verwiesen wurde. Ihr alle wisst, dass Ludwig und ich Kinderfreunde waren. Also weiß ich auch mehr als ihr. Deshalb sage ich euch, Ludwig wird Hubert niemals wieder zum Ältesten machen und er wird sich nie in dessen Abhängigkeit begeben! Sein Weib steht zu ihm, auch gegen den eigenen Vater. Ob Ludwig aber seinen Schwiegervater zur Sühne seiner Taten verurteilt, bezweifle ich. Mir scheint es möglich, dass Ludwig die gesamte Hausmacht des Hubert übernehmen könnte, mit Ausnahme von dessen Schergen. Doch ich sehe darin keine Gefahr für das Dorf. Ludwig wird uns nicht beherrschen wollen. Meine Stimme würde Ludwig gehören!"

Die übrigen Fischer stimmten Ernst mit Nicken zu und bekundeten damit ihr Einverständnis. Schweigen breitete sich aus.

Die Männer sahen sich an, dann sanken die Köpfe der Mehrheit zum Boden und einzeln, nacheinander, hoben sich die Blicke wieder. Es schien zur Einheit der Ansichten zu kommen.

Mit einem Schütteln seines Kopfes meldete sich der Bartmann wieder zu Wort. „Ich habe die Worte von Ernst gehört und verstanden. In eurem Sinne wäre es, Ludwig zum Ältesten zu wählen. Ich bin nur der Schmied.

Ernst hat mich angesprochen, weil er meine Meinung zu Hubert kennt. Ich gehöre aber zu einer starken Familie und deren Oberhaupt ist Manfred. Wenn es zu einer Wahl im Thing kommt, gehört meine Stimme der Familie und somit Manfred."

„Du bist ein kluger Mann, Modorok! Dein Wort hat Gewicht im Kreis dieser Männer…" Gaidemar machte eine Handbewegung, die alle Anwesenden umfasste „…was denkst du, wird geschehen, wenn deine Stimme nicht Manfred gehört?"

Modorok sah den Gefolgschaftsführer an und zeigte mit seinem Unverständnis, dass er den Grund der Frage nicht erfasste.

Gaidemar ergänzte: „Die Krieger deiner Familie kennen dich doch sehr genau? Was geschieht, wenn deine Stimme nicht für Manfred, sondern für Ludwig abgegeben wird?" besserte Gaidemar seine Fragestellung nach.

„In meiner Familie werde ich zum Verräter!" lautete die bestimmte Antwort Modoroks.

„Was meinst du geschieht, treten wir mit unserem Kriegerhaufen nicht in Erscheinung und lassen darüber hinaus Hubert noch frei?" kam Gaidemars nächste Frage.

„Nichts! Hubert bleibt Ältester bis zur nächsten Wahl oder bis zum Tod!"

„Käme für dein Familienoberhaupt jemals die Möglichkeit des Ältesten?" wollte Gaidemar daraufhin vom Schmied wissen.

„Nein! Dafür ist die Familie des Ältesten zu stark!" beantwortete Modorok dessen Frage.

„Gut, diese Antwort habe ich erwartet. Ich brauche hier eine starke und geschlossen handelnde Sippe. Eure Sippe ist die Größte im Gebiet. Beansprucht Manfred die Macht und wird Ludwig von vielen ins Gespräch gebracht, entstehen vielleicht drei Lager. Das nützt meiner Gefolgschaft nichts! Was ist wichtiger, die Einheit der Familie oder die Einheit der Sippe?" fragte Gaidemar die Anwesenden und wartete auf Antworten.

Als diese ausblieben, setzte er seine Gedanken fort: „Die Stärke der Sippe beruht auf der Einheit der Familien. Tritt eine starke Sippe, einheitlich auf und stützt sich auf die Familien, wächst ihr Einfluss. Sind die Familien uneins, was wird dann aus der Macht der Sippe?" Die Frage verhallte am Feuer und noch immer begriffen die Männer der Ebersippe nicht, worauf der Hunno hinaus wollte.

„Ihr müsst euch einigen. Doch bedenkt, ohne unsere Hilfe gibt es keine Veränderung. Weder Manfred noch Ludwig könnten diese Gelegenheit, Eldermann zu werden, nutzen! Es kann aber nur einen Ältesten geben … Und auch nur einer der Männer strebt den Machtwechsel an. Den Anderen brachtet ihr ins Gespräch." Die Männer stimmten seiner Aussage mit Kopfnicken zu.

„Wird sich der Andere zur Wahl stellen? Wird er an Huberts Stelle treten wollen?" Der Hunno schuf einen neuen Höhepunkt und wieder sah er die Verunsicherung in einigen Gesichtern der Verschwörer.

„Um über Hubert zu triumphieren, bedarf es eurer Einigkeit. Wenn das so richtig ist, dann geht es doch nicht um Manfred oder Ludwig. Es geht zuerst gegen Hubert. Der ist nicht anwesend, kann sich nicht wehren. Wer wird für ihn Partei ergreifen? Wer wird seine Interessen vertreten oder könnte sich, die Abwesenheit nutzend, an die Spitze dieser Gruppierung schieben? Habt ihr auch daran gedacht?"

Gaidemar spürte die Verzagtheit der Verschwörer. Im Bestreben ständig neue Höhepunkte zu schaffen und alle Möglichkeiten zu berücksichtigen zwang er die Männer immer mehr in die Enge. Ohne auch nur einen Framen zu erheben, wollte er sein Ziel erreichen. Dieses Ziel bestand in einer einigen, starken Sippe, die seinem Bündnis beitreten will. Würde er besser mit Manfred oder Ludwig zum Ziel kommen? Gab es noch Andere?

„Gehört eure Stimme Ludwig, verliert Hubert seine Überlegenheit!" Noch immer genoss Gaidemar die Aufmerksamkeit der Männer, die nicht erkannten, worauf des Hunnos Rede abzielte.

„Benennt ihr Ludwig nicht, bleibt Hubert der Mächtigste! Ludwig erst bringt euch die Spaltung von Huberts Lager! Huberts Machtposition wird geschwächt, wenn sich die Freien zu Teilen Ludwig zuwenden. Nur ihr könnt wissen, ob der dafür in Frage kommende Mann der Richtige ist? Kann sich der Ausgewählte auch nach der Wahl gegen Hubert behaupten?" Gaidemar schwieg für einen Augenblick.

„Gewinnt Manfred die Wahl, so ist nach unserem Abzug die Erhaltung seiner Macht in Frage gestellt. Er hat zu wenige Krieger um die Ordnung gegen Huberts Meute, in der dann auch Ludwigs Anhänger verblieben sind, aufrechtzuerhalten. Dieser Bruderzwist wird eure Sippe schwächen! Es gibt noch eine bessere Lösung." Gaidemar schwieg und beobachtete die Reaktion der Männer, bevor er fortsetzte:

„Modorok, wenn du dich für Ludwig entscheidest, spaltest du deine Familie! Einige werden dir folgen, Andere Manfred. Richtig ist, du erweist deiner Familie keinen guten Dienst, dafür aber schaffst du mit deiner Entscheidung stabile Verhältnisse in der Sippe. Was wiegt schwerer?"

Der Schmied starrte grübelnd auf seine Füße.

„Denke weiter! Deine Gefährten hier am Feuer, deren Familienoberhäupter bei der Wahl keine Rolle spielen können, sollen ebenfalls für Ludwig stimmen. Auch sie begehen nach deinen Worten Verrat an ihren Familien. Es ist eure Entscheidung! Doch benennt ihr Ludwig nicht als möglichen Eldermann und überzeugt ihn nicht, sich zur Wahl zu stellen, bleibt es bei Huberts und Manfreds Gruppierung. Wer dann die Oberhand behält, scheint klar. Ludwig spaltet die Gruppierung Huberts. Nur dadurch entstehen drei starke Gruppen. Verbünden sich Ludwig und Manfred, seid ihr Hubert überlegen und könnt ihn zwingen. Ihr habt Ludwig als ehrlichen und klugen Mann dargestellt. Nach euren Worten würde seine Ehre leiden, wüsste er von unserer Beratung und Huberts Absetzung. Deshalb können wir ihn nicht in unsere Vorbereitungen einbeziehen. Aber diese seine Ansicht ehrt den Mann doch ... Manfred können wir in unsere Vorbereitungen einbeziehen und ich bin bereit, mit ihm zu sprechen. Sorgen wir von vorn herein für klare Verhältnisse!"

Bedrückung machte sich am Feuer breit und die entstandene Situation schien keine Möglichkeit zur Klärung aufzuweisen. Der Widerspruch zwischen den möglichen Kandidaten zur Wahl des neuen Eldermanns schien nicht lösbar. Ludwig und Manfred zogen etwa gleichstark in die Auseinandersetzung. Keiner von beiden könnte die Mehrheit aufbringen, die die andere Partei zur Aufgabe eigener Interessen zwingt. Auch schien es unmöglich, Vertreter aus Ludwigs Familie oder ihn selbst mit in die Verschwörung einzubeziehen. Unschlüssig saßen die Vertreter der Sippe am Feuer und die Absetzung des bisherigen Ältesten schien in weite Ferne gerückt.

„Dann will ich euch mal sagen, was ihr habt und was ihr nicht habt!" Nach Gaidemars Worten entstand eine Pause.

„Ihr habt keinen Eldermann mehr! Gibt es hier keine Einigung, werde ich Hubert hinrichten! Basta!"

Erschrockenes Aufblicken kennzeichnete die Sichtweise der Anwesenden. Mit einer Absetzung des bisherigen Ältesten hatten sie sich bereits abgefunden, dessen Tötung schien dann doch zu weit zu gehen...

„Mit welchem Recht willst du das begründen?" fragte einer der Männer.

„Mit dem Recht der Stärke!" Prompt kam und hart klang Gaidemars Antwort.

Das Misstrauen der Männer nahm wieder Form an. Dies spürend, ergänzte der Hunno: „Hubert ist es nicht wert, von euch beschützt zu werden! Wer drangsaliert euch, zu wem steht ihr im Schuldverhältnis? Doch das ist nicht meine Sorge!" Gaidemar setzte eine absichtliche Pause.

„Doch er ließ meine Freunde gefangen setzten und wollte diese als Sklaven verkaufen ... Damit machte er sich zu meinem persönlichen Feind. Wenn ich nicht erkannt hätte, dass ich über Huberts Schuld die Sippe für die Einheit unseres Volkes einigen könnte, baumelte er schon lange an einem Ast ..." Gaidemar hatte sich in Zorn geredet und erst das Auflegen der Hand durch den hinter ihm sitzenden Knaben mäßigte seine augenblickliche Wut.

„Also, wozu entscheidet ihr euch? Hubert selbst abzulösen und dann nach euren eigenen Gesetzen zu verurteilen? Oder wollt ihr, dass ich das Urteil vollstrecke? Soll ich die Sippe mit Waffengewalt bedrohen und euch zwingen, einen neuen Eldermann zu wählen? Wollt ihr euch in Feindschaft zu mir stellen?"

Modorok der Schmied sprang auf: „Willst du uns wieder drohen?" brüllte er zornesrot im Gesicht und sein Hals schwoll gefährlich an.

Auch Gaidemar sprang auf. „Wenn es nicht anders geht! Entweder im Guten zur Einigkeit unseres Volkes oder ihr werdet ausgelöscht! Ich werde keine Verrätersippe im Rücken unseres Kampfes gegen die Römer dulden!" Die Wut sprach aus dem Hunno und es fehlte nur noch eine kleine Flamme und die Auseinandersetzung könnte beginnen. Modorok und Gaidemar starrten sich aus kurzer Entfernung an.

„Setzt euch hin!" kam es diesmal eiskalt von Ernst, dem Fischer.

„Du, Hunno, stehst schon lange neben meiner Hütte und drückst mir auf die Seele. Dein Knabe wurde im Dorf gesucht und trotzdem kam er immer wieder zu mir. Damals, als du deine Gefährten befreitest, danach als dir an den Gefangenen lag und jetzt wieder ... Immer fürchtete ich um das Leben meiner Angehörigen. Furcht wovor? Vor einem Ältesten, der uns alle unterjochte, der uns mit seiner Peitsche und seinen Häschern bedrohte? Der uns ins Schuldverhältnis zwang, weil er den Römern, an unserer statt, für unsere Abgaben aufkam? Der die tötet, die ihm widersprechen? Wie lange soll das noch weiter gehen? Wie lange wollen wir das zulassen? Jetzt kommst du und bietest uns die Gelegenheit, Huberts Macht aufzubrechen. Obwohl eine Bedrohung sichtbar ist, wird diese nicht vollzogen. Würdest du unseren Untergang wollen, wäre ein überraschender Angriff verheerend gewesen." Der Fischer schwieg einen Augenblick und sah die wieder sitzenden Kontrahenten an, bevor er seinen Blick allein Modorok zuwandte, obwohl er Gaidemar ansprach.

„Du schickst deinen Knaben als Botschafter. Der zwang mich zur Handlung. Ich suchte und sprach euch alle an, weil ich von eurem Leid und eurer Wut auf Hubert Kenntnis habe. Ich wählte euch unter vielen Anderen aus, weil ich euch traue und für klug genug ansah. Wir entscheiden nicht, wer neuer Eldermann wird, das wird die Sippe tun! Wir sorgen nur für den Rahmen, in dem Huberts Macht zerschlagen wird und bereiten die Wahl eines anderen Eldermanns vor ..." Wieder ließ Ernst eine kurze Pause zu.

„Und du kommst mit einer Streitmacht, die ich bisher nicht sah. Nicht, dass ich dir nicht glaube. Zumal ich weiß, dass du diese Streitmacht hast. Deine Beweise dafür, die der Knabe mir nannte, sind deutlicher Beleg! Und ich traue dir, auch wegen dieses Knaben, der mutig und entschlossen, aber auch klug und zurückhaltend deine Ziele verfolgt. Wer einem Knaben vertraut, der zwar ungewöhnliches Verhalten zeigt, aber doch nur ein Knabe ist, der kann nicht hinterlistig, feige oder auch herrschsüchtig sein ... Dann spricht noch etwas für dich, dass bisher keiner von euch bedachte!"

Schweigen senkte sich über die am Feuer sitzenden Männer, bis Ernst seine nächsten Worte fast hervor stieß. „Du zeigst uns einen Weg, wie wir unter Wahrung der Einheit und Stärke unserer Sippe den Machtwechsel ohne Blut und Waffen vollziehen können, obwohl du auch anders vorgehen könntest ... Du gabst deinen eigenen Vorteil aus der Hand! Also Modorok, was soll dein Gebrüll über Bedrohung und was soll dein Zorn, Krieger?" Die Worte des Fischers verklangen und jeder hing eigenen Gedanken nach.

Hubert als bisheriger Ältester stand nicht mehr zur Rede. Die Entscheidung zu einem anderen Eldermann würden die freien Männer der Sippe treffen müssen. Doch dazu braucht die Sippe ein Thing, das die Führung eines Krieges beschließen konnte. Die Bedrohung durch die

Gefolgschaft zwang zum Thing und damit zur Wahl eines anderen Anführers...

Die Erkenntnis zur entstandenen Lage traf bei jedem Verschwörer, nach unterschiedlicher Dauer und über verschiedenartige Gedankengänge, ein. Nur der Inhalt blieb bei allen fast gleich.

In die längere Pause hinein kam die entscheidende Frage von Ernst: „Wie wollen wir vorgehen?"

„Gut, hört meinem Vorschlag zu!" nahm Gaidemar die Frage des Fischers auf. Auch sein Zorn war verraucht. Die Worte des Fischers und sein Ziel zwangen zu Überlegung und Ruhe.

„Im Verlaufe des folgenden Tages werden sich in unterschiedlichen Abständen an verschiedenen Orten unsere Krieger zeigen. Ich rechne damit, dass von der Sippe Beobachter ausgeschickt werden. Einige werden wir fangen, andere entkommen lassen. Wir werden keinen eurer Männer töten. Einige eurer *Späher* werden eine Bedrohung melden. Das müsst ihr nutzen, um eine Neuwahl des Eldermanns zu fordern! Ich werde erst kommen, wenn ihr eure Wahl des neuen Anführers beendet habt ..." Gaidemar wartete die Zustimmung der Verschwörer ab.

„Nach eurer Wahl werde ich mit einer kleinen Schar meiner Krieger das Dorf betreten und das Recht zur Teilnahme erbitten. Wird mir dies gewährt, werde ich sprechen. Greift die Sippe uns an, wird es einen Kampf geben!" Die Männer nickten erneut zum Zeichen, dass sie verstanden hätten.

„Halt, wartet noch! Wer macht den Vorschlag zum Ältesten?" Diese Wahl fiel letztlich auf Ernst. Die Männer erhoben sich und verließen, mit Ausnahme des Bartmannes, das Feuer.

Obwohl beide Männer zuvor als härteste Kontrahenten aneinander gerieten, forderte Gaidemar den Schmied zum Bleiben auf. „Modorok, glaube mir, dass mir der nächste Eldermann der Sippe gleich ist. Er muss nur zum Bündnis mit uns bereit sein! Ob Manfred oder Ludwig, ist eure Entscheidung! Mit Ludwig kann ich nicht sprechen, aber mit deinem Oberhaupt. Ich möchte Manfred treffen. Kannst du ihn zu mir führen?"

Modorok verstand. Sein Zorn war längst verraucht. Er war ein zwar aufbrausender, aber auch kluger Mann, der dem Umstand der Anwesenheit der Gefolgschaft Rechnung trug. Jetzt wusste er auch, dass dieser junge Hunno die Gefolgschaft führte. Sie vereinbarten den Ort und die Zeit des Zusammentreffens.

3. Die Verfolgung

65 nach Christus - Frühjahr (9. Maius)
Barbaricum - Im Land der Hermunduren zwischen dem Fluss Moenus und dem Herzynischen Wald

*P**aratus* folgte *Viator* durch das Tor der **Porta Principalis Dextra**. Sie ritten im Schritttempo. Er sah, wie sich Viator etwas im Sattel verschob und immer wieder zum Lagertor zurückblickte.

Nach einiger Zeit hielt Viator sein Pferd an, sah zum Lagertor und musterte das gegenüberliegende Ufer des Flusses. Er erkannte, was den anderen Verfolgern entgangen war und zwang sein Pferd durch das Wasser. Statt festen Boden unter die Hufe zu bringen, verblieb er in einem zufließenden Bachbett. Viator beugte sich weit nach vorn über den Pferdehals und spähte auf die beiden Uferstreifen des Baches.

Es war, als wüsste er, wo er suchen musste. Paratus überließ ihm gern die Führung, kannte er doch Viators Vermögen, jede Spur zu finden. Im Bachbett bergauf, blieb Viator plötzlich stehen. Er veranlasste sein Pferd das Bachbett in Richtung zum Lager hin zu verlassen. Jetzt zweifelte Paratus doch, erschien ihm die Richtung als falsch. Er sagte nichts und folgte seinem Freund. Als sie aus dem Wald heraus, zu ihren Füßen das *Feldlager* sahen, glitt Viator vom Pferd und warf Paratus dessen Zügel zu. Während Viator der vermeintlichen Spur folgte, wartete sein Gefährte.

„Komm her, Paratus!" Der Legionär folgte dem Kameraden, der wieder auf seinem Pferd aufsaß. „Hier hat der Gefangene gewartet. Siehst du die Hufspuren dort!" Er wies mit der Hand in deren Richtung. Paratus sah und nickte.

„Es waren zwei Pferde! Er hat gewartet, bis der Verfolgertrupp zurück war. Erst dann ist er weiter. Der Bursche ist klug!" beendete Viator seinen Monolog, drehte sein Pferd auf der Hinterhand und folgte der nach Osten führenden Spur des Flüchtigen.

„Woher willst du das alles Wissen?" fragte Paratus nach einiger Zeit. Sie ritten nebeneinander.

„Nun, ganz einfach!" grunzte Viator als Antwort. „Was hätte ich an seiner Stelle getan?"

„Wieso, du bist nicht geflohen…"

Manchmal war Paratus etwas begriffsstutzig. Damit der Kamerad seine Gedankengänge verstand, musste Viator deren Zusammenhänge erklären.

„Wäre ich geflohen, hätte ich mich als Erstes des zweiten Pferdes bemächtigt. Mit zwei Pferden bist du länger schnell unterwegs. Du kannst das Pferd immer wieder wechseln. Das macht auch der **Barbar**! Dann wäre ich aus den Augen meiner Verfolger verschwunden. Auch das tat der Barbar. Verfolger sind, wenn sie dicht auf sind, nicht sehr aufmerksam. Sie glauben den Fliehenden bald einzuholen und sind deshalb nur auf Schnelligkeit aus. Kann mich keiner mehr sehen, wechsle ich die Richtung. Der Barbar verhielt sich genauso. Er ist durch den Fluss und dann im Bachbett aufwärts. Ich hätte es auch so gemacht. Dann ist er zum Lager zurück und wartete, bis die Verfolger zurückkehrten. Tut er das nicht, läuft er Gefahr, den Suchenden in die Arme zu laufen. Er weiß, dass man ihn suchen würde, aber nicht, wo die Verfolger suchen. Auch das hätte ich getan!"

Viator sah Paratus an und hoffte, dass dieser seine Gedankengänge nachvollziehen konnte. Oft hatte er den Eindruck, dass sein Kamerad begriffsstutzig war. Aber manchmal schien ihm, dass Paratus nur einfach mehr Zeit zur Erfassung von Zusammenhängen benötigte. Von Paratus, nach reiflicher Überlegung, geäußerte Fragen zeugten von gründlichen Gedankengängen. Das zwischen der Mitteilung und Paratus Verarbeitung Stunden oder Tage vergehen konnten, irritierte Viator. Nie konnte er voraussehen, ob die Mitteilung den Eber überhaupt interessierte und in sein Innerstes vorgedrungen war. Paratus Verhalten zeichnete sich für gewöhnlich durch Faulheit im Denken aus. Wenn dann nach längerer Zeit doch noch eine Schlussfolgerung des stämmigen Brummbären kam, wusste Viator oft nicht sofort, auf was sich der geäußerte Gedanke seines Kameraden bezog und musste in seiner Erinnerung kramen.

Viator fand sich mit der Begriffsstutzigkeit seines Gefährten ab, nahm dessen träge Denkweise in Kauf und reagierte gelassen auf mitunter, ohne sichtbaren Zusammenhang vorgebrachte Erkenntnisse, zu längst vergangenen Vorfällen. Viator hatte sich an die seltsamen Verhaltensweisen des Gefährten gewöhnt. Deshalb setzte er seine Erklärung zum Verhalten des fliehenden **Germanen** fort und hoffte inständig darauf, dass der Gefährte die Zusammenhänge bald verarbeitet haben würde.

„Der **Tribun** befahl **Präfekt Bubo** die Verfolgung durch mehrere **Turmae**. So weit sind alle Überlegungen des Fliehenden richtig. Als er die Reiter von seiner Verfolgung zurückkommen sah, war der Weg für ihn frei. Er setzte sich ab, kann aber nicht wissen, dass wir ihm folgen."

Paratus lauschte den Erkenntnissen seines Gefährten.

„Deshalb wird er jetzt, einen weiten Bogen um unser Lager machend, in Richtung seines Dorfes reiten. Er will nicht den Suchern in die Arme laufen. Außerdem nimmt er an, dass er Zeit hat. Die Verfolger kehrten ohne Erfolg ins Lager zurück. Dass wir ihm folgen, weiß er nicht. Sein Vorsprung ist nicht sehr groß, vielleicht eine Stunde. Deshalb sitzen wir ihm jetzt im Nacken!"

Viator gab seinem Pferd die Sporen und beide Reiter steigerten das Tempo. Sie folgten dem Tierpfad, den der Fliehende gewählt hatte. Seine Spuren blieben gut sichtbar. Er hatte keine Zeit, diese zu verwischen und sah es wohl auch nicht als notwendig an. Viator war, ob dieser Erkenntnis, beruhigt. Blieben die Spuren so, wird der Fliehende mit Sicherheit in ihre Hände fallen.

Der Römer hoffte mit gleicher Geschwindigkeit wie der Fliehende vorwärts zu kommen. Je schmaler der Weg, desto schwerer hätte es der Germane, das zweite Pferd mitzuführen. Da Paratus und er hintereinander auf jedem Tierpfad durchkämen, würden sie langsam aufholen.

Die Verfolger kamen an einen Flusslauf und sahen die Spur ins Wasser führen. Nur wo kam diese heraus? Viator brauchte eine Weile, die gesuchte Stelle aufzufinden. So verloren sie wertvolle Zeit.

Der Germane wählte eine Übergangsstelle, die es ihm ermöglichte, eine Zeit flussauf im Wasser zu reiten. Der Fluss mochte etwa fünfzig Fuß breit sein und schien dafür nicht sehr tief. Das Wasser reichte allenfalls bis zur Unterkannte des Pferdebauches.

Der Römer begriff, dass ein mehrmaliges Durchqueren des Flussbettes zwangsläufig jeden Verfolger abschütteln musste. Doch wo verließ der Germane das Wasser? Aufmerksam musterte Viator die Ufer und dann entdeckte er die Stelle, der der Fliehende zuzustreben schien.

Einen Bachzufluss am gegenüberliegenden Ufer nutzend, gelangte der Barbar wieder auf festen Boden. Danach führte dessen Weg eine längere Strecke unmittelbar am Ufer entlang. Sich seiner List sicher, kehrte der Fliehende auf das vormalige Ufer zurück.

Das Folgen der Spur erforderte Aufmerksamkeit, doch auch diese hätte nicht ausgereicht, die Spur am anderen Ufer wiederzufinden. Indem sich der Verfolger in den Fliehenden versetzte und dessen Handlungen davon ableitete, was er auf der Flucht selbst getan hätte, fand Viator auch diese Stelle. Der Römer folgte dem aufsteigenden Bachbett und fand die Abdrücke der fliehenden Pferde.

Während Viator den Spuren folgte, gelangte er zur Überzeugung, dass diese an beiden Ufern zu deutlich zu sehen waren. Er wollte keine Zeit verlieren und sich auch nicht an der Nase herumführen lassen. Wenn der Barbar seinen Ausgang aus dem Flussbett deutlich markierte, beabsichtigte er einen möglichen Verfolger mit dieser breiten Spur in die Irre zu leiten. Einmal solcher Spur gefolgt, verlor er wichtige Zeit. Der Legionär glaubte jedoch, dass sich der Fliehende sicher wähnte und deshalb dem Verwischen seiner Spuren keine Aufmerksamkeit mehr zollte. Also folgte Viator, bei der nächsten Flussdurchquerung des Fliehenden, dem Flussverlauf am bisherigen Ufer. Wenn seine Vermutung zutraf, bot sein Verbleiben auf dieser Seite des Ufers den Vorteil des Zeitgewinns. War seine Vermutung falsch, würden Paratus und er weiteren Boden verlieren. Der Römer wusste nicht, wo das Dorf des Germanen lag und wie weit der Weg noch sein würde. Er wagte das Risiko und behielt recht. Er fand die Spur der Pferde des Fliehenden wieder an diesem Ufer und folgte ihnen.

Der Germane schien keine Pause zu brauchen. Es ging weiter nordwärts und als sich die Sonne zur Erde zu neigte, hielt Viator, der voraus ritt, plötzlich an. Sie waren auf einen befahrbaren, breiteren Weg gelangt, auf dem er Wagenspuren erkannte. Also musste bald ein Dorf kommen.

Viator zeigte Paratus an, er solle den Abstand zwischen ihnen vergrößern und setzte seinen Ritt vorsichtig fort. Nach einer weiteren Stunde, in der sie sicherlich Boden gegenüber dem Fliehenden verloren, bemerkte der Legionär Hütten. War diese Siedlung das Ziel des Germanen? Viator lenkte sein Pferd in den Wald und ließ Paratus aufschließen.

„Du bleibst hier! Ich schleiche mich an das Dorf!" Viator glitt vom Pferd, reichte Paratus die Zügel und verschwand im Dickicht. Paratus wartete. Es dauerte einige Zeit, bis Viator zurückkehrte.

„Es war zu ruhig dort. Kein Rauch. Das Dorf ist verlassen. Er hat es nur durchquert. Also auf und ihm nach!" Wieder hatten sie weitere Zeit verloren.

Nach dem Dorf folgten sie einem oft genutzten Pfad, der breiter und bequemer, ein offensichtlich sumpfiges Wiesenfeld umrundete und langsam bergab führte. Die Spuren verließen den breiteren Pfad. Viator und Paratus folgten.

Der Germane musste sich jetzt sehr sicher fühlen, denn er strebte fast geradeaus in nördliche Richtung, durchquerte in einem Tal ein Waldgebiet und als die Dämmerung sie erreichte, stießen sie wieder an einen Fluss.

Ein breites Tal ermöglichte ihnen einen weiten Blick. Am Ausgang des Tals sahen sie zwei Pferde um eine Biegung verschwinden. Viator spornte sein Tier noch einmal kräftig an und Paratus folgte ihm. Das Tal erweiterte sich hinter der Biegung und folgte dem Flussverlauf. Wieder sahen sie in der Ferne die zwei Pferde. Der Weg war verhältnismäßig breit und oft befahren. Er zog sich rechts des Flusses hin und wandte sich flussauf.

Viator und Paratus jagten, in dem sie alles aus ihren Pferden heraus holten, hinter dem Fliehenden her. Es gelang ihnen den Abstand auf etwa eine halbe *Meile* zu verkürzen. Der Fliehende bemerkte die Verfolger und verschärfte sein Tempo. Noch immer die Jagd fortsetzend, holten die Römer trotzdem weiter auf. Viator wollte, zur Verunsicherung des Fliehenden, schon einen Siegesschrei ausstoßen, als er bemerkte, wie der Reiter im Galopp die Pferde wechselte.

Der Abstand zwischen dem Fliehenden und seinen Verfolgern vergrößerte sich wieder. Die Pferde der Römer waren vom langen Ritt und dem anschließenden Galopp erschöpft.

Der Fliehende gelangte, auch weil der Dämmerzustand langsam in Dunkelheit umschlug, aus dem Sichtbereich der Verfolger heraus. Viator zügelte resignierend sein Pferd und sprang ab.

„Es macht keinen Sinn!" schimpfte er. „Seine beiden Pferde sind unseren überlegen. Wenn wir unsere Gäule zu Schanden reiten, müssen wir zurücklaufen. Außerdem sehen wir ihn nicht mehr und wenn er uns in die Irre leitet, verfehlen wir seine Spur ..." Er nahm seinen Hafersack vom Sattel und hing diesen dem Pferd vors Maul. Paratus tat es ihm gleich. Sie führten ihre Pferde am Zügel hinter sich her. Die Tiere beruhigten sich, fraßen vom Hafer und trotteten den beiden Legionären hinterher. Nach ein paar Augenblicken nahm Viator den Hafersack wieder ab und sie setzten ihren Weg zu Fuß fort.

„Wenn wir den Germanen nicht mehr einholen können, sollten wir umkehren." äußerte Paratus.

„Nein, dann zieht uns der Tribun das Fell über die Ohren. Außerdem will er wissen, aus welchem Dorf der Fliehende stammt. Erst wenn wir sein Ziel kennen, können wir umkehren. So lautet der Befehl." knurrte Viator und überließ sich seinen Gedanken. Paratus grunzte nur, dass er ungern bei Nacht im Wald herum stolpern möchte.

„Wir müssen den Weg beobachten. Der Barbar könnte wieder im Wald verschwinden. Es wäre zwar ein Fehler, weil er dann langsamer vorwärts käme ..." vermutete Viator und fluchte erneut. „... aber auch da wäre er mit zwei Pferden besser dran als wir."

Der Weg führte unmittelbar am Fluss entlang. Sie liefen fast eine Stunde zu Fuß, während sich die Tiere dabei abkühlten. An einer günstigen Stelle tränkten sie ihre Pferde. Die Nacht brach, mit spärlichem Mondlicht, herein.

„Wir sollten rasten! Wir holen ihn nicht mehr ein. Morgen bei Licht können wir seinen Spuren besser folgen ... Dann laufen wir auch nicht in eine Falle!" Viator führte den Gefährten an den Rand der Wasserstelle, band seinem Pferd die Vorderfüße, so dass es zwar frei grasen, aber nicht weglaufen konnte und begann trockenes Holz zu sammeln.

„Willst du wirklich ein Feuer entzünden?" fragte Paratus mahnend.

„Lausche in die Nacht, hörst du etwas?" ließ sich Viator nicht beirren.

„Nein!" antwortete der Größere, nach dem er angestrengt dem Rat zum Lauschen gefolgt war.

„Sieh in die Nacht, kannst du Licht entdecken?" fragte Viator weiter und die Bestätigung des Gefährten mit „Nein!" reichte ihm zur Beruhigung seines Begleiters aus.

„Also gibt es weit und breit keine Barbaren! Unser Feuer wird keiner sehen, der mehr als einhundert Fuß von uns entfernt ist!"

„Und wenn der Germane zurückkommt?" Paratus zeigte sich trotz dieser Belehrungen nicht gänzlich überzeugt von der Ansicht seines Begleiters.

„Hör auf zu spinnen. Der ist froh, wenn er sein Dorf erreicht. Der wird sich nicht an uns heran wagen!"

„Bist du dir da sicher?" Paratus war keine ängstliche Figur und schon gar nicht von einem einzelnen Feind zu beunruhigen.

Als erfahrener Legionär hatte er aber schon oft die Folgen von Leichtsinn und Unvorsichtigkeit erlebt. So weit seine Erfahrungen reichten und er sich auch daran erinnerte, brachte er diese vor und es juckte ihn überhaupt nicht, dass Viator dabei manchmal knurrte oder ihn verhöhnte. Paratus war wie er war und das war auch Viator klar, der diese Warnungen nie überbewertete, aber auch niemals einfach überging.

„Absolut!" entschieden kam Viators Antwort.

Also machten sie Feuer, kochten ihren Brei, löffelten aus ihren Blechschalen, reinigten ihr Werkzeug und Viator legte sich zum Schlafen nieder, während Paratus die erste Wache übernahm.

„He Paratus, auf mit dir!" weckte Viator den Gefährten beim ersten Sonnenstrahl. Der Eber gähnte, streckte sich, griff in eine seiner Satteltaschen und zog etwas Trockenfleisch heraus, um darauf herumzukauen.

„Los pack dein Zeug, wir müssen weiter!" forderte Viator ihn auf.

Nach der ruhigen Nacht folgten sie weiter der gut sichtbaren Spur. Der Weg führte auf einen, zwischen zwei Bergkuppen liegenden Bergsattel. Von dort zweigten die Spuren in den rechten Weg ab. Viator stieg vom Pferd.

„He Paratus, mir juckt mein Nacken, als ob mich jemand beobachtet. Der Eber drehte sich mit Pferd einmal um sich selbst und verkündete: „Ich sehe nichts!"

„Idiot!" knurrte Viator „Steig ab!" befahl er.

Die Pferde am Zügel führend, folgten sie der Spur. Dann kehrte Viator jedoch wieder um.

„Mein Gefühl sagt mir, am Ende des Weges liegt das Dorf! Wenn uns bisher keiner entdeckte, war das unser Glück. Lass uns dem abzweigenden Weg folgen!" schlug der erfahrene Legionär vor.

„Warum, die Spuren gehen doch hier lang..." protestierte der Eber.

„Meinst du, dass der, der Späher weit weg schickt, sein eigenes Dorf unbewacht lässt? Der Barbar führte seine Pferde hier am Zügel, oder hast du seine Fußspuren übersehen? Das machte er nur, weil er sich sicher wähnte. Vielleicht hat er doch unser Feuer gesehen oder er ist hier auf Späher des Dorfes getroffen ... Mein Gefühl sagt mir, wir sollten hier schnellst möglich verschwinden!"

Viator sprang in den Sattel seins Gauls und wählte den anderen Weg. Paratus blieb keine andere Wahl, als zu folgen. Der Pfad schlängelte sich bergan, bis Viator die Richtung änderte. Durch einen Buchenwald bergab reitend, umgingen sie eine andere Bergkuppe und kamen in tiefer gelegenes Gelände. Von da ab wandten sie sich nach Süden. Das Gelände stieg wieder langsam an.

Zuerst sahen sie den Rauch, der aus dem vor ihnen liegendem Wald aufstieg. Dort musste sich die Siedlung der Barbaren befinden. Sie ließen ihre Pferde, an Bäume angebunden, zurück. Ihre Rüstungen befestigten sie an den Sätteln, genauso wie **Pilum**, **Gladius** und **Scutum**. Dann pirschten sie sich an die Siedlung heran.

Nur mit der **Tunica** bekleidet und mit dem **Pugio** bewaffnet, näherten sie sich der Bergkuppe. Auf dem abfallenden Gelände vor ihnen gewahrten sie die Lichtung mit der Siedlung. Es war ein ungewöhnlich großes Dorf mit fast einhundert Hütten. Die Siedlung zog sich fast um den halben Gipfel.

Viator beschied Paratus mit Handzeichen, weiter nach vorn zu kriechen und vergrößerte selbst seinen Abstand zu ihm. Allein seine Handzeichen reichten aus, dem *Sizilianer* deutlich zu machen, dass Lautlosigkeit angebracht wäre. Paratus gehorchte.

Um besser sehen zu können, mussten sie weiter an Höhe gewinnen. Viator schwenkte aus der Richtung. Paratus folgte ihm im Abstand von knapp einhundert Fuß. Sie kamen nur langsam vorwärts.

Plötzlich erklang der Ruf eines Eichelhähers. Viator stutzte, war das ein Zeichen von Paratus oder tatsächlich ein Eichelhäher?

Er spähte nach dem Gefährten aus, konnte ihn aber nirgends entdecken. Also schlich er wieder zurück und gelangte an eine Stelle, von der aus er Paratus erneut wahrnahm. Sofort erkannte er die Gefahr für seinen Begleiter. Ein Germane bewegte sich in Paratus Sichtfeld und ein Anderer pirschte sich, in dessen Rücken, vorsichtig an den Eber heran.

Viator vergewisserte sich, dass es nicht noch mehr Germanen gab und tauchte dann im Dickicht unter. Er beabsichtige hinter den zweiten Barbaren zu gelangen.

Während Paratus den Abstand zum ersten Germanen stetig verkürzte, gelangte der zweite Germane immer näher an den Legionär. So wie der erste Barbar, den sich anschleichenden Römer nicht wahrnam, oder war das nur gespielt und eine Falle, bemerkte der Zweite Viator nicht. Dann ging alles sehr schnell.

Als sich Paratus aufrichtete, um dem ersten Germanen einen Schlag zu verpassen, sprang ihn der Zweite an. Statt seinen Dolch zu nutzen, glaubte dieser Krieger aber, den Römer zu überraschen. Gegen zwei gleichzeitig vorgehende Angreifer musste auch ein Römer unterliegen ... Fiel der Römer lebend in ihre Hände, könnte dessen Verhör wichtige

Erkenntnisse bringen ... Was trieb sich der Kerl eigentlich hier herum? Das Vorhaben des Germanen stellte sich als fataler Irrtum heraus.

An Paratus Hals hängend, erreichte ihn Viators Dolch im Rücken. Schlaff rutschte der Barbar in sich zusammen. Von der Last befreit, knallte Paratus Faust in das Gesicht des ersten Germanen, der dadurch eine vorläufige Begegnung mit seinen Göttern vollzog. Viators Dolch machte diese Begegnung dauerhaft. Dann schnitt der Römer beiden getöteten Germanen das jeweils linke Ohr und eine Haarsträhne ab und bedeutete Paratus beide Leichen ins Dickicht zu ziehen.

Offensichtlich waren sie auf Wachen gestoßen und durch deren Tötung die Richtung zum Dorf zu nun offen. Sie pirschten sich weiter an die Siedlung heran. Den Blick über das Dorf gleiten lassend, erkannte Viator die etwas weiter entfernt stehenden braunen Römerpferde. Damit war klar, dass der Fliehende sein Dorf erreicht hatte. Auch wenn es ihnen nicht gelang, den Fliehenden vor seiner Zielerreichung unschädlich zu machen, war der Befehl des Tribuns damit eindeutig erfüllt. Viator winkte Paratus und beide setzten sich ab. Bei ihren Pferden ankommend, erreichte die Sonne gerade ihren Höchststand.

Viator begriff die auf sie lauernde Gefahr. Die Barbaren wussten, durch den zurückkehrenden Krieger, von der Anwesenheit der römischen *Kohorten*. Vermutlich kannten die Barbaren die Stärke der Truppe und somit die Zahl der Legionäre. Mit der Kenntnis, dass Römer am Moenus eingetroffen waren, dürften die Barbaren ausreichend gewarnt sein und sofort ihre *Späher* in alle Richtungen aussenden. Er rechnete damit, dass dadurch die getöteten Wächter bald entdeckt werden würden. Damit dürfte der Weg für ihren Rückzug, in die Richtung des Feldlagers, versperrt sein. Entweder sie schlüpften vorher noch durch oder müssten einen weiten Umweg wählen...

In dem Viator die Erschöpfung ihrer Pferde, durch die gestrige Jagd, bedachte, entschloss er sich zum Ausweichen nach Norden. Ausgeruhte Germanenpferde wären ihren erschöpften Gäulen bei einer Verfolgung überlegen. Es war klüger, den direkten Weg zum Feldlager zu vermeiden.

Immer weiter drangen die Legionäre auf ihrem Weg in den Herzynischen Wald ein. Kein Weg, nur kreuzende Tierpfade boten sich zur Fortsetzung ihrer Flucht an. Diesmal waren sie zu den Gejagten geworden, auch wenn sie ihre Verfolger nicht kannten und weder sahen, noch hörten.

Der erfahrene Legionär Viator beabsichtigte keinerlei Risiko einzugehen und behielt bis zum Einbruch der Dunkelheit diese Nordrichtung bei. Er wollte das Feldlager unbeschadet erreichen, auch wenn das bedeutete, dass sie einen langen Weg durch unbekanntes Gelände zurücklegen mussten. Sie ritten die ganze Nacht, nun allerdings westwärts und schufen so einen gewaltigen Abstand zum Germanendorf. Auch wenn man ihre Spuren entdeckte, würde deren Verfolgung schwer werden. Viator hatte sich kreuzende Spuren hinterlassen, hatte Teilwege mehrfach durchritten und somit auch einige Spuren in die Irre geführt. Auch hatten, an die Schweife ihrer Pferde gebundene Zweige, die Spuren verwischt. Letztlich war der von ihm gezogene Bogen so groß, dass eine Sperre durch Krieger der Germanen, bei dieser Entfernung zum Dorf, wenig Erfolg versprach. Hinzu kam, dass mit der Überquerung des kleineren Flusses weiterer Abstand hinzugekommen sein musste ... Sich südlich wendend, vermutete Viator, dass sie irgendwo die Spuren des Anmarsches ihrer *Vexillation* finden mussten und dann über deren Weg zum Feldlager vorstoßen konnten. So war es dann auch.

Am dritten Tag, mit Einbruch der Dunkelheit, trafen Viator und Paratus im Römerlager ein. Ausgezehrt, erschöpft, dreckig und verschwitzt meldeten sich die beiden *Immunes* sofort beim Tribun.

„Wo habt ihr den Gefangenen?" polterte Tribun *Titus Suetonius* los. Wortlos holte Viator die abgeschnittenen Ohren und Haare aus einem Beutel und legte diese auf den Tisch.

„Was soll das? Das sind zwei gleiche Ohren..." brauste der Tribun auf und sah seinen Legionär wütend an.

„Der Germane war nicht nur tapfer bei seiner Flucht, er war auch schlau! Paratus wird das bestätigen, Herr!" Noch immer sah der Tribun Viator an und wartete.

„Zuerst floh er über den Fluss. Dort haben ihn die von dir ausgesandten Turmae nicht gesucht! Dann hat er das Feldlager beobachtet. Er wartete bis die Verfolger wieder im Lager eintrafen. Erst dann setzte er seine Flucht fort." Noch immer sah der Tribun seinen Immunis verärgert an. Viator fühlte sich unbehaglich. Er spürte die Wut des Vorgesetzten.

„Herr, zwei Mal waren wir dicht auf. Beim ersten Mal mussten wir ein Dorf auskundschaften, während er nur hindurch ritt. Wir verloren Zeit, bis wir merkten, dass das Dorf unbewohnt war. Mit Einbruch der Dunkelheit hatten wir ihn fast. Während er zwischen zwei Pferden wechseln konnte, waren unserer Tiere zu erschöpft. Er entkam bis zum Dorf seiner Sippe. Die vom Germanen bei uns gestohlenen Pferde standen angebunden in der Mitte der Siedlung. Wir haben sie gesehen!" meldete Viator dem Tribun.

Obwohl der Legionär erschöpft war und die Schnauze voll hatte, zwang er sich zur exakten Meldung. Ihm stand nicht der Sinn danach, jetzt auch noch abgekanzelt zu werden ... Letztlich trug nicht er die Schuld daran, dass der vormalige Gefangene entkam. Seinen Befehl erfüllte er und dies musste dem Tribun reichen. Viator spürte den Zorn und die Enttäuschung des Tribuns darüber, dass seine Legionäre den Gefangenen nicht zurückzubringen vermochten. Er zeigte auf die Ohren.

„Wir umgingen das Dorf. Überall standen Wachen der Germanen. Fast liefen wir in deren Arme. Zwei Wächter schickten wir zu ihren Göttern." Viator zwang sich zu äußerer Gelassenheit, obwohl es in ihm brodelte. Er fühlte sich ungerecht behandelt. „Lieber wäre mir, wir hätten keine Ohren vorzuweisen. Die Krieger haben uns verfolgt. Direkt zum Feldlager zu fliehen, war unmöglich. Dort erwarteten sie uns. Also sind wir erst nach Norden, dann westwärts und erst danach in Richtung Süden, bis wir auf unsere Spuren der Kolonne stießen ... Übrigens, Herr, ist das keine kleine Ansiedlung ... Ich zählte mehr als einhundert Hütten ..."

Titus Wut verrauchte. Auch wenn er mit dem Ergebnis unzufrieden war und lieber gehört hätte, der vormalige Gefangene wäre zu seinen Göttern unterwegs, erfüllten die Immunes seinen erteilten Befehl. Er konnte es nicht mehr ändern. Schuld, dass der Gefangene entkam, hatten nicht seine beiden *Trabanten*, sondern andere Legionäre.

Der Gefangene erreichte seine Sippe und berichtete. Damit wussten die Germanen, dass seine Strafexpedition angekommen war. Die Barbaren wären, bei einem sofortigen Angriff, vorbereitet. Waren sie aber auch stark genug, seiner Streitmacht zu begegnen? Er wusste es nicht ...

Ihm wurde klar, dass es jetzt zwei Möglichkeiten zur Fortsetzung seiner Vexillation gab. Entweder er griff sofort diese Sippe an und vernichtete diesen Feind oder er brauchte eine Täuschung, die die Aufmerksamkeit der Sippe einschläferte...

Eine Gefahr für das Feldlager befürchtete der Tribun nicht. Immerhin hatte er vier Kohorten und wenn die Germanen viele Krieger aufbringen könnten, würden sie kaum die Stärke von zwei seiner Kohorten erreichen. Tribun Titus Suetonius fühlte sich sicher. Er entließ seine Trabanten und rief nach den Befehlshabern der Kohorten.

4. Die Bedrohung

65 nach Christus - Frühjahr (10. Maius)
Barbaricum - Im Land der Hermunduren zwischen dem Fluss Moenus und dem Herzynischen Wald

Nach Tagen mit Sturm und Regen und einem weiterem Tag mit trüben Wetter, folgte ein sonniger Morgen.

Gerwin bestand zum Tagesbeginn, nach der Fütterung seiner Stute, einen Übungskampf mit Thilo und fühlte sich gut. Kurz darauf befand sich der Knabe auf dem Weg zu einer, die Ebersippe bedrohenden Gruppierung, um einen Befehl des Hunnos zu überbringen. Als Bote hatte er den weitesten Weg zur Kriegerschar der *Bibersippe*, welche die Umzingelung des Dorfes am Flussufer stromauf vollendete.

Die gestrige Beratung zwang die Gefolgschaft zu Handlungen. Boten des Hunno schwärmten aus und überbrachten den Anführern der Kriegerhaufen erste Befehle. Das Geplänkel an den Grenzen der Siedlung wurde vorbereitet.

Inzwischen traf sich Gaidemar mit dem Familienoberhaupt Manfred. Als Treffpunkt war ein Hügel nördlich des Dorfes ausgewählt worden. Modorok, der Schmied, begleitete Manfred, für die Gefolgschaft nahmen Gaidemar und Olaf teil.

Nach einer gegenseitigen Vorstellung und Musterung ergriff Gaidemar das Wort. Er ging einfach davon aus, dass der Schmied dem Familienoberhaupt von der Beratung der vergangenen Nacht berichtet hatte. Somit sparte er sich eine Einleitung des Gespräches.

„Wir wollen zuerst mit dir verhandeln. Unsere Krieger haben das Dorf der Ebersippe umzingelt und sind kampfbereit. Doch uns steht nicht der Sinn nach Kampf, weil wir euch als Bündnispartner gewinnen wollen ..."
Der Hunno wartete, wie seine Worte auf den Fremden wirkten. Der Mann reagierte mit nahezu teilnahmsloser Miene.

„Unsere erste Absicht, euch für unser Bündnis gewinnen zu wollen, war an der Gefangennahme unserer Boten, durch die Schergen eures Eldermanns, gescheitert. Wir fanden unsere Gefährten, Olaf gehörte zu ihnen, im Käfig auf dem Platz vor des Eldermanns Haus wieder."
Gaidemar zeigte bei der Namensnennung auf seinen Begleiter. „Du hast Kenntnis davon?"

Das Familienoberhaupt, ein Mann mit etwas mehr als *fünfzig erlebten Wintern*, sah den Hunno ruhig an. Kein Muskel in seinem Gesicht bewegte sich. Der Mann wartete ab.

Gaidemar sah sich daraufhin veranlasst, seine Rede fortzusetzen. „Keiner befreite unseren Freund, trotz dem dieser der Sippe nicht feindlich gesinnt war ..." Dies war eine einfache Feststellung. Sie enthielt weder einen Vorwurf noch eine Beleidigung. Der Mann aus der Ebersippe reagierte nicht.

„Wir wissen nicht, ob einer eurer Gäste den Eldermann zur Gefangennahme unserer Gefährten überredete. Siegbald, der vormalige Eldermann der Talwassersippe, könnte seine Finger im Spiel gehabt haben ... Den Narbenmann in Olafs Begleitung kannte nur euer Eldermann. Die Gefangennahme von Olafs Begleiter war dessen Werk." Gaidemars Gesprächspartner schwieg beharrlich.

Der Mann schien eine harte Nuss zu werden. Es behagte Gaidemar nicht, Vorwürfe aufzubringen. Doch wenn der Andere wollte, dass er klare Worte sprach, würde er dies tun.

„Keiner aus eurer Sippe trat für das Recht des Gastes ein. Keiner wandte sich gegen den Ältesten oder nahm Partei für unsere Gefährten, die sich eurer Sippe gegenüber keines Verbrechens schuldig gemacht hatten." Immer noch regte sich in Manfreds Gesicht kein Muskel.

„In eurer Sippe scheint es nur wenige Krieger zu geben, dafür aber genügend Knechte? Auch scheint mir, dass euch die Ehre des Gastes unbekannt ist?" Auch auf diese Anschuldigung reagierte der Angesprochene nicht.

„Es sieht so aus, als herrschte euer Eldermann mit unumstößlicher Macht. Wir sind hier, um das zu ändern!"

Manfred, von Modorok informiert, schüttelte den Kopf. Die seichte Kränkung des Familienoberhauptes mit der Erwähnung fehlender Kriegereigenschaften berührte ihn wenig. Entsprach dies doch auch seiner eigenen Ansicht. Sein Wissen über die Fähigkeiten der Krieger seiner Sippe reichte aus, diese wenig gehaltvolle Bemerkung als unwesentlich abzutun.

Modoroks Schilderung, welche Kriegerschar diesen Anführer zu stützen schien und die Ziele dieses Fremden hatten ihn schnell erkennen lassen, dass hier eine Kraft lauerte, die von ihm genutzt, den bisherigen Eldermann von seiner Macht trennen könnte. Was war eine seichte Beleidigung gegen den Vorteil der Machterringung? Die Offenbarung der

Ziele aus dem Mund dieses jungen Anführers war es wert, beantwortet zu werden. Seinen Vorteil erkennend, ergriff er die gebotene Möglichkeit und auch wenn er den Fremden weder kannte, noch einzuschätzen vermochte, nahm er die dargebotene Bündnishand an.

„Wie wollt ihr das erreichen?" fragte er direkt und ohne Hemmungen. Zum ersten Mal sah Gaidemar in seinem Gesicht Gefühlsregungen.

„Das wirst du bald merken ..." erwiderte Gaidemar „... doch zuerst wollen wir wissen, ob deine Familie für die Ablösung des Eldermanns zu einem Kampf bereit ist?" ergänzte der Hunno seine Feststellung mit einer Frage.

„Das ist zum jetzigen Zeitpunkt nicht möglich! Der Eldermann ist nicht im Dorf und seine Ablösung kann nur eine Beratung freier Männer beschließen ..." lautete Manfreds lakonische Antwort.

Die Männer standen sich unmittelbar gegenüber, jederzeit bereit, zu ihren Waffen zu greifen. Der Einzige in entspannter Haltung war der Schmied Modorok. Der nahm das Wort.

„Manfred bedenke, der Krieger will dir einen Vorschlag unterbreiten und nicht mit dir die Klingen kreuzen!"

„Wir werden sehen…" lautete die etwas gleichgültige Antwort.

Noch einmal blieb Gaidemar bei seinem bisher freundlichen Ton. Die verhaltene Reaktion des Anderen begann ihn zu kränken. „Was Modorok sagte, ist richtig. Was ist dir wichtig? Soll Hubert als Ältester abgewählt werden?" fragte der Kriegerführer.

Manfred nickte mit dem Kopf.

„Ein Nicken reicht mir nicht. Modorok hat mir erzählt, dass du schon lange Huberts Ablösung betreibst. Bisher fehlt dir der Erfolg. Stimmt das?" drang Gaidemar auf das Familienoberhaupt ein.

Der Andere blieb reserviert. „Und wenn das so wäre? Was solltest du mir dabei nützen?"

Es war an Gaidemar, die Arme vor seiner Brust zu verschränken und ablehnend zu reagieren. „Was ich dir nützen könnte, ist für mich ohne Belang. Mich interessiert, muss ich euch in die Knie zwingen, oder habt ihr kluge Männer, die lieber mit mir als gegen mich kämpfen?"

„Willst du mir drohen?"

Gaidemar zuckte nur mit der Schulter. Die Situation hatte sich gewandelt. Glaubte sich sein Gegenüber bisher im Vorteil und konterte jede Frage mit Desinteresse, stand jetzt Gaidemar eine abwartende Haltung zu.

„Modorok, ich hatte mir das Gespräch etwas anders vorgestellt. Wenn ihr kein Interesse habt, mit mir ins Reine zu kommen, werde ich euer Dorf dem Erdboden gleich machen!"

Manfreds Hand zuckte zum Dolch in seinem Gürtel. Des Schmieds Pranke legte sich darauf und drückte zu.

„Du hast recht, Hunno! Manfred scheint nicht der kluge Mann zu sein, für den ich ihn hielt. Gilt dein Wunsch für die Wahl noch immer?"

Im Bestreben seine Hand aus dem eisernen Griff des Schmiedes zu winden, hielt dieser plötzlich inne.

„Du fällst von mir ab?" knurrte Manfred.

Von Modorok ging eine Ruhe und Festigkeit aus, die weder zur Lockerung seiner Umklammerung noch zur Verunsicherung seines Auftretens Anlass gab.

„Wenn du nicht der kluge Anführer einer starken Sippe sein und dich lieber mit einer Übermacht herumschlagen möchtest? Warum sollte ich dein Mann bleiben? Mir scheint, du verkennst Freund und Feind ... Der Freund vor dir reicht dir die Bündnishand und dein Feind lacht sich in den Schlaf. Du wolltest Huberts Ablösung? Du willst Eldermann sein? Vielleicht bietet dir Gaidemar den Pakt zur Erfüllung deines Wunsches? Doch wenn du unbedingt Streit mit ihm willst, dann zieh den Dolch!

Modorok zog seine Hand zurück. „Doch du solltest bedenken, dass der Pfeil für dich schon eingelegt ist und dich schneller erreicht, als das du den Arm heben könntest."

Wütend glitt Manfreds Hand vom Dolchknauf. Mühsam durch seine Lippen gepresst, erreichten den Hunno dessen Worte: „Hubert betrügt uns! Er muss weg! Bisher fehlte uns die Macht und Geschlossenheit dazu!"

„Auch das ist mir bekannt und ich kenne die Zahl deiner Freien, die dich unterstützen. Die Mehrheit erreichst du damit nicht!" sprach Gaidemar das Offensichtliche gelassen aus. Jetzt hatte er Manfred, wo er ihn haben wollte.

„Wenn du mir hilfst, könnte ich siegen!" antwortete das Familienoberhaupt.

„Ich will keinen Kampf, ich will nur Huberts Ablösung!" erwiderte Gaidemar.

Im Gesicht des Anderen spiegelte sich Verblüffung. „Wenn du uns alle als Sippe vernichten kannst, warum willst du dann Hubert schonen? Wie soll das möglich werden, ohne Kampf?" fragte nun Manfred verwundert und setzte fort: „Gib mir deine Waffenhände und wir werden Hubert aus der Sippe fegen ..."

„Ich bin für einen anderen Weg. Ich halte eine Wahl für günstiger. Was ist dir wichtiger, Huberts Abwahl oder deine Wahl als Ältester?" Gaidemar sah den Anderen an und wartete auf die Antwort.

„Ich will beides!" forderte Manfred.

„Das ist möglich, aber Sache eurer Sippe. Dabei werde ich mich nicht einmischen, wenn ich nicht muss ..." Gaidemar zögerte mit der nachfolgenden Bemerkung. „Die Ablösung des jetzigen Eldermanns aber werde ich unterstützen!"

„Das ist mir zu wenig! Du könntest mir zur Wahl als Ältester verhelfen und ..." brauste Manfred auf.

„... wenn ich abgezogen bin, wird man dich wieder absetzen!" vollendete Gaidemar den von Manfred begonnenen Satz. „Dann wird man dir einen Dolch in den Rücken jagen und so wie ich deinen Eldermann kenne, wird ihm dies keine schlaflosen Nächte bereiten ..." Manfred stutzte und kratzte sich verwundert am Kopf.

Er war ein untersetzter kräftiger Mann mit leichtem Bauansatz, schütterem braunem Haar und blauen Augen. Im reifen Alter von über 50 Jahren hatte er reichliche Erfahrungen im Kampf. Seine Söhne waren verhältnismäßig zahlreich und gehorchten aufs Wort. Manfred war energisch, zielbewusst und selbstsicher. Zu seinen weiteren Eigenschaften gehörte ein schnelles Erkennen von eigenen Vorteilen, Klugheit und die Fähigkeit, sich kurz und verständlich auszudrücken. Alle diese Eigenschaften befähigten ihn, ein guter Führer zu werden.

„Da hast du nicht ganz unrecht ..." lenkte er ein und forderte: „Bleib mit deinen Männern hier und ich behalte die Mehrheit!"

„Danke für dein Angebot! Meinst du damit, ich sollte dein Gefolgsmann sein? Du übernimmst die Versorgung und Ausrüstung meiner Männer? Kannst du dir das leisten und wäre das klug?" konterte Gaidemar die Vorstellungen des Anderen.

Bevor dieser darauf erwidern konnte, setzte Gaidemar fort: „Spar dir deine Überlegungen. Das ist nicht möglich. Meine Aufgabe fordert, dass ich das Dorf wieder verlasse!"

„Also müssen wir einen Weg finden, wie ich die Macht behalte, ohne dass du im Dorf verbleibst?" schlussfolgerte das Familienoberhaupt.

„Was fällt dir dazu ein?" Jetzt war es der Hunno, der auf Vorschläge wartete und als diese ausblieben, leise fragte: „Und wenn nicht du Ältester werden würdest...?"

Wieder kratzte sich der Ältere am Kopf. Er überlegte und fragte letztlich: „Wer sollte dann Ältester werden?" Der Frage folgte eine Feststellung, die der Hunno so schon kannte.

„Hubert muss weg!" Die danach folgende Frage war dem Hunno auch nicht neu.

„Welche Familie, außer der von Hubert, könnte einen Ältesten stellen, der sich nach deinem Abzug behaupten könnte?" Manfred grinste den ihm Fremden an.

„Jede Familie, die vierzig oder fünfzig Freie auf sich vereinigen könnte ..." antwortete der Hunno zögernd und brachte damit eine weitere Herausforderung in die Auseinandersetzung.

Manfred sprang sofort wütend auf die Herausforderung an. „Und du denkst, dass ich, mit meinen fast hundert Männern, einen weit Schwächeren stützen würde?"

„Und würdest du das tun?" hakte Gaidemar sofort ein.

„Nein!" kam die bestimmte Antwort.

Damit war Gaidemar klar, dass nur ein Bündnis mit gleichstarken Kräften in Frage kam.

„Wenn du nicht dazu bereit bist, muss der zukünftige Älteste, wenn nicht du es bist, dir ebenbürtig sein! Damit muss es ein Bündnis gleich starker Gruppierungen werden ... Wer könnte ein solcher Bündnispartner für dich sein?" erklärte Gaidemar seine Sicht der Dinge.

Manfred, der dem Gedanken folgte, knurrte: „Es gibt keine Familie, die sich mir als ebenbürtig erweist!"

„Könnte es sein, das du da irrst?" folgte Gaidemars Gegenfrage.

Verwundert schaute Manfred den Hunno an, krauste seine Stirn, kratzte sich am Kopf, schüttelte denselben und erwiderte: „Ich sehe keine Familie, die das könnte!"

„Was ist mit Ludwig, Huberts Schwiegersohn?" lautete die Gegenfrage und damit war die Katze aus dem Sack.

„Ludwig?" kam der verwunderte Ausruf.

Dann trat Schweigen ein. Manfred überlegte. Worüber er nachdachte und dass er sich zu Ludwigs Wahl bereits Gedanken gemacht hatte, bezeugte seine nächste Feststellung.

„Ludwig wäre ein geeigneter Eldermann. Er mag Hubert so wenig wie ich …" zögerlich erst, gab er diesen Umstand zu, dann aber lächelte der Ältere. „Hubert ist zwar der Vater seines Weibes, doch das ist kein ausreichender Grund für die Beilegung unterschiedlicher Meinungen … Ihr Verhältnis zueinander blieb zu allen Zeiten etwas gespannt …"

Manfred sah seinen Begleiter an. Hatte dieser seine Finger im Spiel und womöglich zu viel erzählt? Gut, wenn dieser Hunno das Spiel machen wollte, sollte er sich darin wohl in die richtige Position bringen …

In sein Minenspiel kehrte der Gleichmut zurück, der ihm zu Beginn des Gesprächs die innere Kraft und Geduld verlieh. Manfred gelangte zu einer Entscheidung. Wollte er doch einmal sehen, wie der Hunno auf sein scheinbares Einlenken einging …

„Mit der Hausmacht der eigenen Familie und einem Teil aus Huberts Gefolge wäre Ludwig möglicherweise ein gleich starker Widerpart …" warf er dem Hunno vor die Füße.

Schweigen antwortete ihm. Der verfluchte Fremde biss nicht zu, dafür lauerte er, nur … auf was? Was wollte der Kerl? Nun, dann eben brauchte der Bursche noch einen Knochen …

„Der Abfall bisheriger Mitläufer Huberts scheint für mich klar. Damit könnte die Wahl zu drei gleichstarken Familienverbänden führen … Schlagen wir uns dann die Köpfe gegenseitig ein, fiele dir die Sippe leicht in den Schoß …"

„Unsinn!" Die Antwort blieb einsilbig.

Manfred zögerte. Er prüfte seine letzte Möglichkeit. Dann gab er sich einen Ruck. Er wollte doch Eldermann der großen Sippe werden … Gelang es ihm, hätten auch seine Söhne die Stellung, die er sich für diese wünschte. Sollte der Kerl doch seine Gedanken und Befürchtungen kennen …

„Einigen wir uns, hat Hubert keine Chance. Einigen wir uns nicht, ist meine Familie den beiden Anderen unterlegen … In diesem Fall gibt es Kampf bis aufs Messer und möglicherweise unseren Untergang oder es läuft auf eine Spaltung der Sippe hinaus, also eine Trennung …"

Dann sah er Gaidemar an und setzte an diesen gewandt fort: „Du bist ein schlauer Fuchs! Dabei bist du noch sehr jung. Dich sollte man fürchten! Besser du gehörst zu meinen Freunden, als zu meinen Feinden! Also was willst du von mir? Warte, mir kommt noch ein Gedanke…" und nach einiger Verzögerung fügte er an: „Gut, jetzt sprich, was erwartest du von mir?"

„Ich will die Entmachtung von Hubert! Ich will weder Kampf mit der Sippe noch innerhalb der Sippe! Eine Trennung der Sippe halte ich für Unsinn! Ich will eine starke Sippe in unserem Bündnis gegen die Römer! Ich will..."

„Warte, was sagtest du eben? Bündnis gegen die Römer? Bedeutet das, dass der Handel verhindert wird? Hat das Auswirkungen auf unseren Handel mit *Rom*?" unterbrach Manfred die Ausführungen des Hunno.

„Handel mit Gefangenen unseres Volkes werden wir verhindern, anderer Handel wird von uns gewünscht. Dabei ist es gleich, woher der Händler kommt!" reagierte Gaidemar auf die Frage des Anderen.

„Das gefällt mir ..." hörte Gaidemar, blickte auf und vernahm eine weitere Frage des Älteren. „ ...was willst du noch?"

„Ich will, dass ihr unser Bündnis unterstützt und euren Beitrag zu meiner Gefolgschaft leistet!"

„Nur, wie willst du das erreichen?" bezeugte Manfred sein Unverständnis.

„Zuerst sollst du mir sagen, auf welcher Seite du stehst?"

Das Familienoberhaupt überlegte noch einmal und entschied sich dann. „Auf deiner Seite, wenn deine Absicht ehrlich und nicht zu meinem Nachteil ist!" lautete seine Zustimmung.

„Gut, dann höre meinen Plan! Wir werden eine Neuwahl eures Eldermanns heraufbeschwören. Meine Krieger werden sich zeigen und diese Bedrohung wird von euch erkannt. Euer Eldermann fehlt. Also gibt es Streit um die Führung ... Wenn ihr geschickt vorgeht, wird ein neuer Ältester gewählt. Das ist eure Entscheidung!"

Mit einer energischen Armbewegung unterstrich der Hunno seinen Willen.

„Diese Wahl werde ich nicht beeinflussen! Damit gewinnt der, der die größte Hausmacht oder mehr Einfluss in der Sippe besitzt. Der Verlierer sollte sich fügen ... Geschieht das nicht, werde ich eingreifen."

Gaidemar musterte Manfred. Er schätzte ab, ob dieser sich im Falle einer Wahlniederlage unterordnen würde oder lieber zu den Waffen griff. So ganz war ihm nicht klar, wie das Familienoberhaupt mit einer Ablehnung umgehen könnte...

Die eigene Bereitschaft zum Handeln lag vor und seine Streitmacht war kampfbereit. Sollte Manfred sich der Wahl nicht beugen, musste er die Sippe eben vernichten oder diese zumindest besiegen. Mit den Resten könnte er dann das von ihm gewünschte Bündnis eingehen.

Gaidemar war zu einem vorläufigen Ergebnis gelangt. Sollte es zu einer friedlichen Einigung im Rahmen der Wahl kommen, wäre dies die günstigere Lösung für ein zukünftiges Bündnis. Käme es zum Kampf, müsste er den Mann unterstützen, der ihm mit Sicherheit das Bündnis mit der Sippe brachte. War dieser Anführer nicht Manfred, dann war es eben so!

„Ist eure Wahl des Eldermanns abgeschlossen, begehre ich mit einigen Kriegern das Gastrecht und bitte euch, mir die Erlaubnis zum Sprechen zu erteilen. Ich werde von meiner Mission berichten und von der Gefolgschaft. Ich werde euch um Unterstützung ersuchen. Es wird eure freie Entscheidung sein. Ihr seid die größte Sippe am *Maa*. Ich brauche euch im Bündnis!" erklärte Gaidemar seine beabsichtigte Vorgehensweise. Jetzt war es ausgesprochen.

Manfred war zu seiner Entscheidung gezwungen. Sorgfältig wog er alle Argumente ab. Sich auf Huberts Seite zu schlagen, konnte für ihn nicht sinnvoll sein. Wenn er zum Eldermann werden wollte, musste er sich dem Kontrahenten stellen und hatte die Möglichkeit zum Sieg, die er dann schnell mit Ludwig im Bündnis festigen sollte. Gelang ihm ein Bündnis mit Ludwig, hatte Hubert keinen ausreichenden Einfluss mehr. Es blieb nur noch die Frage, wie dieser Hunno vorzugehen beabsichtigte?

Hubert stellte eine Gefahr dar, war aber nicht anwesend. Soviel hatte Manfred zu dessen Rolle verstanden. Ludwig war, nach Modoroks Worten, in die Vorbereitung des Aufstandes nicht eingebunden. Also lagen alle Vorteile in seiner Hand. Er kannte die Bedrohung, er wusste von Huberts Los und wenn er sich geschickt anstellte, sollte es ihm gelingen, diese Wahl zu gewinnen.

Ludwig fehlten alle diese Informationen. Und doch könnte der Konkurrent genügend Stimmen auf sich vereinen ... Es gab viele Unzufriedene unter Huberts Mitläufern, die sich ihm selbst wohl niemals unterordnen würden, sicher aber sehr schnell Ludwigs Banner folgten. Konnte Ludwig die Mehrheit erringen?

Manfred gelangte zur Einsicht, dass dies geschehen könnte ... Dann wäre Ludwig der neue Eldermann und zur Sicherung der Macht auf seine Unterstützung angewiesen. Auch für ihn war klar, dass Ludwig niemals zu Gunsten Huberts verzichtet. Gleichfalls war ihm bewusst, dass sich Ludwig niemals dem Mann der jüngeren Tochter, einem der schlimmsten Schergen des Hubert, unterordnen würde. Fehlte Hubert bei der Wahl, würde *Helmut*, der Mann der jüngeren Tochter, ein zwar kluger, dafür aber brutaler und rücksichtsloser Geselle, die Macht des bisherigen Eldermanns erhalten wollen oder selbst nach dieser streben. Mit dem Burschen würde er rechnen müssen.

Bliebe einzig noch die Frage offen, was er tun sollte, falls Ludwig gewann? Ihn bekämpfen bedeutet Hubert oder Helmut in eine günstigere Position zu bringen. Das durfte nicht geschehen!

Doch hielt der Hunno Wort? Hatte er Ludwig tatsächlich außen vor gelassen oder heckte der Mann noch einen anderen Plan aus?

Manfred betrachtete den Hunno. Von Modorok wusste er, dass der Hunno mehr Krieger hatte, als die gesamte Sippe. Ein Beweis dafür lag zwar nicht vor, aber das Auftreten des Knaben und des Hunno bezeugten die Wahrscheinlichkeit. Wäre das Verhältnis der Krieger gleich, würde der Hunno nicht so viel Geduld aufbringen und seinen Vorteil, eines überraschenden Angriffs und damit sicheren Erfolges, niemals aus der Hand geben...

Ein Bündnis gegen die Römer? Stimmt das? Was sollte den Hunno bewegen, die Machtverhältnisse der Sippe zu verändern, wenn nicht eine andere Absicht damit verfolgt würde? Der Hunno strebte nicht die Beherrschung der Sippe an ... Er wollte ein Bündnis.

Manfred wusste, dass die Ebersippe die tatsächlich größte Sippe im weiten Umland darstellte. Die Lage an der Furt, der Fluss selbst und der Handel auf diesem, führten in der Vergangenheit auch zum Anwachsen der Siedlung. Gehörten einige der Siedler nicht zur Sippe, so waren sie trotzdem vom Kampf betroffen und würden sich dem anschließen, der die Verhältnisse der Existenz sicherte. Das würde zum Teil Huberts Lager sein, aber Einige würden auch ihm folgen. Ludwigs Gefolgschaft dieser Zugezogenen blieb ihm jedoch unbekannt. Er nahm an, dass die Gruppierung Zugezogener wenig Einfluss auf das sich abzeichnende Kräfteverhältnis haben würde und ließ deren weitere Berücksichtigung in seinen Überlegungen fallen.

Wenn der Hunno nicht kämpfen wollte, nur ein Bündnis mit der Sippe anstrebte, dann konnte seinerseits kein Interesse an einer Vernichtung der Sippe vorliegen. Gab es keinen Kampf, blieb die Sippe stark und einig. Egal, ob er oder Ludwig die Wahl gewann. Beide waren aufeinander angewiesen und zur Sicherung der Macht brauchte er Ludwig, so wie dieser ihn auch. Hubert und dessen Tochtermann Helmut mussten bezwungen werden. Das war das Hauptziel und gelang es, würde die Mehrheit zwischen ihm und Ludwig entscheiden.

Manfred fand seinen inneren Frieden und gelangte zu einer für ihn erfolgreichen Vorgehensweise. Es war unwichtig, wer die Wahl gewann. Sein Ansehen und sein Anspruch auf Macht fanden dann den erwünschten Zuwachs, wenn er zu den Siegern gehörte. Ein Sieger würde der Hunno sein. Der Nächste könnte Ludwig sein. Aber auch sein Erfolg stand bevor, ob im Bündnis mit Ludwig oder allein, entschied die Mehrheit. Nur der Sieg des bisherigen Eldermanns und seiner Anhänger war zu verhindern...

Manfred gelangte zum Ende seiner Überlegungen. Er entschloss sich, dem Hunno zu vertrauen, sich zur Wahl zu stellen, mit Ludwig um den Ältesten zu streiten und mit ihm gemeinsam die Macht in der Sippe zu sichern.

„Gut, dem kann ich zustimmen! Ich habe schon erkannt, dass du ein listiger Fuchs bist! Mit dieser Idee und Vorgehensweise bist du ein äußerst gefährlicher Gegner!"

Gaidemar überging die letzte Bemerkung des Anderen. „Du wirst also mit Ludwig ein Bündnis eingehen, falls die Abstimmung nicht günstig für dich ausgeht?"

„Ja, nur wie wird sich Ludwig verhalten, wenn ich gewinne?"

„Das ist das Ziel meines Auftritts! Ich werde Ludwig dazu veranlassen, in diesem Falle das Bündnis mit dir zu suchen."

Manfred nahm das noch etwas zweifelnd zur Kenntnis. Noch einmal bedachte er mögliche Konsequenzen. Dann jedoch reichte er dem Hunno den Arm zum Bündnis.

Noch vor dem Sonnenhöchststand zeigten sich einzelne Krieger an der Dorfgrenze, marschierten Schwärme fremder Krieger sichtbar in nördliche Richtung. Die Gefolgschaft begann die Ansiedlung der Ebersippe zu beunruhigen.

Thilo, von Gaidemar aufs Gründlichste mit der Situation in der Sippe vertraut gemacht, weilte wieder als Auge und Ohr im Dorf. Er bemerkte bald eine untergründige Unruhe. Krieger trafen sich auf dem Dorfplatz. Die Zahl der Männer nahm von Augenblick zu Augenblick zu. Einzelne Krieger brachen in unterschiedliche Richtung zum Siedlungsrand hin auf, um gegnerische Bewegungen zu erkunden. Plötzlich erschienen auch bewaffnete Gruppen gegnerischer Krieger am Ostrand des Dorfes. Wieder wurden Späher ausgesandt.

Obwohl Thilo als Beobachter im Dorf nicht in die Gruppierungen der Sippe eintauchen konnte, bekam er mit, dass Uneinigkeit herrschte.

Der Eldermann der Sippe fehlte und es wurde darum gestritten, wer die Krieger in den bevorstehenden Kampf führen sollte. Die Zahl der Kampfähigen nahm weiter beträchtlich zu und der Streit begann heftiger zu werden. Händler und Weiber waren vom Platz vollständig vertrieben. Nur noch wütende, aber unschlüssige Krieger bevölkerten diesen.

Thilo fand an einer der nahe stehenden Hütten einen Stapel aufgeschichteten Holzes und sicherte sich den Platz auf der Spitze. Von dort aus hatte er ungehinderte Sicht auf die Streitenden. Der Beobachter schätzte die Waffenträger auf fast drei mal hundert Männer. Er bemerkte eine Trennung in unterschiedliche Lager. Er erkannte die sich verändernden Trennlinien zwischen den Gruppierungen. Die Fischer waren mit etwa zwanzig Kriegern erschienen, darunter auch Ernst. Modorok, der Schmied, überragte alle anderen Männer seiner Gruppierung, die etwa hundert Krieger umfasste. Offensichtlich gehörten diese zur Hausmacht des Manfred. Dann gab es eine Gruppe von fast sechzig Männern unter denen kein Führer hervor stach. Die letzte klare Gruppierung, die wohl einhundertfünfzig Krieger auf sich vereinen konnte, schien zu Huberts Hausmacht zu gehören.

Aus den Gruppierungen traten Männer hervor und brüllten Namen in die Runde. Je nach genannten Namen schwankten die Angehörigen der größten Gruppierung, teilten sich bis in drei Gruppen auf, wobei eine Gruppierung, mit etwa achtzig Kriegern, relativ konstant blieb.

So verging die Zeit, bis einer der Männer eine Eselskarre in die Mitte des Beratungsplatzes kutschierte. Sofort schwang sich ein erster Sprecher auf den Wagen, ruderte mit den Armen und forderte Ruhe. Seine Gruppierung von untergeordneter Stärke schlug ihre Framen an die Schilde und nach einiger Zeit trat Ruhe ein.

„Fremde sind am Rand unseres Dorfes. Ich war dort und konnte im letzten Moment wieder fliehen. Diese Krieger sind gut bewaffnet und von großer Zahl. Wir müssen einen Anführer wählen und den Kampf aufnehmen!"

Nach diesem Wort verließ er das Fuhrwerk und ein anderer Mann schwang sich hinauf. „Ich war in anderer Richtung unterwegs, auch da Fremde! Viele Krieger mit guten, zum Teil römischen Waffen! Der Angriff steht bevor, wir müssen uns einigen, wer uns führt!" verkündete er.

„Halt dein Maul und komm runter!" zeterte einer aus der größten Gruppe „Hubert ist unser Ältester und der wird wissen was zu tun ist!"

„Wo ist er denn, dein feiner Hubert, der Schuft!" brüllte ein Krieger aus Manfreds Haufen und äffte dann den vormaligen Rufer nach „... hat sich wohl verflüchtigt und putzt seine Hose aus Angst vor der Gefahr...?" Das Geschrei ging weiter, einzelne Männer eroberten den Standplatz auf dem Eselskarren und brüllten ihre Vorschläge in die Kriegermassen. Doch alle diese Aktivitäten führten nur zu noch mehr Durcheinander und jeder Angreifer hätte sich die Gelegenheit nutzend, auf das Dorf stürzen können, ohne eine wirksame Gegenwehr befürchten zu müssen.

Bis eine größere Gruppierung sich unmittelbar um den Karren drängte und letztlich einem Mann aus ihrer Mitte auf den Karren half. Der Mann stand für alle sichtbar und wartete auf Ruhe im Rund. Er ruderte nicht mit den Armen, er sprach nicht, er schlug seine Waffe nicht gegen den Schild. Seine Gefolgsleute verhinderten durch ihren geschlossenen Ring, dass Andere zum Karren vordringen konnten. Langsam trat Ruhe ein.

Erst dann sprach der Mann und es war nicht so, dass er brüllen musste. Es herrschte plötzlich Stille auf dem Platz und auch Thilo verstand seine Worte.

„Hört, Krieger der Sippe! Ein Gegner, den wir nicht kennen, hat unser Dorf umzingelt. Wir kennen nicht seine Absicht. Würde er stark genug sein und einen Angriff wollen, hätte er diese Absicht längst ausgeführt!" Die Ruhe wurde, wenn möglich, noch tiefgründiger.

„Ihr benehmt euch, wie Unmündige! Euer Streit ist entwürdigend. Wäre Hubert hier, würde er so manchen mit seiner Peitsche zum Schweigen bringen ... Aber Hubert ist nicht hier! Haben wir keine Männer, die uns im Kampf führen können? Doch, die haben wir! Aber solange ihr um diese Führung streitet, werden wir jedem Gegner unterlegen sein, so schwach er auch ist! Unser Gegner scheint zu warten! Worauf? Das ist für mich entweder ein Zeichen von absoluter Überlegenheit oder er wartet auf ein Ereignis. Nutzen wir diese Zeit, bis der Gegner aktiv wird. Wählen wir die Führung für den Kamp!"

Aus der Masse erhob sich, unübersehbar, der Arm des Schmiedes Modorok. „Lasst Modorok vor!" wies der Mann auf dem Karren an. Modorok schwang sich auf den Eselskarren und mit seiner großen, kräftigen Gestalt wirkte der bisherige Sprecher eher schmächtig und schlank.

„Ich habe euch etwas zu sagen!" begann der Schmied. „Der Eldermann weilt nicht unter uns. Er ritt mit seinen Männern, einen Pferdedieb zu verfolgen. Seither gibt es keine Nachricht von ihm. Keiner weiß, wo er verblieben ist. Um unser Dorf schleichen fremde Krieger. Wir brauchen einen Führer im Kampf und einen neuen Eldermann ... Ich schlage euch Manfred vor!" Die Gefolgsmänner des Manfred trommelte mit ihren Framen gegen die Schilde und erzeugten einen ohrenbetäubenden Lärm.

Aus der kleinen Gruppe der Fischer löste sich Ernst. Als der Sprecher auf dem Eselskarren dieses bemerkte, gab er Anweisung, den Fischer durchzulassen. Ernst stellte sich neben den bisherigen Sprecher. Der Fischer wirkte gegenüber Modorok nicht so klein und schmächtig. Er relativierte das in Thilos Kopf entstandene Bild übermächtiger Größe des Bärtigen.

„Auch ich habe einen Vorschlag zu machen. Ich halte Manfred für eine mögliche Wahl, meinen Vorschlag für den neuen Eldermann aber für besser! Ich will zuerst meine Gründe nennen." Ernst wartete, bis sich der um seine Person entstandene Trubel legte.

„Ich kenne den Mann lange und dank unserer Jugendfreundschaft sehr gut. Hubert ist ein Tyrann! Mancher von euch geriet in seine Abhängigkeit. Viele bekamen seine Peitsche zu spüren .... Ich kenne Einige, die heute nicht mehr in unserer Sippe leben, deren Söhne den Vater vermissen und die vielleicht irgendwo verscharrt liegen ... Ich kenne auch Einige der Ältesten unserer Nachbarsippen. Kein Eldermann würde wagen, eine Peitsche gegen seinen Bruder zu erheben!" Viele der Männer schlugen bei diesen Worten ihren Framen an den Schild und bekundeten damit ihre Zustimmung.

„Huberts Schergen haben bisher seine Befehle ausgeführt. Wen er als Gegner erkannte, den ließ er vernichten. Nur an einem biss sich der Eldermann die Zähne aus. Er konnte ihn nicht töten lassen, obwohl er es gern getan hätte. Dieser Mann hat Hubert, wo er konnte, widersprochen. Ich weiß, dass er den Ältesten mehrfach aus seinem Haus gewiesen hat."

Es gelang dem Fischer die Aufmerksamkeit aller Krieger auf sich zu vereinen. Hatten die Männer den ersten Vorschlag einfach zur Kenntnis genommen, sich kurz zustimmend oder ablehnend geäußert, nur geknurrt oder mit dem Kopf geschüttelt, breitete sich jetzt Stille über dem Platz aus. Die Ankündigung des Fischers und seine Sprechpause erzwangen auch die Aufmerksamkeit des letzten Kriegers.

„Wenn also jemand stark genug ist, Hubert nach seiner Rückkehr zu trotzen, dann ist es dieser Mann! Für mich ist es unwichtig, dass er zur Familie des Hubert zählt. Eigentlich verfügt dieser Mann über eine eigene starke Familie und sicher auch über Freunde unter Huberts

Gefolgsmännern. Der Mann steht hier neben mir. Wählt Ludwig zum Eldermann und ihr wählt einen gerechten und ehrlichen Mann!" Wieder belebte das Schlagen der Waffen die Szenerie. Der Lärm war mindestens genauso groß, wie zuvor bei Manfred.

Ludwig, der vorangegangene Sprecher, wartete bis wieder Ruhe eingetreten war. Sowohl Modorok, als auch Ernst waren vom Karren geklettert und dafür nahm jetzt Manfred den Platz neben Ludwig ein.

Die Männer maßen sich kurz mit Blicken und wandten sich dann an die Versammlung. Doch bevor sich die Männer auf dem Karren verständigen konnten, brach Lärm los.

Die Gruppierung Huberts, angeführt von einem drahtigen Mann mit schwarzem Haar, drängte zum Karren. Doch dort standen Ludwigs Männer. Es bedurfte nur eines Funkens, zum Ausbruch von Auseinandersetzungen. Auf einen Wink von Manfred hin, zogen plötzlich seine Männer im Rücken von Huberts Anhängern auf. Gezogene Schwerter wurden in ihre Scheiden zurück geschoben, erhobene Framen sanken herab. Vorn von Ludwigs Anhängern geblockt und hinter sich Manfreds Krieger spürend, senkten sich die Waffen der etwa dreißig Verwegenen. Abgedrängt und blockiert standen diese Krieger.

Es war Ludwig, der Ruhe gebot und dann als Erster sprach: „Ich stehe nicht hier oben, um Ältester zu werden. Wir brauchen eine Führung im Kampf und kein Durcheinander! Ich wollte nur verhindern, dass der unbekannte Feind uns angreift und führungslos niederringen kann. Manfred ist eine gute Wahl als Führer im Kampf und als Ältester. Entscheidet euch für ihn!"

Aus der abgedrängten Gruppe erhob sich Widerspruch. Die Männer versuchten aus der Umzinglung zu gelangen und wurden deshalb von Manfreds Kriegern nachdrücklicher auf Ludwigs Anhänger gedrückt. Der Widerspruch erstarb und noch immer floss kein Blut.

Die ungewöhnliche Rede eines Mannes, der über ein reiches Dorf herrschen könnte, sorgte für Überraschung.

Die daraus entstehende Verblüffung ergriff Huberts Anhänger, Ludwigs Parteigänger und auch Manfred. Ludwigs Männer starrten kurz zu ihrem Anführer auf den Karren. Aus der umzingelten Schar von Huberts Gefolgsmännern drangen Zorn und Wut. Einige Verwegene versuchten die Unaufmerksamkeit zu nutzen und den umgebenden feindlichen Ring zu zersprengen.

In diesem Moment erschallte Modoroks Bassstimme aus der Meute seiner Anhänger. „Ruhe, ihr Schwachköpfe! Lasst Manfred sprechen!" Dieser im Zorn erfolgte Ruf bannte die Männer. Modorok verfügte über ein Organ, dass Andere beeindrucken konnte. In die aufgekommene Überraschung ließ sich Manfred vernehmen.

„Ludwig hat sich jetzt selbst hinter mich gestellt. Ich danke dir dafür!" Er nickte dem Angesprochenen zu und setzte fort: „Doch ich denke so wie er. Auch er ist ein geeigneter Eldermann ... Seine Bescheidenheit brachte er eben zum Ausdruck. Nur ihm gelang es, vor einigen Augenblicken Ruhe in unseren wirren Haufen zu bringen. Auch das muss man können. Wählen wir Ludwig zum Eldermann, besitzen wir einen besonnenen und klugen Anführer! Er wird die Rechte aller freien Männer achten. Ich versichere Ludwig der Unterstützung meiner Familie!"

Diesen Moment der Entscheidung nutzte Ernst. Er kehrte mit einem gekonnten Sprung auf den Eselskarren zurück. Ihnen fehlte die Zeit zu einem langen Streit um das Führungsrecht. Die Beiden, denen die größten Gruppierungen zugehörten, hatten sich erklärt.

„Es ist das Recht des Ältesten, seine Nachfolge zu regeln. Der Älteste ist nicht hier! Zur Wahl als neuen Eldermann wurden zwei Vorschläge eingebracht. Manfred, als Familienoberhaupt seiner Sippe und Ludwig. Trefft eure Wahl, doch bedenkt, mit dieser Wahl des Ältesten wird Hubert, unabhängig davon, ob er ins Dorf zurückkehren wird, abgewählt! Seine Rechte sind abgegolten! Wer ist für Manfred?"

Die Sippe entschied sich. Die eigene Familie stimmte für sein Oberhaupt.

„Wer ist für Ludwig?" Der Lärm der Waffen war deutlich stärker, zumal Thilo erkennen konnte, dass außer Manfreds Hausmacht und einiger Weniger, alle übrigen Waffen für Ludwig geschlagen wurden.

Die Wahl war beendet. Ernst verließ seinen Standort. Dieser schnelle Vorgang und das eindeutige Votum für Ludwig beeindruckte auch die für Hubert aktive Gruppierung. Glaubten doch diese Männer mit der Wahl Ludwigs an die Erhaltung ihrer Macht.

Es war entschieden. Mit seinen eigenen Worten leitete Manfred die Wahl des Konkurrenten ein und gab seine Absicht auf, die Führung für sich selbst zu beanspruchen.

Zwei Überlegungen verleiten ihn dazu.

Es war Gaidemars Argumenten geschuldet, zu Gunsten Ludwigs zu verzichten. Doch davon wusste außer Modorok und dem Hunno keiner!

Alle Krieger hatten die Bedrohung durch den feindlichen Kriegerhaufen wahrgenommen. Er wusste, die angezeigte Feindschaft einzuordnen, Ludwig und die übrigen Männer zumeist nicht! Also war die Bedrohung für fast alle Krieger greifbar. Wenn er jetzt hätte den Widerstand gegen Ludwigs Wahl ausgerufen, hätten die Waffen untereinander schon gesprochen. Wie leicht wäre es einem Feind, eine solche untereinander verfeindete Sippe zu vernichten? Stellte er seine Wünsche jedoch zurück, würde ihm ein großer Teil Anerkennung zukommen und der könnte zum geeigneten Zeitpunkt zu einem nutzbaren Vorteil erwachsen.

Manfred war ein Mann des sachlichen und schnellen Entschlusses. Er erkannte seinen Vorteil oder auch Nachteil blitzartig, durchdachte mögliche Konsequenzen und entschied sich schnell. Zweifellos wäre die Situation auch anders nutzbar gewesen, zumal Ludwig die Sippenführung, nach seiner eigenen Erklärung, nicht anzustreben schien.

In diesem Moment fiel Ernst die Rolle zu, eine Entscheidung zu erzwingen.

Manfred verstand, dass Ernst im Sinne des Hunno handelte, dem er selbst seine Hilfe zugesichert hatte. So verlor er zwar die jetzige Wahl, doch die Zukunft würde zeigen, ob dieser Verzicht ihm nicht irgendwann zum Vorteil gereichte...

Von seinen Anhängern gefeiert, die Hochrufe und das Schlagen der Waffen übertönend, schrie Ludwig in die Menge „Die Unterführer..."

Doch weiter kam er nicht. Eine Gruppierung von etwa 10 Reitern preschte, von der dem Land und den Hügeln zugewandten Seite, in das Dorf hinein und zügelte ihre Pferde vor der versammelten Kriegerschar der Sippe. In die Überraschung hinein, mit der dadurch entstandenen Aufmerksamkeit und dem Abbruch des Jubels rief Gaidemar: „Ich bitte um Gastrecht für mich und mein Gefolge und um das Recht in eurer Versammlung zu sprechen. Ich führe den Kriegerhaufen an, der euer Dorf belagert!"

Das Ereignis trat so schnell ein, dass zwar einige ihre Waffen in Abwehrstellung brachten, jedwede Organisation eines Kampfes aber unmöglich war. Auch überraschten der Verbleib der Waffen der fremden Reiter in ihren Schäften und die Rede deren Anführers. Viele Krieger erkannten das Eintreffen der Fremden nicht als feindliche Handlung.

Ludwig erhob seine Stimme, als wäre er schon immer Eldermann gewesen.

„Jede Waffe bleibt, wo sie ist! Gastrecht wird gewährt, so lange die Fremdlinge jetzt einmalig in unserem Dorf weilen! Wer du auch immer bist, komm zu mir und sprich!"

Gaidemar, Olaf und Gerwin sprangen von ihren Pferden, übergaben deren Zügel an Gefährten und schritten durch die sich öffnende Gasse zum Eselskarren. Durch die Männer ging ein Raunen, als Einige den Knaben erkannten. Sie zeigten auf Gerwin, machten Nachbarn auf diesen aufmerksam und fragten sich, welches Unglück der Bote diesmal brachte.

Während Olaf und Gerwin vor dem Karren stehen blieben, enterte Gaidemar das Gefährt und stellte sich neben Ludwig. Dem abspringenden Manfred gebot Gaidemar zu bleiben.

Ludwig stand verwundert neben den sich offensichtlich kennenden Männern und wartete auf des Fremdlings Rede.

„Ich bin Gaidemar, der Führer einer Gefolgschaft aus Kriegern eurer Nachbarsippen! Ich komme nicht, um das Dorf zu überfallen, sondern um dafür zu sorgen, dass diese starke Sippe in Einheit weiter besteht!"

Gaidemar machte eine Pause, sah zu den Männern im Rund vor ihm und überzeugte sich von der Wirkung seiner Worte.

„Es war mein Wille, für die Ablösung eures bisherigen Eldermann Hubert zu sorgen! Deshalb haben wir euch bedroht. Wir wollten eure Entscheidung für einen neuen klugen und sippengetreuen Ältesten! Ihr habt eure Wahl getroffen. Ludwig ist der Älteste. Obwohl ich Ludwig nicht kannte, war er mir als gerechter und zuverlässiger Mann beschrieben worden, genau wie Manfred!"

Gaidemar legte eine Pause ein.

„Für mich und meine Gefolgschaft sind die Einheit der Sippe das vorrangige Ziel und die Ablösung von Hubert wichtig! Hubert hat sich zu einem Tyrann entwickelt! Dieser Eldermann, der keinen Widerspruch duldet und auch euch unterdrückte, wagte es zwei meiner Gefährten gefangen zu nehmen und beabsichtigte deren Verkauf als Sklaven."

Gaidemar reichte Olaf den Arm und zog ihn auf den Eselskarren.

„Dieser Mann ist Olaf, Botschafter der Talwassersippe des Norbert! Er war zu euch gekommen, um euch zum Bündnis gegen römische Willkür und Sklavenhandel aufzufordern! Noch bevor er seine Mission darlegen konnte, wurde er verleumdet und als Gefangener im Käfig vor Huberts Haus verwahrt. Genau wie mein Gefährte, der Narbenmann **Werner**, aus eurer Nachbarsippe. Als Sklaven sollten beide Männer verkauft werden und keiner von euch begehrte gegen dieses Verbrechen auf! Deshalb mussten wir, zwei Krieger und ein Knabe, unsere Männer selbst befreien! Mit Hilfe der Pferdeherde des Hubert gelang uns die Befreiung und die Flucht!" Während Olaf vom Karren sprang, kletterte Gerwin hinauf.

„Dieser Knabe verwendete, wie wir alle, ein Pferd von Hubert zur Flucht. Als er ein neuerliches Mal, in Erfüllung einer Aufgabe, in eurem Dorf weilte, wurde ihm bei diesem Pferd aufgelauert. Er wurde vom Pferdeknecht und dann von Hubert selbst, sowie seinen Schergen verfolgt. Ich frage euch, welcher Frevel mehr zu verurteilen ist, der angebliche Diebstahl eines Pferdes oder die Gefangennahme von Gastrecht beanspruchenden Reisenden und deren Verkauf als Sklaven? Urteilt selbst!"

Wieder schwieg Gaidemar, damit sich seine Worte in die Hirne der Krieger setzen konnten.

„Im Kampf zur Befreiung unserer Gefährten haben wir die Pferde errungen. Diese Tat ist eines Kriegers würdig, der trotz feindlicher Überlegenheit seine Gefährten befreit! Ist es eines Eldermanns würdig, Gastrecht auszuschlagen, Gäste Gefangen zu setzen und als Sklaven zu verkaufen? Entscheidet selbst!" Gaidemar wandte sich an beide Männer auf dem Karren.

„Den verbrecherischen Eldermann abzulösen, war mein Ziel und einen gerechten und klugen Ältesten zu finden, meine Hoffnung. Beides hat sich erfüllt! Manfred und Ludwig haben sich beide als würdig erwiesen. Von Manfred wussten wir, dass er sich eurem Urteil der Wahl fügen wird. Von Ludwig hofften wir dies! Jetzt stehen beide Männer neben mir auf diesem Karren und ich fordere beide auf, sich gegenseitig zu unterstützen und zu helfen, einzig zum Wohl eurer Sippe! Gleichfalls sollen beide starken Gruppierungen jedem Angriff, ob von Fremden oder eigenen missgünstigen Männern unternommen, trotzen! Wollt ihr euch beide dieses Versprechen geben, dann besiegelt es durch euren Handschlag! Soll die Hand, die dieses Versprechen bricht, verdorren!"

Während Gaidemar dieses sagte, reichten sich beide Männer die Hand und sahen sich an. Dieses Bündnis würde aus starken Wurzeln wachsen...

„Wir sind auf dem Weg zu euch gewesen, weil wir ein Bündnis gegen die Römer zum Ziel haben. Norbert, der Eldermann der Talwassersippe beauftragte uns, Bündnispartner zu suchen. Unsere eigene Brudersippe wurde von römischen Legionären überfallen, hingemordet und in die Sklaverei geführt! Nur wenige Alte und Kinder überlebten den Überfall. Der Knabe Gerwin sah wie Vater und Mutter erschlagen wurden und als es galt die Brudersippe zu warnen, nahm er den unbekannten und beschwerlichen Weg auf sich und warnte unsere Sippe vor dem Angriff." Gaidemar holte tief Luft und sah einmal über die vor ihm versammelten Köpfe.

Die gesamte Aufmerksamkeit, auch der eingekreisten Anhänger des vormaligen Eldermanns, galt ihm. Vielleicht war einigen der Männer aufgegangen, in welcher Gefahr sie schwebten.

„Wir, die **Bergesippe** des **Baldur Rotbart**, konnten die Römer besiegen, weil wir gewarnt wurden! Aber die Römer werden wiederkommen!" Der Hunno bannte die Augen der Versammelten.

„Ihr habt es bereits erlebt, denkt an die römischen Schiffe und die Gefangenen. Um alle unsere Sippen zu schützen, brauchen wir auch in Zukunft eine kampfbereite Gruppierung, die den Römern zeigt, dass sie unsere Dörfer nicht ohne Strafe überfallen können. Dieser Bund besteht und hat einen ersten Sieg erfochten. Die Gefangenen der Römerschiffe sind frei!"

Jetzt regte sich doch Teilnahme am Geschehen und Framen fanden ihren Schild, um das Einverständnis zu dieser Tat zu bekunden. Mit einer einzigen Handbewegung brachte Gaidemar Ruhe in die Versammlung.

„Wir fordern euch auf, dem Bund beizutreten und werden mit eurem neuen Eldermann und seinen Ratgebern darüber beraten. Als Letztes sei euch versichert, dass von den Kämpfern im Ring um das Dorf keine Gefahr ausgeht. Wenn der Älteste allen meinen Männern Gastrecht gewährt, wird die Mehrheit sofort abziehen!"

Der Eldermann erneuerte das Gastrecht und lud Gaidemar zur Beratung in sein Haus ein. Gleichzeitig zeigte er dem Hunno an, dass er zuerst eine neue Ordnung in der Sippe schaffen müsse.

Dieser ersten Aufgabe widmete sich der neue Eldermann durch die Einladung aller Familienoberhäupter in sein Haus. Dann löste er die Versammlung der freien Männer der Sippe auf.

5. Recht und Ordnung

65 nach Christus - Frühjahr (11. Maius)
Barbaricum - Im Land der Hermunduren zwischen dem Fluss Moenus und dem Herzynischen Wald

*D*er Abmarsch der Gruppierungen der benachbarten Sippen war schnell befohlen. Thilo, **Sindolf** und **Rango** wurden mit entsprechenden Befehlen in Marsch gesetzt und damit die Bedrohung von der Sippe genommen.

Gaidemar und Gerwin folgten dem neuen Eldermann zu seinem Haus und wurden stille Zeugen der Schaffung einer ihm angenehmen neuen Ordnung. Von der Wahl zum Eldermann überrascht, zwangen die bisherigen Verhältnisse Ludwig zu schnellem Handeln. Er brauchte nicht nur das Zugeständnis der Familienoberhäupter, sondern musste die wichtigsten Handlanger seines Schwiegervaters dingfest machen. Dann gab es noch das Problem der Angehörigen des Siegbald und einiger römischer Händler, die zeitweilig innerhalb der Sippe Siedlungsrecht genossen. Auch der Sklavenhändler und sein Gefolge mussten sofort aufgegriffen werden.

Den Kriegern seiner Familie vertrauend, beauftragte Ludwig diese mit der Festnahme der schlimmsten Schergen des Hubert.

Als er sich Siegbalds Männern zuwenden wollte, unterbrach ihn Gaidemar. „Gib uns Führer, damit wir diese Gruppierung finden. Olaf kennt die Männer zu gut, als das uns einer entkommen könnte. Überlas uns deren Gefangennahme. Wir haben dazu einen guten Grund!" Schnell waren zwei Männer als Führer bestimmt. Olaf und des Hunnos Jungkrieger zogen aus, den vormaligen Ältesten der Talwassersippe zu ergreifen.

Siegbald erwischten die Jungmänner, als er sich mit seiner Familie aus der Sippe zurückzuziehen gedachte. Die Wagen waren gepackt, die Pferde gesattelt und im gleichen Augenblick als sich sein Anhang in Bewegung setzte, erschienen die Männer des Hunnos. Die Waffen wurden gezogen.

Doch bevor der erste Streich geführt wurde, warnte Olaf vor den Folgen. „Bedenkt, wer den Framen erhebt, der stirbt!" schrie er den Anhängern des vormaligen Ältesten entgegen. „Wir wollen nur Siegbald!" ergänzte er und nahm den kriegerischen Ring um den früheren

Eldermann zur Kenntnis. Die Übermacht um die etwa dreißig Personen drückte von allen Seiten, auch auf Frauen und Kinder.

Siegbalds Männer senkten die Waffen. Es machte keinen Sinn, sich der Übermacht zu stellen. Nur einer der Krieger wehrte sich. Schnell war auch der Mann entwaffnet und gebunden. Dieser Gefolgsmann lag vor Olafs Füßen und wand sich wie eine Schlange. Doch die straffen Stricke bändigten seinen Willen und als der Mann aufgab, erkannte Olaf, wen er da vor sich liegen sah.

„Das ist aber erfreulich, dass auch du in unsere Hände gefallen bist ... Ich glaube dir noch etwas Dank schuldig zu sein?" Olaf winkte Zweien seiner Männer, die den Gebundenen auf die eigenen Füße stellten. Im ersten Überschwang seiner Gefühle wollte er dem Mann einem von ihm erhalten Faustschlag mit gleicher Münze heimzahlen, ließ es dann aber sein. Einen Gefesselten zu schlagen, war keine Kunst und ihn von seinen Fesseln zu befreien, sah Olaf keinen Anlass.

„Geht zurück in eure Häuser!" befahl er den zur Abreise Bereiten. „Ihr könnt nirgendwohin fliehen. Wir finden euch überall. Es ist nicht gut für eure Kinder, dauernd wegzulaufen ... Siegbald gilt unsere Rache, aber nicht seinen Kindern oder den übrigen Angehörigen."

Olaf drehte sich von der Meute weg und gab seinen Kriegern einen Wink, die Umzingelung zu öffnen. Im gleichen Augenblick stürzte sich ein junger Bursche auf den Anführer.

Der heimtückische Angriff wäre, ohne den überraschten Laut des Gebundenen, von Erfolg beschieden gewesen. Sich nach dem Gefesselten umsehend, gewahrte Olaf die Messerattacke und konnte dem Stoß des Burschen im letzten Moment ausweichen. Das Messer schnitt ihm in den Oberarm, bevor es vom Framen eines Jungkriegers aus der Hand des Angreifers geschlagen wurde.

Ohne den Überraschungslaut des Gefangenen hätte sich Olaf nicht umgewandt und der Dolch wäre ohne Widerstand in seinem Rücken gelandet. So hatte der Vater ungewollt die Tat des Sohnes vereitelt.

Der den hinterhältigen Angriff führende Bursche wurde genauso schnell mit Stricken gebunden. Als sich Olaf den Angreifer besah, erkannte er, dass der Apfel nicht weit vom Stamm gefallen war. Vater und Sohn wurden zum Haus des Ludwig geschleift und vor Gaidemar zu Boden gestoßen. Auch Siegbald wurde gebunden vor den Hunno gebracht.

Olaf erinnerte Gaidemar an Gerwins Auseinandersetzung im Dorf der Talwassersippe. Der Vater des Burschen und der Bursche selbst seien ihnen in die Hände gefallen. Beide erhoben die Waffen gegen die Gefolgschaft und sich der Hinterlist des damaligen Angriffs erinnernd, befahl der Hunno deren sichere Verwahrung. Siegbald, sein Anhänger und dessen Sohn wurden in ein Grubenhaus des Ludwig verbracht und dort von Kriegern der Gefolgschaft bewacht.

Auch der mit der Festnahme der römischen Sklavenhändler beauftragte Krieger kehrte bald zurück und berichtete, dass keiner der Römer entkommen konnte.

Mit den Schergen des Hubert verhielt es sich anders. Diese hatten schnell begriffen, dass der Machtwechsel für sie ungünstig verlaufen war. Einige dieser Männer entzogen sich sofort dem Zugriff. Die Suche in den Hütten dieser Männer blieb erfolglos.

Ludwig entschied, dass eine Verfolgung jetzt keinen Sinn machte. Seine Männer hatten einige der schlimmsten Parteigänger, darunter den Mann der jüngsten Tochter des Hubert, gefangen gesetzt und gebunden im Grubenhaus untergebracht. Dieser Mann war der Anführer der verwegenen Schar, die die Neuwahl des Eldermanns, durch den Vorstoß ins Zentrum, zu verhindern trachtete.

Helmut galt als Kopf der Schergen seines Schwiegervaters. Schon lange war er zur rechten Hand des Eldermanns aufgestiegen. Er schwang ebenso gern die Peitsche und wenn man Gerüchten glauben durfte, hatte er auch schon einige Feinde des bisherigen Eldermanns ans Messer geliefert oder dieses selbst ins Fleisch des Gegners gestoßen. Er war der Schlimmste und der, der in Abwesenheit Huberts dessen Macht aufrecht erhielt.

Die ersten Ziele Ludwigs, die Festigung seiner Macht und die Gefangennahme möglicher Feinde, schienen vollendet. Im anschließenden Treffen mit den Familienoberhäuptern bestimmte Ludwig Manfred zum *Hüter des Rechts*, und benannte den *Verkünder des Götterwillens* aus seinem eigenen Familienbestand. Manfred verschwand sofort aus der Hütte, um sich seine Getreuen auszuwählen, während der Verkünder des Götterwillens fortan jeder Beratung im Haus des Ältesten beiwohnte.

Bis zur Rückkehr Manfreds verging einige Zeit.

Zum ersten Mal konnte sich Gaidemar mit dem neuen Eldermann unterhalten und dieser zeigte sich, ob des merkwürdigen Gebarens des Kriegerhaufens, verwundert.

Seiner Neugier Ausdruck verleihend, sprach Ludwig den Hunno an. „Wer bist du? Woher kommst du? Weshalb dein Interesse an unserer Sippe?" Fragen, die einmal gestellt, dringender Beantwortung bedurften. Gaidemar lächelten den Eldermann an und betrachtete sich dessen Erscheinung.

Vor ihm stand kein Riese. Ludwig war ein schlanker, mittelgroßer Mann mit etwas mehr als vierzig Wintern, der durch seine drahtige Gestalt, seine offene Wesensart und einen klaren Blick aus blaugrauen Augen ein angenehmes Äußeres besaß. Da er nicht unmittelbare Kriegereigenschaften vorwies, wirkte er eher bescheiden und zurückhaltend. Andererseits besaß er eine durchaus ansprechende Stimmgewalt, die er jedoch im Gespräch durch leise Töne nicht erkennen ließ. Um die Augen und in seinen Mundwinkeln nistete ein Lächeln. Ludwig trug sein Haar schulterlang und offen. Nur auf seiner Stirn war das Haar gestutzt und lag glatt an. Der Eldermann strahlte Ruhe und Bedachtsamkeit aus und so stellte er seine Fragen mit leiser Stimme und wartete geduldig auf eine Antwort.

„Ich bin Gaidemar aus der Bergesippe des Baldur Rotbart!" antwortete Gaidemar auf die ersten beiden Fragen und da dies kaum zur Vollständigkeit der Antwort beitragen konnte, ergänzte er: „Ich bin ein ganz normaler, junger Krieger der Sippe…"

„Ich denke du bist Gefolgschaftsführer…?" erstaunte sich der Eldermann.

„Na ja, man machte mich dazu … Eigentlich fing alles ganz harmlos an …" Gaidemar erinnerte sich an die Ereignisse, die sich seit Gerwins Ankunft im Bergedorf ergaben. Nicht alles war es wert, Anderen mitgeteilt zu werden. Aber manche Information schien ihm geeignet, des Eldermanns Neugier zu befriedigen.

„Zuerst wurde unsere Brudersippe überfallen und bis auf kümmerliche Reste versklavt oder getötet. Das war Ende des letzten *Sommers*. Dann stürmte ein Knabe mit einer Warnung vor römischen Legionären in unser Dorf. Die Warnung kam im letzten Augenblick. Wäre Rotbart kein so erfahrener Krieger gewesen, der unsere Kampfbereitschaft zu jedem Augenblick sicherte, hätten wir wohl das Los unserer Brüder geteilt! So vernichteten wir die Römer!" Gaidemar legte eine Pause ein.

„Eine Sippe aus drei Alten und vielen Kindern kann nicht überleben. Also beauftragte uns Rotbart zu helfen. Einige junge Männer und Frauen gingen zu den Überlebenden. Der Winter war hart und Hunger allgegenwärtig. Wir überlebten." Der Krieger wartete auf ein Zeichen der Zughörer.

Als weder Ludwig, noch einer der anwesenden Familienoberhäupter sich genötigt sahen, eine Bemerkung zu machen, setzte er seine Erzählung fort. „Im Winter traf Norbert, der Jäger der Talwassersippe, bei uns ein. Als er des Knaben Geschichte hörte, lud er uns ein, auch in seiner Sippe zu berichten. Mit der Schneeschmelze zogen wir los und wurden in seinen Kampf um die Macht in seiner Sippe hineingezogen." Gaidemars Erinnerungen ließen ihn zögern. Sicher musste Ludwig nicht jede Einzelheit dieser Auseinandersetzungen kennen.

„Norbert wurde Eldermann und beauftragte uns, die Botschaft des Knaben zu den Sippen unseres Volkes zu tragen. Im Gegenzug schickte er unserer Sippe weitere Hilfe. Neue Umsiedler entschlossen sich und brachten Vieh, Samen und Vorräte zu den Überlebenden."

Gaidemar bemerkte das ungeteilte Interesse des neuen Eldermanns und der anderen anwesenden Oberhäupter. Auch Manfred war wieder eingetroffen und hatte sich an die Eingangstür der Hütte lehnend, den aufmerksamen Zuhörern angeschlossen.

Seit dem besuchten wir, Gerwin, Olaf und Richwin alle uns bekannten Sippen. Nach ersten Erfolgen wurden meine Gefährten in eurer Sippe gefangen genommen." Gaidemar wollte keine Auseinandersetzung mit der Sippe. Deshalb unterließ er jeden Vorwurf, obwohl er noch immer wütend über deren Teilnahmslosigkeit war.

„Niemand wollte uns helfen... Werner, unser Narbenmann, kannte einen eurer Fischer. Wir trafen ihn. Bei euch ging Angst vor Hubert um. Außerdem war Siegbald, der vormalige Älteste der Talwassersippe, hier untergekrochen ... Also mussten wir unsere Gefährten selbst befreien. Den Brand und die Verwirrung um die Pferde nutzten wir."

Das Erstaunen fast aller Anwesenden war greifbar und äußerte sich in überraschten Ausrufen, in zornigen Aufwallungen und auch missfälligen Bemerkungen. Diesen Zusammenhang kannte bisher keiner.

Gaidemar nahm die Bemerkungen der Zuhörer in sich auf. Er erfasste, in welcher zweifelhaften Art Einige der Anwesenden zum neuen Eldermann zu stehen schienen. Billigten Teile der Zuhörer ihre Vorgehensweise, dann konnte er auch davon ausgehen, dass deren

Unterstützung Ludwig galt. Den Wenigen, die sich missbilligend äußerten, traute er weniger. Er merkte sich diese Männer.

„Wieder fanden wir Freunde. Dann stießen wir auf römische Schiffe und erfuhren, dass diese Sklaven nach Rom bringen sollten. Warum sollten wir hinnehmen, dass weitere unserer Brüder zu Roms Sklaven wurden? In Erinnerung an unsere Brudersippe entschlossen wir uns zu handeln."

Wieder baten wir bei euch um Hilfe. Diesmal half uns ein Mann. Die Römerschiffe kehren nie zurück!" Verblüffung mit „Uff!", „Ach!" und „Wie das?" verkündet, belegten Verwunderung, Überraschung und Interesse.

„Wir stellten den Schiffen eine Falle. Die Gefangenen sind frei und die Römer tot!" verkündet Gaidemar und das Erstaunen auf den Gesichtern der Oberhäupter war unverkennbar. „Dabei entstand die Gefolgschaft!" schloss Gaidemar seinen Bericht ab.

„Und jetzt bist du hier um dich für die Gefangennahme deiner Gefährten zu rächen!" warf einer der anwesenden Männer in die entstandene Pause.

Gaidemar drehte sich ruhig zum Rufer um und antwortete: „Wollte ich das, dann würdest du mir diese Frage nicht mehr stellen können … Ich hatte mehr Krieger als ihr. Hätte ich eure Vernichtung gewollt, hätte ich sofort angegriffen. Euer führerlose Haufen wäre mir wie eine reife Frucht in den Schoß gefallen …"

Betroffen sah der Mann Gaidemar an, so dass dieser ergänzte: „… warum sollte ich eure Helfer um Ernst betrügen?" Wieder zwang sich Schweigen in den Raum.

„Nein! Meine Gefährten waren Gefangene des Hubert und nicht der Sippe! Hubert muss weg! Einige eurer Männer halfen mir. Dazu gehörten Manfred, Modorok und Ernst!" Gaidemar wandte sich wieder an Ludwig.

„Jetzt kennst du unsere Geschichte! Das dürfte erst einmal zur Beantwortung genügen!" Ludwig akzeptierte mit dem Nicken des Kopfes, gewahrte den zurückgekehrten Manfred und begann mit seiner Beratung.

Rat gehalten wurde, wie mit den Gefangenen zu verfahren sei. Von der Tötung für bisherige Verbrechen bis zur Freilassung unter Auferlegung von Pflichten, Zahlung von Schuldbeträgen und Freikaufen, war die Rede. Der Streit der Familienoberhäupter hätte sicher noch längere Zeit gewährt, hätte Ludwig nicht ein Machtwort gesprochen.

„Wir haben verschiedene Vergehen zu richten. Von Verrat an der Sippe, Mord, Unterdrückung bis Sklavenhandel. Lasst uns doch zuerst die Strafen für die festgestellten Taten einheitlich festlegen, ehe wir die schuldigen Männer verurteilen!" Schweigen breitete sich unter den Anwesenden aus.

„Welches Vergehen wird mit der größten Strafe bedacht und welches mit der geringsten?" fügte Ludwig an und setzte nach kurzer Pause fort:

„Unsere Bräuche legen für Mord in der Sippe den Tod oder die Schuldzahlung fest. Jeder Mord durch Fremde wird mit *Blutrache* geahndet. Noch nie wurde in unserer Sippe über Sklavenhandel geurteilt oder das Verbrechen des Verrates an der Sippe gesühnt. Wie also sollen wir Strafen finden, die zum Schutz der Sippe und deren Einheit beitragen. Wie strafen wir Fremde?" Ludwig sah in die Gesichter der anwesenden Männer und wartete.

Gaidemar, Olaf und Gerwin verhielten sich zurückhaltend und warteten, so wie der neue Älteste. Es war Manfred, der sich als Erster äußerte.

„Wir alle oder viele von uns haben Sklaven. Es sind zumeist Chatten, die wir aus dem Krieg mitbrachten, aber auch Fremdländer sind darunter. Vergesst nicht, dass uns unser Reichtum verführte, von den Römern auch Sklaven zu kaufen ... Wenn es auch nur Wenige sind, die bei uns aus fremden Gegenden angeboten wurden, sollten wir auch deren Los erkennen. Der Sklavenhandel der Römer ist Ursache dafür, dass Männer, Frauen und Kinder unserer Nachbarn gefangen genommen und mit römischen Schiffen weggebracht wurden. Den Sklaven, die wir kauften, erging es in ihrer Heimat nicht anders. Sprechen wir zuerst über diese *Schalke.*"

Manfred musterte die Anwesenden. Er wusste nicht, wie seine Worte aufgenommen würden. Er selbst hatte ebenfalls einen Schalk. Vorerst setzte er seine Rede vorsichtig fort.

„Huberts Macht als Eldermann schloss auch Mord nicht aus. Immer traf es die, die ihm widersprachen oder ihn bekämpften. Mein Vater starb durch Huberts Schergen und auch meines Vaters Bruder! Gewiss gibt es mehrere Familien, die für Huberts Taten Beweise haben. Sollte einer seiner Schergen zur Ausführung einer Tat beigetragen haben, sollten wir nach unseren Bräuchen für Mord urteilen." Manfred sah Ludwig zögernd an. Noch hatte sich der neue Eldermann zu diesen Fragen nicht geäußert. In dem Manfred seine Vorstellungen offenbarte, zwang er Ludwig zu seinem Bekenntnis. Manfred war sich seines Bündnisversprechens bewusst und trotzdem konnte sich alles noch anders entwickeln.

„Für Huberts Gefolgsleute, die keinen Mord zu verantworten haben, können wir Schuldzahlungen fordern oder den Ausschluss aus der Sippe durchsetzen." In eine Denkrichtung gestoßen, hatten die Männer nun konkrete Grundlagen und der Streit setzte sich fort.

Ludwig ließ sie gewähren, hoffte er doch selbst Klarheit und Überzeugung zu finden. Vorschläge und Gegenvorschläge, Auseinandersetzungen zu Kleinigkeiten einer Tatauslegung und möglichen Beweisführung lösten sich ab, bis der Verkünder des Götterwillens das Gottesurteil ins Gespräch brachte.

„Erlaubt mir, mich zu eurer Suche nach Wahrheit zu äußern ..." warf Gaidemar letztlich in den Streit ein. Als alle ihre Aufmerksamkeit ihm zuwendeten, setzte er seinen begonnenen Satz fort: „...und einige Vorschläge zu unterbreiten."

Der Eldermann und Manfred nickten und so setzte der Hunno fort: „Das Gottesurteil begünstigt immer den kampffähigsten Mann oder auch den Stärksten oder den Gewandtesten, aber nie den Klügsten!" Gaidemar wusste, dass er sich wieder auf glattem Eis bewegte und so schnell das Eis der Flüsse brechen konnte, so schnell könnte er das Verständnis der Familienoberhäupter verlieren ... Ließe er sie jedoch weiter streiten, wäre auch nichts gewonnen.

„Brauchen wir aber nicht gerade diese Klugheit? Ich spreche nicht gegen ein Gottesurteil, doch nicht jeder dazu Verurteilte kann die Wahrheit seiner Worte in einem Zweikampf durch den Sieg beweisen! Das Gottesurteil darf nur unter gleich starken oder gleich kampffähigen Männern zur Anwendung gelangen." Das mehrheitliche Nicken der Männer bestätigte ihm, dass die Macht des Hubert und seiner Peitsche nicht jeden Gedanken an Gerechtigkeit gebrochen hatte.

„Für Hubert und seine Schergen sollte gelten, dass deren Strafe für Mord der Tod ist! Für weniger schlimme Taten erzwingt Schuldzahlungen oder macht den Schuldigen zum Unfreien." Dieser Vorschlag fand die Zustimmung der Mehrheit.

„Sklavenhändler, die am Verkauf von Brüdern und Schwestern unseres Volkes verdient haben, opfert! Unsere Götter werden es euch danken ... Sklaven, ob Chatten oder Andere, gebt frei!" Das war ein mutiger Vorstoß. Auch wenn Gaidemar vor Beginn seiner Reise nur wenige Schalke kannte und in der Ebersippe zum ersten Mal richtig mit diesem Problem zusammen gestoßen war, befremdete ihn die Denkweise derer, die sich Sklaven hielten.

Viele der Männer murrten. Zornige Blicke richteten sich auf den jungen Krieger, der in ihre Bräuche einzugreifen wagte. Im Krieg einen Unterlegenen in sein Los als Schalk zu zwingen, war weder ohne Ehre noch hielt die Mehrzahl dies für dumm. Der Schalk half die notwendige Arbeit zu verrichten. Er kostete nur sein Essen. Alles gehörte seinem Besitzer, auch dessen Kraft. Warum also sollte man eine solche billige Arbeitskraft freigeben? Unwillen breitete sich aus.

Unbeirrt setzte Gaidemar seine Ansprache fort. „Lasst ihnen die Möglichkeit zur Ansiedlung in eurer Sippe und gebt ihnen das Recht des Unfreien. Warum mache ich diesen Vorschlag?" Er wartete, ob sich offener Widerspruch regte.

„Nein!" schrie einer der Männer. „Ich bezwang den Chatten, der mein Schalk ist, im Zweikampf. Doch nicht sein Leben wollte ich. Er ist mein Sklave und wäre er siegreich, wäre ich sein Schalk oder Tod. Die Götter schenkten mir den Sieg!"

„Wieso ist ein Chatte dein Schalk? Baldur Rotbart, einer unserer Anführer im Krieg um das Salz der Flüsse, berichtete von der Tötung aller Chatten!"

„Das stimmt nicht!" schrie der gleiche Mann.

Verunsichert sah sich Gaidemar um. Er kannte das Los der unterlegenen Chatten. Schon vor der Schlacht verkündeten beide Seiten den Tod aller Überlebenden. Der Hass saß tief, wurde von den Anführern geschürt und die Schlacht blieb unerbittlich. Rotbart war dabei und sein Zeugnis stand außer Frage.

„Es gab aus der *Salzschlacht* keine überlebenden Chatten! Wie bist du zu deinem Schalk gekommen?" stellte er mit leiser, aber beißender Stimme fest.

Manfred trat in die Mitte der Versammlung. „Ihr wisst, ich war dabei. So wie auch viele Andere von euch. Wir waren alle noch etwas jünger und das Glück stand auf meiner Seite." Manfred ließ seine Worte wirken.

„Hubert führte uns. Wer damals dabei war, der wird sich erinnern ... Hubert war schon einige Zeit Eldermann und ein guter Anführer. Wir zogen zum *Dunkelwald*. Der *Herzog* sammelte uns und die Eldermänner berieten zum Kampf." Der Sprecher weckte Erinnerungen und schweigend warteten alle auf das Ende seines Berichts.

„Aus der Beratung beim Herzog kam Hubert wutentbrannt zurück. Er wollte nicht über die Beratung sprechen. Noch am gleichen Tag brachen wir unser Lager ab und zogen heimwärts. Ich weiß bis heute noch nicht, worin der Grund für unseren Abzug bestand. Ich weiß auch, dass Hubert zu keinem der übrigen Krieger darüber sprach. Wer von euch kennt etwas Anderes?" Keiner der Männer äußerte sich und so setzte Manfred fort.

„Nicht weit vom Lager stießen wir in einer Schlucht mit Chatten zusammen. Der Kriegsgott war uns hold. Wir waren im Vorteil. Nicht nach der Anzahl der Krieger, aber wir hatten die bessere Position und den Feind schon vorher erkannt. So schnell wir angriffen, fegten wir die Chatten weg. Es gab für die Überrannten nur eine Fluchtrichtung. Ich weiß, dass kaum Einer der Krieger entkommen konnte. Die Chatten waren tapfere Männer, doch unserer Überraschung nicht gewachsen. Ihr wisst, dass ich deren Anführer niederwarf. Sein Sohn ist noch heute mein Schalk. Er trägt die Bürde seines alten Vaters."

Nach einem längeren Schweigen fügte Manfred noch an. „Warum wir heimwärts gingen, weiß ich nicht. Keiner von uns wagte, Hubert zu widersprechen. Ich kann mich an das Gerücht erinnern, dass Hubert ein enger Verwandter des Herzogs gewesen sei, vielleicht einer seiner Söhne oder Brudersöhne."

Das Schweigen legte sich wie eine Nebelwolke auf die Anwesenden. Fast alle, so schlussfolgerte Gaidemar, schienen damals dabei gewesen zu sein. Er sah es in den Blicken der Männer, die sich den in ihrem Inneren verborgen gehaltenen Erlebnissen zuwandten. Doch diese Andacht störte ihn. Er musste das Heft des Handelns zurückgewinnen.

„So sei es denn!" zwang er die Anwesenden aus deren Versunkenheit zurück. „Ein Chatte ist ein Mann gleich unseres Stammes, auch wenn wir gegen Chatten Krieg führten. Unser Stamm ist sehr groß und wir sind stark. Deshalb haben im Kampf mit den Chatten die Götter uns den Sieg geschenkt! Was macht einen Mann zum Feind, Großherzigkeit oder Unterdrückung? Wie viele Winter sind seit dem Krieg mit den Chatten vergangen? Dienten die Sklaven der Chatten euch gut oder schlecht? Gebt ihnen die Freiheit zurück und sie werden eure Großherzigkeit preisen…"

„…und unsere Dummheit belachen!" ergänzte einer der Anwesenden.

Ein anderer warf ein: „Kommen dann auch die Männer aus unserem Volk zurück, die bei den Chatten Sklaven sind?"

Gaidemar nahm die Frage auf. „Das weiß ich nicht! Wenn es dort Gefangene unseres Volkes gibt, vielleicht? Doch bedenkt…" setzte

Gaidemar seine unterbrochene Rede fort. „...wer unser gemeinsamer Feind ist? Chatten und wir sollten uns gegen die Römer vereinen. Wer kommt immer häufiger in unser Land, die Chatten oder die Römer? Wer holt sich in unserem Land Sklaven? Waren Chatten schon einmal bei euch?" Es widerstrebte dem Hunno für die Chatten zu sprechen und doch musste er es tun.

„Mit den Chatten können wir ein Bündnis gegen Rom herstellen, aber nicht, wenn wir Schalke von ihnen besitzen. Gebt diese Sklaven frei und verfahrt nach meinem Vorschlag! Ich nehme alle eure Chatten als Kämpfer in meine Streitmacht auf, so nützen sie uns. Nach gleichem Recht können diese Männer nach zwei Wintern in ihre Heimat zurückkehren! Ich kann auch für eine Entschädigung aufkommen, wenn ihr darauf besteht. Und falls ihr denkt, ich bin ein Chattenfreund, so irrt ihr euch. Ich habe deren Pfeile im Körper von Freunden erlebt, war Zielscheibe ihrer Pfeile und kämpfte mit dem Frame schon gegen sie. Mein Vater starb im Chattenkrieg!"

Besonders die letzte Mitteilung brachte die Anwesenden zum Nachdenken. Gaidemar sprach keinen Befehl aus, seine Worte würden zum Nachdenken veranlassen. Das sollte und musste in dieser Situation ausreichen...

Die Familienoberhäupter besprachen sich und letztlich einigten sie sich auf eine grundsätzliche Verfahrensweise. Sie befanden die Sühne für Mord in der Sippe auf Tod durch den Dolch. Für geringere Vergehen einigten sich die Vertreter der Familien auf Schuldzahlungen und bestimmten den Hüter des Rechts zum Herrn über die Verhängung der Strafhöhe. Unschlüssig blieben die Männer zum Verfahren mit Siegbald und seinen Gehilfen und ob sie die Sklavenjäger opfern sollten...

Der Hunno war zwar nicht mit dem Ergebnis zufrieden, wusste aber, dass er mehr jetzt nicht erreichen konnte. Die Entscheidung zur Erlangung der Freiheit der Schalke wiesen die Oberhäupter zurück. Es sei jedes Herrn Recht seinen Schalk freizugeben oder für ihn Entschädigung zu fordern.

Der Hunno erklärte seine Bereitschaft, für die in der Gefolgschaft kämpfen wollenden Schalke, Entschädigung zu zahlen. Ein Gegenwert für jeden Krieger wurde ausgehandelt und anerkannt. Bis zum Abschluss dieser Festlegungen hatte Gaidemar gewartet. Bisher hatte er kein Wort darauf verwendet, dass sich Hubert und seine Schergen in seinem Gewahrsam befanden. Weil nun von den Oberhäuptern einheitliche

Verfahrensregeln festgelegt waren, könnte auch Ludwig einer Verurteilung seines Schwiegervaters nicht mehr ausweichen. Auch dann nicht, wenn sein Weib, die älteste Tochter des Hubert, ihn dazu drängen sollte...

„Ich möchte euch nun, da ihr eure Einigkeit festgestellt habt, noch ein Geschenk übergeben."

Verwundert sahen ihn die zum Aufbruch gerüsteten Männer an.

Während Gerwin aus dem Haus schlüpfte, nutzte Gaidemar die Überraschung zu einer weiteren kurzen Erklärung.

„Zuerst möchte ich mich an Ludwig wenden. Das Geschenk stellt dich vor eine wichtige Entscheidung! Uns liefen ein paar Männer in die Arme, die einen meiner Gefährten an den Hals wollten ... Wir fingen diese Männer und es verwunderte mich, dass der Mann, der diese Gefangennahme durchführte, deren Anführer nicht sofort tötete."

Gaidemar sah Ludwigs verwunderten Blick, „Immerhin wurde mein Freund Werner, der Narbenmann, von dem Gefangenen grundlos in den Käfig geworfen und zum Verkauf als Sklave ausgewählt."

Inzwischen wurde der ehemalige Eldermann Hubert durch die Tür des Hauses geschoben. Gaidemar beendete seine Ansprache mit den Worten: „Da habt ihr euren vormaligen Ältesten zurück. Verfahrt nach eurem Brauch und den beschlossenen Gesetzen!"

„Was geht hier vor? Ludwig, was soll das? Ich bestehe darauf, dass meine Fesseln gelöst werden! Ich bin der Eldermann ..." brüllte der soeben in den Raum geführte.

Mit einer kurzen Handbewegung brüsk unterbrochen und dem Gesprochenen: „Schweig!" aus Ludwigs Mund, blieben Huberts Worte in dessen Hals stecken.

„Deine Zeit als Eldermann ist zu Ende! Schon oft habe ich dir gesagt, dass du deine Untaten noch einmal bereuen wirst .... Wie oft habe ich dich dieses Hauses verwiesen? Wie oft hat mein Weib dich gebeten, deine Peitsche zu verbrennen und du hast sie eine Närrin genannt? Es ist genug!" beendete Ludwig einen kurzen Wutausbruch.

„Ich hätte dich doch töten lassen sollen!" kam Huberts Antwort und alle Anwesenden wussten, warum er diese Tat hinauszögerte.

„Wir danken dir für dieses Bekenntnis!" lächelte Manfred den bisherigen Ältesten an.

„Was machst du in diesem Haus? Ludwig, schmeiß den Kerl raus und die Anderen auch! In dieser Sippe herrschen wir!" brüllte Hubert.

„Du meinst, du hast hier geherrscht? Deine Zeit ist vorbei! Jetzt heißt unser Eldermann Ludwig!" Ernst, der Fischer, war es, der den bisherigen Ältesten aufklärte. Hubert klappte die Kinnlade herunter und er bestaunte nach einer Musterung aller Teilnehmer deren Einigkeit. „Meine Peitsche und meine Männer werden euch zur Vernunft bringen!" grunzte er und schoss wütende Blicke unter die Anwesenden.

Nun reichte es Gaidemar.

„Deine Peitsche wird möglicherweise den nächsten Tanz auf deinem Rücken ausführen ... Ich kenne da jemand, der das gern ausführen wird! Ich glaube, du kennst den Mann. Deine Zeit hier ist vorbei! Ludwig wurde zum Eldermann gewählt und du wirst für deine Taten bestraft! Dazu sind alle Familienoberhäupter bereit. Deine Schergen und dein Freund Siegbald werden dir nicht mehr helfen können .... Mit denen wird sich der Sippenrat auch noch im Einzelnen beschäftigen!"

Sichtlich beeindruckt, hochrot vor Zorn und um sich tretend und keifend, nahm Hubert Kenntnis von den Veränderungen und schnell wie ein Fuchs erkannte er seine ausweglose Lage. Sofort änderte sich seine Einstellung und fast wimmernd, zumindest flehend, wandte sich Hubert an seinen Schwiegersohn.

„Ludwig, dass kannst du nicht tun. Meine Tochter ist dein Weib! Du gehörst zu meiner Familie. Ich hatte immer nur deinen Erfolg und den deiner Kinder im Auge. Alles was ich tat, tat ich für dich und deine Frau ...."

Diese letzten Worte waren von einer Person gehört worden, die eigentlich an der Beratung nicht teilnehmen sollte und von keinem der Anwesenden bisher bemerkt worden war. Auch besaß diese Person nicht das Recht, sich in einer Beratung der Männer zu äußern. Doch ihre außergewöhnliche Position und dass es sie selbst betraf, rechtfertigte ihr Eingreifen.

„Für mich und meine Kinder hast du nichts getan!" Wut und Tränen standen in den Augen von Ludwigs Frau. Zornesrot war das Weib plötzlich vor ihrem Vater aufgetaucht.

„Der Hass der Kinder des gesamten Dorfes verfolgte sie und mich! Meine Bitten, deine Peitsche zu verbrennen, hast du belacht ... War mein Mann auf Reisen, hast du uns nächtelang nicht aufgesucht und kamst erst, als Ludwig zurück war .... Wo war deine Hilfe, als mein Jüngster starb? Ich konnte sie nicht finden! Wann hast du uns je vor den wütenden Männern und Weibern der Sippe beschützt?" Sie hatte ihre Fäuste geballt und die Arme zum Schlag erhoben. Als ihr bewusst wurde, dass sie den eigenen Vater bedrohte, sanken ihre Arme nahezu kraftlos herab und ihre Stimme mäßigte sich. Fast teilnahmslos wandte sie sich ab.

„Als Mutter starb, wurdest du zum Unterdrücker der Sippe! Deine Pferde, deine Römer, dein Reichtum ... Jetzt wir dir das alles in den Arsch gesteckt. Ich schäme mich, deine Tochter zu sein und zwar schon sehr lange! Schafft diesen Mann, der mein Vater sein will, aus meinem Haus!"

Ludwig nahm sein in Tränen aufgelöstes Weib in die Arme und versuchte sie zu beruhigen. Mit einem Kopfnicken traf Gaidemar die Anweisung zum Befolgen des Wunsches der Frau. Nicht nur Hubert wurde weggebracht, auch die übrigen Männer verließen Ludwigs Haus.

Der vormalige Eldermann der Ebersippe wurde allein, getrennt von seinen ebenfalls gefangenen Anhängern, in ein Grubenhaus gebracht und von Manfreds Männern bewacht.

Gaidemar und seine Getreuen kehrten in ihr Ausgangslager am See zurück.

6. Hunno und Eldermann

65 nach Christus - Frühjahr (13. Maius)
Barbaricum - Im Land der Hermunduren zwischen dem Fluss Moenus und dem Herzynischen Wald

*M*it Sonnenstrahlen und etwas Nebel über dem Fluss begann der nächste Tag. Noch am Abend waren die Gefangenen an den Hüter des Rechts übergeben und deren Bewachung von Kriegern der Ebersippe übernommen worden.

Dem Hunno stand noch ein Gespräch mit dem neuen Eldermann Ludwig bevor. Nach einem dürftigen Frühstück sammelte er seine Anführer und unterrichte die Männer über die Lage. Ein Trupp zur Sicherung für Gaidemars Besuch wurde ausgewählt und gemeinsam, mit Olaf und Gerwin, machte sich der Hunno auf den Weg zum neuen Eldermann.

Die Begrüßung der Männer verlief nüchtern und sachlich, so dass sich Gerwin schon fragte, ob sich die gestrigen Ereignisse doch irgendwie zum Nachteil ausgewirkt hatten. Ludwig ließ sofort nach Manfred schicken und nach dessen Eintreffen begann das beabsichtigte Gespräch.

Der Eldermann versicherte, dass sowohl Hubert als auch dessen Getreue, eine gerechte Bestrafung erwarteten. Er bestand jedoch darauf, dass dies eine Sache der Sippe sei, die ohne äußere Beeinflussung abzulaufen habe.

Gaidemar stimmte dem zu. Er wolle den Tod des vormaligen Eldermann nicht unbedingt. Jedoch erwarte er, dass das Maß der Strafe, nach Anhörung aller Betroffenen der Sippe, bemessen werde. Alle Klagen mussten Gehör finden und in der Gesamtheit begangenen Unrechts letztlich die Strafe erzwingen, die zur Sühne der Schuld des bisherigen Ältesten angemessen war.

Schwierig war die Unterredung, als man auf Siegbald und seine Familie zu sprechen kam. Von Ludwigs Sippe lag gegen die Männer um Siegbald keine Anklage vor. Die Anschuldigung, die aus Olafs Gefangennahme resultierte, zählte innerhalb der Sippe nicht. Auch lag kein Mord vor und zur Sippe zählten weder Siegbald, noch der mit ihm gebundene Getreue. Auch der Angriff des Jungmanns auf Olaf wurde nicht als Angriff auf die Sippe gewertet.

Es gab keinen Grund, eine Strafe auszusprechen und letztlich musste Gaidemar zustimmen, da ein Gottesurteil auch nicht in Frage kam.

Siegbald war Olaf, schon wegen des deutlichen Altersunterschieds, unterlegen und damit schied ein Zweikampf aus. Auch eine Verurteilung seines Getreuen war nicht möglich, weil ein Zweikampf zwischen diesem Mann und Gerwin, wegen einem zu unterschiedlichem Kräfteverhältnis, nicht in Frage kam. Letztlich hätte der den Dolch führende Jungmann gegen einen erfahrenen Krieger wie Olaf keine Möglichkeit zum Sieg. So war ein Gottesurteil auf Grund Gaidemars eigener Forderungen ebenfalls auszuschließen. Eine Verbannung der gesamten Familie aus dem Dorf würde auch Andere, vor allem Kinder, mit verurteilen, obwohl diese nun gar keine Schuld trugen.

Ludwig beharrte darauf, dass diese Familie in seinem Dorf leben dürfe. Das einzige Zugeständnis, zu dem er sich bereit fand, war die Verbannung von Siegbald und seinem Getreuen. Die Ausführung hätte jedoch die Spaltung der Familie zur Folge, wozu der Älteste sich nicht durchringen konnte. Auch ein Hinweis darauf, dass Neid, Missgunst und Rachsucht in Siegbald Oberhand hätten und dieses sich zu einem späteren Zeitpunkt gegen Ludwig richten könnte, fand keine Anerkennung. Gaidemar kam zu keiner einvernehmlichen Regelung und lies das Thema deshalb fallen. Mehr Erfolg konnte er zu den im Dorf verbliebenen Römern erzielen. Ludwig und seine Berater hatten eine klare Trennung zwischen den Händlern der Römer, Knechten und Sklavenjägern, denen der Tod eines Sklaven angelastet werden konnte, vollzogen. Es waren vier der Sklavenjäger betroffen. Die Entscheidung, ob Tod oder Sklaverei im Dorf, hielten die Berater des Ältesten offen. Römische Händler erhielten das Recht, in Dorfnähe zu siedeln. Dies betraf auch deren Knechte. Einige der Sklavenjäger, immerhin eine Zahl von vierzehn Männern, wurden ohne weitere Bemerkungen an Gaidemar übergeben.

Manfred war es, ein Erfahrener des Chattenkrieges, der noch ein Ereignis in das Gespräch einbrachte. Er habe einen Chatten als Schalk, der gern in Gaidemars Dienste treten würde. Der Mann sei sehr jung und sei freiwillig für seinen alten Vater in die Sklaverei gegangen, als dessen Gebrechlichkeit sichtbar wurde. Der Sohn habe das Wort seines Vaters gehalten.

Ludwig ergänzte, dass es weitere vier Chatten gab, die Gaidemar folgen würden, wenn er sie denn nimmt. Bei einigen Anderen sei es zu spät für ein solches Abenteuer, zumal deren Alter, Frau und Kinder dies verhinderten. Die beiden Schwarzen im Dorf blieben Sklaven, da sie ohnehin auf einer Stufe, weit unter den Menschen stehen, wie ihre Hautfarbe beweise.

Der Gefolgschaftsführer erkannte die Grenzen seiner Möglichkeiten. Sein Hauptziel, den Eldermann der Sippe zu vertreiben und die Machtverhältnisse neu zu ordnen, war erreicht. Das sich die neuen Machthaber zuerst der Bereinigung vormaliger Verhältnisse widmeten und alles für die Erhaltung der neu errichteten Macht unternahmen, war verständlich. Diese neue Ordnung stand auch in Gaidemars Sinn. Und trotzdem bliebe alles, was bisher geschah, nur Stückwerk, träte die Ebersippe dem Bündnis gegen Rom nicht bei. Bis zu diesem Gespräch gab es, seitens der neuen Machthaber der Ebersippe, aber noch immer keine Äußerungen zum Bündnis ...

Noch ein weiteres Problem beschäftigte den Hunno. Mit Siegbald und seinen Getreuen, sowie Huberts unbehelligt gebliebenen Schergen und den römischen Händlern waren genügend, der Gefolgschaft feindlich gesinnte Kräfte verblieben. In dieser Masse unterschiedlicher Interessen verbarg sich der Pfuhl des Verrats. Wie konnte er den Eldermann veranlassen, dieser Gefahr zu begegnen? Diese Tatsache umging der Hunno in ihrer bisherigen Verhandlung. In seiner Art, Schwierigkeiten nacheinander zu lösen, vermochte er der Frage nicht mehr ausweichen. Er musste erfahren, wie Ludwig und seine Verbündeten zum Bündnis gegen Rom standen?

Lehnten sie den Beitritt ab, war er dann trotzdem zum Handeln gezwungen? Er hatte seine Streitmacht abgezogen. War dies zu schnell erfolgt? Wäre seine geschlossene Macht auch für eine andere Urteilsfindung günstiger gewesen? Gaidemar trauerte der Auflösung seiner Streitmacht nicht nach. Standen doch Manfreds Krieger dann an seiner Seite, würde Ludwig die neue Macht zurück an Hubert übergeben wollen ...

„In meinem Bericht vor deinen Kriegern hatte ich von einem Bündnis gegen Rom gesprochen. Diesem Umstand haben wir bisher wenig Beachtung geschenkt. Ich möchte das Dorf nicht verlassen, ohne eure Absicht zu erfahren." Gaidemar schwieg und beobachtete beide Männer.

„Von Norbert, dem Jäger und jetzt Eldermann der Talwassersippe wurden wir ausgesandt, möglichst viele Sippen aufzusuchen und diese für ein Bündnis gegen Rom zu gewinnen. Aber eigentlich tragen wir die Botschaft dieses Knaben in unser Volk!" Gaidemar zeigte auf Gerwin.

„Seine Warnung gab uns den Sieg über die Römer. Er war unser Pfand bei der Suche nach Bündnispartnern im Kampf gegen römische Legionäre. Er ist der Träger der Botschaft an die Sippen. Schließt euch zusammen und wehrt euch! Schützt eure Dörfer, eure Familien, eure Weiber und Kinder! Diese Botschaft trägt Gerwin, der Sohn *Geralds*. Ein Knabe, der den Tod der Mutter und des Vaters aus römischer Mörderhand selbst sah. Er warnt vor Rom!"

Ludwig musterte den Knaben unverhohlen. Es war ein Moment der Entscheidung. War Ludwig, der von Ernst und allen Anderen erkannte gerechte Mann, musste seine Entscheidung für das Bündnis gegen Rom ausschlagen. Andernfalls konnte sich der neue Eldermann auch der Unterstützung enthalten oder gar gegen ein Bündnis aller Hermunduren entscheiden...

Gaidemar vermochte nicht des Eldermanns Gedanken zu erraten. Das Zögern und dessen skeptischer Blick auf den Knaben verhießen nichts Gutes. Er wartete und wälzte in seinem Kopf Vermutungen.

Sicher war dem Eldermann auch Gerwins Rolle im Spiel der Macht in der Ebersippe nicht verborgen geblieben. Hatte Ernst über den Einfluss des Knaben berichtet? Reichte dies aber aus, Verdienste anzuerkennen oder gar Dankbarkeit zu erzeugen?

Ludwig lächelte und bezeugte dem Knaben seinen Respekt.

„Ich habe von deiner Trauer vernommen. Ich glaube von deinen Taten zu wissen. Ich kenne deine Rolle im Kampf um meine neue Macht. Doch ich wollte diese Macht nicht ..." Ludwig schwieg.

Auch Gaidemar und Gerwin hüllten sich in ein Schweigen. Sie warteten und spürten, dass eine Entscheidung nahte ...

„Auch deine Taten zwangen mich, diese Macht anzunehmen. Soll ich dir dafür danken? Es mag andere ehrliche Männer geben, die besser für diese Macht geschaffen sind. Doch die Sippe wählte mich. Deshalb muss ich zum Anführer werden, unabhängig von meinen eigenen Absichten."

Sich von Gerwin an Gaidemar wendend, setzte der Eldermann fort: „Dein Kriegerhaufen spielt eine sehr widersprüchliche Rolle. Du hast uns bedroht. Hattest du einen ausreichenden Grund? Sehe ich die Gefangennahme deiner Gefährten, als du bei uns auftauchtest, kann ich Zorn und Wut verstehen. Gab dies dir das Recht, einen Brand zu legen und eine Herde Pferde zu stehlen?" Ludwig ließ die Antwort offen und Gaidemar sträubten sich die Nackenhaare. Hatte er den falschen Mann erwählt?

„Du suchtest dein *Heil* in der Flucht und nahmst deine Gefährten mit. Das war dein Recht! Hattest du aber auch das Recht später dann den Eldermann gefangen zu nehmen? Können wir dir dann auch noch das Recht zugestehen, uns unserer Führung zu berauben?" Ludwig überdachte seine bisherige Auflistung von Bedenken und suchte nach den Worten, die den übrigen Taten des Hunnos entsprachen.

Gaidemar und seine Gefährten aber erkannten, dass ihnen wohl das Glück der richtigen Wahl abhanden gekommen war. Dieser neue Eldermann schien mehr in der bisherigen Ordnung der Sippe gefangen zu sein, als alle seine Fürsprecher dachten. Gaidemar schwieg verbissen und wartete auf das Ende der Aufzählung. Seine Hoffnung zerfiel wie vom Winde weggeblasen und weil er schwieg, taten es auch seine Gefährten.

Der neue Eldermann aber setzte ungebrochen fort: „Mir wurde über den Kampf im Fluss berichtet. Ich weiß inzwischen von deinem Verhandlungsgeschick, als es um die Opferung der Beute ging ... Auch von deiner Rolle in der Talwassersippe habe ich inzwischen erfahren und meine Boten brachten mir auch Nachricht von unseren Nachbarn, der *Mardersippe* und der Bibersippe *Wolframs* ..."

Noch war der Eldermann nicht zum Kern der Sache gelangt. Seine Aussagen waren gehalten, alle Anwesenden an die Zusammenhänge zu erinnern. Aus einem unwirklichen Gefühl heraus schöpfte der Hunno plötzlich neue Hoffnung ... Führte der Eldermann nicht Für und Wieder einer bevorstehenden Entscheidung auf? Nannte er mit Absicht zuerst das Wieder und kam nun, nach einer Aufzählung der Gründe die gegen dieses Bündnis sprachen, zu den besseren Gründen?

„Ernst berichtete von deinen Zielen und des Knaben Verdienst. Muss ich mich deinen Wünschen unterordnen? Was bezweckst du? Willst du Macht?" Ludwig besann sich und schüttelte mit dem Kopf. „Mit deinem Angriff wäre unsere Sippe vernichtet. Trotz deiner Übermacht, unserer Uneinigkeit und deiner Möglichkeit zur Überraschung, blieb dein Angriff aus. Warum?" Ludwig sah den Gefolgschaftsführer erwartungsvoll an.

Was wollte der neue Eldermann von ihm wissen. Noch unschlüssig, tastete sich der Hunno vor.

„Wir wissen, dass wir den Römern im Kampf nach Zahl und Ausrüstung so lange unterlegen sein werden, bis wir von ihnen die Organisation des erfolgreichen Kampfes gelernt und ausreichend Waffen erbeutet haben oder in der Lage sind, diese selbst herzustellen. Unser Sieg, durch Baldur Rotbarts Krieger über die Römer, hatte viele Väter.

Fasse ich die Gründe dafür zusammen, muss ich es für Glück halten und schulde den Göttern dank!" Gaidemar besann sich und ging in Vergangenes zurück.

„Zu Beginn unserer Mission sollte Olaf als Botschafter des Norbert wirken. Inzwischen haben sich die Ereignisse überstürzt. Wir waren gezwungen, nicht nur mit Worten, sondern auch mit Waffen einzugreifen... Die Sklavenschiffe wurden von uns vernichtet!" Gaidemar ließ die Worte auf den Eldermann wirken, doch dieser äußerte sich nicht. Er blieb aufmerksamer Zuhörer.

„Die Gefangenen, die den Römern in Richtung der Quelle des Maa in die Hände gefallen waren, sind fast vollständig befreit... Einige starben noch im Kampf ... Von den Römern entkam uns keiner! Seit dem besteht unsere Gefolgschaft und alle freien Männer, die im Kampf zu uns standen, beschlossen Regeln für unsere Kampfgemeinschaft."

Der Eldermann schwieg weiter beharrlich. Kein Muskel seines Gesichtes bewegte sich, nur die Freundlichkeit des Strahlens seiner Augen blieb gleich.

„Unser gemeinsames Unheil kommt über den Fluss Maa! Ob mit Booten, Schiffen oder zu Fuß, entlang seiner Ufer, rücken die Römer vor ... Zumeist sind es kleinere Gruppen. Sie dringen in unser Gebiet ein, erpressen Steuern und greifen Sklaven. Davor wollen wir alle Sippen schützen!" Gaidemar legte eine neue Atempause ein und beobachtete die Reaktion in den Gesichtern seiner Gesprächspartner. Als er sicher war, dass Beide verstanden, setzte er fort.

„Wir haben beschlossen, Jungkrieger bei uns aufzunehmen, auszubilden und im Kampf zu stählen. Zwei Winter wird ein Jungmann mit uns kämpfen und die Sippe im Bündnis erhält einen erfahrenen Krieger zurück." Ludwig blickte freundlich, vermied aber jede irgendwie deutbaren Worte.

„Die Ausrüstung ist jedes Kriegers eigene Sache. Pferde nehmen wir gern, werden sie uns aber auch von den Römern beschaffen, so wie deren Waffen. Unsere Verpflegung ist noch nicht geregelt, weil wir die Dörfer, in deren Nähe wir den Römern auflauern wollen, nicht leer fressen können. Von euch erwarten wir Unterstützung."

„Wie soll diese aussehen?" kam Ludwigs und Manfreds Frage fast gleichzeitig.

„Wir brauchen eure Jungkrieger! Dann sollten sich auch Pferde, Waffen, Kleidung und Verpflegung anfinden. "

„Waffen, Kleidung und Verpflegung müsst ihr euch selbst beschaffen, wobei Getreide, Speck und Bohnen könntet ihr haben! Wie viele Jungkrieger sollen euch folgen? Wie viele Pferde braucht ihr?"

„Wenn ihr dem Bündnis beitretet, rechnen wir mit fünf Jungkriegern. Es können mehr sein, aber nicht weniger. Pferde können wir nur nehmen, wenn ihr sie uns gebt oder ein Jungkrieger sein Pferd mitbringt." Die beiden Sippenführer sahen sich an und nickten sich zu.

„Jeder der zu uns kommt, kommt freiwillig. Das ist Bedingung!" warf Olaf ein.

„Gut!" bekundete Ludwig. „Wir werden noch heute alle Jungkrieger befragen! Doch du hast meine Frage noch nicht beantwortet! Warum griffst du nicht an?"

Gaidemar besann sich. „Eine unserer Sippen vernichteten die Römer im letzten Sommer. Zwei Sippen wurden in diesem Frühjahr von den Römern überfallen ... Das waren die Gefangenen, die wir vom römischen Boot befreiten... Welchen Sippen steht das noch bevor?"

Erst jetzt und unvermittelt, bekam der Hunno ein Gefühl für die Denkweise seines Gegenübers. Ludwig war kein Mann schneller und unüberlegter Zusagen. Er prüfte sorgfältig, wog Vorteile sorgsam ab und durchdachte die Folgen nachteiliger Wirkungen, erst dann traf er seine Entscheidung. Mit diesem Wissen ausgestattet, ließ sich der Eldermann lenken und der Hunno wagte den Versuch.

„Die Römer erlitten im Bergedorf bei Rotbart eine Niederlage. Haben Römer jemals gezögert, Rache zu üben?" Gaidemar musterte Ludwig. Er wusste, dass die Ebersippe Handel mit Römern trieb. Dort wo man handelte, schwiegen die Waffen. Gab es deshalb eine Friedensgarantie? Wusste das auch Ludwig?

„Die Römer kommen zurück! Sie werden die Bergesippe vernichten! Sollen wir das hinnehmen? Gehören wir nicht alle zum gleichen Stamm? Sollte uns das Schicksal unserer Stammesbrüder kalt lassen?" So sehr Ludwig Blick, Lächeln und Bewegungen beherrschte, schien Manfred immer unruhiger zu werden. Hatte der Hunno die Denkweise des neuen Eldermann begriffen, musste er noch die Empfindungen und das Verhalten des Hüters der Ordnung der Sippe ergründen ...

„Ihr lebt am Maa und seid durch den Handel geschützt. Wir sind Bauern auf einem mal weniger fruchtbaren oder sehr fruchtbaren Boden... Wir beackern den Boden, pflanzen und ernten. Davon leben wir.

Was glaubst du, könnten wir der *Legion* der Römer allein als Widerstand entgegensetzten? Hätten wir die Möglichkeit Rom zu besiegen?"

Ludwig blieb ein aufmerksamer Zuhörer, schien aber immer noch keine ausreichende Antwort gehört zu haben. Manfreds Ungeduld wuchs und der Hunno erkannte die Wesensart dieses Mannes. Er war kein kühler Rechner. Der Mann besaß Empfindungen, Stolz und kannte die Wut eines Kriegers.

Jetzt begriff Gaidemar und fortan wusste er, wie diese beiden neuen Machthaber der Sippe zu lenken waren. „Sicher ist dir als Händler die Zahl von weit mehr als zehn mal Hundert Kriegern bekannter als mir. Mit so vielen Männern war Rom am Maa und errichtete ein Lager. Zuerst überfielen sie die *Buchensippe*. Keiner der Krieger dieser Sippe war bei seiner täglichen Arbeit bewaffnet. Sie führten wohl Messer mit, nur keinen Schild und keinen Frame. Noch nie war die Sippe von Nachbarn bedroht oder angegriffen worden. Es gab auch keine Anzeichen einer römischen Bedrohung ..." Gaidemar sprach leise. Trauer klang aus seinen Worten.

„Dieser Überfall kam zu schnell und wuchtig. Die Krieger der Sippe starben zuerst. Trotzdem die Bergesippe eine starke Sippe ist, hätten auch wir dem Angriff nicht widerstehen können ... Die Warnung des Knaben half uns." Gaidemar schwieg kurz, betrachtete seine Hände, dann den neuen Eldermann und zuckte dann, ein Unwissen zugebend, mit seinen Schultern. „Wir wissen nicht, warum die Römer dann abzogen. Sie waren noch immer stark genug, unsere Sippe zu vernichten!"

Er straffte sich, Zuversicht nistete sich in seinen Blick. „Aber wir wissen, dass die Römer zurückkehren ... Werden sie dann mit weniger Kriegern auftauchen?" Gaidemar nahm das Kopfschütteln von Ludwig zur Kenntnis.

„Wenn die Römer, in diesem Sommer, mit noch mehr Kämpfern auftauchen, können wir dann siegen, wenn jede Sippe einzeln angegriffen wird?" Gaidemar schüttelte, selbst die Antwort gebend, mit dem Kopf.

„Nein! Wir haben nur eine Möglichkeit! Nur in der Einheit aller Sippen können wir die Römer noch einmal schlagen. Norbert begriff das und als er es mir erklärte, machten wir uns auf den Weg." Gaidemar schwieg und mit ihm alle Anwesenden.

Ludwig und Manfred zeigten sich nicht bereit, zur Klärung der Widersprüche beizutragen. Also setzte der Hunno fort.

„Warum sollte ich uns weiter schwächen? Auch ihr seid Hermunduren." Die Frage schwang im Raum, wurde gehört, gewogen, durchdacht und führte nach unterschiedlich langen Augenblicken zur Erkenntnis, die Ludwig in Worte fasste.

„Jetzt hast du meine Frage beantwortet! Doch wir sind von der Römer Rache kaum betroffen, oder?"

„Kannst du dir dessen sicher sein?" erwiderte der Hunno und fügte leiser an: „Nehmen wir einmal an, den Römern gelingt es, in diesem Sommer, die Bergesippe Rotbarts zu vernichten ... Damit verlieren wir ein Bollwerk gegen die Chatten und müssten deren Angriffe fürchten. Noch wissen wir nicht, wie sich die Chatten uns gegenüber verhalten werden ... Chatten interessiert euer Handel mit den Römern nicht. Deren Beute fällt nur reicher aus. Und ob die Römer nicht auch bald euch heimsuchen, weiß keiner von uns. Sind die Sippen der Bauern geschliffen, bleibt nur noch ihr ... Wo sollte Rom denn dann seine Sklaven holen?" Gaidemar schwieg abermals und überließ es, beiden führenden Köpfen der Ebersippe, die richtigen Überlegungen anzustellen. Er wartete, bevor sein letztes Argument Klarheit schaffen sollte.

„Bedenkt, wir haben nur eine Gelegenheit, den Römern Einhalt zu gebieten. Nur einig, mit unserer geballten Kraft aller Sippen, können wir auch diesmal die Eindringlinge besiegen. Es ist unwichtig, welche Sippe überfallen wird. Die Niederlage der Römer muss so vollkommen sein, dass ihnen der Spaß an einer Rache für immer vergeht!"

Es war eine lange Erklärung. Ludwig und Manfred hingen schweigend ihren Gedanken nach.

„Gaidemar, mich hast du überzeugt!" beendete Manfred seine Überlegungen.

Auch Ludwig nickte zum Einverständnis mit dem Kopf. „Wir werden dem Bündnis beitreten! Gib uns Zeit, uns mit unseren Oberhäuptern abzustimmen. Es erscheint mir wenig klug, eine solche Entscheidung, so kurz nach unserer Machtübernahme, allein zu treffen."

„Dann bleibt Olaf bei euch und stimmt die Einzelheiten ab. Wenn ihr einverstanden seid, ziehen wir morgen ab!" verkündete daraufhin der Gefolgschaftsführer. Dem stimmten beide Männer zu.

„Mich drückt noch eine andere Sorge ..." begann der Hunno und beabsichtigte, auf den Verbleib ausreichender, feindlich gesinnter Männer hinzuweisen.

„... dann sprich diese aus!" forderte der neue Eldermann.

„Du bist sehr geduldig gegenüber möglichen Feinden ..." begann Gaidemar.

„Was meinst du?" Ludwig wurde sofort aufmerksam.

„Vielleicht hältst du Siegbald und seine Begleiter für harmlos ... Doch auch Getreue des Hubert blieben unbehelligt und auch Römer nimmst du hin ... Mir sind es einige Feinde zu viel ... Wem vertraust du vielleicht in Kürze und besinnst dich nicht mehr deiner früheren Zugeständnisse ..."

„Du denkst, ich werde wortbrüchig?" fuhr Ludwig hoch.

Gaidemar zuckte vielsagend mit den Schultern.

„Er wird nicht wortbrüchig! Dafür werde ich sorgen!" warf Manfred ein und erklärte seinen Standpunkt. „Ja, wir haben ein Bündnis gegen Hubert geschlossen. Ist der Mann bestraft, wird die Sippe sich neu ausrichten. Huberts Partei verschwindet und wir werden in einem Gleichgewicht verbleiben ..." Manfred blickte den Hunno an. Er besann sich einen Augenblick.

„Mich drückt deine Sorge auch und deshalb werde ich ein Auge auf diese Kerle haben! Ich werde mir den Spaß gönnen, jeden der Sippe Abtrünnigen vor unseren Rat zu zerren. Das ist der Teil, den ich erbringe. Du kannst dir sicher sein, dass ich jedem Feind unserer Sippe, damit auch jeden dir und der Gefolgschaft feindlich Gesinnten, gnadenlos verfolgen werde ... Was Ludwig betrifft, denke ich, wird er mich genauso brauchen, wie ich ihn. Weil das für unser beider Zukunft wichtig ist, handle ich auch in Ludwigs Interesse. Überdies ist er ein guter Mann und Wortbruch, Hunno, ist ihm fremd!" bedachte sich der neue Hüter des Rechts. Die Erklärung Manfreds nahm mit jedem gesprochenen Wort deutlich größere Zuversicht auf.

Als Ludwig zur Bestätigung nicht nur nickte, sondern Worte hinzufügte, stellte sich die Klarheit ein, die Gaidemar für erforderlich hielt.

„Ich bin weder ein treuloser Geselle, noch fehlt mir die Fähigkeit, Freund und Feind zu unterscheiden. Ja, ich besitze die Geduld, die einen guten Mann auszeichnen sollte ... Mancher Mann braucht eine zweite Bewährung ... Ich verfüge aber auch über einen scharfen römischen Gladius und weiß diesen zu führen ... Bringt Manfred einen Feind, werde ich nicht zögern, diesen von unserem Boden zu tilgen, selbst wenn dieser ein Freund oder der Vater meiner Frau sein sollte..."

Die Männer tauschten Blicke und dem Hunno schien, dass keines der Worte leichthin gesprochen war. Sie waren einander Zeugen und sollte

Einer von seinem Versprechen abweichen, gab es genügend Andere, die sich erinnerten. Der Hunno war zufrieden und die Zeit würde zeigen, ob Entscheidungen richtig waren und gesprochene Worte den Wert der Freundschaft und ein Bündnis trugen.

Gaidemar und Gerwin verließen die Hütte und kehrten ins Lager zurück. Auf dem Weg überholten sie einen Wagen mit gefangenen Sklavenjägern.

„He, du...du bist doch deren Anführer..." schrie einer der Männer aus dem Käfigwagen, „...was wird mit uns?"

„Mal sehen, wonach mir ist? Ich könnte euch am Hals aufhängen, dem Feuer übergeben oder einfach im Maa ertränken ... Vielleicht entschließe ich mich jedoch, euch zu versklaven? Sicher macht es auch spaß, euch zuvor etwas zu foltern ...Wer oder was sollte mich hindern..."

„Wenn ich dich in die Finger bekomme, drehe ich dir den Hals herum!" kam eine zornige Erwiderung.

„Wo bringt ihr uns hin?" fragte ein Anderer.

Wieder antwortete Gaidemar: „In unser Lager und danach werden wir sehen!"

Der Hunno hegte nicht die Absicht, den Gefangenen Sicherheit zum zukünftigen Los geben zu wollen. Gegenüber den Gefangenen hatten genau diese Männer ebenso wenig Nachsicht geübt und noch Peitschen als nachdrückliches Argument verwendet. Immerhin stellte er fest, dass mindestens zwei ihrer Sprache mächtig waren.

Gebrauchen konnte er diese Männer nicht. Deren Charakter war ungeeignet, für die Ziele der Gefolgschaft einzutreten, auch wenn Einige unter ihnen Germanen zu sein schienen ... Noch wusste er nicht, wie mit diesen Männern zu verfahren sei? Beabsichtigte er die Sklavenjäger irgendwo freizulassen, musste er bedenken, dass er den Einen oder Anderen bald wieder treffen würde. Dann gäbe es keine zweite Gelegenheit zu deren Entkommen.

Außerdem sollte er auch daran denken, dass jeder der Kerle bis zu diesem Zeitpunkt ausreichend Unheil verbreiten konnte ... Selbst wenn es ihn und die Gefolgschaft kaum betreffen würde, würden diese Männer sicher auch in Zukunft nicht von ihrer bisherigen Neigung Abstand nehmen. Zumindest bis zum Zeitpunkt ihrer Freilassung sollten die Männer im Ungewissen schmoren...

7. Der Chattenfürst

65 nach Christus - Frühjahr (13. Maius)
Barbaricum - Im Land der Hermunduren zwischen dem Fluss Moenus und dem Herzynischen Wald

Am Abend traf Olaf mit zehn neuen Jungkriegern im Lager ein, alle beritten. Gaidemar stellte lakonisch für sich fest ‚... eben doch eine wohlhabende Sippe'.

Weitere fünf Krieger trafen noch danach ein. Bei seiner Begutachtung stellte er fest, dass es freigelassene Chatten waren. Erfreut über das Worthalten, sah er sich die Männer genau an. Die Mehrzahl hatte den Zenit des Lebens bereits überschritten. Fast unterwürfig nahmen die Männer Notiz vom Hunno, mit Ausnahme des Jüngsten.

Dieser Mann hatte noch keine dreißig Winter erlebt. Sein Blick war ungebrochen, aufrecht und stolz. Seine Gestalt war, so wie die Gaidemars, groß und kräftig. Sein Haar hing ihm in dunkelblonden Locken bis auf die Schultern.

In vielem glich der Mann dem Hunno. Nur war er absolut schweigsam. Während die anderen Männer Gaidemar wortreich für die Gelegenheit baldiger Freiheit dankten und versprachen, gut zu kämpfen, beteiligte sich dieser Chatte nicht an den Beteuerungen.

Gaidemar, müde der Bezeugungen, unterbrach die Männer schroff mit der Frage an den jungen Chatten: „Und du? Weshalb bist du hier?"

„Ich bin *Swidger*, ein Chatte!" antwortete der Mann.

„Warum bist du hier?"

„Ich bin ein Schalk!" Die Sprache des Mannes war ohne jede Unterwürfigkeit.

„Ich nehme nur freie Männer!" antwortete Gaidemar abweisend.

„Mein Herr sagte mir, ich solle zu dir gehen!"

„Manfred?"

„Ja!"

„Manfred weiß, dass ich nur freie Männer nehme und nur die Chatten, die als freie Männer bei mir kämpfen wollen!"

„Das will ich!" behauptete der Mann.

„Dann hat er dich frei gelassen?"

„Das kann er nicht!" Gaidemar verstand immer weniger.

„Warum nicht!" fragte er zweifelnd „Weshalb bist du dann hier?" schoss es verblüfft aus des Hunnos Mund.

„Nur ich bestimme, ob ich Schalk oder ein freier Mann bin!" Mit dem Kopf schüttelnd, sah Gaidemar den Chatten zweifelnd an.

„Erkläre mir, wieso?"

„Es gibt keine Erklärung. Ich werde kämpfen. Ich werde sterben oder dir sagen, wann ich frei bin. Dann werde ich gehen oder bleiben. Wenn ich gehe, wirst du mich nicht halten, wenn ich bleibe so ist es mein Wille!"

„So sei es, Swidger!" Gaidemar erinnerte sich an die Besonderheit dieses Sklavendaseins. Dieser Chatte war der Mann, der die Ehre seines Vaters aufrecht erhielt. In dem er sich als Schalk verpflichtete, nahm er die Last von den Schultern seines Vorfahren.

Gaidemar wies den Männern ihren Platz zu und ließ den Chatten *Widogard* zu sich rufen.

„Du kennst die Sklaven deines Volkes in der Ebersippe?"

„Ja, Herr!"

„Ich bin Gaidemar, nicht dein Herr!" knurrte der Hunno.

„Fünf Männer werden in Zukunft mit uns kämpfen. Sieh sie dir an und sage mir, welchen Kampfwert diese Männer haben!" Der Chatte verschwand, um bereits nach kurzer Zeit zurückzukehren.

Seinen Bericht begann er mit den Worten: „Es sind alles Schalke und Chatten, so wie ich. Sie werden kämpfen wie ich und ohne Murren sterben ... bis auf den *Fürst*!"

„Was ist ein Fürst?" kam Gaidemars Gegenfrage.

„Der Fürst herrscht im Frieden über uns und führt uns im Kampf. Wir ehren ihn." erklärte der Chattenkrieger, der sich in der Gefolgschaft bisher bewährte und sich einen Namen gemacht hatte. „Wieso ist ein Fürst dann hier im Dorf Schalk?"

„Sein Vater ist alt. Er nahm die Last seines Vaters ... Bis zu dessen Tod wird der Sohn diese Last tragen. Dann ist er ein freier Mann und wird tun, was ein Fürst unseres Volkes tun muss?"

„Hol mir den Mann!" Widogard verschwand und kehrte kurz darauf mit Swidger zurück.

„Du herrschst in deinem Volk?" war Gaidemars Frage.

„Nein, mein Vater!" antwortete der Fremde.

„Du hast seine Last als Schalk übernommen?" Gaidemar war für klare Verhältnisse und musste die Denkart des Mannes erst begreifen. Deshalb fragte er weiter.

„Ja, das sagte ich schon!" erwiderte der Chatte.

„Demnach bist du frei, wenn dich die Nachricht vom Tod deines Vaters erreicht?" Der Mann nickte nur.

„Dann geh! Sieh deinen Vater vor seinem Tod und kehre zurück, wann immer du es für richtig hältst!"

„Das kann ich nicht! In deinem Land ist jeder Chatte ein Gejagter! Trotzdem danke ich dir!" erwiderte der junge Fürst und drehte sich ab, um den Hunno zu verlassen.

„Ist es in deinem Gebiet nicht ähnlich? Ist dort nicht auch ein Hermundure ein gejagter Wolf?" Der Einwurf des Hunno stoppte die Absicht des Chatten. Die Gestalt des Mannes straffte sich, langsam drehte er sich um und der Stolz des Kriegers sprach aus seiner Haltung und seinem Blick.

„Seit dem Krieg um das Salz mit euch und so wie ich es von meinem Vater hörte, auch schon davor, waren Chatten die Feinde der Hermunduren. Wo seid ihr aus euren Höhlen gekrochen, wer gab euch dieses Land und welche Götter versprachen euch ihr Heil, wenn ihr hier siedelt? Auch die vor euch hier lebten und eines Tages verschwanden, waren ein kriegerischer Stamm ... Sie neideten uns unser Land und bedrängten uns. Dann aber verschwanden sie. Dafür kamt ihr. Die Feindschaft zum Nachbar blieb." Gesprochene Worte zeugten vom Stolz dieses Stammes. Sie forderten heraus und zollten einer Niederlage Achtung. Trotzdem blieb ein Zorn zurück, der mit nur wenigen Worten eine Feindschaft herauf beschwor, deren Ende nur ein Tod sühnen konnte.

Der Chatte in seiner Wut, ob seines Daseins als Schalk eines Hermunduren ergrimmt, der Niederlage seines Stammes um das Salz bewusst und der Schmähung des vor ihm stehenden Hunno des verhassten Stammes, welche er vom Beginn des Gesprächs an empfand, war versucht, sich ohne jede Waffe auf den Hermunduren zu stürzen. Seine Wut erreichte einen Punkt, von dem an er seine Beherrschung zu verlieren drohte.

Plötzlich sah der Chatte seinen kranken, alten Vater vor einem inneren Auge. Es war wie immer in diesen verfluchten Jahren, der dankbare Blick des Vaters und dessen Scham, diese Last eines Schalk dem eigenen Sohn aufzubürden, bezwang jeden Wutanfall.

Swidger drehte sich ab und machte einen ersten Schritt. Das Wort, das ihn erreichte, bezwang seinen Drang zum Fliehen …

„Auch ich hasse Chatten!" Der Chatte drehte sich vom Instinkt eines gehetzten Tieres gezwungen, zum vermeintlichen Feind um. Er ging, wie von der Hand der Götter geführt, in eine Abwehrhaltung über. Als er den ruhig vor ihm stehenden Hermunduren sah, entspannte er sich.

„Mein Vater zog zum Kampf um das Salz. Er kehrte nicht zurück. Ich wollte ihn begleiten, denn auch mich dürstete nach Chattenblut ... Mein Vater verbot es mir und sagte: ‚Ich kämpfe, nicht du! Obwohl es ein Kampf unseres Stammes ist, wird der Gewinn nicht mir gehören ... Gewinnen wir das Salz, wird es dem Herzog gehören, nicht uns ... Am Endes dieses Kampfes wird es nur einen Sieger geben und der wird jeden Kämpfer des Unterlegenen töten! Siegen wir und ich kehre heim, bin ich den Göttern dankbar. Werden wir besiegt, kehre ich nicht zurück! Aber auch wenn die Götter unseren Sieg beschließen, kann ich auf dem Feld des Ruhmes bleiben ... Was soll aus Mutter werden? Schweige also und füge dich!"

Gaidemar schwieg und Swidger erstarrte. Er lauerte.

Also setzte der Hermundure seine Anklage fort. „Mein Vater kehrte nicht zurück. Ich wurde wahnsinnig vor Wut und Schmerz. Ich hätte ihn beschützen können ..." Der Hunno schwieg einen Moment. Seine Stimme ebbte zu einem Flüstern ab.

„Man sagte mir später, ich sei lange Zeit krank gewesen und wusste es nicht ... Also, wer von uns Beiden kann sich glücklicher schätzen, Chatte?"

„... du wusstest es nicht, aber ich erlebte jeden Tag der Schmach am eigenen Körper ..." knurrte der Chatte.

„... und machte es dich zu einem besseren Mann? Mir scheint, dein Hass und diese Schmach verblenden dich ... Wohl waren es Hermunduren, die deinen Vater und seine Sippe bezwangen, doch woher nimmst du das Recht eines Urteils? Was wäre eingetreten, wäre dein Vater der Sieger? Und überhaupt, warum wohl ließen die Hermunduren deinen Vater am Leben?"

„Schalk zu sein, ist kein Leben!" fauchte der Chatte.

„Wie schlecht du der Götter Güte achtest ... Wäre mir das Glück widerfahren, für meinen lebenden Vater als Schalk eines verhassten Stammes herhalten zu müssen, würde ich dieses Glück preisen ... Doch mein Vater blieb im Kampf ... Um wie viel besser bist du dran? Dein Vater lebt!" Gaidemar brachte sich selbst in Zorn und noch im Gefühl der Schuld, die er dem Chatten zumaß, vollendete er seine Anklage.

„Ich stehe hier vor dir, biete dir und deinen Stammesbrüdern die Freiheit und die Hand zum Bündnis ... Nein, noch bin ich nicht frei von Rachegefühlen ... Nein, noch bin ich nicht frei von Hass und auf keinen Fall dein Freund ... Dennoch versuchte ich dir, deine Schmach zu nehmen, den Stolz eines Kriegers empfinden zu lassen und dich nur auf Wort und Glauben zur Treue zu verpflichten ... Womit antwortest du mir, Fürst der Chatten?"

Es schien, als ob der Chatte zusammenschrumpfte. Sein Stolz, seine Erhabenheit, sein Hass bröckelten. Er machte einen hilflosen Schritt auf den Hunno zu, erhob seine Hand zum Schlag und ließ diese wieder sinken.

Ergriff ihn das Schicksal des Anderen, das ihm hätte auch widerfahren können? Hatte der Hermundure recht, wenn er den Tausch ihrer Lose hätte glücklich begrüßt? Es war wie ein Stich mitten ins Herz, als er erkannte, dass sie Beide nur zwei Dinge unterschied. Es war ihre Herkunft aus feindlichen Stämmen und der Tod oder das Leben des Vaters ...

Was dann im Inneren des Chatten folgte, erschien ihm schon Augenblicke später als Reinigung. Eine Reinigung vom Hass, von der Wut, der Enttäuschung und es war dieses Gefühl, das seine Empfindungen öffnete.

Plötzlich sah er sich an Stelle dieses Fremden ... Würde er den gleichen Großmut zeigen können? Wäre er an dessen Stelle frei von Hass und Wut? Swidger entschied sich.

Der Hermundure war nicht sein Feind! Dieser sorgte dafür, dass seine Verpflichtung gelöst wurde. Er war ein freier Mann und nahm der Hermundure nur Freie in seine Gefolgschaft, stand seinem Mitwirken kein Hindernis im Weg. Dieser Hunno machte ihn im zweifachen Sinn zum freien Mann. Er nahm den Zwang des Daseins eines Schalks und gab die Ehre des Kriegers. Swidger begriff die Gleichheit ihres Wesens, obwohl er überzeugt war, nicht den gleichen Großmut zeigen zu können ...

„Du hast einen Gefolgsmann!" Es waren nur wenige Worte, die aber von solcher Wucht begleitet, Hass, Zorn, Wut und Enttäuschung in zwei Herzen zerschmetterten.

„Gut, dass du dich entschieden hast! Auch deine Entscheidung ist klug. Sage mir nun noch, falls du es weißt, warum dein Vater ein

Gefangener wurde? Mir sagte man, alle Chatten wären nach dem Kampf getötet worden ..."

Swidger besann sich. „Ja, ich erfuhr etwas ..." Er zögerte. Sollte er dem Hermunduren vorbehaltlos sein Wissen übereignen?

Der Kopf eines Kriegers war, wenn Gefahr drohte, ein einziges Sehen, Hören und Begreifen... In einem einzigen, blitzschnellen Augenblick lief ein Vorgang ab, der in eine Entscheidung und damit zum Handeln zwang. Obwohl hinter dem Wissen, sich richtig zu entscheiden, Erfahrung stand, folgte der Krieger einer Eingebung. Weil er deren Herkunft nicht zu benennen wusste, schrieb er diese Fähigkeit den Göttern zu. Swidger entschied sich und folgte, wie er glaubte, dem Rat seiner Götter.

„Der Überfall auf meines Vaters Krieger vollzog sich einige Tage vor dem Entscheidungskampf... Dieser Eldermann der Hermunduren schied wohl im Zorn von seinem Stamm. Mein Vater sagte mir, als ich seinen Platz einnahm, der Mann sei ein Verwandter des Herzogs der Hermunduren. Ich solle mich vor dem Kerl hüten ... Dieser Anführer forderte einen Anspruch auf die Herrschaft in diesem Gebiet! Er war wohl auch nicht mit der Tötung Gefangener einverstanden ..."

„Du meinst Hubert, den Eldermann?" Der Chatte nickte.

„Mein Vater erklärte mir auch, dass diese Hermunduren nicht zum Heerlager zurückkehrten und folglich am letzten Kampf nicht teilgenommen hätten ..." Gaidemar sah den Chatten ungläubig an. Der wiederum glaubte, ausreichend Auskunft gegeben zu haben. Swidger wandte sich ab, um den Hunno zu verlassen.

Stimmten die Worte des Chatten, so begriff Gaidemar, wäre dies zum Verhängnis jeder anderen Sippe geworden ... Also war auch die Vermutung Manfreds, dass Hubert in Verwandtschaft zum Herzog stand, richtig. Wie sonst hätte die Sippe weiterhin überleben können? Jede solche Flucht vom Heerlager forderte die Rache des Stammes heraus, der Fürst aber ließ die Sippe ziehen ... Vielleicht vergaß er, im Überschwang des Sieges über den Feind, nur den Stammeszwang zu vollenden? Zumindest begriff der Hunno, warum Hubert ein solcher unangenehmer Geselle wurde ...

„Was brauchst du, um unser Land zu durchqueren?" fragte daraufhin der Hunno den sich abwendenden Chatten.

Der Chatte antwortete nicht direkt auf die gestellte Frage. Er verharrte noch einmal in seiner Bewegung, wandte sich dann langsam um und blickte den Hunno an.

„Wenn ich zu meinem Volk und Vater zurückkehre, wird er sterben! Er wird denken, ich habe ihn durch Flucht entehrt ... Bin ich in meiner Heimat, braucht mein Volk seinen Führer. Ich kann nicht zu dir zurückkehren, auch wenn ich es wollte. Ich habe eine Pflicht!"

„Reichen die Männer deines Volkes für die Rückkehr?" wollte Gaidemar wissen.

„Ja und nein!"

„Erkläre den Widerspruch!"

„Mit diesen Männern komme ich bis zu meiner Sippe, wenn wir unbemerkt bleiben. Treffe ich aber auf Krieger deines Volkes, werden wir gejagt und können nicht entkommen ... Nein, ich bleibe! Du bietest uns Schutz und Recht." Swidger entschied sich. Wie sollte er in Begleitung von Hermunduren zurückkehren? Wer würde ihm glauben, erklärte er, ein Hermundure gab ihm die Freiheit, die ihm Hermunduren zuvor verwehrten ... Außerdem empfand er eine Schuld gegenüber diesem Hermunduren, die ihn niemals verlassen könnte, bliebe er nicht über die geforderte Dauer ein Kämpfer der Gefolgschaft. Gab der Hermundure ihm die Freiheit, durfte er auch den kriegerischen Arm Swidgers erwarten ... Verließe er, egal unter welchen Umständen, die Gefolgschaft, wäre es ein Verrat seines eigenen Wortes und damit seiner Ehre. Auch seinen Vater verriet er durch diese Tat und das durfte niemals sein ...

Der Chatte legte seine Entscheidung unmissverständlich dar. Gaidemar gewann den Eindruck, dass der Mann nicht um sein Leben fürchtet, sondern eher vor der Schande zurückschreckte, die sein Vater empfinden könnte...

„Ich könnte dir Begleiter mitgeben, die deinen Schutz sichern, so lange du dich in unserem Gebiet befindest?"

Der Chatte schüttelte den Kopf. „Nein! Du hast einen Gefolgsmann!"

„Gut, ich bin einverstanden! Aber ich stelle drei Bedingungen!" ließ Gaidemar verlauten.

„Welche?" war die Gegenfrage des Chattenfürsten.

„Führe deine Chatten! Sage mir, wenn wir deiner Heimat nahe sind! Sei ein freier Mann und ein Freund!"

Der Chatte bot Gaidemar seine Hand zur Besiegelung seines Versprechens.

„Wenn du dazu bereit bist, gehörst du zu meinen Unterführern. Rufe ich diese, bist auch du gemeint! Verpflegt euch selbst, wenn ihr könnt. Sage es mir, wenn du Verpflegung brauchst. Ich bin der Hunno und wünsche deine Unterstützung und deinen Rat!" beendete Gaidemar das Gespräch. Der Chatte nickte und verließ das Feuer.

Olaf wartete noch immer bei den Jungkriegern aus Ludwigs Sippe. Deshalb begab sich Gaidemar, gefolgt von Gerwin, zu den Wartenden. Deren Pferde fand er, über ein langes Seil zwischen zwei Bäumen, ordentlich angebunden und die neuen Kämpfer sitzend um ein Feuer.

Gaidemar besah sich die Jungkrieger, er betrachtete jeden Einzelnen und als er diese Musterung abgeschlossen hatte, fragte er: „Wer von euch hat Kampferfahrung?" Drei Männer hoben die Hand.

„Wann war der Kampf und gegen wen?" Die Antworten befriedigten Gaidemar nicht. Diese Kampferfahrungen waren unbedeutende Geplänkel mit Nachbarn im Jagdgebiet. Einem der Burschen das Kommando zu geben, wäre unbedachter Leichtsinn.

„Ich muss sehen, ob ich einen erfahrenen Kämpfer als Anführer für euch finde. Das Vermögen eurer Kameraden reicht nicht aus. Ihr bleibt alle hier am Feuer!" befahl der Hunno den Neuen.

Gerwin begleitete Gaidemar zurück zum eigenen Feuer. Der Lärm einer ausgelassenen und fröhlichen Gruppe klang im Hunno nach.

Gaidemar seufzte. „Wie soll ich das nur machen, dass mehr Ruhe herrscht? Heute und hier mag es gehen, doch in Feindesland…?" Er ließ offen, was er eigentlich noch sagen wollte.

Gerwin dagegen nutzte die Gelegenheit, um seine Fragen an den Mann zu bringen. „Du konntest keinen der Krieger zum Anführer bestimmen? Sie waren alle zu jung und unerfahren?"

„Du hast es begriffen! Außerdem kenne ich keinen dieser Männer. Doch wen soll ich nehmen? Werner und Richwin führen andere Gruppen. Beide sind erfahren genug. Mit *Gerald*, Ronald und Reingard musste ich schon Jungmänner einsetzen. Ich habe keinen erfahrenen Anführer!"

„Du musst Olaf nehmen! Dir bleibt keine Wahl!" sagte der Knabe mit Bestimmtheit. „Wer sorgt sich dann als mein Vertreter?" verzweifelte der Hunno.

„Du kannst es dir ja aussuchen, Thilo oder Sindolf, oder ich oder du fällst nicht aus!" Gerwin grinste den Älteren an.

„Oder Olaf muss die Jungmänner der Ebersippe führen und Vertreter bleiben ... Vorläufig haben wir keine andere Wahl. Also brauche ich aus unserer Sippe einen erfahrenen Kämpfer."

Welche Sippe Gaidemar genau meinte, ließ er offen. Ihre Gefolgschaft gewann durch die Zunahme der Kriegeranzahl an Kampfkraft, wenn auch die Jungmänner noch nicht wussten, wie sie sich im Kampf bewegen sollten...

„Kannst du mir erklären, was dein Kampf mit dem Chatten bedeutete?" Abrupt blieb der Hunno stehen.

„Du denkst, es war ein Kampf?"

„Du nicht?" fragte der Knabe verwundert. „Was denkst du?"

Gaidemar lauschte dem Nachhall der Worte Gerwins. Plötzlich erkannte er, die Gleichheit der Erlebnisse, die ihn mit dem Chatten verband. Wie ein verschwindender Nebel verzog sich eine Dumpfheit, die ihn, seit seinem Gespräch mit dem Chatten, bedrückte. Gerwin erkannte die Übereinstimmung ihres beider Seins ... Ihm blieb diese Gleichheit, trotz aller klugen Worte, verborgen...

„Wenn es ein Kampf war, wie habe ich mich dann geschlagen?" erwiderte der Hunno leichthin, über seinen eigenen Gemütszustand hinweg täuschend.

„So wie er, gut!" erwiderte Gerwin.

„Du meinst, wir sind einander wert?"

„Nein, er ist älter! Aus ihm sprach der Stolz des Kriegers und die Scham des Schalk. Aus dir kamen Worte, die ein Hunno sprechen musste. Du stelltest Fragen, die zur Antwort zwangen und du verlangtest diese Antworten auf Grund deiner Macht. Aber du sprachst auch von deinem Leid und einer Krankheit ..." gab Gerwin zu bedenken. „Wirst du mir von dieser Krankheit ...."

„Nein!" unterbrach ihn Gaidemar schroff. Er würde nie darüber sprechen wollen, weil er auch nicht wusste, was geschah. Er verstand es nicht und konnte kaum über etwas sprechen, das wohl sein Körper erlebte, sein Geist aber nicht wahrhaben wollte...

Gerwin schwieg bedrückt. Er fühlte, dass er eine Forderung aufmachte, der Gaidemar niemals nachgeben würde. Zu schnell und zu Ablehnend war dessen Antwort. Und doch empfand Gerwin das Bedürfnis, in dieses Geheimnis dringen zu müssen ... Nur war der Zeitpunkt dafür wohl noch nicht reif. Also schwieg auch er.

Noch einmal rief Gaidemar alle Unterführer zur Zusammenkunft und verkündete seine Entscheidung zum Aufbruch für den folgenden Morgen. Er benannte deren erstes Ziel. Zur Ottersippe des *Farold*, am Knie des Maa, sollte die Gefolgschaft aufbrechen. So war sein Wille.

Mit dem erbeuteten Römerschiff, dem *Bataver* und dem *Friesen*, wollte der Hunno, dann weiter am Fluss entlang, bis zu der Stelle ziehen, an der er die Ankunft der Römer vermutete. Er glaubte die Römer in der Nähe deren vormaligen Lagers zu treffen...

So jung der Gefolgschaftsführer auch war, er spürte die Verantwortung für seine Jungmänner, für deren Gesundheit und natürlich auch für deren Kampffähigkeit.

An Mut und Entschlossenheit mangelte es den Jungmännern der Hermunduren selten. Dafür fehlte es ihnen an Verstand, an Geduld und Gehorsam, die im siegreichen Kampf unerlässliche Voraussetzungen darstellten. Es war seine Aufgabe, eine Pflicht, die er übernommen hatte. Dabei empfand er sich doch selbst als nicht wesentlich Älter und Erfahrener...

Noch eine andere Sorge beherrschte seine Gedanken. Wenn er den Kampf mit den Römern aufnehmen wollte, dann reichten die Männer der Gefolgschaft keinesfalls. Woher sollte er die Kriegerzahl nehmen, die in einem bevorstehenden Kampf mit den Römern den Sieg erringen könnte? Er glaubte eine Lösung zu wissen, doch würden ihm die Krieger der Sippen folgen, falls er sie zum Kampf ruft?

Obwohl der Hunno nicht genau wusste, wann die Römer zur Vergeltung ins Land seines Stammes zurückkehrten, war er sich gewiss, dass diese kommen mussten.

Genauso sicher war er sich auch darin, dass der ganze Stamm der Hermunduren zwischen dem Dunkelwald und dem Maa, sowie auch über den Fluss hinaus, in den bevorstehenden Kampf einzubeziehen war.

Hilfe von den Hermunduren jenseits des Dunkelwaldes erwartete er nicht, gleichwohl er Baldur Rotbarts Bestrebungen kannte.

Er brauchte eine starke und entschlossene Gefolgschaft, die den Kampf erlernte und zu siegen verstand. Diesem Ziel wollte Gaidemar seine weiteren Bemühungen unterordnen.

Ein Gedanke eröffnete sich ihm nicht. Wohl folgte ihm ein Chatte als Gefolgsmann, warum aber ließ er den Stamm der Chatten nicht seinem Fürst folgen ...

8. Erinnerungen

65 nach Christus - Frühjahr (14. Maius)
Barbaricum - Im Land der Hermunduren zwischen dem Fluss Moenus und dem Herzynischen Wald

Gerwin saß mit über der Bordwand baumelnden Beinen am Bootsrand des flussab schwimmenden ehemaligen *Prahmschiffes* der Römer und sinnierte über die vergangenen Tage nach. Der Knabe erinnerte sich an die Szenen des Todes von Vater und Mutter, an die Gefangennahme der Sippenangehörigen, an seine Verfolgung und an sein Zusammentreffen mit den übrigen Überlebenden. In Gedankenbildern zog die unmittelbare Vergangenheit an ihm vorüber.

Er sah *Degenar* Hinkefuss als einzig überlebenden Mann die Reste der Sippe sammeln und hörte die Worte über die Gefahr der Brudersippe. Er nahm die geringe Zahl der Überlebenden des Überfalls wahr, registrierte die beiden älteren Weiber und die überlebenden Kinder und wusste, dass der Alte recht hatte. Erinnerte er sich dieses Augenblickes, entstand vor seinem inneren Auge ein Blick auf die Behinderung Degenars, der den vermutlich weiten Weg zur Brudersippe nicht rechtzeitig, vor dem Eintreffen der Feinde, würde zurücklegen können. Er erkannte, dass Degenar die Brudersippe nicht warnen könnte und befürchtete deshalb auch deren vollständige Vernichtung.

Gerwin erinnerte sich auch an den Moment, der ihm bewusst machte, dass er neben dem Alten der Älteste der überlebenden Knaben war. So bot er sich zur Warnung der Brudersippe an. Im Nachhinein fand der Knabe keine Gründe für seine Bereitwilligkeit, die Sicherheit der verbliebenen Sippe zu verlassen. War es Wut, Enttäuschung, Angst oder gar der Drang zur Anerkennung? Der Knabe wusste es nicht mehr. Seine Beweggründe blieben im Dunkel des Augenblicks verborgen ...

Gerwin nahm die Aufgabe an. Wenn er als ältester Knabe nicht bereit wäre, wer sollte es dann tun? Verfolgte er die Absicht, sich unter den Sippenresten als mutig und entschlossen in den Vordergrund zu schieben? Vielleicht war seine Verzweiflung über den Tod der Eltern so groß, dass er gerade der Sicherheit der verbliebenen Sippe entfliehen musste?

Von Degenar in den weiten und nicht ungefährlichen Weg eingewiesen, fand er zuerst *Gertrud*, das vor den Römern geflohene Mädchen. Statt zur Sippe zurückzukehren, schloss sie sich ihm an.

Gemeinsam legten sie den Weg zur Brudersippe zurück und trafen gerade noch rechtzeitig vor dem römischen Überfall ein.

Was hatte ihn und Gertrud angetrieben? Der Knabe erinnerte sich nicht mehr daran. Noch immer empfand er die Anstrengungen, die das schnelle Laufen, vor allem bergan, forderte.

Abgesehen von Gertrud war niemand da, der ihm hätte sagen können, du musst vor den Römern eintreffen, sonst geschieht in diesem Dorf das Gleiche wie in unserer Sippe. Hatte sie diesen Einfluss? Wollte er ihr etwas beweisen? Auch darin war sich der Knabe nicht sicher ...

So wie es ihm sein Vater anerzogen hatte, fühlte er sich für die Sicherheit des Mädchens verantwortlich. Als er Gertrud dann in den Händen fremder Männer sah, Männern, die er vor einer römischen Gefahr zu warnen versprochen hatte, überwältigte ihn der Zorn und er zog sein Messer. Brachte ihm diese verzweifelte Tat, die einem Missverständnis geschuldet war, eine Achtung ein, die er gar nicht verdiente?

Sein Eintreffen im Dorf der Sippe führte zu dessen erfolgreicher Verteidigung und zur Vernichtung der römischen Angreifer. Das konnte er nicht mehr ungeschehen machen. Viele Ereignisse danach erlebte er wie in einem Traum, wie hinter Nebelschleiern verborgen. Auch fehlte ihm die Zeit über erlebte Vorgänge nachzudenken. Fast erschien ihm, dass er in den folgenden Tagen von einer Gefährdung in die Nächste stolperte.

Noch heute weiß er nicht, woher sein plötzlicher Mut kam, unter Kriegern zu sprechen. Noch erstaunlicher war deren Zuhören und Verstehen.

Die Rückkehr ins eigene Dorf zwang den Knaben in einen Widerspruch. Er hatte sich in die bestehende Normalität des Zusammenlebens seiner Sippe einzuordnen. Doch bevor er vergangene Ereignisse und neue Eindrücke verarbeitend, sich dieser entstandenen Situation anzupassen vermochte, wurde er wieder aus der Ruhe und Geborgenheit herausgerissen. Die Ankunft des Jägers, die Aufforderung zur Reise in die Nachbarsippe und die sich daran anknüpfenden Ereignisse brachten ihn letztlich auf dieses Römerschiff.

Seit dem römischen Angriff auf sein Dorf wurde sein Leben nicht nur einmal bedroht ... Ein Glücksstern schien ihn aus den brenzligsten Situationen zu verhelfen oder war es gar die Führsorge der Götter?

Auch über seine Stellung in der Gefolgschaft grübelte der Knabe nach. Gaidemar war zum unumstößlichen Anführer der Gefolgschaft der hermundurischen Krieger gewachsen. Seine Gefährten führten ausnahmslos Jungmänner an und formten aus denen Krieger. Olaf galt noch immer als Vertreter des Hunnos, fand aber immer weniger Gelegenheit, dem Anführer mit seiner Erfahrung und seinem Rat zu helfen.

Welche Stellung erwarb sich Gerwin innerhalb der Gefolgschaft? Es schien ihm, dass er inzwischen wie ein Jungmann dachte und sich auch oft entsprechend verhielt. Dabei überlebte er gerade erst seinen fünfzehnten Winter. Er gehörte zum unmittelbaren Umfeld des Hunno. Ihm fiel dabei eine noch weitaus bedeutendere Rolle zu. Er zählte zum Kreis derer, die über die Geschicke des Kampfbundes entschieden, war Teilnehmer an jeder Beratung und begleitete den Gefolgschaftsführer bei Gesprächen mit den Ältesten der Sippen. Die Besonderheit seiner Einbindung resultierte vor allem auch aus der Tatsache, dass er nach dem Tod seines Vaters in Gaidemar seinen Paten und Erzieher fand. Der Knabe wurde so zum ‚*Schatten*' des Hunno.

Während Beschützer wie Sindolf und Thilo stets Gaidemars Rücken sicherten, sich damit zwar auch im Umfeld aufhielten, hörte nur Gerwin die in den Gesprächen mit den Ältesten der Sippen oder in den Beratungen mit den Anführern gesprochenen Worte. Somit kannte nur er alle getroffenen Absprachen und Vereinbarungen. Dies machte ihn zum Vertrauten des Anführers, unabhängig davon, dass er für diese Rolle einfach zu jung war.

Auf dem Bootsrand sitzend, wurden ihm diese Besonderheit seiner Stellung und die sich damit verbindende Gefahr bewusst. Er wusste zu viel!

Als Späher oder Bote eingesetzt, lebte er gefährlich. In der Ottersippe verspürte er keine Gefahr. Als Gaidemar ihn zum ersten Mal zur Ebersippe sandte, beging er den Fehler mit der römischen Stute.

Fortan ahnte er, dass nicht immer Erfolg am Ende eines Auftrages folgen musste. Sein zweiter Auftrag, zur Vorbereitung der Bedrohung der Ebersippe, barg auch die Gefahr eines Fehlschlags und der Tod wurde zur eingerechneten Größe. Bei diesem Auftrag machte er die Erfahrung der Macht. Er sah in seiner Erinnerung die Vorsicht, Unsicherheit und auch die Angst der Verschwörer. Den Moment, als er mit Hagens Hilfe drohen musste, empfand er als berauschend.

Bisher begleitete ihn das Glück, welches nur Götter schenken konnten. Seiner Aussage zur Bedrohung durch die Römer führte zur Erschütterung der Machtverhältnisse in der Talwassersippe. Beim ersten Zusammentreffen mit der Ebersippe unterbreitete er die rettende Idee zur Befreiung seiner vom Eldermann gefangenen Gefährten. Die Flucht gelang und auch der später erfolgte Überfall auf die römischen Schiffe und deren Vernichtung verlief erfolgreich. Letztlich glückte auch die von ihm angezettelte Verschwörung der Männer der Ebersippe gegen ihren römerfreundlichen Eldermann und führte zur Veränderung der Machtverhältnisse.

Gleichwohl, er nur im Auftrag seines Paten handelte, war er immer beteiligt. Er kannte die Zusammenhänge und war ständig gezwungen, Andere zur Handlung zu verleiten. Er empfand es als merkwürdig, dass ihm alle Anführer und auch die Krieger der Gefolgschaft, Achtung entgegenbrachten. Gerwin bezweifelte, sich diese verdient zu haben ... Entziehen konnte er sich dieser Anerkennung jedoch nicht. Zumindest fand er bisher keine Zeit darüber nachdenken zu können.

Die Bootsfahrt schuf diese Gelegenheit und aus dem gedankenlosen Blick auf das vorbeiziehende Ufer wurde eine Abrechnung mit der unmittelbaren Vergangenheit.

Das Gefühl der Macht verbunden mit der gemachten Erfahrung, dass seinen Weisungen auch ihm fremde Krieger folgten und den inneren Zwist der Sippe zur erfolgreichen Verschwörung nutzten, berauschte den Knaben. Selbst wenn er seine Rolle als unwichtig und unbedeutend ansah, seine Gefährten taten dies nicht und billigten ihm einen nicht unwesentlichen Anteil am Erfolg zu. Das glaubte er in ihrem Verhalten ihm gegenüber zu spüren.

Es lag noch nicht sehr lange zurück, dass er an seines Vaters Seite die Jagd lernte, fischen ging und die Aufmerksamkeit einer führsorgenden Mutter spürte. Trotzdem erschien ihm sein gegenwärtiges Leben inzwischen so selbstverständlich wie die Luft zum Atmen, wie *Sunnas* Strahlen am Tag, rinnender Regen und die nächtliche Kälte von *Nott*. Mitunter beherrschte ihn ein tiefes Gefühl der Zufriedenheit.

Die Würdigung seiner Taten konnte er nicht Ungeschehen machen, wie auch nicht die dazu führenden Handlungen. Und jede Würdigung zwang zur Erfüllung einer nächsten Forderung. Er wusste noch nicht, warum er manchmal vor den Augenblicken floh, indem ihm Andere auf die Schulter klopften. Anerkennung konnte lästig sein. Manches erhaltene Lob verunsicherte ihn. Einesteils brauchte er dieses Gefühl und andererseits schreckte er vor den Folgen zurück. Es war ihm lieber zu handeln, als darüber zu grübeln. Oft wich er diesen Momenten aus, obwohl auch immer gerade dann sein Drang nach Geborgenheit, nach Schutz und Verbundenheit übermächtig wurde ... Dieses widerspenstige Gefühl verbarg sich in seinem Geist, bewahrt, gehütet und versteckt. Manchmal zwickte es ihn und flüsterte von Verlust und Angst ...

Gerwin hatte in Folge der auf ihn einwirkenden äußeren Zwänge keine Zeit, über seine Empfindungen nachzudenken oder Schlüsse zu ziehen, die ihn zum Ausbrechen aus dieser Lage hätte veranlassen können. Er gehörte zur Gefolgschaft und in seinem Bewusstsein wurde das eigene Dorf der Sippe und bisherige Freunde an eine weniger bedeutende Stelle verdrängt.

Die Vaterrolle, soweit es seine Erziehung und Ausbildung zum Krieger beinhaltete, war vom Hunno übernommen worden. Auch dies vollzog sich in einem unmerklichen Prozess. Dass der Knabe darüber hinaus zum Vertrauten des Anführers wuchs, mag seiner ständigen Anwesenheit geschuldet sein. Gerwin fand keine Möglichkeit sich einer Verantwortung zu entziehen, selbst wenn er es denn versucht hätte. Er unternahm diesen Versuch nie und ihm schien auch in Zukunft diese Möglichkeit nicht zu bestehen. Es war wohl so, dass er sich abfinden musste, auch weiterhin als Gaidemars Schatten zu leben! Damit war auch verbunden, dass er die Gefolgschaft nie werde verlassen können...

Noch eine andere Veränderung wurde Gerwin, am Bootsrand sitzend, bewusst. Zur Zeit des Überfalls war er ein verängstigtes Kind, das Schutz suchte und dem Befehl des Vaters zum Verbergen gern Folge leistete. Jetzt war er waffenfähig. Er konnte mit seinem Eichenstab einen Gegner zu Fall bringen, ihn auch entwaffnen und wusste sich mit seinem Dolch auch gegenüber vermeintlich Stärkeren zu erwehren. Auch wenn sein Pate kein all zu guter Bogenschütze war, lernte er von Anderen diese Kunst. Sein Bogen war zu einer gefährlichen Waffe geworden.

Die Übungen mit Gaidemar, Richwin und Werner, die Zweikämpfe mit Rango, Thilo oder auch das Üben mit dem Bogen unter Sindolfs Anleitung hatten seinen Körper gestählt, seine Muskeln ausgeprägt und ihn gehärtet. Ihm war bewusst, dass er kaum Muskelschmerz empfand und Schläge oder Stöße ohne Schmerzempfindung hinnahm. Ob diese Unempfindlichkeit gegenüber körperlichem Schmerz der Erregung eines Kampfes geschuldet blieb, wusste er nicht. Außerdem war er gewachsen, seine Armmuskeln deuteten auf Kraftzuwachs hin und seine Ausdauer konnte mit den Meisten der anderen Jungkrieger mithalten. Aus dem

schlanken, fast dürren Knaben war unmerklich ein muskulöser, reaktionsschneller Jungmann geworden. Diese körperliche Veränderung war ihm bisher verborgen geblieben. Andere nahmen dies eher war.
Es war die Art, wie seine Gefährten und Freunde mit ihm umgingen und wie andere Jungkrieger auf ihn reagierten. Gerwin gehörte von Anfang an zur Gefolgschaft. Er war schon vorher da und diesem Umstand zollten später Hinzugekommene Anerkennung. Seine besonderen Aufgaben und der dabei eintretende Erfolg bescheinigten ihm eine oft entgegengebrachte Achtung. Wussten doch die Wenigsten, welcher konkrete Verdienst ihm zuzubilligen war. Andererseits trug die Wichtigkeit seiner Taten zu einer nebulösen Verklärung bei. Der innere Kreis um Gaidemar kannte Gerwins Verdienste, die Jungkrieger der Sippen achteten den Knaben als Schatten des Hunno und glaubten an die Besonderheit seiner Bestimmung.

„Worüber denkst du nach?" unterbrach Gaidemars Stimme des Knaben Gedankengänge.

„Über die Ereignisse der letzten Zeit...ich bin mir einiger Wahrheiten bewusst geworden..." Den Abschluss seiner Überlegungen hatte der Knabe nachdenklich in Worte gefasst.

„Und das wären?" kam die Frage des Hunno.

„Ich werde wohl nie ein normales Leben führen können. Ich bin dein Zögling und jetzt auch dein Schatten!" stellte er mit einem zweifelnden Unterton in der Stimme fest.

„Bedauerst du das?" fragte der Ältere interessiert.

Manchmal wusste Gaidemar nicht, welchen Weg die Gedanken des Knaben gingen ... Mitunter stellte er Verhaltensweisen eines Kindes fest, das seinen Platz noch nicht gefunden hatte, Fehler beging oder ihn herausforderte. Oft jedoch musste er sich fragen, ob der Knabe nicht vielleicht doch schon als Krieger zu betrachten wäre? Er wusste, dass er sich auf diesen zähen und klugen Burschen verlassen konnte und vermutete, dass Gerwin zu einem hervorragenden Krieger und Anführer heranwachsen könnte.

„Ja und nein! Als Zögling galt mir deine Aufmerksamkeit und Freundschaft, als Schatten merkst du mich fast nicht mehr!" stellte der Knabe scheinbar unbeteiligt fest.

„Damit kannst du recht haben. Nur merke ich dich auch als Schatten. Mein Schatten ist es Wert, geachtet zu werden!" Gaidemar wurde nach dem Aussprechen bewusst, dass dies ein Wortspiel war und ergänzte deshalb: „Du bist der Einzige, der an allen Gesprächen teilnimmt. Du kennst alle Absprachen und Vereinbarungen. Ich wünschte mir Olaf an meine Seite. Denn ich fürchte, dass vieles für dich und mich zu umfangreich ist. Doch ich habe keinen geeigneten Anführer für die Jungmänner der Ebersippe."

Gaidemar reagierte irritiert. Er verstand die altkluge Feststellung des Knaben als Herausforderung. Die Erklärung fortsetzend, bemerkte er belehrend: „Du weißt, dass ein Anführer über Leben und Tod der Jungkrieger entscheidet und das Zusammenspiel zwischen Krieger und Anführer wichtig ist. Du hast den Bataver gehört!"

Den Gedanken zögerlich fortsetzend, fügte er nachdenklich hinzu: „Deshalb wäre es leichtsinnig Olaf von den Jungmännern abzuziehen und einem Jüngeren die Führung aufzubürden ..."

Es entstand eine Pause, in der Gaidemar über die Ordnung in der römischen Legion nachdachte. Der Bataver hatte ihm erklärt, dass ein *Legatus Legionis* eine Legion anführt. Die Legion umfasse mehrere Kohorten und in denen gibt es Hundertschaften. Jede der Hundertschaften, die *Centurie* genannt werden, wird von einem *Centurio* angeführt.

Nicht alles verstand er. Als der Bataver auf das Zusammenleben der Legionäre zu sprechen kam und dabei die Zahl zusammengehöriger Krieger mit einer Familie oder aus einer Sippe stammend verglich, verwirrten ihn die Bezeichnungen.

Diese Verunsicherung bemerkend, bückte sich der Bataver an einer sandigen Stelle und drückte seine beiden Handflächen mit abgespreizten Fingern in den Waldboden. Verwundert betrachtete Gaidemar das entstandene Muster und sah den Bataver fragend an. Daraufhin wiederholte *Gandulf* den Vorgang noch einmal vor dem bisherigen Abdruck.

Noch immer verwirrt, wartete der Hunno auf die Erklärung des Erfahreneren.

„Sieh hin! Deine Hände haben zehn Finger. Jeder Finger ist ein Krieger. Der, dem die Hand gehört, bestimmt über diese Krieger. Nenne ihn Faust oder Doppelhand. Die Römer sagen *Decurio*. Stelle dir vor, der römische Centurio hat zehn solcher Decurionen und jeder Decurio wieder zehn Krieger. Das zeigt das Bild im Sand!" Noch immer verstand Gaidemar nicht, worauf Gandulf hinaus wollte.

„Du bist der Hunno der Gefolgschaft. Das ist fast so wie eine Centurie. Du stehst hier!" Gandulf zog mit seinem Dolch einen Kreis vor den in den Sand gedrückten Händen.

„Das bist du!" Dann wies er mit seiner ausgestreckten Hand nacheinander auf die einzelnen Finger der dahinter befindlichen Handabdrücke.

„Das sind deine Anführer: Richwin, Werner, Olaf, Gerald, Reingard und Roland. Noch sind es keine zehn dieser Anführer. Doch wenn weitere Sippen zu uns stoßen, werden es bald mehr sein, als du an beiden Händen Finger hast."

Langsam begriff Gaidemar. Der Bataver hatte recht. Mit jedem neuen Verbündeten wuchs nicht nur die Zahl der Jungmänner, er brauchte auch weitere geeignete Anführer.

„Die Jungmänner dahinter sollen zu Kriegern werden. Also brauchst du kampferprobte Anführer." Gandulf deutete auf die Handabdrücke am unteren Ende. Diese Zusammenhänge begriff Gaidemar und sah den Bataver erwartungsvoll an.

„Du hast fast immer zehn Jungkrieger zu Werner, Richwin und den Anderen zugeordnet. Nur hast du keinen Namen für Werner, Richwin und die übrigen Anführer. Die Römer sagen dazu Decurio."

„Muss ich denen einen Namen geben?" fragte er verwundert und der Bataver nickte mit dem Kopf. „Es wäre besser."

„Warum?"

„Du hast auch einen Namen. Du bist der Kopf, der Hunno!" Gandulf zeigte auf den gezogenen Kreis.

„Zwei Hände, mit ihren Fingern, zeigen die Zahl der Jungkrieger. Jeder Krieger hat einen Namen. Kennst du sie alle? Und was ist, wenn deren Masse die Hundertschaft übersteigt? Niemals kannst du alle Männer mit Namen kennen ..." Gandulf wartete bis sich seinem Hunno der Sinn seiner Feststellung erschloss.

„Deine Anführer müssen sich nur die Namen der ihnen zugehörigen Jungmänner merken. Sie kennen jedes Gesicht und die dazu gehörenden Fähigkeiten." Das leuchtete dem Hunno ein.

Ohne sich durch die überraschte Reaktionen Gaidemars beirren zu lassen, setzte Gandulf fort: „Du musst nicht die Fähigkeiten jedes einzelnen Jungkriegers kennen ..." Der Bataver wartete auf Gaidemars Bezeugung, dass er diese Botschaft verstanden habe.

„Aber du musst, für den richtigen Einsatz deiner Gefolgschaft, die Fähigkeiten und Ausrüstung, die Beweglichkeit, die Zahl und Art der Waffen der einzelnen Gruppen kennen. Erst wenn du das verstehst und eine Ordnung in die Übermittlung deiner Befehle bringst, werden deine Jungkrieger einheitlich, nach deinen Vorstellungen und Anweisungen kämpfen." Das überzeugte den Hunno.

„Nenne Werner, Richwin und die Anderen Doppelhand, Faust oder Decurio oder was weiß ich wie, dann musst du nicht jeden einzeln zu dir rufen."

„Du meinst, ich sollte die Anführer wie die Römer nennen?" fragte der Gefolgschaftsführer irritiert.

„Nein, gib ihnen einen Namen, den jeder deiner Männer versteht."

Darüber nachdenkend, sinnierte Gandulf nur vor sich hin und sprach seine Gedanken leise aus.

„Die Jungmänner einer Sippe sind oft so in der Zahl, dass sie einem **Contubernium** der römischen Legion entsprechen. Das ist eine Zeltgemeinschaft der Legionäre. Sie essen, trinken, schlafen und kämpfen gemeinsam. Sie gehören zusammen und sind im Kampf aufeinander angewiesen, so wie die Jungmänner in deinen Gruppen." Gandulf schwieg einen Moment. Er suchte nach einem Vergleich, den auch Gaidemar sofort verstand.

„Sie sind ..." begann er, „... wie ein **Rudel** Wölfe." Der Gedanke gefiel dem Bataver. „Ja, sie sind Wölfe, die jagen, reißen und töten! Sind es noch unerfahrene Kämpfer, sind sie junge Wölfe, die spielen, herumtoben und sich gegenseitig ärgern, eben Welpen. Haben die Jungkrieger Blut gesehen, ob Eigenes oder Fremdes, kennen sie das Gefühl der Angst und den Wahn des Kampfes. Ab da sind sie Wölfe, reißende Bestien!" Überrascht von seiner Schlussfolgerung schwieg der Bataver.

Er besann sich schnell wieder und nach einer Pause setzte er seine Gedankengänge fort. „Wölfe jagen im Rudel. Deine Gruppen sind wie Wolfsrudel. Du musst wissen, wann es besser ist Werners Rudel Jungkrieger einzusetzen statt Reingards Rudel. Die Einen haben Blut geschmeckt, andere noch nicht. Die Einen haben Pferde und sind im Schwertkampf geübt, Andere kämpfen mit der Frame. Gib jedem Rudel einen Namen. Egal ob es der Name des Anführers ist oder dieser vom Namen der Sippe abstammt."

Gaidemar hatte nach der erhaltenen Erklärung nicht weiter darüber nachgedacht. Mit der Zeit aber begann er über Gandulfs Erklärungen zu grübeln.

Einmal, er hatte die Ausbildung von Werners Jungkriegern beobachtet, tobte Werner, weil die Krieger nicht machten, was sie sollten.

Werners piepsige Stimme hallte über die Lichtung. „Ihr seid kein Rudel von Wölfen, welche das Wild jagt! Ihr seid eine **Rotte** wilder Schweine, die alle nur durcheinander laufen ..."

Das hatte ihm zu denken gegeben und ab da nannte er seine Gruppen immer öfter ‚Rudel', dabei an ein Rudel jagender Wölfe denkend. Er sah seine ‚Wölfe' römische Legionäre jagen...

Von dem Tag an sprach er vom *Dachsrudel* oder *Biberrudel*, vom *Eberrudel* oder *Marderrudel*. Nur für die Jungmänner der Ottersippe brauchte er eine Unterscheidung. Ronalds Jungkrieger bezeichnete er bereits als *Otterrudel*.

Für die Jungkrieger Geralds, die auch aus der Ottersippe stammten, suchte er eine andere Bezeichnung. Gerald, als zweitgeborener Sohn des Fischers Hagen, gehörte zu den kämpffähigsten Jungkriegern. Von gewaltiger Körpergröße und mit starken Muskelsträngen ausgestattet, zeichnete sich dieser flinke und außerordentlich kräftige Bursche darüber hinaus auch durch Klugheit und Zuverlässigkeit aus. Dazu kam, dass ihm seine Jungmänner auf außerordentliche Weise zugeneigt waren.

War es die besondere Treue, die die Gefolgsmänner dem Riesen bezeugten oder die Tatsache, dass er ein Fischer war. Gaidemar sah den Sohn Hagens als ein mit dem Fluss Maa verbundenes Wesen an. Betrachtete sich der Hunno den Sohn des Fischers, dachte er an die Unbändigkeit und Kraft des Flusses und so ergab sich der Name des Rudels zum Maarudel.

Einzig mit Gandulfs Erklärung, einen Namen für seine Anführer zu finden, tat sich der Hunno schwer. Er verstand des Batavers Absicht und die sich dahinter verbergende Notwendigkeit. Die römische Bezeichnung gefiel ihm nicht und als Hand oder Faust fehlte ihm, und sicher auch seinen Kriegern, der richtige Ansatz zum Verständnis. Zehn Finger haben seine beiden Hände, zehn Jungkrieger gehörten zum Rudel...

Auch Baldur Rotbart nannte seine Unterführer nur beim Namen ... Sicher verband sich für ihn damit auch keine Schwierigkeit, kannte er doch auch jeden einzelnen Mann der Sippe.

Für Gaidemar selbst schien das aber unmöglich, sich die Namen und Gesichter jedes Jungmannes einzuprägen. Es reichte, wenn er wie Gandulf vorschlug, die Anführer kannte.
Immer davon abgeleitet, ob er mit den Kriegern zufrieden war, nannte er sie ‚Rudel'. Traf die Zufriedenheit nicht zu, verwendete er den Begriff ‚Rotte'. Werners Beispiel spukte ständig in seinem Kopf herum. Langsam gewöhnten sich die Jungmänner und auch deren Anführer an die neuen Namen und deren unterschiedliche Benennung nach den Sippen.
Kurz vor dem Tag ihres Aufbruchs, sie saßen am abendlichen Feuer und sprachen über den bevorstehenden Weg, trat Rango in den Feuerschein. Es war nicht ungewöhnlich, dass sich der jüngere Sohn Hagens zu den Männern setzte. Immerhin hielt sich auch Gerwin an diesem Feuer auf. Er lauschte den Gesprächen und schnappte eine Bemerkung des Batavers auf, der dem Hunno der Gefolgschaft zum wiederholten Mal die Notwendigkeit für die Bezeichnung der Anführer nahe brachte. Gaidemar lehnte den römischen Namen, zu dem ihn Gandulf drängte, ab und das Gespräch schien ein Ende gefunden zu haben.
Rango hörte den Inhalt des Gesprächs zum ersten Mal. Er wandte sich an Gaidemar: „Du bist doch der Hunno?"
Verwirrt betrachtete der Gefolgschaftsführer den jungen Burschen. „Ja, und?" fragte er.
„Du führst die **Hundertschar** der Jungkrieger?" Gaidemar nickte mit dem Kopf.
„Hunno ist der Anführer der Hundertschar und **Zenno** der Anführer der Rudel von zehn Kriegern." Diese Verkündung war wie eine selbstverständliche Feststellung. Da außer ihm und dem Bataver keiner weiter zuhörte, vergaß Gaidemar diese Begebenheit fast.
„Wann denkst du, wirst du einen anderen Anführer für das Eberrudel finden?" fragte sein Schatten, die eigenen Erinnerungen unterbrechend...
„Vielleicht nach dem nächsten Kampf? Wir sind dem Fluss zu weit gefolgt. Bis zu Rotbarts Bergesippe ist der Weg zu weit, sonst würde ich einen Boten senden …." sinnierte Gaidemar über seine Möglichkeiten nach und setzte fort: „… Rotbart könnte uns Verstärkung und geeignete Anführer schicken! Wie ich ihn kenne, würde er es auch tun. Doch dazu müsste ich dich senden oder selbst bei ihm erscheinen. Einem anderen Boten wird er nicht glauben …"

Gaidemar schwieg, auch Gerwin sagte kein Wort, bis der Hunno, in Erinnerung an Rangos Bemerkung, Gerwin eine andere Frage stellte.

„Du weißt von Gandulfs Versuch, mir einen Namen für die Anführer der Rudel abzuringen?" Gerwin nickte mit dem Kopf.

„Wie gefällt dir ‚Zenno'?" Der Gefolgschaftsführer wartete.

Der Knabe zögerte mit einer Antwort. Das wäre ein merkwürdiger Name, empfand er. „Wie kommst du auf diesen Begriff?"

„Rango schlug den vor!" Verblüfft sah der Knabe seinen Paten an.

„Er hörte ein Gespräch zwischen dem Bataver und mir." Fügte er als Erklärung an.

Verstehend schüttelte der Knabe den Kopf. „Komischer Name …" quittierte er den Vorschlag.

„Der Hunno führt die Hundertschar und der Zenno zehn Jungkrieger. Ich finde den Gedanken nicht so schlecht." Gaidemar sprach diese Worte nahezu unbedacht und als er sie beendete, überzeugte ihn deren Zusammengehörigkeit.

„Das Rudel hast du ja schon, warum nicht neben dir als Hunno noch einen Zenno als Anführer der Rudel. Zenno könnte auch ein Name für einen alten Wolf sein? Warum nicht? Frag deine Zennos?" empfahl der Zögling und Schatten.

Nach einigem Zögern fragte der Knabe „Warum willst du mich nicht senden?" und kam damit auf den ursprünglichen Gesprächsinhalt zurück.

„Ich würde meinen letzten Vertrauten verlieren…" Das war ein ungewöhnliches Bekenntnis des Hunno und stärkte das Selbstbewusstsein des Knaben. Schweigen senkte sich über Beide und jeder hing seinen Gedanken nach.

„Was glaubst du, werden wir an der Furt der Ochsen vorfinden?" unterbrach Gerwin die entstandene Pause.

„Ich hoffe nicht schon wieder einen verräterischen Römerfreund als Eldermann und möglichst auch noch keinen Kampf … Viele neue Jungmänner sind noch zu unerfahren." erwiderte Gaidemar seines Zöglings Frage.

„Warum verstecken wir dann nicht unser Boot und verschwinden zur Ausbildung unserer Krieger im Wald?"

9. Verstärkungen

65 nach Christus - Frühjahr (14. Maius)
Barbaricum - Im Land der Hermunduren zwischen dem Fluss Moenus und dem Herzynischen Wald

Gerwins beiläufige Bemerkung regte den Hunno an. Gaidemar schwieg und dachte an die Verabschiedung in Farolds Ottersippe. Der Eldermann hatte ihnen Verpflegung für nur ein paar Tage übergeben. Zu mehr könne er sich nicht entschließen, zumal sie schon mit dem Verkauf an die Römer auf einen Teil ihrer Reserven zurückgegriffen hätten.
Der Hunno war beim Verkauf der Vorräte anwesend. Jetzt bedauerte er, die Lieferung an die Römer nicht verhindert zu haben...
„Die Idee ist gut, doch wir haben keine ausreichende Verpflegung!" schloss Gaidemar seine ersten Überlegungen ab.
„Wir brauchen dringend Nachschub! Außerdem haben wir den Dörfern Schutz gelobt. Gehen wir in die Wälder, verlieren wir den Kontakt zum Maa und Römer könnten vordringen? Nein, so geht das nicht!" fasste der Ältere seine Schlüsse zusammen.
„Ich bin zwar nur ein Knabe, hätte aber dazu ein paar Gedanken ..." Gerwin schwieg und wartete auf Gaidemars Antwort.
Als diese ausblieb, fragte er den Anführer: „Welches Rudel unserer Krieger schätzt du als kampfbereit ein?"
Gaidemar überlegte eine Weile, bevor er antwortete.
„Das Dachsrudel und das Marderrudel sind in festen Händen, aber auch deren Jungmänner sind noch unerfahren ... Beide Zennos sind Krieger, die ihre Männer auch dann ausbilden, wenn ich nicht in ihrer Nähe weile!" lautete die Antwort des Hunno.
„Sende den Einen mit seinen Männern an den Maa, weit voraus flussab, zur Beobachtung. Gib ihnen einen Boten mit. Tauchen Römer auf, senden sie uns den Boten! Finden wir einen günstigen Standort für unser Lager, könnten wir rechtzeitig benachrichtigt werden ...." Gerwin blickte den Hunno an und lauerte auf einen ersten Einwand. Gaidemar aber hüllte sich in ein Schweigen.
„Wenn ich Hagen richtig verstand, macht der Maa bald eine Biegung und fließt dann nicht mehr in Richtung der höchsten Sonne, sondern in Notts Richtung. Geschieht das, beobachten wir den Fluss nach der Biegung und lagern uns hier in der Nähe. Dringen römische Boote vor, ist

deren Weg auf dem Fluss länger, als der Weg unseres Boten. Tauchen die Römer dann hier auf, stehen wir zum Empfang bereit ..." Mit seinem Gedanken zufrieden, grinste der Knabe den Hunno an.

„Und wie denkst du dir die Beschaffung der Verpflegung?" brauste Gaidemar auf.

„Nimm das andere Rudel, ebenfalls mit einem Boten, und sende dieses ins Landesinnere, in die Wälder. Auch dort leben Sippen ... Warum sollen wir diese Sippen nicht auch zu unserer Unterstützung gewinnen? Wenn es uns dort gelingt, Verbündete zu finden, bekommen wir Männer und Verpflegung. In der gleichen Zeit kannst du, mit dem Bataver und dem Friesen, unsere Krieger das Kämpfen nach deinen Vorstellungen lehren."

Gaidemar nickte etwas geistesabwesend und bedachte beide Vorschläge. Auch er wusste von Hagen, dem Fischer, über den Verlauf des Maa bescheid. Könnten sie einen geeigneten Lagerplatz finden und läge dieser unweit des Flusses dort, wo sich dessen Verlauf wieder in Notts Richtung veränderte, wäre es vielleicht möglich, den Maa ununterbrochen, in unterschiedlichen Richtungen, auszuspähen.

Doch wie sollte er die Verpflegung beschaffen? Wer könnte diese Männer anführen und wen sollte er mit der Mission beauftragen?

„Dein Vorschlag ist nicht so schlecht!" bestätigte der Hunno des Knaben Idee. Dieser merkte, dass sein Pate Feuer gefangen zu haben schien.

„Hei, Thilo, rufe alle Unterführer zu mir!" schrie Gaidemar dem am Ufer reitenden Boten zu und fragte den Knaben danach: „Wo sollen wir deiner Meinung nach unser Lager aufschlagen?"

„Hagen sagt, der Fluss macht bald eine Biegung. Reiten wir hin und sehen es uns an! Bestimmt eignet sich irgendeine Stelle für unser Lager. Nur das Schiff müssen wir verbergen können!"

Das Biberrudel und die Krieger des Chatten Swidger waren zur Fortbewegung des schwerfälligen Römerschiffes ausgewählt worden. Der Bataver, dem es sichtlich besser ging, der aber noch immer auf einem Lager ruhte und nur gelegentlich sein Bein belasten konnte, wenn er mit Krücken über das Deck hüpfte, gab die erforderlichen Befehle.

Das Schiff näherte sich dem flussab rechts liegenden Ufer. Gaidemar übertrug dem ehemaligen *Gubernator* der römischen *Flussliburne* die Befehlsgewalt und ließ ihm nur Swidger und dessen Krieger zum Steuern der Prahm zurück.

Kurz darauf stießen alle Zennos der Gefolgschaft zu Gaidemar, erhielten ihre Instruktionen und bald darauf konnte sich der Hunno zu Pferde in Richtung des weiteren Flussverlaufes bewegen. Zur Begleitung wählte er das Marderrudel.

Als sich Sunna zu den Bergen Notts absenkte, erreichte die Gruppe die Flussbiegung und fand auch einen kleineren Hügel, der eine gute Sicht auf den Flussverlauf ermöglichte. Sie erkundeten das Gelände und fanden eine als Lagerplatz geeignete Lichtung. Bevor der Fluss seine Richtung änderte, gab es am gegenüberliegenden Ufer Einbuchtungen mit kleineren Seen, die geeignet schienen, dass Schiff zu verbergen. Gaidemar beauftragte Werner, den Zenno des Marderrudels, den Fluss von zwei Punkten aus beobachten zu lassen und ritt mit seinen übrigen Männern zurück zum Flussufer.

Noch vor der Richtungsänderung des Flussverlaufes erwartete er das Prahmschiff und wies dem Batavar an, dieses auf einem der dann noch folgenden kleinen Seen zu verankern, die Chatten als Schiffswache zurückzulassen und mit den Übrigen, im mitgeführten Fischerboot, überzusetzen. Als Boten und Wegführer lies er Thilo zurück und begab sich mit dem Hauptteil seiner Kräfte zum neuen Lagerplatz auf der gewählten Lichtung.

In der Folge stellte sich heraus, dass die Wahl des Lagerplatzes eine stetige Beobachtung des Flusses, mit in kürzester Zeit erreichbaren Beobachtungspunkten, ermöglichte. Darüber hinaus bot der Platz gute Voraussetzungen für ein Üben der Krieger. Auch die Entfernung zum verborgenen Schiff blieb gering.

Holzhütten wurden errichtet und eine Lagerumzäunung aus gefällten Baumstämmen begrenzte bald den Platz. Zwei Posten bewachten die beiden Eingänge. Die günstige Lage bot auch Voraussetzungen dafür, dass trotz der Organisation der Flussbeobachtung, alle Rudel in die Kampfausbildung eingebunden werden konnten.

Lediglich das Dachsrudel unter Richwin, zur Versorgung mit Verpflegungsnachschub eingeteilt, erhielt eine die Ausbildung verhindernde Aufgabe. Richwins Weg sollte ihn in das Land zwischen dem Maa und dem anderen großen Fluss, der ihm als *Danuvius* bezeichnet worden war, führen. Auch dort lebten Sippen der Hermunduren. Er wusste dies von Farold.

Für eine Erkundung in dieses Gebiet schien ihm Ortskenntnis als wichtige Voraussetzung. Eine Befragung der Jungkrieger erbrachte nur wenige hilfreiche Erkenntnisse. Lediglich zwei der Jungkrieger weilten in ihrer Jugend schon einmal im Gebiet zwischen Maa und Danuvius und konnten Angaben zu Siedlungen beisteuern.

Weil beide Burschen aus dem Otterrudel Ronalds stammten, wurden sie ausgegliedert und Richwin zugeteilt. Richwins Dachsrudel wurden, zur Erhöhung der Beweglichkeit, Pferde übergeben. Das bisher als Gefangenenwagen genutzte Gefährt diente, vom Käfig befreit, als Transportfuhrwerk.

Sollte er Gerwin, so fragte sich der Hunno, dem von ihm erwählten Dachsrudel Richwins zuteilen? Die Gefolgschaft besaß wenig für den Tauschhandel einsetzbare Güter. Allenfalls konnten einige römische Waffen, gefundener Schmuck und anderer wertloser Plunder Verwendung finden. Ob das zur Sammlung ausreichender Vorräte genügte, war nicht abzusehen ...

Die Letzte zu treffende Entscheidung fiel Gaidemar besonders schwer. Um alle aufzusuchenden Sippen zum Bündnis und zur Unterstützung der Gefolgschaft zu bewegen, war Gerwins Teilnahme erforderlich. Nur ungern erteilte er dem Knaben diesen Befehl und gab Richwin zusätzliche Order, den Knaben nicht aus den Augen zu verlieren und auf seinen Schutz zu achten. Am folgenden Morgen brach die Gruppe auf.

Nach einem ausgiebigen Gespräch mit dem Bataver und dem Friesen begann Gaidemar in den nachfolgenden Tagen die Kampfesweise seiner noch immer wilden **Horde** zu einer Gefolgschaft zu formen.

Der Bataver riet ihm, alle Krieger in einer Formation zu versammeln. Gaidemar, der sich dies genauer beschreiben ließ, nahm davon Abstand. Den Kriegern diese Form des ‚Antretens', wie in einer römischen Legion zu vermitteln, hätte vielleicht Tage gedauert. So beließ er es bei einem lockeren Haufen und führte mit den Kriegern ein Gespräch.

Der Hunno sprach vom Mut und Draufgängertum der Jungmänner und deren Unbedachtheit, die im Kampf oft zum Tod führte. Er erklärte den Unterschied der Kampfesweise der Römer und deren Ausbildungsformen.

Dieses Gespräch war geeignet, um Gedanken zur eigenen Handlung im Kampf aufzuzeigen. Wieder bediente sich Gaidemar seiner Träume von **Wodan**, der ihm gesagt hätte, dass die Dummen zuerst den Tod erleiden werden. Dann widmete sich der Hunno der von ihm erwarteten Disziplin, die sich im Vertrauen zum Anführer und der strikten Befolgung seiner Befehle zu äußern hätte. Hierbei nutzte Gaidemar zum ersten Mal den Namen ‚Zenno' für die Unterführer. Gaidemar beschrieb einige Vorfälle vom Kampf mit den Römern auf dem Fluss, die Jungkriegern das Leben kosteten. Zum Schluss brachte er das wichtigste Argument, um Beständigkeit in den bevorstehenden Übungen zu erzeugen.

Er schilderte die Erlebnisse seiner eigenen harten Schule. Baldur Rotbart schliff seine Jungkrieger bedingungslos. Für jede Art des Kampfes vorbereitet, ob im Kampf als Gruppe, Mann gegen Mann, beritten oder zu Fuß, musste sich auch Gaidemar beweisen. Auch das Bogenschießen gehörte zum Programm und in dieser Übung hatte es Gaidemar nur zu einer gewöhnlichen Leistung bringen können ... Immer jedoch fand Beharrlichkeit im Üben den Erfolg! Diese Beharrlichkeit, jede Übung mehrmals zu wiederholen, bis die Handlungen in Fleisch und Blut übergingen, schien ihm das Wichtigste zu sein. Deshalb betonte er immer wieder deren Bedeutung. Zu oft hatte er auch bei Rotbarts Ausbildung Kämpfer gesehen, die nicht mit dem nötigen Ernst und Willen zu Werke gingen. Diesen Jungkriegern erteilte Rotbart manche Lehre. Wenn es nicht anders ging folgte auch mal Schmach. Rotbarts Forderung, jede Übung so oft zu wiederholen, bis sie sitzt, wurde von allen Burschen aufgenommen, aber nicht ernstlich begriffen und deshalb nicht befolgt.

Während die Zennos in den folgenden Tagen die Ausbildung ihrer Rudel leiteten, ging Gaidemar durch deren Reihen und nutzte seine eigenen Fähigkeiten, um dem Einen oder Anderen die lasche Ausführung seiner Kampfübungen nachzuweisen. Gern hätte er Gerwin hier gehabt, denn von einem Knaben in den Sand oder Waldboden geworfen zu werden, hätte manchen Kämpfer früher belehrt. Gleichzeitig wäre dies auch wieder förderlich für Gerwins Kampffähigkeit gewesen, die in letzter Zeit etwas in den Hintergrund treten musste. Doch der Knabe war nun einmal in anderer, wichtiger Mission unterwegs und Gaidemar zweifelte nicht daran, dass ein erfolgreicher Abschluss bevorstand.

Bereits nach fünf Nächten kehrte Richwins Dachsrudel zum Lager zurück. Die Überraschung war perfekt! Nicht nur etwa dreißig neue, teilweise berittene Jungkrieger, folgten dem Zug. Auch insgesamt fünf Wagen erreichten das Flussufer am verborgenen Schiff.

Gerwin setzte mit einem Fischerboot über und holte den Hunno, der ob des beiderseitigen Erfolges der Mission sein Erstaunen nicht verbergen konnte. Die Fuhrwerke wurden entladen, die Waren auf dem Schiff gestapelt und anschließend alles, Waren, Mann und Pferde, auf das andere Ufer verbracht.

Der Bataver, der inzwischen seinen Fuß mit Hilfe seiner Stütze längere Zeit belasten konnte, leitete die Überfahrt. Die Fuhrwerke kehrten in ihre Dörfer zurück. Es blieb nur der eigene umgebaute Gefängniswagen, der auf dem anderen Ufer für den Transport der *Viktualien* ins Lager sorgte.

In der Hütte des Hunnos zusammen sitzend, erstatteten Richwin und Gerwin ihren Bericht. Gaidemar wunderte sich noch immer über die Menge der erhaltenen Verpflegung und den Zulauf neuer Jungmänner.

„Wie ist euch dieses Wunder nur gelungen?" fragte er.

„Ehrlicherweise ist es nicht nur unser Erfolg!" gab Gerwin zu erkennen. „Im ersten Dorf waren wir noch eine Überraschung und Neugier prägte das Verhalten. Es war gut, dass wir die Wegkundigen dabei hatten. Einer unserer Jungmänner wurde erkannt und als er berichtete, was den Römern auf dem Fluss widerfahren war und das Gerücht der Rückkehr von Gefangenen auch seine Bestätigung fand, ging alles wie von selbst." grinste der Knabe seinen Paten ungeniert an. Gerwin war stolz, denn es war auch sein Erfolg, dass war ihm deutlich anzumerken.

„Nur, wir konnten den Ort des Kampfes mit den Römern nicht mehr verbergen! Woher die Menschen das Gerücht kannten, konnte ich nicht in Erfahrung bringen. Sollte ich die Leute belügen? Also schwieg ich, wenn ich nach dem Ort des Überfalls gefragt wurde!" ergänzte der Knabe nach einer kurzen Pause.

„In diesem Dorf meldeten sich die ersten Jungmänner, um mit uns zu ziehen. Verpflegung erhielten wir ohne Gegenleistung. Der Eldermann versprach uns, für weitere Verpflegung zu sorgen, wenn es erforderlich wird."

„Dem Bündnis traten alle vier Dörfer bei, die wir aufsuchten!" warf Richwin ein. „Alle Ältesten besiegelten den Beitritt mit Handschlag!" ergänzte er dann.

Gerwin setzte fort: „Nach dieser Sippe ging uns ein Ruf voraus! Der Eldermann sandte sofort einen Boten ins nächste Dorf. Jungmänner und Verpflegung standen auch dort bereit und wir konnten schon am gleichen Tag weiterziehen. Uns erwartete eine weitere Überraschung. Im Dorf lagerten zahlreiche Jungmänner aus anderen Sippen, die wir hätten nicht aufsuchen können. Unsere Transportfahrzeuge wurden vollgestopft und letztlich stellte der Älteste ein weiteres zusätzliches Ochsengespann. Auch in der letzten Sippe traf die Kunde von unserer Runde vorher ein. Jungmänner und auch weitere Verpflegungswagen erwarteten uns. Überall waren unsere Taten bekannt. Nur wollten alle die Kunde des Sieges über die Römer aus meinem Munde vernehmen." Gerwins Stolz kannte keine Grenzen.

Eine Besonderheit hatte er sich jedoch bis zum Schluss des Berichtes aufgehoben.

„Gaidemar, es gibt noch etwas! Unter den Jungmännern befinden sich drei junge Frauen. Wir wissen nicht, ob du zustimmen wirst? Ich habe dazu nichts gesagt, weil die Enttäuschung groß wäre …. Alle drei Frauen kommen aus dem letzten Dorf. Es soll eine Heilkundige darunter sein?"

Auch Gaidemar überraschte diese Wendung. Doch warum sollten keine Frauen in der Gefolgschaft sein? Würde *Ragna* um Teilnahme ersuchen, wüsste er keinen Grund für eine Ablehnung. Ach ja, Ragna? Was wird mit ihr sein, wenn er zurückkehrt?

Er musste sich alle Neuen ansehen und deren Nützlichkeit erkennen. Deshalb nahm er Richwin und Gerwin mit zu den Neuen. Es wäre nicht gut, angebotene Unterstützung, welcher Art sie auch war, abzulehnen. Auch Frauen konnten nützlich sein… Inzwischen war den Jungmännern ein Lagerplatz zugewiesen worden. Nur die jungen Frauen standen abseits und wirkten wie verloren. Gaidemar trat an sie heran und fragte nach deren Namen. Die Frauen antworteten, sahen den Hunno unschlüssig an und hofften auf eine Gemütsregung, die seine Zustimmung zum Verbleib verriet. Stattdessen stellte er eine herausfordernde Frage: „Was wollt ihr im Lager?"

Die Ältere, sie mochte vielleicht fünfundzwanzig Winter erlebt haben, trat vor die Anderen. Die junge Frau zeigte ein selbstbewusstes Auftreten und Entschlossenheit, als sie den Gefolgschaftsführer ihrerseits zu Fragen begann. Allein der herrische Ton überraschte Gaidemar. Obwohl er sich sofort bewusst wurde, dass er mit diesem Weib so seine Sorgen bekommen würde, ließ er sie erst einmal gewähren.

„Wie viele Männer hast du hier? Wer sorgt für euch? Wer kocht das Essen, wer wäscht für euch und wer verbindet und pflegt eure Wunden?"

„Bei uns gilt: jeder für sich!" erwiderte der Hunno und meinte damit das Waschen der Kleidung und die Speisenzubereitung.

„Aha, der Verwundete versorgt sich auch gleich selbst?" kam die spitze Antwort der braunhaarigen Frau.

„Nein, das wird nicht immer möglich sein! Dann bist du die Heilkundige?" und Gaidemar wusste, dieses Weib hatte ordentlich Haare auf den Zähnen.

„Dein Name war *Wilgard*?" Gaidemar blieb unbeeindruckt, drehte sich um und wies Sindolf an, Gandulf und *Leif* zu holen, wollte er doch die Kunst der zungenspitzen, jungen Frau erforschen.

Inzwischen befasste er sich mit den beiden Anderen. Gehorsam antwortete die Braunhaarige, während das dritte weibliche Wesen ihm mit einer Frage begegnete.

„Magst du keine kämpfenden Frauen?" Überrascht sah er die junge Frau an und verglich sie sofort. Plötzlich schien Ragna vor ihm zu stehen. Von der hätte er eine gleichartige Frage erwarten können. Gaidemars Blick klarte wieder auf und er musterte die junge, vor ihm stehende Frau.

Sie war schlank und gut geformt, lange blonde, wellige Haare umformten ihr Gesicht, aus dem ihm dunkelblaue Augen ansahen. Die Frau war unzweifelhaft schön. Ihre Größe mochte seine stattliche Figur zwar nicht erreichen und trotzdem war sie für eine Frau verhältnismäßig groß. Zumindest reichte sie ihm bis zur eigenen Nasenspitze. Ihren Händen sah er an, dass die Frau Arbeit gewöhnt war und auch ihre freien Oberarme zeugten von einem für Frauen ungewöhnlichen Muskelansatz. Ihre Stimme war sanft, schwingend und leise. Von ihr gesprochene Worte prägten sich durch Klarheit ein. Offensichtlich war sie weder eine Kratzbürste, noch ein Drache. Mit einem forschen Blick in ihre Augen glaubte er einen starken Willen erkennen zu können. Auch *Hella*, so hieß die junge Frau, wie sie ihm zuvor auf seine Frage erklärte, mochte inzwischen über zwanzig Winter erlebt haben ...

„Knabe ..." damit meinte sie Gerwin „...gib mir deinen Bogen!" Im abfälligen Ton angesprochen, zögerte Gerwin und sah Gaidemar an. Nachdem der Hunno zustimmend nickte, nahm er den Bogen vom Rücken und einen Pfeil aus seiner Tasche und reichte beides der jungen Frau.

Inzwischen kehrte Sindolf mit dem Bataver und dem Friesen zurück. Gaidemar drehte sich zur Heilkundigen um und verwies diese fast beiläufig auf beide Männer: „Sieh dir deren Wunden an! Ich will wissen, wann beide kampffähig sind!"

Dann wandte er sich der rauflustigen Schönheit zu und forderte Sindolf auf, ein Ziel auszumachen und einen Schuss darauf abzugeben. Der Kämpfer zögerte nicht, bezeichnete das Ziel, schoss und traf.

„Wenn du das gleiche Ziel triffst, habe ich keine Bedenken! Verfehlst du es, wirst du waschen und kochen!"

Die Frau nahm Gerwins Bogen und betrachtete ihn eingehend, dann zeigte sie auf zwei Stellen am Bogen, denen sie offensichtlich nicht traute. „Gib mir zwei Schuss. Mit einem fremden Bogen, zumal seine Fertigung Mängel aufweist, beim ersten Mal zu treffen, ist eine Kunst!" drehte sich in Richtung Ziel und schoss. Der Pfeil steckte im gleichen Baum, unmittelbar neben dem Pfeil des Kriegers.

„Gib ihr noch einen Versuch. Das könnte ein Zufallstreffer gewesen sein!" meinte Gerwin lakonisch und reichte der Frau einen weiteren Pfeil.

Sie nahm den Pfeil, musterte den vorlauten Knaben spöttisch. Im gleichen Augenblick schwirrte der Pfeil durch die Luft und schlug genau fingerbreit oberhalb der bisherigen Pfeile im Baum ein.

Gerwin sah die junge Frau überrascht an, die dessen Blick mit scheinbarer Gelassenheit zur Kenntnis nahm. Sie schien nicht per Zufall, sondern auf Grund ihres Könnens, den Baum getroffen zu haben.

„*Donars* Blitz und Donner!" entfuhr es dem Hunno, der sich bewusst war, das gleiche Kunststück selbst nicht anbieten zu können. Dann grinste er und meinte beiläufig: „Wenn du den Bogen bemängelst, musst du Bessere bauen können. Kannst du das?"

„Ich bin nur eine Frau, wie könnte ich? Mir fehlt dazu die Kraft. Aber ich weiß, wie es geht ... Mein Vater baut Bögen!" erfolgte die umgehende Antwort der jungen Frau.

„Dein Vater hat dir sein Einverständnis zur Gefolgschaft gegeben?" nahm Gaidemar vorsichtig den angebotenen Faden auf. Er hatte mit jungen Frauen schon so manche unangenehme Erfahrung machen müssen.

„Es interessiert mich nicht, ob er einverstanden ist. Ich bin hier." antwortete sie bescheiden, nachsichtig lächelnd.

„Kannst du mir diese besseren Bögen versorgen?"

Ein guter Bogen, zumal ein Besserer als es der von Gerwin war, konnte ihn schon interessieren. Die Tochter eines Bogenbauers, die auch selbst weiß, wie ein Bogen zu bauen wäre, konnte schon aus diesem Grund von nicht geringem Nutzen für seine Gefolgschaft werden.

„Ich kann mit Hilfe von Manneskraft selbst welche bauen. Mein Vater kann dir auch Bögen liefern, nur die musst du gegen Waren tauschen." ergänzte sie ihre bisherigen Bemerkungen.

„Gut! Sindolf, such ihren Vater auf. Berate den Handel. Ich will wissen, was er für einen Bogen haben will, wie viele Bögen er liefern kann und zu welcher Zeit die Bögen fertig sind! Vorher zeigst du Hella deine Aufgabe! Ich will, dass sie mich im Rücken deckt!"

Nach einiger Überlegung wandte er sich an Wilgard, die Heilkundige: „Nun, Kräuterweib, wie sieht es aus?" Gaidemar betrachtete neugierig seine beiden Verletzten, die Heilkundige und wartete auf die Beurteilung der Verletzungen.

„Nur der Mann mit der Krücke braucht noch Zeit zur Genesung. Ich werde ihn pflegen und in zehn Tagen kann er wieder richtig Laufen!" antwortete die Frau mit Bestimmtheit und ergänzte mit einem fauchenden Unterton: „Nur wenn du mich noch mal ‚Kräuterweib' nennst, brauchst du danach als Erster meine Pflege!"

„Gut!" blieb seine einzige Bemerkung. Er beabsichtigte nicht, diesem Weib sogleich die Grenzen aufzuzeigen und an den Bataver gewandt, fügte er hinzu: „Bataver, die Frau befiehlt dir, wie du gesund wirst! Höre auf sie!"

„Bataver, was ist das? kam die Frage des Weibes.

„Der von dir Untersuchte ist der Bataver!" Sie sah den ehemaligen Römer von oben bis unten an und drehte sich abrupt weg.

„Sieht wie ein Römer aus ..." knurrte sie und es war ihr deutlich anzumerken, dass sie Römern keine Zuneigung entgegenbrachte. Sie spuckte aus und das nicht sehr weit vor die Füße des Batavers.

„Und du traust ihm?" knurrte sie mit eisiger Stimmlage.

„Mehr wie dir! Ihn kenne ich schon ein paar Tage, was ich von dir nicht sagen kann ..." lächelte er sie an „...außerdem ist er kein Römer, sondern ein Mann eines anderen Volkes, der uns im Kampf gegen die Römer helfen wird. Ich brauche diesen Mann, gesund und bald!"

Der Gefolgschaftsführer hatte zur Verwendung der Heilkundigen genug gesehen und im Willen, deren Selbstbewusstsein einzuschränken, seiner Forderung Nachdruck verliehen. Zum Schluss fühlte er sich veranlasst, noch eine Bemerkung anzufügen.

„Wilgard, du bist recht herrisch veranlagt, scheinst mir Haare auf den Zähnen zu haben. Merke dir trotzdem, der Hunno bin ich!"

Sie nickte nur kurz und antwortete: „Ich hab auch Haare auf dem Kopf, falls du sehen möchtest und auch an anderen Stellen!" sie beugte sich vor und warf mit einer Hand ihre Lockenpracht über den Kopf. Gaidemar ließ das Weib stehen. Die erste Warnung war ausgesprochen.

Auch wenn ihn ihre Antwort ärgerte, würde er mit seinem Kontern auf den rechten Moment warten.

„Und du wirst waschen und kochen!" wandte der Hunno sich an die Dritte, deren Name ihm mit *Minna* genannt worden war.

„Richwin, lass die Frauen zu unserem Feuer bringen! Wir brauchen jeden, der uns zu helfen gewillt ist, nur müssen wir die richtige Verwendung erkennen. Da wir nur einen Verletzten haben, sollen beide Weiber Waschen und Kochen! Haben wir Verletzte, wird sich die Heilkundige darum kümmern. Die Bogenschützin übernimmt Sindolfs Aufgaben!" schloss er kurz angebunden und schroff.

Die Heilkundige war ihm nicht geheuer und sich an seine bisherigen Erfahrungen mit jungen selbstbewussten Weibern erinnernd, nahm er sich vor, diese Frau eingehend zu beobachten und wenn erforderlich zu zähmen. Die Gefolgschaft konnte keine zwei Anführer gebrauchen ... Weiber mit dem Willen und der Klugheit dieser Frau, dem Auftreten einer Furie und der spitzen Zunge einer Schlange beanspruchten oft mehr, als ihnen zukam. Da er den Anspruch des Hunnos für sich selbst sichern wollte, musste er der jungen Frau Grenzen abstecken, auch wenn dies seiner Erziehung zuwider lief. Im Kampfbund konnte er seiner Feinfühligkeit gegenüber Frauen keinen Raum geben. Hier war er der Hunno!

„Zeige mir die Männer!" befahl er seinem Zenno nach Abschluss seiner Überlegungen. Richwin führte ihn zu den Jungmännern und wieder vollzog sich ein bekanntes Ritual der Musterung, mit Fragen nach Kampferfahrung und Einteilung. Erneut fehlte jede nutzbare Kampferfahrung und somit drei weitere Zennos.

„Hole mir den Friesen und Thilo!" wies der Anführer einen nahestehenden Krieger an und als diese Beiden eintrafen, fragte Gaidemar beide Männer: „Könnt ihr ein Rudel führen?"

„Wenn du mir vertraust!" antwortete der Friese und Thilo fügte an: „Für mich gilt das Gleiche!"

„Mein Vertrauen in euch ist die Voraussetzung der Frage. Doch ich frage, ob ihr das auch könnt?" Der Friese nickte zur Bestätigung mit dem Kopf.

An den Friesen gewandt, antwortete der Hunno: „Bei dir habe ich da keine Bedenken. Du hast Kampferfahrung. Behandelst du unsere Männer aber richtig? Hier gibt es weder Stock noch Peitsche. Die Männer müssen dir folgen wollen, egal in welches Gefecht du gehst ... Diese freiwillige

Gefolgschaft musst du ihnen erst beibringen Du aber siehst wie ein Römer aus. Werden die Männer dir trauen? Werden dir die Jungmänner auch gehorchen?" Wieder bezeugte der Friese sein Verständnis zu gehörten Worten. Was sollte er antworten? Es gab kein Wort des Versprechens, nur die Taten der Jungkrieger.

„Thilo, du hast dich auf den Schiffen wacker gehalten. Doch reicht es, mit eigenem Mut voranzugehen? Du trägst die Verantwortung für deine Männer. Beweise dich!"

Es waren Zweifel, die Gaidemar zur Antwort bewegten. Einerseits war Thilo ein zuverlässiger Bursche, doch ob er mit Gleichaltrigen umgehen und als Zenno die Ausbildung durchsetzen könnte, war sich der Hunno nicht sicher. Einen Anderen Zenno aber besaß er nicht und warum sollte sich Thilo nicht ebenso wie Gerald oder Ronald bewähren?

Er gab seinem bisherigen Beschützer sein Vertrauen und nahm sich vor, Thilos Eignung im Auge zu behalten. So entstanden zwei weitere Rudel, das **Adlerrudel** unter Thilo und das *Rabenrudel* unter dem Friesen Leif. Trotz aller Bemühungen fehlte ihm ein weiterer Zenno.

Aus dem Kreis der Neuen bot sich keiner an und seine Gefährten führten schon Rudel. Wem sollte er die übrigen Männer zuordnen?

Es gab nur eine Lösung. Er verstärkte die bisherigen Rudel.

Der an Überraschungen so reiche Tag fand sein Ende.

Mittels besorgter Verpflegung konnten sie längere Zeit im Lager aushalten und sich ausschließlich um die Herstellung der Kampffähigkeit bemühen. Die Nachkömmlinge brauchten neues Können und mussten lernen, sich im Kampf als geschlossen vorgehendes Rudel durchzusetzen. Letztlich galt das für jeden seiner Krieger.

Gaidemar wusste nicht, wann die nächste Konfrontation mit römischen Legionären bevorstand. Er nutzte die Möglichkeiten und richtete seine Aufmerksamkeit in der folgenden Ausbildung auf die geschlossene Wirkung aller Rudel seiner gesamten Gefolgschaft.

10. Der Mondstein

65 nach Christus - Frühjahr (14. Maius)
Barbaricum - Im Land der Hermunduren zwischen dem Fluss Moenus und dem Herzynischen Wald

*D*egenar entwickelte sich zu einem Gewohnheitsmensch. Nach seiner Verletzung durch den Bären und der langen Genesungszeit, mit dem völligen neuen Erlernen des Laufens, verlor er seinen Rang und das Ansehen des Kriegers.

Dieses Ansehen errang er, dank seiner Freunde, durch den Raub seiner Braut zurück. Das kurze gemeinsame Glück fand durch den Tod von Frau und Kind einen plötzlichen Abbruch. Degenar verfiel in eine Zeit der Gleichgültigkeit gegenüber Allem und Jedem. Er wurde zum Wunderling.

Zwangsläufig sonderte er sich von seinen Freunden ab, zog die Einsamkeit vor und wurde so zur Randfigur der Sippe. Seine eingeschränkten Möglichkeiten zur Fortbewegung beeinträchtigten nicht nur seinen Wert als Krieger und Jäger, sie forderten auch Tribut in der Feldarbeit, bei der Rodung des Waldes, beim Bau neuer Langhäuser oder anderen Tätigkeiten.

Nicht handlungsschnell genug, mit dem Zwang zu häufigen Pausen, erachteten seine Gefährten ihn immer häufiger als Hindernis für die erfolgreiche gemeinsame Arbeit. Dies bemerkend, sonderte er sich weiter ab, zog sich aus dem Kreis der Handelnden zurück und übernahm nur noch Aufgaben, in denen er allein über notwendige Pausen und Erholungsphasen entschied. Er hütete das Vieh auf der Weide, half den Weibern im Dorf und erfüllte für den Eldermann, in der Entfernung, begrenzte Botengänge.

Die Krieger beachteten ihn nicht mehr, die Weiber hatten keine Kontrolle und mit der Zeit bemerkte auch keiner, wenn Degenar aus dem Dorf verschwand.

Dabei entwickelte er zwei unterschiedliche Vorgehensweisen, die sich aber in Bezug zur Belastbarkeit seiner Beine, ergänzten. Noch immer von der Hoffnung getragen, dass seine Gehfähigkeit, Ausdauer und Fortbewegungsgeschwindigkeit durch ausreichende Belastung zurückkehren könnten, verließ er das Dorf und umkreiste dieses auf Wegen im Wald, die nur ihm bekannt waren. Dabei vergrößerte er den

Abstand zum Dorf immer mehr und häufig musste er sich quälen, um vor Einbruch der Dunkelheit zurückzufinden.

Die Begegnung mit einem einzelnen Wolf vermittelte ihm die Notwendigkeit der Bewaffnung. Sein Messer trug er immer bei sich. Doch das genügte gegen einen ausgewachsenen Wolf nicht. Seine Gehhilfe, ein einfacher mannslanger Stab reichte auch nicht und so suchte er einen Eichenstab, der mit seiner Härte und einem wulstigen Ende eine ernstzunehmende Waffe darstellen konnte.

Mit den Jahren gelangte Degenar zu einer gewissen Meisterschaft in der Handhabung dieses Eichenstabes. Seine mitunter langen Märsche führten immer häufiger zur totalen Erschöpfung. Trotz aller Willensanstrengungen blieben seine Bewegungsmöglichkeiten eingeschränkt. Die Schnelligkeit und die erforderliche Ausdauer für eine größere Strecke besserten sich nur geringfügig und gingen mit der Alterszunahme auch wieder verloren. Die Fähigkeit zu plötzlichen Bewegungen, blieb trotz aller Bemühungen, unbefriedigend. Mit jeder größeren Belastung zwangen ihn seine körperlichen Voraussetzungen und sein zunehmendes Alter zu längeren Pausen.

Er fand eine neue Möglichkeit, aus dem Sichtkreis seiner Mitbewohner auszubrechen, ohne das Dorf verlassen zu müssen.

Der *Mondstein*, nach seiner Lage in Richtung zur Bahn des nächtlichen Mondes benannt, schien unbezwingbar. Ein glücklicher Zufall bescherte ihm einen Zugang zu diesem Felsen, der in seiner gesamten Höhe den Wuchs einer ausgewachsenen Kiefer erreichte.

In doppelter Manneshöhe wies dieser Felsen, an der zum Dorf abgewandten Seite, einen schulterbreiten Sims auf, der in gleicher Höhe einige Schritte um den Stein führte und in einer mit Busch bewachsenen Felsscharte endete. Da der Fels nicht überall glatt und unbezwingbar war, Mulden und Buckel aufwies, erkannte Degenar eine Möglichkeit, diesen Sims zu ersteigen. Als er es zum ersten Mal versuchte, wäre er fast abgestürzt. Mit letzter Kraftanstrengung gelang es ihm, den Sims zu erklimmen und die Buschgruppe zu erreichen.

Erstaunt stellte er fest, dass hinter diesem Haselnussbusch eine Felsscharte aufwärts führte, die ebenfalls von weiteren Büschen bewachsen war und sich damit den Blicken vom Boden aus gänzlich entzog. Trotz dieses Bewuchses war ausreichend Platz vorhanden, um weitere Höhe zu gewinnen und so kämpfte sich Degenar aufwärts.

Die Scharte machte eine Kurve, der er folgte, verflachte sich und zeigte eine im inneren des Steins befindliche Mulde. Beim ersten Mal war er mit dem erreichten Ergebnis zufrieden und wagte sich an die Rückkehr.

Immer öfter kletterte er zu dieser Mulde und ward aus dem Dorf verschwunden. Bei einem der folgenden Aufstiege bemerkte er, dass es eine weitere, ebenfalls von Büschen bestandene Spalte zum Gipfel des Steins gab und folgte dieser. Auch der Gipfel wies eine von Moos und Gras bewachsene, aber flachere Mulde auf. Einige auf ihm liegende größere Felsbrocken, zwischen denen sich Büsche und Krüppelkiefern mit tief hängenden Ästen ausbreiteten, boten Schutz gegen Blicke vom Dorf.

Vom Mondstein aus konnte er, ungesehen von den Anwohnern, das gesamte Dorf und dessen unmittelbares Gelände übersehen. Er sah den vom Dorf abgehenden Weg, Teile eines Pfades, der zu den kleinen Seen führte und übersah jedes Haus, alle Felder und die Weideflächen.

Von da an suchte er den Mondstein öfter auf.

Sich wie einer der Götter fühlend, der das Gewürm der Erdlinge von oben, aus dem Himmel oder aber vom Götterberg herab, beobachten konnte, kehrte ein inzwischen unbekanntes Glücksgefühl zu Degenar zurück.

Ungeahnt von den Bewohnern im Dorf fühlte sich Degenar seiner Sippe, in deren Nähe verbleibend und ohne zu einer sichtbaren Belastung der übrigen Anwohner zu werden, aufs Neue und auf einzigartige Weise verbunden.

So wurden seine langen Wanderungen durch Wald und Flur, sowie seine Aufstiege zum Mondstein zu ausgeprägten Gewohnheiten.

Von Mal zu Mal gelang es ihm besser, den unteren Bereich der Felswand bis zum Sims zu erklimmen. Der übrige Weg stellte zwar ebenfalls eine Herausforderung für ihn dar, die aber mit dem Erreichen des Gipfels und der besonderen Aussicht über das Dorf ausreichende Belohnung fand. Er hatte sich angewöhnt, seinen Eichenstab auch auf den Felsen mitzuführen und band ihn sich mittels Schnur beim Aufstieg auf den Rücken. Stets achtete er sorgsam darauf, dass ihn niemand beim Besteigen des Felsens beobachtete.

Die Jahre vergingen. Auch wenn er im Winter kaum die Möglichkeit zum Erklimmen des Mondsteins hatte, war er wohl einen umfangreichen Teil seiner Tage auf dem Felsen und beobachtete das Leben unter sich. Seiner Aufmerksamkeit entging nahezu nichts.

Er kannte alle Männer, Frauen und Kinder. Er sah, wer wessen Freund war und er hatte Kenntnis von manchem nachbarlichem Zwist. Degenar wusste lange vor Gründung einer Familie, welcher Bursche, Jungkrieger oder Krieger welcher jungen Frau nachstieg.

Er beobachtete den Streit und die Streiche der Kinder, wusste welche Knaben sich miteinander prügelten und wer wessen Freund war. Er sah Familienoberhäupter, die Frau und Kind schlugen, was nichts Ungewöhnliches darstellte. Er sah aber auch, wer seine Angehörigen grundlos schlug. Auch wusste er, welcher Krieger zur Frau eines Anderen schlich ....

Um seine Situation des Wissens und sein Geheimnis nicht zu gefährden, konnte er derart Verfehlungen niemandem bezeugen und so gestaltete sich sein Wissen auch zum Hemmnis für freundschaftliche Bande zu Anderen. Er wurde noch schweigsamer, noch kauziger und unnahbarer. Degenar schloss sich selbst weiter aus der Gemeinschaft aus.

Wohl wurde er durch die Arbeit der Anderen mitversorgt, erfüllte nach wie vor mögliche Verpflichtung und behielt deshalb seinen Status als Angehöriger der Sippe. Gleichzeitig verringerten sich seine Kontakte zu früheren Freunden, mied er Verwandte und bald merkte keiner, dass Degenar nicht anwesend war.

Es fiel niemand auf, dass er auf dem Mondstein sitzend, das Dorf und seine Anwohner bewachte. Er tat dies bei Tag und manchmal auch bis in die Nacht hinein.

Wenn er auf dem Stein im Schatten der Büsche saß, verborgen vor den Blicken der Dorfbewohner, schnitzte er viel. Seine Vorliebe galt den Tieren, die er dann an die kleineren Kinder verschenkte. Diese Kinder kannten ihn und in ihren Augen war er nicht der kauzige Alte, sondern der Erzähler.

Seine Erzählungen fremder Geschichten, sein Wissen über **Feen, Albe** und **Geister, Zwerge** und **Riesen** fesselten das Interesse der Jüngeren. Wenn er den Kleineren darüber berichtete, hingen sie gebannt an seinen Lippen. Deshalb war er bei den Kleinen beliebt, von den Heranwachsenden anerkannt und von den Älteren geduldet.

Dass er mit seinen selbst erdachten Geschichten das Wissen der Kinder beeinflusste und deren Ängste vor den Gefahren des Lebens prägte, wusste kaum einer der Erwachsenen. Den Knaben berichtete er in abenteuerlichen Handlungen vom Mut seiner Helden und forderte sie zur inneren Stärke, Geduld und zur Bereitschaft für notwendige Kämpfe auf.

Den kleinen Mädchen erzählte er von der Schönheit, der Züchtigkeit und Liebe, von Feen und anderen Geistern. Manche Geschichten trugen zur Erbauung und Freude bei, andere zur Lehre. Den Eltern der Kinder blieben Degenars Einflüsse auf die Kinder nicht gänzlich verborgen. Hörten sie doch dessen Geschichten aus den Mündern ihrer Kinder und so wirkte sich das Eine oder Andere auch auf die Eltern aus, ohne das diesen der Einfluss des Erzählers auf das eigene Kind bewusst wurde.

Auch dies begründete seine eigenwillige Position im Dorf. Fehlte er, vermisste ihn niemand und war er anwesend, nahm ihn keiner wahr. Eine Ausnahme davon bildeten die Kinder.

Einen Versuch, einen Menschen zu schnitzen, gab er nach einem ersten Versuch auf. Das Mädchen war gut von ihm getroffen. Als er die Figur dem Mädchen zum Geschenk machte, stellte ihn der erzürnte Vater zur Rede. Er bezichtigte ihn dem Mädchen nicht wohl gesinnt zu sein. Das Abbild der Tochter diene einem bösen Zweck und würde Geistern ermöglichen, in die Figur einzudringen und von dort aus den Charakter des Mädchens beeinflussen. Seine Erwiderung, dass dies ein Spielgegenstand sei, das dem Kind Freude bereitet, wurde niedergeschrien und da seine gute Absicht derart in Verruf gebracht wurde, nahm er die Figur zurück und warf diese ins Feuer. Nie wieder schnitzte er ein menschliches Antlitz!

Seine Einsamkeit auf dem Mondstein führte auch dazu, dass er sich Gedanken über das Dorf und deren umgebende Welt machte. Darüber gelangte er zur Einsicht, dass seine Position über dem Dorf auf dem Mondstein, gleich der der Götter auf dem Götterberg war und verglich sich mit einem Gott. Zu Anfang gefiel ihm dieser Gedanke, sah er doch die Menschen im Dorf aus einer Vogelsicht, sah Stärken und Schwächen und fand sich ihnen, trotz seiner Behinderung, überlegen.

Doch mit der Zeit veränderte sich dieses Bild. Mag Angst vor der Wut der Götter ein Beleg für diese Veränderung sein. Möglich war auch, dass er den Widerspruch zwischen einer Gottgleichheit und seiner Stellung innerhalb der Gemeinschaft erkannte. Er fühlte sich als einer von ihnen, der zwar dazu gehörte, ohne aber herausragende Bedeutung zu besitzen. Als auf dem Stein Sitzender konnte er nicht über ihnen stehen, wenn sein Platz in der Gemeinschaft nur untergeordnete Bedeutung besaß. Er schätzte seine Behinderung als Makel ein, die ihm niemals die Achtung und eine bessere Stellung in der Gemeinschaft, nach der er dürstete, einbringen würde.

Trotz dem den Göttern seine Anmaßung aufgefallen sein musste, erfolgte für die Gleichsetzung seiner Person keine Bestrafung! Mit der Zeit erlangte Degenar die Gewissheit, dass die Götter nicht jeden Frevel bestraften oder aber gar nicht merken würden, wenn ein Mensch sich mit seinen Gedanken gottgleich wähnte.

Später erst brachten seine Gedanken die Schlussfolgerung hervor, dass es vielleicht gar keine Götter gab? Auch für diesen Gedanken erfolgte keine Bestrafung, obwohl Degenar lange Zeit in Angst vor dem Zorn der Götter lebte. War das ihm beschiedene Unglück, dass die Götter beschlossen hatten, vielleicht aber auch schon vollendet? Drohte ihm deshalb keine Strafe der Götter?

Es gab keine Antworten darauf. Weder reagierten die Götter, noch konnte er jemand dazu befragen. So schuf sich Degenar seine eigene Überzeugung von den Göttern und zu seiner Stellung in der Sippe.

Als alles dies zum Einklang und zu innerer Ruhe und Ausgeglichenheit führte, bauten sich seine Ängste ab. Er nahm die Götter, zu denen sein Volk aufsah, einfach hin. *Tyr* als Beschützer des Things, der mit seinem Schwert Recht vollzog. Wodan als Gottvater, Kriegsgott, Totengott und Gott der Gehenkten, der in seiner Wut nicht nur die Stürme der Natur, sondern auch die der Seelen in der menschlichen Brust beherrschte. Donar als Vollstrecker und Herr über Blitz, Donner und Sturm. Ebenso *Freya* als Liebliche, Schöne und mütterlich Beschützende, der Fruchtbarkeit verpflichtet. Reichten sie doch aus, um göttliche Ereignisse zu erklären. Feen und Geister, Riesen und Zwerge, *Kobolde* und *Nixen*, deren Erlebnissen er bei den Erzählungen seiner Eltern und anderen Älteren in seiner Kindheit andächtig lauschte, wurden von ihm mit eigenen Geschichten neu belebt. So wie er sich als Kind vor ihnen fürchtete oder diese achtete, gebrauchte er sie in seinen eigenen Erzählungen bei den Kindern. Für ihn selbst hatten diese Wesen ihre Bedeutung und ihren Charakter verloren.

Degenar glaubte an die Götter, deren Wirken er spüren und erleben konnte und manches Unbill, auch das eigene Erlebte, schrieb er den Empfindungen und Fehlbarkeiten der Menschen zu. So nahm das Alter von ihm Besitz ...

Er kannte nicht viele Männer, die so zahlreiche Winter wie er erlebten. Baldur Rotbart gehörte dazu, *Norman* aus Rotbarts Sippe und auch der vormalige Älteste der Buchensippe, der beim Überfall der Römer getötet worden war und natürlich *Eila*, die Alte.

Eila war schon eine junge Frau, als er sie zum ersten Mal wahrnahm. Soweit er sich erinnerte, gehörte Eila zu den schöneren Frauen, war anmutig, flink und freundlich.

Degenar kannte nicht viele Männer, die die Kinder ihrer Kinder kannten ... Wenn ein Kind ins Knabenalter gelangte, fand dieses kaum noch die Gelegenheit von einem Vater des Vaters zu lernen.

Auch Eilas Leben war von Härte gezeichnet und persönliches Unglück verhärmte und trieb sie aus der Sippengemeinschaft. Die Alte wählte einen anderen Weg. Als Heilerin kannte sie die Früchte des Waldes, Linderung oder Heilung verschaffende Kräuter und hatte das zweite Gesicht. Ihre Träume und Weissagungen trafen in der Vergangenheit oft zu. Den Überfall der Römer sah aber auch sie nicht voraus ....

Es war ein Glück für alle Überlebenden, dass gerade Eila mit ihrem Wissen als Kräuterfrau und Seherin den Römerangriff überstand. Ein noch größerer Glücksfall war es, dass in ihrer Begleitung drei der jüngsten Sprosse der Sippe verschont blieben.

Auch an dem Tag, als die Römer zum Überfall ins Dorf eindrangen, weilte Degenar auf dem Mondstein.

Schnell, zu schnell waren die Reiter, Fackeln in die Häuser werfend, Peitschen schwingend und die Menschen auf der Dorfmitte zusammentreibend, eingedrungen. Degenar fand keine Gelegenheit, auch nur einen Einzigen zu warnen, zumal er erst durch den im Dorf entstandenen Lärm aus der inneren Mulde auf den Gipfel des Mondsteins gezwungen wurde.

Es war zu spät. Alles ging zu schnell. Hinter den Reitern stürmten Legionäre von allen Seiten in das Dorf hinein. Kaum ein eigener Krieger erreichte seine Hütte um nach seinen Waffen zu greifen. Den Wenigen, denen dies gelang, war kein Erfolg beschieden. Widerstand wurde gnadenlos niedergemacht. Jungkrieger und Krieger starben, so wie der Älteste. Hütten, Felder und Zäune brannten. Degenar sah alles mit Tränen der Wut und der Hoffnungslosigkeit in den Augen.

Als der Überfall fast vorüber war, stürmte ein einzelner Krieger, mit kampfbereiter Axt, unter die Römer und säte den Tod, bis auch er gestellt wurde und der Übermacht erlag.

Den Knaben hatte Degenar nicht bemerkt, obwohl er wusste, dass Vater und Sohn zum See gegangen waren.

So schnell wie der Spuk des Überfalls begann, war er auch beendet. Die Römer fesselten die überlebenden Männer und Knaben, banden sie aneinander und trieben alle, unter Peitschenschlägen, aus dem Dorf. Erstarrt, handlungsunfähig lag Degenar auf dem Mondstein, so viele Tote und alle Anderen vertrieben ....

Wohl hatte er sehen können, dass eines der jungen Mädchen auf der Flucht vor den Römern das Dorf verlassen konnte. Er wusste, dass die alte Eila schon am frühen Morgen in den Wald zur Kräutersuche zog. Dass sie Kinder mit sich führte, wusste er nicht. Er sah auch Knaben, unbemerkt im Wald untertauchen und beobachtete die Römer, die den Waldrand ums Dorf nach Flüchtigen absuchten.

Selbst wenn die Römer nach oben auf den Felsen blickten, wäre er ihnen verborgen geblieben. Sich hinunter in den Kampf zu stürzen, machte keine Sinn. Die Römer hätten leichtes Spiel mit ihm und sein Eichenstock würde kaum für eine ernstliche Verletzung eines Legionärs ausreichen. Er könnte nur sein sinnloses Leben opfern ...

An eine Suche durch die Legionäre auf dem Stein glaubte er nicht. So befand er sich in Sicherheit und weinte vor Wut und Enttäuschung. Dann durchzuckte ihn eine Eingebung. War er der einzige Überlebende?

Dieser Gedanke beschäftigte ihn auch über die folgende Nacht und so verblieb er auf dem Mondstein. Als er am Morgen die Überlebenden um sich sammelte, stellte er überrascht fest, dass neben Eila mehrere kleinere und auch ältere Kinder, zumeist Knaben, aus dem Wald trabten. Doch kein einziger Krieger der Sippe tauchte auf. Aus seiner Beunruhigung wurde Angst und Verzweiflung. Was würde aus den Überlebenden werden?

Sich gegen eigene Gefühle wehrend, legte er sich einen äußeren Panzer, aus verhaltener Wut auf die Römer, Zorn auf die eigene Nachlässigkeit und Knurrigkeit gegenüber den Überlebenden, zu. Er war darauf bedacht, dass keiner der Überlebenden seine eigene Unsicherheit spüren durfte.

Einen der überlebenden Knaben hatte er schon vor seinem Weg auf den Dorfplatz gefunden. Plötzlich stand der Knabe neben ihm, als er nach seinem Abstieg vom Mondstein auf dem Erdboden anlangte. Andere stolperten aus dem Wald, als er unter den Toten auf dem Dorfplatz stehend, *Bertrun* aus dem Wald treten sah.

Eine zweite Verblüffung erreichte ihn, als einer der Knaben ihm vorschlug, vom Mondstein aus das Dorf zu bewachen. Noch nie war ihm auf dem Mondstein auch nur ein Bewohner des Dorfes begegnet, noch wusste er, dass ein Anderer den Weg hinauf gefunden hatte. Kein Mann im Dorf bekundet jemals, auf dem Mondstein gewesen zu sein und jetzt sagte ihm ein Knabe, dass er seinen Weg hinauf kennen würde. Degenar besah sich den Knaben eingehend und erkannte dann, welcher Familie er entstammte.

Ohne danach zu fragen, wusste er, dass der Knabe den Tod des Vaters und der Mutter beobachtet hatte. Er sah Hass und Trauer in den Augen dieses Jungen.

Das vor den Römern in den Wald geflohene Mädchen war nicht unter den Rückkehrern. Sie hatte es vielleicht nicht geschafft, den Römern zu entkommen.

Diese Gedanken und Erinnerungen drängten sich in den Kopf des Ältesten, als er an diesem Abend, nach einem ereignisreichen Tag, vor seiner Hütte auf seiner Bank saß.

Die Bank hatte er selbst an die Stirnseite seiner Hütte gebaut. Von diesem Ort aus, konnte er seinen Gewohnheiten folgend, das neue Dorf übersehen. Er vermisste den Mondstein, doch dieser war zu einem Unglücksstein geworden und niemals wieder, würde er dort leben wollen oder ihn besteigen.

Brandolf setzte sich zu ihm und fragte: „Worüber denkst du nach?"

„Über Vergangenes, über unser Unglück und das jetzige Leben..." antwortete der Ältere.

„Bist du zufrieden mit der Entwicklung?" folgte daraufhin eine neue Frage des Jüngeren.

Degenar sah den jüngsten Sohn seines Freundes Baldur Rotbart an und erinnerte sich daran, wie dieser von Anderen begleitet, zu ihm ins Dorf kam. Es lag schon einige Zeit zurück und gehörte zu seinen glücklicheren Tagen. Es gab nicht viele davon...

Einmal hatte er einen Freund, groß und stark. So stark, dass dieser den Kampf mit einem ausgewachsenen Bären aufnahm. Als sich der Bär im Rücken seines Freundes aufrichtete, erschrak Degenar und stürzte, sein Messer ziehend, auf den Bären zu. Es waren nur wenige Sprünge ...

Hatte der Bär die Bedrohung bemerkt oder ein Geräusch brechender Zweige gehört? In dem Moment, in dem Degenar dem Bären sein Messer in dessen Schulter stieß, drehte sich dieser um und schleuderte den Angreifer mit seiner Pranke von sich. Degenar blieb in den Büschen liegen und was danach geschah, erfuhr er später von Baldur Rotbart, dessen Leben er bewahrte.

Baldur war erst durch den Lärm aufmerksam geworden, vermutete er den Bären doch weit vor sich und nicht in seinem Rücken. Der Lärm brechender Zweige, des Bären Grunzen und des Freundes Schmerzensschrei gelangten fast gleichzeitig an seine Ohren. Seinen Spieß herumschleudernd und den Bären frontal von vorn angreifend, rammte er seine Waffe in die Brust des Tieres.

Der Bär schrie auf. Baldur hatte noch nie so einen Ton gehört, Schmerz und Wut entrangen sich dem Maul des Tieres, das den Spieß mit seiner rechten Pranke zertrümmerte. Die Spitze blieb in der Brust des Tieres stecken. Der Bär wälzte sich auf dem Boden und bevor er sich auf seinen Peiniger stürzen konnte, steckten zwei weitere Spieße anderer Bärenjäger in dessen Bauch und Hüfte. Der Bär zuckte noch ein oder zweimal, bevor er verendete.

Die Bärenjäger waren unverletzt. Nur Degenar nicht!

Die Pranke des Bären hatte Fleisch und Muskeln von seiner Hüfte gefetzt, wobei er noch Glück hatte, weil das Tier ihm nicht den Bauch aufriss. Beide Beine waren ob des Sturzes gebrochen und das linke Knie hatte seine gesamte Führung verloren. Der untere Fuß stand seitlich vom oberen Teil weg.

Der Schmerz erfasste den bewusstlosen Degenar in gewaltigen Wellen, blieb im Unterbewusstsein fühlbar, ohne dass ihm die Möglichkeit blieb, die Hauptschmerzquelle festzustellen. Der ganze Körper schien nur noch eine einzige Wunde zu sein. Dieser Zustand erreichte sein Bewusstsein nach tagelanger Ohnmacht. Bevor er erwachte, waren seine Beine geschient, das Knie gerichtet und die tiefen Fleischwunden an der Hüfte vernäht. Schmerz beherrschte von nun an sein Leben!

Was nützte ihm der Dank des Freundes oder dessen Vaters? Die Schmerzen blieben viele Tage, sie waren bei Tag so schlimm wie in der Nacht, aber Degenar jammerte nicht. Er ertrug den Schmerz, obwohl er sich manchmal wünschte, sterben zu können.

Dann heilten die Brüche und die Hüfte, aber nicht das Knie. Der Schmerz wurde ein ständiger Begleiter. Hinzu kam, dass dem Knie die Festigkeit fehlte. War er zu ungeduldig oder gab es keine Heilung für ihn? Wenn er glaubte langsam wieder gehen zu können, kam ein Rückfall. Das Knie, der Belastung nicht gewachsen, brach aus und der ganze Vorgang begann von vorn. Aber auch das ging vorüber, der Schmerz ließ nach. Nur gehen konnte er nicht! Es dauerte sehr lange, bis er wieder laufen lernte und sich ohne Stütze bewegen konnte.

Die richtige Qual begann erst danach. Als er das Mitleid der Freunde sah, ihm Arbeit aus der Hand genommen wurde, keiner ihn fragte, ob er mit zur Jagd ginge und zu Kämpfen wurde er ohnehin nicht mehr aufgefordert. Es gab Tage, wo er sich in die Aufmerksamkeit der Anderen drängte. Der Raub seines Weibes richtete ihn auf und auch da straften ihn die Götter, als Frau und Kind starben. Es war nicht so, dass Degenar sich aufgab, aber er beschied sich...

Noch immer, den Sohn des Freundes betrachtend und wie schon oft dessen Ähnlichkeit mit seinem Vater bemerkend, lächelte Degenar bei seiner Antwort.

„Ob des Römerüberfalls bin ich noch immer tief traurig. Manchmal frage ich mich vor Verzweiflung, ob ich hätte anders handeln müssen..."

„Und...?"

„Diese Frage kann ich heute noch nicht beantworten..." Degenar schwieg.

„Dann will ich dir eine Antwort geben!" erwiderte Brandolf und setzte nach einer Pause fort „Ich weiß nicht, wo du zum Zeitpunkt des Überfalles warst und auch nicht, was du dir vorwirfst. Aber ich weiß, dass die Sippe lebt. Sie lebt, weil du da warst ... Was wäre, hätte Gerwin uns nicht gewarnt? Wie würden alle Überlebenden dann leben? All diese Fragen kann ich nicht und ich muss sie nicht beantworten ... Du hast für Antwort gesorgt und was du hier vor deinen Augen siehst..." Brandolf zeigte auf das vor ihren Füßen befindliche Dorf. „...verdanken wir deiner Erfahrung und Führung!"

„Wird es Bestand haben?" fragte Degenar versonnen, schüttelte trübe Gedanken abschüttelnd mit dem Kopf und wandte sich dem Gesprächspartner zu.

„Machen wir es draus!" flüsterte Brandolf mit Bestimmtheit im Ton.

„Du hast Recht! Machen wir was draus..." Beide Männer schwiegen.

„Ich habe auch an die Zukunft gedacht..." begann Degenar das Gespräch fortzusetzen.

„Gaidemar und Gerwin sind schon längere Zeit fort und wo genau sie sind, wissen wir nicht .... Wir wissen nicht, ob uns die Römer noch einmal heimsuchen werden? Dank unseres Fleißes haben wir Felder gerodet und das Saatgut ausgebracht, das uns dein Vater übergab. Wir haben Brachflächen für zukünftige Felder angelegt."

Wieder starrte der Älteste auf das vor ihm liegende Dorf.

„Weißt du..." setzte er fort „... wir sind von den Göttern gesegnet, weil wir Nachbarn und Freunde haben ... Dass uns dein Vater helfen würde, war ich mir bewusst. Nur musste der Knabe rechtzeitig bei euch eintreffen. Noch Augenblicke zuvor schien mir eine Warnung eurer Sippe unmöglich. Gerwins Vorschlag erschien mir nicht durchführbar, trotzdem hoffte ich. Ich glaubte nicht daran, dass er vor den Römern eintreffen kann und woher sollte ich wissen, ob die Römer vor uns nicht bei euch waren? Dann war da noch der lange Weg und nur ein Knabe als Bote ...." Degenar machte eine Pause und betrachtete versonnen seine Hände. Es war Verlegenheit, denn über sich selbst zu sprechen gehörte nicht zu seinen vordringlichen Eigenschaften.

„Doch der Knabe kam zur rechten Zeit. Rotbart sandte euch. Aus unserer Not heraus entschloss ich mich, Gaidemar und *Irvin* zu Norberts Sippe zu senden... Dann kehrte Irvin mit neuen Familien und den vielen jungen Mädchen und Männern der Talwassersippe zurück .... Mir scheint, auch dass danken wir den Göttern und jetzt glaube ich fast, diese wollten an mir etwas gut machen ..." Der Alte schwieg und hing eigenen Gedanken nach, die er nicht preisgeben wollte. Brandolf schien das Gespräch schon beendet, als Degenar fortsetzte:

„Unsere Sippe ist wieder im Wachsen und das meine ich nicht nur, weil von Rotbart und der Talwassersippe Übersiedler kamen. *Sigrids* bevorstehende Geburt, *Finia* ist inzwischen auch schwanger und dann die Ereignisse auf unserem Fest .... Nicht nur das *Gisela Günther* folgen wird, es gibt Weitere ... Einige davon sind noch sehr jung, aber was sollen wir tun? Jedes Neugeborene bringt uns ein Stück näher an eine glücklichere Zukunft."

Er schwieg einen Augenblick und schlussfolgerte dann: „Wir müssen weitere Hütten bauen!"

Brandolf nahm den Gedanken auf. „An wie viele denkst du?"

„Zähle unsere jungen Frauen und unsere Männer, dann kommst du zu einer Erkenntnis!" forderte der Ältere auf.

„Ja dazu, dass wir zu wenige Männer und zu viele Frauen haben!" stellte Brandolf missmutig fest.

„Meinst du?" zweifelte Degenar an den Schlussfolgerungen des Anderen.

„Lassen wir die Knaben mit *Gisbert* und die noch Jüngeren unberücksichtigt, haben wir noch neun Männer und dreizehn junge Frauen, wenn wir *Tanka* und *Inka* mitrechnen ..."

„Du hast dich verzählt!" lautete die lakonische Antwort des Ältesten.
„Wieso?" fragte Brandolf überrascht.
„Wir haben dreizehn Männer und vierzehn Frauen!"
Brandolf, dem langsam dämmerte, warum der Älteste zu anderen Zahlen kam, erwiderte: „Nein, mich kannst du nicht mitzählen und Gaidemar ist auch nicht hier! Warum du Ragna einrechnest, kann ich mir wirklich nicht vorstellen... Meine Schwester wirst auch du nicht beeinflussen können, wenn es schon Vater nicht gelang... Und woher willst du wissen, dass die Männer und Frauen so zusammenfinden?"

„Ich weiß es nicht und ich kann nicht ausschließen, dass unsere Männer vielleicht Frauen in anderen Sippen finden. Auch könnten wir Frauen an Nachbarsippen verlieren. Es wäre der Lauf der Dinge. Wir brauchen selbst dann noch viele Häuser!" Beide schwiegen.

Nach einiger Zeit fragte Degenar nach: „Warum sollte ich dich ausschließen?"

„Ich bin noch zu jung!" kam eine etwas zu schroffe Antwort des Jüngeren.

„Vielleicht, vielleicht auch nicht! *Falko*, *Bodo* und Günther sind noch jünger. Gefällt dir keines unserer Mädchen? Oder hast du deine Wahl schon getroffen und traust dich nicht an die Erwählte?"

„Nein!" knurrte Brandolf aggressiv und Degenar begriff, dass er mit einem weiteren Vordringen in Brandolf keinen Erfolg haben würde. In diesem Sinne war Brandolf Ragna gleich. Der Alte wusste, dass auch kein Umweg zu einer Antwort führt, wenn Brandolf nicht wollte.

„Also, wie viel Häuser bauen wir bis zur Ernte?" fragte der Sohn seines Freundes.

„Gehen wir mal mögliche Paare durch. Da wären Günther und Gisela. Wenn ich bedenke, wie der *Wüterich* in ihren Händen zu Wachs wurde, bin ich auf die Fortsetzung richtig gespannt ...

Dankward und *Siggi* scheinen sich einig zu sein. Hier gibt es sicher kaum Widersprüche. Auch der lange *Ingo* und *Stilla* werden sich finden. Ich glaube, diese Beiden werden die erste Hütte brauchen. *Holger* und *Walda* könnten ein Paar werden, brauchen aber noch Zeit. Bis nach der Ernte sollten *Thorsten* und *Astrid* noch warten können. Wenn wir über Gaidemar und Ragna nicht sprechen wollen, bleibt *Arnold* noch übrig und ob du nun ein Weib findest oder nicht, du solltest dein eigenes Haus besitzen!"

„Das wären dann weitere fünf Hütten?" folgerte der Hüter. „Ob ich dann in eine der Hütten gehe, werden wir sehen. Vielleicht ist eines der Paare schneller?"

„Gut, beginnen wir damit, fünf weitere Hütten zu bauen. Du wählst den Platz unserer zukünftigen Anpflanzung und damit die Bäume im Wald." Bestimmte der Eldermann der *Framensippe* und ergänzte:

„Wir werden die Bäume dort holen, wo wir die nächsten Felder anlegen. Ich werde den Platz für die Hütten aussuchen!"

11. Flusserkundung

65 nach Christus - Frühjahr (15. Maius)
Barbaricum - Im Land der Hermunduren zwischen dem Fluss Moenus und dem Herzynischen Wald

*T*itus Suetonius, **Tribunus Angusticlavius** der **Legio XXII Primigenia**, wartete seit Tagen auf die Ankunft der Flussliburnen der **Classis Germanica**.

Zur vierten Stunde dieses Tages ging die Nachricht von der Ankunft der Flussschiffe wie ein Lauffeuer durch das Lager der Römer. Der am Ufer des Moenus eingerichtete Posten ritt wie ein Sturmwind durch die geöffnete **Porta Principalis Sinistra**, rief den Wachen seine Botschaft zu, sprang vor der **Principia** aus dem Sattel und stürzte ins Gebäude.

Tribun Titus nahm die Meldung äußerlich gelassen zur Kenntnis. Innerlich aber wühlte, ob der verspäteten Ankunft, der Stachel des Zorns.

Gaius Fufius Belenus, Praepositus Classis der Classis Germanica, hielt sein ihm gegebenes Wort nicht. Belenus traf erst am 15. Tag des Maius ein.

Die Tage zuvor ließ Titus die Flussufer in unmittelbarer Lagernähe befestigen und Bootsstege errichten. Somit vollzog sich das Anlegen, auf Grund der zur Verfügung stehenden Wasserfläche zum Wenden der Schiffe, zwar langsam, aber ohne Zwischenfälle.

Nach dem Belenus seine Liburne am Steg hatte vertäuen lassen, sprang er über die Bordwand an Land und schritt auf Titus zu.

„Tribun, die Flottille steht zu deiner Verfügung!" meldete er und grüßte den Tribun, mit der Faust gegen den Brustpanzer schlagend.

„Du hast dein Wort nicht gehalten, Belenus! Ich habe dich schon vor Tagen erwartet. Enttäusche mich niemals wieder!" fauchte ihn der Tribun an und Belenus wusste nicht, wie er der verhaltenen Wut des Tribuns begegnen sollte.

Dabei tat Belenus sein Bestes. Der **Unterprefäkt** der Flotte hielt ihn, ohne ersichtlichen Grund, mehrere Tage auf. Sein Hinweis auf erhaltene Order blieb ohne Berücksichtigung. Erst als Belenus einen Boten zum **Legat** sandte, tauchte der Unterpräfekt mit einer fadenscheinigen Entschuldigung auf und gab die Abfahrt der Liburnen frei. Er entschloss sich, diesen misslichen Zeitverlust unerwähnt zu lassen und die Warnung des Tribuns anzuerkennen, trotzdem ihn selbst keine Schuld traf.

Eine Entschuldigung könnte kaum den verhaltenen Zorn des Tribuns besänftigen und die Zuordnung der Schuld an Andere würde auch auf wenig Verständnis stoßen. Belenus schwieg zu dem Vorwurf und nahm sich vor, gegenüber dem Tribun Vorsicht walten zu lassen.

Auch dieser schien die verspätete Ankunft der kleinen Flottille hinzunehmen und mäßigte seinen herausfordernden Ton.

„Wir haben euch den Weg an Land durch einen Landungssteg erleichtert. Ordne deine Flottille so an, dass ihr bei etwaigen Gefahren schnell zurück zum Moenus auslaufen könnt!"

„Ja, Tribun, ich höre und gehorche!" Belenus rief die *Trierarchus* der Schiffe zu sich und erteilte ihnen Befehle zur Ordnung am Steg, zur Bewachung und Weisungen zum Entladen der Prahm. Danach folgte er dem Tribun durch das Tor ins Lager.

Inzwischen waren alle Kohortenführer am Landungssteg eingetroffen. Sich an einer Stelle versammelnd, erwarteten sie Befehle und beäugten das Ordnen der Liburnen und das Festmachen der Prahm. Auch Viator und Paratus lungerten an der *Porta Decumana* herum. Titus winkte den Männern und gehorsam folgten die Befehlshaber der Kohorten und die Trabanten ihrem Herrn. In der Principia angekommen, erteilte Titus seine Befehle.

„*Fagus*, du sorgst dafür, dass die Versorgungsgüter in die Speicher kommen. Lass die Schiffe entladen!" Den ersten Befehl erhielt der *Pilus Prior* der 6. Kohorte.

Der nächste Betroffene war der Kommandeur der Flottille. „Belenus, Morgen mit Sonnenaufgang, wirst du mit den Prahmbooten zurück nach *Mogontiacum* fahren. Nimm dazu drei der Liburnen als Begleitung. Die restlichen zwei Liburnen bleiben zu meiner Verfügung. Ihr werdet noch mal Versorgungsgüter verbringen. Melde dich bei meinem Bruder, dem Obertribun der XXII. Primigenia. Er wird die entsprechenden Befehle erteilen. Ich erwarte dich bis zum *Pridie K Junias* zurück."

„Ich höre und gehorche!" salutierte Belenus.

Titus setzte seine vom Praepositus Classis unterbrochene Rede fort: „Anschließend möchte ich deine Trierarchus sehen. Bring die Männer zu mir!"

Titus zog eine der auf dem Tisch liegenden Karten hervor und gruppierte alle Befehlshaber um die ausgewählte Karte. Im Anschluss verkündete er seine weiteren Absichten.

„Auch ich werde in einigen Tagen mit den beiden Liburnen das Lager verlassen und flussauf bis zu diesem Dorf fahren!" Er zeigte auf eine Stelle im Flussverlauf, drehte sich zu den am Eingang stehenden Immunes um und wies an: „Viator und Paratus, ihr werdet mich begleiten!" Dann setzte er die Erläuterung gegenüber den Offizieren fort.

„*Aulus Ligurius Crito*, ..." wandte sich Titus an den Pilus Prior der 5. Kohorte „... du bist mir für das Feldlager verantwortlich. Mit einem Angriff der Germanen rechne ich nicht! So viele Krieger bekommen die Barbaren, in so kurzer Zeit, nicht zusammen. Trotzdem sollten wir vorsichtig sein ... Setzte um das Lager Turmae der *Ala* als Wachen ein. Vergiss auch die Flüsse nicht und das Land dahinter. Richte noch einen festen Beobachter auf einem zweiten Hügel ein und befestige das Lager weiter! Errichte weitere Häuser aus Holz und baue die Portas aus!" Crito quittierte die erhaltenen Befehle mit einem Salutieren.

„Bubo, wir werden Morgen nach Sonnenaufgang mit drei Turmae deiner *Tungerer* den links am Feldlager vorbei fließenden Flussverlauf erkunden! Mich interessiert, wie weit der Fluss durch unsere Schiffe befahrbar ist. Wenn wir auf Späher der Germanen treffen, nehmen wir diese Gefangen. Jede Zunge ist mir willkommen. Getötet wird nur im Notfall!"

„Wenn wir auf größere Horden der Barbaren treffen..." wagte Präfekt Bubo nachzufragen.

„...ziehen wir uns zurück, nötigenfalls bis zum Feldlager!" unterbrach Titus den Fragenden.

„Ich höre und gehorche!" salutierte der Präfekt.

„Belenus, hast du unter deinen Schiffsführern auch gute Reiter?"

„Alle können reiten!" lautete die eindeutige Antwort. Der Praepositus Classis grinste.

„Dann nenne uns den Trierarch, der uns begleiten soll!"

„Herr, du kannst die Wahl selbst vornehmen, wenn ich dir anschließend die Schiffsführer vorstelle."

„Und was soll ich tun, Tribun?" meldete sich *Lurco*, Präfekt der *Cohors Equitata*.

Titus hatte sich bereits abgewandt, um aus den Händen seines Dieners einen Pokal mit Wein entgegenzunehmen, drehte sich noch mal zu Lurco um und sagte: „Dich gedulden, warten, ausruhen, denn deine Zeit kommt noch!"

Die Männer nahmen die ihnen gereichten Pokale entgegen und prosteten einander zu.

Titus hatte sich, seine Rolle als zukünftiger *Tribunus Laticlavius* bedenkend, dafür entschieden, seine Unterstellten jovial und freundlich zu behandeln. Unnötige Strenge würde Auseinandersetzungen und Missstimmungen hervorrufen. Diese konnte er bei der Mission nicht brauchen. Rivalitäten zwischen den Kohorten oder deren Befehlshabern waren nicht ungewöhnlich, seinerseits aber unerwünscht.

Er dachte auch an seine Zeit nach dem Einsatz. Erkennen diese Kohortenführer seine Autorität vollkommen an, wird es ihm leichter fallen, als Stellvertreter des Legatus aufzutreten. Er verfügte dann, mit diesen Kommandeuren, über eine eigene, ihn unterstützende Macht innerhalb der Legion. Sollte es allerdings einen Befehlshaber geben, der seinen Ansprüchen nicht gerecht wurde, verfügte er über ausreichend Zeit und Gelegenheit für eine Veränderung der Rangfolge.

Titus wusste, dass Bewährungen zur Stabilität einer Formation beitragen und dabei nicht nur Offizieren die Gelegenheit gaben, andere Offiziere besser kennenzulernen, sondern verschweißte auch Mannschaften und Offiziere untereinander. Nacheinander verließen die Kohortenführer die Principia. Als Letzte gingen Belenus und Präfekt Bubo. Nach einiger Zeit kehrte Belenus mit den Schiffsführern zurück, um diese dem Tribun vorzustellen.

Titus sah sich jeden der Schiffsführer genau an, prägte sich die Personen ein und ließ jeden Einzelnen über seinen bisherigen Werdegang berichten. Anschließend wusste Titus genau, wie jeder Schiffsführer aussah und aus welcher entlegenen Ecke des großen römischen Reiches er kam, über welche Erfahrungen der Mann verfügte, an welchen Kämpfen er teilgenommen hatte und wie er selbst seine Mannschaften einschätzte. In Kenntnis der einzelnen Meldungen wählte sich Titus seinen Kapitän aus. Als er die Männer entließ, hielt er Belenus zurück, um ihm seine Auswahl zu verkünden.

„Deine Trierarchus scheinen über große Erfahrungen zu verfügen." stellte der Tribun, an den Praepositus Classis gewandt, fest und ergänzte spöttisch: „Außerdem sind die Männer von unterschiedlichen Charakteren geprägt."

„Ja, Tribun, es ist wohl so. Bist du unzufrieden?"

„Nein, wie könnte ich? Nach den Schilderungen der Schiffsführer ist jeder von ihnen der Beste! Ist das nicht außergewöhnlich?"

„Nein, Tribun! Jeder ist sein eigener Herr und wäre er als Schiffsführer kein von sich überzeugter Mann, wäre er nicht Trierarch. Ich kenne die Stärken und Schwächen der Schiffsführer. Wen möchtest du zu deiner Verfügung?"

„Gib mir den *Griechen* und den **Kelten**!"

„Wie du willst, Tribun, nur..." zögerte der Praepositus Classis. „... warum den Kelten? Er ist der Jüngste und verfügt über die geringste Erfahrung!" verwunderte sich Belenus verunsichert.

„Eben, deshalb!" Titus grinste.

„Herr, du bist ein schlauer Fuchs. Wie gefährlich ist die Fahrt flussauf?"

„Nicht gefährlicher als deine flussab!"

„Also wähltest du bewusst den ältesten und den jüngsten Schiffsführer?"

„So ist es, Belenus? Hast du Bedenken zu meiner Wahl?" Titus sah den Mann der Flotte eindringlich in die Augen.

„Nein, keinesfalls!" versicherte dieser sofort.

„Der Kelte soll uns Morgen bei unserer Aufklärung des Flusses begleiten!" ergänzte der Tribun.

„Ich höre und gehorche!" der Praepositus Classis salutierte und verließ die Principia.

Am nächsten Morgen legten die Prahmboote und drei der anderen Flussschiffe ab, erreichten den Moenus und wurden von Ruderschlägen und der Strömung schnell flussab davon getragen.

Inzwischen formierten sich unter dem Befehl des Präfekten Bubo drei Turmae seiner Ala und erwarteten den Tribun. Viator und Paratus standen, mit ihren Pferden, am Ausgang der Principia und warteten ebenfalls. Beide führten weitere Pferde am Halfter. Der Tribun und der keltische Trierarch **Boiuvario** erschienen und saßen auf. Die Kolonne setzte sich in Richtung Haupttor in Bewegung. Der Weg führte zunächst in nördliche Richtung.

Titus, Präfekt Bubo und der Kelte bildeten die Spitze. Hinter ihnen folgten Viator, Paratus und, in disziplinierter Marschordnung, die Tungerer der Turmae. Zwei vom Präfekt ausgesandte Spähertrupps sicherten die zum Fluss hin abgewandte Flanke. Als Vorhut war ein Decurio mit vier seiner Reiter vorausgeschickt worden. Bubo glaubte, mit dieser Marschsicherung vor Überraschungen sicher zu sein.

Der Kelte ritt neben dem Tribun. Sie waren noch nicht sehr weit gekommen, als der Trierarch den Tribun ansprach. „Herr, der Fluss ist nicht breit genug!"

„Reicht die Tiefe des Wassers und könnt ihr hier rudern?" fragte der Tribun zurück.

„Ja, Herr, noch!"

Sie folgten der ersten Biegung des Flusses. Dabei entfernte sich der Weg vom Ufer. Nach einer weiteren Biegung trafen sie auf Sumpfwiesen und einen dahinter liegenden See von fast einer halben Meile Länge. Zwischen dem Fluss und dem See gab es keine Verbindung. Zur Schneeschmelze würde dies wohl anders aussehen...

Häufige Biegungen des Flusses würden die Navigation eines Schiffes erschweren, lies der Kelte sich an Titus gewandt, vernehmen. Kurz darauf machte er den Tribun auf eine Stelle aufmerksam, an der eine Liburne noch umdrehen konnte.

Titus, der noch keine Erfahrungen mit Flussschiffen besaß, ließ sich die Besonderheiten des Flusses erklären. Der Trierarch kam der Aufforderung nach.

So erfuhr Titus vom Sachverstand des jungen Kelten, konnte sich ein Bild von der Persönlichkeit des Mannes machen und hörte von mancher nützlichen, die Flussschifffahrt betreffenden Sache. Der Fluss mit seinen Windungen, unklaren Tiefenverhältnissen, sumpfigen Abschnitten blieb rätselhaft. Auch die Fließgeschwindigkeit des Wassers trug nicht zu einem einheitlichen Bild bei. Die Ufer traten zuweilen weit zurück und breitere Wasserflächen schienen genügend Platz zu bieten. Der Kelte blieb an diesen Abschnitten, der Wassertiefe gegenüber, misstrauisch.

Nach einigen Windungen fragte der Tribun, ob es noch möglich wäre, flussauf zu schwimmen. Boiuvario bestätigte dies, verwies jedoch darauf, dass der Fluss nicht viel enger werden dürfte, da sonst die Ruderblätter nicht mehr ins Wasser tauchen könnten.

Schweigend setzten die Reiter ihren Weg bis zu einer weiteren Schleife des Flusses fort. Häufig nahm der Fluss nur noch eine Breite von dreißig Fuß ein und der Kelte schüttelte zuweilen den Kopf. Dann stoppte er sein Pferd und bekundete, dass es ab hier keinen Sinn mehr machte. Der Fluss sei an dieser Stelle zu schmal und es fehle auch an der Wassertiefe. Er drehte, nach der Zustimmung des Tribuns, sein Pferd und ritt zurück. Seinen Ritt stoppte der Kelte erst an dem von ihm zuvor als mögliche Wendestelle bezeichneten Ort.

„Herr, wir können nur an dieser Stelle letztmalig drehen. Wenn wir weiter vordringen, gibt es auf viele **Meilen** keine Möglichkeit das Schiff zu wenden. Die Tiefe des Wassers lässt nach und die Ufer rücken zu dicht an die Liburne. Werden wir ab hier angegriffen, sind wir verloren!"

Der Tribun saß ab und von Viator begleitet, besah er sich die Stelle etwas genauer. Wenn der Sommer sehr warm würde, könnte die Wassertiefe nachlassen. Dann wäre diese Stelle möglicherweise auch nicht mehr für den beabsichtigten Zweck geeignet.

Titus saß wieder auf und führte die Kolonne zurück zum Feldlager. In der sechsten Stunde durchritt der zurückkehrende Reitertrupp die *Porta Praetoria*. Das Ergebnis schien Titus nicht sehr zu befriedigen. Er hatte sich gewünscht, mit den Schiffen weiter flussauf fahren zu können.

Der Verlauf des Flusses war an seiner Strömungsseite mit dichtem Buschwerk und anschließendem Wald bewachsen. Die andere Uferseite war zumeist sumpfig. Auch auf dem befahrbaren Teilstück würden Liburnen feindlichen Pfeilen und Speeren ausgesetzt sein, so dass sich eine Befahrung nicht empfahl. Enttäuscht vom Ergebnis, entschloss er sich, obwohl das nicht seine ursprüngliche Absicht war, den Verlauf des rechts am Lager vorbei fließenden Flusses zu erkunden. In diesem Sinne befahl er dem Präfekt der Tungerer, ein gleiches Kommando für den Folgetag bereitzuhalten.

Diesmal erfolgte der Ausritt durch die Porta Principialis Dextra und folgte dem Fluss entlang des Weges, den der Gefangene bei seiner Flucht gewählt hatte. Schon nach einem kurzen Wegstück zwang der Übergang zu einem Pfad zur Verlangsamung der Kolonne und zum Reiten Mann hinter Mann. Von da ab übernahm Viator die Führung, gefolgt von Paratus, dann etwas Zwischenraum, bis der Tribun, der Trierarch, der Präfekt und seine Reiter folgten.

Der Verlauf des Flusses bildete bald eine erste Kurve in Richtung Osten, um dann nach Norden wendend, einen zweiten Bogen zu beschreiben. Der Pfad verlief am Waldsaum entlang und schnitt den Flussbogen ab. Als sie sich dem Fluss wieder annäherten, zögerte der Schiffsführer. Er setzte seinen Weg erst dann fort, als er sich von der Flusstiefe überzeugt hatte.

Sich windend wie eine Schlange, mal nach Norden, dann nach Osten, dann wieder nach Norden, veränderte sich die Flussrichtung abrupt nach Süden. Der Kelte verfolgte mit seinen Blicken den Verlauf und prüfte die Uferbeschaffenheit. Mittels ins Wasser geworfener Stöcke ergründete der junge Trierarch die Strömungsgeschwindigkeit, vor allem in den Kurven. Auch die Breite und Tiefe der *Salu* interessierte den Kelten. Alle seine Prüfungen erfolgten wesentlich gründlicher als am Vortag. Als der Verlauf der Salu wieder in nördliche Richtung wechselte, stießen sie auf ausgeprägte Sumpfwiesen, die der Pfad weiträumig umging. Sie kehrten bald jedoch zum Ufer zurück und folgten weiter dem Flusslauf.

Irgendwann stoppte Viator sein Pferd und besah sich eine Uferstelle gründlicher, winkte Paratus und hieß ihn an dieser Stelle warten. Er selbst ritt zum Tribun zurück und bat diesen um seine Begleitung. Beide Reiter gelangten zur Uferstelle, während der Rest der Kolonne wartete.

Präfekt Bubo, der den Grund der Verzögerung nicht kannte, wies den ihm folgenden Decurio an, mit seiner Turmae ins Walddickicht einzudringen und zusätzlichen Flankenschutz zu geben. Das alles vollzog sich durch einfache richtungweisende Armbewegungen und kurze Befehle. Inzwischen schloss der Tribun zu Paratus auf.

„Herr, hier überquerte der Gefangene den Fluss. Folge mir und ich zeige dir, wo er wieder aufs andere Ufer zurückgelangte." erklärte Viator. Sie ritten weiter, folgten der Spur von zwei Pferden und als Viator wieder stoppte, verloren sich diese im Waldboden.

„Hier hat er in seiner eigenen Spur kehrt gemacht, deswegen ist die Spur so deutlich und bricht plötzlich ab. Dort, in der Nähe der großen Kiefer, war er zurück ans andere Ufer geschwommen." Mit dem ausgestreckten Arm die Richtung weisend, zeigte Viator dem Tribun den entsprechenden Baum.

„Wir sind nicht in seine Falle getappt. Erst jetzt sehe ich, dass meine Überlegungen richtig waren. Zwischen den großen Buchen dort..." Viator zeigte Titus die Richtung mit dem ausgestreckten Arm „... fanden wir die Spur wieder. Nördlich von hier, etwa in drei Meilen, stießen wir auf den Weg, der zu dem verlassenen und teilweise niedergebrannten Dorf führt!"

„Gut, Legionär! Ich kenne das verfluchte Dorf!" Die Augen des Tribuns schleuderten Zornesblicke in diese Richtung, während er sein Pferd herum riss und nach hinten zur Kolonne brüllte: „Weiter!"

Wieder folgten sie den Windungen des Flusses. Die Reiter passierten eine weitere breite Stelle, die dem Kelten zum Wenden ausreichte. In dem Boiuvario zum Tribun aufschloss, zeigte er ihm diese Möglichkeit an. Zu diesem Zeitpunkt schätzte Titus den Fluss auf etwa fünfzig Fuß Breite.

Sie folgten den Windungen des Ufers. Ein weiterer kleinerer Fluss mündete in die Salu. Wieder zeigte der Kelte an, dass hier ein Wendemanöver stattfinden könnte und setzte den Ritt fort. Der Trierarch bestätigte dem Tribun, dass es weiter flussauf gehen könnte. Die Tiefe und Breite würden reichen.

Diesmal dauerte es nicht sehr lange und der Fluss wurde schmaler. Nach einem Bogen, verhielt der Kelte, stieg vom Pferd und näherte sich der Uferböschung. An dieser Stelle besaß die Salu keine Breite von 30 Fuß. Die Strömung war etwas stärker, obwohl das Flussbett geradeaus verlief. Am Ufer, in Viators Begleitung weiter vordringend, kehrte der Kelte bald um.

„Herr, wir sollten diese Stelle nicht mehr passieren!"

„Warum Trierarch?"

„Herr, auf eine Länge von fünfhundert Fuß wären wir zu dicht an beiden Ufern. Der Fluss ist zu schmal, hat keine dreißig Fuß mehr ..." Boiuvario zögerte, noch kannte er den Tribun nur ungenügend und wusste demnach nicht, wie sich der Vorgesetzte ihm gegenüber verhielt, falls er eine Weiterfahrt ablehnte.

„Die Ruder könnten brechen und wir nicht mehr manövrieren. Selbst wenn wir diese Stelle einmal unter Feindkontakt überwinden, ein zweites Mal, wieder zurück, wird es uns nicht gelingen ... Was nützt uns eine weitere Stelle zum Wenden, wenn wir hier auf der Rückfahrt wieder von Pfeilen und Speeren empfangen werden. Über diese Länge rückwärts zu steuern, birgt zumal auch andere Risiken ..."

„Welche?" fauchte der Tribun.

„Wir könnten am Ufer anstoßen und havarieren. Rückwärts zu steuern, Feindbeschuss und die schnelle Strömung wären ein zu hohes Risiko ... Nein, weiter ist es zu gefährlich!" schloss der Kelte seine Meldung ab.

„Gut Trierarch, kehren wir zur letzten Einmündung zurück! Präfekt, hole deine Reiter zusammen, wir wechseln ans andere Ufer!" Nach einer Rast, an der zuvor gefundenen Flusseinmündung, fanden sie eine Furt und konnten den Fluss überwinden. Wieder schwärmten die Tungerer zur Flankensicherung aus. Ein Decurio übernahm mit seinen Männern die Spitze. Nur diesmal gesellten sich Viator und Paratus zu ihnen.

Viator wollte die Spur des fliehenden Barbaren wiederfinden. Er befürchtete, dass die Tungerer die Spuren zertrampeln könnten und er trotz bestimmter Merkmale, an die er sich erinnern konnte, die Spur verfehlte.

Titus dachte in der Zwischenzeit immer wieder an das Dorf. Neugier war in ihm erwacht. Wie sah es jetzt dort aus? Viator behauptete, das Dorf sei verlassen ... Stimmte das auch? Wenn sie damals alle Bewohner hatten fassen können, mussten noch die Gerippe der Leichen herumliegen... Davon hatte Viator nichts berichtet. Vielleicht bemerkt dieser in der Eile dies nur nicht? Andernfalls könnten die Leichen auch von Fremden geborgen und verbrannt worden sein? Titus wollte Gewissheit und befahl die Richtungsänderung. Im Stillen hoffte er, auf Hermunduren zu treffen. Ein paar schnelle Gefangene könnten gut zur Stillung seines Hasses beitragen...

„Viator, folge der Spur zum Dorf! Ich will es sehen!" befahl er seinem Trabanten und ritt unmittelbar hinter seinem *Triarii*.

„Ja Herr!" Von nun an führte der Veteran die Kolonne. Ihn begleiteten Auxiliarreiter als Vorhut. Wieder sorgte Präfekt Bubo für Flankensicherung und sicherte hinter der Kolonne durch seine Tungerer.

Die Reiter erreichten den von Viator beschriebenen Weg, schlossen zur Marschformation mit jeweils drei Reitern nebeneinander auf und näherten sich dem Dorf. Vorsichtigerweise befahl Titus die Umfassung des Dorfes. Deshalb zogen die Reiter die Schlinge um die Siedlung am Mondstein zusammen.

Als sich die Spitzen der einzelnen Turmae auf dem Dorfplatz trafen und Titus zu ihnen ritt, wusste er, dass dieses Dorf wirklich verlassen war. Der Felsen, an den er sich noch dunkel erinnerte, beherrschte auch jetzt noch die Siedlung. Die Hütten zeigten keinerlei neuere Lebensspuren. Hohes Gras und Unkraut wucherte auf den Feldern. Teile der Hütten wiesen verbrannte Reste auf und Einige waren ganz niedergebrannt.

Titus, der seine Erinnerungen zurückrufend, sich alles genau einprägte, entdeckte auch die Reste des niedergebrannten riesigen Scheiterhaufens am Rande des Dorfplatzes, für den Viator beim Durchreiten keinen Blick übrig hatte. Dann fand er die Stelle, wo sie den Germanen stellten und töteten. Leichenteile fand er keine. Also musste es Überlebende geben. Wo sind die verblieben? Wie viele waren es?

Es schien ihm unwahrscheinlich, dass Barbaren einer Nachbarsippe die Toten verbrannten. Würde es sich lohnen, nach den Überlebenden zu suchen? Könnte er seine Rache an denen vollziehen, die Ursache für seine schweren Verletzungen und seine jetzige Behinderung waren?

In Titus Suetonius schwelte der Hass. Sollte er gleich jetzt weiter suchen? In dem er sich an den Befehl seines Legatus Legionis erinnerte, verrauchte sein Zorn.

Diese Überlebenden würden ihm nicht entgehen. Vielleicht würde der *Markomanne* die Sippenreste finden ... Dann könnte er das Dorf dem Erdboden gleich machen und diesmal war er sich seines Erfolges und damit der persönlichen Rache gewiss. Richtig, der Markomanne ...

Noch blieb Titus Zeit, denn der Sklavenjäger wollte erst zum Ende des Maius im Basislager eintreffen. Vielleicht hatte der Mann Informationen an *Amantius* Händler übergeben?

Titus entschloss sich, die noch zur Verfügung stehende Zeit zu nutzen und beschloss, mit den Flussliburnen, bis zum letzten der Händler des Amantius flussauf vorzudringen.

Wollte er dort eingegangene Nachrichten erhalten, musste er selbst diesen Römer aufsuchen. Seine Verbindung zu Amantius Händlern sollte nur ihm bekannt bleiben.

Diese Überlegungen zum Abschluss bringend, befahl er den Rückmarsch zum Lager am Moenus. Über den gekommenen Weg erreichten sie, mit über dem Land einbrechender Dunkelheit, das Basislager.

12. Weiber

65 nach Christus – Frühjahr (21. Maius)
Barbaricum - Im Land der Hermunduren zwischen dem Fluss Moenus und dem Herzynischen Wald

Die Tage wurden länger, die Nächte wärmer und die errichteten Hütten mussten nicht mehr so oft dem Regen und dem Wind trotzen. Mit der Wetterbesserung, die dem fortschreitenden Tagen in Richtung Sommer geschuldet war, verbesserten sich auch die Bedingungen zur Ausbildung.

Die Gesundung des Batavers und dessen Einfluss auf die Kampffähigkeit führten innerhalb der Trupps und der Gefolgschaft zu einem besseren Zusammengehörigkeitsgefühl.

Wären da nicht drei Weiber gewesen, die ob ihrer Jugend, teilweisen Schönheit und eben weil sie Weiber waren, ein Balzverhalten vieler Jungmänner provozierten.

Schon allein die Anwesenheit bewirkte, dass mancher Jungkrieger glaubte, sich hervortun zu müssen. So kam es immer dann, wenn eines der Weiber während der Ausbildung auftauchte, zu Verletzungen. Überschäumende Kraft, Unvernunft und männliche Triebe trugen zu Wagemut, Unaufmerksamkeit und Leichtsinn bei. Verletzungen waren die Folgen.

Wilgard bemühte sich redlich wieder zusammenzuflicken, was noch zum Flicken geeignet war und behandelte die Jungmänner mit Salben, Tinkturen und Umschlägen, um deren Kampffähigkeit möglichst schnell wieder herzustellen. Doch weniger ihre Fähigkeit zum Heilen als deren scharfe Zunge führte dazu, dass die Anzahl zu behandelnder Jungkrieger zurückging.

Sehr viele Jungmänner mieden bald, durch mehr Aufmerksamkeit gegenüber dem Ausbilder, die Behandlung durch die Heilerin. Waren diese doch stets mit Spott und Hohn verbunden.

Sprüche wie ‚wenn das Beinkleid spannt, verklären sich die Augen' und ‚Träumer werden eben eher vom Gegner erwischt' oder ‚wer ständig nur nach hinten sieht, wenn Röcke vorbeischweben, rennt eben vorn ins Schwert' verfolgten eine Absicht und wenn die Garstigkeit der Heilerin die Güte ihrer pflegenden Hände überstieg, flohen selbst gestandene Männer. Ihr dabei verwendeter Tonfall überzeugte die Jungmänner davon, der Heilerin besser aus dem Weg zu gehen und möglichst kein zweites Mal zur Behandlung erscheinen zu müssen.

Ihre im Kreis der Männer geäußerten Bemerkungen stellten eine Schmähung dar, die keiner der Jungmänner erleiden wollte. Wilgards Spott forderte bald auch den Spott der anderen Jungmänner heraus.

Gaidemar hörte der Heilerin Spott. Er sah das Verhalten Betroffener und wie sich Gefährten an ihren Bemerkungen ergötzten. Erst lachte er über spöttische Bemerkungen mit und als die Anzahl Verletzter zurückging, nahm er das erfreut zur Kenntnis.

Hohn und Spott, zumeist verursacht durch ein Weib, bewirken mitunter aber auch Ablehnung und Feindschaft. Welcher Jungmann war bereit, eine Beleidigung zu dulden? Blieb es der Hohn einer Frau, konnten die Jungmänner noch damit umgehen … Kam der Spott aber aus dem Mund eines Kontrahenten oder Rudelmitgliedes, veränderte sich deren Duldsamkeit schnell in lebensbedrohliche Gefahr. Bevor Jungmänner zu Feinden wurden, entschloss sich der Hunno zum Eingreifen.

In dieser Situation kam ihm ein, wenn auch bedauerlicher Zwischenfall, zur Hilfe. Statt Wilgard zur Rede stellen zu müssen, verunglückte einer seiner Krieger.

Der schon etwas ältere, große und kräftige Mann fiel einer Wildsau zum Opfer. Das Ausbrechen einer Bache mit Frischlingen aus dem Busch irritierte sein Pferd und der Krieger landete, nachdem er im Flug einen Baum gestreift hatte, im hohen Bogen mit Knochenbrüchen im Gebüsch.

Von Wilgards Lippen kam kein Wort, als sie beim Verunglückten eintraf. Schnell wurde aus Ästen eine Trage gebaut und der Krieger zur Hütte gebracht. Geschickt richtete sie Arm und Bein des Mannes, schiente mit Stöcken und fixierte mit Stoff. Der Krieger sagte während der gesamten Behandlung kein Wort. Kein Schmerzlaut verließ seine Lippen, trotzdem er bei vollem Bewusstsein die Tätigkeiten der Heilerin verfolgte. Schweiß stand auf seinem Gesicht und der Schmerz war ihm anzusehen.

Dem Mann wurden vor der Behandlung Säfte verabreicht, die ihn aber erst nach deren Abschluss in einen tiefen Schlaf zwangen. Umgeben von den Trägern, die ihn zu seiner Laubhütte transportierten, verrichtete die Heilerin wortlos ihre pflegenden Handlungen.

Die Botschaft, dass die Heilerin auch ohne Spott und Hohn oder auch ein einziges Wort Verletzungen behandeln konnte, machte schnell im Lager die Runde. Auch dass der Krieger ohne einen Schmerzschrei die Behandlung überstand, sprach sich unter den Männern herum. Als Folge entstand das Gerücht, dass Wilgard nahezu schmerzlos behandeln könnte und dass ihre spöttische Seele bei unvorhersehbaren Verletzungen ohne jede Bemerkung oder gar Schmähung Hilfe brachte.

Hieraus schöpften die Jungmänner die Hoffnung, auch bei ernsthaften Verletzungen im Kampf auf die Heilerin vertrauen zu können. Schmerzfreiheit und das Wissen, dass fähige Hilfe kommt, bewirkten, dass die Heilerin in der Achtung der Männer stieg.

Zotige Bemerkungen ihr gegenüber, als Reaktion auf ihre Weiblichkeit und Anmut zurückzuführen oder auch als Abwehr gegen den von ihr verursachten Spott, unterblieben in der Zukunft.

Nachdem der Patient aus seiner Ohnmacht erwachte, kümmerte sich Wilgard aufopfernd um den Verletzten und so machte der Heilprozess gute Fortschritte.

Der Krieger fand sich mit seiner Verletzung und seiner Heilerin ab. Zwischen Beiden entwickelte sich Sympathie, die von den Gefährten nicht unbemerkt blieb. War es der neu erkannten Fähigkeit der Heilerin geschuldet oder das Interesse des behandelten Verletzten, mit der Zeit schied die Heilerin aus dem Balzverhalten der Jungkrieger aus.

Auch Hella, die Bogenschützin, musste sich mancher Annäherung erwehren. Zuerst ertrug sie die zotigen Bemerkungen geduldig und ohne eine Reaktion. Sie schien ein sehr dickes Fell zu haben. Besonders einer der Jungmänner aus ihrem eigenen Dorf näherte sich ihr wiederholt mit deutlichen Absichten. Offensichtlich kannten sich beide. Der Bursche zeigte sich in Allem sehr draufgängerisch und nutzte manche Gelegenheit den Gefährten seinen Witz und Mut zu beweisen. In der Ausbildung lernte er die Handlungsabläufe sehr schnell, hatte nur hin und wieder Disziplinmängel und galt als leichtsinnig.

Sein Bedrängen des Mädchens fiel deshalb besonders auf, weil Hella sich auf Grund ihrer Pflichten häufig in Gaidemars' Nähe aufhielt und der Bursche dem Hunno langsam lästig wurde...

Gerwin schlug vor, dem Jungmann eine Abreibung zu verpassen. Gaidemar ließ sich aber darauf nicht ein. Nur wegen dieser deutlichen *Buhlschaft* wollte der Anführer den jungen Krieger nicht bloßstellen. Er wusste bisher nicht, wie Hella zu den Annäherungsversuchen des Unverfrorenen stand.

Gerwin als Ausführenden zu benutzen, beabsichtigte er überhaupt nicht. Zu deutlich standen Erinnerungen an *Raimunds* Verhalten, dem Knaben gegenüber, vor Gaidemars innerem Auge. Also wartete er selbst auf eine Gelegenheit, dem Jungkrieger seine Grenzen aufzuzeigen. Seine Absicht, zuerst mit Hella über den Burschen zu sprechen, zerschlug sich durch ein besonderes Ereignis. Die junge Frau erklärte sich selbst auf sehr drastische Weise.

Die Gelegenheit ergab sich, als der Bursche mit leicht gespreizten Beinen vor einem Baum stehend, seine Zungenfertigkeit gegenüber der jungen Frau hervorkehrte und vor seinen Gefährten zu protzen begann. Die anzüglichen Bemerkungen wurden von einigen Zennos gehört und mancher der Männer verstand Gaidemars Zurückhaltung zu den offensichtlichen Herausforderungen nicht.

Ein Pfeil beendete alle Bedenken. Nicht nur, weil er unvermittelt eintraf, sondern vor allem, weil der Ort der Landung zwischen den Beinen des Jünglings fast dessen Männlichkeit gekostet hätte. Dicht unter dem Schritt nagelte Hella sein Beinkleid an den Baum.

„Wenn du mit deiner Männlichkeit protzt, dann achte besser darauf, dass dir diese Dinger keiner abtrennt!" lautete der lakonische Kommentar der jungen Frau. Auch diese Begebenheit machte die Runde und da das Heiligtum des Mannes in Gefahr geriet, verringerten sich gegenüber Hella zukünftige Bemerkungen und Annäherungsversuche.

Die Heilerin belehrte mit spitzer Zunge und Hella mit ihren spitzen Pfeilen ... Keine dieser Frauen erschien wehrlos. Die Dritte im Bunde war nicht von derartigen Fähigkeiten beglückt.

In der Rangfolge der Schönheit und Begehrlichkeit hinter den Gefährtinnen anstehend, blieb Minna vorerst verschont. Doch nach deren Ausscheiden sah sich plötzlich Minna derartigen Bemerkungen und Annäherungsversuchen ausgesetzt. Einige der Jungkrieger, von der Wehrhaftigkeit der jungen Frau wenig überzeugt, machten die junge Frau zur Zielscheibe ihrer Bemühungen.

In Erinnerung, dass es besser sei, die Frauen verschafften sich selbst Geltung und wären sich selbst Schutz genug, beauftragte er anfangs Gerwin mit dem Schutz Minnas. Immer war Gerwin in ihrer Nähe und sich gegen den Zögling des Hunno zu stellen oder seinen Eichenstock kennenzulernen, getrauten sich nicht viele. Einige Tage genügte dieser Schutz.

In aller Heimlichkeit, unbemerkt von den Jungmännern, nahm Gaidemar die junge Frau, manchmal auch die Heilerin und seinen Schatten Hella mit auf einen abgelegenen Übungsplatz und unterrichtete die jungen Frauen im Messerkampf.

Zuerst war es sehr beschwerlich, Minna zu Abwehrhandlungen zu bewegen. Nicht nur ihr Geschick, vor allem ihre Duldsamkeit, stellten sich als ernstes Hindernis für eine, wenn auch geringe Wehrfähigkeit, in den Weg.

Der Hunno griff zu deutlichen Mitteln damit die junge Frau die Gefahr für ihre Jungfräulichkeit erkannte. Wenn das Mädchen nicht zur **Metze** liebesgeiler Burschen werden sollte, brauchte sie eine handfeste Erfahrung. Also nahm sich Gaidemar drei junge Burschen, denen er vertraute und die das Mädchen in einem Augenblick überfielen, als Gerwin einmal nicht in ihrer unmittelbaren Nähe weilte. Die Burschen zogen Minna ins Gebüsch. Dabei waren deren Gesichter so vermummt, dass ein Erkennen unmöglich war.

Schreiend, kratzend und fluchend setzte sich das Mädchen zur Wehr. Das nützte nicht fiel, alarmierte aber Gerwin und Rango. Mit ihren Eichenstöcken vertrieben die beiden Jünglinge die vorgeblich Liebestollen. Von den Rettern ins Hauptlager zurückgebracht, nahm sich Gaidemar das Mädchen sofort vor. Minna, die keinen ihrer Angreifer erkannte, schlotterte vor Angst. Zum ersten Mal richtig wütend geworden, hallte diese Wut, trotz der überstandenen Angst, im Gespräch mit dem Anführer nach.

Des Hunnos Vorwurf blieb kurz, als er zu ihr sagte: „Wilgard hat ihre Zunge. Hella Pfeil und Bogen. Und du die Fähigkeit eines Angsthasen! Angsthasen werden bestiegen … Es ist nur eine Frage der Zeit. Irgendeiner lauert dir immer auf. Wenn du nicht zur Metze werden möchtest, musst du lernen, dich selbst zu schützen. Wähle die Waffe und ich zeige dir wie das gelingt. Bist du dazu nicht bereit, schicke ich dich zu deinem Vater zurück! Ich kann deine Unschuld unter den geilen Böcken nicht bewahren…" Nach einigem Zögern fügte er hinzu: „Du hast bis heute zur Nacht Zeit, dich zu entscheiden!"

So kam es dazu, dass Minna den Umgang mit einem Sax lernte, den sie dann zukünftig unter ihren Röcken trug. Noch oft weilten Gerwin oder Rango in Minnas Nähe und so blieben weitere Angriffe aus. Eines Abends am Feuer fragte Gaidemar, wo sie ihren Sax trug und sie zeigte es ihm. Auf die Frage, wie sie an das Messer kommen wolle, wenn ein Mann über ihr war, hatte sie keine Antwort. So sah sich Gaidemar genötigt, ihr eine bessere Art der Befestigung an ihrem Kampfarm zu zeigen. An einer Schnur befestigt, würde das Messer in ihre Hand gleiten, wenn sie mit dem Mund eine Schlaufe über der Schulter öffnete.

Am nächsten Tag wurde der Handlungsablauf geübt und in den nachfolgenden Tagen bis zur Vollkommenheit getrieben. Nur der Hunno und die Jünglinge kannten die neuen Fähigkeiten des Mädchens und so blieb Schritt für Schritt die Bewachung aus.

Die Ausbildung Minnas zur Selbstverteidigung brachte zwei wesentliche Ergebnisse. Das Mädchen wurde selbstsicherer und ihre bisherige Ängstlichkeit nahm Schritt um Schritt ab.

Von den Männern blieb diese Veränderung unbemerkt. Es achtete einfach keiner darauf, dass die ängstliche und verzagte Minna doch nicht mehr so ängstlich war...

Das zweite Ergebnis war der Dank an die beiden Jünglinge, die sie vor den vermeintlichen Wüstlingen erretteten.

Gaidemar, der sein Essen nicht mehr als Erster bekam, nahm das mit einem Schmunzeln zur Kenntnis. Gerwin und Rango wurden von ihr bei allen Handlungen bevorzugt. Besonders gegenüber Gerwin prägte sich ein etwas merkwürdiger mütterlicher Instinkt heraus, war der Knabe doch nur wenige Jahre jünger als Minna.

Diese Veränderung im Verhalten Minnas bewirkte aber auch, dass die übrigen Jungmänner die Beziehung zwischen der Frau und den beiden jungen Burschen wahrzunehmen begannen. Die Führsorge Minnas bemerkend, erinnerten sich Einige an die Fähigkeiten beider Boten im Umgang mit deren Eichenstöcken. Welcher der Jungmänner legte es schon mit Absicht darauf an, Streit mit Gaidemars Zögling zu suchen?

Es war somit eigentlich nicht erforderlich, dem Mädchen Zweikampffähigkeiten beizubringen. Aus der Gefolgschaft griff sie ohnehin keiner mehr an. Zotige Bemerkungen in Minnas Gegenwart aber blieben und auch kleinere Neckereien und Herausforderungen fanden ihr Ziel. Noch immer galt Minna als sehr duldsam. Doch keiner der Krieger ging soweit, dass ihre neuen Fähigkeiten zur Anwendung gelangen mussten.

Wie wichtig diese Fähigkeit werden sollte, zeigte sich, als ein Wagenzug aus den südlichen Dörfern eintraf.

Einer der Kutscher, ein grobschlächtiger Kerl von hünenhafter Gestalt, wollte sich über das Mädchen hermachen. Er fand, beide wären hinreichend allein, packte Minna, warf sie zu Boden und als er sie mit einer Hand festzuhalten versuchte und mit der anderen sein Beinkleid öffnete, staunte er nicht schlecht, als ein Messer an seinem kostbarsten Teil auftauchte.

„Sobald sich diese Lanze meiner Muschi nähert, bist du deine Glocken los!" fauchte Minna.

Um ihn herum erhob sich jugendliches Lachen. Gerwin und Rango standen, auf ihre Eichenstäbe gestützt, zu beiden Seiten des Hünen. Ehe er es sich versah, rollte sich Minna unter ihm hervor.

Im selben Augenblick krachten zwei Eichenstöcke auf seinen Rücken. Die Jünglinge hatten offensichtlich Spaß an der Tätigkeit, denn sie trieben den unglücklichen und erfolglosen Kutscher mit geöffneten Beinkleid und heraushängender Blöße durch das ganze Lager.

Das Mädchen hatte ihren Sax versteckt und schritt hoheitsvoll hinter der Zeremonie her. Das Lachen der Jungmänner begleitete den Kutscher, bis er vor Gaidemar in die Knie ging.

„Hattest du Spaß?" fragte dieser.

„Nein!" brachte der Mann mit schmerzverzerrtem Gesicht unter Stöhnen hervor.

„Dann merke es dir. Auch unsere Weiber sind harte Kämpfer! Dich wollen wir hier nicht wieder sehen! Solltest du aber der Meinung sein, deinem Eldermann die Gründe zu verschweigen und noch mal in unserem Lager auftauchen, werden wir dich um deine Glocken erleichtern und ihm diese als Geschenk zusenden. Und jetzt nimm dein Fuhrwerk und verschwinde!"

So ergab es sich, dass das Balzverhalten der Jungkrieger abnahm und dafür deren Kampffähigkeit zu.

13. Der Fremde

65 nach Christus- -Frühjahr (21. Maius)
Barbaricum - Im Land der Hermunduren zwischen dem Fluss Moenus und dem Herzynischen Wald

Ragna saß am Bachufer auf dem umgestürzten Baum. Vor ihr ausgestreckt lag der junge Wolf, die Pfoten nach vorn und den Blick auf die junge Frau gerichtet.

Gertrud verharrte hinter dem Hauseck und beobachtete die Szenerie. Sie wusste, dass Ragna keine Störung duldete, wenn sie mit dem Jungtier beschäftigt war.

Wie schwierig der Umgang mit den jungen Wölfen war, durfte Gertrud selbst erfahren. Die kleine Wölfin, die Brandolf ihr gereicht hatte, als sie die beiden Wolfsjungen in der Wolfshöhle fanden, war nach wenigen Tagen verhungert. Das Tier nahm kein Futter an, egal wie sehr sie selbst sich darum bemühte. Der junge Wolf war widerstandsfähiger. Er trank auch Ziegenmilch und das war wohl seine Rettung. Vielleicht war Ragna auch geduldiger.

Der kleine Wolf war ein rabiates Kerlchen. Die Milch nahm er an, doch anfassen ließ er sich nicht. Er knurrte und fletschte seine ersten Zähne und schnell hatte er Ragna auch gebissen. Brandolf war gleiches widerfahren, als dieser den Wolf aus der Höhle zog. So schnell der Wolf zufasste, bekam er von Ragna einen Schlag auf die Nase. Er jaulte auf, zog seinen Schwanz ein und versuchte möglichst weit von der Fremden wegzukommen. Ragna ließ ihn und wartete. Das alles fand in ihrer Hütte, unter den Augen der Kinder, der alten Eila und Degenars, statt. Sie nahm den Milchnapf, stellte ihn dichter vor den jungen Wolf und zog sich danach auf ihre alte Position zurück. Wieder wartete sie. Der junge Wolf knurrte, rührte sich aber nicht von der Stelle. Der Milch schenkte er keine Beachtung. Zeit verstrich. Alle verhielten sich ruhig und warteten, was weiter geschehen würde. Sehen konnte der junge Wolf schon, klein und tapsig bewegte er sich auf noch immer nicht sicheren Füßen, trotzdem aber war er auch angriffslustig.

Wer würde den Streit gewinnen? Konnte der kleine Kerl der Verlockung der Milch widerstehen oder riss der Geduldsfaden der jungen Frau?

Ragna stand auf und schob den Milchnapf noch weiter zum Wolf hin. Jetzt stand die Milch nur eine Armlänge von seiner Nase entfernt. Anschließend bezog Ragna ihre alte Position und wartete erneut.

Der Wolf erhob sich und witterte, dann sah er zu der Fremden. Nach einer längeren Weile streckte er sich, die Hinterpfoten angezogen zum Sprung und beide Vorderpfoten nebeneinander flach auf dem Boden gepresst, aus. Wieder verging Zeit. Frau und Wolf fixierten sich. Dann schob der Kleine sich etwas dichter an die Milch heran und witterte weiter. Alle Beobachter starrten gebannt auf den kleinen Kerl. Wieder verging Zeit, bis der junge Wolf sich langsam erneut nach vorn schob und den Abstand durch neuerliches Strecken soweit verringerte, dass er den Rand des Gefäßes erreichte. Dann erhob er sich, sah noch mal zur Fremden und begann mit seiner kleinen Zunge die weiße Milch zu schlecken. Als das Gefäß leer war, zog er sich in seine ursprüngliche Position zurück, legte sich wieder mit angezogenen Hinterläufen auf den Boden und sah Ragna an. Nach einigem Warten entschloss sich die junge Frau, trat zum Gefäß und goss neue Milch nach. Wieder wartete sie, was geschehen würde.

Die Kinder, denen das doch zu langwierig wurde, verließen die Hütte. Das lenkte den Wolf ab. Er drehte den Kopf zur Tür und knurrte. Nach dem wieder Ruhe einkehrte, richtete er seine Augen erneut auf Ragna. Es war ein Geduldspiel und sie lies ihm Zeit. Dann erhob sich der junge Wolf, trottete die paar Schritte zum Gefäß und begann den Inhalt der Schale auszuschlecken. Als die Schale leer war, bezog er wieder seine ursprüngliche Position. Misstrauisch beäugte er die Großen.

Ragna stand auf und wollte die Schale aufnehmen, als der Wolf wie ein Blitz auf sie zu sprang und in ihre Hand zu beißen versuchte. Doch ganz so schnell war er nun doch nicht oder aber Ragna war darauf vorbereitet. Ein Schlag auf seine Nase ließ ihn erschrecken und sich in seiner Tollpatschigkeit auf seinen Hintern setzen. Der Schlag war nicht grob. Diesmal jaulte der Wolf nicht. Mit seiner rechten Vorderpfote wischte er sich über die Nase, so als müsste er etwas von dieser verjagen und sah Ragna an.

Nach einer größeren Handlungspause rollte sich der Wolf zusammen, legte seinen kleinen Kopf auf die Vorderpfoten und schloss die Augen. Ragna stand damals auf und verließ die Hütte. Gertrud folgte ihr.

Beide jungen Frauen kamen überein, dem Wolf eine Höhle zu bauen. Am Abend hatten sie das neue Wolfsheim errichtet. Mit Stöcken und kleinen geflochtenen, mit Lehm verdichteten Feldern wie beim Hausbau, stand das neue Wolfsheim unweit vom Vordereingang unmittelbar an der Hüttenwand. Der Wolf wurde an einen dicken Pfahl angeleint und nahm in der neuen Umgebung Witterung auf. Es dunkelte bereits, als er sich in die künstliche Höhle getraute. An diesem Abend kam er nicht mehr heraus.

Zu diesem Zeitpunkt war Gertruds kleine Wölfin schon arg geschwächt und bewegte sich kaum noch. Selbst das Tunken des Mauls in die Milch führte nicht zu Schluckreflexen. Gertrud war es nicht gelungen, der jungen Wölfin in gleicher Art beizukommen, trotzdem sie die Vorgehensweise der älteren Freundin nachahmte. Am nächsten Tag war die junge Wölfin tot.

Der Wolf aber entwickelte sich gut. An jedem Morgen musste Ragna den jungen Wolf an seiner Leine aus der Höhle ziehen. Dabei wehrte er sich, stemmte seine Vorderpfoten in den Boden knurrte und fletschte die Zähne. Wenn er aber seine Milchration sah, gab er den Widerstand auf. Nach einigen Tagen reicherte Ragna die Milch mit Hirsekörnern an und der Wolf nahm auch das. Wieder Tage später gab sie ihm zum ersten Mal ein paar kleiner geschnittene Stück Fleisch und nach einem kurzen Zögern stürzte er sich knurrend darauf und verschlang dieses innerhalb kurzer Zeit.

So vergingen die Tage mit dem putzigen kleinen, rabiaten Kerlchen. Der junge Wolf wuchs heran. Inzwischen kam der Wolf morgens ohne Widerstand aus seiner Höhle. Den beiden jungen Frauen war aufgefallen, dass der Wolf nicht nur sehen konnte, sondern auch hörte.

Eines Morgens stellte Gertrud fest „Er braucht einen Namen!" Sie hatte darüber nachgedacht und machte Ragna darauf aufmerksam. Beide grübelten und kamen überein, ihn wegen seinem Knurren und den Lauten, die er dabei von sich stieß, ‚*Harras*' zu nennen.

Es war eine aus der Beobachtung des Tiers resultierende Wahl des Namens. Bald begann der junge Wolf beim Zischen der letzten Buchstaben seines neuen Namens seine Ohren aufzustellen und sich nach der Lautrichtung auszurichten. Ab diesem Tag nahm Ragna ihn jeden Tag an der Leine und spazierte mit ihm durch das Dorf.

Die Männer begannen Witze zu machen, von wegen „„...seht die rothaarige Katze mit ihrem schwarzen Wolf ...". Ragna störte das nicht und mit Gertrud im Schlepptau gewöhnten beide den Wolf an die Menschen.

An die Hunde konnten sie ihn nicht gewöhnen. Immer wenn sich einer der wenigen Hunde ihm näherte, fletschte er die Zähne, knurrte, nahm Angriffsstellung ein und versuchte auch anzugreifen.

Die Hunde, es gab nur drei, blieben auf Distanz. Besonders da ein Angriffsversuch mit Tritten und Schlägen endete. Wütend um sich tretend schlug Ragna mit dem Seilende auf die angreifenden Hunde ein und zwei der Tiere traf sie mit ihrem Fuß so, dass diese sich überschlugen und dann wimmernd, mit eingezogenem Schwanz, davon schlichen.

Den dritten Hund wehrte der junge Wolf durch einen Biss in dessen Pfote selbst ab, büßte ein Stück des eigenen Ohres ein und suchte dann Schutz zwischen Ragnas Füßen, um von dort aus weiter zu knurren. Der Wolf fühlte sich als Sieger, er hatte seinen Platz behauptet! Die Hunde kamen nie wieder in seine Nähe. Doch immer wenn er im Dorf auftauchte und seine Runde machte, begleiteten sie ihn in sicherem Abstand.

Der Stärkste der Hunde, und in diesem frühen Stadium der Entwicklung des Wolfes ihm Überlegene, versuchte den Wolf an seiner Höhle zu attackieren. Es kam zu einem Gerangel, dass aber vom Eichenstab Degenars schnell beendet wurde. Der Wolf war an der rechten Vorderpfote gebissen worden. Des Ältesten Schlag verhinderte, dass es weitere Folgen gab. Der angriffslustige Hund machte sich jaulend davon. Ragna baute daraufhin ein Gatter um die künstliche Wolfshöhle.

Die Verletzung des Wolfs führte zu noch einem anderen wesentlichen Ergebnis. An Ragnas und Gertruds Anwesenheit und Leinenführung war der Wolf inzwischen gewöhnt. Bisher ließ er jedoch zum Anlegen der Leine, außer Ragna, keinen an sich ran. Nach diesem Kampf mit dem Hund nahm Ragna sich ein Tuch und frisches Wasser und näherte sich unter ständigem Namensnennen und beruhigenden Worten dem Wolf.

Er lies sie kommen und die Wunde auswaschen. Er biss nicht zu, schlich sich aber nach der Behandlung einige Schritte weg. Ragna wartete und ihre Vermutung bestätigte sich. Es dauerte nicht lange und der junge Wolf näherte sich ihr wieder. Von diesem Tag an konnte sie ihn auch berühren, was Gertrud noch nicht wagte. Füttern, sein Fleisch, Knochen oder Wasser geben, an der Leine führen oder ihn auch beim Namen rufen durfte Gertrud, ihn berühren noch nicht.

Als Gertrud das Treiben der Freundin mit dem jungen Wolf vom Hauseck aus beobachtete, war der junge Wolf schon über zwei Mondumläufe bei den Menschen.

Wenn Ragna mit Harras spielte oder keine Gefahr drohte, leinte sie ihn auch nicht mehr an. Ragna brauchte vorerst nicht zu befürchten, dass der Wolf in die Wildnis zurückkehren würde. So lange die junge Frau in seiner Nähe weilte und er bei einer Bedrohung zu ihr zurückweichen konnte, bestand kaum Gefahr. Nur Erschrecken durfte man ihn nicht, dann war er noch unberechenbar. Deshalb wartete Gertrud auch, bis der junge Wolf neben Ragna saß und diese das Mädchen zu sich heran winkte.

Täglich beschäftigte sich Ragna mit dem jungen Wolf. Waren es erst nur Spaziergänge, kamen bald einfache Spiele dazu und so wie sich der Kontakt zwischen dem Mensch und dem Wolf entwickelte, konnten diese auch mal etwas grober oder auch vertrauter werden. Gertrud hatte beobachte, dass das Jungtier schon mal die Schnauze auf Ragnas Füße legte.

Außer ihnen Beiden und Degenar durfte keiner dem Wolf zu Nahe kommen. Angeleint durchs Dorf führend, achteten beide Frauen darauf, dass keines der Kinder zum Wolf gelangte.

Ragna beabsichtigte den Wolf zukünftig zur Jagd mitzuführen und wollte sie die Fähigkeiten des Wolfes nutzen, musste sie seiner sicher sein. Deshalb übte sie mit ihm spielend und balgend, gewöhnte ihn an ihre Stimme und an Kommandos wie ‚Legen', ‚Sitz', ‚Hierher' oder ‚Komm'. Der Wolf lernte und vergas seine angeborene Scheu. Er wurde zutraulicher und näherte sich langsam auch an Gertrud an. Sie durfte ihn kraulen. Am angebissenen Ohr mochte er es besonders gern.

Unsicher, ob ihn die Wildnis eines Tages zurückrief, versuchte Ragna sich einen getreuen Jagdgefährten heranzuziehen. Fremden gegenüber, und dazu zählten alle anderen außer Degenar, verhielt er sich scheu. Er ging ihnen aus dem Weg, traute ihnen nicht und wenn er sich zu sehr bedroht fühlte, knurrte er. Das Zähnefletschen hatte er sich scheinbar abgewöhnt.

Waren die jungen Frauen nicht mit dem Wolf beschäftigt oder auf Jagd, hatten sie sich an der dörflichen Arbeit zu beteiligen. Ungewöhnlich war jedoch, dass Ragna nie zur Frauenarbeit herangezogen wurde. Sie brauchte keine Wäsche waschen, Wasser holen, Essen kochen oder im Garten arbeiten. Gertrud musste diese Handlungen ausführen, da passte Bertrun schon auf.

Dafür war Ragna beim Pflügen oder Baumstümpfe aus dem Erdboden ziehen, beim Holzschlagen und Bäume fällen dabei. Nicht dass sie die

Handhabungen ausführte, die Männerkraft erforderten. Diese ständige körperliche Arbeit und auch der mitunter erforderliche Krafteinsatz stählten ihre Muskeln. Ragna wies ausgeprägte weibliche Kurven auf, ohne dass auch nur ein Polster zu viel vorhanden war. Auch Gertrud, als noch wesentlich jünger, begann ihre Weiblichkeit auszuprägen und so war mancher Kontakt der Jungkrieger den Beiden gegenüber recht direkt, frivol und herausfordernd. Drei Gründe verhinderten jedoch mögliche Übergriffe.

Einmal wollte sich keiner mit der Jägerin der Sippe anlegen. Wer ohne Verletzung als Sieger aus dem Kampf mit einem Rudel Wölfen hervorgeht, ist auch so nicht zu unterschätzen. Dann wussten alle, dass ihr Brandolf als Bruder bedenkenlos beistehen würde und der dritte Aspekt entwickelte sich mit der Fähigkeit des Wolfes. War der Wolf bei ihr, schien es allen Männern der Umgebung geraten, keine hastigen Bewegungen zu machen.

Arnold, der im Scherz mit Ragna einmal zu weit gegangen war und die Rothaarige im Spaß angriff, wurde vom Wolf sofort angesprungen und nur Ragnas Kommando ‚Aus' blieb es vorbehalten, die Angriffsaktion des jungen Wolfes abzubrechen. Trotzdem der Wolf für den Krieger noch keine ernsthafte Gefahr darstellte, war Arnold von der Wildheit und dem sich entwickelnden Beschützerinstinkt des noch jungen Harras überrascht. Arnold schüttelte sich und fluchte fürchterlich, beruhigte sich dann aber auch wieder schnell und ließ ein Lachen erklingen, dass von seiner Überraschung zeugte. Noch war der kleine Kerl von Wolf kaum größer als eine Unterarmlänge und verschaffte sich trotzdem bereits Respekt.

Dann kam der Fremde.

Er kam aus Richtung der Morgensonne und versuchte an den Wachtposten der Quelle vorbei zum Dorf zu gelangen. Der jüngere Wachposten rief den Fremden an und fordert ihn zum Stehenbleiben auf, doch der Mann ging weiter. Plötzlich blieb vor seinen Füßen ein Pfeil im Erdboden stecken.

„Bei *Mogon*!" brüllte der Mann. „Wer bedroht mich hier?"

Ich sagte: „Bleib stehen! Was verstehst du daran nicht?"

Der Mann besah sich den vor ihm aus dem Dickicht tretenden Jungen. „Geh mir aus dem Weg, du Rotznase!" fauchte der Fremde und setzte seinen Weg fort. Der Knabe Gisbert legte sofort einen neuen Pfeil ein.

„Du glaubst wohl dein finsterer Bart bewahrt dich vor meiner Pfeilspitze? Wenn du nicht stehen bleibst und mir erklärst, wer du bist und was du willst, hast du bald ein Loch im Fell!"

Der Fremde war bei der zweiten Aufforderung nur noch drei Manneslängen vom Knaben entfern, griff nach seinem Messer und sprang vorwärts auf Gisbert zu. Der Knabe verschwand hinter einem Baum. Genau in diesen schlug der nächste Pfeil ein.

Erschrocken drehte sich der Fremde um und suchte den zweiten Angreifer. Der stand jetzt unmittelbar hinter der Stelle, an der er vorher selbst angehalten hatte.

„Jetzt sage ich, lege deine Waffen ab! Andernfalls werde ich deinen Hals verzieren!" sprach Günther, der Jungkrieger. Nur wenige Schritte vom Fremden entfernt, aber nicht in direkter Reichweite, wartete inzwischen der Knabe mit schussbereitem Bogen.

„Na, na wer wird denn gleich?" erwiderte der Fremde um Frieden heischend.

„Ich wiederhole mich ungern, aber wenn du darauf bestehst..." Günthers Bogen folgte der Bewegung des Fremden. Der Eindringling spreizte die Arme, legte vorsichtig sein Messer so zu Boden, das er jederzeit wieder danach greifen konnte und nahm langsam seinen Bogen von der Schulter.

„Die Pfeile willst du doch nicht ..." Weiter kam er nicht.

„Alles!" herrschte in Günther an. Der Mann nahm seinen Köcher von der Schulter und legte ihn neben den Bogen.

„Und jetzt gehst du ein paar Schritte weiter!" befahl der Jungmann. Offensichtlich begriff der Fremde, dass die beiden Burschen es ernst meinten.

Vielleicht war ihm so etwas noch nie begegnet, denn wo kamen die Beiden eigentlich her oder wo gehörten sie hin? Als der Fremde weit genug von seinen Waffen entfernt war, schloss Günther auf, nahm, ohne den Mann aus den Augen zu lassen, die Waffen auf und befahl ihm, dem Pfad zu folgen. Der Aufmarsch auf dem Dorfplatz löste einige Bewegung aus.

Brandolf trat aus Degenars Hütte. „Wen bringst du uns da, Günther?"

„Er hat sich nicht vorgestellt, verweigert jede Auskunft und griff Gisbert an!" lautete die Antwort.

„Fremder, diese Art Gäste mögen wir nicht! Wer bist du, woher kommst du und wohin willst du?" stellte daraufhin der Hüter die fast gleichen, unbeantwortet gebliebenen Fragen.

„Ich fordere Gastrecht!" Der Fremde sah den Hüter herausfordernd an. Er stellte die Jugend des Mannes fest und schloss daraus, dass dieser keinesfalls das Oberhaupt der Sippe sein konnte. Ein kurzer Blick über die wenigen Hütten schien seine Vermutung zu bestätigen.

„Das erhalten von uns nur willkommene Gäste! Für Andere haben wir andere Gesetze ..." Brandolf ließ sich von der imposanten und finstern Gestalt des Fremden nicht beeindrucken.

„Bist du euer Fürst?" wollte der Fremde wissen. Brandolf merkte, dass der Mann seinen Fragen auswich und selbst versuchte, Antworten zu erhalten.

„Erst wirst du meine Fragen beantworten!" forderte er vom Bärtigen.

„Nun Fürst, ich komme von einem deiner Verwandten vom Flusse Danuvius und will zum Fluss *Rhenus*!"

Die Anrede gefiel Brandolf gar nicht. Er besaß an diesem Fluss keine Verwandten. Misstrauisch besah er sich den Fremden genauer. Der Mann war ungewöhnlich groß. Wenn Brandolf selbst unter allen Männern der Sippe als der Größte galt, war der Fremde noch einen Kopf größer. Das Haar des Fremden war schwarz mit grauen Strähnen. Seine Augen waren relativ klein und lagen tief in den Augenhöhlen, die Farbe konnte Brandolf nicht genau ausmachen. Das gesamte Gesicht war dicht mit Bart bewachsen, der bis zum Hals reichte. Die Schultern des Mannes waren breit, die Oberarme stark und ausgewachsene Muskelstränge zeugten von der vorhandenen Kraft des Fremden.

Brandolf überlegte. Wer sich allein durch die Wildnis schlägt, hat gewöhnlich ein Ziel. War er ein Jäger? So sah der Fremde zunächst nicht aus. „Warum willst du zum Rhenus?" entschloss er sich den Fremden zu fragen. Zuerst galt es die Herkunft und Absichten dieses Fremden zu erforschen. Der Mann schien ihm nicht geheuer. Er fühlte die vom Fremden ausgehende Gefahr und deshalb durfte er keinesfalls mit seinen Fragen aufhören. Brandolf blieb bei seiner Forderung nach Antworten.

„Bist du nun euer Fürst?" beharrte auch der Fremde auf seiner zuvor gestellten Frage.

„Was tut's! Ich frage dich!?" knurrte Brandolf ungeduldig werdend.

„Also bist du es nicht!" stellte der Mann befriedigt fest und forderte neu: „Dann führe mich zu eurem Fürst. Ihm werde ich Auskunft geben.

Aber nicht vor einer Meute niederer Leute …" der Mann drehte sich etwas seitwärts, um anzuzeigen, was er meinte.

Der herrische Ton und die Unverfrorenheit der Forderungen des Eindringlings stießen Brandolf ab. Mit seiner verächtlichen Geste gegenüber den Dorfbewohnern weckte der Mann des Hüters innere Alarmglocken, die mit schrillen Klängen eine unbekannte Gefahr ankündigten.

‚Du scheinst von weit her zu kommen und unsere Bräuche nicht zu kennen…' dachte Brandolf und fragte sich, was dazu geführt haben könnte, dass dem Mann die Bräuche unbekannt schienen? Seine Erkenntnis lief darauf hinaus, dass der Fremde Dörfer meidet und nur dunkle, abseits liegende Wege benutzt. Nur Warum? Das wollte er doch gar zu gern wissen. Und so entschloss er sich, den Mann zu einem ‚Fürsten' zu führen. Der Hüter veränderte seine Vorgehensweise.

Brandolf sah *Sven* und Arnold unter den Beobachtern der Szene, gab beiden einen Wink, der die Bewachung des Fremden beinhaltete. Die anderen Dorfbewohner forderte er auf, ihrer Arbeit nachzugehen.

„Warte hier, ich hole unseren Fürsten!"

Der Fremde, sich seines Sieges im Duell der Fragen sicher fühlend, verschränkte seine Arme vor der Brust und schien sich in sein Schicksal zu ergeben. In seine Geduld hinein bemerkte er Ragna, die am Wetterschutz von Degenars Hütte lehnend, mit einem Pfeil in ihren Händen spielte. Der Markomanne betrachtete die Frau ungeniert.

Nach einiger Zeit kehrte Brandolf mit Degenar und in dessen Gefolge, mit vier weiteren Jungkriegern, zurück.

„Fürst Degenar!" stellte Brandolf den Ankömmling vor.

„Ich bin *Tankred*, vom Volk der Markomannen. Mein *Kuning* schickt dir Grüße, Fürst!" Der Fremde schien sich der Regeln des Gastes zu entsinnen.

„Welchen Auftrag gab dir dein Kuning?" forderte Degenar zu wissen und schlüpfte in die von Brandolf empfohlene Rolle.

„Ich gehe zum Fluss Rhenus, nach Norden, zum Volk der *Cherusker*. Ich bringe eine Botschaft meines Kuning!"

Die Auskunft erfolgte schnell und ohne große Überlegung. So glatt wie die Antwort kam, schürte sie Brandolfs Misstrauen. Ein geheimer Bote würde niemals seine Botschaft offenbaren und auch nicht unbedingt das wahre Ziel benennen … Dieser Fremde trug keine Botschaft.

„Warum hast du meine Wache angegriffen?" Degenar spielte mit. Von Brandolf auf das merkwürdige Verhalten des Fremden aufmerksam gemacht, schien auch der Älteste dem Ankömmling gegenüber wenig Vertrauen zu besitzen.

„Verzeih Fürst, ich hielt sie für Strauchdiebe und Wegelagerer …" Seine Worte gelangten im abfälligen Ton über die Lippen. Geringschätzig musterte der Fremde die den Fürst begleitenden Krieger.

„Du wählst merkwürdige Wege durch den Dunkelwald!" drang Degenar weiter auf den Fremden ein.

„So lautet der Befehl meines Kuning!" erwiderte der Bärtige und versuchte ein freundlicheres Gesicht zu machen. Dabei entstand bei Brandolf der Eindruck, als würde der Bote seinen eigenen Herrscher belächeln. Ein königlicher Bote der seinen Herrn zum Spott anbietet? Ungewöhnlich, oder lachte der Fremde über die vermeintliche Dummheit der ihn zum Gefangenen machenden Männer? Brandolfs Misstrauen verstärkte sich um einen weiteren Grad.

„Er scheint dir sehr zu vertrauen, dein Kuning … Einen Mann allein, mit wichtiger Botschaft zu senden und dann durch unseren Dunkelwald …." Degenar ließ den Rest seines Satzes unausgesprochen. Auch dem Ältesten erschienen die merkwürdigen Aussagen des Fremden ungewöhnlich.

„Ich kenne keine Furcht!" behauptete der Markomanne. „Ich trage oft Botschaften!" ergänzte er seine Behauptung und lächelte wieder.

„Wo liegt euer Königreich?" Degenar bedachte, dass der Mann ein Markomanne und damit ein Bote eines ehemals befreundeten Volkes sein könnte … Vor vielen Wintern zogen hermundurische Krieger gegen die Markomannen. Der damalige König wurde entmachtet. Degenar wusste davon, obwohl ihn schon zu dieser Zeit kein eigener Herzog mehr zu einem Kriegszug rief. Unter den Kriegern, die den Kuning absetzten, fanden sich neben den Hermunduren auch *Quaden* und Markomannen. Von dem König danach, hörte Degenar nie wieder. Das Reich der Markomannen schien bedeutungslos geworden zu sein.

„Kennst du den Fluss *Albia*?" fragte der Fremde.

„Ich habe schon einmal davon gehört!" gab Degenar vor.

„Das Reich meines Königs liegt zu beiden Seiten des Flusses, von der Quelle aufwärts und grenzt im Süden an das Land deines Volkes. Die Männer dieses Volkes tragen einen Haarknoten, wie ich ihn auch bei deinen Männern sehen kann ... Gewährst du mir Gastrecht? Deine Fragen wurden beantwortet!"

Der Älteste bedachte für sich, dass der Mann weit gereist sein musste und sich gut auskannte. Was wusste er, Degenar, vom Fluss Albia? Nichts! Den Namen hatte er zwar schon gehört, wo er aber fließt, konnte er nicht mit Bestimmtheit sagen. Der Fremde schien es zu wissen, genauso wie er auch wusste, dass das Volk der Hermunduren an seinen Ufern lebte. Degenar sah Brandolf an und der nickte leicht mit dem Kopf.

„Wie lange willst das Gastrecht beanspruchen?" fragte der scheinbare Fürst.

„Nur diese Nacht, wenn du erlaubst. Morgen setze ich meinen Weg fort!" lautete die Antwort des Bärtigen.

„Gut, ich bin einverstanden. Mit dem Gastrecht verpflichtest du dich dazu, unsere Bräuche zu achten!" stellte Degenar fordernd fest.

„Ich kenne eure Bräuche nicht!" wich der Fremde einer klaren Antwort aus und wieder verstärkte sich Brandolfs Misstrauen.

„Es sind die Gleichen wie überall, Morde nicht, Brenne nicht, Stehle nicht, Lass unsere Frauen in Ruhe und nimm dankbar, was man dir gibt! Das wirst du dir doch merken können, Bote des Kuning der Markomannen?" erklärte der Eldermann dem Fremdling.

„Ich habe dich gehört, Fürst!" wich der Mann einer eindeutigen Antwort aus.

„Brandolf, zeige ihm sein Lager! Dann komm zu mir!"

„Ja, Herr!" fügte Brandolf noch, um dieses Schauspiel abzurunden, an. Er war sich im Klaren darüber, dass der Mann log.

Kein Fürst oder König schickt einen Boten zu Fuß und ohne Begleitung durch den Dunkelwald. Außerdem gibt es sicher bessere Wege vom genannten Fluss zum Rhenus. Selbst er reitet, wenn er ins Dorf des Vaters will, nur Jäger laufen. Vielleicht ist der Fremde ein Jäger? Fragt sich nur, welchem Wild er folgt? Brandolf zeigte dem Mann die Schlafstelle im Männerhaus und forderte den anwesenden langen Ingo auf, ihm zu Degenar zu folgen. Während sie den Fremden verlassen wollten, fragte dieser noch „Was ist mit meinen Waffen?"

„Bei uns brauchst du keine Waffen, wir schützen dich schon! Wenn du morgen gehst, erhältst du sie zurück."

Brandolf ging, holte noch Arnold von der Pferdekoppel und gemeinsam trafen die Männer beim wartenden Eldermann ein.

„Der Mann lügt" begann Brandolf das Gespräch und fügte noch an: „Möglich, dass er ein Markomanne ist, aber niemals ein Bote seines Königs. Ich halte ihn für einen Sklavenjäger!"

„Wird er denken, dass wir ihm glauben?" fragte Degenar zurück.

„Vielleicht, aber er wird vermutlich damit rechnen, dass wir ihm mit dir als Fürst genau so eine Geschichte auftischen, wie er uns. Wir müssen ihn im Auge behalten ... Ingo sende neue Posten aus! Schicke immer drei Mann zum Posten an der Quelle und zum Bergposten. In der anderen Richtung sende zwei Doppelposten, einen an die Biegung des Baches und den anderen zum See. Wenn uns jemand überraschen möchte, kommt er aus dieser Richtung! Der Fremde darf von deinen Weisungen nichts merken und schlafe mit deinem Messer an der Seite!" Der lange Ingo verschwand aus der Hütte.

„Arnold, kannst du dich mit dem Mann anfreunden und ihn aus direkter Nähe beobachten. Sei vorsichtig! Die Rückgabe seiner Waffen habe ich verweigert. Ich werde sie ihm erst zum Morgen zurückgeben. Es könnte sein, dass er zu fliehen versucht, dann lasst ihn laufen ... Der Mann darf, so lange er in unserem Dorf ist, keinen Moment ohne Beobachtung sein!" Arnold nahm sich des Auftrags an und verließ ebenfalls die Hütte.

„Ich habe es nicht gern, wenn mir eine Laus im Pelz sitzt ..." kommentierte Degenar die Situation. „... liebend gern würde ich das Tierchen zerdrücken!" grinste er den Hüter an und gab damit auch seine Ansicht zum Fremden bekannt.

„Ich werde für diese Nacht zwei Posten zum Frauenhaus stellen und für morgen, falls er doch nicht fliehen sollte, werden wir ihn verfolgen und beobachten. Wenn ich recht habe, wird er sich unbeobachtet fühlend, noch einmal zurück zum Dorf bewegen und unser Wachsystem auskundschaften ..."

„Vielleicht sollte ich ihn zum Essen einladen, dann kann ich ihn weiter ausfragen?" schlug der Älteste vor.

„Nein besser nicht!" Brandolf schüttelte mit seinem Kopf.

„Vater war mit solchen Gesellen immer sehr vorsichtig. Diese Kerle sind gefährlich und holen mehr aus dir heraus, als du aus ihnen ... Ich werde mich jetzt zu ihm begeben und in seiner Nähe aufhalten, egal was er anstellt. Er soll meine Anwesenheit ruhig bemerken. Dann weiß er eben, dass wir ihm nicht trauen. Außerdem gefiel mir sein Auftritt bei dem Posten nicht. Gisbert muss ihn wohl ganz schön überrascht haben?

Ich glaube nicht, dass er mit einem Dorf in dieser Lage rechnete. Hätte er uns zuerst bemerkt, wäre er uns sicher nicht in die Arme gelaufen ... Ich möchte nicht unbedingt wissen, was für Überraschungen wir dann noch erlebt hätten. Besser, wir verhalten uns ihm gegenüber zurückhaltend ..."
Brandolf verließ die Hütte.

Den Fremden fand er an der Waschstelle, an der Biegung des Baches, an der noch vor kurzer Zeit das Männerhaus stand. Der Mann baumelte seine Füße im Bachbett.

Brandolf sprang über im Bach liegende große Steine zum anderen Ufer und ging seelenruhig auf die dort unter *Maltes* und *Notkers* Aufsicht grasenden Pferde zu. Der Fremde sah ihn, sollte es auch, damit er sich aus dem Kopf schlagen konnte, mittels Pferd zu verschwinden. Brandolf selbst suchte Notker und so steuerte er den Knaben an.

„Hei Bursche, komm mit!" sprach er den Knaben an und ging mit ihm weiter vom Fremden weg, zu einem der abseits grasenden Tiere. Während er dem Pferd die Kuppe streichelte, bugsierte er das Tier zwischen sich auf der einen und dem Fremden auf der anderen Seite und erklärte dem Knaben: „Notker, höre zu und drehe dich nicht um! Dieser Fremde, ich traue ihm nicht! Egal was der Mann morgen tun wird, du wirst ihn beobachten. Folge ihm den ganzen Tag, doch pass auf. Der Mann kennt sich aus und ist gefährlich. Wenn der dich bemerkt und erwischt, bist du tot. Er sagt, er sei ein Bote eines großen Königs aus dem Reich der Markomannen und will nach Mitternacht zu einem anderen König. Ich denke, er ist ein Sklavenkundschafter ... Gisbert hat ihn heute bei der Annäherung ans Dorf wohl überrascht ... Dein ganzes Geschick ist gefragt! Hast du verstanden?"

„Ja!"

„Noch etwas Notker, ich werde dem Mann noch zwei andere, auffälligere Beobachter nachsenden, denn damit wird er rechnen. Beide werden, wenn er weit vom Dorf weg ist, zurückkehren. Du bleibst aber am Fremden dran, mindestens bis zum Abend und kommst erst dann zurück. Ich würde dich ja voraus senden, wenn ich seinen Weg kennen würde? Du musst ihm von hier folgen. Solange die beiden Anderen an ihm dran sind, halte dich zurück. Solange darf er dich nicht bemerken und auch diese Beiden sollten dich nicht sehen. Folge erst nur diesen Spähern. Drehen die beiden ab, hefte dich an die Fersen des Fremden, aber halte Abstand, und sei vorsichtig! Sprich zu keinem davon, auch nicht zum Ältesten ... Ich vertraue dir!"

„Was soll ich tun, wenn er mich doch entdeckt?" fragte der Knabe.

„Nicht den Kopf verlieren, fliehen und aufpassen. Wenn der Fremde wirklich ein Sklavenjäger ist, hat er gemeine Tricks drauf. So lange du fliehen musst und ihn hinter dir weißt, laufe geradlinig und den direkten Weg zur Siedlung zurück. Er darf keine Gelegenheit bekommen, schneller zu sein oder den Weg abschneiden zu können ... Er wird wissen, dass du zum Dorf zurückläufst. Wenn er abtaucht und scheinbar nicht mehr folgt, wechsle die Richtung mehrfach. Doch kehre nie an einen Punkt zurück, an dem du schon einmal warst. Wenn der Mann beginnt, dich zu verfolgen, weiß ich schon, dass ich recht habe. Gehe kein Risiko ein! Hast du das verstanden?"

„Ja!" wieder antwortete der Knabe eindeutig und kurz.

Brandolf war sich des Geschicks dieses Knaben bewusst, hatte dieser doch einen Wüstling unter den Knechten eines Händlers gestellt und verletzt. Er war sich sicher, dass der unscheinbare Notker an den Fersen des Fremdlings hing, ohne dass dieser den Burschen bemerkt. Sollte es doch anders kommen, glaubte er an Notkers Fluchtgeschick. Angst und Beklemmungen schien der Knabe nicht zu kennen und in Erinnerung bisher gezeigter Klugheit und Entschlossenheit machte sich der Hüter keine Gedanken zur bevorstehenden Gefahr. Auch Notker beunruhigte des Hüters Auftrag nicht. Er sah darin eine neue Möglichkeit, sich zu bewähren und seinem Wesen folgend, erwartete er einen spannenden Tag.

„Sollte er dich nicht bemerken und zum Beobachten des Dorfes zurückkehren, findest du mich in der Frauenhütte! Sven wird mit Kriegern in der Männerhütte warten. Alles klar, Bursche? Zeig was du kannst!" Danach kehrte Brandolf ins Dorf zurück, organisierte das Eintreiben der Pferde in das Langhaus der Männer und sorgte dafür, dass Notker unauffällig verschwinden konnte. Der Nachmittag verging.

Der Fremde pilgerte durchs Dorf, versucht sich alles anzusehen und benahm sich scheinbar unauffällig.

Arnold begab sich bereits am Bach zu ihm, schwatzte mit ihm, zeigte voller Stolz auf seine Pferde und pries deren Fähigkeiten. Nebenbei versuchte er, Neugier vortäuschend, weitere Informationen zum Grund der Anwesenheit des Markomannen in Erfahrung zu bringen.

Der Fremde blieb einsilbig, wich den Fragen aus und Arnold gewann das Gefühl, dass der Fremde ihn zur Hölle wünschte. Arnold tat, als merkte er nichts und verstärkte sein Geschwätz. Bis dem Fremden der Hals schwoll und er zischte: „Verschwinde Schwätzer!"

Gekränkt schlich Arnold davon, um nach einer kurzen Zeitspanne zurückzukehren und als der Fremde wieder schroff wurde, forderte Arnold ihn auf, ihn zum Essen zu begleiten.

Andere übernahmen nach der Mahlzeit die Beobachtung des Markomannen. Der Fremde streckte sich bald auf seinem Lager aus und schnarchte abscheulich. Trotzdem blieben der lange Ingo und Holger aufmerksam. Doch die Nacht verging ruhig. Der Fremde fand sich zum Frühstück ein, löffelte seinen Brei und schritt anschließend zum Dorfplatz, wo ihn Brandolf mit dessen Waffen erwartete.

„Ich hoffe, du hattest eine gute Ruhe in der Nacht!" fragte der Hüter der Ordnung.

„Danke! Gibst du mir meine Waffen?" forderte der Fremde den Hüter auf.

„Wie versprochen!" grinste ihn Brandolf an und sah, dass es dem Fremden Überwindung kostete, nicht ärgerlich zu reagieren.

„Ich will deinen Fürsten nicht so früh stören und verabschiede mich mit dem Dank für eure Gastlichkeit!" brachte der Mann dennoch fast freundlich hervor, nahm seine Waffen, drehte sich um und schritt dem Bachlauf folgend, aus dem Dorf.

Erst folgte ihm Gisbert, dann machte sich Irvin auf den Weg. Von Notker konnte der Hüter nichts sehen, war sich jedoch sicher, dass der Knabe dem Fremden rechtzeitig nachschlich.

Als die Sonne am höchsten stand, kam Gisbert zurück. Er berichtete, dass der Mann stetig nach der Mittagssonne lief, dem Bach folgte, ihn bemerkt hätte und deshalb sah er sich zum Umdrehen veranlasst.

Als die Sonne über ihren Höchststand längst hinaus war, traf Irvin ein.

„Er hat mich am breiten Fluss bemerkt. Er ist über den Fluss und war im Wald verschwunden. Ich bin stromauf über den Fluss gegangen. Plötzlich stand er vor mir und zischte: „Verschwinde Bursche, sonst häute ich dich! Deine Zeit kommt erst noch ... "

„Ich sprang sofort zurück ins Wasser, tauchte unter und lies mich treiben. Als ich auftauchte, stand er noch an der Stelle und sah mir nach. Ich stieg aus dem Wasser. Mann, war das kalt. Ich musste mich warm und trocken laufen!"

„Hast du sonst noch was bemerkt?" fragte Brandolf nach Besonderheiten.

„Außer Gisbert vor mir? Nein!" verwundert sah Irvin den Hüter an.

Der Abend kam, aber von Notker fehlte jedes Zeichen ...

Brandolf, der Degenar nichts von Notkers Auftrag zur Verfolgung des Fremden mitgeteilt hatte, wurde langsam unruhig. Hoffentlich überschätzte er den Knaben nicht ....

Inzwischen näherte sich der Markomanne, gefolgt von einem kleinen unsichtbaren Schatten, vorsichtig die einsetzende Dämmerung nutzend, dem Dorf. Am Rande des Waldes verweilte der Fremde und zögerte.

Notker blieb mit Vorsicht an dem fremden Riesen dran. Er merkte, welcher Richtung der Mann seine Aufmerksamkeit widmete, konnte sich aber nicht entscheiden, ob es dass Frauenhaus oder des Ältesten Hütte war? Im Frauenhaus wusste er Brandolf. Beabsichtigte der Fremde in das Frauenhaus einzudringen, erwartete ihn eine Überraschung. Was aber würde geschehen, wenn der Fremde es auf Degenar, den Ältesten, abgesehen hatte? Notker vermutete, dass der Fremde bis zur Dunkelheit ausharren wollte und sich seine Absicht erst mit Eintritt der Dunkelheit offenbaren könnte. Deshalb zog sich der Knabe zurück und schlug einen weiten Bogen, um sich im Sichtschatten des Frauenhauses von hinten an das Haus des Ältesten anzunähern.

Die Dämmerung nahm zu und ging langsam in Dunkelheit über. Noch waren die Bewegungen im Dorf zu sehen. Es verlief alles wie immer. Die Pferde, Ziegen und Schafe wurden in die Stallungen oder Pferche getrieben. Die Kinder verschwanden in den Hütten. Die abendliche Fütterung begann. Das Dorf kam zur Ruhe.

Notker, in der Absicht seinen Auftraggeber Brandolf von der Ankunft des Markomannen zu unterrichten, erreichte die abgewandte Giebelseite der Frauenhütte und ließ sich erst einmal zu Boden gleiten. Er wollte ungesehen bleiben. Dafür konnte er den sich am Waldrand erhebenden Fremden ausmachen und wie dieser geduckt in Richtung Dorf sprang. Der Fremde näherte sich dem Frauenhaus. Plötzlich verharrte er in seiner Bewegung, duckte sich und kroch dann auf dem Erdboden weiter.

An Degenars Hütte war die Tür aufgegangen und Ragna trat heraus, umging das Hauseck und rief den Wolf. Das Tier kroch aus seiner Höhle, packte sich den in der Hand der Frau dargebotenen Knochen und verschwand wieder in seinem Bau. Der Wind schien günstig zu stehen, denn das Tier nahm von der Gefahr durch einen Fremden keine Witterung.

Nur der Markomanne und ein kleiner Schatten, mehrere Schritte seitlich von ihm, sahen diese Begegnung zwischen dem Wolf und der Frau. Zweige brachen, schwere Schritte wurden hörbar und im gleichen Augenblick ergriff der Fremde Ragna. Ein unterdrückter Schrei erklang, dann sank die junge Frau dem Fremden in die Arme und der warf sich die Leblose auf die Schulter. Als der Riese sich abwandte und mit seiner Beute in aller Stille die Flucht ergreifen wollte, war Notker mit dem Messer da. Er unterlief den mit der Frau Beschäftigten und stieß ihm sein Messer in den Oberschenkel, dann schrie der Knabe so laut er konnte und sprang aus der Reichweite des Markomannen.

Der Fremde strauchelte, knickte dann mit seinem Fuß ein und stürzte zu Boden. Die Frau glitt von seiner Schulter und als er sich wieder aufzurichten versuchte, umzingelten Krieger den Eindringling. Framen richteten sich aus allen Richtungen auf den Bärtigen. Dann traf den Markomannen ein Schlag am Kopf und der Riese sackte vollends zusammen. Schnell banden die Männer ihn mit Stricken und schleiften den noch Bewusstlosen in Degenars Hütte.

Brandolf verließ diese kurzzeitig wieder und nahm sich den Knaben zur Seite. „Das hast du richtig gut gemacht! Doch, kannst du schweigen?" wollte er wissen.

„Wenn ich will, schon! Warum?" fragte Notker.

„Gegenüber allen, auch Irvin?" Der Knabe sah den Hüter irritiert an. „Es brauch niemand wissen, dass du dich so gut anschleichen kannst, auch Irvin nicht ... Den hatte der Fremde erwischt!" stellte der Hüter nüchtern fest.

„Ich weiß! Aber er ist ihm doch am Fluss entkommen?" wollte der Knabe daraufhin wissen und ergriff Brandolfs Hand.

„Ja, aber nun stell dir vor, wenn herauskommt, dass der Fremde Irvin erwischt hat und dich nicht ...?"

„Oh, du hast recht! Dann muss ich wohl ..." grinste Notker in die Dunkelheit.

„Ich halte es für besser, wenn das unser Geheimnis bleibt. Wo warst du eigentlich, als der Fremde Ragna packte?"

Brandolf sah zwar voraus, dass sich Irvin in seiner Ehre verletzt fühlen könnte, leichter als ein Knabe bemerkt worden zu sein und bestand deshalb auf dem Geheimnis. Doch warum der Fremde, trotz Notkers Geschrei, nicht mit seiner Schwester verschwunden war, verwunderte ihn.

„Was glaubst du, warum der Fremde nicht mit Ragna auf der Schulter davon lief?" fügte der Knabe hinzu „Sieh ihn dir an und du wirst es wissen!"

Brandolf kehrte in Begleitung des Knaben in die Hütte zurück. Der Gefangene lag auf einer Bank. Eila untersuchte eine Wunde am Oberschenkel. Ein Messer steckte noch immer, etwa drei Fingerbreit tief, im Muskel des Beines.

Als Eila das Bein abgebunden hatte und das Messer entfernte, sickerte Blut in einem dünnen Rinnsaal aus der Wunde. Die Alte untersuchte die Stichwunde, wusch diese aus, legte ein Moosgeflecht auf. Sie verband den Oberschenkel des Mannes mit sauberen Leinentüchern. Dann lockerte sie die vorher angelegte Abbindung und beobachte den Verband, der aber dicht zu sein schien. Der Fremde stöhnte und hielt seine Augen geschlossen.

Notker glaubte, genug gesehen zu haben. Er nahm, von den anderen Anwesenden unbemerkt, seinen Dolch wieder an sich und verließ die Hütte. Auch Brandolf sah die Wunde und Notker erkannte dessen Zufriedenheit. Der Fremde kam zu sich. Er brauchte ein wenig Zeit, um sich zu erinnern. Dann erkannte er Brandolf.

„Ich wusste doch, dass ich dir nicht trauen sollte!" stellte der Hüter mit einem Grinsen im Gesicht fest. „Hattest dich wohl verlaufen?" fügte er dann noch hinzu. Sie starrten sich an. „Warum wolltest du die Frau rauben?" richtete Brandolf gleich darauf die nächste Frage an den Gefangenen.

„Lass mich in Ruhe!" zischte der Fremde.

Brandolf zog seelenruhig seinen Dolch und setzte diesen dem Markomannen an den Hals. „Ich hatte gleich so meine Bedenken bei deinem Auftauchen, Bote des Markomannenkönigs ..." Brandolfs Ton, von unterdrückter Wut getragen, schien den Markomannen wenig zu berühren. „... ob du ein Markomanne bist, weiß ich nicht... Aber sollte mir einmal einer über den Weg laufen, werde ich sehr vorsichtig sein und ihm keinesfalls trauen. Dir rate ich, beantworte meine Frage, sonst schlitze ich dir gleich hier deinen verdammten Hals auf!" eiskalt, ruhig und mit verbittertem Gesichtsausdruck sprach Brandolf leise zischend diese Worte.

„Du bist sehr mutig, Knabe!" erwiderte der Gefangene.

Diese Provokation beantwortend, drückte Brandolf dem Markomannen den Dolch in den Hals, so dass das Blut aus einem Schnitt austrat. Zornesadern schwollen an Brandolfs Hals. Es fehlte nicht mehr viel und der Markomanne würde sein Leben lassen.

„Lass das!" knurrte Degenar seine strenge Anweisung. „Wir werden ihn richten, nach unserem Gesetz!" ergänzte der Eldermann.

Enttäuscht zog der Hüter seinen Dolch zurück und nahm Abstand zum Gefangenen. Zu gern hätte er dem Fremden für den versuchten Raub der Schwester die Gurgel durchgeschnitten.

Inzwischen erlangte Ragna, ebenfalls von den Männern in die Hütte getragen, ihr Bewusstsein wieder. „Was geht hier vor? Was hat mich den erwischt?"

„Och Schwesterchen, nur die Liebeserklärung eines tollkühnen Freiers!" äußerte Brandolf seine Erkenntnisse mit einem breiten Grinsen im Gesicht und der Gewissheit im Herzen, fast keine Schwester mehr gehabt zu haben. Seiner Voraussicht und dem Geschick des Knaben verdankte er es, jetzt noch Scherze mit der Schwester tauschen zu können. Auch wenn er es nicht zeigte, war er heilfroh, seinem Vater nicht die Botschaft vom Raub der geliebten Tochter bringen zu müssen.

„Mir brummt der Kopf!" stellte die junge Frau fest.

„Das vergeht wieder!" vermutete ihr Bruder.

„Die Werbung war wohl etwas heftig ausgefallen, aber andererseits …" Brandolf zögerte mit der Fortsetzung. „…scheint es bei dir ohne eine gewisse Heftigkeit nicht zu gelingen, dein Herz zu gewinnen?"

Verständnislos sah Ragna ihn an. Sie konnte gar nicht lachen und fühlte sich von einem Pferd an den Kopf getreten. Dabei war es nur ein Faustschlag, der ihr unsanft Träume verabreichte.

Als Eila mit dem Gefangenen fertig war und dieser mit offenen Augen zur Hüttendecke stierte, fragte ihn Degenar auf den Kopf zu: „Du wolltest die Rothaarige entführen, wozu?"

Mit einem Grinsen im Gesicht beantwortete Tankred des Eldermanns Frage: „Rothaarige geben einen guten Preis auf dem Sklavenmarkt! Vorher hätte ich sie noch etwas zugeritten!"

Wieder griff Brandolf nach seinem Dolch, aber Degenar legte seine Hand auf dessen Arm und hinderte ihn.

Das war die einzige Frage, die der Markomanne beantwortete und damit war alles geklärt. Zwei der Krieger schnappten ihn und schafften den Mann in eine Vorratskammer. Einer der Männer blieb als Posten zurück.

14. Der Markomanne

65 nach Christus - Frühjahr (23. Maius)
Barbaricum - Im Land der Hermunduren zwischen dem Fluss Moenus und dem Herzynischen Wald

*B*isher verlief sein Auftrag glücklich. Als der Markomanne Tankred mit seinen Gefährten per Schiff an der Furt der Schweine eintraf, ermöglichte ihm die hereingebrochene Dunkelheit das ungesehene Verlassen der Liburne. Er begann sich seinen Weg durch die Hügel und Wälder zu suchen und fand ein erstes Dorf.

Die Anwohner gingen ihrem Tagwerk nach. Erst glaubte er, den Wachen durch Zufall entgangen zu sein. Deshalb durchsuchte er die gesamte Umgebung, doch ohne Erfolg. Obwohl er mehrere Tage auf seine Suche verwendete, fand er keine Wachen. Der Schutz der Siedlung fehlte. Mit einer ausreichenden Kriegerzahl konnte jeder die Siedlung überrennen und eine große Zahl von Sklaven gewinnen. Nachdem er sich eines leichten Erfolges bei einem Überfall sicher war, setzte er seinen Weg nordwärts fort.

Wieder vergingen Tage einer erfolglosen Suche. Weiter in das östliche Territorium vordringend, fand er nirgendwo Wege, Hütten oder Brandstellen. Nur auf Tierpfaden gelangte er tiefer in den Dunkelwald. Tankred wusste von der Gefahr, die wilde Tiere oder auch Geisterwesen herauf beschwören könnten und ein weniger mutiger Mann hätte vor der Bedrohung, die zwar vorhanden, aber nicht sichtbar war, die Flucht ergriffen.

Der Markomanne gehörte nicht zur Schar der Ängstlichen, wusste sich sowohl Mensch und Tier gegenüber wehrhaft und an Geister glaubte er nur, wenn er sie sah. War er doch selbst Anderen oftmals bereits als Geist in Erscheinung getreten und hatte Mutige zu Verzagten werden lassen. Allein seine durch Muskeln geprägte kräftige Erscheinung, gepaart mit seiner körperlichen Größe, seines dunklen Bartes und des stechenden Blickes wegen, wirkte er einschüchternd und bedrohlich und wusste sein Aussehen entsprechend zu nutzen.

Auch die folgende, von ihm gefundene Sippe, wesentlich größer und bewacht, schien eine leichte Beute werden zu können. Das unkluge Verhalten der Wachen, die sich an einem Feuer sitzend unterhielten, warnte ihn. Er zog sich in den Wald zurück.

Unter Umgehung des Standortes dieser Posten wagte er sich näher an das Dorf heran. Seine Geduld und Vorsicht wurden belohnt. Mehrere Tage beobachtete er auch diese Siedlung, erkannte das System der Wachen, deren Standorte und zählte die Anwohner nach Männer und Frauen. Als er alle wichtigen Erkenntnisse gesammelt hatte, setzte er seinen Weg fort.

Den breiteren Fluss, es musste die Salu sein, überwand er an einer Furt. Er fand Reste eines Feuers mit größerem Lagerplatz und folgte den von dort abgehenden, deutlichen Wagenspuren. Die Eigentümlichkeit der auf dem Pfad von ihm festgestellten Markierungen irritierte ihn. Es sah tief in den Waldboden eindringende schmale Radspuren von schwer beladenen Wagen und den Kot verschiedenster Tiere, sowie deren Fußabdrücke. Nicht alle dieser Abdrücke konnte er einem Tier zuordnen. Es schien ihm, dass hier eine kleinere Sippe mit Mann, Weib, Kind und Tier vorübergezogen sei ... Der Fährte der Ochsen, Pferde, Schafe, Ziegen und Wagen folgend, überraschte ihn der Anruf mitten im Wald, fernab jeder Ansiedlung.

Der Knabe vor ihm, schien trotz seines Bogens keine ernsthafte Gefahr darzustellen. Deshalb entschloss sich Tankred sofort zum Angriff. Bevor er den Burschen erreichte, verschwand dieser hinter einem Baum. Es wäre ihm ein Leichtes gewesen, den Burschen auch hinter dem Baum noch zu erwischen. Doch dicht an seinem Ohr zischte ein Pfeil vorbei und schlug genau in diesem Baum ein.

Blitzartig blieb der Markomanne stehen und drehte sich dann langsam zur zweiten Bedrohung um. Seine Waffen sollte er ablegen, na gut, aber langsam und griffbereit. Vorsichtig sondierte er die beiden Fremden. Sie standen nicht in einer Schusslinie und auch nicht dicht beieinander.

Mit einem Wurf seiner beiden Messer blieben die Beiden unerreichbar. Wohl könnte er einen erwischen, nach dem möglichen Pfeil des Zweiten empfand er jedoch kein Verlangen...

Also waren Geduld und Warten eine bessere Wahl und auch wenn Tankred nicht gerade zur Zahl geduldiger Krieger gehörte, konnte er sich in lebensbedrohlichen Situationen schon abwartend verhalten. Er lauerte auf einen günstigeren Zeitpunkt.

Die Pfeile! Nein auch die sollte er ablegen und dann nach vorn weiter gehen ....

Während sich der Ältere mit Abstand hinter ihm hielt, lief der jüngere Bursche rechts im Wald neben ihm her, unerreichbar mit wenigen

Sprüngen. Beide hatten ihre Bögen mit eingelegten Pfeilen in Bereitschaft. Dem Markomannen war klar, dass er so keine Möglichkeit finden würde und deshalb fügte er sich in sein gegenwärtiges Schicksal.

Das Dorf lag gar nicht so weit entfernt, an einem Berghang. Er hätte es sehen müssen, zumindest an den Rauchwolken, war es doch mitten am Tag. Doch nein, er ging denen in die Falle.

Kurz entschlossen legte er sich eine Geschichte zu Recht und dieser Trottel von Krieger schien sie zu glauben. Obwohl der Bursche misstrauisch war und ihm den Schwätzer auf den Hals schickte, durfte er sich als Gast frei im Dorf bewegen. Auch im weiteren Verlauf waren ihm die Götter hold. Am Morgen gab man ihm seine Waffen zurück und lies ihn ziehen, nicht jedoch ohne einen Verfolger.

Er bemerkte den Burschen schon am Ortsausgang und zog ihn bis zum Sonnenhöchststand hinter sich her, dann schreckte er ihn auf und der Verfolger verschwand. Wer einen Kundschafter beauftragte, konnte auch einen Zweiten nachsenden. Bald bemerkte er auch diesen Krieger.

Die Römerkarte, die er vom Tribun erhalten hatte, zeigte den Verlauf der Salu und da er diesen Fluss auf seinen Wegen schon ein Mal durchqueren musste, wartete er, bis er den Fluss erneut erreichte. Die Sonne war schon deutlich über den Zenit hinaus, als er auf das Wasserhindernis stieß. Zuvor einen weiteren Bach überspringend, erstieg er eine bewaldete Kuppe und sah von dort aus, den einen Bogen machenden Fluss. Tankred entschloss sich, dem Verfolger eine Falle zu stellen.

Wenn er ihn greifen könnte, würde ein schneller Schnitt am Hals genügen. Der Markomanne steuerte die gewählte Stelle an, durchquerte den Fluss und verschwand im Wald. An einen Baum gelehnt, beobachtete er das Ufer. Den Verfolger sah er kurz am Waldrand und an den sich mitunter bewegenden Zweigen erkannte er, dass sich auch sein Verfolger flussauf bewegte. Ein schlauer Bursche ... Der Krieger wählte die gleiche Stelle zur Überwindung des Flusses, die auch er sich ausgesucht hätte. Wie klug von dem Burschen, er würde ihm also genau ins Messer laufen. Der Markomanne verließ seinen Standort. Tankred schlich sich ins Gebüsch.

Als der Bursche auf die Uferböschung kroch, brach der Markomanne aus seinem Versteck hervor. Doch statt den Kerl zu erwischen, nahm dieser durch einen Sprung in das tiefere Wasser schnell Reißaus.

Nass werden wollte Tankred nicht. Still in sich hinein fluchend beobachtete er noch, wie der Bursche weitab ans andere Ufer krabbelte und im Wald verschwand.

Sicher darüber, dass er auch diesen Verfolger verschreckt hatte, setzte er seinen Weg, vom Fluss weg in südliche Richtung fort. Lieber wäre ihm gewesen, den Burschen zu erwischen.

Tankred glaubte nicht an einen weiteren Verfolger.

Seine Jahre, immer am Rande der Gefahr, hatten ihn gelehrt, ständig auf der Hut zu sein. Schon der kleinste Fehler konnte zum Verhängnis werden. Deshalb verharrte er auf der nächsten bewaldeten Kuppe und suchte sich einen Beobachtungspunkt zum Warten. Da sich längere Zeit kein Verfolger zeigte, war sich Tankred sicher, alle Verfolgenden abgeschüttelt zu haben. Er kehrte zur Stelle seiner Flussüberquerung zurück. Der Markomanne nahm den Weg zurück zum Dorf wieder auf.

In der Folge seines gesamten Rückmarsches lies es der erfahrene Jäger an der nötigen Aufmerksamkeit fehlen, vor allem nach hinten. Zum Dorf hin beobachtete er genauer.

Nach einer längeren Wartephase, bis zur eintretenden Dunkelheit, begab er sich zu den Häusern der Ansiedlung und wenn er richtig vermutete, würde er die Rothaarige im Haus des Ältesten finden. Diesem Haus näherte er sich vorsichtig. Und wieder lachte ihm das Glück. Die Tür zur Hütte ging auf, die Rothaarige trat heraus. Plötzlich tauchte bei ihr ein Hund auf, verschwand aber gleich darauf wieder, ohne ihn zu bemerken.

Als sich die Frau wieder zur Tür umdrehen wollte, sprang er auf, schlug die junge Frau nieder und warf sie sich, davoneilend auf den Rücken.

Doch plötzlich sah er einen Schatten auf sich zu fliegen.

Bevor er seine Hände frei bekam, fühlte er einen schmerzhaften Stich im linken Oberschenkel. Das Bein knickte weg und er stürzte mit der Last zu Boden. Sich von der bewusstlosen Frau befreiend, versuchte er sich aufzurichten. Es gelang nicht, stöhnend sank er zur Seite.

Mit dem Schmerz im Bein verband sich ein lauter Schrei, der nicht von ihm ausgestoßen worden war. Als er sich bei einem zweiten Versuch mühsam erheben konnte, standen fünf Krieger, mit eingelegtem Frame um ihn herum. Er hatte verloren …

Kurz darauf erwischte ihn ein Hieb und ihm schwanden die Sinne. Als er ins Bewusstsein zurückkehrte, fand er sich gut verpackt, vor einer alten

Kräuterhexe wieder. Merkwürdigerweise versorgte die Alte seine Wunde. Dabei war das Weib zwar wenig rücksichtsvoll, aber äußerst geschickt und kundig. Der Fürst und der Krieger stellten dumme Fragen, bedrohten ihn mit einem Dolch und ließen ihn nach einiger Zeit unter Bewachung in ein Vorratshaus bringen.

Der Stich im Bein schmerzte. Wütend auf sich selbst, lehnte sich der Markomanne an einen Stützpfeiler der Grubenhütte. Hinsetzen wollte er sich nicht. Er wusste nicht, ob es ihm gelingen würde, wieder aufzustehen. Verdammt, sie hatten ihn erwischt ... Dabei war es bisher gut gelaufen. Er hatte das Weib schon. Das wäre ein Spaß geworden, hätte er die Rothaarige zugeritten .... Jetzt saß er verletzt in dieser Buchte und die Wahrscheinlichkeit einer gelingenden Flucht schien niedrig.

Mit Schnelligkeit, wie sonst immer, konnte er nicht aufwarten. Erst einmal musste er hier raus und in den Wald. Der Rest würde sich ergeben. Mit Geduld wartete er, bis absolute Ruhe im Dorf eintrat. Durch die Wand des Vorratsspeichers, in unmittelbarer Türnähe, hatte er einen Blick auf Teile der Siedlung geworfen. Es begann zu nieseln, der Mond verschwand hinter den Wolken und vollkommene Dunkelheit beherrschte das Tal.

„Hei, du da!" rief er den Posten und zog seine beiden kleinen, im Leder seiner Schuhe, verborgen Wurfmesser. Als er sich gefesselt wieder gefunden hatte und in der Grubenhütte allein war, stellte er erfreut fest, dass man seine Wurfmesser im Schuh nicht entdeckt hatte. Er zog beide aus Stahl gefertigten Klingen aus dem Versteck und verbarg diese in seinen Händen.

„Was willst du?" kam die Frage von außen.

„Ich muss mal pissen! Soll ich eure Vorräte nass machen oder lässt du mich raus?" Die Tür wurde entriegelt und vorsichtig geöffnet.

„Komm heraus!" befahl der Posten. Tankred humpelte nach draußen, entfernte sich etwas von der Hütte und erleichterte sich. Nachdem er sein Beinkleid wieder gerichtet hatte, drehte er sich zum Wächter um und warf sein erstes Messer.

Er traf den Kerl genau in der Halsbeuge und der Mann sank röchelnd ins Gras. Schnell war er bei ihm, stieß das zweite Messer in dessen Hals und vollführte einen kurzen Schnitt. Blut sprang wie eine Fontäne aus der Wunde. Er wich dem Strahl aus. Dann zog er sein erstes Messer aus der Wunde des Mannes. Anschließend nahm er ihm noch dessen eigenes

Messer, den Bogen, die Pfeile und humpelte in Richtung des Waldes davon. Inzwischen regnete es gleichmäßig.

Es dauerte eine Weile, bis der Markomanne, sich die Bergkuppe hinauf quälend, den Waldrand erreichte. Von einer günstigen Stelle aus gelang es ihm, einen Blick zurück zum Dorf werfen zu können. Dieses lag ruhig vor seinen Augen. Also war seine Flucht noch nicht bemerkt worden.

Er musste weiter, brauchte ein Versteck, das die Anwohner nicht kannten oder wo sie ihn niemals suchen würden ... Dann sollten zwei oder drei Tage Ruhe reichen, damit sich seine Wunde verschloss.

Also durfte das Versteck nicht weit entfernt liegen und musste doch ausreichend sicher sein. Er erinnerte sich an einen Sumpf, den er auf seinem Weg zum Dorf umgangen hatte. Dort gab es, inmitten des Sumpflandes, eine Buschgruppe. Konnte er zu diesen Büschen vordringen, bot diese für ein paar Tage Sicherheit. Nach seiner bisherigen Erfahrung waren es oftmals einfachste Verstecke, denen Verfolger keine Aufmerksamkeit schenkten. Die Nachtzeit musste reichen, diesen Ort zu finden... Um seine Spuren machte er sich keine Sorgen. Der Regen würde diese wegwaschen...

Der Markomanne wandte sich nach Norden, in die Richtung der Quelle des Dorfbaches, umging den dortigen Posten und quälte sich mit seiner Verletzung vorwärts. Der Schmerz nahm zu. Trotzdem stieß er im Morgengrauen auf den Bachlauf und folgte diesem bis zur Sumpfwiese. Als er die Buschgruppe im Sumpf erreichte und eine einigermaßen trockene Stelle fand, warf er sich hin und schlief sofort ein. Anstrengung und Schmerz bescherten ihm einen unruhigen Schlaf.

Er erwachte durch das Wiehern von Pferden. Die Sonne stand im Zenit und am Rande der Sumpfwiese standen vier ihn suchende Reiter. Geduckt beobachtete er die Verfolger und lauschte ihrem Gespräch.

Die Männer beachteten die Buschgruppe nicht. Sie ritten nach kurzer Zeit, dem Pfad folgend weiter, auf dem er bei seiner Suche nach weiteren Siedlungen der Barbaren hierher gelangt war. Die Gefahr schien vorüber.

Achteten die Verfolger jetzt nicht auf die Buschgruppe, in der sich sein Versteck verbarg, würden sie die Büsche auch in Zukunft übersehen. Wieder einmal hatte ihm die Unscheinbarkeit eines Versteckes geholfen, Verfolger in die Irre zu leiten. Tankred machte es sich bequemer, öffnete seinen Verband und untersuchte die Wunde. Der Stich war etwa so breit und so tief wie sein Daumen lang war. Schorf hatte sich gebildet, die Wunde jedoch noch nicht verschlossen. Der Verband war vom Blut durchtränkt und das Bein schmerzte heftig. Tankred legte seinen Fellumhang ab, zog sein Leinenhemd aus und schnitt Streifen von ihm ab, die er für den neuen Verband nutzte. Den Rest des Hemdes und seinen Fellumhang zog er wieder über.

Er streckte sich aus, verschränkte die Hände hinter dem Kopf als Stütze und betrachtete den Himmel. Die Sonne schien. Zufrieden stellte er fest, dass der nächtliche Regen seine Spuren verwischt hatte und erst im Verlauf des bisherigen Tages aufgehört haben musste.

Tankred brauchte erstmal Ruhe. Vorerst schien er sicher. Ohne Wasser und Vorräte könnte aber auch er nicht lange an dieser Stelle verweilen. Wasser hätte er zur Not noch auf der Sumpfwiese, aber bei seiner Flucht war es ihm nicht möglich gewesen, Vorräte mitzunehmen. Schlaf schien jetzt für ihn das Wichtigste zu sein und so wartete er, bis dieser ihn umwölkte. Als erfahrener Jäger, der schon oft in nahezu ausweglose Situationen geriet, konnte er, wann immer er wollte, Schlaf finden.

Sein nächstes Erwachen war der Kühle des Morgens geschuldet. Sein Magen knurrte, er hatte Durst, aber kein Fieber. Wieder einmal schien sich sein Körper über eine Verletzung hinwegzusetzen. Er wusste, dass die Wunde, wie auch früher, gut heilen würde. Ihm war dieses Glück beschieden, nicht lange von Verletzungen behindert zu sein. Der Schmerz ließ sich verwinden. Tankred öffnete seinen Verband und besah sich die Wunde. Der Schorf war stärker ausgebildet und am Verband angetrocknet. Dadurch riss die eine Seite der Wunde auf und blutete wieder. Er fluchte still vor sich hin.

Ihm war klar, dass er weiter hungern würde. Er musste noch einen Tag hier liegen bleiben und sich ausruhen. Er lies die Wunde offen, stillte nur die Blutung mit einem Stück des Leinen und blieb trotz der Kühle ruhig liegen.

Die Sonne zog ihre Bahn und per Zufall spürte er deren Wärme auf seinem unbekleideten Bein. Er legte sich so, dass die Sonne seine Verletzung erreichen konnte und veränderte die Position dann immer so, dass die Sonne über den ganzen Tag auf seine Verletzung scheinen konnte.

Mit Beginn der Dunkelheit schnitt er wieder ein Stück seines Hemdes in Streifen und verband damit sein Bein. Die folgende Nacht wurde noch unangenehmer. Es war kalt und nieselte wieder. Die Wunde schmerzte und ihn quälten Hunger und Durst. Hin und wieder erwachte er und wälzte sich unruhig auf seinem Lager. Aber auch diese Nacht verging.

Mit dem Morgennebel über der Sumpfwiese, griff die Kälte nach ihm. Der Nieselregen versiegte irgendwann in der Nacht und trotzdem war es um ihn herum sehr feucht.

Diesmal wollte er nicht, dass die Wunde wieder aufbrach. Deshalb ließ er den Verband an seinem Bein. Vorsichtig stand er auf und belastete den Fuß. Es ging, der Schmerz stieg nur unwesentlich.

Tankred stand und musterte seine Umgebung. Wo Sumpfwiesen sind, muss ein Bach sein und damit Wasser. Er fand den Bach und stillte seinen Durst. In den Büschen am Bachufer suchte er einen Ast, der ihm beim Laufen als Stütze dienen konnte. Er schnitt den Ast ab, passte diesen seiner Größe an und versuchte mit dessen Hilfe zu gehen. Es gelang.

Mit diesem Stock konnte er den Fuß entlasten und so bewegte er sich, nach der Morgensonne orientierend, dann vorwärts. Er wandte der Sonne seinen Rücken zu und folgte einem zufließenden Bächlein bis zu dessen Quelle. Somit fand er erst einmal ausreichend Wasser und dann in geringer Entfernung, mitten im Wald einen kleinen Tümpel, auf dem einige Enten schwammen. Er wartete, bis sich die aufgeschreckten Tiere wieder beruhigten und sich Einige, unmittelbar am Ufer in die Sonne setzend, ihr Gefieder putzten.

Mit dem Bogen seines Wächters erlegte er eines der Tiere, machte ein Feuer, schob die Ente nach dem Ausnehmen auf einen Zweig und brannte über einem kleinen Feuer die Federn weg. Dann kratzte er mit dem Messer die verbrannte Oberhaut ab und lies die Ente, stetig drehend über der Flamme rösten. Es dauerte fast bis zum Sonnenhöchststand, als er seine Zähne endlich in das saftige Fleisch schlagen konnte. Von dem Tier blieb nichts übrig, außer den Federn und Knochen.

Weil das so gut gelang, erlegte er mit zwei schnellen Schüssen noch zwei der Tiere, band diese an seinen Gürtel und setzte seinen Weg Richtung Westen fort.

Es war nicht so, dass er sehr schnell vorwärts kam, öfter brauchte er Pausen und das ständige auf und ab der Hügel strengte ihn doch mächtig an. Trotzdem brachte er ein gutes Stück des Weges hinter sich. Gefahr von seinen Verfolgern befürchtete er nicht mehr, mied aber jeden Pfad, auch wenn es nur ein Tierpfad war. Mit Einbruch der Dunkelheit suchte er sich eine geschützte Stelle in einem dichten Tannenwald und machte sich ein Lager. Er streckte sich aus und bald darauf schlief er.

Immer westwärts führte ihn sein Weg, dem er auch am nächsten Tag folgte. Flüsse und Bäche sind Wegweiser und so suchte er in westlicher

Richtung einen Bach, der stetig nur nach Süden floss. Diesem Bach musste er folgen, um sein Ziel zu erreichten.

Zuvor jedoch würde er einen Berg finden müssen, der die umliegenden Hügel deutlich überragte. Am Abend, nach dem er den Wald über einen steil abfallenden Hang verlassen hatte, sah er diesen Gipfel. Wieder suchte er sich eine Stelle für sein Nachtlager, ein kleines Feuer und eine gebratene Ente gaben Wärme und brachten die Lebensgeister zurück. Sollte jetzt nichts außerordentliches mehr passieren, würde er sein Ziel erreichen und dass trotz dieser leidlichen Verletzung.

Zur etwa gleichen Zeit, zu der Tankred die Buschgruppe in den Sumpfwiesen erreichte, entdeckten die Anwohner den Toten. Er lag mit durchgeschnittener Kehle unweit des Grubenhauses. Die Tür war offen, der Gefangene weg!

Brandolf organisierte sofort eine Suche, zuerst im Dorf, dann am Waldrand. Doch der Regen hatte alle möglichen Spuren hinweg gewaschen. Auf Gutglück schickte er einen Kriegertrupp den Bachverlauf entlang in die Richtung des Sonnenhöchststandes. Eine andere Gruppe sandte er in die Richtung, aus der der Fremde gekommen war. Beide kehrten am späten Nachmittag zurück, ohne den Fliehenden gefunden zu haben.

15. Tod und Leben

65 nach Christus - Frühjahr (24. Maius)
Barbaricum - Im Land der Hermunduren zwischen dem Fluss Moenus und dem Herzynischen Wald

Zur Dämmerung rief Degenar alle freien Männer zur Beratung. „Wir wissen, dass der Markomanne für Sklavenjäger unterwegs ist. Also müssen wir mit einem Angriff rechnen. Was können wir tun?" fragte der Eldermann in den Kreis der Anwesenden hinein.

„Wir werden Fallen bauen, Gruben ausheben und Pfähle darin aufrichten. Wir decken diese mit Strauchwerk ab. Netze und auch Baumfallen könnten an anderen Stellen helfen... Außerdem brauchen wir verschiedene Waffenlager. Unsere geringe Zahl von Kriegern können wir vor dem Feind nur verschleiern, wenn wir die Frauen im Bogenschießen ausbilden." erwiderte Brandolf und fügte an: „Wir sollten auch unsere Posten an der Quelle und am See verstärken!"

Sven schüttelte den Kopf. „Das wird nicht reichen... Wir sind zu Wenige! Vielleicht müssen wir diese Ansiedlung wieder aufgeben?"

„Nein!" entschied der Eldermann. „Von der alten Siedlung zu weichen, war notwendig und deshalb richtig. Jetzt das alles hier wieder aufgeben, bedeutet erneuten Beginn. Diesmal aber könnten wir nicht wieder die gleiche Hilfe beanspruchen. Wir müssen bleiben und wenn nötig auch kämpfen. Selbst wenn wir zu Wenige sind ..."

„Du hast recht, einer von uns muss zum Rotbart!" stimmte Arnold zu.

Irvin ergänzte: „Vergesst Gaidemar nicht! Einer von uns sollte den Jäger vom Fluss aufsuchen und weiter nach Gaidemar suchen..."

„Etwas Zeit bleibt uns. Der Markomanne kann nicht schon morgen mit Sklavenjägern vor dem Dorf stehen... Also, wer übernimmt welche Aufgabe?" gab der Eldermann zu bedenken.

„Ich baue die Verteidigung des Dorfes!" verkündete *Ulf*. Vorschläge für Fallen und Hindernisse wurden unterbreitet und fanden Zustimmung.

„Ich gehe zum Rotbart und bin in zwei Tagen zurück!" bot Arnold an.

„Vergesst Ragna und deren Unterricht im Bogenschießen für die Frauen und Mädchen nicht." Der Einwurf stammte von *Leopold*.

Wie diese ersten Gedanken zum Schutz der Siedlung wurden noch viele weitere Ideen geäußert, geprüft, verworfen oder angenommen. Die

Beratung dauerte nicht lange und hatte doch zahlreiche Vorschläge erbracht, die in kürzester Zeit zur Umsetzung gelangten.

Degenar wusste, dass die Zeit ihr größter Feind war. Auch wenn der Markomanne, ob seiner Verwundung, nicht so schnell ins Lager der Römer gelangen könnte, blieb ihnen für die Schutzmaßnahmen noch immer zu wenig Zeit.

Der Eldermann begrenzte auf das Machbare und so traf er seine Weisungen. Die Beteiligung an den zu erfüllenden Aufgaben fand eine Verteilung auf viele Schultern.

Irvin und Notker wurden zu Boten bestimmt. Sie sollten zur Talwassersippe aufbrechen.

Das Dorf rüstete zum Kampf. Die Bedrohung durch den Markomannen und dessen Helfer blieb bestehen, gerade weil es nicht gelang, seiner Habhaft zu werden.

Die Beratung fand ein jähes Ende, als Finia plötzlich unter den Männern auftauchte und verkündete, bei Sigrid sei es soweit.

Ulf stürzte sofort los und die Beratung löste sich schnell auf. Auch Degenar und Brandolf bewegten sich zu Ulfs Hütte.

Als sie dort anlangten, trat Eila heraus und verkündete voller stolz: „Ihr kommt zu spät! Es ist vorbei, ein Knabe und noch dazu recht kräftig. Er zappelt und nuckelt schon an der Brust."

„Wie geht es Sigrid?" fragte Brandolf.

„Wie soll es ihr gehen? Gut, wenn der Knabe schon an der Brust liegt... Es gibt halt Frauen, denen bereitet eine Geburt keinen sonderlichen Kummer und Andere, die weniger Glück haben..."

Eila trat an den Männern vorbei und wollte sich zur eigenen Hütte entfernen.

„Was? Bist du hier schon fertig? Warum hast du uns erst jetzt benachrichtigen lassen?" warf ihr der Älteste vor.

„Warum sollte ich euch zur Teilnahme an der Geburt auffordern? Denkst du, dass dies der jungen Mutter geholfen hätte? Einen nervösen Ulf in ihrer Gegenwart? Und dann noch euch alle, als blöde Gaffer? Mir haben die jungen Gänse schon gereicht!"

Damit meinte die Alte die jungen Frauen, die der Gebärenden und ihr halfen. Die Schroffheit der Alten war ihr Wesenszug, der nur ihre Liebe und Zuneigung verbarg. Mit aller Sorgfalt und Vorsicht nahm sie, nach der Benachrichtigung durch Finia, die Vorbereitungen für die Geburt vor. Sie bestimmte die Frauen, die dabei sein und ihr helfen sollten. Sie sorgte für saubere Tücher, warmes Wasser, ein sauberes Messer für die Nabelschnur und dann widmete sie der werdenden Mutter ihre Aufmerksamkeit.

Mittels ihrer Hinweise durchlebte die Frau den Geburtsprozess in steter Abfolge von Schmerz und Erholung, von Ermahnungen zu pressen bis Trost und Streicheln in den Zwischenpausen. Die Geburt, so schmerzhaft diese für die Erstgebärende auch gewesen sein mag, war eine der Geburten, die am Schnellsten vorüber war.

Eila erlebte in ihrer Vergangenheit schon andere Geburten... Totgeburten, sterbende Mütter und auch beides zusammen. Sie wusste, wie hart es war, die Mutter des Kindes zu verlieren und war deshalb über den glücklichen Geburtsverlauf erfreut.

Genau diese Freude verbarg sie in ihrer Knurrigkeit. Andernfalls wäre sie zornig oder schweigsam geworden. So aber lag ein kleiner Knabe an der Mutterbrust, ein glücklicher Vater rannte hirnlos in der Hütte herum und wusste nicht, was er als Erstes tun sollte.

Als Ulf wie ein Bär in die Hütte polterte, zischte sie ihn an, er solle sich leiser bewegen, sonst bekäme sein Sohn schon am ersten Tag seines Lebens Angst vor ihm. Dann drängte sie den Vater zu Mutter und Kind und hörte sich dessen unsinnig geplappertes Gestammel an, bis sie die letzte Frau aus der Hütte treiben und die jungen Eltern allein lassen konnte.

Eila, die ihre Hütte erreicht hatte, drehte sich noch einmal zu den beiden Männern um und rief: „Lasst die drei allein! Es geht Mutter und Kind gut! Kommt, ich schenke euch einen *Met* ein, bevor ihr euch um eure Dinge kümmert ..." Es mochte ein glücklicher Tag sein, den ersten Neugeborenen in der noch jungen Sippe zu begrüßen, doch auch der Tod hatte seine Fänge ausgestreckt und Einen der Ihren aus ihrem Kreis gerissen.

„So ist es eben..." stellte Degenar beim Entgegennehmen des Trinkhorns fest: „Der verfluchte Markomanne nahm uns *Folkward* und die Götter schenken uns dafür den Knaben! Der Tod und das Leben..." Die Männer tranken aus und begaben sich zur Ruhe.

Am Morgen, während sich Brandolf um die Abreise Irvins und Notkers kümmerte, suchte der Eldermann Ragna auf. Die junge Frau saß an ihrer Lieblingsstelle, auf dem umgestürzten Baumstamm am Bach. Der junge Wolf lag neben ihr im Gras. Als der Älteste auf sie zu trat, wich der

Wolf aus und legte sich vor die Füße der jungen Frau. „Er hat sich gut eingelebt!" meinte der Alte und wies mit dem Kopf auf den Wolf.

„Er ist noch jung. Seine Triebe waren noch nicht ausgeprägt, als wir ihn fanden. Es scheint, dass er mich an Mutter statt angenommen hat. Aber er wird ein Wolf bleiben!" Damit streichelte die junge Frau das graue Fell des Tieres. Ein kurzes Kraulen hinter dessen Ohren führte dazu, dass sich der Wolf entspannt zu ihren Füßen ausstreckte.

„Sigrid hat einen Sohn!" verkündeter Degenar der jungen Frau.

„Ich war dabei!" stellte diese gelassen fest.

„Warum bist du dann so still und so allein? Es ist doch ein glückliches Ereignis." gab der Älteste zu bedenken und sah Ragna an.

Irgendetwas schien der Alte zu wollen? Ragna schaute zur Sonne auf, blinzelte und sah dann den Alten an. „Ja, ist es." Mehr wollte sie nicht sagen und auch nicht offenbaren, woran sie dachte. Deshalb schwieg sie.

Degenar hoffte, dass das Mädchen es ihm leichter machen würde, doch diese hüllte sich in Schweigen. „Du bist unsere Jägerin." stellte er deshalb einfach fest.

Sie nickte und wartete. Diese sachliche Feststellung, die ihre Stellung in der Sippe beschrieb und nicht auf Persönliches gerichtet war, erregte ihre Aufmerksamkeit. Sie wandte ihren Blick von der Frühlingssonne zum Eldermann.

„Der Markomanne beabsichtigte dich zu rauben..." nannte der Alte eine weitere Tatsache. Ragna blieb still.

„Was denkst du, was er mit dir gemacht hätte?" Die Frage war im gleichgültigen Ton gestellt. Degenar wollte einerseits wissen, was sie empfand und auf der anderen Seite verhindern, dass Angst die junge Frau ergriff. Er täuschte sich in allen seinen Befürchtungen!

„Das was alle Männer tun..." stellte sie gleichmütig fest.

„Und dann?" Verflucht, machte ihm das Weib dieses Gespräch schwer. Er fühlte verhaltene Wut, wusste aber nicht, wem diese galt. Er bemerkte Ablehnung und erkannte, dass sich Ragna vor ihm zurückzog. Wie sollte er nur zum Kern seines Gesprächswunsches vordringen? Wie nur konnte er die spröde Schale des Weibes aufbrechen?

„Irgendwann hätte ich ihm seine Eier dafür abgeschnitten!" stieß sie voller Zorn zwischen ihren Zähnen hindurch und Degenar sah, wie ihre Gesichtsmuskeln zuckten.

„Welchen Nutzen hätte das?" bohrte er weiter.

„Was interessierte mich ein Nutzen? Es wäre meine Rache gewesen! Wahrscheinlich hätte ich ihm dann noch mein Messer ins Herz gestoßen und dann mich umgebracht...." Ihr Kopf senkte sich, ihre Hand griff nach dem Wolf und strich vom Kopf aus über den gesamten Rücken. Diese Zeit schien sie zur eigenen Beruhigung zu benötigen.

„So musst du nicht denken. Du bist eine schöne Frau! Jeder Mann wäre stolz darauf, könnte er dich besitzen..." versuchte der Alte den ersten Frontalangriff auf den schwermütigen Seelenzustand der jungen Frau.

„Auch danach? Außerdem besitzt mich keiner! Bin ich eine Kuh?" wutentbrannt sprang sie auf und der vor ihren Füßen liegende Wolf sprang zur Seite, knurrte und fletschte seine Zähne. Der Alte ergriff behutsam ihre Hand und veranlasste sie, sich wieder zu setzen.

„Der Mann der dich liebt, ja!" Überrascht sah sie den Alten an. Degenar wartete.

„Woher willst du das wissen?" fragte sie.

„Schau mich an und sage mir was du siehst, aber ehrlich!" forderte er von ihr zu wissen.

„Unseren Ältesten!" stellte sie scheinbar unbeteiligt fest.

Degenar war sich bewusst, dass mit Ragna eine selbstbewusste Frau vor ihm saß, die genau wusste, was sie wollte. Zurzeit konnte sich der Markomanne glücklich schätzen, weit von ihr entfernt zu weilen. Könnte sie seiner Habhaft werden, würde sie ihm ihr Messer in den Leib stoßen und ihm noch danach seine Eier abschneiden oder vielleicht in umgekehrter Reihenfolge vorgehen. Ihre Wut kannte keine Grenzen und der Eldermann vermutete, dass es nicht nur ein Ziel dieser Wut zu geben schien. Vorsichtig begann er deshalb mit der Erforschung des Leides dieses jungen Weibes.

„Ja, ich bin euer Eldermann! Außerdem bin ich ein alter Mann. Danke für deine Besonnenheit." Degenar schwieg einen Moment. „Dieser alte Mann hat Augen im Kopf. Wenn du glaubst, ich wüsste nicht, woran du denkst, wenn du hier sitzt, irrst du ..." Degenar wartete auf eine Bemerkung. Als Ragna schwieg, setzte er seine begonnen Worte fort.

„Ich habe dich beobachtet, seit du bei uns bist. Zu Anfang habe ich mich gefragt, warum eine solch schöne junge Frau, der bestimmt zahlreiche Männer nachstellten, die Sippe des Vaters und seinen Schutz verließ." Degenar kratzte sich hinterm Ohr, um seine Verlegenheit zu vertuschen. Dann besann er sich.

„Nachdem ich lange darüber nachdachte, hatte ich eine Vermutung und diese fand eine Bestätigung. Arnold, Sven und Irvin folgten dir hierher zu uns ... Du warst ihr Grund. Als ich mich fragte, wem du folgtest, gelangte ich zur Schlussfolgerung, dass es Ulf wohl nicht sei und dein Bruder auch nicht. Dein Interesse galt auch nicht diesen Dreien, die dir zu uns folgten ..." Lächelnd wandte sich der Alte der jungen Frau zu.

„Also gab es nur noch zwei Möglichkeiten. War es dein Wille zur Freiheit, deine Unabhängigkeit und dein Eigensinn oder..." der Alte lies die Schlussfolgerung offen und sah der jungen Frau in die Augen.

„Meine Bestätigung fand ich an dem Tag, als Irvin und Arnold sich stritten!"

Nach einer Weile fügte er hinzu: „Ich wusste, dass du ihn mochtest. Noch aber war es keine Liebe. Deshalb hast du dich bei diesem unsinnigen Streit nicht erklärt... Wie solltest du auch? Er hätte vorher auf dich zugehen müssen oder offen Partei für dich ergreifen sollen..."

Wieder schwieg Degenar. „Dafür war Gaidemar zu klug!" setzte der Alte fort. „Den Zeitpunkt, dich zu Fragen, hatte er verpasst! Sein Fehler! Griffe er in den Streit ein, wäre ein böses Ende sicher gewesen und unsere ganze Sippe gefährdet ... Deshalb schwieg er und zog sich zurück."

Der Wolf veränderte seine Position und legte seine Schnauze auf Ragnas Füße. Versonnen betrachtete der Alte diese Geste, räusperte sich und setzte fort: „Ich habe den Jungen beobachtet. Es fiel ihm schwer, sich zu beherrschen ..."

Ragna nickte mit dem Kopf und Schweigen legte sich über ihr Gespräch. Dann gab sie sich einen Ruck. „Es gibt etwas, was keiner weiß." presste sie zwischen den Zähnen durch.

Aufmerksam betrachtete der Alte die junge Frau und wartete auf die Fortsetzung. „Einige unserer Krieger waren auf der Jagd. Vater ließ mich nicht mit, obwohl ich ihn darum bat. Ich war besser mit dem Bogen, als alle anderen zusammen, aber eben nur ein Mädchen .... Ich war den Kriegern dennoch gefolgt. Chatten hatten sie umzingelt und einen unserer Männer getötet. Unsere Krieger saßen im Tal fest und waren den Pfeilen der Chatten ausgesetzt ... Ich konnte die Positionen der Feinde ausmachen, weil ich oberhalb des Tales unsere Jungkrieger beobachtete. Ich sah die Chatten und als ihre Feindschaft in den Angriff überging, erlegte ich Einen nach dem Anderen, wie räudige Hunde ..." Ragna schwieg und kraulte den Wolf hinter den Ohren.

„Vater hat mich gestraft, er hat mich so durchgeprügelt, dass ich tagelang nicht ohne Schmerz sitzen konnte ... Keiner erfuhr von dieser Strafe, nicht mal meine Mutter und die Brüder. Ich wagte es nicht, darüber zu sprechen. Es gab nur eine Linderung ..." Der Alte lauerte.

Ragna hatte sich entschlossen, dem Ältesten auch dieses Geheimnis zu offenbaren.

„Die Mütter der beteiligten Jungmänner dankten mir, alle auf ihre Weise. Von da an durfte ich mir Vieles erlauben, ohne je einen Vorwurf zu hören, nicht von den anderen Weibern, nicht vom Vater ..."

Nach einer Pause fügte sie an: „Gaidemar war einer der Männer und der Einzige, der mir für sein Leben dankte!" Sie stand auf und wollte gehen. Der Wolf sprang auf und wich ihren Füßen aus.

„Warte, setz dich wieder!" befahl der Älteste.

Dann nickte er mit dem Kopf. „Jetzt verstehe ich! Dein Geheimnis ist bei mir sicher. Aber was war, als Gaidemar aufbrach?"

„Ich habe ihn zurückgewiesen ...." flüsterte sie und der Alte sah die Tränen über ihre Wangen tropfen. Er nahm den Kopf der jungen Frau und zog ihn an seine Schulter. So saßen sie einige Augenblicke beieinander, bis sie sich von ihm löste und einfach nur „Danke!" sagte.

Er hatte verstanden. Sorge, Angst, Sehnsucht, Verlangen, was auch immer sie empfand, es blieb in ihrer Seele verborgen und keiner konnte ihr diese Gefühle nehmen oder ihr dabei helfen, diese zu tragen. Dann kommt so ein Lump und versucht sie zu entführen ...

Wie ein Sturmwind fegten ihre Gefühle über sie hinweg und lähmten ihr Empfinden, ihre keimende Liebe und zwangen ihr Zorn und Wut auf. Fühlte sie sich hilflos, unterlegen, verzweifelt? Er konnte es jetzt nachvollziehen. Sie war allein ...

Von diesen widerstreitenden Gefühlen bedrängt und gefoltert, suchte sie die Einsamkeit. Nicht dazu bereit, mit Anderen darüber zu sprechen, vermied sie Kontakte und ging weder zu ihrem Bruder, noch zu Bertrun und kam auch nicht zu ihm. Vielleicht, so hoffte er, hatte ihr dieses Gespräch geholfen...

„Ragna, du musst allen Frauen den Umgang mit dem Bogen zeigen! Der Markomanne wird die Sklavenjäger zu uns führen. Wir müssen uns vorbereiten. Irvin wird Gaidemar suchen. Er soll ihn zurückholen!" Der Älteste erhob sich, bevor er anfügte: „Ich werde die Frauen und Mädchen zu dir schicken. Zeige ihnen deine Kunst!"

Inzwischen war Irvin reisefertig. Brandolf erklärte ihm noch einmal die Dringlichkeit und den Inhalt der Botschaft an den Eldermann der Talwassersippe und verabschiedete den Krieger mit einem satten Schlag auf den Hintern seines Pferdes.

Der Gaul schlug aus und setzte sich dann in Bewegung, was Irvin in Bedrängnis brachte. Bald jedoch zwang Irvin das Pferd wieder unter seine Kontrolle und ritt, gefolgt von Notker, aus dem Dorf.

Am Abend des gleichen Tages verbrannten sie den toten Jungmann mit seinen Waffen. Alle Siedler standen um den brennenden Holzstoß, auf dem der sterbliche Körper Folkwards durch das Feuer nach *Walhall* geleitet wurde.

Als im Kampf Gefallener stand ihm ein ewiges Leben an *Wodans Tafel* bevor, bewirtet von *Walküren,* bis es zum letzten Kampf mit *Jotunheim* kommen würde.

Zuerst herrschte Trauer, doch dann wurde das junge Leben gefeiert. Die Geburt von Ulfs Knaben war die Erste, die die neue Sippe begehen durfte. Bis tief in die Nacht wurde gesungen, getrunken und getanzt.

16. Suche und Flucht

65 nach Christus - Frühjahr (25. Maius)
Barbaricum - Im Land der Hermunduren zwischen dem Fluss Moenus und dem Herzynischen Wald

Auf ihren kleinen, wendigen und ausdauernden Germanenpferden kamen Irvin und Notker zügig voran. Sie erreichten den Fluss Salu kurz vor dem Höchststand der Sonne. Die Furt durchquerten sie bei normalem Wasserstand, ohne in Bedrängnis zu geraten und wurden erst unmittelbar vor dem Dorf der Talwassersippe angehalten.

Der Posten der sie anrief und dann erkannte, brachte beide Reiter zum Eldermann. Irvin brach schon kurz nach einer Bewirtung wieder auf und folgte dem von Norbert gewiesenen Weg. In seiner und des Knaben Begleitung ritt ein Führer aus Norberts Kriegerschar.

Die Dämmerung war noch nicht erreicht, als sie im nächsten Dorf eintrafen, als Gäste den Willkommenstrunk und das Angebot zur Übernachtung erhielten. Am Abend reichte der Gastgeber Met zur Bewirtung und forderte den Gast auf, über sein Ziel und andere Neuigkeiten zu berichten.

Irvin fragte ob der Eldermann die Veränderungen in der Sippe seines Nachbarn schon kenne und dieser bestätigte die Vermutung.

Olaf, der Mann seiner Schwester, hätte ihn über den neuen Eldermann unterrichtet und wäre dann zum Nachbarn am Fluss Maa weiter gezogen.

Ulbert, der Eldermann der Mardersippe, gab zu erkennen, dass er Olaf damals einen Führer mitschickte.

„Dann ist dir der Überfall der Römer auf das Dorf der Buchensippe auch bekannt?" fragte Irvin den Gastgeber. Notker hielt sich im Hintergrund des Raumes auf und beteiligte sich nicht am Gespräch. Stand ihm dies als Knabe noch nicht zu, so verfolgte er jedoch jedes gesprochene Wort aufmerksam.

„Ja, Gaidemar berichtete darüber vor unseren Männern!" bestätigte der Eldermann und setzte daraufhin noch fort: „Wir stimmten für dieses Bündnis! Unsere Krieger waren dann im Kampf dabei! " verkündete er voller Stolz.

Überrascht betrachtete Irvin den Eldermann: "Welchen Kampf? Wir wissen von keinem Kampf!"

„Richwin, Norberts Sohn, kam einige Tage später zu uns..." berichtete Ulbert „...bezog sich auf unsere Bündniszusage und forderte unsere Krieger."

Noch immer von Unverständnis gezeichnet, betrachtete Irvin den Eldermann.

„Unsere zurückkehrenden Männer erzählten mir vom Kampf mit den Römern und von deren Vernichtung auf dem Fluss Maa. Sie nannten mir die Ottersippe des Farold, in der die Opferung Gefangener stattfand. Weiter erhielt ich Kunde von der Umzingelung des Nachbardorfes an der Furt der Schweine und der Herbeiführung der Veränderung der Machtverhältnisse in der Ebersippe des Hubert. Jetzt ist Ludwig der Eldermann dieser Sippe."

Irvin, der diese Ereignisse zum ersten Mal hörte, ließ sich dann von beteiligten Kriegern Einzelheiten berichten. Gaidemar und Gerwin mussten inzwischen so Einiges erlebt haben.

Gaidemar war zum Hunno der Gefolgschaft bestimmt worden und wurde, ob seiner Taten und Entscheidungen, als klug und beherrscht beschrieben. Die beteiligten Krieger schilderten die Einzelheiten und so gelangte Irvin zu einer neuen Einsicht. Diese Nachrichten überdenkend, entschloss sich der Jungmann, einen neuen Weg einzuschlagen und direkt bis zu der Siedlung zu reiten, in dessen Nähe der Kampf mit den Römern stattfand.

Am Morgen meldete sich ein neuer Wegekundiger, der auch noch an den Kämpfen beteiligt war. Dieser Mann würde ihn schnell und sicher zum Ziel führen.

Es wurde ein langer Ritt, bergauf, bergab, vorbei an Sümpfen, durch Täler, Bäche und kleine Flüsse, auf versteckten Tierpfaden und über Wege, die sich durch Büsche wanden, dichten Tannenwald durchdrangen, oder unter den dichten Baumkronen großer, alter Buchenbäume und Eichenwald hindurch führten, bis sie am Ende des Tages plötzlich von Kriegern aufgehalten wurden.

„Wer seid ihr und wohin führt euer Weg?"

„Wir wollen zum Eldermann Farold!" lautete die bestimmte Antwort des Wegkundigen. "Führt uns zu ihm!"

Sie gelangten über den Fluss Maa und trafen im Haus des Ältesten zu der Zeit ein, als die letzten Sonnenstrahlen die Erde erreichten. Gastrecht wurde gewährt, ein Willkommenstrunk gereicht und nach dem Wunsch und Ziel des Gastes gefragt.

Irvin berichtete dem Eldermann von seinem Auftrag und von der Sorge um die Sippenangehörigen. Er erfuhr vom Kampferfolg über die Römer, von der Befreiung Gefangener, von der Eroberung des römischen Schiffes und hörte das Lob, das dem jungen Anführer der Gefolgschaft galt.

Farolds Erzählung zu vergangenen Ereignissen enthielt auch weitere Einzelheiten zur Mission in der Ebersippe. Irvin, bestärkt durch die erhaltenen Nachrichten, nahm das Übernachtungsangebot des Gastgebers an und bat trotzdem um einen Führer bis zur nächsten Sippe, auch wenn ihm der Fluss seinen Weg vorschrieb.

Am Morgen verabschiedete er sich vom vorherigen Wegkundigen, der seinen Rückweg einschlug.

Als er Farold seinen Dank für Gastrecht und Übernachtung bekundete, erfuhr er aus dessen Mund noch einen Hinweis für seinen weiteren Weg: „Was ich am Abend in meiner Schilderung nicht bedacht war, dass wir eine Nachricht zum Weg der Gefolgschaft erhielten. Gaidemar weilte einige Zeit in der Nähe der Sippe an der Furt der Ochsen. Der Fluss macht dort eine Biegung und fließt dann in Richtung Mitternacht. Er soll dem Fluss gefolgt sein. Wenn das stimmt, solltest du nicht dem Flusslauf folgen, sondern direkt zur *Frekisippe* am Maa, zum Eldermann *Gottfried* reiten. Stimmt die Mitteilung, kann dir Gottfried sagen, welchen Weg die Gefolgschaft von dort aus einschlug."

Farold besann sich einen Moment und setzte dann fort: „Der Jungmann *Rolf* wird dich führen. Entscheide selbst, ob du dem Weg der Gefolgschaft folgst oder einen kürzeren Weg wählst!"

Irvin musste nicht lange überlegen, welcher Weg der Bessere wäre. War Gaidemar schon weiter flussab gezogen, spart auch Irvin einen Tag, wenn er den kürzeren Weg wählte.

Hatte Gaidemars das Dorf dagegen noch nicht erreicht, musste Irvin ihn wieder flussauf, in den umgebenden Wäldern suchen ... Noch vor der Abenddämmerung ritten Irvin und sein Gefolge im Dorf des Gottfried ein. Zwischen überragenden Bergrücken presste sich das Dorf der Sippe entlang eines Baches in einen Taleinschnitt.

Schnell waren die Fremden von bewaffneten Männern umstellt. Keiner Antwort auf Bitten und Fragen gewürdigt, stieß man die um Gastrecht heischenden, in ein Grubenhaus. Außer Wasser und Brei zum Essen bekamen sie nichts Anderes. Kein Gastrecht, kein Gespräch, keine Erklärung.

Gefangene dieser Sippe zu sein, ohne ein Vergehen begangen zu haben, erschütterte Irvins Glauben an die Zusammengehörigkeit aller Hermunduren. Er war sich sicher, im Grubenhaus einer Sippe seines Stammes zu sitzen. So wie er auch sicher war, dass man seine Herkunft als Hermundure erkannte. Trotzdem wurde das Gastrecht verweigert und schlimmer noch, jede Erklärung für das Verhalten verweigert. Mit dieser Wendung hatte Irvin nicht gerechnet und machte sich Vorwürfe, dass er nach seinen bisherigen Erlebnissen leichtfertig mitten ins Dorf geritten war. Auch seine Forderung, sofort zum Eldermann gebracht zu werden, wurde nicht erfüllt.

Die Nacht verging. Am Morgen wurden die drei Verwahrten vor den Ältesten geführt und dort befragt. Als sich herausstellte, welchen kostbaren Fang die übereifrigen Posten gemacht hatten, entließ der Eldermann seine so unwillkommen empfangenen Gäste. Auskünfte über Gaidemar konnte Irvin nicht einholen. Der Name war unbekannt und Irvin hütete sich, mehr zu offenbaren.

Der Krieger verstand nicht, warum in der Sippe keine Kenntnis von der Gefolgschaft vorlag? Verschwieg man ihm etwas? Es schien ihm unmöglich, dass eine so umfangreiche Kriegerschar unbemerkt an diesem Dorf vorbei gekommen sein sollte. Zumal zumindest deren mitgeführtes Boot für Aufmerksamkeit gesorgt haben dürfte.

Andererseits war nach Farolds Schilderung zu viel Zeit seit Gaidemars Aufbruch vergangen. Hatte sich zwischen dieser Sippe und der Gefolgschaft etwas ereignet, dass Gaidemar veranlasste, den Eldermann nicht aufzusuchen? Warum würde Gaidemar den Versuch der Gewinnung dieser Sippe für sein Bündnis vermeiden? Irvin wurde bewusst, dass er zu wenig von der Gefolgschaft, deren Zielen und Wegen wusste. Für ihn schien es so, als sei Gaidemars Kriegerschar zwischen Farolds und dieser Sippe verschollen.

Verwundert war er auch darüber, dass keiner der Männer der Frekisippe, wie der Eldermann sie nannte, seinen Wegkundigen kennen wollte. Zumindest dessen Herkunft aus der Nachbarsippe sollte ein ausreichender Grund für Gastrecht begründen. Doch keiner der Krieger der Frekisippe kannte den Jungmann. War die Wahl des Wegkundigen Rolf schuld an allen Missverständnissen?

Letztlich glaubte Irvin nicht daran, dass Gaidemar, falls er das Territorium der Sippe erreicht hatte, diese ohne triftige Gründe umgangen hätte. Gab es also wichtige Gründe, so musste er so schnell wie möglich verschwinden. Irvin erkannte keinen Grund, warum Gaidemar noch hinter ihm weilen sollte.

In Unkenntnis, wo der Hunno verblieben war und im Glauben, dass die Gefolgschaft schon lange weiter gezogen sei, entschloss er sich zur Fortsetzung des Weges flussab.

Rolf versicherte ihm, dass er den weiteren Weg kennen würde und ihn auch bis zu Gaidemar begleiten könne. So benötigte der Trupp keinen neuen und fremden Führer.

Dieser Tag verging wie die Vorangegangenen. Langsam schmerzten Notker die Gesäßmuskeln, waren sie doch so lang anhaltende Ritte nicht gewöhnt. Glück schien ihnen insofern gewogen, weil der Wettergott ein Lächeln für sie bereit hielt. Mit Regen oder gar Sturm wäre ihre Reise weitaus unangenehmer.

Rolf, der bereits schon einmal in der nächsten, am Fluss liegenden Siedlung gewesen war, ritt voran und hielt erst unmittelbar bei den ersten Hütten am Flussufer. Er sah sich um. Keiner der Anwohner nahm vom fremden Reitertrupp Notiz. Also sprangen Irvin und der Wegkundige aus ihrem Sattel und Irvin begab sich zu einem am Flussufer Netze flickenden Anwohner.

Der hörte sich die Frage nach Gaidemars Gefolgschaft an, bat den Fremden zu warten und ging zu einem der nahestehenden Häuser. Die Ankömmlinge warteten. Sie sahen aus dem Haus eilende Knaben. Einer verschwand in Richtung flussab in einer der anderen Hütten. Ein zweiter lief nach flussauf. Sich dabei nichts denkend, warteten die Ankömmlinge weiter. Es verging einige Zeit, doch es öffneten sich keine Türen, um sie als Gäste zu begrüßen und der gewünschte Eldermann fand sich auch nicht ein.

Unruhig sah sich Irvin nach Rolf um: "Was denkst du, geht hier vor?"

„Ich weiß nicht! Entweder ist denen Gaidemar unbekannt oder es hat Ärger gegeben!" vermutete der junge Gefährte.

„Dann sollten wir lieber erst einmal verschwinden…"

Doch es war bereits zu spät. Johlend brach eine Horde von Jungmännern zwischen zwei Langhäusern hervor und stürmte auf die Fremdlinge zu. Bevor Rolf und Irvin wieder im Sattel saßen, wurden beide gegriffen und zu Boden geworfen. Nur Notker, der noch immer zu Pferde saß, konnte seinen Vorteil nutzend, die Angreifer nieder reiten und entkommen.

Irvin und Rolf wurden gebunden in ein Grubenhaus gebracht und unter Bewachung zurückgelassen, während mehrere Trupps der Sippe aufbrachen, um den dritten Reiter zu suchen.

Notker floh auf dem Weg den sie gekommen waren. Es ging, so schien ihm, um sein Leben und wenn er nicht entkommen konnte, auch um das Leben seiner Begleiter. Krampfhaft überlegte er, woher er Hilfe holen konnte...

Zurück zu Gottfried reiten oder Gaidemar suchen, beides konnte dazu führen, dass er den Schergen in die Arme lief. Ob sein Pferd noch einen langen Ritt mit hohem Tempo überstehen würde, bezweifelte er. Noch waren seine Verfolger nicht zu sehen. Würden sie seiner erstmal ansichtig, hatte er kaum eine Möglichkeit zu entkommen. Ihm blieb nur eine Wahl, der Fluss. Hinter Bäumen und Büschen verborgen, floss dieser träge dahin.

Notker wagte es, trotzdem er die Kälte des Wassers und die Strömung fürchtete, von der Uferkante aus, mit dem Pferd in den Fluss zu springen. Sich vom Rücken des Tieres gleiten lassend und neben diesem flussab im Wasser treibend, zum anderen Ufer zu gelangen war sein Ziel. Obwohl der Fluss kein Hochwasser führte, zog die Strömung ihn und den Gaul mit sich fort. Das Pferd am Halfter zerrend, näherte er sich mühsam dem anderen Ufer, als er die Verfolger hörte. Doch diese ritten an der Stelle, an der er in den Fluss gesprungen war, vorbei.

Notker erreichte eine vom jenseitigen Ufer ins Wasser ragende Landzunge. Weit von der Stelle abgetrieben, an der er ins Wasser gegangen war, fand der Knabe wieder Boden unter den Füßen, schwang sich auf den Rücken des Pferdes und verlies die Ufernähe. Nass bis auf die Haut ritt er weiter und wusste nicht, was er tun sollte. Also folgte er im Wald erstmal dem Flusslauf abwärts, bis er am anderen Ufer die Siedlung der Gefangennahme seiner Gefährten ausmachen konnte.

In Notkers Rücken stieg ein Hügel steil an und schien von seinem Standort aus nicht begehbar. Der Knabe war sich sicher, dass der Hügel ihm eine weite Sicht ermöglichen könnte. Er umging den Berg auf seiner hinteren Seite und gelangte, an Höhe gewinnend, bis zum Gipfel.

Inzwischen war die Dämmerung heraufgezogen und bald würde der Knabe in seinem Umfeld nichts mehr erkennen können. Auf was hoffte er? Was sollte er tun? Notker bedachte seine Situation. Zuerst galt es, seine Kleidung zu trocknen und eine günstige Stelle zum Schlafen zu finden. Dass die Verfolger ihn an diesem Flussufer suchen würden, glaubte er nicht. Bestimmt waren sie den Spuren gefolgt, die die Reiter zuvor in Richtung des Dorfes zurückgelassen hatten. Beim schnellen Tempo der Verfolger würde keiner darauf achten, in welche Richtung eine Spur verläuft, wenn sie nur deutlich genug ist. Gelangten die Verfolger dann zur Erkenntnis, dass sie einer falschen Spur gefolgt waren, würde die zunehmende Dunkelheit das Erkennen der richtigen Spur verhindern.

Vielleicht kehrten sie auch erst um, wenn das Dorf des Gottfried erreicht wurde? Die Stelle des Sprungs ins Wasser könnten die Reiter kaum erkennen und im Wasser hatte er keine Spuren hinterlassen. Ob die Verfolger vor dem kommenden Morgengrauen seine Spur beim Verlassen des Wassers auf der Landzunge finden würden, bezweifelte er auch. Also schien er erst einmal in Sicherheit und seinem guten Gespür vertrauend, nahm er etwas Wegzehrung zu sich, zog sich aus, hängte seine Kleidung zum Trocknen auf, rollte sich in einer Kuhle in sein Fell und schlief auch bald ein.

Das Zwitschern der Vögel weckte ihn. Die ersten Sonnenstrahlen neckten den Schlafenden, der nach dem er sich seiner Lage bewusst geworden war, sein Pferd in seiner Nähe grasen sah. Notker streckte sich und erkannte, dass es noch früh am Tag war. Er zog seine noch klamme Kleidung an, nahm ein karges Frühstück mit Beeren und einem Fladen zu sich und suchte sich eine Stelle auf der Bergkuppe, die ihm eine weite Sicht ins Land ermöglichte. Die beste Stelle fand er auf einer Buche, auf dem zum Fluss steil abfallenden Hang. Vom Pferd aus gelangte er auf die unteren Äste und kletterte flink höher.

Von diesem Standort aus, die Siedlung am Fluss übersehend, erkannte er, wer das Dorf verließ oder betrat. Er saß noch nicht lange in der Krone des Baumes, als er flussauf, flussab und auch zur Waldseite hin Reiter ausmachte, die sich von der Siedlung entfernten. Sie suchten ihn überall, nur an den Fluss dachte keiner. Wohl hielt man eine Fluchtrichtung über das Wasser, wegen der Strömung, der Breite und Tiefe für unmöglich. Notker war richtig stolz auf sein Wagnis.

Nur wo steckte Gaidemar? Schon im letzten Dorf war die Gefolgschaft unbekannt. Also muss Gaidemar mit seinen Männern noch weit hinter ihnen am Fluss sein. Der Knabe erkannte Irvins Irrtum. Indem sie den kürzeren Weg wählten, waren sie vor die Gefährten gelangt und den nicht unterrichteten Sippen in die Fänge geraten.

Er musste zurück! Doch wo sollte er zu suchen beginnen? Was würde mit Irvin und dem Wegkundigen? Könnte er allein beide Gefangenen befreien? Könnten beide fliehen? Was warf man ihnen vor?

Alles Fragen, auf die der Knabe keine Antwort wusste. Indem er sich Irvins Fragen an den Fischer in Erinnerung rief, erkannte er keinen Grund für eine lebensbedrohliche Situation. Entweder man ließ die Gefangenen irgendwann laufen, oder behielt sie in Gewahrsam. Was machten schon ein paar Tage in einem Grubenhaus?

Notker fasste einen Entschluss und begann diesen sofort umzusetzen. Er konnte nicht mit Bestimmtheit wissen, ob seine Spuren unentdeckt blieben. Um sicher zu gehen, sollte er sich weit vom Dorf und Fluss entfernt halten. Wie aber kann er die Richtung halten, wenn ihm das Gelände fremd war?

Seit die Reitertrupps das Dorf verlassen hatten, gab es keine Ankünfte und auch kein weiteres Verlassen. Der Knabe sah sich auf seinem Baum um und blickte in den Himmel, in Richtung Sunnas Wagen, der kurz vor dem höchsten Punkt angekommen war. Dabei bemerkte er mehrere Bergkuppen, die sich aus dem Gelände heraus hoben und ihm kam eine Idee.

Würde er sich zwei oder drei Bergkuppen und deren Lage einprägen, könnte er sich einen Weg, weit ab vom Fluss, aber immer in Richtung flussauf merken. Wenn er vom nächsten Berg nachfolgende Kuppen bestimmte, bliebe er immer in der Flussnähe.

So begann der Knabe in die Richtung der nächsten erwählten Bergkuppe zu reiten, machte Umwege wegen Mooren und dichtem Unterholz, immer aber seiner vorgenommenen Richtung folgend. Angekommen auf einem Berg, vergewisserte er sich von welcher Kuppe er kam und seines Abstandes vom Fluss. Konnte er den Fluss nicht mehr in der Ferne ausmachen, wechselte er in die Richtung, in der er den Fluss vermutete.

Noch war ihm das Ziel seiner Suche unbekannt und so entschloss sich der Knabe, auch weil er keine Gefahr für Irvins Leben sah, langsam und bedächtig vorzugehen. Für den Fall, dass er unerwartet auf fremde Reiter traf und fliehen musste, ließ er sein Pferd nur im Schritt gehen, damit genügend Kraft für eine schnelle Flucht verblieb.

Als der Tag zur Dämmerung überging und er sich zu weit vom Fluss entfernt wähnte, wechselte er die Richtung und näherte sich dem Maa wieder an. Von einem weiteren Hügel aus konnte er die Schleife des

Flusses erkennen und sah den vorgenommenen Richtungswechsel. An dieser Stelle wählte er sein Nachtlager. Aus seiner Wegzehrung wieder ein paar Früchte entnehmend, kaute er danach auf einem abgeschnittenen Streifen, im Rauchfang geräucherten, Schinkens.

Auch der folgende Tag blieb sonnig und trocken. Notker ritt weiter, wechselte die Richtung wenn es der Fluss machte und sah von mehreren Kuppen den ruhig und gleichmäßig fließenden Maa. Kein Mensch und kein Tier kreuzten seinen Weg. Als Sunnas Wagen den höchsten Punkt ihrer Bahn erreichte, wandte sich der Knabe zum Flussufer.

Notker glaubte weit von der Siedlung und den Suchtrupps entfernt zu sein und hoffte die Gefolgschaft irgendwo am anderen Ufer zu finden. Im Bestreben, eine günstige Stelle zur Überwindung des Flusses zu finden, ritt er der Flussrichtung entgegen, am unmittelbaren Ufer entlang. Der Maa machte einen Bogen und änderte seine Richtung hin nach Mitternacht.

Notker traf auf einige kleinere Uferbuchten und musste dem sumpfigen Umfeld ausweichen. Mit weitem Abstand zum Fluss und von einer größeren Höhe aus, noch hatte er die richtige Stelle zur Überwindung des Maa nicht gefunden, sah er in einer der Einbuchtungen des Flusses ein eigenartiges Gebilde auf dem Wasser schwimmen. Der Boden stieg sanft an und der Buchenwald, von Büschen und Strauchwerk bestanden, verdeckte ihm die Sicht, hielt ihn aber auch aus der Sicht Anderer. Er passierte die Stelle, an der dieses eigenartige Ungetüm vertäut lag und entfernte sich vorerst vom Fluss.

Notker brauchte einen Ort, zum Zurücklassen seines Pferdes. Er blieb deshalb im dichten Wald, auf dem Kamm des Hügels. In einer Kuhle band er das Pferd an einem Zweig fest, nahm seinen Bogen vom Rücken, legte einen Pfeil ein und schlich sich talwärts, näher zum Boot hinunter.

Träge wälzte sich das Wasser des Flusses dahin und bildete hinter einer Böschungskante mehrere kleinere Buchten. In einer der Uferbuchten, aus der Richtung vom Fluss durch Bäume verborgen und vom Land aus erst aus kurzer Entfernung sichtbar, lag das Boot. Es hatte einen flachen platten Boden, kaum Bordwände, einen Mast mit einem Tuch daran und lag mittels Seil an einem Baum am Ufer festgebunden.

Notker nahm auf der Böschungskante zum Fluss einen Mann wahr, der in Höhe des einzigen Zugangs zum kleinen See, Posten bezogen hatte. Auf dem merkwürdigen Schiff würfelten drei fremde Krieger, deren Haar lang bis auf die Schultern wuchs. Sie fühlten sich so sicher, dass Notker die Männer unbemerkt beobachten konnte. Er verstand nicht, was das für ein Schiff sein sollte und wessen Krieger das waren? Plötzlich kam ihm die Erinnerung. Hatte nicht Farold, der Eldermann, von einem Schiff in Gaidemars Besitz gesprochen? Vermeinte er nicht, dass die Gefolgschaft deshalb in der Nähe des Flusses verbleiben würde? Konnte dies das Schiff sein?

Der Knabe entschloss sich vorerst dazu, weiter zu beobachten. Er schlich sich zurück zu seinem Pferd. Wenn das dieses Schiff war, von dem der Eldermann gesprochen hatte, konnte ihn einer der Krieger zu Gaidemar bringen. Dann hätte er sein Ziel erreicht. War es das Schiff nicht und er ginge zu den Kriegern, könnte nicht nur er, sondern auch seine Gefährten verloren sein.

Notker nahm Wegzehrung zu sich und schlich dann, ohne Bogen, nur mit seinem Sax und einem einzelnen Pfeil aus seiner Pfeiltasche bewaffnet, in der Abenddämmerung zurück zum Schiff. Vielleicht konnte er so herausfinden, ob die Krieger zu Gaidemars Männern gehörten.

Noch immer lag das Boot an der gleichen Stelle, in der Nähe der Einfahrt, verborgen. Vom Fluss her schützte eine Landzunge mit Bäumen und Büschen. Auf der Landseite, in einer Kuhle, brannte ein kleines Feuer, das von Notkers Höhe aus sehr gut zu sehen war. Der Knabe zählte fünf Krieger.

Doch der Feuerschein reichte nicht überall hin, so dass sich auch weitere Männer außerhalb des Lichtes aufhalten konnten. Notker näherte sich langsam und ohne geringstes Geräusch dem Feuer. In der Dunkelheit verborgen, nur etwas mehr als drei Manneslängen vom Feuer entfernt, presste er sich an den Waldboden. Der Zufall wollte, dass er auf einer kleinen Erhebung lag, die wohl eine Mannesgröße höher als die Kuhle mit den Fremden war.

Über dem Feuer hing ein Kessel, aus dem es verführerisch duftete und der angenehme Geruch strich genau an Notkers Nase vorbei. Der Knabe hoffte, dass sein Magen ihn nicht verriet. Laut knurrend wehrte sich dieser gegen die eigene Misshandlung, wo doch die Lösung seines Hungers dicht vor seiner Nase lag.

Geduld prägte des Knaben Verhalten, der schon zu anderen Begebenheiten diese Kunst des Wartens bewiesen hatte. Jetzt hing nicht nur sein Leben, sondern auch das der Gefährten von seiner Vorsicht ab. Er erstarrte in seiner Lage und lauschte den Worten der Männer, die erst übers Feuer, das Essen, das Boot und das Wetter sprachen, bis vom Boot kommend, ein weiterer Mann zum Feuer trat. Als dieser Krieger die ersten Worte sprach, bemerkte der Knabe, dass dessen Aussprache anders als die der übrigen Männer klang. Auch, so glaubte der Knabe zu sehen, trug der Mann sehr kurz geschnittenes Haar, so wie er es von den Römern kannte.

Notker war stolz über seine Vorsicht. Sein kurzes Leben würde ein jähes Ende finden oder in lebenslanger Sklaverei enden, wenn das Römer wären …. Doch plötzlich horchte er auf, war da nicht das Wort ‚Gaidemar' gefallen. Richtig, auch wenn die Aussprache des Mannes mit dem kurzen Haar seinen Ohren fremd war, vernahm er in dessen folgenden Worten den Namen noch ein weiteres Mal. Einer der anderen Krieger fragte ihn darauf hin, ob er das von Gaidemar selbst wüsste. Der Mann bestätigte den richtig gehörten Namen. Damit hatte Notker den Beweis, es war das Boot der Gefolgschaft. Aber warum weilte dort ein Mann mit kurzem Römerhaar? Auch die Tatsache, dass dieser Mann mit Gaidemar selbst gesprochen hätte, verstand er nicht. Um nicht in der Dunkelheit von den Bewachern des Bootes entdeckt zu werden, schlich Notker genau so vorsichtig, leise und geduldig zurück und begab sich zu seinem Pferd im Wald. Er entschloss sich am Morgen zum Boot zu reiten.

Am folgenden Morgen, als Sunna begann ihre Bahn zu ziehen, schwang sich der Knabe auf den Rücken seines Pferdes und lenkte dieses den Abhang hinab in Richtung des Bootes. Einen Bogen reitend, näherte er sich aus der Richtung flussab dem Lager der Fremden. Sein Auftauchen war so überraschend, dass die am Feuer sitzenden und ihren Frühstücksbrei löffelnden Krieger aufsprangen und den Reiter mit eingelegtem Frame begrüßten.

Notker hielt sein Pferd an der Stelle an, von der er in der Nacht zuvor das Lager der Fremden beobachtete. Feindlich beäugt, blieb der Knabe auf dem Rücken des Pferdes sitzen und wartete, bis einer der Krieger ihn zu seiner Herkunft befragte.

„Wer bist du?" Der Fragende trug kurzes Haar und sprach mit eigentümlich klingender Stimme. Der Knabe erkannte den vermeintlichen Römer.

„Und wer bist du, Fremder?" erwiderte der Reiter.

Beide Parteien fixierten sich, bis der Knabe das Schweigen mit seiner spöttischen Bemerkung brach: „Seid ihr aber mutig! Fünf Männer…" der Knabe hob seine rechte Hand und spreizte seine Finger „mit Frame bewaffnet gegen einen Knaben, der nicht mal seine Waffen in der Hand hält!"

Der Knabe hob auch seinen zweiten Arm und zeigte damit seine Wehrlosigkeit an. „Hätte ich üble Absichten, wäre ich nicht so lärmend und unvorsichtig in euer Lager geritten ... Das ihr mich nicht bemerkt habt, war nicht meine Schuld." Er glitt vom Rücken des Pferdes, legte langsam seinen Bogen und den Sax ab und verschränkte seine Arme.

„Du hast meine Frage noch nicht beantwortet!" forderte der bisherige Sprecher ihn auf.

„Und du meine, ..." erfolgte die spöttische Antwort „... wollen wir darum würfeln, wer zuerst antwortet oder gibst du nach?" fragte der vorwitzige Knabe. In dem Moment trat ein anderer Krieger, vom Boot kommend, ohne Waffen unter die Fremden und ging weitere Schritte auf den Knaben zu.

„Seht ihr nicht? Er ist kein Krieger, auch wenn er Waffen trägt! Seine Waffen hat er vor euch abgelegt. Also was soll die Bedrohung?" Sich an Notker wendend, sprach er den Knaben an:

„Ich bin Swidger, der Chatte. Sei unser Gast. Nenne mir deinen Namen und dein Ziel!" Zuerst erschrak der Knabe. Ein Chatte ... Ein Feind!

Den Hermunduren war die Feindschaft zu den Chatten in die Wiege gelegt. Erschrocken sah sich Notker nach einer Fluchtmöglichkeit um. Er erwog den Sprung auf sein Pferd. Doch woher sollte ein Chatte von Gaidemar wissen? Notker stutzte. Was stimmte hier nicht?

Der Chatte wartete auf seine Reaktion. Zweifellos hatte dieser in ihm einen hermundurischen Knaben erkannt. Doch feindliches Verhalten, den Griff nach Waffen oder ein entsprechender Ruf zum Angriff blieb aus. Gelassen bewegte sich der Knabe auf den Chatten zu. Er hatte einen Entschluss gefasst, ließ sein Pferd und seine Waffen, wo sie waren, trat auf den Chatten zu und nahm damit die Einladung an. Sich ans Feuer setzend, bedankte er sich: „Ich bin Notker, ein Knabe aus Gaidemars Sippe. Ich suche den Hunno, habe Hunger und brauche Hilfe, nur ..."

„Warum zögerst du mit deinen Worten?" fragte der Chatte.

„... weiß ich nicht, ob mir ein Chatte helfen wird oder ob er mir den Hals durchschneidet? Ich habe noch nie einen Chatten gesehen und hätte ich gewusst, dass ihr Chatten seid, wäre ich vorsichtiger gewesen..." verunsichert sah der Knabe den Krieger an.

„Wenn du zu Gaidemars Sippe gehörst, hast du von uns Chatten nichts zu befürchten!" stellte der Mann unerschütterlich fest.

„Das ist merkwürdig! Ich wusste bisher nicht, dass Gaidemar sich mit Chatten anfreunden könnte..."

Der Krieger Swidger wandte sich mit der Aufforderung an einen seiner Gefährten, zuerst den Hunger des Knaben zu stillen und ihm eine Schale mit Brei zu reichen. „Iss erst mal, wenn du Hunger hast! Dann können wir darüber reden, wie wir dir helfen ..." bestimmte der Chatte und das schien ein vernünftiger Vorschlag zu sein.

Der Knabe löffelte eine Schale Morgenbrei in seinen zuletzt dürftig gefüllten Magen. Mit dem letzten Bissen wandte er sich wieder dem Chatten zu, dessen ungeteilte Aufmerksamkeit er auch genossen hatte, solange ihn die Einnahme des Breis beschäftigte.

Notker wischte sich mit dem Handrücken den Mund ab und sagte: „Wir suchen Gaidemar!" Zwei der anderen Krieger sprangen auf, griffen ihre Framen und suchten nach einem Feind.

„Setzt euch hin, ich bin allein! Wir waren zu dritt und ritten in ein Dorf flussab." Der Knabe zeigte mit dem Arm in die entsprechende Richtung. „Man empfing uns nicht sehr freundlich, wobei ich bisher nicht erkennen konnte, warum? Meine Gefährten wurden gefangen und gebunden. Ich konnte fliehen!"

„Waren deine Gefährten erfahrene Krieger?" fragte der Chatte, der sich über den Umstand der erfolgreichen Flucht des Knaben wunderte.

„Zumindest erfahrener als ich..." erwiderte Notker. „Aber ich saß noch auf dem Pferd, als die Horde uns angriff! Mir schien es besser, zu verschwinden, anstatt Fragen zu stellen..." Er grinste den Chatten an. Obwohl er Unbekannten gegenüber Mut bewies, fühlte sich Notker keinesfalls sicher.

Der Chatte sah den blonden Riesen mit dem kurzen Haar an. „Was denkst du, Bataver?"

„Ist schon merkwürdig, dass ein Knabe fliehen kann und ein Krieger gefangen wird ...? Dann reitet dieser Knabe so einfach in unser Lager und fühlt sich sicher, uns zu seinen Freunden zählen zu können ...?"

„Genauso unwahrscheinlich..." brachte der Chatte hervor und setzte seine laut gesprochenen Gedanken fort „...scheint es eine Falle zu sein ..." Sofort sprangen seine Männer wieder auf und griffen ihre Waffen.

„Man, seid ihr aber nervös!" quittierte der Knabe die heftigen Bewegungen.

„Wer sagt denn, dass ich so einfach in euer Lager ritt?" fügte er nachdenklich hinzu. Chatte und Bataver sahen den voller Überraschungen steckenden Knaben erneut an und der merkte, wie das Misstrauen sprunghaft anstieg.

„Meint ihr, ich ritte in ein Lager von Fremden, deren Haar und Kleidung mir gänzlich unbekannt ist? Langes Haar ist in der Art in unserem Volk nun mal nicht üblich, aber auch dein kurzes Haar sieht eher nach einem Römer aus ..." Notker zeigte auf den zuvor als Bataver bezeichneten. Diese Erklärung beruhigte die Männer scheinbar nicht ausreichend, denn wieder griffen Einige nach ihren Waffen.

„Was meint ihr, warum ich euch nach Gaidemar fragte, als ich ins Lager ritt? Denkt ihr, ich wäre so dumm, euch einen Namen zu nennen, dessen Feinde ihr hättet sein können?"

Wieder tauschten die Krieger Blicke.

„Setzt euch hin! Ich bin allein, es ist keine Falle und ich suche Gaidemar! Hättet ihr den Namen gestern Nacht am Lagerfeuer nicht selbst mehrmals genannt, wäre ich nicht zu euch gekommen ... Ich hätte euch gemieden und wäre sehr schnell verschwunden. Scheiß auf den Hunger, der in meinen Gedärmen wütete ..."

„Du willst uns also am Abend belauscht haben?" grübelte der Chatte und der Bataver ergänzte „Und wir sollen dich nicht bemerkt haben? Das halte ich für unmöglich!"

„Dann solltest du dir mal die Pfeile zu meinem Bogen ansehen!" bemerkte der hermundurische Knabe vollkommen gleichgültig. „Dort wo mein Pferd noch immer steht, neben dem Busch, steckt einer dieser Pfeile im Boden!"

Der Chatte trat zur Pfeiltasche, zog einen Pfeil heraus, betrachtete diesen und hielt ihn, während er zum bezeichneten Busch trat, abwägend in der Hand. Aufmerksam suchte er den Boden ab, fand aber nichts und verkündete: „Hier ist nichts!"

„Sieh genauer hin oder meinst du, ich würde den Pfeil so zurücklassen, dass ihn jeder sofort sieht?" Der Chatte suchte weiter, bis er den Pfeil aus dem Boden ziehen konnte. Nach dem Vergleich beider Pfeile verkündete er verwundert „Der Bursche hat recht! Es ist sein Pfeil!"

„Damit dürfte bewiesen sein, dass ich euch in der Dunkelheit belauschte und nicht so leichtfertig in euer Lager ritt. Sicher versteht ihr jetzt auch etwas besser, dass ein Knabe fliehen kann, wenn ein Krieger gefangen wird ... Zumal der Knabe auf seinem Pferd hockte, während der Krieger am Boden saß."

Notker schwieg und ließ seine Worte wirken. „Ihr habt von Gaidemar gesprochen, deshalb vertraute ich euch!"

Nach einer kleinen Pause fügte er hinzu: „Jetzt haben wir genug geredet! Bringt mich sofort zu Gaidemar! Dann werdet ihr auch sehen, ob meine gesamte Geschichte stimmt!" Die letzten Worte sprach der Knabe in einem herrischen, befehlsgewohnten Ton und an Gerwins Art gewöhnt, folgten die Männer der Aufforderung.

Das Feuer wurde gelöscht, die Waffen aufgenommen, das Pferd auf das Boot geführt und vom Ufer ablegend, die schmale Ausfahrt zum Fluss überwunden.

Am anderen Ufer fasste Notker das Halfter seines Pferdes. Geführt vom Bataver, in Begleitung eines Chattenkriegers, nahm er den Weg zum Gefolgschaftsführer auf, während das Boot wieder über den Fluss setzte und in der kleinen Bucht verschwand.

17. Folter

65 nach Christus - Frühjahr (28. Maius)
Barbaricum - Im Land der Hermunduren zwischen dem Fluss Moenus und dem Herzynischen Wald

Die Sonne wärmte die Erde. Ulf war Vater eines gesunden Knaben. Welches Glück könnte vollkommener sein, als das Seinige. Noch lag seine Frau nach den Geburtswehen auf ihrem Lager, für das Lächeln in ihren Augen, wenn sie dem Kleinen die Brust gab, brauchte es keiner Worte. Schon Morgen würde sie sich vom Lager erheben können, das sie auf Eilas anraten noch hütete.

Er selbst hatte den Knaben bisher nur kurz in seinen großen Händen gehalten. Übervorsichtig erfasste er ihn und hielt ihn hoch, dann küsste er das Kind auf die Stirn und leistete innerlich einen Schwur, nur ihm bekannt und nur für das Kind. „Ich werde immer für dein Glück und dein Leben kämpfen!" Dann gab er Sigrid den Knaben zurück.

Sein Tagewerk brauchte ihn, seinen Verstand, seine starken Arme und sein Geschick, war er doch der Stellmacher und Schmied des Dorfes in einer Person.

Mit seinem Gehilfen *Goswin* war er zu Beginn des Lebens im Dorf nicht sehr glücklich, der Junge war langsam in seinen Bewegungen, denkfaul und ungeschickt.

Nur in einer Sache war der Knabe schnell, beim Schlafen … Wo er stand oder ging, bei der Arbeit oder auch zu anderen Gelegenheiten. Sofort wenn es die Möglichkeit gab, er sich unbeobachtet fühlte, legte er sich hin und schlief augenblicklich ein. Auch das Wecken, ob Morgens oder auch bei einer gestohlenen Möglichkeit, erwies sich als recht schwierig. Der Bursche zeigte eine Beharrlichkeit zum Festhalten seiner Träume, die Ulf so bisher noch nie kennen gelernt hatte. Ein Ansprechen oder leichtes Rütteln führte nie zum Erfolg und so hatte sich Ulf zwei Möglichkeiten erdacht, die zwar recht drastisch aussahen, aber Wirkung zeigten.

Die lieblichere Möglichkeit war das Zuhalten der Nase. Um sich schlagend erwachte der Bursche und japste nach Luft, denn das Erwachen kam erst, als ihm die Luft aus ging. Ulf musste sehr aufpassen, dass er nicht die eine oder andere Faust des Knaben ins Gesicht bekam.

Anfangs, als er die Schlafart noch nicht so kannte, dachte er, der Knabe wäre tot. So entstand die zweite Art, die noch weniger erfreulich ablief.

Ein Becher kaltes Wasser über den Kopf verfehlte nie seine Wirkung, denn Wasser war Goswin verhasst.

An diesem Morgen genügte die freundlichere Art, obwohl der Knabe sich aus der Hand wand und irgendetwas wie ‚lange Nacht' knurrte. Kurzerhand packte Ulf den Burschen und stellte ihn auf seine Beine, stützte ihn kurzzeitig bis dieser begriff, dass der Tag, trotz seines Widerwillens, begonnen hatte.

Doch nachdem ihn sein Bewusstsein, aus dem Schlaf träge nach kriechend, erreicht hatte, begannen seine Augen zu leuchten, seine Muskeln belebten sich und seine Erinnerung des letzten Tages überrollte ihn mit Ereignissen.

„Ulf, lass das! Ich bin wach! Wo ist der Junge?"

„Na was für ein ungewöhnliches Erwachen. Das habe ich bei dir noch nie erlebt. Du scheinst doch tatsächlich wach zu sein..."

„Wo ist der Junge?" Goswin blieb beharrlich.

„Bei seiner Mutter natürlich, warum? Vergiss nicht, das ist mein Sohn!" Ulf lachte, drehte sich ab und verlies die Hütte.

Goswin, nun vollends erwacht, trat an die Schlafnische von Sigrid und Ulf heran:

„Sigrid, bist du wach? Darf ich das Kind sehen? Bitte?"

Auch Sigrid war, ob des ungewohnten Verhaltens des Burschen, überrascht. Sie dachte sich aber, dass es nicht schaden könnte, wenn Goswin in das Glück der nun bestehenden Familie einbezogen wird.

„Komm schon und sieh ihn dir an!" Vorsichtig steuerte Goswin um die Ecke und betrachtete sich ausgiebig den Kleinen.

„Sind wir alle so winzig, wenn wir auf die Welt kommen?" stellte er etwas überrascht fest.

„Na ich will es doch hoffen, immerhin trug ich den Burschen in meinem Bauch und wenn er ein so langes Leiden wie du wäre... oh ihr Götter!" beendete sie diesen Gedanken, dessen innere Weisheit sich dem Knaben wohl noch nicht so erschloss. Er nickte, als wüsste er, was Sigrid meinte und stellte sachlich fest: „Etwas verschrumpelt sieht er aus!"

„Dummkopf, so sehen alle Kinder nach der Geburt aus! Und nun troll dich. Ulf braucht dich!"

Also verließ der Knabe mit einem Stück harten Fladen in der Hand die junge Mutter. Er hatte das Frühstück mit Ulf wieder mal verpasst. In der Tür stieß er mit Eila zusammen, die nach Mutter und Kind sehen wollte. Vor der Hütte stand der Handkarren, mit Äxten und Messern, Stangen,

Bohlen, Keilen und anderem Werkzeug beladen. Es ging in den Wald, zum Holz fällen.

Als sie den Handkarren zum Dorf hinaus zogen, folgten ihnen weitere Männer, die von Degenar zur Arbeit im Wald eingeteilt waren. Ulf wollte Hölzer schlagen, um ausreichend Material für Fallen zur Verfügung zu haben. Immerhin musste das Dorf einen Angriff von Sklavenjägern oder gar römischen Legionären befürchten...

Bisher hatte der Älteste noch keinen Boten zu Rotbarts Sippe geschickt. Arnold, der sich angeboten hatte, wurde beim Bau von Hindernissen, Fallgruben und deren Bestückung mit Stangen und jungen, zugespitzten Bäumen gebraucht. Baumstämme mussten transportiert werden und wer konnte besser mit den Pferden umgehen als Arnold? Keiner! Also blieb die Botschaft an die Brudersippe vorläufig aus.

Es vergingen weitere drei Tage bevor der Älteste Ragna beauftragte, zum Bergedorf zu reiten, um vom Markomannen und Ulfs Sohn zu berichten. Ragna fand Gertrud bei der Fütterung der Pferde.

In den letzten Tagen hatte das Mädchen, wie sie selbst, den anderen Frauen gezeigt, wie mit einem Bogen umgegangen werden musste. Die Ergebnisse waren zwar noch bescheiden und zumeist traf keines der Mädchen oder jungen Frauen das Ziel, wenn es nicht größer als ein Pferd war, aber es war ein Anfang gemacht.

„Wir gehen zum Rotbart. Sigrids Vater sollte von der Geburt und mein Vater sollte vom Markomannen erfahren. Mach dich fertig! Wir reiten, hole deine Waffen!" Kurze Zeit später verließ Ragna, von Gertrud gefolgt, das Dorf. Der Weg führte in ein schmales Tal. Da beide jungen Frauen sich nicht auf der Jagd befanden, ritten sie, wenn es auf dem Weg irgendwie ging, nebeneinander und unterhielten sich. Sie fühlten sich sicher, lag doch der Pfad noch in der Nähe ihres Dorfes. Das gesamte Umfeld gehörte zum eigenen Jagdgebiet. Sie erreichten das schmale Tal und folgten dem Talverlauf in Richtung zu den Abendbergen.

Im Wald gesprochene Worte haben mitunter die Fähigkeit, schon nach wenigen Schritten ungehört im Rauschen der Bäume, dem Zwitschern der Vögel oder anderen Geräuschen, unterzugehen. Manchmal aber, zumal in einem Hochwald, kann noch in großer Entfernung ein dem Wald fremder Laut von einem aufmerksamen Jäger vernommen werden.

Einer dieser Jäger war, wenn auch am Bein verletzt, unweit der Mädchen auf einer Bergkuppe, vernahm die fremden Laute, näherte sich an und fand zwei Weiber im Wald.

Welche Freude durchzuckte Tankred, den Markomannen als er die Rothaarige erkannte und sofort fasste er einen Plan. Was stört schon einen erfahrenen Krieger eine Verletzung, wenn er ein lohnendes Ziel wittert? Diesen beiden Weibern sollte er trotz seiner Verletzung überlegen sein...

Außerdem brachten ihm die beiden auch noch ein dringend benötigtes Pferd. Nur viel Zeit verblieb ihm nicht, sich zu entscheiden. Er kannte den Weg der Frauen nicht. Deshalb konnte er ihnen diesen nicht abschneiden und aus einem Hinterhalt angreifen. Folgen konnte er ihnen auch nicht, denn selbst langsam laufende Pferde waren für ihn auf Dauer zu schnell. Also nahm er seinen Bogen vom Rücken, verbarg sich neben einem Baum und wartete auf die näher kommenden Reiter.

Als sich die Reiterrinnen auf wenige Schritte angenähert hatten, trat er hinter seinem Baum hervor, den Bogen mit eingelegtem Pfeil im Anschlag und rief: „Welches Glück bringt dich mir, Rotfuchs! Warst mir nur kurzzeitig durch die Finger geglitten ... Absteigen!"

Beide junge Frauen waren überrascht und erstarten für einen Moment. Nach ihren Waffen konnten sie nicht greifen. Jede derartige Reaktion hätte einen Schuss herausgefordert, zumal diese auf dem Rücken befindlich, nicht sehr schnell in Schussbereitschaft gelangen konnten. Ragna, die etwas vor Gertrud ritt, hob ihre Arme und spreizte sie vom Körper ab. Gertrud tat es ihr gleich. So saßen sie auf ihren Pferden und der Markomanne wiederholte seinen Befehl zum Absteigen.

„Bindet die Pferde an einen Baum!"

Die Entfernung zum Markomannen betrug für beide Frauen zu viele Schritte. Selbst bei gleichzeitigem Losstürmen um den Sklavenjäger zu erreichen, blieb das Risiko eines Pfeiltreffers. Mit einem kurzen Blick gab Ragna der Begleiterin zu verstehen, genau auf ihre Reaktion zu achten. Beide banden ihre Pferde an herab hängende Zweige und näherten sich, zueinander im Abstand von zwei Armlängen, dem Markomannen. Dieser, den Bogen im Anschlag, musste eine der Frauen blitzschnell niederschlagen, dann könnte er die andere Greifen und Fesseln. Er entschloss sich, den Schlag bei der gefährlicheren Kontrahentin anzusetzen. Dazu musste er nur warten, bis diese in seiner Reichweite auftauchte.

Ragna näherte sich dem Markomannen auf der Seite des verletzten Fußes zögerlich und Gertrud hielt sich einen kleinen Schritt hinter ihr. Sie bedachte, wie es dem Krieger gelingen könnte, beide Frauen außer Gefecht zu setzen und gelangte zu einer Erkenntnis.

Als sie sich dem Fremden bis auf fast Armeslänge genähert hatte, wechselte der Mann den Bogen in die andere Hand um die Schlaghand frei zu bekommen. Instinktiv erfasste die junge Frau die Situation. An Kraft und Erfahrung war ihr der Mann überlegen. Auch würde sie ihn nie mit einem Faustschlag niederstrecken können. Deshalb richtete sie ihren Angriff, nach dem sie sich geduckt hatte und sein Schlag über ihren Kopf hinweg in die Luft sauste, mit voller Wucht ihres Fußes auf das verletzte Bein des Angreifers. Gleichzeitig warf sie sich seitwärts aus dem Griffbereich seiner Arme.

Der Mann schrie auf, knickte mit dem verletzten Bein ein und fing den Angriff ab, indem er sich auf seine Knie sinken ließ. Bevor er sich erheben konnte, traf ihn aus der anderen Richtung, von der zweiten Frau kommend, ein Schlag mit dem Bogen und für einen kurzen Moment wurde ihm schwarz vor Augen.

Der Markomanne kippte seitwärts auf den Waldboden. Als er die Augen wieder öffnete, sah er handbreit vor sich eine Pfeilspitze. Die Rothaarige stand vor ihm, mit dem Bogen im Anschlag.

„Du kannst es ruhig versuchen!" riet sie ihm und ergänzte: „Aus dieser Entfernung habe ich noch nie vorbei geschossen ... Dein Auge wäre hin und dein Gehirn im Wald verteilt! Also warum zögerst du? Nun mach schon, gib mir den Grund, dir dein Lebenslicht auszublasen ..."

Der Markomanne lag auf der Seite seines verletzten linken Beines und starrte der Jägerin wutentbrannt ins Gesicht. „Ich habe dich wohl unterschätzt, Liebchen ... Aber ich kriege dich noch!"

„Nun dann habe ich eine neue Erfahrung für dich. Denn was sollte es dir nützen, wenn vorher deine Eier Schaden nehmen!" damit veränderte die Frau die Richtung des Pfeils, mit neuer Zielrichtung auf den Schritt des Mannes.

„Und nun leg dich auf den Rücken! Arme nach vorn ausgestreckt. Gertrud, hol die Lederriemen und dann nimm meinen Bogen. Ziele auf seine Eier! Wenn er sich bewegt dann schieß. Vater kann ihn dann auch ohne Eier hängen!"

Während Gertrud ihr die Lederriemen reichte, nahm sie den Bogen der Gefährtin an sich. Ihr eigener Bogen war am Kopf des Feindes zerbrochen. Noch immer war der Markomanne ein gefährlicher Gegner, kampfgeübt und entschlossen, auf seine Gelegenheit zu warten.

Ragna bereitete eine Schlinge vor und forderte den Markomannen auf, die Hände nach vorn oben auszustrecken.

Um sich in eine vorteilhafte Position zu bringen, hob der Sklavenjäger den Kopf. Darauf hatte Ragna gewartet. Statt seine Hände zu fassen und zu binden, warf sie die Schlinge über seinen Kopf und zog sofort zu.

Der Lederriemen schloss sich genau über dem Kehlkopf des Mannes und der Ruck am Lederseil führte zum zusammenziehen der Schlinge. Ragna war für den Wurf der Schlinge seitlich hinter dem Kopf des Markomannen auf die Knie gegangen. Somit zwar im Griffbereich seiner Hände gelandet, ließ sie ihm aber keine Gelegenheit, nach ihr zu greifen. Mit einem Ruck am Lederriemen den Kopf des Feindes zur Seite reißend, schloss sie dessen Atmungswege. Wieder senkte sich Dunkelheit über den Geist des Markomannen.

Diese Gelegenheit nutzte die Jägerin, um seine Hände zu binden und ein langes Seil an beiden Handgelenken zu befestigen. Dann forderte sie Gertrud auf, ihr den Bogen zurückzureichen und die Pferde zu holen. Die Gefährtin befolgte den Befehl.

Der Markomanne war noch immer bewusstlos. Ragna band das Seil, mit dem die Arme und Hände des Mannes gebunden waren, um den Hals von Gertruds Pferd. Das Lederseil am Hals des Feindes verlängerte sie mit einem weiteren Seil und band sich dieses an ihren Gürtel. Beide Seile straff haltend, zog sie ihren Dolch und setzte diesen dem Markomannen an den Hals. „Zuck dich und ich schneide dir den Hals ab!" sagte sie zur Sicherheit, falls sich der Markomanne nur bewusstlos stellte. Danach lockerte sie den Lederriemen um den Hals. Mit einem Röcheln und einem tiefen Atemzug kam der Sklavenjäger zu sich.

Die Frauen bestiegen ihre Pferde, vorn Gertrud, mit dem am Pferdehals befestigten Seil der Armfesseln und dahinter Ragna mit dem Seil, das den Hals des Feindes unter Kontrolle hielt. Der Markomanne erlangte sein Bewusstsein vollständig wieder, besah sich seine Verschnürung und spürte die Halsschlinge. „Verfluchtes Weibsstück!" fluchte er.

„Steh auf Markomanne!" befahl die Frau.

„Kann ich nicht! Mein Bein! Ich brauch meine Hände frei!"

„Auch gut, dann schleifen wir dich eben!" verkündete die Rothaarige und fügte an: „Gertrud vorwärts!"

Die junge Frau gab ihrem Gaul mit schnalzen und ziehen am Zügel den Befehl zum Loslaufen, was dieser auch sofort ausführte. Der Markomanne, im Begriff sich mühsam auf seine Füße zu quälen, wurde umgerissen. Er brüllte vor Wut und vielleicht vor Schmerz. Ragna stützte beide Hände auf den Pferdehals und der anderen Reiterin zurufend, befahl sie ihr noch zu warten.

Der Markomanne mühte sich abermals auf die Beine. Als er einigermaßen sicher stand, sprach ihn Ragna noch mal an: „Wegen mir kannst du dich wehren, du kannst auch Schreien ... Wir lassen dich auch langsam laufen und müssen dich nicht schleifen. Denn wir haben viel Zeit. Doch wenn du denkst, dass du mit uns spielen kannst, bist du im Irrtum. Ein Ruck am Seil genügt und die Schlinge zieht sich um deinen Hals, ein kurzer Tempowechsel und du liegst im Dreck!" Die Jägerin wartete bis der Gefangene verstand.

„Dann haben wir noch meinen Bogen und einige Pfeile! Vergiss aber nicht, was du meinem Bruder sagtest. Den Raub könnte ich noch verzeihen, eine Vergewaltigung nie! Also gib mir einen Grund, dich sofort zu töten und ich tue es, bei meinen Göttern ... Vorwärts!"

So wie der Markomanne seine Freiheit erlangt hatte, als er einen Wächter überraschte, glaubte er, mit den Frauen leichtes Spiel zu haben und hatte sich damit zum zweiten Mal verrechnet. Geführt durch das erste Pferd und verfolgt von der Jägerin mit schussbereitem Bogen, zog der Trupp nach etlicher Zeit, im Dorf der Bergesippe ein. Es dunkelte bereits.

Ragnas Bruder *Ratmar* war der erste Mann, dem sie im Bergedorf begegneten. „Holla, Schwester! Wen bringst du uns den so sorgsam verpackt?" Während Ragna vom Pferd sprang, öffnete sich die Tür zum Langhaus des Ältesten und Rotbart erschien. Er umarmte seine Tochter, begrüßte Gertrud mit einem Kopfnicken und besah sich den Gefangenen.

„Den haben sie dir aber gut verschnürt!" stellte er sachlich fest und besah sich die Halsschlinge.

„Hab es selbst gemacht!" stellte die junge Frau richtig.

„Was, den Riesen? Mädchen, das glaube ich nicht!"

„Vater, bin ich deine Tochter?"

„Bist du! Aber der scheint mir recht wehrhaft zu sein..."

„Damit hast du recht und trotzdem ..." Die junge Frau zögerte etwas mir ihrem weiteren Bericht. „... machte er die Fehler aller großen und von sich überzeugten Männer ... Er unterschätzt uns Frauen!"

An ihren Bruder gewandt, setzte sie fort: „Ratmar, der Mann ist gefährlich! Er ist ein Sklavenjäger. Unsere Männer hatten ihn schon gefangen, aber nachts floh er. Den Wächter tötete er!"

Sie besah sich den Markomannen von oben bis unten, sah seine blutende Wunde im linken Oberschenkel, sah die Messerscheide, die er noch immer am Gürtel trug. Das Messer befand sich inzwischen in ihrem Besitz. Bei seinen Schuhen stutzte sie. Das Leder des Schuhs war bis in halbe Höhe der Wade hochgezogen und fiel dann außen bis zum Knöchel wieder ab. Bisher war ihr das am Markomannen nicht aufgefallen. „Bruder, halt den Mann doch mal fest! Gertrud hilf mir mal!"

Während Ratmar den Gefangenen von hinten mit beiden Armen umschlang, schlug Ragna mit der flachen Hand auf die Beinwunde. Der Gefangene erschrak, bäumte sich auf und wollte nach Ragna treten. Dabei wurde er von Ratmar aus dem Gleichgewicht gebracht, streckte seinen Fuß und im nu hatte ihm Ragna den Schuh vom Fuß gezogen.

„Brr, stinkt das!" lautete ihr erster Kommentar, dann betastete sie den Schuh und bemerkte einen harten Gegenstand, der sich als ein Messer heraus stellte.

Inzwischen waren weitere Krieger zu ihnen getreten. Ragna besah sich das kleine Messer, wog es bedächtig in der Hand und warf es dann an einen, drei Manneslängen entfernt stehenden Baum. Die Klinge des Messers fraß sich ins Holz. Sie ging zum Baum und zog das Messer mit Mühe aus dem Holz. „So hast du das also gemacht, Markomanne!" stellte sie ernüchtert fest.

„Verfluchtes Weib!" brüllte der Gefangene.

Ragnas Vater hob seine Hand um dem Fremden einen Schlag zu versetzen, wurde jedoch von Ragnas Ruf gestoppt.

„Lass ihn Vater! Er wiederholt sich! Ziehen wir ihm doch lieber noch den anderen Schuh aus. Vielleicht wartet dort noch eine Überraschung …" Sie maß den Gefangenen von Kopf bis Fuß. „Dann sollten wir ihm noch seine ganze Kleidung abnehmen, vielleicht ist auch dort etwas verborgen ... Anschließend schert ihm Bart und Kopfhaar. Auch das könnte ein Versteck sein?"

An ihren Vater gewandt, riet sie ihm: „Lass ihn immer von mindestens drei Männern bewachen. Der Mann ist gefährlich. Besser, ihr gebt acht, dass er nicht wieder flieht… Es könnte sein, beim nächsten Treffen unterschätzt er mich nicht mehr und dann bin ich dran!"

Der Markomanne zog und zerrte, fluchte und drohte. Trotzdem dauerte es nicht lange und er lag splitternackt vor seinen Feinden. Im anderen Schuh stellte die junge Frau das darin befindliche zweite Messer fest und nahm es an sich.

Sie besah sich den nackt am Boden liegenden Gefangenen, lächelte still vor sich hin und sagte ohne jede Gefühlsregung zum Gefangenen: „Stell dir vor, jemand schneidet dir dein Prachtexemplar mit einem Messer ab oder nimmt dir deine Eier?" Sie schmunzelte. Dann betrat sie das Haus des Vaters und begrüßte die wartende Mutter.

Seit ihrer freiwilligen Übersiedlung ins Dorf der Buchensippe weilte sie zum ersten Mal wieder im elterlichen Haus.

Die Neugier von Vater und Mutter kannte keine Grenzen. Sie wollten wissen, wie es ihr und ihrem Bruder ergangen war? Ragna musste, ständig von Fragen unterbrochen, viel erzählen. Dabei waren es nicht nur Fragen nach ihren eigenen Erlebnissen, sondern nach der gesamten Situation in der Sippe. Als Ragna von der ersten Geburt berichtete, unterbrach der Vater sie und rief nach einem Jungkrieger, um diesen anzuweisen, den Vater der jungen Mutter zu benachrichtigen.

Dieser Teil des Berichtes verlief fröhlich, waren es die verschiedensten Erlebnisse im Dorf, das Zusammenleben, die neuen Siedler betreffend und über Degenar, den Ältesten. Auch den Schwur der Krieger auf den Frame erwähnte die Erzählerin. Gertrud steuerte so manches Erlebnis mit den männlichen Raufbolden, wie Irvin und Notker bei und dies bewirkte nicht nur ein Auflachen oder Schmunzeln von Rotbart.

Dann kam Ragna auf den Markomannen zu sprechen. Sie schilderte dessen Ankunft, dessen Abreise und den nächtlichen Überfall, der zu ihrer Entführung führen sollte. Sie erzählte den Hergang, konnte sich aber nicht erklären, woher der Markomanne diese Wunde im Oberschenkel des linken Beines hatte. Keiner erzählte ihr diesen Teil der Geschichte, bei dem sie vom Schlag des Mannes, bewusstlos am Boden lag.

Sie wusste von der Verletzung nur durch Brandolfs Bericht. Der enthielt aber nicht, wie der Fremde zur Verletzung gekommen war. Sie zeigte dem Vater beide Wurfmesser. Anschließend beschrieb sie, wie man den toten Wächter fand. Ihre Erklärung des möglichen Ablaufes brachte Rotbart zum Fluchen. Danach erzählte sie, wie beide jungen Frauen vom Markomannen überrascht worden waren und wie es ihnen gelungen war, den Sklavenjäger doch noch zu überwinden.

Rotbart interessierte sich sehr dafür, wie sie zur Überzeugung gelangt waren, dass der Markomanne ein Sklavenjäger sei. Er kratzte sich in seinem roten Bart und schwieg.

„Du hast mir von Degenar, Brandolf, Irvin, Arnold, Ulf und Sven berichtet, aber Gaidemar mit keinem Wort erwähnt. Wo ist meines Freundes Sohn?"

„Er ist nicht mehr im Dorf, auch Gerwin nicht!"

„Was?" fuhr Rotbart hoch „Warum nicht?"

Wir hatten Besuch von einem Jäger aus einer anderen Sippe. Der lud Gerwin zu sich ins Dorf ein. Gaidemar, Gerwin, Irvin und ein anderer Knabe sind zu diesem Dorf aufgebrochen. Irvin und der Knabe kamen zurück." Die junge Frau zögerte mit der Fortsetzung.

„Irvin berichtete von einer Auseinandersetzung in der Sippe. Er brachte neue Umsiedler zu uns. Auch die Sippe half, so wie du es tatest!"

„Von Gaidemar will ich wissen ..." unterbrach sie der Vater.

„Irvin erzählte, dass Gaidemar eine Mission des neuen Eldermann dieser Sippe ausführt. Er sammelt Kräfte für den Kampf gegen die Römer und sucht Bündnispartner unter den Sippen unseres Volkes. So wie Irvin berichtet, sind Gerwin und Gaidemar mit Männern dieser Sippe zum Fluss Maa unterwegs und seit dem haben wir keine weitere Nachricht erhalten."

Rotbart kratzte sich wieder in seinem Bart, wie er es immer tat, wenn er über etwas nachdachte. Nach einer Pause fragte er noch: „Und du sagst, der Markomanne sei ein Sklavenjäger?" Ragna und Gertrud nickten mit dem Kopf.

Da betrat Sigrids Vater die Hütte, wurde von der Geburt des Enkels unterrichtet und stürmte freudig erregt zu seiner Alten.

„Mädels, ruht euch aus! Ich weiß genug und muss mich um etwas kümmern!" Rotbart verließ das Haus, um bald darauf dort einzutreten, wo der Markomanne gefangen gehalten wurde. Er nahm seinen Sohn Ratmar zur Seite, gab ihm einige Aufträge und baute sich dann vor dem Gefangenen auf.

Der Markomanne war an einem Pfahl festgebunden. Das Haupthaar und der Bart waren abrasiert und der blanke Schädel des Fremden glänzte im Feuerschein der Hütte. Man hatte ihm wieder Kleidung in Form eines derben Sackes gegeben und diesen einfach über den Kopf geschoben. Mit einem Strick um den Bauch fixiert, bedeckte der Sack des Gefangenen Blößen.

Beide Männer maßen sich, in Schweigen gehüllt, mit Blicken.

Ratmar brachte ein Feuerbecken, ein anderer Krieger trug einen Bottich Wasser in die Hütte. Dann verschwand Ratmar nochmals und kam kurz darauf mit einer Leinenrolle zurück. Er rollte den Leinenbehälter aus und der Markomanne konnte einen Blick auf die verschiedenen Messer und anderen metallenen Gegenstände werfen.

Der Gefangene hatte so etwas schon einmal gesehen ... Der Medikus eines Römerlagers besaß eine solche Rolle und er erinnerte sich noch gut daran, dass ihm mit einem der Messer eine Pfeilspitze aus der Schulter geschält wurde. Er hatte damals vor Schmerz gebrüllt.

„Dein Name ist Tankred? Du bist Markomanne ... Ich kenne dein Volk. Es hat zahlreiche mutige Krieger!"

Der Gefangene sah ihn nur an und wartete.

„Meine Tochter erzählte mir, du bist ein Sklavenjäger und hättest dich als Bote deines Königs ausgegeben? Ich kenne deine Könige nicht so gut und wüsste doch gern von dir, welchen du meinst?" Rotbart wartete auf eine erste Antwort, die jedoch ausblieb. Der Gefangene musterte ihn und wandte sich mit einem gleichgültigen Blick ab.

„Nach *Vannius* Vertreibung nahmen seine Neffen das Land und teilten es unter sich auf. Keine sehr freundlichen Männer, diese Neffen. Wer solche Verwandte besaß, braucht keine Feinde. Auch ich war damals unter unserem Vibilius bei der Vertreibung dabei ..."

Rotbart zog das offensichtliche Verhör in die Länge. Er hoffte, den Markomannen besser einschätzen zu können, wenn er dessen Sturheit brechen konnte. Angst vor Folter war schon immer ein größeres Druckmittel als die Folter selbst. Der Markomanne blieb aber scheinbar unbeeindruckt.

„*Sido* hätte nie einen Boten, allein und zu Fuß, nach Norden gesandt. Dafür ist er zu bedächtig und durchtrieben ... Als ich ihn kennenlernte, stellte ich bei ihm keinen Hang zum Leichtsinn fest. Er würde seine Boten in Bedeckung ausreichender Krieger aussenden." Rotbart musterte den Markomannen genüsslich. Dessen stur Ablehnung und das Schweigen konnten ihn nicht täuschen ...

„*Vangio* könnte eher dazu geneigt sein, aber..." Den Rest des Satzes ließ Rotbart unausgesprochen. Er schwieg und versuchte zu erforschen, was der Gefangene dachte. Genau verfolgte er jede Regung im Gesicht des Fremden.

Wie vermutet nahm der Gefangene das offene Ende des Satzes auf: „Mein Herr und König ist Vangio! Er beauftragte mich..." Weiter kam der Gefangene nicht. An dieser Stelle unterbrach Baldur Rotbart ihn merkwürdig lächelnd: „Da musst du dich aber sehr irren ..."

„Nein, ich spreche die Wahrheit! Was weißt du schon von meinem Herrn?" wehrte sich der Gefangene gegen die Behauptung des Rotbärtigen.

„Ja, das muss ich wohl zugeben. Viel ist es nicht ... Trotzdem kann ich dir sagen, dass du ein elender Lügner bist und wir dir dafür deine Zunge heraus schneiden sollten ..." Rotbart lächelte noch immer. Seine Mitteilung blieb, freundlich vorgetragen, im Raum hängen.

Der Gefangene blickte seinen Feind irritiert an. Die Freundlichkeit und Nachsicht in der Stimme des Rotbärtigen stand im krassen Widerspruch zum Inhalt seiner Bemerkungen. Der Markomanne wusste nicht, was er von diesem Ältesten erwarten konnte?

„Vangio interessierte sich Zeit seines Lebens nur für Weiber und Saufen! Er muss wohl versucht haben, jede eurer Dirnen zu schwängern. Das schien Sido wenig zu gefallen. Ich hörte, dass Vaingo, bei einer seiner Jagden, in seinen eigenen Frame stürzte!" Immer noch grinsend betrachtete Baldur seinen Gefangenen.

„Ja, so wurde mir berichtet, und dies liegt schon einige Jahre zurück. Es sollte demnach auch dir geläufig sein. Oder war es gar nicht sein Frame, sondern der des Bruders oder gar eines seiner Gefolgsmänner? Egal! Vangio ist tot und du ein Lügner!" Der Gefangene schwieg und deshalb setzte Rotbart seine Rede fort

„Du hast versucht, meine Tochter zu entführen und wolltest ihr deine Männlichkeit beweisen ...! Wie sagtest du doch, Rothaarige ergeben einen guten Preis auf dem Sklavenmarkt ... ‚Zureiten' wolltest du sie aber selbst ..." Wieder machte der Älteste eine Pause.

„Nur dumm, dass du sie unterschätzt hast. Wir werden deine Fähigkeiten zum Zureiten noch etwas einschränken. Doch diesen Spaß heben wir uns etwas auf. Du siehst meine Gerätschaften?" Rotbart wies auf die Instrumente im Leinenwickel. Der Gefangene besah sich das Bündel kurz und schwieg weiterhin.

„Du vermutest richtig. Ich habe diese einem Römer abgenommen ... Der Mann war ein Heiler. Sehr nützliche Geräte, nur bin ich kein Heiler! So wie man mit manchen Spitzen und Messern helfen kann, kann man damit auch Schmerz zufügen. Ich mache das auch nicht selbst. Wir haben da einen Meister, der das besser beherrscht ..." Rotbart gab Ratmar ein Zeichen und der holte einen Älteren, kleinen, drahtigen Mann in die Hütte.

Der Eldermann setzte lächelnd fort: „Also überlege gut, was du verschweigst! Ich werde jede Frage nur einmal stellen, erhalte ich eine Antwort, bleibt die Behandlung aus, falls die Antwort wahr ist ... Verschweigst du diese, kommt Schmerz und erwische ich dich beim Lügen, wird der Schmerz nachhaltig sein. Fangen wir langsam, mit einer einfachen Frage, an. Hast du Verbindungen zu den Römern?"

Der Markomanne nickte mit dem Kopf.

„Also, ich wünsche mir eine Antwort und nicht nur ein Nicken!" Rotbart sah den Gefangenen an.

„Ja, ich kenne Römer!" knurrte der Gefangene und erwog seine Möglichkeiten.

„Nun siehst du, ein Anfang wäre gemacht und es geht schmerzfrei und leicht!" stellte der Fragende fest.

„Die nächste Frage ist etwas schwieriger ... Wie viele Römer sind dir bekannt? Nenne mir deren Namen und sage mir, wann du diese Römer getroffen hast?"

Der Gefangene schwieg und überlegte, was er dem Rotbart anbieten konnte. Ohne zu viel preiszugeben, beabsichtigte er um Verletzungen und Schmerzen herumzukommen. Er kannte die Handhabungen im Verhör, auch die, womit man mittels Schmerz jede Zunge zu lösen vermochte. Oft hatte er diese Dinge selbst ausgeführt und er wusste auch, wie sich die Schmerzen anfühlten.

„Mein Herr ist ein Römer!" knirschte er zwischen den Zähnen hindurch und spuckte die Worte nahezu vor Rotbarts Füße.

„Der, der dir den Auftrag gab? Wie ist sein Name?" fragte der Älteste nach.

„Es gibt keinen Auftrag!" antwortete der Gefangene sofort.

Rotbart drehte sich leicht zur Seite und gab seinem Foltermeister ein Zeichen. Der legte ein langes Messer ins Kohlebecken und wartete bis es rotglühend wurde.

Auch Rotbart wartete und starrte, fast wie gebannt ins Feuer, drehte sich dann plötzlich zum Gefangenen um und sagte: „Er glaubt mir nicht, dass ich es ernst meine ... Was denkst du mein Sohn, welches ist sein Kampfarm?"

„Er ist Rechtshänder!" lautete Ratmars Antwort. Rotbart winkte zwei Männern, die bisher neben der Tür herumlungerten und das Verhör aufmerksam verfolgten. Diese rollten einen Wurzelstock zum Gefangenenpfahl, lösten dann die Fessel der rechten Hand des

Markomannen und pressten dessen Hand mit gespreizten Fingern auf den Wurzelstock.

„Was denkst du, den kleinen Finger, den Mittelfinger oder den Daumen?" fragte Rotbart seinen Sohn.

Der antwortete vollkommen gleichgültig: „Nimm den Daumen, dann weiß er, dass du es ernst meinst!"

Der Gefangene bäumte sich auf, schrie und fluchte.

„Ihr erbärmlichen Hunde! Ihr vergreift euch am Boten eines Kuning! Ihr traut euch nur, weil ich gefangen bin und wehrlos ... Hätte ich eine Waffe, würde ich dir deinen roten Hals abschneiden ... Verflucht! Hände weg!" Tankred versuchte seine Hand vom Wurzelstock zu ziehen. Auf einen Wink von Rotbart ließen seine Männer ihn los.

„Das Angebot werde ich gern annehmen ... Aber vorher wirst du mir alles erzählen ... Was du hier tust, wer dich beauftragt hat, wohin du kommen sollst, was du erkundet hast ... Verstehst du, Alles?"

Rotbart sah den Gefangenen herausfordernd an und ergänzte dann grinsend: „Ich kann jede Antwort aus dir herausholen. Wir können mit den Zehen anfangen. Stück für Stück schneidet er dir ab und du wirst erzählen ... Damit wäre dann deine Fähigkeit zum Weglaufen dahin! Dann nehmen wir Finger um Finger und vielleicht die Kampfhand. Wie wirst du dann dein Messer greifen, ohne Finger und am Ausbluten? Denkst du, du könntest mich dann in einem Kampf besiegen?"

Wieder legte der Eldermann der Bergesippe eine Pause ein, damit der Gefangene Zeit zum Überlegen hatte.

„Entschließt du dich jedoch dazu, mir alles zu beantworten, bin ich bereit, im Zweikampf anzutreten. Je früher du dich zur Antwort entschließt, desto mehr gesunde Körperteile für den Zweikampf hast du noch ..." Rotbart wartete und schwieg.

„Wann findet der Zweikampf statt?"

Jetzt hatte Rotbart den Gefangenen, der plötzlich seine Gelegenheit witterte und weitere Fragen stellte. Rotbart durchschaute dessen Absicht, Zeit zu gewinnen. „Morgen oder wann du willst!" stellte er lakonisch fest.

„Kann mein Bein ausheilen?" fragte der Fremde.

„Wie du es möchtest, nur wirst du immer bewacht und gebunden sein ... Es wird keine Flucht für dich geben! Du bist viel zu schlau und durchtrieben ..."

Innerlich grinsend nahm Rotbart für sich in Anspruch, jede Fluchtmöglichkeit verhindern zu können. Wichtiger war es ihm, die

Absichten des Markomannen zu erfahren. Um den Sklavenjäger könnte er sich zu jederzeit kümmern und was ist schon ein Versprechen?

„Gut ich werde reden! Dann bleibe ich bis zur Genesung meines Beines euer Gefangener. Nach meiner Gesundung trittst du gegen mich im Zweikampf an. Wenn ich dich bezwinge oder töte, bin ich frei? Gibst du dein Wort?" Der Markomanne sah Rotbart direkt in die Augen. Er wollte die Reaktion des Gegners sehen, doch der zuckte mit keiner Wimper.

Von einer eindeutigen Antwort ablenkend, fragte dieser seinerseits: „Wirst du so viel Geduld haben, um dein Bein auszuheilen? Oder wirst du wieder weglaufen? Wird dein Auftraggeber so lange auf dich warten?"

„Wenn du meinen Auftraggeber kennst und seine Absicht verhinderst, bin ich ein toter Mann ... Ich kann, wenn ich dir alles erzählte, nicht zu ihm zurück!" quittierte der Gefangene des Feindes Frage.

„Das scheint mir richtig! Also, ist das unsere Abmachung?" Rotbart lächelte still in sich hinein. Äußerlich vollkommen ruhig, wartete er auf Antwort. Von welcher Abmachung hatte er da gerade gesprochen? Einem Zweikampf? Er konnte sich schon jetzt nicht mehr richtig erinnern ...

„Ja!" bestätigte der Markomanne die getroffene Abmachung.

„Dann, wer ist dein Auftraggeber?" Der Älteste versäumte keine Zeit und schnell stellte er seine Fragen.

„Ein ehemaliger römischer *Senator*, sein Name ist **Marcus Ostorius Scapula**!"

„Wie lautet dein Auftrag?"

„Nördlich vom Fluss Moenus gibt es ein Gebiet mit Dörfern. Dort soll ich erkunden, wo man gut und ohne größere Schwierigkeiten Sklaven eintreiben kann!"

„Wer soll die Sklaven eintreiben?"

„Sklavenjäger!"

Rotbart gab dem Mann hinter ihm einen Wink!

„Den kleinen Finger der Kampfhand für diese Lüge!"

„Nein, hört auf!" brüllte der Gefangene als die Krieger seine Hand auf den Wurzelstock zwangen. Er brüllte vor Schmerz als die Klinge die vorderen beiden Glieder seines kleinen Fingers abtrennte. Es ging schnell. Ohne die geringste Gefühlsregung band der gerufene Folterer **Gefion** den Stumpf des Fingers mit einer Lederschnur ab, damit der Blutfluss gestoppt wird.

„Nun, jetzt habe ich dich hoffentlich davon überzeugt, die Wahrheit zu erzählen, sonst verlierst du Glied um Glied ..." Der Gefangene besah sich seine Hand, die er jetzt frei bewegen konnte.

„Die Legionäre werden kommen!" knurrte er und erste Schweißperlen tropften von seiner Stirn. Ob es Angst war, ließ sich nicht ausmachen. Trotzdem hatte Rotbart das Gefühl, dass der Gefangene sich der Gefahr für ihn bewusst wurde. Er spürte die Unruhe im Blick des Mannes, Zucken in dessen Beinen und fahrige Handbewegungen, soweit es die Fesseln zuließen.

„Wie viele?"

„Das weiß ich nicht, aber zwei Kohorten mindestens!"

„Warum?"

„Man sagte mir nur, es wäre eine Vergeltungsaktion für ein Dorf!"

„Welches Dorf?"

„Es gab keinen Namen und ich habe das Dorf noch nicht gefunden. Die Beschreibung lautet, dass es in der Nähe eines Flusses liegt und zwei fast gleich hohe Bergrücken von einem Sattel verbunden sind!" Rotbart verzog keine Miene. Seine Männer gaben ebenfalls keinen Laut von sich, obwohl sie genau wussten, dass es um ihr Dorf ging.

„Warum zwei Kohorten?" Es schien Rotbart, dass der Gefangene noch nicht alles sagte und dass dessen Antworten zum taktieren geeignet waren.

„Im Lager in Mogontiacum sprach man von einer vernichteten Kohorte im letzten Sommer. Es wurde gesagt, dass zwei Kohorten ausrückten, aber nur eine zurück kehrte. Also wird man mit mindestens einer gleichstarken Mannschaft anrücken!"

„Wer wird die Kohorten führen?"

„Was nützt dir der Name, du kennst ihn ohnehin nicht?" Rotbart gab nur einen kurzen Wink.

„Halt, warte! Der Tribun Titus Suetonius führt die Legionäre!"

„Kennst du ihn? Was ist so besonders an diesem Mann? Warum dieser Tribun?"

„Er hatte das Kommando auch im vergangenen Sommer und wurde dabei schwer verletzt!"

„Welche Verletzung?" Wieder bemerkte Rotbart, wie sich Schweiß auf der Stirn des Gefangenen sammelte. Der Mann zögerte mit der Antwort und als sich Rotbart zum Foltermeister umdrehte, hörte er endlich die Antwort des Markomannen.

„Seinen Kampfarm und ein Auge verlor er!" knurrte Tankred.
„Das ist hart. Trotzdem führt er die Legionäre? Wie kämpft er dann?"
Rotbart zögerte mit seiner Feststellung. Zahlreiche Gedanken gingen ihm durch den Kopf. Hatte der Römer solche Verletzungen und jetzt trotzdem das Kommando über die Legionäre, musste der Mann einen eisernen Willen haben, von Hass geprägt sein und ein Ziel unerbittlich verfolgen. Außerdem schien er das Vertrauen der römischen Anführer zu besitzen oder besaß umfangreiche Macht. Ein gefährlicher Mann offensichtlich...
„Ich weiß es nicht, aber man sagt, er hat seinen neuen Kampfarm entwickelt und einen Rivalen im Zweikampf getötet ... "
Das erklärte manches, dachte sich der Eldermann und fragte weiter.
„Wann kommen die Legionäre?"
„Im Sommer! Ich sollte sie treffen!"
„Wo genau?"
„Am nördlichsten Bogen des Flusses Moenus!"
„Wann?"
„Der Tribun wartet auf mich!"
„Wenn du nicht kommst?" Der Gefangene zuckte nur mit der Schulter und streckte seinen Arm zur Amputation des nächsten Fingers aus. Rotbart nahm keine Notiz davon und setzte seine Befragung fort.
„Gibt es noch andere Spione?"
Wieder streckte der Gefangene die Hand aus und bot einen Finger an.
„Tu das nicht zu oft, es könnte mir gefallen!" grinste Rotbart den Markomannen an.
„Überlege selbst! Ich kann es nicht wissen ... Der Senator hat mich dem Titus empfohlen und es schien so, als wäre ich der Einzige. Der Senator hatte mit dem Legat der Legion eine Abmachung. Ob Titus weitere Kundschafter vorgeschickt hat, kann ich nicht sagen ..."
Der Eldermann machte eine Pause und überlegte, welche Antworten ihm noch wichtig waren. Ein wahrscheinlich erfahrener Anführer mit Wut im Bauch wurde ausgesandt, ihn zu vernichten. Dem Römer stand eine größere Streitmacht zur Verfügung, als er überhaupt Krieger hatte. Wie sollte er der Übermacht begegnen? Woher sollte für ihn Hilfe kommen? Von Degenars Sippe wohl kaum? Gab es vielleicht Hilfe von der Talwassersippe? Rotbart wusste es nicht und erkannte, dass er zumindest wissen musste, welche Zeit ihm noch zur Verfügung stand.
„Hat der Tribun dir gesagt, was er tun wird, wenn du nicht kommst?" Rotbarts Frage kam zögerlich.

„Nein!"

„Was denkst du? Wird er trotzdem angreifen?"

„Wirst du mir glauben, wenn ich jetzt nein sage?" Der Gefangene sah den Ältesten an, er sah die Ruhe in den Augen, im Gesicht und die Abgeklärtheit in den sparsamen Handlungen des Rotbärtigen, den nichts überraschen konnte.

Tankred verfügte selbst über Erfahrungen und wusste zu foltern. Er hatte gelernt, geringste Bewegungen, Töne und Knurrlaute zu bewerten, die Augen Gefangener zu beobachten und deren Hilflosigkeit im Blick wahrzunehmen.

Der Markomanne war geübt im Erkennen kleinster Regungen der Angst und so wie er selbst ein Verhör führte, sah er, dass dieser Gegner vor ihm nicht anders vorging. Tankred spürte die Gefahr, die von dem Rotbärtigen ausging und er erkannte, dass diesen Bär nichts erschütterte und seiner Aufmerksamkeit auch nicht die geringste Bewegung, und wenn es nur ein überraschter Augenaufschlag war, entging.

Der Mann war ein würdiger Feind und wollte er seinen Händen entkommen, bedurfte es aller möglichen Täuschung, der Wahl des richtigen Augenblick, absoluter Entschlossenheit und einer gehörigen Portion Glück...

Im Augenblick standen seine Sterne schlecht. Wenn das rothaarige Weib tatsächlich dessen Tochter war, hatte er sich den Hass des Mannes zugezogen. Bestimmt waren des Mannes Aufmerksamkeit und Vorsicht herausgefordert ... Ein Schaudern durchlief seinen Körper und nur mit Mühe unterdrückte er eine ihn verratende Bewegung.

„Nein!" hörte er das Wort des Feindes und erinnerte sich an seine eigene Frage.

„Er wird angreifen! Er hasst euch alle!" verkündete der Markomanne sich bedenkend.

„Welche Dörfer hast du ausgekundschaftet?"

Der Gefangene zögerte.

„Du brauchst deine Finger nicht mehr?" fragte Rotbart und gab seinen Kriegern einen Wink.

„Warte! Du kennst die Furt und das Dorf, das man die „Furt der Schweine" nennt?" Rotbart nickte, obwohl er in dieser Richtung noch nie soweit entfernt von seiner Siedlung gewesen war.

Er erinnerte sich aber an einen Ältesten, der aus diesem Dorf kam. Der Mann hatte im Krieg mit den Chatten, noch vor der Schlacht den

Rückweg angetreten. Rotbart konnte sich vorstellen, dass das Dorf dieses Ältesten gute Verbindungen zu den Römern pflegte, bezeugte doch die Handlung des Ältesten dieser Sippe, dass er ein Mann war, der seinen eigenen Vorteil im Auge behielt. Der Zorn damaliger Mitstreiter über dessen frühzeitigen Abzug und auch seine eigene Wut darüber schwelte noch immer in seiner Erinnerung nach. Viel hatte damals nicht gefehlt und eigene Krieger wären, nach dem Sieg gegen die Chatten, noch gegen den Abtrünnigen gezogen. Der Herzog beließ es aber bei einer Warnung und vielleicht gelang es dem Abtrünnigen, sich auch frei zu kaufen? Rotbart wusste es nicht, aber allein die Erwähnung der Sippe warnte ihn. Von dort durfte er keine Hilfe erwarten!

„Es gibt ein kleineres Dorf nördlich davon und vor dem Fluss ein großes und sehr wohlhabendes Dorf ... Dann bin ich auf die Wachen gestoßen. Ich war Gast der Sippe. Man ließ mich nach einer Gastnacht in Frieden ziehen. Ich kehrte dennoch zurück. Als ich ins Dorf schlich, wurde ich verletzt. Die Männer nahmen mich gefangen. Ich konnte wieder fliehen, bis ich die beiden Frauen im Wald fand. Ich habe den Rotfuchs unterschätzt!"

„Nenne sie noch ein einmal Rotfuchs und ich lass dir deine Eier abschneiden ..." Diesmal knurrte Rotbart, den diese Beleidigung seiner Tochter in Wut brachte.

„Schafft das Feuer und den Wurzelstock raus. Holt das Kräuterweib. Sie soll sein Bein und die Hand heilen. Ratmar, lass ihn immer von mindestens drei Männern bewachen. Er bleibt in den Fesseln, darf sich nachts aber legen! und ihr" Baldur Rotbart wandte sich an seine übrigen Männer „schweigt über das Gehörte und schickt die Unterführer zu mir!"

Damit wandte sich Rotbart ab und verließ die Hütte. Er hatte genug gehört und wusste, dass die Römer zuerst zu ihm kommen würden. Er brauchte alle seine Krieger, wenn die Römer mit mehr als zwei Kohorten seine Sippe angriffen. Außerdem brauchte er Hilfe ... Noch immer waren seine zum Herzog gesandten Boten nicht zurück. Sorgen umwölkten seinen Kopf. Noch einmal dürfte ihnen eine Überraschung der Römer nicht gelingen ...

18. Unerwarteter Besuch

65 nach Christus - Frühjahr (29. Maius)
Barbaricum - Im Land der Hermunduren zwischen dem Fluss Moenus und dem Herzynischen Wald

*D*ie Tage waren mittlerweile recht häufig sonnig. Seit Beginn des Bezugs ihres Lagers waren einige Nächte vergangen und das Frühjahr vollzog sich in seiner gesamten Pracht. Das Grün der Bäume sprießt und Blumen bevölkerten die Waldwiesen. Der Boden war trocken, Wind und Stürme traten nur noch sehr vereinzelt auf und die Länge der Tage nahm zu.

In einer Beratung mit allen Zennos, an der auch der Bataver teilnahm, legte Gaidemar seine Absicht dar, den Lagerplatz zu verlassen und flussab zu ziehen. Sein nächstes Ziel war die Sippe an der *Ochsenfurt*. Bevor er die Absicht umsetzte, schickte er Kundschafter voraus, die die Lage in der Siedlung erkundeten. In der Vergangenheit war es zumeist Gerwin, dem diese Aufgabe zu fiel. Diesmal wurden die Jungkrieger des Dachsrudels ausgewählt und dieses übernahm auch deren Sicherung. Drei der Männer spähten die Lage in der Sippe aus. Gerwin begleitete das Dachsrudel, blieb aber beim Zenno.

Die Nähe ihres Lagers zum Dorf dieser Sippe ermöglichte die Rückkehr zum Abend und die Berichterstattung beim Hunno. Am Folgetag wurden zwei andere Jungmänner ins Dorf geschickt und nach dem dritten Tag besaß der Hunno ausreichende Kenntnisse.

Ein großer, bärtiger Mann in mittleren Jahren mit Namen *Tassilo*, bestimmte in der Sippe. Die Späher hatten in Erfahrung gebracht, dass dieser Eldermann über eine starke Hausmacht verfügte. Als Händler war er weit herum gekommen und hatte andere Völker und Sippen kennengelernt. Auch die Römer kannte er gut und pflegte zahlreiche Handelsverbindungen zu ihnen. Doch nach Schilderung einiger Sippenangehöriger verhielt er sich ihnen gegenüber reserviert und vorsichtig.

Es war kurz nach seiner Wahl als Eldermann, als Sklavenhändler im Dorf anlegten und sich im Gespräch mit ihm erhofften, eine Ausgangsbasis für ihre Sklavenjagd schaffen zu können.

Dies lehnte Tassilo brüsk ab und versprach dem Sklavenhändler, jeden seiner Männer und auch ihn selbst, bei seinem nächsten Versuch im Dorf Halt zu machen, zu ergreifen und aufhängen zu lassen.

Diese Drohung führte zu einem kurzen Kampf, in dem der Sklavenhändler den Versuch unternahm, den Eldermann zu töten. Mit seinem Messer drang er auf Tassilo ein und wurde von diesem mit einem einzigen Faustschlag zu Boden geschickt.

Nach den Aussagen der Anwohner erwachte der Sklavenhändler nie wieder, denn er hing so schnell an der Dorflinde, dass nicht mal seine Knechte zu Hilfe eilen konnten ... Diese zogen es dann vor, vom Hohn und Spott der Krieger der Sippe begleitetet, mit ihrem Schiff schnell abzulegen.

Seither besaß kein Sklavenhändler je wieder das Bedürfnis, mit diesem Eldermann in Verbindung zu treten. Weder die sich herumtreibenden Sklavenhändler selbst, noch Legionäre machten einen weiteren Versuch, sich mit dem Eldermann auseinanderzusetzen. Die Geschichte mochte wahr sein, obwohl sich Gaidemar darüber wunderte.

Rom duldete keine Niederlage und doch schienen in dieser Siedlung andere Interessen vorzuliegen. Vielleicht lag der Grund in dem Umstand, dass römische Händler hier äußerst gern gesehen waren und gute Warenumsätze tätigten.

Die Späher des Hunnos berichteten, dass Tassilo allen anderen römischen Händlern gegenüber freundlich auftrat und den Handel vom Dorf aus, in das weitere Umfeld, zu erlauben schien. Er erlaubte den Römern, zur besseren Umsetzung der Handelstätigkeit, im unmittelbar angrenzen Raum zur Siedlung, eine Handelsniederlassung zu errichten. Die Späher hatten sich auch in der Niederlassung umgesehen und bestätigt, dass Sklavenhandel dort keine Basis besaß.

Gaidemar erfuhr weiterhin, dass der Älteste drei Söhne im Knabenalter hatte und in einem Steinhaus lebte. Dies zeugte vom Reichtum des Tassilo. Es irritierte den Gefolgschaftsführer, weil er aus anderer Quelle hörte, dass dieser Älteste sehr auf Gerechtigkeit in seiner Sippe versessen sei. Er selbst habe, so wurde berichtet, keine von ihm abhängigen Unfreien und Sklaven, wie es auch im gesamten Dorf keine Schalke festzustellen gelang...

Für die Ansiedlung selbst, so meldeten die Späher, gab es keine Zugangsbewachung und nach deren bekundeten Eindruck, schien auch keine allzu große Kampfbereitschaft vorzuliegen. Die Stärke aufzubietender Krieger wurde mit über einhundert und noch mal fünfzig eingeschätzt und bot damit ein beträchtliches Kampfpotential.

Über mehrere Tage hinweg gab es in der Beobachtung keine Behinderungen. Auch weil nach dem Glauben Beteiligter keine Aufmerksamkeit erregt wurde, kam Gaidemar zu dem Schluss, am Folgetag, mit kleiner Bedeckung, zum Eldermann ins Dorf zu reiten. Doch zumindest in den letzten Punkten des Berichtes irrten die Beobachter.

Mit dem Sonnenaufgang, ritt ein waffenloser, einzelner Mann in das Lager und hielt genau vor Gaidemars Hütte.

Der Fremde, der sich als Eldermann Tassilo herausstellte, wusste offensichtlich, wer sich in der Nähe seines Dorfes herumtrieb und wo er deren Anführer finden konnte. Dies zeugte von der eigenen Beobachtung durch Späher der Sippe, die von der Gefolgschaft nicht bemerkt worden waren.

Die Überraschung befreite Gaidemar zwar vom eigenen Vorhaben, bewies andererseits aber auch, dass er den Schutz des eigenen Lagers vernachlässigt hatte. Wer von eigener Stärke überzeugt ist, achtet nicht auf Bewachung und deshalb gelangte Tassilo bis zur Laubhütte Gaidemars.

Gerwin, der von der Verrichtung der Notdurft im Wald zurückkehrte, sah den Fremden als erster.

„Ich grüße den Eldermann der Sippe an der Ochsenfurt!" In dem er den Ältesten ansprach, vor allem in der Form und aus seiner Position im Rücken des Fremden, zwang er diesen sich umzudrehen. Überrascht betrachtete der Ältesten den vor sich stehenden Knaben.

„Dank dir für die Begrüßung! Kannst du mich deinem Anführer melden?"

„Ja, wenn du mir in die Hütte folgst!" Gerwin schlüpfte an dem Riesen vorbei und betrat die Hütte. Er bot dem Eldermann Platz an und sagte: „Gaidemar, unser Hunno, befindet sich noch im Wald. Ich bin Gerwin. Ich bitte dich um etwas Geduld." Kurz darauf betrat Gaidemar die Hütte und fragte nach dem Besitzer des fremden Pferdes.

Der Eldermann erhob sich und trat dem Eintretenden entgegen. „Das ist mein Gaul! Ich bin Tassilo, der Eldermann der *Ochsensippe*. Ich möchte wissen, warum du zu meinem Nachbar geworden bist und welche Absichten du mit deinen Kriegern verfolgst?"

Der Hunno musterte den Gast. Er sah einen Mann von stattlicher Figur, groß, breitschultrig mit langen dunkelblonden Haaren, die im Nacken von einem Band gebändigt wurden. Der Gast schien etwa 40 Winter erlebt zu haben, besaß ein markantes Kinn, eine gerade Nase und einen etwas breit erscheinenden Mund. Sein Blick aus dunkelblauen Augen schien freundlich, aber abwartend. Die Hände des Mannes wirkten sehr groß und vermittelten dem Hunno, als könnten diese mit beliebig großen Schmiedehämmern spielen. Urwüchsige Kraft prägte das Erscheinungsbild des Eldermanns, der auf den Hunno einen abgeklärten, klugen und mutigen Eindruck machte.

„Ich bin Gaidemar, der Hunno der Gefolgschaft. Möchtest du mit uns speisen?"

„Ich kenne deinen Namen und deinen Titel, nicht aber deine Absichten ... Wenn du mich so fragst, danke ich dir für dein Angebot, das ich aber ablehne. Mein Weib hat mich vor Beginn meines Rittes ausreichend beköstigt. Da ich dich aber in deinem Lager offensichtlich überrascht habe, habe ich Verständnis dafür, wenn du noch etwas Zeit benötigst, bevor wir miteinander sprechen. Wenn du gestattest, würde ich mir inzwischen gern dein Lager ansehen?"

„Nun, es steht dir frei ... Bewege dich, wohin du möchtest, sprich mit meinen Männern, wo du sie triffst. Nur wenn du darauf bestehst, stelle ich dir einen Begleiter. Meine Männer kennen dich, also tu, nach was dir ist ..." Der Älteste dankte und verließ die Hütte.

„Du lässt ihn ohne Bewachung durchs Lager?" kam daraufhin Gerwins Frage.

„Was sonst, wenn ich sein Vertrauen will?" lautete die Gegenfrage. Mit Sindolfs Eintreten brachte die ihm nachfolgende Minna den Frühstücksbrei und die Männer setzten sich und löffelten diesen. Danach erhob sich Gaidemar und verließ die Hütte.

Seine Schatten, Gerwin und Sindolf, folgten ihm. Der Älteste kam, den Weg zwischen den Hütten zurück, auf die Männer zu. „Eine große Kriegerschar hast du hier. Welches Ziel verfolgst du? Willst du uns angreifen?"

Die Männer erreichten die Hütte und traten wieder ein. Während Minna den Raum verließ, schlüpfte Gerwin hinein. „Nein! Wäre dies meine Absicht, würde ich dir kaum erlauben, dich in meinem Lager umzusehen." lautete die bestimmte Antwort.

„Damit scheinst du recht zu haben, doch ..." sinnierte der Eldermann laut „ ...sind alle deine Männer Jungkrieger und ich frage mich, wozu du diese brauchst?"

„Ich habe aus den Jungkriegern hier Kämpfer gemacht! Wir wollen in den nächsten Tagen abziehen."

„Wozu brauchst du die Krieger?" Das gegenseitige Abtasten begann. Beide Gesprächsbeteiligte verfolgten das Ziel, möglichst viele Antworten zu erhalten, ohne selbst etwas preiszugeben.

„Von dir erzählt man sich merkwürdige Geschichten." eröffnete Gaidemar das Geplänkel.

„Von dir und deinen Männern erzählen keine Geschichten." stellte der Eldermann fest und sah den Hunno an. Forschend suchten seine Augen nach einem Makel, einer Hinterlist, einer Täuschung, die bisherige Aussagen des Fremdlings in Frage stellten. Er fand keinen Anhaltspunkt, frei sah ihn der Anführer der Jungkrieger an.

Der Hunno setzte Worte mit Bedacht und ein leichtes, freundliches Lächeln umspielte seine Mundwinkel. „Dabei gibt es so einige Geschichten über uns!"

„Bisher haben wir davon noch keine gehört ... Erzähl mir doch mal eine?" forderte der Eldermann auf.

„Ich spreche ungern über unsere Taten, zu leicht verfällt man der Prahlerei ... Außerdem glaube ich, dass du mit einigen meiner Prahler im Lager sprechen konntest. Deshalb hast du sicher Einiges über deren Taten erfahren können?" wich Gaidemar der Aufforderung aus.

„Deine Antwort sagt nichts aus zu meinen Fragen und solange du nicht antwortest, werde ich deine Fragen nicht beantworten." Auch der Eldermann war nicht gewillt preiszugeben, was den Hunno interessierte.

Beide Männer sahen und erkannten sich. Nicht dass sie sich vorher schon einmal im Leben begegnet wären. Jeder erkannte im Anderen eigene Gedanken und Verhaltensweisen. So vermittelte sich den Beiden fast gleichzeitig, dass sich zwei Männer gegenüber standen, die einander gewachsen waren, nicht Feind werden müssten, aber auch noch keine Freunde waren.

Es war Gaidemar, der vom Anderen etwas wollte und deshalb zuerst die Hand zum Frieden bot. „Gut, dann machen es wir so. Jeder stellt eine Frage und der Andere antwortet und stellt selbst eine Frage!" schlug er vor.

„Einverstanden! Wer fängt an?" fragte Tassilo.

„Du bist hier mein Gast. Ich ehre den Gast. Also stellst du deine Frage zuerst und ich werde antworten!"

„Das gefällt mit! Also, wozu brauchst du die Krieger?" begann Tassilo mit seiner ersten Frage.

„Für den Kampf gegen die Römer!" lautete die bestimmte Antwort. Immer noch war der Bann nicht gebrochen und so antwortete Gaidemar zwar wahrheitsgetreu, aber nur in kurzer Form. Mit der Antwort lag das Frageecht bei ihm.

„Warum kamst du zu mir ins Lager?"

„In den vergangenen Tagen haben deine Männer unser Dorf besucht, aber keiner kam zu mir ... Ich erwidere den Besuch. Nur komme ich zu dir!" In der Antwort schwang ein Vorwurf mit.

„Es wäre dir auch nicht gut bekommen, in meinem Lager herumzuschnüffeln!" stellte Gaidemar scheinbar unbeteiligt fest.

„Auch mir wäre es ein leichtes gewesen, deine Männer am ‚herumschnüffeln' zu hindern ..." Tassilo betonte den ihm fremden Begriff.

„Gut, du hast recht! Stelle deine nächste Frage!" Weil es in seinem Interesse lag, die Denkweise des Eldermanns zu erforschen und ihn für die Allianz gegen die Römer zu gewinnen, übergab er ihm wieder das Frageecht.

„Wo, wann und warum willst du gegen die Römer ziehen?"

„Das sind drei Fragen auf einmal. Soll ich alle mit einer Antwort und einer Frage bedienen oder kann ich dann auch drei Fragen stellen?" grinste der Hunno.

„Du kannst danach auch drei Fragen stellen!" Nun lag es bei Gaidemar, mit dieser Verfahrensweise einverstanden zu sein.

„Wo und wann immer die Römer unser Territorium betreten und Dörfer angreifen oder Sklaven verbringen ..." Das Abklopfen des Gesprächspartners ging weiter, obwohl sich Gaidemar seinem Ziel zu nähern begann.

„Wir handeln mit den Römern!" lautete die bestimmte Antwort des Ältesten.

„Das tun auch andere und das kann so auch sein!" konterte der Hunno.

„Also bekämpft ihr nicht alle Römer ... Warum?" stellte der Eldermann fest und sah erst den das Gespräch verfolgenden Knaben und dann den Krieger an.

„Halt, diese Frage kommt zu früh! Ich habe dir auf das wo, wann und warum der vorigen Frage geantwortet. Jetzt stelle ich drei Fragen!" forderte der Hunno ein.

„Gut!" knurrte der Eldermann und besah sich noch einmal den Knaben.

War dieser der Sohn des Kriegers? Nein, dafür war der Hunno zu jung und der Knabe zu alt. War der Jüngere ein Schalk? Auch das schien unwahrscheinlich, wenn er sich der erhaltenen Antworten erinnerte und die Art der Einladung, die Hütte zu betreten, durchdachte.

Kein Schalk würde ein solches Verhalten zeigen ... Dann war da noch sein Interesse am Gespräch, das niemals der Aufmerksamkeit eines Schalk zugerechnet werden konnte? Was aber war der Bursche? Tassilo stellte seine Ergründung zurück und konzentrierte sich wieder auf die Ausführungen des Hunno.

„Stimmt es, dass du einen Sklavenhändler hast hängen lassen? Warum? Was glaubst du, warum bisher noch kein Römer dafür Vergeltung forderte?" Es war an Gaidemar auf Antwort zu lauern und daraus zu folgern, ob vor ihm ein Eldermann stand, der zum Bündnis geeignet war oder ob dieser seine Wünsche würde ablehnen?

Einen Augenblick lang besann sich Tassilo. „Bei uns gibt es keinen einzigen Sklaven ... Ich habe auf meinen Reisen das Elend der Sklaven, besonders in den Siedlungen der Römer, erkennen müssen. Zu oft sah ich in gebrochene Augen, erkannte willenlose Männer, die vorher einmal starke Krieger gewesen sein mussten ... Ich sah Männer und Frauen unseres Volkes als römische Sklaven. Sollte ich diesem Hund von Sklavenhändler das Lagerrecht einräumen, damit er unsere Frauen für römische Bordelle weg fangen, unsere Männer zu Feldsklaven oder *Gladiatoren* erniedrigen kann? Niemals! Als der Hund frech wurde und mich zwingen wollte, übermannte mich die Wut." Schweigen breitete sich aus. Der Eldermann hing eigenen Gedanken nach. Es war ihm anzusehen, dass er sich mühsam gegen den die Oberhand gewinnenden Zorn wehrte. Auch war da noch ein anderer Eindruck, der sich aber erst mit den nächsten Worten bestätigte.

„Zwischen einem römischen Sklaven und unserem Schalk scheint ein gewaltiger Unterschied zu bestehen... Ich sah glücklichere Haussklaven der Römer, aber auch Feldsklaven und ich verglich unsere Schalke mit diesen. Bei uns gehört der Schalk zur Familie, bei den Römern nicht! Römische Bordelle und Gladiatorenkämpfe besuchte ich nicht, also kann ich mir dazu kein Urteil erlauben. Aber meine Vorstellung zum römischen Bordell ist unvereinbar mit der Freiheit unserer Mädchen und Frauen. Warum ein Krieger unseres Volkes zum Gladiator werden kann, verstehe ich ebenso wenig? Warum sollte ein Krieger zur Belustigung der Römer kämpfen? Doch nur dann, wenn er sich seiner Haut erwehren muss. Also wird er doch zum Gladiator gezwungen ... Diesen Zwang und den Verlust der Freiheit kann ich nicht hinnehmen!"

Der Eldermann schwieg für einen Augenblick, sammelte seine Gedanken und setzte fort: „Trotzdem handelte ich unüberlegt, von Wut beherrscht! Erst nach dem der Händler baumelte und seine Männer geflohen waren, erkannte ich meinen Fehler."

Tassilo tauchte für einen Moment in seine damaligen Empfindungen ein. Persönliche Wut überrollte ihn. Sich bewusst werdend, dass der Gegenüber damit nichts zu tun hatte, kühlte sein Gemüt etwas ab. Trotzdem blieb soviel Zorn zurück, dass eine Offenbahrung seiner Denkweise mit einer Schlussfolgerung verbunden blieb. „Ich hätte alle hängen müssen!"

War er in seiner Erregung deutlich über die ursprüngliche Absicht der Selbstdarstellung hinaus geschossen, konnte er bisher gemachte Worte nicht mehr vergessen machen. Sich dessen bewusst werdend, vollendete Tassilo seine Erinnerungen und legte seine Anschauungen insgesamt offen. „Vielleicht hatte ich Glück, weil das nun schon einige Winter zurück liegt und in Vergessenheit geraten ist ... Vielleicht verschulde ich einem glücklichen Zufall, dass sich keiner mehr an dieses Hängen erinnert? Vielleicht habe ich einem der geflohenen Sklavenjäger auch einen Gefallen getan? Ich weiß es nicht! Zu uns kamen nie wieder Sklavenjäger. Boote fuhren oft vorbei, auch voller Sklaven, aber uns behelligten sie nie wieder!"

Nach seiner eigenen Bloßstellung, die dem in ihm schwelenden Zorn und seiner Anschauung zu Gerechtigkeit, Ehre und Stolz geschuldet war, forschte der Eldermann in den Augen des Gegenübers, erkannte dessen Befriedigung und sah sich noch einmal nach dem jungen Burschen um. Gaidemar räusperte sich.

„Du kamst zu mir, bevor ich zu dir kommen konnte! Ich hätte längst Zeit gehabt, dir einen Besuch abzustatten. Doch uns ist es schon einmal schlecht bekommen, unvorbereitet ein Dorf zu betreten. Mein Lager hier hat nur den Zweck, die Jungkrieger zu guten Kämpfern zu machen. Danach ziehen wir weiter. Meine Männer sind alles Jungkrieger, zumeist mit nur wenig Kampferfahrung und stammen aus vielen Sippen. Würdest du und deine Sippe unseren Kampf unterstützen, wenn wir euch deren Ziel erklären? Wir brauchen weitere Jungkrieger und Ausrüstung.

Können wir die von euch bekommen? Was können wir an Verpflegung von euch erhalten und was sollen wir euch dafür geben?" Der Hunno betrachtete seinen nachdenklichen Verhandlungspartner.

„Wenn wir euer Ziel genauer kennen und es uns nützt, sind wir zur Hilfe bereit. Das jedoch bestimme nicht ich allein. Dazu müssen wir uns beraten. Jungkrieger und Verpflegung hängen von unserer Zustimmung ab und dann werden wir uns auch über eure Gegenleistung einigen."

Das Fragerecht war nach der umfangreichen Antwort zum Eldermann übergegangen. „Warum bekämpft ihr nicht alle Römer?"

„Du sprachst eben vom Nutzen... Römische Händler nutzen uns! Warum also sollte ich Handel unterbinden? Es gibt manches, was wir von den Römern lernen können. Müssen wir aber dafür unsere Freiheit verkaufen? Nein! Also soll Handeln, wer Handeln will. Wer sich an unserer Freiheit vergreift, soll unsere Framen spüren... Sklavenhändler schaden uns! Legionäre, die im Land unserer Väter Tribut eintreiben oder Sklavenhändlern helfen, werden wir deshalb bekämpfen!" Gaidemar schwieg einen Moment.

„Ich nehme an, dass auch deine Vorfahren in dieses Siedlungsgebiet zogen, weil die Römer dies wollten. Der Boden ist gut, die Wälder wildreich und viele Bäche und Flüsse bieten Wasser und Fischreichtum. Sind wir Rom nicht auch zu dank verpflichtet?" Geduldig wartete der Eldermann, auf was der Hunno hinaus wollte.

Gaidemar setzte fort: „Bisher kämpften wir noch nie gegen römische Krieger und sicher hätten wir auch keine Veranlassung dazu, wenn nicht die Römer den ersten Angriff verübten. Gegen Tributforderungen erhoben wir nicht unsere Framen. Zu uns kamen die Römer selten, um Tribute für das Land, das sie uns gaben, einzufordern. Aber im letzten Sommer vernichteten sie unsere gesamte Brudersippe. Der zweite Angriff sollte unserer eigenen Sippe gelten. Meinst du nicht, dass die Abwehr unser Recht war?"

„Hierin stimmen wir überein! Ich denke, nun könntest du mir eine Geschichte über euch erzählen!" forderte Tassilo.

Gaidemar drehte sich zum Knaben Gerwin um, der seit Anfang des Gesprächs hinter seinem Gefolgschaftsführer saß. „Möchtest du ihm deine Geschichte erzählen?"

„Nein, noch nicht! Frag ihn, ob er die Schiffe kennt!"

„Dieser Gedanke ist gut!" stellte der Hunno fest und wandte sich wieder an den Eldermann.

„Die Römer kamen vor einiger Zeit mit zwei Kampfschiffen und einem Transportschiff an eurem Dorf vorbei. Da Sklavenhändler dabei waren, nehme ich an, sie haben bei euch nicht angelegt."

Der Älteste bekundete mit seinem Kopfnicken Zustimmung und Gaidemar setzte fort. „Ihr braucht nicht auf deren Rückkehr zu warten ... Sie kommen nie wieder!"

„Römer kommen eigentlich immer wieder!" beharrte der Eldermann.

„Diese nicht, aber ich kann dir zwei in römischen Diensten gestandene Krieger zeigen und das Transportschiff, damit du meinen Worten glauben schenkst."

Der Eldermann schüttelte verwundert den Kopf und erwiderte: „Als ich den Sklavenjäger damals niederschlug und hängen ließ, war das eine Tat aus Wut, Hass und mangelnder Erfahrung. Selbst ich wundere mich, dass bisher keine Legionäre kamen ... Das war nicht klug von mir. Unsere römischen Händler hatten uns immer gesagt, dass wir deren Freunde sind. Ob das als Versprechen gelten sollte, wussten wir nicht." Der Eldermann schüttelte nachdenklich seinen Kopf. Er setzte seine Bedenken fort.

„Seit diese drei Schiffe flussauf fuhren, beobachten wir und warten auf deren Rückkehr. So wissen wir seit langem von euch. Nur habt ihr uns nicht belästigt und weil wir in euch Hermunduren erkannten, verbot ich den Kontakt durch Einzelne von uns. Erst wollte ich mich von euren Absichten überzeugen. Deshalb bin ich zu dir gekomen." Tassilo lächelte den Hunno an.

„Von den Schiffen erwarten wir, angegriffen zu werden. Unsere Krieger sind bereit! Du willst mir nun sagen, diese Römer kommen nicht zurück. Wenn die Römer an den Fluss Rhenus wollen, müssen sie wieder hier bei uns vorüber!" schloss Tassilo mit Zweifel in der Stimme.

„Du kannst mir vertrauen. Bevor du in dein Dorf zurückkehrst, kann ich dir das Transportschiff zeigen!" antwortete Gaidemar, öffnete die Hüttentür und rief nach einem Krieger. Als der Mann auftauchte, wies er diesem an: „Sindolf, hole den Bataver und den Friesen!" Der Jungmann schlüpfte wieder aus der Hütte und kehrte bald darauf mit dem Friesen zurück.

Inzwischen setzte Gaidemar seine Rede fort: „Wir wussten von der Absicht der Römer, Sklaven zu übernehmen und haben einen Hinterhalt gelegt. Die Kampfschiffe sind vernichtet. Alle Legionäre, bis auf die Zwei, sind getötet!" und der Hunno zeigte auf den eben eintretenden Krieger.

„Wo bleibt der Bataver?" fragte er nach dem Zweiten und erhielt die Antwort: „Der ist noch beim Boot! Sein Kommen dauert länger!"

Tassilo musterte den Friesen „...und warum sollte ich dir das glauben?"

„Frage ihn!" bestimmte Gaidemar.

„Wer bist du? Woher kommst du und was tust du hier?" wandte sich der Älteste an den Mann und erhielt wahrheitsgetreue Antwort.

Nachdem der Krieger die Hütte wieder verlassen hatte, fragte Tassilo: „Ist das nicht leichtsinnig, den Fremden frei herumlaufen zu lassen?"

Gaidemar lachte. „Der Bataver zeigt uns, wie Römer kämpfen und der Friese ist einer meiner Zennos ... Außerdem haben wir noch Chatten!" Blitzartig erhob sich der Älteste.

„Chatten" entrang es sich seinen Lippen „unsere Feinde?"

„Nun, wir zählen einen Fürst der Chatten zu unseren Freunden. Setz dich wieder hin, Eldermann. Sie sind alle Männer mit unserer Sprache und glauben an unsere Götter ... Deinem Aufspringen entnehme ich, dass du in den Chattenkriegen gekämpft hast. Mein Vater auch. Er kehrte nicht zurück. Ich war noch zu jung." Gaidemars Stimme war Trauer anzumerken.

„Wie kannst du dann einem Chatten vertrauen?" entrüstete sich der Eldermann und starrte den Hunno irritiert an.

„Denke nach, Eldermann!" forderte der Hunno den Mann ihm gegenüber auf. Wer bedroht dich mehr, die Chatten oder die Römer?" forderte Gaidemar seinen Gast auf.

„Hier bei uns? Wir sehen die Römer, die zu uns kommen. Diese treiben Handel und manche Ware gelangt nur über Römer zu uns ... Dann gibt es die Römer, die auf dem Fluss an unserer Siedlung vorbei fahren ... Von den Chatten merken wir nichts!" erhielt er zur Antwort.

„Siehst du? Eigentlich merkst du Beide nicht. Ich denke, dein Hängen des Sklavenjägers brachte dir einen Ruf ein, den deine Nachbarn nicht besitzen. Dort landen die Sklavenfänger und mancher Eldermann bedauert das Verschwinden einzelner junger Burschen und Mädchen, ohne den Fremden etwas nachweisen zu können. Dieses Schicksal erspartest du deiner Sippe. Vielleicht ist der Möglichkeit, an anderen Ufern anzuhalten, auch das Ausbleiben einer Rache dir gegenüber geschuldet?"

Der Hunno legte eine kurze Pause ein, sah sich nach seinem Zögling um und stellte für sich fest, dass dieses Gespräch bisher eigentlich seine

Erwartungen übertraf. Einzig die Erwähnung der Chatten trübte die Aussichten.

„Ich erzähle dir noch eine Geschichte." fügte er seiner Bemerkung hinzu und bevor der Eldermann sich dazu äußerte, begann er zu berichten.

„Ich war schon einmal in einer bedrohlichen Lage, die von Chatten verursacht wurde und hatte Glück. Damals galt der Angriff der Chatten einem unserer Jägertrupps. Wir waren in einer aussichtslosen Lage, als noch rechtzeitig, unerwartete Hilfe eintraf. Diese Hilfe überraschte die Chatten und verschaffte uns Zeit. Es gelang uns, aus der bedrohlichen Lage auszubrechen und dann über die Chatten herzufallen. Wir konnten die Angreifer überwinden. Du siehst, auch ich habe persönliche Erfahrungen mit Chatten und kann nicht von mir behaupten, die Chatten nicht gehasst zu haben. Unsere heutigen Gefährten aus dem Volk der Chatten waren Schalke, die aus dem Chattenkrieg mitgebracht wurden."

„Alle unterlegenen Chatten wurden den Göttern geopfert! Ich war selbst dabei!" fuhr Tassilo auf.

„Das stimmt und ist doch so nicht richtig ... Ich wusste das vom Freund meines Vaters auch so, doch ich wurde belehrt ..." Gaidemar spielte mit seinem Dolch und forderte den Blick seines Gegenübers darauf heraus. Dies bemerkend, legte er die Waffe neben sich auf den kleinen Tisch.

„Es gab eine Gruppe unserer Krieger, die vor der Entscheidung abzog. Einfach so verließ dieser eigenwillige Eldermann mit seinen Männern den Kampfplatz. Unweit davon traf der Trupp auf einige Chatten, die man niedermachte oder als Gefangene zur eigenen Sippe brachte. Der Anführer der Chatten, ein Fürst, war wegen seinem Alter der Sklaverei nicht mehr lange gewachsen ... Zweifellos, so wurde mir berichtet, wäre er an den Anstrengungen bald zu Grunde gegangen ... Der Hermundure, der ihn gefangen nahm und als Schalk behielt, zeigte sich verständig. Er erlaubte dem Fürst eine Botschaft zu senden ... Statt eines unbedeutenden Mannes der Sippe des Fürsten, tauchte aber dessen eigener Sohn auf und bestand darauf, die Last des Vaters so lange zu übernehmen, bis diesen der Tod ereilte." Gaidemar schwieg. Auch ihn erstaunte damals, als er diese Hintergründe erfuhr, das Verhalten des jungen Chatten. Selbst wenig zum Glauben dieser Tatsache geneigt, ließ er Tassilo Zeit.

Der Eldermann schüttelte unwillig den Kopf. Ein solches Verhalten traute dieser wohl einem Hermunduren, aber doch niemals einem so hinterlistigen und feigen Hund von Chatten zu ..."

„Unsinn!" knurrte Tassilo.

Gaidemar ließ sich jedoch nicht beirren. „Der Hermundure befand sich in einer vorteilhaften Lage. Ein alter Fürst, der zweifellos bald sterben würde, nutzte als Schalk wenig ... Ein junger Krieger aber, der dann noch so lange die Schuld des Alten trug, bis dieser seinen Weg zu *Charon* fand, wäre gewiss von Vorteil ... Und dieser Jüngere war der Sohn des Fürst, nicht ein unbedeutender und rechtloser Angehöriger ... Der Hermundure war dem Tausch nicht abgeneigt. Einzig, der Alte sträubte sich, diese Last dem einzigen Sohn aufzuerlegen und wollte nun natürlich nichts mehr vom Tausch wissen. Er schimpfte, schallt den Sohn einen Narren, nannte ihn einen Dummkopf und schickte ihn wutentbrannt nach Hause ..."

Tassilo war von der Geschichte gefesselt. Ein Chatte mit Ehre ... Wo gab es dies?

„... doch der Sohn gehorchte nicht. Er umfasste den Alten und mit des Hermunduren Hilfe, der sofort verstand, banden sie den Tobenden und übergaben den Gefesselten an Krieger, die den Vater zur eigenen Sippe brachten. Der Sohn begleitete, ebenso wie der Hermundure, die Überstellung." Gaidemar musterte den Eldermann. Er war unsicher, ob Tassilo diese Geschichte schlucken würde ... Sich besinnend, äußerte er seine Ansicht.

„Weißt du, ein Chatte mit Ehre im Leib, war auch mir noch nie begegnet ... Ich sah deren Pfeile fliegen, ich tötete Chatten, mein Vater wurde von deren Kriegern getötet und dann stand ein Chatte meines Alters vor mir, der sich zum Schalk erniedrigte, um seinen Vater einem ehrlosen Leben zu entreißen ... So viel Liebe zum Vater, so viel Ehre des Alters ... Ich hätte verstanden, wenn der junge Chatte mit Kriegern aufgetaucht wäre und sein Leben in einer Befreiung des Vaters gewagt hätte ... Selbst wenn mir ein Erfolg nahezu unmöglich schien... Doch niemals hätte ich geglaubt, dass ein Chatte zu einer derart selbstlosen Tat bereit wäre! Der Hermundure war wohl ebenso erstaunt. Aber er nahm den Handel an."

Tassilo schüttelte ob der wunderlichen Geschichte den Kopf. Er wiederholte sein schon zuvor geäußertes Bedenken: „Unsinn!"

„Weißt du, das Schlimme an der Sache ist, dass der Sohn so lange Schalk bleibt, wie der Vater lebt. In Gefangenschaft wäre dem Alten kein

Jahr mehr vergönnt gewesen, zu Hause aber lebte er auf. Der Alte kehrte heim und führt noch immer sein Volk. Der Junge ging dafür viele Jahre in die Sklaverei ... Erst jetzt ist der junge Fürst ein freier Mann, wenn er dies auch nicht beansprucht. Er führt seine Chatten in unserem Kampf."

„Du hast ungewöhnliche Ansichten, Frieden mit Chatten? Die müssen uns alle hassen und kannst du solchen Männern vertrauen?" Unwillen und Zorn verbargen sich in der Antwort des Eldermanns. Gaidemar überging die versteckte Drohung.

„Ja, das tue ich und dem Fürst vertraue ich unbedingt! Bedenke, welchen Charakter dieser Mann besitzt ... Suche unter unseren Hermunduren nur einen Mann, der diese Last zu tragen bereit wäre ..."

„Nun, das ist deine Entscheidung! Bestimmt erzählte dir der Chatte diese Geschichte ..."

„Nein, du irrst! Der Chatte, als ich ihn verhörte, bestätigte nur, was mir der Hermundure erzählte. Dieser Mann besaß keinen Grund zu einer Lüge, zumal er dann diese Geschichte hätte erfinden müssen ... Und das, Eldermann, erscheint auch mir dann als Unsinn!" Auch Gaidemar zeigte seinen Unwillen.

„Dann hat der Hermundure sicher auch einen Namen?" knurrte der Eldermann.

„Gewiss! Vielleicht kennst du ihn sogar ..." erwiderte der Hunno. „Es ist Manfred aus der Ebersippe!"

Tassilo schüttelte den Kopf. Er kannte den Mann nicht. Ihm war das Gespräch unangenehm geworden und er drängte zum Aufbruch. Also war er es, der das Thema wechselte.

„Du willst unsere Unterstützung im Kampf gegen Rom, dann musst du in unsere Beratung kommen. Wir werden dich anhören und dann entscheiden. Und nun zeige mir das römische Schiff!"

Das Verhältnis zwischen beiden Männern, das kurz zuvor noch freundschaftlich zu werden schien, kühlte sich merklich ab. Die Männer verließen die Hütte und das Lager. Nachdem der Eldermann das römische Schiff gesehen hatte und auch den Bataver kennenlernte, kehrte er in sein Dorf zurück.

Durch das Auftreten des Eldermann Tassilo im Lager der Gefolgschaft und die nachfolgenden Beratungen mit den Familienoberhäuptern und den Kriegern der Sippe, Absprachen zur Bereitstellung von Verpflegung und Pferden und auch die Aufnahme neuer Jungkrieger verschob sich der Abmarsch der Gefolgschaft um mehrere Tage.

Gaidemar ließ sich dadurch nicht beunruhigen, hatte er doch mit seinen Verhandlungen Erfolg. Darüber hinaus entwickelte sich zwischen dem Eldermann Tassilo und dem Hunno eine Freundschaft, die trotz der kurzzeitigen Verstimmung dazu führte, das Gaidemar und Gerwin Gäste im Haus des Tassilo wurden.

Noch nie weilten beide in einem Steinhaus. Die Anordnung der Zimmer, wie Tassilo das nannte, der große Gastraum, ein abgeteilter Raum zur Speisenvorbereitung und eine vollkommen fremde Einrichtung, beeindruckten die Gäste.

Diese fremde Einrichtung bezeichnete der Gastgeber als ein Dampfbad. Tassilo versuchte seine Gäste mit dem Brauch des Badens vertraut zu machen.

Beim ersten Besuch Gaidemars gelang ihm das noch nicht. Als aber das Weib des Tassilo, diesem in einem unbeobachteten Moment zuraunte, sein Gast rieche etwas streng und ein Bad könne Wunder wirken, was vom Hunno gehört worden war, befand dieser bei seinem zweiten Besuch, dass es nicht schaden könne, guten Eindruck auch bei der Frau des Eldermanns zu hinterlassen.

Sich über die Abwehr seitens Gerwin hinüber spottend, veranlasste er auch diesen, das Bad aufzusuchen und so saßen dann beide Männer und der Knabe im Dampfbad und schwitzten.

Mit Scheu, Vorsicht und Widerstand zu Beginn, sowie sichtlichem Genuss am Ende, gab sich besonders Gerwin dieser neuen Erfahrung hin. Als er dann auch noch saubere Kleidung aufgenötigt bekam, seinen Widersinn nicht durchsetzen konnte, da seine Kleidung derzeit gewaschen wurde, stellte sich ein Gefühl ein, das er so noch nicht kannte.

Sauberkeit mit warmen Wasser und heißem Dampf erzeugt, schuf ein Wohlgefühl, das der Knabe in seiner Erinnerung behielt.

Als er am nächsten Morgen seine eigenen Kleider zurückerhielt und feststellte, dass auch deren Duft freundlicher und die Tragefähigkeit, ob der Sauberkeit angenehmer war, hatte die Frau des Tassilo beim Knaben bleibenden Eindruck hinterlassen. Dieses Erlebnis war der Abschied von dieser Sippe und aus dem Lager.

19. Die Abordnung

65 nach Christus - Frühjahr (30. Maius)
Barbaricum - Im Land der Hermunduren zwischen dem Fluss Moenus und dem Herzynischen Wald

Schon am frühen Morgen des nächsten Tages brach Ragna mit ihrer Gefährtin und weiteren zehn Kriegern zum Rückweg auf.

Rotbart hatte ihr zu Verstehen gegeben, dass er die Krieger nicht zu ihrem Schutz mit sende. Er habe durchaus bemerkt, wie wehrfähig seine Tochter und deren Begleiterin wären. Die Männer unter Normans Kommando wären mit einer eigenen Mission betraut.

Schon kurze Zeit nach dem Römerüberfall war Rotbarts Gruppe ins ursprüngliche Dorf zurückgekehrt. Kurz darauf traf Norman mit seinem Gefolge in der alten Siedlung ein und bald galten die Vorbereitungen zur Rückkehr der dritten Gruppe als beendet.

Die Unterführer waren überein gekommen, die nach dem Überfall der Römer aufgesplitterten Gruppen der Sippe wieder im alten Dorf zu vereinen. Das war noch vor dem Winter geschehen, als Baldur Rotbart sich sicher war, dass eine erneute Bedrohung durch die Römer erst nach dem Winter zu erwarten wäre. Verbrannte Hütten der Siedlung waren erneuert, die Aussaat vollzogen und der Frieden ins Dorf zurückgekehrt. Die starke Bergesippe hatte ihre Geschlossenheit zurück.

Die neuen Ereignisse erforderten ein schnelles und entschlossenes Handeln. Den ganzen verbliebenen Abend berieten die Unterführer unter Rotbarts Führung ihr weiteres Vorgehen. Der Eldermann erklärte seine Absicht, zwei Ausweichlager für die Frauen, Alten und Kinder zu errichten. Unmittelbare Nähe und sicherer Schutz bildeten die vorherrschende Absicht. Den Weg der Römer zum Dorf mit Hinterhalten zu spicken, bildete die nächste Notwendigkeit. So entstand in dieser Beratung ein umfassender Plan für den Schutz der Siedlung.

Noch wusste Baldur Rotbart nicht, wie erfolgreich die Mission Gaidemars war und welche Sippen ihres Volkes an ihrer Seite streiten würden. Aber er kannte den Sohn seines damaligen Freundes und Kampfgefährten, welcher aus dem Krieg mit den Chatten nicht mehr zurückgekehrt war.

Rotbart schätzte den Freundessohn und nicht ohne Grund war er froh darüber, dass dieser Brandolf und Ragna bei der Übersiedlung ins Buchendorf begleitete. Obwohl sich wohl alles etwas anders entwickelte und Gaidemar nun im Auftrag ihres gemeinsamen Stammes für eine Streitmacht gegen die Römer durch das Land reiste, war er sich sicher, dass Gaidemars Entschlusskraft und sein Verstand zum Erfolg führen.

Doch wo trieb sich der Krieger gegenwärtig herum? Er wusste es nicht und brauchte dringend Gewissheit. Der Bursche hätte ihm schon längst einen Boten schicken können ... Genau die fehlenden Nachrichten konnten ihre Existenz gefährden.

Als Baldur Rotbart im Chattenkrieg kämpfte und Gespräche mit anderen Ältesten und Kriegern seines Stammes führte, stieß er darauf, dass andere Sippen sich wesentlich besser organisierten. Ihm selbst waren südlich des Dunkelwaldes nur wenige Sippen der Hermunduren bekannt und mit keinem gab es feste Verbindungen. Die einzige Ausnahme bildete die Brudersippe im Buchendorf.

Er erinnerte sich, dass ihn einstmals ein Jäger aufsuchte, dessen Sippe in der Nähe der Salu, zwischen diesem Fluss und dem Maa, lebte. Vielleicht war das diese Talwassersippe, zu der Gaidemar und Gerwin aufgebrochen waren? Ragnas Erzählung brachte ihn auf diesen Gedanken.

Auch zu den Dörfern und Sippen am Maa gab es keine Verbindung und es war Rotbart nicht bekannt, zu welchem Volk diese dort gelegenen Sippen gehörten. Noch weit weniger wusste er von den Sippen am anderen Ufer des Maa. Er kannte wohl, aus gemeinsamen Tagen den Einen oder Anderen der Krieger, die Lage von deren Siedlungen war ihm trotzdem unbekannt.

Von seinem Vater hatte er Erzählungen gehört, die vormals in ihrem jetzigen Territorium von einem großen Volk erzählten, dass sich aber nach langen Jahren der Sesshaftigkeit nach Süden wandte. Die Markomannen, die Grenzmänner, zogen sich von Rom bedroht, in andere Gegenden zurück und hinterließen ungenutzten Lebensraum. Die Römer boten den Hermunduren das Land zur Besiedlung an. Rom versprach sich davon, wie sie damals den Hermunduren versicherten, gute Nachbarschaft und feste Freundesbande.

An den Namen des Kuning der Markomannen konnte sich Baldur Rotbart noch erinnern. Sein Vater berichtete über dessen Herrschaft und sein Bündnis mit den Hermunduren. *Marbodus* hieß der Kuning, der auch seinen Frieden mit den Römern machte. Das lag vor seiner Zeit.

Noch vor dem Krieg mit den Chatten, an dem Baldur teilgenommen hatte, rief man die Krieger seiner Sippe zu einem anderen Kampf. Als noch junger Krieger nahm er daran teil. Seine körperliche Größe und seine Kraft fanden in den Augen seines Herzogs Anerkennung. Baldur wurde, mit anderen Kriegern, einem fremden Herzog zugeteilt. Er erinnerte sich an diesen Herzog und auch an dessen Bruder.

Vannius, der als Kuning der Markomannen und der Quaden Marbodus Macht übernahm, erlangte den Ruf eines machtbesessenen und ungerechten Herrschers. Sein Volk spaltete sich. Andere drängten nach seiner Herrscherrolle. Auch aus seiner eigenen Verwandtschaft.

Vangio und Sido nutzten die Gunst des Augenblicks und die Schwäche des eigenen Onkels. Mit Hilfe der Hermunduren und anderer Stämme zwangen sie die Truppen des Kuning in einen aussichtslosen Kampf, aus der sich Vannius nur verletzt und mit knapper Not, durch Flucht, zu retten vermochte.

Die Wut des Vangio entlud sich über seinen Bündnispartnern und den eigenen Kriegern wie ein Wolkenbruch. Sido war der etwas Bedächtigere, der ob der Flucht seines Onkels nicht weniger erzürnt, aber nach außen hin mit wesentlich mehr Ruhe reagierte.

Die Verfolgung des Fliehenden, an der auch Baldur beteiligt war, endete am Ufer des Danuvius. Römische Schiffe brachten Vannius in Sicherheit.

Die Brüder traten die Nachfolge des Onkels an. Wie sie herrschten und ob es für das eigene Volk zum Besseren wurde, vermochte Baldur nicht zu ergründen. Einem Gerücht zu Folge teilten sich die Brüder das Königreich. Baldur erinnerte sich an deren Unterschiedlichkeit.

Vangio, ein kräftiger dunkelblonder Mann mit fast dreißig Lebensjahren war die imposantere Erscheinung. Breitschultrig, selbstsüchtig, arrogant, herrschsüchtig und hinter jedem Rock her, dessen er Ansichtig wurde. Er war als mutiger Kämpfer bekannt, führte seine Krieger von ihrer Spitze aus an und stürzte sich ins dichteste Getümmel.

Sido war ein ganz anderer Typ. Jünger, groß und schlank, fast feingliedrig, mit schmalem Gesicht und langem Blondhaar stand er seinem Bruder im Erscheinungsbild nur wenig nach. Vom Charakter her war er grundlegend anders. Ruhig, selbstbewusst und herrisch trat er in Erscheinung, klug verhielt er sich im Gefecht und dirigierte seine Krieger aus gesicherter, Übersicht bietender Position. Auch deshalb bemerkte er den fliehenden Onkel früher als sein Bruder und jagte seine Krieger hinter dem Flüchtigen her. Sido war der Anführer, der seine Ziele mit Vorbedacht verfolgte, nicht vor Ränken und Intrigen zurückschreckte.

Durch seinen Verstand und die Fähigkeit seiner Rede, vermochte er dem älteren Bruder leicht Paroli zu bieten.

Der gefangene Markomanne hatte anfangs auf den Namen Vangio reagiert, den Rotbart noch vom Feldzug her kannte, damit aber offensichtlich gelogen.

Gerüchte, die wandernde Händler durch das Land trugen, brachten Baldur Kunde vom Todessturz des Vangio. Es hieß, er sei bei der Jagd vom Pferd gestürzt und hätte sich selbst mit seiner Waffe verletzt...

Ein anderer Händler kannte die Sache ganz anders und berichtete, dass beide Brüder im Streit voneinander schieden und kurz darauf der Ältere in einem Hinterhalt von Mörderhand getötet wurde.

Es war für Baldur Rotbart müßig, den genauen Hergang zu kennen. Allein die Botschaft vom Tod des Vangio nahm er als Tatsache hin und davon schien der Markomanne nichts zu wissen. Dies konnte für vieles ein Zeichen sein.

Zum Ersten, so schlussfolgerte Rotbart, war es ein Hinweis darauf, dass der Markomanne schon lange von seinem Volk getrennt lebte. Möglicherweise hatte sich der Markomanne aus der Gemeinschaft zurückgezogen oder war gar ausgeschlossen worden. Andererseits war es auch möglich, dass das Gerücht vom Tod des Vangio falsch sein konnte... Doch dies schien auf Grund des Berichtes einander unabhängiger Händler als die unwahrscheinlichere Möglichkeit.

Bedachte der Eldermann der Bergesippe die Möglichkeit von Bündnissen, so blieb ihm nur der eigene Stamm.

Nach den Berichten anderer Ältester soll es zwischen den Flüssen Maa und Danuvius noch ein größeres Volk geben. Den Namen des Volkes kannte Rotbart nicht. Vielleicht stammen die Dörfer am Maa von diesem Volk und da er von keinen Kriegen mit diesem Volk wusste, nahm er an, dass Gaidemar im Kontakt zu diesen Sippen ein Bündnis schaffen konnte.

Allein, alle seine Gedanken blieben Hirngespinste. Nicht Vermutungen, sondern nur sicheres Wissen konnte ihnen helfen. So beschlossen sie, einen Unterhändler zu beauftragen und diesen über das Buchendorf zur Sippe des Jägers und weiter auf die Suche nach Gaidemar zu senden.

Die Wahl fiel auf Norman, der mit ausreichend Kriegern zu den ihnen bekannten hermundurischen Sippen aufbrach. Norman kannte Degenar und auch deshalb begleitete er die jungen Frauen. Er gab ihnen Schutz, ohne dass diese davon wissen sollten, würde sich mit Degenar verständigen, einen Führer zum Dorf des Jägers von ihm beanspruchen und einen seiner Krieger als Boten im Dorf zurücklassen. Rotbart bestand mit Nachdruck darauf, dass in jedem Dorf ihres Stammes Krieger ausgewählt werden, die als berittene Boten Nachrichten zwischen den Siedlungen beförderten. Er selbst machte mit der Umsetzung seiner Forderung den Anfang.

Am frühen Nachmittag traf der Reitertrupp bei der Framensippe, der vormaligen Buchensippe, ein und wurde von Degenar begrüßt. Die anschließende Beratung war kurz. Aus Normans Trupp wurde ein Bote ausgewählt, Ingo als Führer zur Talwassersippe bestimmt und dann ritt die Gruppe weiter.

Degenar erfuhr von Norman zwar schon vom Zwischenfall mit dem Markomannen und dessen erneuter Gefangennahme, wollte es aber genauer wissen. Er traf Ragna und Gertrud bei der Pferdekoppel und dem Füttern und Striegeln ihrer Reittiere.

„Ihr habt den Markomannen gefangen? Wie konnte euch das gelingen?" fragte der Alte vorsichtig.

„Er unterschätzte uns!" Es war wie zumeist Ragna, die Fragen beantwortete. Kurz angebunden zeigte sie wenig Bereitschaft, sich ihrer und Gertruds Taten zu rühmen. Das hatte Degenar auch so nicht anders erwartet.

„Sei nicht so maulfaul!" befand der Älteste und forderte die Jägerin damit zum vollständigen Bericht auf. Auf seinen Eichenstock gestützt, hörte er geduldig zu.

Aus seinen Augen blitzte der Spott, als er daraufhin feststellte. „Ist schon so eine merkwürdige Sache, dass es den Männern und Wölfen offenbar immer dann schlecht ergeht, wenn sie sich dir nähern ... Es ist schön, dass ihr auf meiner Seite kämpft..." drehte sich um und verließ die beiden jungen Frauen, die sich nach einem verständnislosen Blick zueinander, prustend vor Lachen, wieder der Pflege ihrer Pferde zuwandten.

Der von Ingo angeführte Reitertrupp Normans wählte ein hohes Tempo und erreichte das Dorf der Talwassersippe bereits zu Anbruch der Nacht. Am Dorfeingang wurden sie zum Stehen aufgefordert und als der Wächter Ingo, das ehemalige Sippenmitglied erkannte, führte einer der Wächter Norman zum Eldermann Norbert.

Die sich Treffenden waren sich schon einmal begegnet. Damals, vor einigen Wintern war Norbert als Jäger bis zu Rotbart gelangt. Bei dieser

Gelegenheit sahen sich die Männer zwar, sprachen aber nicht miteinander.

Deshalb näherten sie sich einander mit Bedacht. Vorsicht prägte das Zusammentreffen, wussten doch beide nicht, wie der Andere empfand, dachte und zum Handeln bereit war. Ein erstes Abtasten prägte den Beginn des Gesprächs.

„Kennst du Gaidemar?" war nach der anfänglichen Begrüßung, dem ersten Umtrunk und den Fragen nach dem woher und wohin, Normans Frage.

„Ja, ich kenne den Krieger!" lautete die Antwort des Eldermanns.

„Weißt du, wo ich ihn finden kann?"

„Nein, nicht genau. Er ist irgendwo am Fluss Maa. Er ist in Begleitung von Männern meiner Sippe und dem Knaben Gerwin zum Maa aufgebrochen. Das war vor fast zwei Monden. Seither haben wir keine Nachricht von ihm erhalten!" erklärte Norbert dem Gast.

„Man sagt, er reist in deinem Auftrag...?" Der Eldermann nickte zuerst, um dann zu ergänzen: „Er reist in unser aller Interesse, in meinem, Rotbarts und Degenars!"

„So...?" kam Normans gedehnte Frage.

„Nach Gerwins Bericht wurdet ihr von den Römern überfallen. Nur weil der Knabe euch warnte, konntet ihr die Römer zurückschlagen. Stimmt das nicht?" fragte Norbert verunsichert.

„Doch!" zögerlich folgte Normans Antwort. Lag hinter den Worten des Eldermanns eine versteckte Beleidigung? Norman entschloss sich, alle Vorsicht walten zu lassen.

„Bei Degenars Sippe ging es nicht so gut aus. Als ich erfuhr, dass der Knabe Gerwin einer der wenigen Überlebenden war und eure Sippe rechtzeitig warnen konnte, habe ich den Knaben aufgefordert, uns zu besuchen und von seinen Erlebnissen zu erzählen." Norbert schwieg.

Der Mann aus Rotbarts Sippe sah seinen Gastgeber abwartend an, bis dieser fortsetzte: „Der Bericht des Knaben hat zur Veränderung in unserer Sippe geführt. Die Römer hätten statt euch genauso gut uns überfallen können? Wir wären nicht so wehrbereit gewesen ..."

Der Eldermann zögerte mit der weiteren Erklärung. „Deshalb sollten wir uns auf einen erneuten Besuch der Römer vorbereiten. Doch unser bisheriger Ältester trieb Handel mit Römern. Er besaß kein Interesse, seine Sippe zu schützen. Ich wurde der neue Eldermann. Siegbald und seine Anhänger schlossen wir aus unserer Sippe aus."

„Dann hat Gaidemar dir zur Macht verholfen?" vermutete Norman.

„So könnte man es auffassen. Mehr aber hatte Gerwin zur Veränderung beigetragen ..." und er ergänzte seine Worte nach einem kurzen Schweigen „... deshalb sind Gaidemar, Gerwin, Olaf und mein Sohn Richwin zum Maa, um Bündnispartner zu finden ..." Norbert wartete ergebnislos auf eine Erwiderung.

„Die Römer werden wiederkommen, zu euch, zu uns und sie kommen den Fluss Maa entlang." Norbert schwieg und wartete auf die Antwort des Kriegers der Bergesippe.

Er hatte sein Angebot unterbreitet! Ginge es nach ihm und so dachte er auch von Rotbart, musste der Krieger am gemeinsamen Bündnis interessiert sein. Er war sich sicher, dass der Trupp nicht nur nach Gaidemar suchte, sondern sich auch der Hilfe anderer Sippen versichern sollte. Norbert verstand die Bedächtigkeit im Vorgehen des ihm doch unbekannten Kriegers.

„In diesem Punkt hast du Recht! Ein römischer Tribun traf inzwischen, mit zwei Kohorten, am nördlichen Maabogen ein. Wir wissen, dass wir der Römer Ziel sind! Sie lagern inzwischen dort, wo auch im vergangenen Sommer deren Feldlager war. Deshalb bin ich hier!" teilte nun der Gast mit.

„Wenn das so stimmt, brauchen wir Nachricht von Gaidemar." Folgerte der Eldermann. „Wir müssen wissen, ob wir Hilfe aus anderen Sippen erwarten können? Wenn die Römer sich in der Nähe eures Dorfes sammeln, müssen wir dort bereit sein!" Norbert hatte mit seiner Antwort etwas gezögert und setzte dann fort: „Woher wisst ihr, dass die Römer mit zwei Kohorten kommen und wo sie sich sammeln?"

„Wir haben einen Markomannen, einen Sklavenjäger gefasst, der uns viel zu erzählen hatte. Dieser Mann ist im Auftrag des römischen Tribuns unterwegs und lief uns in die Arme. Er wollte die Römer am Nordbogen des Maa, in deren Lager treffen!"

„Ein sehr redseliger Sklavenjäger ...?" quittierte Norbert die Mitteilung skeptisch.

„Nun, Rotbart hat da wohl etwas nachgeholfen ..." Beide Männer schwiegen, bis Norman seine Überlegungen abschloss und zu weiteren Einzelheiten bereit war.

„Rotbart verfügt über mehrere Nachrichten ... Einiges wissen wir durch eigene Beobachtungen unseres Spähers. Dann fassten wir den Markomannen, der zugab, im Auftrag der Römer zu spionieren. Was die

Römer tun werden, wissen wir noch nicht. Unsere Späher haben vier Kohorten gezählt. Rotbart kann nur vermuten, was die Römer bezwecken. Sicher ist nur, dass unsere Sippe eines von deren Zielen sein wird. Wir sind zu wenige gegen diese römische Macht. Deshalb schickte er mich zu dir. Ich biete dir an, einen meiner Männer als Boten bei dir zu lassen. Der Mann kennt den Weg zur Framensippe und zu uns. Dafür brauche ich einen Ortskundigen von dir, der mich zum Maa führt und bei der Suche hilft!"

„Framensippe?" verwundert starrte Norbert den Gast an. Auch Normann schien verstört, bis er begriff.

„Zum alten Degenar!" erklärte er.

„Nachdem er auch von euch Hilfe erhielt, dachte er über einen neuen Namen der Sippe nach. Buchensippe konnte er nicht mehr bleiben, wie er mir sagte. Zu viele von euch und uns verstärken inzwischen die Reste und so nahmen sie den neuen Namen an. In einer heiligen Prozedur schworen die Krieger ihren Eid." vollendete Norman seine Erklärung.

Der Eldermann besann sich einen Augenblick und fasste seine Erkenntnis in kurze Worte. „Dann sind wir jetzt ein Bündnis aus deiner Bergesippe, meiner Talwassersippe und Degenars Framensippe! Das klingt doch schon ganz gut ... Und auf wie viele Krieger kommen wir etwa?"

Normann, der Anführer des Reitertrupps bedachte sich und antwortete: „Wir können sicher zweihundert Krieger aufbieten, die Framen wohl nur bis zu zwanzig und du?"

„So stark wie ihr sind wir nicht, aber einhundertfünfzig Männer sollten es trotzdem werden, also hätten wir fast vierhundert Krieger gegen vier römische Kohorten. Das reicht bei Weitem noch nicht aus! Auch wenn ich die Zahl der Legionäre nicht genau kenne ..." Schweigen breitete sich zwischen den Männern aus, die die Notwendigkeit zum Finden weiterer Bündnispartner erkannten und jetzt inständig auf Gaidemars erfolgreiche Mission hofften.

„Wie viele Männer hast du mitgebracht?" Norbert unterbrach die Stille und trieb die kurze Bedrückung aus der Hütte.

„Wenn du den Boten von uns nimmst, sind es noch acht Krieger!"

„Dann werde ich dir auch noch acht Krieger mitgeben. Damit seit ihr besser gewappnet und könnt euch besser wehren, falls ihr auf Römer oder Sklavenjäger stoßt. Außerdem ist der Gedanke, in allen Dörfern eigene Ortskundige zu belassen, sehr gut. Wir haben damit ausreichend Boten."

„Wir sind uns einig! Ihr seid bereit, uns im Kampf mit den Römern zu unterstützen?"

„Natürlich! Es ist auch unsere Freiheit, die bedroht wird." Norbert reichte Norman den Arm zum Bündnisschwur. „Ihr seid unsere Brüder und die Römer unser Feind!" verkündete der Eldermann.

„Wir werden Morgen in der Frühe wieder aufbrechen!" bestimmte Norman.

„Und meine Männer werden bereit stehen, um euch zu begleiten! Doch eine Frage habe ich noch?" vollendete der Eldermann zur Verwunderung des Anführers des Reitertrupps den angefangenen Satz.

„Irvin ist doch auch aus deiner Sippe?" forschte Norbert nach, bevor er zu erkennen gab, was ihn verwunderte.

„Ja, warum!"

„Er kam vor einigen Tagen und suchte im Auftrag von Degenar nach Gaidemar. Nur seine Botschaft zum Markomannen lautete, der Mann sei geflohen?"

„Ja, das stimmte auch. Aber dann lief er Ragna, der Tochter Rotbarts, wieder in die Arme. Mit ihrer jungen Gefährtin gelang es ihr, den Mann zu überwältigen. Gut gebunden brachten die Frauen den Sklavenjäger zu uns."

Norbert betrachtete verwundert den Gesprächspartner, schüttelte mit dem Kopf und lächelte ungläubig.

„Er brauchte sicherlich ein Pferd. Sein Bein war verletzt. Sicher dachte er, den Frauen das Pferd abnehmen zu können ... Nur war er bei Ragna an die Falsche geraten! Aber auch die hatte noch ein Tänzchen mit ihm, wollte er sie doch schon einmal rauben und auf dem Sklavenmarkt verkaufen..."

„Das muss ja ein tolles Weib sein? Weiber können so nachtragend sein..." verkündete daraufhin der Eldermann und beide Männer lachten.

„Oh, ja! Rotbarts Tochter ist schon etwas ungewöhnlich. Ein Rotfuchs, wie der Vater, nur wesentlich schöner ... Sie hat Feuer im Blut und ihre junge Gefährtin scheint auch nicht ungeschickt. Außerdem ist Ragna ein sehr guter Jäger! Da übernahm sich der Markomanne wohl etwas ... Wo sagtest du, ritt Irvin hin?"

„Zum Maa, dort will er Gaidemar suchen!"

„Dann werden wir uns dorthin wenden, wo die Römer ihr Lager aufgeschlagen haben und dann den Maa aufwärts absuchen. Irgendwo werden wir Gaidemar finden und dir Nachricht senden!"

20. Bericht des Händlers

65 nach Christus - Frühjahr (31. Maius)
Barbaricum - Im Land der Hermunduren zwischen dem Fluss Moenus und dem Herzynischen Wald

*D*as Dorf der Framensippe nahm immer mehr Gestalt an. Der Umfang und die Verschiedenartigkeit täglicher Leistungen prägten den Ablauf der Tage. Mit der beendeten Aussaat und der Rodung weiterer urbarer Flächen in der Nähe des Dorfes war ein gewisser Abschluss, der alle miteinander verbindenden Tätigkeiten, erzielt worden. In diese Phase hinein, fast mit deren Abschluss, fiel das erste Fest im Dorf mit weitreichenden, sich auf die weitere Entwicklung der Sippe auswirkenden Folgen.

Nach dem Römerüberfall, den nur Wenige überlebten und aus dem vor allem nur Kinder verblieben, wuchs um diese Kerngruppe, durch Übersiedlung, wieder eine Gruppierung, die durch die Herkunft aus unterschiedlichen Sippen zu frischem Blut führte. Die überlebenden Kinder der Buchensippe konnten zur neuen Entwicklung nur wenig beitragen, aber Übersiedler aus der Bergesippe und der Talwassersippe erbrachten neue mögliche Beziehungen, die zum Grundstein der neuen Sippe, die sich den Namen Framensippe gab, wurden.

Verglich Degenar diese jetzige Situation mit seinen Erfahrungen aus der Zeit, als die Buchensippe aus der Bergesippe hervorging, so wechselten damals zumeist junge Paare in die neue Siedlung über und führten zur Abspaltung, weil der Raum der bisherigen Siedlung für die Versorgung aller nicht mehr ausreichte. Auch wenn ein großes, starkes Dorf eine starke Kampfkraft erfahrener Krieger stellte und damit Anfeindungen gegenüber feindlicher Nachbarn leichter wehrhaft blieb, konnte diese große Ansiedlung zu Unterversorgung und Hunger führen.

Jetzt lagen die Gründe anders. Nicht Abspaltung sondern Verschmelzung lag der neu entstandenen Sippe zu Grunde. Dieser Prozess ist schwieriger, weil unterschiedliche Erfahrungen und Lebensweisen einander angeglichen werden mussten und sich keinesfalls Spannungen zwischen den Umsiedlern unterschiedlicher Herkunft zu Hass und Feindschaft entwickeln durften.

Das Fest, aus der Notwendigkeit geboren, einen unglücklichen Tag durch erfreulichere Begebenheiten aus der Erinnerung zu verbannen, zeigte eine Wirkung, die der Sippeneinheit durch neue Paarbeziehungen und Bildung neuer Familien Auftrieb gab. Zwangsläufig würde die Sippe durch zukünftig daraus hervorgehende Kinder zahlenmäßig erstarken.

Das Verschmelzen der Übersiedler zu einem natürlich wachsenden Verbund von Familien war aber ein komplizierter Vorgang. Es waren nur Zufälligkeiten, die zum gegenwärtig vorläufigen Ergebnis führten.

In seiner grüblerischen Art, in seinem Verständnis für den göttlichen Beitrag, sah Degenar den Zusammenhang von Unglück und Glück. Er verstand seine Aufgabe als ein göttliches Werk Wodans, der ihm die Möglichkeit auferlegte, diese Gemeinschaft zu prägen.

Ihre Felder und Weiden lagen, abgesehen von der Waldweide am gegenüberliegenden Bachufer, weiter vom Dorf entfernt und deshalb stand ausreichend Fläche zur Errichtung neuer Hütten zur Verfügung.

Nachdem Brandolf den Bereich neuer Rodungen anzeigte und damit die Bäume auswählte, die zum neuen Hausbau Verwendung finden sollten, griffen die Männer zu und bald war durch das Schlagen der Äxte, das Stürzen der Bäume, das Wiehern der Pferd und die Rufe der Menschen wieder Leben in den Wald eingezogen. Alle Männer, mit Ausnahme von Degenar und Brandolf, auch alle Knaben und Mädchen, beteiligten sich an dieser neuen Tätigkeit. Nur die Mütter und älteren Frauen verblieben im Dorf.

Die Sicherheit der Ansiedlung zwang zum Einsatz von Posten am jeweiligen Ende des Dorfes. Letztlich gehörte der Schutz der Waldweide und der übrigen Weiden, sowie des Viehbestandes zu den täglichen Aufgaben. Als Hüter der Weiden wurden zumeist die Knaben und jungen Mädchen bestimmt.

Kinder reichten aus, die Tiere innerhalb der Weide zusammen zuhalten und mitunter Hilfe Älterer herbei zu schaffen, wenn Tiere ausgebrochen waren. Da diese Knaben und Mädchen, auch zumeist über die geringste Körperkraft verfügten, dafür aber sehr schnell auf den Beinen waren, ergab sich diese Einteilung von selbst. Diese Hütergruppe begann schon beim Knaben *Uwo* und schloss lediglich die Mädchen *Herline* und *Wunna*, die noch als Kinder anerkannt waren und zumeist an Bertruns Rockschoß hingen, aus.

Mit dem Knaben Gisbert und dem Mädchen *Frauke* begann die altersmäßig nachfolgende Gruppe, die ungeachtet des Geschlechts, Hilfsarbeiten zu verrichten hatte. Sich willkürlich ergebende Fertigkeiten, deren Erkennen und die demzufolge freiwillige Übernahme einzelner Aufgaben, bestimmten einen Tätigkeitsbereich.

Stolz prägte die Einstellung der Knaben und Mädchen, wenn deren Fähigkeiten für würdig befunden wurden, selbstständige Aufgaben übernehmen zu dürfen. Die Viehwache war somit bei den Kleineren beliebt, weil neben der Aufgabe noch Zeit zum spielen verblieb.

Als Gehilfe des Wachpostens am Dorfeingang ausgewählt zu werden, galt als Vorstufe der baldigen Aufnahme unter die Jungkrieger und alle Knaben strebten diese Aufgabe an, fühlten sie sich dabei doch schon jetzt als Krieger.

Den Müttern war der Haushalt, das Kochen, die Reinigung der Wäsche, das Schaffen neuer Kleidungsstücke durch Weben, die Tierpflege und Kindererziehung zugeordnet. So wie sie dazu Hilfe benötigten, griffen Mütter auf die eigenen Töchter zurück. Deshalb gab es Tage, wo keine der jüngeren Töchter zum Hüten des Viehs, für Hilfstätigkeiten beim Hausbau oder der Feldarbeit zur Verfügung stand.

Der Vater hatte, wenn die Mutter die Unterstützung der Töchter einforderte, keinen Handlungsspielraum und war dazu gezwungen, mit verringerter Zahl der Hände zu arbeiten. Häusliche Erfordernisse standen auf Grund deren Charakters und der Betroffenheit aller Familienangehörigen im Vordergrund. So litt anderweitige Erfüllung von Aufgaben darunter.

Die Besonderheit der Sippe, im Prozess des Entstehens und des Zusammenwachsens, wurde noch verkompliziert, weil nicht die einzelne Familie und damit Vater und Mutter, über das eigene Familienpotential verfügten. Gemeinschaftsaufgaben zum Wohle aller zwangen zur gemeinschaftlichen Tätigkeit. Die Größe der Familien stand in keinem Verhältnis zum Umfang vorliegender Aufgaben. Zahlreiche junge Männer und Frauen, die ohne familiäre Bindung zur Sippe gestoßen waren, bildeten eine Kraft zur Erfüllung von Gemeinschaftsarbeiten. Einerseits gab es auf Familien beschränkte und andererseits gemeinschaftliche Tätigkeiten, die eine über den Familien liegende Einteilung und Zuordnung erforderte. Diese Zuordnungsfunktion nahm der Älteste selbst wahr und er war es auch, der diese Tätigkeiten kontrollierte, bewertete und in den Arbeitsprozess eingriff, wenn er Trägheit in den Leistungen oder die Notwendigkeit für eine Verstärkung durch zusätzliche Hände erkannte.

Deshalb war Degenar, trotz seiner Behinderung, den ganzen Tag unterwegs. Vom Dorf zu den Weiden, zu den Feldern, zu den Rodungen, zum Hausbau und alles beobachtend, bewertend und wenn erforderlich auch bereit zum Eingreifen. Er war überall, sah alles und wurde immer dann benachrichtigt, wenn sich Engpässe in einer Tätigkeit ergaben, eilte vor Ort und entschied die Fortsetzung.

Wenn zu wenige rührige Hände zur Verfügung standen, war es wichtig, gerecht und ohne Bevorzugung die Dringlichkeit von Tätigkeiten zu beurteilen und die Entscheidung zur zu verschiebenden Arbeit oder auch gänzlichen Vernachlässigung zu treffen. So befand sich der Älteste seit dem gemeinsamen Zusammenleben in einem ständigen Forderungsprozess, der ihm keine Zeit ließ, alt zu werden. Er musste entscheiden und verantworten. Dazu gehörte, dass er sich auch den Klagen derer stellte, die mit seiner Entscheidung unzufrieden waren. Mitunter bedurfte es auch für das Verständnis der Anderen einer zusätzlichen Erklärung oder auch einmal der endgültigen Bestätigung.

Um vom Tagwerk auszuruhen, sich zurückzulehnen und ein wenig Abstand zu finden, gehörte es zu seinen Gewohnheiten, sich mit Einbruch der Dämmerung auf seiner Bank am Haus niederzulassen, über den Tag nachzudenken und den Folgetag mit seinen zahlreichen Erfordernissen einzuordnen.

Das er dabei einen Gesamtüberblick der stets wachsenden Siedlung in sich aufnehmen konnte, war der Wahl des Aufstellens dieser Bank geschuldet. Von der Bank aus übersah er die Siedlung.

So dauerte es nicht lange, bis die Bewohner erkannten, dass Degenar auf seiner Bank bereit war, Klagen und Beschwerden aller Bewohner des Dorfes, welcher Art auch immer, entgegen zu nehmen oder zur Beantwortung von Fragen und zur Erklärung von Entscheidungen zur Verfügung stand.

Ob ein Vater, eine Mutter, ein Jungkrieger, Knabe, Mädchen oder auch eines der Kinder, Degenar hörte aufmerksam zu. Zweifellos entsprach diese Bereitschaft nicht der Pflicht eines Eldermanns.

Auch er selbst konnte sich nicht daran erinnern, Gleichartiges bei den Ältesten erlebt zu haben, die vor ihm diese Würde und Last zu tragen bereit waren. Weil er alle Angehörigen seinerseits als seine Kinder betrachtete und der Sippentreue verpflichtet mit **Argusaugen** darauf bedacht war, einen starken, sicheren Zusammenhalt, unabhängig jedweder Herkunft herzustellen, trug er diese Last gern.

In Rotbarts Sippe gab es dominierende Familien, mit zugehörigen Freien und Freigelassenen. Dort verteilten sich die Entscheidungen auf mehrere Schultern und jeder entschied in seiner Munt, wie es ihm genehm war. Eine Gesamtverantwortung bestand in der Regel nicht, wenn auch Rotbart in seiner Bergesippe manche Dinge anders handhabte, als es Degenar selbst vom Ältesten, vor der Vernichtung der vormaligen Buchensippe, erleben musste.

Ein Eldermann gebot über die Muntväter, besonders über die Familienoberhäupter, wenn es erforderlich war.

Wollte er seine Macht nicht verspielen, beschränkte sich sein Einfluss auf nur wichtige Angelegenheiten. Zu viele Eingriffe schufen Zufriedene und Unzufriedene und damit eine Spannung innerhalb der Gemeinschaft, die sich hinderlich auswirken konnte.

Herrschte Einigkeit unter den Familienoberhäuptern oder gar im Thing der Sippe, bildete dies eine feste Grundlage für den Eldermann und Entscheidungen wurden leichter in ihrer Durchsetzung. Bestimmten Spannungen die Atmosphäre innerhalb der Sippe, stellte die Durchsetzung von Forderungen gegenüber Unwilligen immer ein Risiko dar.

Ein starker Eldermann setzte sich trotzdem durch, so wie es Rotbart gelang. Ein Schwacher begann zu taktieren und gab seine Position Schritt für Schritt preis.

So begann es auch in der Buchensippe. Erst gab es Unzufriedenheit, dann Uneinigkeit und letztlich mündete dies in der Sorglosigkeit, die die Vernichtung der Sippe zur Folge hatte.

Degenar verstand, dass der römische Überfall den Prozess des Verfalls der Sippe nur drastisch beschleunigte. Ohne den Überfall wären die vorhandenen Widersprüche länger in der Schwebe zu halten gewesen. Bis die Uneinigkeit zu konkreten Handlungen führte, die eine Gefährdung der Gemeinschaft nach sich zog, hätten noch Jahre vergehen können...

Römische Legionäre löschten die Sippe aus. Aus den Resten wuchs eine neue Gemeinschaft, die mit Hilfe der Nachbarn zu Erstarken begann und wenn er als Eldermann in der Lage wäre, die Einheit und Geschlossenheit der Sippe erst herzustellen, diese dann auch zu bewahren vermochte und letztlich an Brandolf übergeben könnte, hätte er sein Lebenswerk vollbracht...

Dazu gehörte, dass der Sohn des Freundes an seiner Seite wuchs und erstarkte, die Klugheit und Raffinesse eines Ältesten von ihm erlernte und langsam in den Führungsprozess hineinwuchs. Noch war Brandolf, trotz aller Veranlagungen, ein unerfahrener Mann, den er, auch im Auftrag seines früheren Freundes, Formen und Befähigen sollte.

Degenar kannte auch Familienverbände, in denen Sklaven leben. Als die Buchensippe entstand, gab es keine Sklaven, keine Freigelassenen und nur wenige Familien, die sich von Rotbarts Sippe abspalteten. Die damalige Situation zwangen die Ältesten eine Entscheidung zu treffen. Im Thing wurde beraten und dann die Trennung beschlossen.

Oft waren es die zweiten und dritten Söhne starker Familien, die mit zu geringerem Nutzen im Familienverband mitarbeiten mussten und trotzdem nicht genügend zum Essen für Frau und Kind vorweisen konnten. Einige dieser Söhne entschlossen sich zum Verlassen des Vaterhauses, nahmen sich ein Weib und zogen mit Anderen in einen neuen Lebensraum.

Die Framensippe hatte zu Beginn, nach dem römischen Überfall, durch Zuzug lediglich drei Familien und darüber hinaus nur Freie als Mitglieder. Dass weitere Familien entstanden und ein erster Neugeborener inzwischen in der Sippe lebte, konnte als glücklicher Umstand bewertet werden. Nur über das Entstehen neuer Familien und den darin geborenen Kindern konnte die neue Framensippe erstarken und sich als lebensfähig, auch gegenüber zukünftigen Ereignissen, erweisen. Dies wissend, brauchte die Sippe eine Gerechtigkeit, die den Fortbestand der Sippe als wichtigstes Ziel verfolgte.

Auch deshalb hatte sich diese Art der Gespräche, auf der Bank an der Hütte des Eldermanns, ergeben. Häufig saß Degenar nicht allein. Meist war es Brandolf, der ihm Gesellschaft leistete, war der doch als Hüter der Gesetze gleichfalls in den Reifeprozess der Sippe eingebunden. Dieses abendliche Gespräch führte auch dazu, dass beide Männer sich über die Ereignisse austauschten und der Jüngere langsam in die Pflichten des Ältesten hineinwuchs. War Bertrun beteiligt, dann gab es Dinge, die sich im Bereich des Dorfes vollzogen hatten, die zwar nicht von dringlicher Natur waren, aber doch einer Klärung bedurften.

Aus den eigenen Erfahrungen lernend, gab es einen Bereich im Dorf, der als Unantastbar galt. Es war die Bewachung des Dorfes! Nie wieder sollte ein Feind in der Lage sein, die Siedler zu überraschen. Hieraus ergaben sich die Pflichten für den Hüter der Gesetze, der die Kräfte zur täglichen Bewachung und Beobachtung einteilte und auch selbst durch Kontrollgänge und durch Ausritte das weitere Umfeld der Siedlung sondierte.

Es gab Doppelposten am nördlichen und südlichen Dorfausgang. Die Position des südlichen Postens befand sich am Zusammenfluss eines weiteren Baches mit dem das Dorf durchfließenden Eisbach, der seinen Namen nach dem ersten gemeinsamen Winter, durch das Zufrieren und ständige Aufbrechen des Eises an der Wasserstelle, erhalten hatte.

Der zweite Posten war in einem Eichenwald mit der höchsten Erhebung, nördlich des Dorfes ausgewählt worden. An beiden Standorten wurde im dichten Unterholz ein Grubenhaus mit flachem Dach errichtet, das eine Feuerstelle und einen Rauchabzug besaß, der so angeordnet war, dass aufsteigender Rauch sich im darüber befindlichen Geäst der Bäume verwirbelte und deshalb unsichtbar blieb.

Im Eichenwald wurde einer der höchsten Bäume als Hochstand ausgebaut und so vorbereitet, dass der Aufstieg auf die hohen Äste gut versteckt lag und ein leichtes Besteigen, bis zu den unteren starken Zweigen, gefahrlos gelang. Die Höhe des Baumes, umgeben von anderen Eichen, Buchen, Ulmen und Fichten, ermöglichte eine weite Sicht über das Tal, in dem entlang des Eisbaches ihr Dorf lag.

Von dieser Position war das gesamte Tal bis zum anderen Posten am Eisbach überschaubar und als Brandolf darauf aufmerksam gemacht wurde, legte er fest, dass an beiden Posten mittels eines Seiles ein Baumwipfel bewegt werden konnte, der dem anderen Posten bei Gefahr signalisierte.

Dieses Verfahren zur Warnung kam nur für den Tag in Betracht, war aber schon deshalb hilfreich.

Gefahr bei Nacht, konnte nur durch Boten übermittelt werden. Brandolf war sich bewusst, dass feindlich Gesinnte auch über die Berghänge zu beiden Seiten ins Dorf eindringen könnten. Deshalb kam der Entfernung der Posten zum Dorf, der Lage des Eichenpostens mit seiner das Tal überragenden Höhe und der Lage des Postens am Eisbach, eine große Bedeutung zu.

Damit keine Annäherung unbemerkt blieb, machte es sich Brandolf zur Regel, zu unterschiedlichen Zeiten die Aufmerksamkeit der Posten zu überprüfen und auch das Dorf, zu Fuß oder Pferd, im weiten Bogen zu umlaufen oder zu umreiten. Während er das in der Vergangenheit auf sich allein gestellt durchführte, hatte er in jüngster Vergangenheit einen Begleiter. Er setzte den Knaben Uwo vor sich aufs Pferd.

Immer waren die Posten für einen gesamten Tag ausgewählt und banden mindestens vier Bewohner, die dem übrigen Arbeitsprozess verloren waren. Zumeist wurden Jungkrieger eingesetzt und ihnen ein Knabe als Bote beigegeben.

Aus den unterschiedlichsten, ausgeführten Tätigkeiten ergaben sich Erkenntnisse für besondere Fähigkeiten.

Sowie Arnold die Betreuung aller Pferde zu seinem Aufgabenbereich wählte, deren Fütterung, Pflege und Führung im Arbeitsprozess ausführte, unterstützte ihn sein ihm zugeordneter Zögling Malte. Ulfs Fähigkeiten als Schmied und Stellmacher sind im Hausbau unverzichtbar und so gehört auch Goswin, sein Zögling, zu den vom Allgemeinprozess ausgeschlossenen.

Diese Spezialisierung erstreckte sich auch auf Leopold, der zumeist die Oberaufsicht bei der Rodung führt und auf *Rüdiger*, der für alle bäuerlichen Aufgaben das Sagen hatte und auch das Saatgut betreute.

Für alle übrigen Sippenangehörigen galten gleiche Maßstäbe. Wenn auch die Älteren diesen Forderungen bereitwillig nachkamen, gab es zwischen den Jüngeren mitunter Streit. Gewöhnlich schritt dann Brandolf ein, wenn eine Ausweitung der Streitigkeiten drohte oder die Streithähne wurden ‚vor die Bank' gefordert, damit Degenar urteilen konnte.

Nachdem es in der Vergangenheit zwischen den Knaben Gisbert und **Helmar** solche Streitigkeiten zu schlichten galt und letztlich Degenar entschied, kam es zu einem zweiten Streitfall, der Falko und Bodo betraf. Auch diese Auseinandersetzung wurde durch Degenars Einfluss entschieden.

Es sprach sich sehr schnell herum, wie Degenar Recht sprach. Nach seiner Überzeugung hatten immer beide Seiten einen Anteil daran, dass Zwist vorlag. Er maß in beiden Fällen jedem seinen Teil der Schuld zu. Keine der Parteien konnte als Sieger und somit straffrei den Platz verlassen. Zukünftig vermieden es alle Sippenangehörigen, sich Degenars Rechtsprechung auszuliefern. Sie regelten Zwistigkeiten untereinander und da Degenar sowieso von allen Streitfällen Kenntnis bekam, konnte er auch prüfen, ob der zwischen zwei Streithähnen gefundene Ausgleich Benachteiligungen beinhaltete. Trat dieser Sachverhalt nicht auf, hatte der Eldermann keine Veranlassung zum Eingreifen.

Der Hausbau schritt voran, die Saat auf den Feldern ging auf und wuchs, das Vieh entwickelte sich, es gab Junglämmer, Ziegen und Kälber und auch eine der Stuten fohlte. Der junge Hengst gehörte zu den Lieblingen der Sippe und Malte kümmerte sich besonders um das Tier.

So verliefen die Tage im Gleichklang, wurden noch immer länger, als drei Fuhrwerke gesichtet wurden. Sie kamen von der Mündung des Eisbaches auf die Siedlung zu und bevor diese das Dorf erreichten, empfing Brandolf die Reisenden. Das dabei alle Krieger unter Waffen im Hinterhalt lagen, die Weiber und Mädchen in den Hütten verschwunden und auch keine Kinder zu sehen waren, fiel den Ankömmlingen, soweit vor dem Dorf, nicht auf. Die Sippe war gewarnt und kampfbereit.

Auch Ragna und Gertrud lagen mit ihren Bögen im Hinterhalt. Ragna erkannte den fahrenden Händler *Oswin* als Erste, erhob sich aus dem Gebüsch, schritt auf die Kolonne zu, umkreiste diese und verbeugte sich vor dem Händler, bevor noch Brandolf den Händler erreichen und zu sprechen beginnen konnte.

„Händler Oswin, du stattlichster aller Männer, suchst unser kleines Dorf auf, ich hoffe in Sehnsucht nach mir oder willst du nur Handel betreiben?"

„Potz Teufel, geliebter Rotfuchs! Bei Mogon, ich bin erstaunt. Hast mich also doch erwartet ..." und setzte fort

„Schnell holt den Ältesten. Die Gelegenheit muss ich nutzen, noch ist sie mir wohl gesonnen ..." und beugte sein Knie um die Angebetete anzuhimmeln.

„Dein Haar schimmert im Sonnenlicht und glänzt wie das kostbarste Metall, deine Augen schießen Blitze, die meinen Verstand auslöschen, deine Lippen sind eine einzige Versuchung in die ich Eintauchen möchte und deine Figur ist der Inbegriff der Schönheit ... Du holdes Weib, erhöre mich und ich werde dir die Welt zu Füßen legen! Nimm meine Werbung an, begleite mich auf all meinen Wegen, teile mit mir mein Lager und liebe mich!" Oswins Rede wurde mit voller Inbrunst verkündet und die Zuhörer sahen erschrocken auf Ragna, vermuteten sie doch, der Händler wäre zu weit gegangen.

Diese aber lachte: „Danke, die Werbung war gut! Du bist ein stattlicher Bursche und mir scheint, dass es sicher Weiber gibt, die dein Lager mit dir teilen werden, aber ich bin es nicht ..." endete sie mit einem schnippischen Unterton und fügte hinzu: „... Oswin, sie es mal von meiner Seite. Ständig unterwegs auf Reisen, kein Dach übern Kopf, kein Schutz gegen den Regen, Wind, Schnee und immer nur herumziehen, brrr..., so viel Wärme hast auch du nicht ..."

Oswin erhob sich, strecke seine riesigen Glieder, dass es in den Gelenken knackte und verkündete, so dass alle es hören konnten: „Scheiße! Fast hatte ich das Weib ... Dann komm wenigstens einmal an meine Brust und umarme mich, der ich mich so nach dir verzehre. Wenn ich dich nicht als Weib gewinnen kann, solltest du mich wenigstens als guten Onkel begrüßen und mich zum Willkommen einmal küssen!"

Er packte Ragna zog sie in seine Arme und atmete ihren Duft des Haares. Berauscht erschlaffte er, in ihren Armen der Begrüßung und spielte einen die Sinne verlassenden Mann, der zu Boden sank. Auch beim besten Willen wäre es Ragna unmöglich gewesen, den Riesen in ihren Armen zu halten und so lag Oswin bald auf dem Bauch im Dreck.

Der Händler erhob sich, klopfte den Staub von seiner Kleidung, drehte sich um und schnauzte seine Knechte an: „Eh ihr Taugenichtse, was gafft ihr so? Macht euch an die Arbeit! Breitet unsere Waren aus und sputet euch, sonst kostet ihr meine Peitsche!"

Wieder Ragna zugewandt fasste er sie am Arm und schnurrte: „Holdes Liebchen und nun bring mich zum Eldermann!"

Die Knechte des Händlers konnten sich die Begebenheit nicht erklären, waren doch einige Neue in der Kolonne dabei.

Als aber die Krieger, ob der Begrüßung des Händlers durch Brandolf, nacheinander aus dem Wald traten und sich eines Schmunzelns nicht erwehren konnten, steckte dies an und nach einer Erklärung eines der älteren Knechte, wussten auch die Neuen diese Form der Begrüßung zu bewerten.

Die Kolonne zog in Begleitung aller Krieger weiter in Richtung Dorf, wo Degenar inzwischen bereitstand.

Brandolf teilte für jeden Fremden einen Beobachter ein und während Oswin Degenar begrüßte und beide Männer in der Hütte Degenars verschwanden um den Gasttrunk mit Met zu genießen, bereiteten die Knechte den Warenbestand zur Auslage vor, sperrten die Pferde aus und sorgten für Fütterung.

„Nun, Oswin, schnell bist du wieder bei uns?" eröffnete Degenar das Gespräch. Der Händler wischte sich mit dem Handrücken über den Mund, setze den Becher mit Met ab und grinste den Eldermann an.

„Ich hatte Sehnsucht nach deiner rothaarigen Tochter! Deren Begrüßung war sehr erfreulich ... Schnell machen wir einen Handel. Sie scheint willig, du bekommst alles auf einem Wagen, wenn du sie mir gibst. Den Wagen kannst du selbst wählen! Was sagst du?" fragte er mit einem listigen Blinzeln.

„Oswin, du weist doch, dass es keine Möglichkeit gibt, Ragna etwas zu befehlen und deine Begrüßung solltest du richtig bewerten, da du sie und ihre Ansichten ja kennst!" bedauerte der Älteste und verwies den Gast auf bisher bereits Erlebtes.

Nach einer Pause fügte er neugierig und listig blinzelnd an: "Was hast du uns mitgebracht?"

„Dann komm am Besten mit, damit ich es dir zeigen kann!" Oswin trank seinen Begrüßungstrunk aus und ging dem Ältesten voran aus der Hütte. An den Wagen angekommen, nahm er eine Decke hoch und schlug diese zurück.

„He Ulf, Rüdiger, seht euch das an!" rief der überraschte Eldermann.

Die hinzu geeilten Männer besahen sich einen Eisenflug. Dann zog Oswin weiter an der Abdeckung und brachte eine Säge zum Vorschein. Ulf nahm diese in die Hand, bemerkte nach beiden Seiten abgewinkelte Sägezähne und bemerkt abfällig:

„Was soll uns das Ding nutzen. Die Zähne sind krumm!"

Oswin nahm ihm das Werkzeug aus der Hand und schritt auf eines der neu errichteten Häuser zu. Ulf folgte ihm. Dem drückte Oswin den Haltegriff der einen Seite der Säge in die Hand und nahm den anderen Griff selbst, setzte die Säge an einem bereitliegenden Baumstamm an und zog die Säge zu sich heran. Dann wartete er, bis Ulf begriff, dass er nun ziehen sollte.

„Nur ziehen, nie schieben!" beschied Oswin und zersägte mit Ulfs und der Säge Hilfe den Stamm in kurzer Zeit.

„Du hast recht, das geht schneller und leichter als mit der Axt! Warum sind dann die Zähne so merkwürdig?"

„Wären diese gerade, frisst sich die Säge zwar auch in den Baum, nur klemmt sie dann!" Ulf verstand und drehte sich zu Degenar um und sah den Ältesten mit einem fragenden Blick an.

„Was ist Ulf? Kannst du das Gerät gebrauchen?"

„Den Pflug und die Säge!" lautete die kurze Antwort.

Oswin zeigte weitere Dinge, auch einen römischen Brustpanzer, der Brandolf auch noch passte.

Verschiedenste Dinge wie Fibeln, Haarspangen, Fischkämme, Messer und Schwerter wurden präsentiert, Töpfe und Krüge aus Ton angeboten und dann fasste Oswin auf einen der anderen Wagen und zog eine Abdeckung zur Seite. Zum Vorschein kamen zehn Bögen mit Köchern und Pfeilen.

Oswin wartete, bis Ragna davon Notiz nahm. Die junge Frau hob einen der Bögen auf, spannte ihn zur Probe, nahm zwei Pfeile, zielte und traf die Birke, die beim letzten Besuch des Händlers schon einmal als Zielscheibe diente. Beide Pfeile schlugen Daumenbreit nebeneinander in den Baum ein.

„Ich wusste, du kannst es noch ... Diese Bögen mache ich euch zum Geschenk! Ich hoffe ihr nehmt es an. Hatte ich doch schuld, als ich euch einen Lumpen ins Dorf schleppte!"

„Das ist ein kostbares Geschenk!" erwiderte Degenar und kratzte sich am Kopf. „Ich weiß das Geschenk zu schätzen, nur wenn du alle so beschenkst, wirst du ein armer Mann..."

„Das lass ruhig meine Sorge sein. Ich hatte 50 weitere Bögen und konnte diese einem Krieger und seiner Gefolgschaft, richtig gegen römische Münze verkaufen."

„Einem Krieger? So viele Bögen? Wer mag das sein?" fragte Brandolf. „Wie sah der aus?"

„Hm, wie Krieger so aussehen. Groß und breitschultrig, kräftige Arme, etwa dein Alter, langes dunkles Haar, Gaidemar war sein Name."

Wie von einer Schlange gebissen fuhr Ragna zu ihm herum, hatte sich jedoch sofort wieder in der Gewalt, wandte sich ab und Griff Gertrud am Arm, um sie von der Ansammlung wegzuziehen.

Nur Brandolf und Degenar nahmen ihre heftige Handlung wahr. Auch Oswin, der ihr den Rücken zukehrte, entging die Reaktion der jungen Frau.

Degenar legte Oswin seine Hand auf die Schulter und forderte ihn auf: „Ich glaube, wir sollten weiter in meiner Hütte verhandeln. Dann kann ich dir zeigen, was ich gegen den Pflug und die Säge tauschen kann. Ein Met wäre auch nicht schlecht."

Brandolf folgte den beiden Männern zur Hütte und es dauerte nicht lange, dann kam Ragna und setzte sich teilnahmslos in eine Ecke.

„Du sprachst von einer Gefolgschaft?" nahm der Alte das unterbrochene Gespräch wieder auf.

„Ja so nannten sie sich. Das war eine überhaupt merkwürdige Sache." Bemerkte der Händler etwas oberflächlich.

„Der Führer feilschte nicht um die Bögen. Er zeigte mir Waren, wie Waffen, Schilde und Helme von Römern und überlies es mir, den Tauschumfang festzulegen."

„Wo hast du den, wie nanntest du ihn... Gaidemar ... getroffen?" fragte Degenar vorsichtig.

Es lag nicht in seiner Absicht, den Händler wissen zu lassen, dass er vor kurzer Zeit Boten nach diesem Krieger ausgesandt hatte und schon gar nicht wollte er den Händler auf eine Verbindung des Kriegers und ihrer Sippe verweisen.

„Am Fluss Moenus! Kennst du den Fluss?"

„Den Namen hörte ich schon mal, seinen Verlauf kenne ich jedoch nur ein kleines Stück, in der Nähe unseres vormaligen Dorfes..." erklärte der Eldermann und forderte den Händler auf:

„Erzähle mir mehr von der Gefolgschaft und von dem Krieger."

„Kennst du den Mann etwa?" bemerkte Oswin beiläufig und es war ihm anzusehen, dass er aufmerksamer reagierte.

„Dafür hast du zu wenig über ihn berichtet!" meinte Degenar leicht hin.

„Ist schon so eine merkwürdige Geschichte. Der Mann hat mindestens 50 Krieger. Diszipliniert wie Römer, Chatten waren auch dabei und einige wenige Frauen..." Brandolf sah zu Ragna hinüber, doch die schien teilnahmslos. Er würde seine Schwester aber schlecht kennen, wenn er nicht vermuten müsste, dass dieses Gespräch sie sehr interessierte.

„Da war noch ein Knabe bei ihm, ho, ho, ho!" lachte der Händler

„... mit dem war nicht gut Kirschen essen. Habe gesehen, wie der Bursche mit dem Bogen umging und dann dem Krieger einen Messerkampf lieferte. Die beiden gingen wie die Furien aufeinander los, so dass ich dachte, sie wollten sich umbringen. War aber nicht so, reichten sich zum Schluss die Hand und unterhielten sich, als wäre nichts vorgefallen." Er lachte erneut, schüttelte den Kopf und brachte seine Bewunderung zum Ausdruck.

„Einer dieser Zennos, wie sie ihre Unterführer nennen, sagte mir dann, das Gaidemar den Knaben ausbildet, auch im Messerkampf. Ich bin einiges gewöhnt und habe so auch meine Möglichkeiten, sowie Erfahrungen. Aber ... gegen diese Beiden ... hätte ich keine Siegesmöglichkeit ..."

„Wie sagtest du, war der Name des Knaben?" fragte Brandolf.

„ Weiß ich nicht mehr, irgendwas mit Ger..." erwiderte Oswin und strich sich über seinen kahlen Kopf. Es sah fast so aus, als würde er mit der Hand auf dem Kahlkopf die Erinnerung an den Namen des Knaben aus seinem Kopf herausziehen.

„Gerwin vielleicht?" warf Ragna ein.

„Ja richtig, Gerwin war sein Name!" hell leuchteten Oswins Augen und sein Bass dröhnte, als er zu Lachen begann. Jetzt war er sich sicher, dass der Alte den Krieger und den Knaben kannte.

„Zeige uns genau, wo du die Gefolgschaft getroffen hast?" forderte Brandolf den Händler auf.

„Am Moenus oder Maa wie ihr sagt ... Der Bogenbauer lebt am anderen Ufer des Flusses. Der Maa fließt von Sonnenaufgang nach Sonnenuntergang. Dabei zieht er aber ausgeprägte Schleifen. Am unteren Ende einer dieser Schlingen, an der Furt der Ochsen, gelange ich immer auf das andere Ufer. Dann muss ich noch einen Tag nach Süden. Getroffen habe ich den Krieger auf meinem Rückweg am Maa, in Gottfrieds Frekisippe. Gottfried ist der Eldermann. Dort gibt es einen Handelshof der Römer."

„Mir scheint, ihr kennt den Hunno? Wollt ihr es mir nicht erzählen?" setzte der Händler, nach kurzer Pause, seine Erklärung abschließend, mit einer Frage fort.

Brandolf sah Degenar an und der schüttelte leicht den Kopf.

„Ein andermal vielleicht…" sagte der Eldermann und Oswin nickte zum Verständnis. Am Folgetag verließ der Händler mit weiteren eingetauschten Wolfsfellen und auch anderen Fellen von Fuchs, Haase und auch einem Bären das Dorf.

21. Kundschafter

65 nach Christus - Frühjahr (31. Maius)
Barbaricum - Im Land der Hermunduren zwischen dem Fluss Moenus und dem Herzynischen Wald

Norman, der Beauftragte des Rotbarts, wandte sich mit seinen eigenen Kriegern und den aus der Talwassersippe hinzu gestoßenen Kämpfern, in die Richtung der untergehenden Sonne. Die folgende Nacht verbrachten die Männer im alten Buchendorf, in der Nähe des Mondsteins. Der weitere Weg führte sie zum Fluss Salu und entlang diesem bis in die Nähe seiner Mündung in den Maa.

Hier vermutete Norman Gaidemars Lager und begann mit seinen Kriegern das Territorium in der Umgebung des Römerlagers zu erkunden. Zuerst nahm er sich das Gelände zwischen den beiden Nebenflüssen des Maa vor. In der Entfernung einiger *Leuca* vor dem Römerlager, begannen sie mit der Suche und näherten sich immer mehr dem Zusammenfluss beider Nebenflüsse, in dessen unmittelbarer Nähe das Feldlager der Römer liegen musste.

Je näher sie dem Römerlager kamen, desto unwahrscheinlicher war es, dass sich ein eigenes Kriegerlager in diesem Gelände befand. Von der größten Bergkuppe kommend, stiegen sie dem Höhenzug folgend, erst langsam in tiefere Höhen hinab, als einer der Krieger Norman auf den Geruch von Rauch aufmerksam machte.

Die Krieger zurücklassend, schlichen er und der aufmerksame Gefährte zu Fuß weiter und pirschten sich im Unterholz eines jungen Nadelwaldes vorwärts, bis sie die Ursache der Rauchentwicklung erkennen konnten. Der Tag war, ob des Rittes und der begonnenen Suche, schon weit fortgeschritten und es war reiner Zufall, dass der Geruch ein Feuer verriet.

Um die Feuerstelle, die nur gering vor fremden Blicken geschützt lag, hielten sich mehrere Legionäre auf, die auch Lärm verursachten, der sich aber in Richtung der ankommenden Barbaren nicht ausbreiten konnte. Das Unterholz dämpfte alle Laute, nicht aber den für Kieferholz würzigen Geruch.

Norman wurde sich bewusst, dass die Gefolgschaft unmöglich zwischen diesem Außenposten der Römer und deren Feldlager lagern würde. Einige Zeit beobachteten beide Späher das unvorsichtige Verhalten der Legionäre, prägten sich den Standort und dessen Umfeld genau ein und schlichen dann zurück. Beim Haupttrupp angekommen, veranlasste der Anführer seine Krieger zum leisen und vorsichtigen Folgen und führte sie aus der unmittelbaren Nähe der Römer zurück auf die höchste Hügelkuppe. Dort schlugen sie das eigene Lager auf, vermieden Feuer und nach kurzer Beratung und Einnahme einiger Vorräte rollte sich die Mehrheit der Männer in ihre Decken und Felle ein, während aufgestellte Posten die Ruhe der Gefährten sicherten.

Der folgende Tag brachte besseres Wetter. Die Sonne weckte die Mehrzahl der Krieger und die Übrigen wurden durch die Geschäftigkeit der Erwachten aufgeschreckt.

Nach der Einnahme einer Wegzehrung führte Norman die Männer zum Fluss Salu, passierte diesen an einer günstigen Stelle und erreichte am anderen Ufer bald wieder ansteigendes Gelände. Im Wald dem Verlauf des Flusses folgend, durchritten sie eine Senke und gewannen bald darauf wieder Höhe. Auch hier wechselte der Baumbestand zwischen Hochwald, Büschen und Niedrigwald, genauso wie zwischen Laubwald und Nadelholz.

Auf dem erreichten Höhenzug, dem Flussverlauf folgend, konnten sie bald den Zusammenfluss der Nebenflüsse und in deren unmittelbarer Nähe das Lager der Römer erkennen. Aus den Erfahrungen des Vortages lernend, ließ Norman zwei Männer mit allen Pferden zurück, um selbst mit den übrigen Kriegern einen möglichen weiteren Außenposten der Römer zu suchen. Wieder war ihnen das Glück hold.

Wie auch beim ersten römischen Vorposten schien dessen Lage für die Beobachtung der Fläche zwischen dem Außenposten und dem Römerlager günstig gewählt, während dichter Wald die Sicht in das unmittelbare Vorfeld des Postens erschwerte.

Der Krieger, der den römischen Posten entdeckte, hatte insofern noch Glück, dass er den seine Notdurft verrichtenden Römer am Baum stehen sah, während er selbst noch vor den Blicken des Römers verborgen, nur wenige Manneslängen entfernt, durch das Unterholz kroch. Mit den Augen dem Römer folgend und dessen Weg nachschleichend, gewahrte er, aus sicherem Abstand, die Laubhütte, dass in einer tiefen Grube brennende kleine Feuer und auf einer Rotbuche einen Hochstand zur Beobachtung des Umlandes.

Der Hochstand ermöglichte einen guten Ausblick hin zum Römerlager und auf Grund seiner Höhe einen Blick ins übrige Land und auf den

Fluss. Der Krieger hatte genug gesehen und schlich zurück. Er hoffte, dass keiner seiner Gefährten vom römischen Posten ausgemacht worden war.

Norman rief durch die Nachahmung des Rufes eines Eichelhähers alle seine Gefährten von der Pirsch zurück. Es sprach für ihr großes Glück, durch Zufall zwei römische Außenposten gefunden zu haben. Leicht wäre durch vorzeitige Entdeckung beim Überwinden des Flusses oder beim Anschleichen ein anderer Ausgang möglich gewesen. Doch die Römer waren so mit sich selbst beschäftigt und fühlten sich so sicher, dass sie die notwendige Aufmerksamkeit vermissen ließen.

Nachdem Norman zwei der römischen Außenposten kannte, vermutete er auch in den anderen Richtungen ebensolche Beobachter und entschloss sich, diese zu suchen. Besonders ein dritter, das Umfeld des Römerlagers beherrschender Hügel, fand seine Aufmerksamkeit. Würde er die Römer anführen, wählte er diesen Standort um Überraschungen aus der Richtung der Abenddämmerung zu vermeiden.

Das Finden des Feindes war eine seiner Absichten. Der Feind musste aber auch beobachtet werden und so suchte und fand er geeignete Aussichtspunkte, die seinen Kriegern den Blick ins Römerlager und zu den Außenposten ermöglichten. Die Suche war beschwerlich. Mit Kriechen und sich durchs Unterholz windend, stießen sie auf geeignete Standorte und bald beobachteten seine Kundschafter jede römische Bewegung.

Dann suchten und fanden sie, auf einer anderen Bergkuppe, einen für das eigene Lager günstigen Ort, richteten sich ein und schufen in Anlehnung an die beobachteten Römer einen gleichartigen Beobachtungsstand, von dem aus die im Umfeld abfallenden Hänge, trotz deren Baumbestand, gut eingesehen werden konnten. Das eigene Lager lag nun zwar relativ weit vom Römerlager entfernt, erschien ihm aber auch deshalb als unbedingt sicher.

In Begleitung von nur noch drei seiner Krieger kehrte Norman über die Salu, auf den vormals bereits besuchten Bergrücken, zurück. Sie überwanden den kleineren Nebenfluss der Salu und näherten sich, der im unmittelbaren Umfeld des Römerlagers liegenden Bergkuppe. Dort vermutete Normen einen dritten Vorposten der Römer. Trotz gründlicher Suche fanden sie keinen einzigen Legionär.

Auf dem Rücken des Hügels bewegten sie sich soweit talwärts, wie ihnen, über die zum Fluss hin verlaufende Senke, noch die Sicht bis zum Römerlager, gegeben war. Dieser Ort bot den Vorteil, dass der Blick bis in das Lager der Römer hinein gelang. Der Nachteil bestand in einer noch zu großen Entfernung. Mit der Dunkelheit kehrte Norman mit seinen Begleitern ins Lager der Späher zurück.

Sein Hauptziel hatte der von Rotbart beauftragte Anführer noch nicht erreicht. Von Gaidemars Männern fanden sie keine Spur und so war er sich sicher, dass die in der Nähe des römischen Lagers vermutete Gefolgschaft Gaidemars das Römerlager noch gar nicht erreicht hatte.

Dafür, so wurde ihm klar, konnte es mehrere Gründe geben. Im Umfeld des Römerlagers keine eigenen Kundschafter feststellend, entschloss sich Norman die Beobachtung der Römer zu übernehmen. Er sandte einen Boten zu Rotbart, einen weiteren zu Norbert und schickte einen Trupp von drei Kriegern aus, die flussauf am Maa nach Gaidemar suchen sollten. Der Trupp kehrte drei Tage später ohne Erfolg zurück.

Norman war sich sicher, dass Gaidemars Ziel früher oder später dieses Römerlager war. Irgendwann musste die Gefolgschaft oder zumindest ein Spähertrupp hier auftauchen und so beschloss er zu warten.

Seine Mannschaft war ausreichend, um von drei eigenen Standorten aus das Römerlager ununterbrochen auszuspähen. Vielleicht gelang es seinen Kriegern, wichtige Ereignisse auszumachen.

Mit der Feststellung der Stärke und Bewaffnung des Feindes konnte er zumindest für spätere Entscheidungen wichtige Erkenntnisse gewinnen. So übte er sich in Geduld, sandte täglich einen Boten an Norbert und Rotbart, der am Folgetag mit Befehlen oder einfach guten Wünschen zurückkehrte. Auf diese Weise beschäftigte der Unterführer der Bergesippe seine ihm zugeordneten Männer und wartete.

Sie sahen, wie die Römer die Vorposten tauschten, wie das Lager weiter befestigt wurde, wie eine Flussflottille eintraf, deren Schiffe entladen wurden und wie weitere zwei Flussschiffe im Behelfshafen anlegten. Sonst geschah im Lager der Römer, soweit es von ihren Beobachtungspunkten aus eingesehen werden konnte, nichts Herausragendes. Es schien, dass sich die Römer auf längere Zeit würden einrichten.

22. Befreiung

65 nach Christus - Sommer (1. Iunius)
Barbaricum - Im Land der Hermunduren zwischen dem Fluss Moenus und dem Herzynischen Wald

Noch bevor Sunnas Wagen seine höchste Position erreichte, schlenderten der Bataver, ein Chatte und der Knabe Notker ins Lager der Gefolgschaft. Zweifellos kreuzten Krieger den Weg der Ankömmlinge, doch keiner der Männer nahm Einfluss auf diese und so erreichten sie die Hütte des Hunnos.

Der Bataver trat zuerst ein und Gerwin, der auf einer Bank saß und in Begleitung von Sindolf Pfeile bearbeitete, sah überrascht den nachfolgenden Notker, sprang auf und umarmte den Freund.

„Ihr kennt euch?" äußerte der Bataver überrascht.

„Natürlich, seit den Tagen, da wir laufen lernten ... Wir kommen aus einem Dorf. Notker, wo ist Irvin? Du bist doch nicht allein?" wandte sich Gerwin an den Kindfreund.

„Nein und Ja! Hier bin ich allein, aber wir waren zu dritt, als Irwin und Rolf gefangen wurden!"

Erschrocken wich der Freund zurück. „Gefangen? Wo?"

„Flussab! Wir waren auf der Suche nach euch." Schnell besann sich Gerwin und stellte seine eigene Neugier zurück.

Freunde gefangen, das alarmierte seine Sinne. Der Auftrag an Sindolf, den Hunno zu suchen, war blitzartig ausgesprochen und der Schatten stürzte los. Der Beauftragte kehrte bald darauf mit dem Hunno zurück.

„Notker, woher kommst du? Was ist mit Irvin?" überrascht starrte der Hunno den eingetroffenen Knaben an. Jetzt verstand er die Dringlichkeit, mit der Sindolf ihn zur Hütte zerrte.

Der Schatten kannte den Knaben ja nicht, verstand aber die Erforderlichkeit für Gaidemars Anwesenheit und so sprach der Blonde kaum, zog statt dessen den Hunno am Arm hinter sich her.

„Wir waren auf der Suche nach dir. Die Römer sind da. Degenar schickte uns, dich zu suchen. Und jetzt sind Irvin und Rolf gefangen!"

„Wer ist Rolf?" verwunderte sich der Hunno.

„Ein Wegkundiger aus der Ottersippe.! Rolf war unser Begleiter auf der Suche nach dir!"

„Wo sind die Männer gefangen?"

„Das Dorf flussab und den Weg dorthin werde ich finden, wenn wir dem Fluss folgen. Die Entfernung kenne ich nicht, denn ich musste fliehen. Auch mich wollten sie ergreifen und verfolgten mich. Aber ich hatte gerade keine Lust bei Wasser und Brot zu darben, also zog ich es vor, zu verschwinden."

Der Knabe hatte seinen Humor noch nicht verloren. Sein schelmischer Blick zeugte von der Gewitztheit, die sein Wesen prägte. Seine letzte Bemerkung sorgte für ein Lächeln aller Anwesenden, die sich dem Humor zwar nicht entziehen konnten, andererseits aber von der Gefahr für den Freund überzeugt waren.

Auch durch die Ereignisse des Römerüberfalls vollzog sich diesem Knaben eine Veränderung.

Aus einem zurückhaltenden, fast ängstlichen Kind wurde ein mit bitterem Spott ausgestatteter und zur Ironie neigender Bursche, den in keiner Lebenslage der Witz verließ. Vielleicht war es auch der Zugehörigkeit zu seinem Paten Irvin geschuldet, dass sich Notker in diese Richtung entwickelte. Angesteckt von Irvins Lebenslust und Rauffreudigkeit folgte Notker bald dem Vorbild seines Paten. Hemmungsloser Optimismus, verbunden mit der Freude am Leben, zeichnete bald den Knaben aus. Selbst in der gefahrvollsten Situation verließ ihn sein Humor nicht.

Wüssten die Freunde von seinem Erlebnis beim Überfall der Römer, sie würden ihn besser verstehen. Doch zu keinem Zeitpunkt hatte Notker die Art und den Verlauf seiner Flucht vor den Legionären erwähnt. Keiner kannte seine Angst und Verzweiflung. Niemand wusste davon, dass er eigentlich schon tot war...

Es war sein älterer Bruder, der die Römer zuerst erblickte.

Sich in die Hütte umwendend, schrie dieser: „Notker versteck dich, ein Überfall!"

Erschrocken sah der Knabe, wie der ältere Bruder in die Knie ging und dann zu Boden stürzte. Aus seinem Rücken ragte eine Lanze. Aufrecht stand das Wurfgeschoss und vermittelte dem Knaben die Todesdrohung.

Sein Erschrecken bändigte seine Muskeln. Fast wäre er umgefallen und hätte sich heulend zusammengekrümmt. Es war die Angst vor dem unvermeidlichen Tod, die ihn überrollte.

Doch der Moment der Schwäche währte nur kurz. Dann traf ihn die Erkenntnis, dass er ein Versteck brauchte. Es war in der Vergangenheit schon oft so, dass er ein Versteck brauchte.

Hatte er im Dorf Unsinn getrieben, der Vater zuviel vom Met getrunken oder der Bruder seine Wut mal wieder ableiten müssen, war er das erwünschte Ziel väterlichen Zorns und brüderlicher Liebe.

Notker wusste, wo ihn keiner fand. Dort hinein zwängte sich der Knabe. Die Futterkrippe, der zwei Kühe des Vaters, war bisher von keinem jemals durchsucht worden ... Nicht vom Vater in seiner Wut, nicht vom Bruder und auch nicht von der Mutter.

Diese Krippe bestand aus Holzstäben, in denen das Heu zum Zupfen der Tiere, vor deren Mäulern an der Hüttenwand befestigt war. Mit Heu gefüllt, in das sich der Knabe hineinzwängte, blieb er stets allen Blicken verborgen.

Doch diesmal war es anders. Die Römer drangen in die Hütte ein und zertrümmerten die Feuerstelle. Glut fiel auf das Stroh des Hüttenbodens und Feuer breitete sich aus. Das aber sah Notker nicht, wohl aber die beutegierigen Römer. Die Pferche wurden geöffnet, die Seile der angebundenen Kühe und Pferde abgeschnitten. Die Kühe, Pferde, Ziegen und Schafe wurden aus den Pferchen gedrängt und durch den hinteren Ausgang ins Freie getrieben. Inzwischen breitete sich das Feuer aus, ergriff den Wohnbereich, verbrannte Felle, Decken, Tisch und Bank. Danach griffen die Flammen zum Stallbereich über.

Auch Notker spürte die Hitze, sah durch das Heu hindurch das Leuchten der Flammen am Dachsparren und erstarrte, als das Feuer rasend schnell den Trockenboden über der Stallung erfasste. Er sah nicht, wie die Flammen durch das Dach stießen, aber er spürte die Hitze unter dem brennenden Dach und musste aus der Krippe raus. Doch wohin? Noch trieben die Römer die letzten Tiere aus der Stallung.

Sollte er sich aus seinem Versteck zwängen und einer der Römer wandte sich um, würde er zwangsläufig entdeckt. Notker zögerte bis zum letzten Moment. Erst dann sprang er aus der Futterkrippe und erkannte die ganze Gefahr.

Die Hütte brannte im Wohnteil lichterloh, über ihm stand die Feuerwand des Daches der Stallung und jeden Moment konnten die Deckenbalken brechend, ihn unter sich begraben. Die Hitze war unerträglich und Feuerzungen lechzten auch in seine Richtung.

Der Knabe blickte in alle Ecken des Hauses und suchte einen Ausweg. Durch den Wohnbereich konnte er nicht, zur hinteren Tür hinaus wohl auch nicht, denn dort vermutete er die Römer, einen anderen Zugang hatte das Langhaus der Familie nicht.

Plötzlich stutzte der Knabe: Die Jaucherinne!

Neben der hinteren Tür gelangte die Jauche der Tiere über einen Abfluss zur Jauchegrube. Der Durchgang war klein, würde aber für ihn reichen. Mit einem einzigen Gleiten ins Jauchebecken könnte er dem brennenden Inferno entkommen. Nur wie sollte er sich in der Grube halten? Er kannte deren Tiefe und wusste, dass es schwer werden würde, darin zu überleben.

Notker, hektisch vor Angst und Verzweiflung, sah am vorderen Pfosten des Pferches ein Seil aus Leder, riss es herunter und schlang sich das eine Ende um die Brust. Dann stürzte er zum hinteren Ausgang, schlang das andere Ende um den letzten Pferchpfosten und zwängte sich durch die Jaucherinne.

Mit einem Plumb verschwand der Knabe in der Scheiße, zog sich am Seil aus der Tiefe und erreichte die Oberfläche der stinkenden Masse. Der Geruch nahm ihm den Atem. Er überwand seinen Eckel, wischte sich seine Augen mit einer Hand frei und blickte auf das vor ihm in hellen Flammen stehende Vaterhaus. Sich drehend, sah er die Rücken der Römer, die das Vieh wegtrieben. Keiner der Römer drehte sich zum brennenden Haus um.

Mit den Ohren in der Scheiße, den Kopf mühsam über der stinkenden Brühe haltend, die Arme mit dem Seil verschlungen, hing Notker zwischen dem Ersaufen in der Jauche und dem über ihm brennenden Haus.

Der Knabe begriff, dass er der Gefahr noch nicht entronnen war. Brannte das Feuer so weiter, war es nur ein Aufschub für ihn, bis dieses auch sein Lederseil oder den Pfosten erreichen würde. Ohne Seil könnte er dem Ersaufen in der Jauche nicht entkommen. Die Erkenntnis überrollte ihn mit Erschrecken. Nicht im Kampf gefallen, sondern in der Jauchengrube ersoffen. Welch unwürdiger Tod ... Zum ersten Mal in seinem Leben empfand er den Tod geringwertiger als die Schmach.

Das Lederseil, voller Scheiße, war schwierig zu fassen und er rutschte oft ab. Vom oberen Rand der Jauche waren es nur zwei kleine Schritte bis zum rettenden Grubenrand. Doch diese Entfernung sollte zur schlimmsten Bedrohung werden ... Nur mit letzter Kraft gelang ihm, nach mehrfachen Versuchen, das Erreichen des festen Bodens. Ungeachtet der römischen Gefahr, zog er sich am Seil aus der Jauchengrube und rollte sich auf den Boden. Total erschöpft brauchte er erst einmal genügend

Luft. Er atmete tief durch und spürte den sich ausbreitenden Rauch, der in seinem Rachen brannte.

Dann kroch er, sich am Boden windend, in Richtung des Gemüsefeldes. Seine Kleidung troff vor Jauche und anderen stinkenden Beilagen. Das Weidengeflecht der Umzäunung forderte ein Überwinden, bevor er hätte im Wald verschwinden können...

Notker kletterte hinüber. Zum Hof zurückblickend, sah er den Römer. Der Legionär nahm seine Verfolgung auf. Notker sprang auf den Boden und stolperte in Richtung Dickicht.

Der Römer folgte und hatte wohl auch einen zweiten Krieger auf das fliehende und stinkende Ungeheuer aufmerksam gemacht. Die Hatz begann. Durch den Wald rennend, sich der Lebensgefahr bewusst, blickte der Knabe zuerst nicht hinter sich, sondern sah nur nach vorn. Er wählte den Weg. Dieser dürfte kein Hindernis haben, wollte er den Römern entkommen. Als er eine abschüssige Kante mit nachfolgendem, abfallenden Waldboden und Dornengebüsch vor sich wusste, sah er zum ersten Mal zu den Verfolgern zurück.

Im Nachhinein schienen ihm, in diesem Moment die Götter hold zu sein. Er sah den Wurfspeer des vorderen Römers auf sich zufliegen. Keine dreißig Schritte von ihm entfernt hob der Römer seinen Arm und schickte die Lanze zur Vollendung seines Lebens.

Notker beugte sich rückwärts, im Willen der Waffe auszuweichen, verlor das Gleichgewicht und stürzte den Abhang hinab, als der Speer ihn erreicht zu haben schien.

Sein Sturz in das Dornengestrüpp führte zu mehrfachen schmerzhaften Rissen in Armen und Beinen, verhüllte jedoch auch seinen Verbleib.

Dass die beiden Römer an der Kante des Abhangs stehen blieben, mit den Augen das fliehende Ungeheuer suchten und es nirgendwo sehen konnten, bemerkte der Knabe nicht. Er verstand auch deren Worte nicht, die in der Annahme, dass der Wurfspeer getroffen und dem Fliehenden den Garaus gemacht hätte, ihre Verfolgung aufgaben.

Als sich Notker sicher war, dass die Römer abgezogen waren, wand er sich vorsichtig aus den Büschen und drang weiter in den Wald ein. Er erreichte den Bach im Tal, wusch sich gründlich, säuberte seine Kleidung und hing diese an Zweige. Nackt saß er am Ufer des Baches und wartete auf das Trocknen der Kleider. Dabei schlief er erschöpft ein. Als er erwachte war es stockdunkel. Er fror.

Also suchte er seine Kleider und zog diese wieder an. Obwohl noch klamm von der Feuchtigkeit der Nacht, wärmten sie ihn bald und so nahm ihn der Gott des Schlafs wieder in sein Reich.

Die Erinnerung an seine bisher lebensbedrohlichste Situation war dem Lächeln Gerwins geschuldet und dessen Freude über das Auftauchen des Freundes, welches in seinen Augen stand.

Niemals würde Notker von dieser Flucht erzählen. In seinem Inneren verbarg er die empfundene Feigheit, Angst, Verzweiflung und den befürchteten Tod in der Jauchegrube. Neben diesen Empfindungen nistete sich Hass ein. Er wusste, dass Vater und Mutter von den Römern weggetrieben wurden, denn unter den Toten fand er sie nicht. Noch immer steht der Wurfspeer des Römers im Rücken des Bruders, wenn er seine Augen schloss.

Sein Bruder lebte zwar oft ihm gegenüber seine Überlegenheit aus, manchmal schützte er ihn aber auch vor dem Vater und anderen Jungs der Sippe. Nur diesen Tod hatte der Bruder trotzdem nicht verdient.

Es waren diese Ereignisse, die den Knaben Notker veränderten, obwohl er sich selbst niemals Gedanken dazu machte. Er neigte nicht zum Nachdenken über Unabänderliches, er lebte in den Tag hinein, denn eigentlich war er schon tot.

„Sindolf, rufe die Zennos zusammen!" wies der Hunno seinen Schatten an. Notker erwachte blitzartig aus seiner Erinnerung.

„Hast du Hunger? Wie viele Tage bist du schon auf der Flucht?" fragte Gerwin den Freund.

„Drei Nächte habe ich im Wald zugebracht." Er blickte Gaidemar an. „Deine Männer am Boot haben mich heute Morgen versorgt!" beantwortete der Knabe wahrheitsgetreu die Frage.

„Gut, dann erzähle mir deine Geschichte! Bataver, bleib gleich hier!" wandte sich Gaidemar an den Begleiter des Knaben.

So berichtete der Knabe vom Auftrag, dem Weg, den wechselnden Begleitern, den getroffenen Ältesten und letztlich von der Ankunft im Dorf und der Gefangennahme der Gefährten. Danach erfuhr Gaidemar, wie dem Knaben die Flucht gelang, er durch den Fluss schwamm, das Dorf beobachtete und erst dann auf die Suche nach der Gefolgschaft ging.

Im Stillen zollte der Anführer dem Knaben seine Achtung und erkannte, dass dieser genauso tapfer und überlegt vorgeht, wie sein eigener Zögling Gerwin.

„Denkst du, dass beide Männer in Lebensgefahr schweben?" fragte Gaidemar, als Notker seine Schilderung beendete.

„Ich weiß es nicht? Irvin hatte nur nach dir und der Gefolgschaft gefragt!" Notker besann sich einen Augenblick, bevor er seine Vermutungen erklärte.

„Wenn man Irvin im Dorf verhört und weitere Fragen stellt, wird er sicher schweigen, zumal er weiß, dass ich entkommen konnte ... Er wird Zeit gewinnen wollen und in der Hoffnung ausharren, dass bald Hilfe kommt. Ist uns die Sippe feindlich gesinnt, ist es ein fremdes Volk, oder sind es Freunde der Römer?" fragte der Knabe den Hunno.

Gaidemar schüttelte mit dem Kopf. „Ich kenne die Sippe nicht! Das werden wir erst noch herausfinden müssen ..." antwortete er und fragte zurück „Werden sie Irvin töten?"

„Warum? Er hat nichts getan, außer Fragen zu stellen ... Wenn man ihn jedoch in Gefangenschaft herausfordert, könnte er sich selbst und Rolf gefährden. Du weißt, wie aufbrausend Irvin sein kann?" Gaidemar nickte verstehend mit dem Kopf.

„Wenn das Dorf jedoch den Römern freundlich gesinnt ist, könnte das zur Verschlechterung der Lage der Gefangenen führen ... Wir sollten nicht viel Zeit verlieren." befand Notker und Gerwin fügte, als Sindolf die Hütte betrat an, dass Irvin schnell befreit werden müsste.

Gaidemar wusste, mit dem Eintreffen seines Schattens, dass die Zennos ihn erwarteten und verließ, gefolgt vom Bataver und den beiden Knaben, die für eine Beratung viel zu kleine Hütte. Vor dieser befanden sich gefällte Baumstämme, die in den vergangenen Tagen schon oft als Sitzgelegenheit dienten.

Dort saßen sie alle, Olaf, Richwin und Werner, die Gefährten der ersten Tage, Thilo, Gerald, Ronald, Reingard, der Friese Leif, der Chatte Swidger. Auch der Bataver Gandulf suchte sich einen Platz.

Notker starrte jedoch nicht die Zennos, sondern das einzige Weib in dieser Runde, eine junge, schlanke, blonde und wohlgeformte Schönheit an und ohne Gerwins Anstoß wären wahrscheinlich seine Augen aus ihren Höhlen gefallen.

Von Gerwin ins Dasein zurückbefördert, fragte er diesen: „Wer ist denn diese ausnehmend schöne Frau und was hat sie zu sagen?"

Gerwins Antwort kam kurz angebunden, trug endgültigen Charakter und war von einer tiefsinnigen Meldung ungeahnter Gefahren begleitete, die den Knaben Notker nicht nur mit großen offenen Augen, sondern auch mit offenstehendem Maul verstummen ließ.

„Das ist Hella, Bogenschützin und Gaidemars Schatten, sowie Sindolf, der Blonde von vorhin. Hella hat schon mal einem aufdringlichen Freier seine Eier an einen Baum genagelt!"

Nach einiger Zeit Besinnung kommentierte Notker diese Mitteilung mit: „Du spinnst! Aber trotzdem, sie ist wunderschön..."

Zur Stille ermahnt, weil Gaidemar die Beratung eröffnete, sparte er sich weitere Bemerkungen und wandte seinen Blick von der Schönheit ab. „Wir haben einen Gast, den uns Degenar, unser Eldermann schickt. Notker brachte uns Nachricht von seinen Gefährten, die flussab in einem Dorf gefangen genommen wurden. Lasst Notker berichten und sagt mir eure Meinung. Danach lasst uns entscheiden, was wir tun!"

„Notker, berichte, was du mir vorhin erzählt hast! Lass nichts aus!" Der Knabe begann, erst stockend, seinen Blick immer wieder zwischen der jungen Frau, Gerwin und Gaidemar hin und her schweifen lassend, dann aber mit größerer Sicherheit und in schnellerer Abfolge, seine Erlebnisse zu schildern. Als er endete, blieb sein Blick an Hella hängen. In der Runde trat Ruhe ein.

Olaf, der Diplomat, nahm den Faden auf: „Dass wir helfen müssen, sieht jeder von euch, nur wie machen wir das? Gaidemar wird hier gebraucht. Wir suchen noch Bündnispartner und stehen in Verhandlungen. Auch können wir die Gefolgschaft nicht aufspalten, aber den Gefährten muss geholfen werden! Eine nur friedliche Regelung scheint auch nur noch schwer möglich, wenn wir vom Grund der Gefangennahme nichts wissen."

„Ihr alle kennt Irvin nicht! Ein mutiger, aber wenig geduldiger Mann. Wenn man ihn herausfordert, kann dies zu ungeahnten Ergebnissen führen. Irvin ist ein mutiger und geschickter Kämpfer. Doch wenn das Dorf römerfreundlich ist, befindet er sich schon in Gefahr!" warf Gaidemar ein.

„Besteht absolute Lebensgefahr für unsere Freunde?" fragte Richwin. Notker antwortete: „Ich weiß es nicht ... Warum sollte man einen Mann, der nur eine Frage stellte, töten? Aber Irvin ist leicht jähzornig und was dann geschieht, ist nicht vorhersehbar!"

Gerwin erhob sich: „Ich hätte da einen Vorschlag!" Die Runde sah auf den Knaben und es war nicht das erste Mal, dass dieser im Kreis der Zennos gehört wurde.

„Senden wir Beobachter in ausreichender Stärke hin. Einer muss ins Dorf und kundschaften, ob beide Männer am Leben sind, wo sie Gefangen gehalten werden und ob eine überraschende Befreiung möglich ist. Dann muss eine Flucht geplant und umgesetzt werden."

Der Knabe sah das Nicken der Zennos. Somit hatte er erste Zustimmungen und entwickelte seinen Plan weiter. „Ein zweiter Kundschafter sollte sich Gefangen nehmen lassen, um Irvin zu benachrichtigen. Wie auch Notker floh, über den Fluss, könnte eine Befreiung ohne großen Aufwand gelingen. Unsere Krieger sollten gute Schwimmer sein und um einen Angriff der Sippe abwehren zu können, von ausreichender Zahl." Wieder stimmten alle zu.

„Dann kann Gaidemar hier bleiben und die Verhandlungen zu Ende führen! Wie mir Notker sagte, ist das Dorf nicht so groß. Vielleicht zweimal zehn Hütten." Der Knabe zeigte alle Finger seiner beiden Hände.

„Schicken wir drei Rudel unter Richwin oder Werner hin, Rango geht ins Dorf und lässt sich Gefangen nehmen. Er kann seinen Kopf aus jeder Schlinge ziehen! Was meinst du, Notker, könnte das Erfolg haben?" Gerwin wandte sich an seinen Freund aus gemeinsamen Kindertagen.

„Warum sollte nicht ich mich gefangen nehmen lassen? Mich kennt Irvin! Wenn ich etwas verhungert und zerschlissen daher komme, werden die sicher nicht merken, was wir vorhaben. Sie werden denken, dass ich schon mehrere Tage im Wald zugebracht habe und mit der Befreiung auf eine günstige Gelegenheit wartete, die nun leider dahin ist. Keiner von den Dummköpfen wird vermuten, dass wenn ich mich bei der Befreiung meiner Gefährten erwischen lasse, viele Krieger mit dem gleichen Ziel auf der Lauer liegen. Sie werden mich zu ihren Gefangenen sperren, gehöre ich doch zu den Beiden! Wenn dann überraschend der Überfall am anderen Ende des Dorfes, vielleicht mit einem Brand beginnt und das Dorf bedroht wird, sollten wenige Männer zu unserer Befreiung ausreichen. Dann könnten wir schnell verschwinden und über den Fluss in Sicherheit gelangen. Ich kenne da eine geeignete Stelle..."

„Traust du dir das zu?" fragte Gaidemar den Freund.

„Ich habe schon andere Aufgaben erfüllt, die nicht weniger gefährlich waren!" schmunzelte der Knabe und ergänzte: „Da gab es den Versuch einer Vergewaltigung eines unserer Mädchen, mein Sax zierte des Wüstlings Eier... Ihr glaubt mir nicht?" irritiert, ob seiner als Prahlerei zur Kenntnis genommenen Erklärung, sah der Knabe in die Runde.

„Dann fragt doch Irvin, zumindest das von der Vergewaltigung kennt der! Andere Dinge kennt nur Brandolf, unser Hüter! Mehr sage ich dazu nicht, sonst denkt ihr, ich prahle ..."

„Werner, wie siehst du das?"

„Es scheint mir möglich, doch möchte ich dazu Gerwin, damit der den gefährlichen Teil ausführen kann! Gerwin kann sich verteidigen!"

Gaidemar überlegte und beschied: „Nein, Notker macht das selbst! Hat er geprahlt, ist es sein Schaden. Ich glaube es aber nicht. Stimmt es und die Sippe nimmt ihn gefangen, ist die Täuschung vollkommen. Die Befreiung wird umso leichter. Außerdem möchte ich diese Sippe nicht ganz verärgern. Deshalb sollte zwar ein Scheinangriff erfolgen, aber nichts niedergebrannt und keiner getötet werden. Gerwin und Rango bleiben hier. Die Beiden brauche ich für andere Aufgaben! Schaffst du das, Werner?"

„Wir werden unser Bestes geben. Gib mir aber Leif und sein Rabenrudel mit, ich habe da noch eine Idee..." So beschlossen, verließen die geforderten Rudel unter Werners Führung das Lager.

An der Spitze ritt Werner, der Zenno des Marderrudels, und an seiner Seite der Knabe Notker. Fast dreißig Krieger folgten den beiden Reitern, alle zu Pferde. Trotz gebotener Eile ließ Werner den Kriegerschwarm nur in leichtem Trab reiten. Er hatte Späher voraus geschickt, die den Weg erkunden sollten. So hatte er selbst Zeit, sich den ihn begleitenden Knaben genauer anzusehen.

„Wie viele Winter hast du bisher erlebt?" fragte er den Knaben.

„Weiß nicht, fast so viele wie Gerwin?"

„Warum ist Gaidemar Gerwins Pate?" Werner wollte einfach nur aus dem Mund eines Anderen wissen, wie es zu der ihm bereits bekannten Zuordnung von Knaben zu Kriegern kam.

Natürlich kannte er Gaidemars und Gerwins Darstellung. Jetzt hatte er die Möglichkeit einen anderen, davon Betroffenen auszufragen, der selbst einen Paten besaß. Zollten Gerwin und Gaidemar dem Knaben Achtung, hatte er keine Veranlassung, dies zu hinterfragen.

Notker erkannte des Kriegers Absicht, ohne die ursächlichen Gründe dafür zu verstehen. Er hatte Gaidemars Achtung und Vertrauen gegenüber dem Krieger bemerkt. Hätte der Hunno diesem sonst doch nie den Auftrag zur Befreiung seiner eigenen Gefährten erteilt.

Trotzdem regte sich im Knaben ein innerer Widerspruch und so antwortete er dem Krieger einsilbig und kurz angebunden.

„Neben unserem Ältesten und zwei Frauen überlebten nur Kinder den Überfall der Römer! Gerwin brachte Hilfe. Unter den Kriegern, die von Rotbarts Sippe zu uns kamen, waren Gaidemar und mein Pate Irvin."

„Dann reiten wir, um deinen Paten zu befreien?" fragte Werner weiter.

„Ja!" lautete die kurze Antwort.

„Wer ist dann der andere Mann?" blieb Werner im Gespräch.

„Rolf, ein Wegkundiger aus der Ottersippe von Farold!" Notker zügelte sein Pferd, zwang es in Schritttempo und sah den Zenno, dessen nächste Frage erwartend, von der Seite an.

„Der führte euch in dieses Dorf? Warum?" kam diese auch umgehend.

„Rolf kannte das Dorf. Er war schon einmal dort. Irvins Frage nach eurer Gefolgschaft konnte nicht Ursache des Misstrauens sein und ein Angriff war nicht vorherzusehen!" führte Notker etwas ausführlicher aus und setzte fort: „Wir wurden kaum beachtet, als wir ins Dorf ritten. Als Irvin nach einer Gefolgschaft fragte, versprach man uns Hilfe. Erst als einige Zeit nichts geschah, wurden wir misstrauisch. Es war zu spät. Irvin und Rolf waren abgesessen. Beide befanden sich einige Schritte von mir und ihren Pferden entfernt. Weil ich noch im Sattel saß, konnte ich zwei meiner Angreifer nieder reiten und fliehen. Die waren so überrascht, dass ich einen Vorsprung gewann und dann kam mir die Idee mit dem Fluss…"

„Du hättest ertrinken können…" bemerkte der Zenno.

„…ja, oder Gefangen genommen werden…" ergänzte der Knabe „…und was dann? Ich weiß nicht was besser gewesen wäre?"

Werner zuckte mit den Schultern und ließ sein Pferd wieder antraben. Als Notker den Zenno eingeholt hatte, wollte dieser wissen: „Hattest du keine Angst?"

Der Knabe schwieg. Nach einiger Zeit antwortete er zögerlich: „Doch, aber erst danach…"

„Du hast gesagt, du hättest einen Vergewaltiger mit dem Sax verletzt…"

„Ja, und …?" folgte des Knaben Rückfrage.

„Wer war der Mann?"

„Ein Händlerknecht!"

„Also ein Krieger!"

„Ja!"

Misstrauisch beäugte der Anführer des Kriegerschwarms den neben ihm trabenden Knaben: „Sage mir, warum ich dir glauben sollte?"

Notker zuckte mit keiner Miene, stierte einfach nur gerade aus auf den vor ihnen liegenden Weg, als er antwortete: „Weil es stimmt!"

„Erzähle es mir!" forderte der Narbenmann auf.

„Nein!" verweigerte Notker den Wunsch des Narbenmannes.

„Nein?" fragte der Ältere verwundert zurück.

„Glaube oder glaube nicht...es ist mir egal! Ich weiß, was ich getan habe. Mein Pate weiß es und Brandolf weiß es. So soll es bleiben!" Diese Antworten trugen entschiedenen Charakter und Werner begriff, dass es nicht im Sinn des Knaben lag, mit seinen Taten zu prahlen. „Du bist nicht sehr mitteilsam..." stellte Werner verwundert fest und ergänzte „...aber genauso eigensinnig wie Gerwin!"

„Was glaubst du, woher das kommt?" fragte der Knabe den Älteren und ergänzte dann: „Du kennst doch Gerwins Geschichte?"

„Ja, ich kenne die ganze Geschichte!" antwortete Werner.

Der Knabe schwieg einige Schritte und fragte dann den Älteren: „Was glaubst du, hat Gerwin empfunden, als er sich auf den Weg zu Rotbarts Sippe machte?"

„Weiß nicht..." antwortete nun der Zenno kurz angebunden.

„Verzweiflung!" kam des Knaben Antwort in einem Wort.

Dann schwieg der Jüngere, bis Werner dessen Schweigen brach. "Woher weißt du das?"

Wieder schwieg der Knabe, stierte vor sich auf den Weg und antwortete dann kaum hörbar: „Meinst du, Gerwin war der Einzige, der Vater und Mutter verlor..."

Überrascht riss der Narbenmann sein Pferd zurück, so dass dieses auf die Hinterhand stieg und mit den Vorderhufen auskeilte. Ein einziger überraschter Laut entrang sich Werners Brust, bevor er schimpfend und fluchend, seinen Gaul zu beruhigen versuchte.

Als der Zenno sein Pferd wieder unter Kontrolle hatte, stellte er selbstkritisch fest „Ich bin ein Dummkopf! Ich hatte schon vergessen, was euch allen widerfahren war und vielleicht hielt ich Gerwin für einen sehr besonderen Knaben..."

„...der er auch ist!" ergänzte Notker und setzte seine Erklärung etwas ausführlicher fort: „Ich habe geweint wie ein Kind, als ich meinen Bruder tot sah, Gerwin weinte nicht! Meine Eltern fand ich nicht unter den Toten. Wer weiß, welches Los sie jetzt tragen? Bestimmt hatte Gerwin die gleiche Angst, wie ich. Er bot sich aus Verzweiflung für den Marsch zur

Nachbarsippe an, blieb dem Angebot auch treu, als er die Schwierigkeiten verstand. Ich hätte das noch nicht gekonnt!"

„Dann hast du deinen Mut an anderer Stelle bewiesen!" stellte der Ältere fest.

„Ich sagte schon, frag Irvin oder Brandolf, unseren Hüter!" beharrte Notker auf seiner bisherigen Meinung.

„Wer ist dieser Brandolf?"

„Rotbarts jüngerer Sohn, Gaidemars Freund und unser Hüter der Bräuche!"

„Ein wichtiger Mann also?" fragte Werner nach.

„Bei uns ist jeder wichtig, auch Uwo, unser Jüngster!" konterte der Knabe.

„Du bist ein maulfauler und streitsüchtiger Bursche!" stellte Werner unumwunden fest.

„Du kennst mich eben nicht und willst mich aushorchen ... Ich kenne dich nicht und lasse mich nicht aushorchen ... So ist dass! Frage mich etwas ohne Hintergedanken, und ich werde dir antworten, ohne maulfaul zu sein!" Schweigend setzten sie ihren Weg fort.

Immer wieder kamen die Kundschafter zurück, um Meldungen abzugeben und Andere nahmen deren Stelle vor dem Schwarm, ein. Der Tag verging, Sunnas Wagen erreichte seinen Höhepunkt, Wolken verdunkelten den Himmel, ein Gewitter, mit Blitz und Donner ging in der Ferne nieder, ohne den Ritt zu behindern. Als Sunna wieder ihre Strahlen zur Erde sandte, meldete einer der Kundschafter ein vor ihnen liegendes Dorf.

Der Anführer entschied auf anraten des Knaben, nach dem er mit Notker näher an das Dorf geritten war und sich selbst ein Bild gemacht hatte, die Siedlung zu umgehen. Sie wandten sich vom Fluss ab und nach einiger Zeit verlangsamte Notker seinen Ritt, wich vom Pfad in Richtung des Dorfes ab. Werner erteilte leise Befehle zum Zurückbleiben und folgte dem Knaben. Sie waren in einer Schlucht bergan geritten, als Notker die Richtung änderte. Von einer Höhe aus sahen sie, zu ihren Füßen am Flussufer im Tal das von ihnen umgangene Dorf liegen. Der Knabe betrachtete das kleine Dorf und den Verlauf des Flusses.

„Was ist?" fragte ihn der Zenno.

„In diesem Dorf wurden wir auch gefangen, dann aber vom Ältesten wieder freigesetzt! Wir waren von dieser Stelle aus hinunter zum Dorf geritten."

„Warum hatte man euch gefangen genommen?" fragte Werner verwundert.

„Auch das war merkwürdig ... Ohne Grund, es war ein Irrtum. Eine Vorsichtsmassnahme, sagte der Eldermann, als er uns wieder ziehen ließ ..."

„Was wollen wir tun?" fragte der Anführer den Knaben.

„Weiter Reiten. Hier sind Irvin und Rolf nicht!" Notker wendete sein Pferd und ritt zurück zum Schwarm. Werner übernahm die Führung und folgte dem Weg, den die Kundschafter ausgewählt hatten. Mit Einbruch der Dämmerung zügelte der Zenno sein Pferd. „Notker, du kennst den Weg genau, oder?" fragte er den Knaben.

„Ja, hier waren wir auch!" folgte dessen sofortige Antwort.

„Wie lange brauchen wir noch?" wollte der Anführer wissen.

Sich bedenkend, antwortete der Knabe: „Genau weiß ich es nicht. Vor der Nacht werden wir es jedoch nicht erreichen!"

„Dann reiten wir weiter bis zur Dunkelheit und suchen einen Lagerplatz!" Werner sandte drei weitere Kundschafter aus und wies ihnen an, einen Rastplatz in Flussnähe zu suchen. Sie erreichten den Lagerplatz erst in der Dunkelheit.

Der Zenno befahl die Posten, die Krieger banden ihre Pferde an Seile, hingen ihnen Futtersäcke um, nahmen ein feuerloses Mahl zu sich und rollten sich in ihre Mäntel, Decken und Felle. Das ging so ruhig und bedacht vor sich, dass Notker es erstaunt zur Kenntnis nahm. Wie die Krieger es ihm vorlebten, handelte er in gleicher Art. Genauso lief es am Morgen ab. Erwachen, Pferde füttern und am Fluss tränken, kaltes Frühstück und wenig später saßen die Männer wieder auf dem Rücken der Tiere.

Als Sunna ihren höchsten Stand erreichte, glitt Notker vom Pferd und führte dieses zum Flussufer. Der Narbenmann folgte ihm.

„Warum hältst du hier?" Werner betrachtete sich den Ort, den Fluss und das andere Ufer, konnte jedoch nichts Auffallendes ausmachen.

„Hier bin ich in den Fluss gesprungen!"

Verwundert betrachtete der Krieger das Ufer. „Es gibt hier aber keine Spuren..." stellte er fest.

„Siehst du den Felsboden dort?" Notker zeigte einige Schritte weiter.

„Natürlich!" entrüstete sich Werner.

„Da gibt es keine Spuren und ich sprang mit dem Pferd! Deshalb haben die Krieger mir nicht folgen können!" grinste Notker den Älteren an.

„Dann liegt das Dorf unmittelbar vor uns?" Notker nickte. Im gleichen Moment tauchte einer der Kundschafter auf und meldete ein Dorf voraus.

„Was schlägst du vor?" fragte der Krieger den Knaben. Er war nicht zu stolz, um den Rat des Jüngeren einzuholen.

„Siehst du über dem Fluss die Bergkuppe?" fragte der Knabe, in dem er mit seinem Arm die Richtung wies.

Werner bestätigte mit dem Nicken des Kopfes.

„Dort, auf der Hangseite zum Fluss, hatte ich meinen Beobachtungsposten ..." Notker schwenkte seinen Arm und zeigte auf eine Hügelkuppe, etwas abseits von ihrer Richtung und deutlich hinter dem Dorf gelegen.

„Von diesem Gipfel aus ist das Dorf ebenfalls zu sehen, nur die Entfernung könnte zu groß sein, um beobachten zu können!" Indem er seinen Arm abermals schwenkte, zeigte er auf einen anderen Gipfel zu ihrer rechten Hand und bemerkte: „Den Hügel hatte ich auch gesehen, nur ist der noch weiter vom Dorf entfernt und dürfte sich noch weniger zur Beobachtung eignen. Was wollen wir tun? Vom jenseitigen Flussufer könnten wir am Dichtesten an das Dorf, hätten aber das Wasser als Hindernis und würden unsere mögliche Fluchtrichtung verraten?"

„Nein!" entschied der Anführer. „Unser Lager beziehen wir hinter dem Dorf, und wir beide werden selbst auf Erkundung gehen!"

Werner lenkte sein Pferd vom Weg und folgte einem Tierpfad. Der Schwarm schwenkte ein und Notker sah durch sein Zögern, den gesamten Trupp an sich vorbeiziehen. Die letzten drei Reiter ließen ihn wieder in die Kolonne einscheren und der Knabe erkannte an den Schweifen der letzten drei Pferde starke Äste und Zweige zur Beseitigung der vom bisherigen Weg wegführenden Spuren.

Sie erreichten die Bergkuppe und bezogen ihr Lager. Werner, Notker und zwei weitere Krieger machten sich zu Fuß in die Richtung zum Dorf auf den Weg.

Der Hügel fiel beständig ab, war von dichtem Baumbestand bewachsen, in dem sich Laubbäume und Nadelhölzer einander abwechselten. Vom Waldrand aus, der nach dem Baumbestand dichtes Buschwerk aufwies, gelangten sie zu einer Stelle, von der sie das Dorf ohne Einschränkungen übersehen konnten.

Notker hatte sich nicht getäuscht, es waren nur wenig über zwanzig Langhäuser am Flussufer zu sehen und Werner, der das ebenso erfasste, rechnete somit mit einer Kriegerzahl von bis zu einhundert Kämpfern, aber eher weniger. Dies ergab eine Übermacht seitens der Sippe, die sie nur mit List überwinden konnten. Während sich Werner und Notker an dieser günstigen Stelle einrichteten, verbargen sich die beiden anderen Krieger etwas abseits von ihnen.

Flüsternd verständigten sich der Knabe und der Zenno, obwohl deren Standort weit vom Dorf entfernt lag. Es schien unmöglich, ihr Gespräch zu belauschen. „Hast du eine Idee?" fragte der Ältere.

„Zuerst müssen wir wissen, wo die Gefangenen und ob diese noch am Leben sind ... Dann können wir darüber nachdenken, wie wir meine Gefährten zurückholen!" flüsterte der Knabe zurück.

„Ich hätte da schon eine Idee..."

Der Knabe wartete auf eine Fortsetzung der Geschichte und sah den Anführer an „...was würdest du denken, wenn auf dieser Höhe zum Ende der Nacht einige große Feuer auflodern ..."

„Wir sollen nichts abbrennen!" widersprach der Knabe.

„Tun wir auch nicht! Wir errichten große Holzstöße, zehn vielleicht ... Mit Abstand zwischen den Feuern, so dass der Eindruck einer Feuerwand entsteht. Wenn das vor dem Morgenlicht erkannt wird, was werden die Bewohner denken?" fragte der Krieger.

„Erschrecken, in Aufruhr geraten, sich der Gefahr zuwenden..." vermutete der Knabe und gelangte damit zur gleichen Erkenntnis, wie sein Anführer.

„... und die Gefangenen vergessen! Das nutzen wir, bringen einige Krieger in deren Nähe unter und schlagen im richtigen Moment zu. Die Posten bei den Gefangenen nehmen wir mit, vielleicht nutzen die uns noch mal!"

„Wohin fliehen wir?" fragte der Knabe.

„Über den Fluss!" bestimmte der Zenno. „Nur drei oder vier Krieger legen das Feuer und reiten dann zu der Stelle, an der du in den Fluss gegangen bist. Alle anderen Männer machen das, an der gleichen Stelle, schon vorher, zum Ende der Nacht. Ich werde mit fünf Männern zum Gefängnis schleichen und die Posten in dem Moment überwältigen, in dem diese Unaufmerksam sind. Wir fliehen dann direkt über den Fluss. Unser Treffpunkt ist dein alter Beobachtungspunkt." erklärte Werner seine Absichten und wartete auf eine Zustimmung seitens des Knaben.

„Wir wissen nicht, wo unsere Freunde gefangen sind!" stellte der Knabe fest.

„Du musst ihnen schon am Dorfeingang in die Fänge gehen, dann brauchst du den Ort nicht zu kennen ... Sie zeigen uns dann schon, wo wir euch finden ..." erwiderte der Anführer, dem sein Plan ausnehmend gut gefiel und der nicht verstand, warum der Knabe widersprach.

„Und wenn sie nicht dort sind? Das gefällt mir nicht!" flüsterte Notker zurück. „Ich könnte zu einem anderen Ort gebracht werden?" Irgendetwas am Plan schien ihm nicht zu behagen.

„Dann musst du herausfinden, wo wir deine Begleiter suchen müssen!" Werner war ungehalten und zweifelte am Mut des Knaben.

„Wie sollte ich das ausführen? Meinst du nicht, dass die mich knebeln könnten und fesseln werden? Wie sollte ich Fragen stellen? Wer würde mir freiwillig antworten und noch dazu mit der richtigen Antwort ... Nein, so geht das nicht!" widersprach der Knabe entschieden.

„Lass dir was Besseres einfallen!" forderte er den Zenno auf. Es entstand eine längere Pause und beide spürten die Enttäuschung über die ungeeigneten Vorschläge des Anderen. Werner überwand seinen Zorn auf den Knaben zuerst.

„Also, hast du eine bessere Idee?"

„Nein!" knurrte der Knabe zurück. Wieder legte sich beklemmendes Schweigen über die Kundschafter.

„Wir müssen ins Dorf und einige wenige Männer nur sollten es sein!" begann Notker um das lästige Schweigen zu beenden mit einer neuen Überlegung.

„Der Gedanke mit dem Feuer zur Ablenkung ist gut..." setzte er fort und plötzlich erleuchtete ihn eine Erkenntnis „...meinst du nicht, dass die Gefangenen, falls sie noch leben, versorgt werden?"

Werner wusste nicht, worauf der Knabe hinaus wollte. Doch bevor die Stimmung zwischen beiden wieder umschwenkte, setzte Notker seinen Gedankengang fort: „Wenn meine Gefährten noch leben, muss man sie versorgen! Man bringt ihnen Speisen! Das könnten wir sehen!"

„Dann warten wir und beobachten mal. Befinden sich Irvin und Rolf in einem Grubenhaus, wird man ihnen zum Abend Wasser und Speisen bringen. Nur wenn sie in einer der Hütten in Gewahrsam sind, bemerken wir das nicht! Was dann?" konterte der Zenno, kratzte sich am Kopf und setzte dann fort: „Dann wirst du mit deinem Pferd eben doch ins Dorf preschen und für Aufruhr sorgen … Den Rest besorgen deren Krieger. Die werden dich schon fangen!"

Mit einem sarkastischen Lächeln quittierte der Knabe die Vermutung des Anführers und fügte nebenbei an: „Bleibt mir nur zu hoffen, dass mir kein Frame das Fell ritzt oder gar ein Loch beschert…"

Skeptisch betrachtete der Zenno seinen Gefährten und dachte bei sich ‚Er scheint doch etwas Angst zu kennen und die macht vorsichtig…'

„Außerdem liegen wir jetzt hier. Bis zum Abend werden wir wissen, wo Irvin ist!" folgerte Werner, ohne so recht an einen Erfolg des Spähens zu glauben. Es entstand eine Pause, in der sich Werner der Fortsetzung seiner Erklärung bedachte.

„Meine Idee ist gut, nur müssen wir wissen, wo deine Gefährten gefangen gehalten werden? Ist uns dieser Ort bekannt, kommst du ins Spiel. Du schleichst dich in der Nacht ins Dorf und versuchst deine Gefährten zu befreien. Du machst dabei Lärm und die Wächter werden aufmerksam. Die Morgendämmerung sollte schon herauf ziehen, damit wir dich bei deiner Gefangennahme sehen können. Die Wächter fassen dich und bringen dich weg!" Werner lauerte auf Widerspruch, der aber ausblieb. „Wo sollten sie dich hinschaffen, wenn nicht zu den anderen Gefangenen? Es wäre der kürzeste Weg. Sehen deine Gefährten dich, schwindet deren Hoffnung auf Befreiung!"

„Ja doch und wenn nicht!" knurrte der Knabe wütend zurück. Sie drehten sich im Kreis und gelangten nicht zu einer brauchbaren Idee. Zeit verging im Reden und im Schweigen. Soviel Zeit, dass die Abenddämmerung heraufzog und etwas sehr Erwünschtes geschah.

Ein älteres Weib schlurfte auf eines der Grubenhäuser zu und beide Späher erkannten den möglichen Aufenthaltsort der Gefangenen.

Der Knabe dachte über die Idee des Anführers nach und gelangte zum Schluss, dass unter diesen Voraussetzungen die Befreiung gelingen könnte. Er nickte dem Zenno zu. Werner ahmte den Schrei einer Krähe nach und kurz darauf tauchten beide anderen Krieger auf. Den einen der Männer beauftragte er, den Friesen Leif und Reingard zu holen. Werner weihte Beide in seinen Plan ein, während Notker weiter beobachtete.

Plötzlich stupste Notker den Anführer an: "Werner, siehst du dort unten, das dritte Langhaus rechts von den Booten der Fischer, das Grubenhaus in der Nähe des Flussufers?"

Der Anführer betrachtete das Dorf, fand sich bewegende Personen am bezeichneten Grubenhaus und sah wie mehrere Männer zum Fluss gebracht wurden.
Die Körperhaltung von zwei dieser Männer deutete auf die Verrichtung der Notdurft hin und dass schien ein eindeutiges Zeichen zu sein. Werner sah, wie die Männer zurück gebracht wurden, wohin deren Begleiter verschwanden und merkte es sich genau.
Es war nicht das Grubenhaus, das die Alte angesteuert hatte. Bald wäre ihnen ein entscheidender Fehler unterlaufen, doch jetzt wussten sie es genau. Irvin und Rolf lebten und den Ort der Gefangenen kannten sie auch.
„Notker, wenn du dich anschleichst, könntest du den Bewachern am Grubenhaus erst einmal entgehen. Versuchst du dann die Rückwand des Grubenhauses zu öffnen und verursachst etwas Lärm, werden die Wächter vermutlich aufmerksam. In dem du fliehst, kannst du den Posten am Haupthaus in die Arme laufen! Die würden dich doch zu Irvin sperren, oder?"
„Vermutlich!" knurrte der Knabe wenig begeistert.
„Ach komm schon? Wäre das kein Spaß für dich? Dann sparen wir einen Tag und gehen ein geringeres Risiko ein!" lächelte Werner einnehmend.
„Leif, ihr schlagt kleinere Bäume und Büsche noch in dieser Nacht. Im Dorf darf keiner etwas mitbekommen. Im Verlaufe der Nacht errichtet ihr die Feuerstellen, mindestens zehn Stück und alle im Abstand von wenigen Schritten. Du bleibst mit zwei deiner Männer zurück und zündest die Feuer mit dem Morgengrauen an. Danach setzt ihr euch ab und geht dort in den Fluss, wo auch Notker bei seiner Flucht in den Fluss sprang. Ihr dürft keine Spuren in der Nähe des Felsens hinterlassen!" Leif nickte verstehend mit dem Kopf.
„Reingard, du nimmst die restlichen Männer und gehst schon mit dem Morgengrauen an dieser Stelle über den Fluss. Hilf die Feuerstellen zu errichten. Leif, mir schickst du sofort fünf meiner Männer hier her. Wir werden uns, im Verlauf der Nacht, am Flussufer an das Grubenhaus anpirschen. Notker wird mit uns gehen und dann, aus unmittelbarer Nähe zum Grubenhaus, seinen Befreiungsversuch starten. Zu dem Zeitpunkt dürfen die Feuer noch nicht brennen! Du kannst das alles am Morgen von dieser Stelle hier aus beobachten. Wenn die Bewacher Notker ins Grubenhaus befördert haben, zündet ihr die Feuer. Die Verwirrung

werden wir nutzen und zuschlagen. Ach noch was, schießt wenn die Feuer brennen, einige Feuerpfeile in Richtung des Dorfes. Verhindert aber dabei, dass deren Krieger verletzt werden oder deren Häuser Feuer fangen. Achtet darauf, dass euch keiner bei den Vorbereitungen überrascht. Wenn doch, nehmt ihn mit! Dann mit Glück..."

Leif und Reingard verschwanden und bald krochen Krieger des Marderrudels zu ihnen. Noch immer beobachtete Notker das Dorf, während Werner seine Männer vom Plan in Kenntnis setzte. Was sollte bei einem so ausgeklügelten Plan noch schief gehen?

Mit Einbruch der Nacht nahm Notker noch etwas Schlaf, bevor er von Werner geweckt wurde und die Krieger begannen, sich in ihre Position am Flussufer, in die Nähe des Grubenhauses, zu schleichen. Das letzte Stück legten sie unmittelbar an der Uferböschung kriechend zurück. Notker hatte die Männer schon verlassen und sich abseits von ihnen, dicht ans Grubenhaus vorgeschoben.

Der Morgen graute. Als die ersten Strahlen Sunnas aufblitzten, sprang der Knabe mit seinem Sax in den Schatten des Grubenhauses, rief mit gedämpfter Stimme Irvins Namen und begann mit seinem Sax die Rückwand des Grubenhauses zu öffnen. Er war noch nicht weit vorwärts gelangt, als sich von beiden Seiten plötzlich Waffen auf ihn richteten.

Die Posten vernahmen seine Rufe. Auch Irvin und Rolf, hatten im Versuch, dem Knaben zu antworten, die Aufmerksamkeit der Wächter erregt.

Die Framenspitzen auf sich gerichtet sehen, eine Rolle rückwärts machend und aufspringend, dem einen der Posten ausweichend, lief der Knabe sich umsehend, genau in die Arme der weiteren Posten am Haupthaus. Die hatten keine Mühe den zappelnden Knaben zu entwaffnen und bevor es sich dieser versah, lag er im Grubenhaus neben Irvin.

„Notker, bist du verrückt! Du kannst die doch nicht allein bezwingen... Du Idiot!"

Mit totalem Unverständnis schüttelte der Krieger den Kopf. So viel Unsinn hatte er seinem Zögling nun doch nicht zugetraut. Kommt allein und versucht die Hütte an der Rückwand zu öffnen? So ein Schwachsinn ... Wut breitete sich in seinem Inneren aus, Wut auf sich selbst, seine Gefangennahme, seinen eigenen Leichtsinn und jetzt vervollständigte sein eigener Zögling den ganzen Unsinn.

Den schien das alles nicht zu stören. Seinen Paten und dessen Gezeter nicht beachtend, rappelte sich der Knabe auf, glitt zur Tür, spähte durch einige Ritzen und sah drei der Wächter sich lachend unterhalten.

Er wandte sich an Irvin um und bedeutete ihm noch mehr zu schimpfen und zu zetern. Der Pate lies sich anfeuern. Als er eine Atempause einlegte, zischte Notker Rolf an, er solle weiter machen. Auf diese Weise gelang es ihnen den Lärm eine Weile aufrecht zu erhalten und somit ein Anschleichen von Werners Gefährten zu begünstigen. Notker hatte wieder begonnen, durch die Ritzen zu sehen und die Wächter zu beobachten. Deren Lachen und Prahlen, wie sie den schon lange gesuchten Knaben gefangen hätten, wurde abrupt unterbrochen, als einer der Männer in Richtung des Dorfes zeigte und Notker einen Feuerschein sah, nicht aber die entzündeten Feuer.

Dann ging alles ganz schnell. Als die Wächter zu den Feuern starrten, wurde ihnen in wenig höflicher Art Besinnungslosigkeit verordnet, sie geknebelt, gebunden und gleichzeitig von Werner die Hütte geöffnet. Damit war der Weg in die Freiheit angezeigt.

Leise verließen alle Gefangenen das Grubenhaus.

Während die Krieger einen der Gefangenen schnappten und zum Ufer trugen, ließen sie die anderen gefesselten Wächter besinnungslos zurück.

Alle glitten leise ins Wasser des Flusses und schwammen mit kräftigen Stößen zum anderen Ufer, verließen den Fluss, verwischten ihre Spuren und liefen im Dauerlauf, den gefesselten Wächter mitführend, in Richtung des Treffpunktes. Zurückblickend konnte Notker die noch immer brennenden Ablenkungsfeuer sehen.

Drei Tage später, trafen die Krieger, dem Verlauf des Maa flussauf folgend, in einer Uferbucht auf ihr Prahmboot, setzten über und gelangten in ein neues zeitweiliges Lager der übrigen Gefolgschaft. Endlich traf Irvin am Ziel seines Auftrages ein ...

23. Der Centurio

65 nach Christus - Sommer (1. Iunius)
Barbaricum - Im Land der Hermunduren zwischen dem Fluss Moenus und dem Herzynischen Wald

Für Viator und Paratus, die beiden erfahrenen und auf den Tribun eingeschworenen Legionäre, vergingen die nächsten Tage in Untätigkeit. Während sich Tribun Titus noch dem Ausbau des Lagers, der Wege, der Anlegestelle, der Versorgung und Bewachung widmete, gab es für Viator und Titus nichts zu tun.

Zuerst wandten sie sich den Würfeln zu. Als es dafür keine Gegner mehr gab, Paratus und andere Legionäre von Viator abkassiert worden waren, wurde die Langeweile ihr Partner.

Da half es auch nicht, dass sich Paratus mit einem anderen Legionär der Cohors Equitata anlegte und es eine handfeste Prügelei gab, aus der Viator und Paratus, trotz Übermacht der Auxiliaren, als Sieger hervorgingen. Der Grund war so banal, wie die Langeweile nervend war.

Titus lies die Prügelknaben aufmarschieren, stellte mit Befriedigung fest, dass seine Veteranen gewonnen hatten, zählte vier blaue Augen, einige Prellungen und Platzwunden, zwei Hautrisse und zwei gebrochene Arme.

Die unverletzten Auxiliaren bestrafte der Tribun mit der Latrinenreinigung. Seine beiden Trabanten brüllte er in der Principia derart nieder, dass die Brandrede des Tribuns sofort in allen Einzelheiten die Lagerrunde machte und allen Legionären die Botschaft vermittelte, dass der Tribun solche Auseinandersetzungen gerecht bestrafte, dabei aber nicht zur Peitsche oder anderen durchaus unangenehmen Mitteln griff.

Der Präfekt der Cohors Equitata verkündete seinerseits, vor der gesamten Kohorte, dass der Tribun Belohnungen für Zwistigkeiten im Lager zu vergeben bereit wäre und alle sich prügelnden Legionäre die Erlaubnis zur wochenlangen Latrinenpflege erkämpfen könnten ... Er betrachte das Verhalten seiner Legionäre als schimpflich und war vor allem zornig darüber, dass die Gegner weit günstiger aus dem Streit entlassen wurden.

Wütend versprach der Präfekt seinen Männern, dass er jedem, der noch mal Händel sucht und dann noch als Verletzter zurückkehrte, die Latrine für die gesamte Zeit überantworten würde. Außerdem versprach er den beiden Legionären mit Armbruch, sich ihrer zu gegebener Zeit zu erinnern.

Präfekt Lurco war ein stolzer Mann, der zwar wusste, dass Latrinenreinigung notwendig war, aber als unangenehmer Dienst verstanden wurde. Er empfand es als persönliche Beleidigung, das ausgerechnet seine Legionäre zur Strafe diesen Dienst auszuführen hatten. Seine Missstimmung lies er seine Männer fühlen und so mieden ihn alle Centurionen.

Viator und Paratus hatten Glück, dass der Auxiliar, der den Streit mit Paratus begann, dies zugab. Das ersparte ihnen eine ebensolche Bestrafung. Viator und Paratus dankten dem Legionär, mit der Übersendung eines dick gefüllten Weinschlauchs. Waren sich doch Beide darüber im Klaren, dass der Legionär ihnen in ihrer Langeweile gerade recht gekommen war und die von ihm ausgegangene kleinere Herausforderung auch hätte anders beigelegt werden können ...

Insofern waren alle glücklich. Titus konnte sich mal richtig abreagieren und den Legionären seine Art der Gerechtigkeit aufzeigen. Viator und Paratus hatten ihren Spaß, der verursachende Legionär und seine Gefährten erhielten einen guten Friedenstrunk und das gesamte Lager spottete tagelang über die Unterlegenen.

Nur Präfekt Lurco kochte vor Wut! Die Wut des Präfekten der Cohors Equitata besaß eine tiefe Berechtigung.

Lurcos Berufung und damit die Bereitstellung der **Cohors I Raetorum Equitata** sagte dem Legatus Legionis **Lucius Verginius Rufus** sehr zu. Natürlich waren dem Legat seine Kohorten kampferprobter römischer Legionäre lieber. Nur vier eigene Kohorten einzusetzen, erschien ihm als zuviel Aufwand und außerdem war er der Ansicht, dass ihm Reitereinheiten zum Vorteil gereichen würden. Er brauchte Männer, die für etwas mehr bereit waren...

Aus der Beratung mit den Kommandeuren seiner Kohorten nahm Rufus einige Erkenntnisse mit. Eine betraf Präfekt Lurco.

Lurco prägten zwei sehr unterschiedliche Eigenschaften. Die Erste war eine vom Präfekt ausgehende Unruhe. Die Zweite äußerte sich im Bestreben, ständig im Vordergrund stehen zu wollen. Der Präfekt lechzte nach Bewährung und Ruhm.

Beide Eigenschaften brachten den Legat auf die Idee, unter dessen Männern nach geeigneten Informanten zu suchen. Rufus brauchte ein oder zwei Männer, die den von ihm gewählten Tribun in seiner

Aufgabenerfüllung beobachten und durch entsprechende Botschaften über den Stand der Vexillation berichten. Dieses Vorhaben scheiterte allerdings auch deshalb, weil er keinen der Centurionen der Cohors kannte. Einen willkürlich gewählten Mann zu beauftragen, erschien ihm zu gewagt. Ein Zufall half ihm, den richtigen Mann zu finden.

Natürlich war der Legat seinem Tribun Titus zugeneigt, zumal er den Bruder des Tribuns schätzte. Sollte er deshalb auf ein in der römischen Praxis unverzichtbares Mittel zur Informationsbeschaffung verzichten?

Kein Legat kann bedingungsloses Vertrauen entgegenbringen. Köpfe saßen nun einmal locker. Wie schnell ein Mann die Seiten wechselte und vom Vertrauten zum Feind überlief, hatte Rufus schon mehrmals erlebt. Galt es die eigene *Dignitas* erfolgreicher zu gestalten, brauchte man Wissen über jeden Feind und sollte auch mehr über die umgebenden Freunde wissen...

Als Titus seinen Zweikampf mit *Lupinus* gewann, gab es Wetten zwischen den Offizieren und auch den Mannschaften. Mancher Legionär verlor seinen Monatssold und zu viele setzten auf den gesunden Mann und unterschätzten den Verkrüppelten.

Zu den Wagemutigen, die eine höhere Summe einsetzten, gehörte ein *Optio* der Cohors Equitata. Der Mann war ein Altgedienter mit über fünfzehn treuen Jahren. Er war über lange Zeit nur Legionär und sollte eigentlich irgendwann einen alternden Centurio der Kohorte ersetzen. Seinem Centurio zugeneigt und sich seines lange erwarteten Aufstiegs sicher, setzte der Mann die Summe und verlor.

Vielleicht trübte die Nähe zu Lupinus Freundeskreis des Optio Blick. Beide, Tribun und Optio, verband wohl, wie Rufus herausfand, die Herkunft aus Roms unmittelbarer Nähe.

Der Optio geriet in Wut und betrank sich bis zur Bewusstlosigkeit. Noch in diesem Zustand forderte der Mann einen der Wenigen erfolgreichen Wetter, der mit ihm am Tisch soff, zum Zweikampf heraus.

Nun war dieser Centurio nicht so betrunken, wie der Händel suchende. Er verabreichte dem Betrunkenen einige Maulschellen, verpasste ihm ein blaues Auge und zog sich zurück.

Das mäßigte den Zorn des Verlierers in keiner Weise. Betrunken tobend, stürmte der Optio zur Unterkunft des siegreichen Tribuns und lief dort Titus Bruder in die Arme. Als *Quintus Suetonius* den Mann vor den Legat brachte, war dieser schon etwas Nüchterner.

Den Legat vor sich sehend, schlotterten dem Optio die Knie. Mit einem Schwall kalten Wassers verflüchtigte sich der Suff nahezu vollständig. Ernüchtert, erschreckt und sich seiner Verfehlung langsam bewusst werdend, sah der Optio seine Beförderung schwinden und sich selbst in einem *Plänklertrupp*.

Mit der Gewissheit, zukünftig in vorderster Linie kämpfen zu dürfen und dort irgendwann, in einen germanischen Frame zu rennen, verließ ihn der Mut. Stammelnd bekannte er seine Absicht und die damit verbundene Schuld.

Rufus, der ebenso wie Quintus, kaum ein vernünftiges Wort verstand, schickte den Mann zur Ausnüchterung in das *Carcer*.

An diesem Abend schon kam dem Legat der Gedanke, den Optio weichzuklopfen und sich zum Informanten zurechtzubiegen. In dieser Art ging er am folgenden Morgen das Gespräch mit dem Mann an.

Verdreckt, stinkend vor Alkohol und noch immer leicht schwankend, stand der Optio vor Rufus.

„Wie ist dein Name, Optio?"

„Proculus Publius."

„Zu welcher Einheit gehörst du?"

Irritiert stierte der Optio den Fragenden an. Das musste der Legat doch sehen, warum fragte er dann. Nach einem Moment besann er sich und bezeichnete seine Centurie und die Kohorte.

Rufus wusste bereits, zu welcher Formation der Optio gehörte. Obwohl ihn nicht interessierte, woher der Mann stammte und warum er so erbärmlich soff, fragte er danach und erhielt Antwort.

Teils verstockt, zerknirscht und stockend sprechend, erfuhr der Legat, was der vor ihm Stehende für ein Mensch war.

Sein eigenes Urteil lief darauf hinaus, dass er einen langjährig dienenden Legionär mit reichlicher Kampferfahrung und auch einigen Verwundungen vor sich sah, der aber bei Beförderungen bisher unbeachtet blieb. Einesteils stellte sich heraus, dass der Optio tatsächlich aus Lupinus Umfeld stammte und Sohn eines Pächters von Lupinus Vater war. Andererseits bemerkte der Legat einen Hang zum Wein und eine gewisse Vorsicht, die je länger die Befragung dauerte, immer mehr Besitz vom Optio zu nehmen schien.

Der Mann schien Morgenluft zu wittern und Rufus konnte sich nicht des Eindrucks erwehren, dass der Legionär auf seine Gelegenheit wartete. Noch voller Zweifel, ob er seine kostbare Zeit auf diesen Mann verschwenden oder ihn auspeitschen lassen sollte, um ihn dann in ein Plänkleraufgebot abzuschieben, erkannte er den Nutzen des Legionärs.

Das sich ihm zeigende Bild dieses Optio stieß den Legat ab. Zu seinen Freunden sollte der Bursche nicht werden, aber nützlich sein. Diese Erkenntnis bewog den Legat, dem Optio etwas Zeit zu geben.

„Du wirst vorerst in deine Truppe zurückkehren und den Dienst aufnehmen. Morgen, zur zweiten Stunde, will ich dich sehen, aber nicht den verlausten, versoffenen Hurenbock, den meine Augen jetzt erblicken. Hast du das verstanden?"

„Ja, Herr, ja!" der Optio salutierte, drehte sich um und stürzte, mehr als er ging, zur Tür hinaus, glücklich dem Blick und Zorn des Legat entfliehen zu können.

Am Folgetag meldete sich Proculus Publius pünktlich zur zweiten Stunde beim Schreiber des Legatus und wurde einige Zeit später zum Befehlshaber vorgelassen.

Der Auftritt des Optio war exakt, entsprach den Vorschriften und so schmetterte er dem Legat entgegen: „Optio Publius, Centurie Triarii, Cohors VII, XXII. Primigenia, zur Stelle, Herr!"

Der Legat betrachtete den Optio und verglich dessen Auftritt mit dem Vorangegangenen. Diesmal sah er keinen Haufen Dreck vor sich. Die Uniform des Optio blitzte, alle Metallteile glänzten, die Tunica war sauber, die **Lorica Hamata** von Schmutz und Rost befreit, Gladius und Pugio hingen am **Cingulum Militare**. Zufrieden mit dem Anblick des Optio, beschloss der Legat sich weiter vorzutasten.

Auch für ihn galt es, eine angemessene Vorsicht walten zu lassen. Auch ein einfacher Optio konnte sich zur Gefahr für einen Legat herausstellen ... Fand der Mann einen dem Kaiser nahestehenden Freund und Gönner, saß auch der Kopf eines Legaten nicht mehr fest. War der Optio zu schlau, könnte er sich diesen Gönner selbst suchen und mit den Informationen des Legatus Kapital daraus schlagen...

„Weißt du ..." begann der Legat leise zu sprechen „... gestern noch wollte ich dich zu den **Velites** geben. Du sahest eines Optio unwürdig aus und was soll ich mit einem derartigen Müllhaufen in meinen Einheiten. Du weißt wie das Leben eines Plänkler abläuft?" fragte Rufus scheinheilig.

„Ja, Herr, Ja!" brüllte der Gefragte.

Unbeirrt durch die geschmetterte Antwort erläuterte der Legat den Ablauf des Lebens. „Du wirst Velites, weil du jung, schnell und unerfahren bist. Na gut, jung scheinst du nicht mehr zu sein ..."

Nach einem Moment des Zögerns setzte der Legat fort. „... schnell scheinst du auch nicht mehr zu sein und unerfahren bist du wohl auch nicht. Ganz im Gegenteil, du hast schon einige Erfahrungen ... Aber was nützen dir diese als Velites? Schau dich an. Zweifellos bist du stark!" Genüsslich setzte der Legat die Beschreibung des Optios und seines zukünftigen Dienstes in einem Plänklertrupp fort.

„Eigentlich könntest du ein guter Legionär sein. Du siehst so aus, wie ich mir die Masse meiner *Miles* vorstelle. Kräftig, gedrungen, energisch, erfahren, mutig, gelassen. Nun stelle dir einmal vor, was dir deine Eigenschaften als Plänkler nutzen könnten? Ich sehe etwas Speck auf deinen Rippen, deine Beine sind zwar kräftig, aber so ziemlich kurz. Kannst du das Pilum weit werfen? Ich weiß nicht?" zweifelnd und zur weiteren Verwirrung des Optio setzte Rufus eine kleine Pause und musterte den Angesprochenen.

„Kraft scheint vorhanden zu sein, aber deine Arme sind etwas zu kurz für weite Würfe ..." Rufus nahm den unruhigen Blick des Optio zur Kenntnis, sah das Flackern der Angst und weidete sich an der mühsam gezügelten Verzweiflung des Mannes. Es bereitete ihm Spaß, den versoffenen Hurenbock an den Rand des Zusammenbruchs zu drängen.

Diese Seite seines Wesens hatte der Legat bisher noch nie ergründet. Stand der Optio am Abgrund und begann zu stürzen, würde er ihn auffangen und auf einen Thron heben, der seine Treue zu ihm selbst unerschütterlich wachsen lassen sollte ... Er musste sich des Mannes absolut sicher sein, wollte er ihn als Spion in den eigenen Reihen einsetzen.

„Weißt du, Plänkler sind flinke, eigentlich kleine Burschen mit möglichst langen Armen und schnellen Beinen. Wer nicht schnell genug laufen kann, bekommt auch viel eher einen Frame ins Kreuz ..." Der Legat lauerte und weidete sich an der Angst des Optio.

„Deine kurzen Arme reichen zwar nicht für einen weiten Wurf, aber wem schadet es, wenn du in den Reihen der Feinde keinen Treffer landest? Dann musst du laufen, um hinter unsere Linien zu kommen. Ja, es ist eigentlich schade um dich. Du wirst wohl nicht schnell genug verschwinden können ... Vielleicht überlebst du den ersten Angriff, beim

Zweiten wird es schon schwerer und kommt es gar zu einem dritten Einsatz ..." Der Legat ließ das Ende offen.

Es war nur eine Vermutung, dass auch dieser Optio vor der Zurückstufung zum Velites Angst hatte und Rufus wusste nicht mit Sicherheit, ob er den Miles damit treffen konnte.

Die Angst in den Augen, die Verzweiflung im Gesicht abzulesen, das Erstarren jeglichen Gefühls, unkontrolliertes Zucken in den Armen und Händen des Optio, vermittelten ihm Botschaften. Rufus erkannte, dass der Optio für seine Forderungen bereit war.

„Optio, gestern wollte ich dich zu den Plänklern schicken." Eine Pause einlegend, sah Rufus wie der Optio geringfügig den Kopf hob. Er glaubte in dessen Augen einen Hoffnungsschimmer wahrgenommen zu haben. „Es war gut, dass ich es noch mal überschlafen habe ... Was würdest du davon halten, wenn ich dich stattdessen zu einem Centurio mache?"

Der Optio erstarrte zu Eis.

Um sein Grinsen zu verschleiern drehte Rufus dem Mann den Rücken zu. Er wusste, dass er grinsen musste. Die Veränderungen im Optio belustigten ihn. Der Legat wandte sich wieder um, fixierte den Unterstellten und schnarrte: „Optio Publius, zurück zum Dienst!"

Der Optio schlug seine Faust in Brusthöhe gegen seinen Körper, brüllte „Ja, Herr, Danke, Herr!" drehte sich auf der Stelle und stürzte zur Tür.

„Halt Optio!" donnerte die verhängnisvolle Stimme in seinem Rücken. „Verrichte deinen Dienst gewissenhaft. Schweige! Keine Sauftouren oder bei der geringsten Verfehlung plänkelst du! Raus jetzt!"

So knurrig und gefühllos diese Worte ihn auch erreichten, sie klangen in den Ohren des Optio wie eine Liebkosung. Er erreichte den Schreiber und den Ausgang der Principia, besann sich und schritt in würdevoller Haltung zu seiner Einheit. Der Legat sollte sich in ihm nicht getäuscht haben und wenn er wirklich Centurio werden könnte, hätte er erreicht, was sein Vater niemals von ihm glaubte.

Der Optio, als dritter Sohn seines Vaters geboren, war für diesen ein Plagegeist. Mit zunehmenden Jahren entwickelte sich der Knabe zu einem verfressenen, faulen Burschen und stand kurz vor seiner Reife zum Mann, als der Vater ihn in besser geeignete Hände geben konnte.

Dieser Weg der Entwicklung prägte bisher erkannte Eigenschaften. Der Sohn zeichnete sich durch stinkende Faulheit und eine träge Dummheit aus, die den Vater nahezu zur Verzweiflung trieben. Nur auf einem Gebiet erreichte der Bursche außerordentliche Meisterschaft. Er fraß viel und alles, was irgendwie nach Essbarem aussah. Das Handgeld war das Wertvollste, was der Vater je für diesen Burschen erwarten durfte.

Auch das war Proculus Publius bekannt. Die Mutter hatte es ihm mitteilen lassen. Was er für seinen Vater empfand, konnte keinesfalls mit Zuneigung oder gar Liebe beschrieben werden. Proculus aber erkannte des Vaters Machtstellung an und strebte nach dessen Anerkennung, auch als er bereits Legionär und den Augen des Vaters entzogen war.

Jetzt könnte er dem Vater sogar Geld schicken, wenn sein Sold erhöht wurde. Wie verwundert würde der Alte reagieren, könnte Publius ihn in seiner Uniform eines Centurio besuchen. Centurio der XXII. Primigenia, das klang gut, dauerte aber noch einige Zeit und indem sich Publius dieses Umstandes bewusst wurde, begann sein Hoffen ...

Der Legat der XXII. Primigenia rief den Schreiber und setzte den Beförderungsvorschlag an den *Legatus Augusti pro Praetore* auf. Er schilderte die Verdienste des Optio in einem Licht, welches dieser zu keiner Zeit seines bisherigen Legionärsdaseins verdient hatte. Er siegelte das Dokument und sandte es zur Villa des *Statthalter*s in Mogontiacum.

Rufus wusste, dass die Zustimmung des Statthalter *Scribonius Proculus* nur eine Formsache war. Eigentlich sollte dieser den Berufungsvorschlag via Rom senden und auf Antwort lauern. Das aber würde Scribonius wohl aussparen. Auch Scribonius kannte die Ansichten Kaiser *Nero*s. Was interessierte diesen Kaiser ein Centurio in Germanien? Er, Nero, war zu höherem berufen, die Kunst der *Mimen* war seine Passion.

Für ein derartiges Vorgehen des Legatus Augusti pro Praetore vermutete Legat Verginius Rufus mehrere Gründe. Einmal interessierte sich Kaiser Nero wenig um die Berufung eines neuen Centurio, wenn es sich um eine der Auxiliareinheiten handelte. Obzwar dieser Publius zweifellos römischer Abstammung war und dessen Aufstieg zum Centurio somit eigentlich eine Billigung aus Rom erforderte, war Scribonius wenig gewillt, in solchen nebensächlichen Entscheidungen um Roms Zustimmung zu ersuchen.

Dem Statthalter war bekannt, dass Rufus eine Vexillation plante und dafür auch die Zustimmung von Kaiser Nero vorlag.

Verginius Rufus Antrag, eine Cohors Equitata und eine Ala einzusetzen, stieß anfangs beim Statthalter auf wenig Gegenliebe. Nach

Scribonius Anschauungen sollte doch sein Legatus Legionis eigene Kohorten verwenden, statt Auxiliaren anzufordern. Immerhin unterstanden die Auxiliaren dem Legatus Augusti pro Praetore und dieser teilte diese Einheiten, nach eigenem Gutdünken, zu. Eine kleine Erinnerung an die Verfügung des Kaisers reichte aber aus, Scribonius Verhalten zu korrigieren.

Nun hätte sich der Statthalter, im Rahmen der sich zwischen ihnen ausgeprägten Feindschaft, einer Berufung des Publius widersetzen können.

Einen derart günstig geschilderten, guten Optio zum Centurio einer Auxilia zu erheben, konnte nach Scribonius Anschauungen nur mit der Teilnahme der Einheit bei der Vexillation erklärt werden. War der neue Centurio dann auch so gut, wie er beschrieben wurde, stellte die Versetzung des Mannes zur Auxilia eine zwar geringe, aber doch vorhandene Schwächung der Kohorte des Verginius Rufus dar.

In einem fortwährenden, hintergründig geführten Streit zwischen dem Statthalter und seinem Legat, betrachtete Scribonius die Ernennung des Publius als einen Gewinn für die ihm zur Verfügung stehende Auxilia, während sie gleichzeitig einen Verlust für Rufus eigene Kohorte zu sein schien.

Verginius Rufus glaubte, dass Scribonius Proculus diese Zusammenhänge genauso erkannte und im Bestreben jeden kleinen Vorteil auszunutzen, der Berufung des Proculus Publius deshalb zustimmen würde, ohne Roms Einverständnis abzuwarten. Aber Rufus wusste auch, dass er warten musste, bis das Einverständnis des Statthalters ausgesprochen war.

Nur zwei Wochen später und rechtzeitig zur Vorbereitung der Vexillation ins Gebiet der Hermunduren, lag die Bestätigungsurkunde vor. Dieser frühe Termin bestätigte Rufus Vermutungen zur Handlung seines Statthalters.

Rufus rief den bisherigen Centurio der vierten Centurie und den Präfekt der Cohors I Raetorum Equitata, sowie Optio Proculus Publius zu sich. Zuerst entband er den alten Centurio von seinem Posten und machte den Alternden zum **Centurio Supernumerarius** seiner Legion. Anschließend beförderte er Proculus Publius zum Centurio, übergab ihm seine erste Vitis und die Ernennungsurkunde. Mit stolz geschwellter Brust verließ Publius die Principia und erntete in seinem Rücken ein abfälliges Grinsen.

Der vorherige Centurio war nicht gern aus der aktiven Truppe ausgeschieden. Vollkommen überraschend traf diesen die Ablösung und so hegte er wenig Sympathie für seinen Nachfolger. Doch das sah Publius nicht und es hätte ihn auch wenig bekümmert.

Der Präfekt der Kohorte erhielt den Befehl, die Ablösung schnell zu vollziehen und drei Tage später befand sich Publius als Centurio an der Spitze seiner Einheit auf dem Marsch ins Land jenseits des Rhenus.

Zuvor jedoch hatte er noch eine private Unterredung mit dem Legatus. Diesmal nahm keine weitere Person am Gespräch teil. Die Meldung des neuen Centurio nahm der Legat gelassen zur Kenntnis.

„Meinen Glückwunsch zu deiner Beförderung!" jovial klangen die Worte des Legatus. „Du erinnerst dich, dass ich die Wahl hatte, dich zum Velites zu machen?"

„Ja, Herr! Danke, Herr!" erwiderte der von der unangenehmen Erinnerung Betroffene.

„Jetzt bist du sogar Centurio ..."

„Ja, Herr, Danke, Herr!"

„Kannst du auch etwas anderes blöken?" schnauzte ihn Rufus an. Wieder griff die Angst nach Publius Herz.

Rufus suhlte sich im Gefühl, den Centurio erneut verunsichert zu haben. Er war sich sicher, dass ihm dieser Mann bis in den Tod treu blieb. Mit zuviel Furcht vor der Macht des Legatus und zu wenig Verstand, sich dieses Gefühls zu erwehren, war der Centurio für seinen Teil der Aufgabe bereit.

„Weißt du, warum ich dich zum Centurio machte?" Publius schüttelte den Kopf und vermied sein gerügtes Brüllen.

„Du kannst auch jetzt noch zum Plänkler gemacht werden oder auch im nächsten Gefecht einen Pugio im Rücken spüren, solltest du es vergessen ..." Rufus grinste den Centurio an.

„Herr, was vergessen?" wagte Publius vorsichtig, in normaler Lautstärke, zu fragen.

„Nun, dass du nicht Velites sondern Centurio geworden bist!" Rufus drehte dem Mann den Rücken zu, nahm sich eine Karaffe von einer Anrichte und goss Wein in einen Pokal.

„Herr, ich weiß was ich dir verdanke!" wagte Publius darauf leise zu erwidern.

Legat Rufus war endgültig am Ziel seiner Wünsche. Er hatte den Centurio. Auch wenn dieser zu dumm war, sich aus der Verpflichtung zu befreien, so war der Mann nicht zu dumm, den Vorteil zu verkennen. Das war der Richtige. Rufus nahm ein zweites Glas und füllte es mit Wein. Er reichte es dem Centurio.

„Lass uns auf deinen Erfolg trinken!" Der Legat setzte sein Glas an die Lippen und trank. So genötigt, folgte Publius der Handlung und trank ebenfalls. Mit dem Prickeln des Weins durchrieselte den Centurio eine Welle der Zuversicht.

Der Legat trank mit ihm Wein. Zuerst war es ein Gefühl von Stolz, dass aber schnell in Vorsicht überging. Fast blitzartig wurde ihm bewusst, dass er nun von Rufus Gunst abhängig war...

Was wollte der Legat von ihm? Wieder griff Verzagtheit und Angst nach seinem Herz. Sich aufrecht haltend und mit keiner Miene die Unsicherheit verratend, wartete Publius auf die bevorstehende Offenbahrung.

„Als Centurio bist du in erster Linie deinem Kommandeur verpflichtet. Ich habe dich ausgewählt, weil ich dich geeignet halte, etwas Mehr zu leisten." Der Legat senkte die Lautstärke seiner Stimme.

Rufus wartete und als der Centurio in seiner wortlosen Erstarrung verharrte, setzte er fort: „Auch mir solltest du deine Achtung entgegenbringen .... So schnell ich dich erhob, kann ich dich auch wieder stürzen. Daran solltest du immer denken." Publius nickte mit dem Kopf und nippte gedankenverloren an seinem Weinglas.

„Gut, ich komme zur Sache. Du wirst mir zu jeder möglichen Gelegenheit Informationen zu allen Einzelheiten der Vexillation berichten! Jede Maßnahme deines Kommandeurs der Kohorte und des Tribuns, sowie alle Ergebnisse erfolgreicher und nicht erfolgreicher Handlungen wirst du melden. Dieses Siegel ist auf allen deinen Dokumenten, die du zum *Praefectus Castrorum* in Mogontiacum sendest!" Rufus reichte dem Centurio einen Ring, den dieser betrachtete.

Publius fiel die Ähnlichkeit zu einem *Anulus Aureus*, den er an der Hand des Tribuns Lupinus gesehen hatte, auf. Wortlos nickte der Centurio zur Bestätigung des Verstehens.

„Jeder von mir gesendete Bote nimmt deine Nachrichten mit. Solltest du von keinem meiner Boten erfahren, dann lass dir etwas einfallen ..." wieder nickte der Centurio.

„Ich will nicht, dass du deine Meldungen beschönigst oder anderswie ausschmückst. Mich interessieren nur die Tatsachen. Die Wertung nehme ich selbst vor. Je besser und zuverlässiger diese Meldungen ausfallen, desto sicherer ist deine Zukunft als Centurio."

Proculus Publius verstand.

Als er die Principia verließ, wirkten seine Beine wie Bleiklumpen. Zum ersten Mal wurde ihm bewusst, dass der Fehler des Saufens ihn in Abhängigkeit zu einem Gönner gebracht hatte, der auch sehr schnell seine Vernichtung einleiten konnte. Zur Verwindung dieses Schocks brauchte Publius einige Zeit und war heilfroh, dem unmittelbaren Machtbereich des Legatus Legionis vorerst entkommen zu können.

An der Spitze seiner Männer gelangte er ins *Marschlager* am Moenus.

Unterwegs begegneten ihm aber zwei Immunis, die sich im Schatten des Tribuns bewegten und gegenüber denen er unterschwelligen Zorn fühlte. Auch dem Krüppel von Tribun begegnete er. Immerhin hatte er versucht, in die Unterkunft des Tribuns einzudringen.

Der, der ihn dabei ergriff, war der Bruder des Tribuns und noch dazu der Stellvertreter des Legatus Legionis. Dass dieser über seine Festnahme nicht mit dem Bruder gesprochen zu haben schien, konnte Publius nicht verstehen. Es verwunderte ihn, dass der Tribun nichts von seinem Eindringen und seiner Absicht, ihn in die Hölle zu Lupinus zu schicken, zu Wissen schien. Allein, es blieben Zweifel.

Vorerst war dieses jedoch nicht seine größte Sorge. In die gegenwärtige Lage war er durch seine Suffabsicht, den Tribun Titus ans Leder zu wollen, gekommen. Ergriffen, gedemütigt und dann erhoben zum Centurio könnte Dankbarkeit angezeigt sein. Als Spion missbraucht zu werden und von einem mächtigen Gönner abhängig zu sein, behagte dem die Unauffälligkeit vorziehenden Römer nicht. Er empfand die Abhängigkeit als einen Eingriff in seine Freiheit und so wie er sich seiner verzwickten Lage bewusst wurde, wuchs sein Hass auf den Tribun.

Dann begegneten ihm die beiden Altgedienten. Der Stinker und sein Fuchs. Er kannte beide schon längere Zeit. Ruhm sprach sich herum und beide genossen genug davon. Dass aber ausgerechnet diese Beiden sein Geld gewannen, weil der Idiot Lupinus seine Fähigkeiten überschätzte, verärgerte den neuen Centurio gründlich. So nahm er sich vor, den Beiden eine Abreibung zu verpassen.

Schnell gelangte er in den Kreis der erfahrenen Legionäre seiner Centurie. Mit etwas Wein, ein paar wohlgesetzten Bemerkungen und etwas Rücksicht, gelang es ihm, den *Signifer* und den *Tesserarius* für sich zu gewinnen. Auch den *Custos Armorum* konnte er beeindrucken. Damit hatte er fast alle Funktionsträger der Centurie auf seiner Seite und der Marsch brachte ihm die Erkenntnis, dass sich seine Machtposition entwickelte.

Unter seinen Bogenschützen aus *Raetien* befanden sich auch zwei Altgediente. Mit einem der Männer war er schon über längere Zeit befreundet.

Zum Optio befördert und der Cohors Equitata zugeteilt, traf er auf diesen Gefährten jüngerer Tage. Die Jahre machten reife Männer aus ihnen und der Kampf machte sie hart.

In unterschiedliche Verwendungen gezwängt, trafen Beide in der Cohors erneut aufeinander, erkannten sich und in Erinnerung vergangener Tage, freundeten sich beide wieder an.

Urs, der rätische Bogenschütze, besaß nun wieder einen Freund, dessen Zuneigung der neue Centurio auch erringen konnte. Der andere Altgediente trug den Namen *Wilko*.

So grundverschieden die Männer waren, so einheitlich lagen deren Interessen. Wein, Weiber und Würfel!

Während Publius allenfalls mittelgroß war, gehörte Wilko zu den Hünen und Urs war wohl ein Abkömmling von Zwergen. Klein vom Wuchs, mit zotteligem Haarschopf, flinken Augen und noch schnelleren Fingern, neigte gerade er zum Würfelbetrug.

Wilko, ein gesetzter, dunkelblonder Hüne mit ungewöhnlicher Körperkraft, gehörte zu den ruhigeren Legionären seiner Abstammung. Sich verstehend und gegenseitig anerkennend, bildeten diese drei bald eine verschworene Gemeinschaft.

Sich auf seine Freunde verlassend, veranlasste der Centurio den Raeter Urs zur Provokation von Paratus und dies führte zur Rauferei.

Der Friedenstrunk stand nicht im Sinne des Centurio. Da er selbst sich aus der Sache heraushielt, war er auch an der Weinration nur beschränkt beteiligt. Seine beiden Kameraden verziehen den Immunis.

Der Streit war für den Centurio in zweierlei Hinsicht ungünstig ausgegangen. Die Immunis des Tribuns kamen mit einer geringen Bestrafung durch und seine Männer ernteten die Wut des Präfekten und reinigten die Latrinen.

Unzufrieden mit den Freunden und dem Ausgang des Händels, suchte Proculus Publius nach einer neuen Gelegenheit, beiden Immunis eins auszuwischen.

24. Die Würfel

*65 nach Christus - Sommer (1. **Iunius**)*
Barbaricum - Im Land der Hermunduren zwischen dem Fluss Moenus und dem Herzynischen Wald

E's kam der Tag **Kalendis Juniis**, der erste Tag im Juni. Zu diesem Tag hatte der Markomanne sein Eintreffen angekündigt. Der Mann tauchte jedoch nicht auf.

Wohl wissend, dass ein taggenaues Eintreffen mit Schwierigkeiten verbunden sein könnte, entschloss sich Titus, die ihm von Julius Versatius Amantius genannten Händler am Moenus aufzusuchen, um dort nach für ihn möglichen, hinterlassenen Botschaften zu suchen.

Er befahl die Bereitschaft der Liburnen zum Ablegen, erteilte nochmals Befehle zur Aufrechterhaltung der Lagerordnung und schwang sich, gemeinsam mit Viator und Paratus, über die Bordwand der von ihm gewählten Liburne. Der Trierarch lies ablegen und gefolgt von der zweiten Liburne steuerte das Schiff sicher bis zum Moenus, um sich dann flussauf zu wenden.

Längst bot sich dem Tribun die Möglichkeit nach erwarteten Mitteilungen des Markomannen zu suchen. Der Lagerausbau erforderte keinesfalls seine Anwesenheit. Die Verzögerung nahm der Tribun aus Gründen der Sicherheit des Lagers hin.

Der Tribun wartete ab ob die Barbaren, nach der Kenntnis der Errichtung des Feldlagers und der Tötung ihres Spähers, einen Angriff auf das Lager wagen würden.

Weil Titus aber auch bei der Erkundung der Flussverläufe keinen Kontakt zu den Germanen fand, ging er zwar von Beobachtungen aus, aber nicht von Angriffswut. Sich darauf besinnend, dass es auch in seinem Interesse wäre, wenn er die Barbaren über seine Pläne hinweg täuschen könnte, befahl er die Fahrt der Liburnen flussauf und lies das Lager in den bewährten Händen des Pilus Prior Crito.

Der Moenus stellte sich als ein ganz anderer Fluss, als die zuvor in ihrem Verlauf erforschten Nebenflüsse, dar. Wesentlich breiter und tiefer flossen die Wasser nahezu in träger Ruhe zum Rhenus.

Das, so erläuterte der griechische Trierarch, den sich Titus erwählt hatte, täusche mitunter und zeigte dem Tribun einige Strudel und gefährliche Stellen, in denen auch ein guter Schwimmer in Gefahr geraten könnte. Die Roijer legten sich gleichmäßig in die Ruder und die Schiffe nahmen Fahrt auf.

Viator und Paratus suchten sich im Bug einen gemütlichen Platz und würfelten miteinander. Paratus verspielte zwar schon vor Tagen seinen gesamten Sold des Monats an Viator und trotzdem machten beide aus Gewohnheit weiter. Es war schon längere Zeit so, dass immer nur Viator gewann. Paratus verlor regelmäßig seinen Verdienst an den Gefährten.

Dies störte aber beide insofern wenig, da Viator immer dann für Paratus Bedürfnisse Geld vorschoss, wenn ihn dieser darum ersuchte. Dass Viator dann regelmäßig versäumte, den Vorschuss wieder einzutreiben, nahm Paratus einfach zur Kenntnis.

Er vermied es, den Gefährten durch unbedachte oder unnötige Handlungen daran zu erinnern. Paratus Bedürfnisse waren begrenzt, mal etwas Besseres zu Essen, mal einen Weinschlauch mehr und ab und zu eine Hure, wenn sie in Mogontiacum weilten. Gegenwärtig spielten Paratus Bedürfnisse eine nur untergeordnete Rolle. Die Huren waren weit weg, den Wein besorgte Viator und das Getreide reichte zur Verköstigung.

Das Einzige was Paratus und das schon über Jahre hinweg ärgerte, ergab sich aus der Tatsache, dass immer Viator gewann. Es war nicht so, dass Paratus niemals bessere Würfe gelangen, aber über eine Würfelpartie blieb immer Viator Sieger. Auch wenn Paratus auf eigenem Höchststand mit beträchtlichem Gewinn die Partie beenden wollte, verleitete Viator ihn stets zum weiteren Würfeln. So verlor er regelmäßig seinen Gewinn.

Zweifellos kannte Viator die Schwäche des Sizilianers und konnte die Fortsetzung der Partie stets herausfordern. Paratus blieb der Dumme. Er verstand einfach nicht, wieso Viator am Ende immer siegte ... Trotz felsenfester Sicherheit, dass Viator ihn betrog, fand er nicht heraus, wie dem Gefährten dies gelang.

Der Tag verging im Würfelspiel und Paratus verspielt, nach Anfangserfolgen, schon fast den Sold für den Folgemonat, als er die Würfel ergriff und wütend über Bord warf.

„Hej, Paratus du Idiot, was hast du getan?" schrie Viator.

„Die Würfel taugen nichts ... Sieh, ich habe hier Neue. Lass uns damit fortsetzen." Er platzierte seinen Wurf und Viator gewann wieder. Dann siegte Paratus und als der Trierarch ein am Ufer liegendes Dorf ansteuerte, hatte Paratus die Hälfte seines Verlustes wieder ausgeglichen. Der Tribun unterbrach die Würfelpartie und befahl beide Trabanten zu seiner Begleitung. Gemeinsam verließen sie, nach dem Anlegen, das Schiff.

Das Dorf mochte etwa zwanzig Hütten vorweisen, die unmittelbar am Fluss beginnend, in den Wald hinein angeordnet waren und einen freien Platz umringten. In südlicher Richtung schloss sich der Lagerplatz eines römischen Händlers an. Eine von Ochsen gezogene Wagenkolonne machte sich zur Abfahrt bereit.

Titus steuerte diesen Handelshof direkt an und erkundigte sich danach, wer der Besitzer sei. Der Name, der ihm genannt wurde, schien ihm recht zu sein, denn er forderte den Sklaven auf, seinen Herrn zu rufen.

Titus Suetonius wurde zum Folgen gebeten und so trabten auch seine Trabanten ihm nach. Sie betraten einen kargen Raum, der außer einem Tisch und einem Stuhl über kein weiteres Inventar verfügte.

Auf dem einzigen Stuhl hockte ein mickriges Männchen, mit kahlem Kopf und fortgeschrittenen Alters. Der Kleine sprang von seinem Stuhl auf und stürzte auf die eintretenden Legionäre zu.

„Herr, welche Ehre deines Besuches! Wen darf ich in meinem Handelshaus begrüßen?" ertönte eine viel zu hohe Stimme, als diese einem Mann zuzuordnen, angemessen wäre.

Statt Titus antwortete Viator: „Tribun Titus Suetonius der Legio XXII Primigenia! Und wer bist du Zwerg?"

Titus unterbrach Viator: „Las gut sein, ich kenne den Mann. Ich grüße dich, *Spurius Sempronius!*"

Verwundert starrte der Kleine den Tribun an. Obwohl Titus den Mann noch nie getroffen hatte, erkannte er ihn an seinem kleinen Wuchs, dem kahlen Kopf und der hohen Fistelstimme.

Amantius beschrieb ihm den Mann und warnte davor, den Händler zu unterschätzen, woran Titus natürlich nichts lag. In dem der Tribun seine Eigeninteressen schützte, sandte er seine beiden Begleiter aus dem Raum, um mit Sempronius allein sprechen zu können.

„Spurius Sempronius, ich grüße dich von deinem Handelspartner Julis Versatius Amantius. Er nannte dich mir gegenüber als sehr vertrauenswürdigen Mann." eröffnete Titus das Gespräch.

„Nun, das ehrt mich, wiewohl ich nicht weiß, wie ich dieses Prädikat verdient hätte! Herr, dein Besuch ehrt mich überaus! Womit kann ich dir dienen, Tribun?" Das mickrige Männlein schien vor Unterwürfigkeit in einem Rattenloch verschwinden zu können.

Obwohl der Tribun diese Unterordnung hinnahm, erwachte sein Misstrauen und gepaart mit Amantius Warnung, den Kleinen niemals zu unterschätzen, reagierte er, als spräche er mit einem wichtigen, nahezu gleichwertigen Mann.

„Auf Anraten von Amantius hatte ich einem unserer Späher dich als Übermittler von Nachrichten benannt. Wurdest du von unserem Mann aufgesucht?"

„Wer ist dieser Mann, was tut er und welche Botschaft sollte bei mir hinterlegt werden? Führt der Mann auch einen Namen und wie sieht er aus?"

Titus zog ein an seinem Hals befindliches *Amulett* hervor und zeigte es dem Händler. Worauf auch dieser unter sein Gewand griff und einen gleichartigen Halsschmuck präsentierte.

Dieses Amulett erhielt Titus von Amantius, als er dessen Villa verließ. Es wies ihn als Freund und Vertrauten des römischen Händlers aus.

Nach diesem gegenseitigen Erkennen antwortete Sempronius: „Tribun, dein Mann hat mich nicht aufgesucht! Ich besitze also auch keine Nachricht für dich!"

Etwas enttäuscht reagierte Titus trotzdem freundlich: „Das macht nichts und entspricht durchaus meinen Erwartungen. Der Mann hat mehrere Anlaufpunkte und wenn er nicht zu dir kam, wird er seine Nachricht an anderer Stelle hinterlegt haben. Mein Dank gehört dir trotzdem. Verzeih, dass ich dich in deiner wichtigen Tätigkeit unterbrochen hatte!"

„Oh, das macht keine Umstände. Im Gegenteil, kann ich mich doch jetzt rühmen, den Tribun der XXII. zu meinen Freunden zählen zu dürfen... Ich bin dir jederzeit, wenn du es brauchst, zu Diensten, Herr!"

Titus dankte dem Händler und verließ das Handelskontor.

Seine beiden Trabanten forderte er mit einem Wink zum Folgen auf und steuerte die Anlegestelle der Liburnen an. Der Tribun lies sofort vom Trierarch ablegen und setzte die Flussfahrt fort.

Wieder zog Beschaulichkeit an Bord ein. Viator und Paratus frönten den Würfeln. Paratus Glück blieb ihm treu. Nach wechselhaftem Spiel konnte der Sizilianer seinen zuvor verlorenen Sold zurückerlangen. Dann verlor Viator die Lust am Spiel und wie selbstverständlich wollte er die Würfel in seinem Beutel verschwinden lassen.

Doch bevor diese Würfel von Viator aufgenommen werden konnten, legte sich Paratus Pranke auf dessen Hand und der Eber verkündete: „Das waren meine Würfel und so sollte es bleiben ..."

Viator zog seine Hand zurück, beantwortete Paratus Rede mit einem bedauernden und verwunderten Schulterzucken und begab sich zu Titus.

Damit waren Würfel vorläufig aus dem Gebrauch gekommen.

Nichts lag Viator, dem ehemaligen Dieb und Trickbetrüger ferner, als mit ungezinkten Würfeln zu spielen ... Gewöhnlich nutzte er zwei paar Würfel. Da Paratus unglücklicherweise sein präpariertes Paar in den Fluss geworfen hatte, brauchte er erstmal Zeit, um sein verbliebenes Würfelpaar neu zu auszustatten. Erst dann könnte er in seiner üblichen Art fortfahren und Paratus mit zwei unterschiedlichen Würfelpaaren zur Verzweiflung treiben.

Würfeln war für Viator zu einem einträglichen Geschäft geworden. Konnte er doch damit seinen Sold aufbessern, ob nun mit Paratus oder anderer Legionäre Sold, war ohne Bedeutung.

Dieser ständige Betrug war mit der Gefahr verbunden, zwischen beiden befreundeten Legionären Verstimmungen hervorzurufen. Voraussetzung dafür wäre jedoch, dass Paratus die Schliche und Tricks seines Kumpans durchschaute. Davon war der langsamer denkende und sich leicht irritieren lassende Paratus weit entfernt...

Für einen erfahrenen Betrüger wie Viator bestand kein Grund zur Sorge. Hatte der Legionär doch die für seinen früheren Beruf erforderlichen Fähigkeiten nicht gänzlich verlernt. Auch wenn er kein Meister mehr war, für Paratus und andere Legionäre reichte es immer noch.

Während Viator sich am Heck des Schiffes, außerhalb Paratus Blick, mit der Vervollkommnung seiner eigenen Würfel beschäftigte, das Würfelpaar reinigte, damit die Farbe dem neuen Würfeln Paratus angeglichen war, eine kleine Eisenkugel unter die 1 ins Holz einarbeitete, starrte Paratus missmutig ins Wasser des Flusses.

Die Fahrt verlief weiterhin ereignislos. Die *Rojer* bewegten ihre Ruder in gemächlichen Bewegungen, entsprechend des Taktes des *Pituli*. Die Dämmerung brach herein und die Liburnen legten an einer günstigen Stelle am Ufer an. Posten wurden ausgestellt, Zelte errichtet und das Essen zubereitet. Mit dem Beginn der Nacht trat Ruhe im Lager ein und nur gelegentliches Rascheln im Unterholz des umgebenden Waldes oder ein Knurren oder Bellen, ein Pfeifen oder Heulen der Waldtiere störte die Ruhe.

Mit dem Sonnenaufgang und dem morgendlichen zwitschern der Waldbewohner wurde das Lager abgebrochen und die Fahrt fortgesetzt. Nachts hatte es zu Regnen begonnen und im Verlauf des Tages regnete es sich richtig ein. Schutz gegen die Nässe gab es nicht, einzig Titus und der Trierarch konnten sich ins Zelt des Schiffsführers zurückziehen.

Die gesamte Mannschaft, einschließlich der *Manipularius*, sowie Viator und Paratus war den Unbilden der Natur ausgesetzt. Nass bis auf die Haut froren Schiffsbesatzung und Legionäre. Einzig die Ruderer störte der Regen weniger. Denen war, ob ihrer Bewegungen, zwar genauso nass wie allen Anderen zu mute, nur froren sie nicht.

Am Abend dieses unangenehmen Tages legten sie an einem weiteren Dorf, unmittelbar neben einer Handelsniederlassung römischer und anderer Händler, an. Titus sandte einen Boten zu einem der römischen Händler aus und bekam bald dessen Besuch.

Obwohl sich Viator in der Nähe des Zeltes des Schiffsführers aufhielt und neugierig dem Gespräch zwischen Tribun und Händler lauschte, verstand er außer den gegenseitigen Begrüßungen nichts.

Der Händler, ein ungewöhnlich kleiner Mann, mit einem hässlichen Schweinsgesicht, weilte nur kurz an Bord und bald kehrte Ruhe im Umfeld der Flussschiffe ein. Viator und Paratus waren in eines der Zelte der Schiffsmannschaften gekrochen und bald erklang Paratus intensives Schnarchen.

Im Verlauf der Nacht war der Regen abgeklungen und der neue Tag begann mit strahlendem Sonnenschein. In der zweiten Stunde tauchte ein römischer Händler bei den Schiffen auf und begehrte den Kommandeur zu sprechen.

Der Fremde trug eine dunkle *Toga*, ein Schwert an der Seite eines über der Schulter verlaufenen Lederriemens, eine Sklavenpeitsche und am Gürtel ein langes Messer.

Der Mann war ungewöhnlich groß, breitschultrig, hatte tiefschwarze lange Haare, einen stechenden Blick aus zwei eiskalten, grauen Augen und trug einen etwas überdimensionalen Bauch vor sich her. Er sprach mit lauter, deutlicher und befehlsgewohnter Stimme.

In seiner Begleitung befanden sich zwei weitere Römer, die durch die Sklavenpeitschen ihr Handwerk anzeigten.

Titus ließ den Fremden einige Zeit warten, bevor er ihn an Bord zu kommen bat.

„Herr..." begann der Händler, als er dem Tribun gegenüber stand „ich bin erfreut, dich hier zu sehen!"

„Warum und wer bist du?" Titus reagierte ungehalten auf die Aufdringlichkeit des Fremden.

„*Manius Nunnius* ist mein Name. Ich handele mit Sklaven, Herr!"

„Warum bist du erfreut, mich zu sehen?" knurrte Titus.

„Herr, ich warte seit einigen Tagen auf einen Sklaventransport, der flussab kommen sollte, aber sich schon viele Tage verzögert. Du hast Schiffe, mit denen der Verbleib des Transports geprüft werden kann, wenn du gewillt bist, weiter flussauf zu fahren!" begründete der Fremde seine Freude.

„Wer hat dir gesagt, dass ich weiter flussauf will?" reagierte Titus desinteressiert und der Sklavenhändler antwortete mit sichtbarem Unbehagen.

„Du bist doch bisher in diese Richtung geschwommen ... Wenn du die Fahrt fortsetzt und mich mit meinen Begleitern mitnehmen würdest, könnten wir uns um den Transport kümmern ..."

„So, könntet ihr?" kam eine mehr als spöttische Bemerkung des Tribuns und dieser ergänzte dann: „Ich habe nicht die Absicht weiter flussauf zu fahren."

„Es wird nicht dein Schaden sein..." bot der Sklavenhändler an.

„Wie meinst du das?" Titus verstand, dass der Sklavenhändler ihn kaufen wollte.

„Ich könnte dich am Gewinn beteiligen..., außerdem könntest du dann auch Gewissheit über zwei in Begleitung befindliche Schiffe der Classis bekommen..." Die Neugier des Tribuns war geweckt. Von welchen Schiffen sprach der Mann?

„Wann sagtest du, sollte der Transport hier sein?" fragte er scheinbar desinteressiert.

„Zur *Pridie EID Maius* sollte der Transport hier eintreffen." erteilte der Sklavenhändler Auskunft.

„Dann hattest du also bisher genügend Zeit, dir Pferde zu nehmen und selbst flussauf nachzuforschen." äußerte der Tribun abweisend.

„Herr, interessiert dich nicht, wo eure Schiffe bleiben!" bemerkte der Sklavenhändler in zornigem Ton.

„Nein, wo meine Schiffe sind, sehe ich! Willst du mir vorschreiben, was ich zu tun habe?" antwortete Titus ebenso barsch. Die Männer maßen sich mit verhaltener Wut, bis der Sklavenhändler den Blick senkte.

„Hast du mit den Barbaren über deinen Transport gesprochen?" lenkte der Tribun ein.

„Nein, dieser Älteste des Dorfes duldet uns nur ... Er spricht nicht mit Sklavenhändlern, ließ er uns ausrichten ..." Die Antwort des Fremden troff vor verhaltener Wut.

Einer Wut auf den Ältesten, der die Macht besaß, den Sklavenhändler zu vernichten. Wut auf den Schnösel von Tribun, der seine Hilfe verweigerte, obwohl er als Tribun der römischen Legion Interesse am Verbleib von Schiffen der Classis besitzen sollte.

„Gut, bei einem Gespräch mit dem Ältesten könnte ich dir behilflich sein. Erwartet mich nach der sechsten Stunde am Ufer und begleitet mich zum Ältesten des Dorfes. Geh jetzt!" Der Sklavenhändler verließ erbost und unzufrieden das Schiff.

Zur verabredeten Zeit enterte Titus die Bordwand der Liburne und begab sich, von Viator und Paratus begleitet, zum Treffpunkt mit dem Sklavenhändler, um den Ältesten des Dorfes aufzusuchen.

Mit dem Sklavenhändler zusammentreffend, beäugten sich die jeweiligen Begleiter misstrauisch. Viator wandte sich dann, abschätzig grinsend, von den Begleitern des Sklavenhändlers ab.

Leise meinte er zu Paratus, so dass Andere dies nicht hören konnten: „Da siehst du deine Zukunft, nach der Legion, laufen..."

Der Riese beantwortete diese Anspielung auf eine gemeinsame Zukunft mit einer ebenso leisen Bemerkung.

„Lieber lasse ich mich vorher auf dem Schlachtfeld vierteilen ..."

„Ja, damit hast du recht. Auch das soll ein bemerkenswerter Spaß sein ... Doch bis dahin sollten wir diese Beiden im Auge behalten. Ich werde etwas auf den Händler achten und sollte es Ärger geben, frag nicht lange. Dazu bleibt uns dann viel Zeit, wenn deren Blut im Sand verrinnt..."

Das Gespräch der Männer mit dem Ältesten des Dorfes dauerte nicht sehr lange. Zum versprochenen Verbleib des erwarteten Transports konnten sie keine Nachricht erhalten, dafür wurde die Lieferung von Versorgungsgütern vereinbart.

Durchaus zufrieden verließ Titus das Haus des Barbaren, der, so war deutlich zu erkennen, römischen Lebensstandard pflegte. Nur der schimpfende Sklavenhändler nervte ihn und als dessen Zetern kein Ende nahm, wies ihn Titus zu Recht. Daraufhin entfernte sich der Händler mit seinem Gefolge.

Der Mann und dessen Absichten interessierten Titus nicht. Froh, den Unzufriedenen los zu sein, begab sich der Tribun wieder auf sein Schiff.

Am Abend des Tages brachte ein Fuhrwerk die bestellten Waren. Die Sklaven des Barbaren stapelten die Güter im Rumpf des Schiffes.

Diese Nacht verbrachten die Schiffe noch in der Nähe der Handelsniederlassung, bevor beide Liburnen am folgenden Morgen die Rückfahrt zum Basislager antraten, wo sie nach weiteren zwei Tagen eintrafen.

25. Die Augenbinde

65 nach Christus - Sommer (3. Iunius)
Barbaricum - Im Land der Hermunduren zwischen dem Fluss Moenus und dem Herzynischen Wald

Die Gefolgschaft des Hunno folgte flussab dem Maa. Der gute Kontakt in der Siedlung der Ochsensippe erbrachte wieder einen ortskundigen Führer.

Gottfried, der Älteste des nächsten, am Maa liegenden Dorfes wurde von einem vorausgeschickten Boten unterrichtet, dass sich eine Gefolgschaft entlang des Flusses auf sein Dorf zu bewegte und dessen Anführer den Wunsch besaß, den Eldermann außerhalb des Dorfes, vor allem unbemerkt von Römern, zu treffen.

Der Bote, die Sicherheit des Eldermanns garantierend, brachte eine günstige Antwort und so kam es unweit der Siedlung zum Zusammentreffen.

Die Anwesenheit von Tassilo sorgte für ein günstiges Gesprächsklima. Die Begrüßung fiel einigermaßen freundlich aus, obwohl die Verwunderung des Eldermann der Sippe, deutlich zu spüren war. Der Hunno wurde vorgestellt und dessen Wunsch zum Ausdruck gebracht.

Gaidemar, der durch Tassilo schon Einiges über die Sippe des Gottfried wusste, steuerte schnell auf sein Ziel zu. Unterstützung mit Jungmännern, Verpflegung, Pferde, Waffen und Beitritt zur Gefolgschaft.

Der Eldermann jedoch zögerte. Er gab zu verstehen, dass seine Sippe so zahlreich wäre, dass sich die Römer in der Vergangenheit keinerlei Übergriffe erlaubt hätten. Es gab keine Sklavenjagd und es verschwanden auch keine Mädchen und Burschen über Nacht.

Sklavenhändler, die hier anlegten, brachten Sklaven aus anderen Gebieten, um sie im Dorf oder anderen Orts zu verkaufen. Das geschehe selten genug und er kenne in seiner Sippe keinen einzigen in dieser Art übernommenen Sklaven. Wenn die Schiffe keine Sklaven mit sich führten, würden deren Herren ohnehin fast sofort weiter flussauf fahren. Von dort Zurückkommende würden, wenn sie Sklaven an Bord hätten, nicht anlegen und somit versteht er nicht, warum die Gefolgschaft glaubt, ihm helfen zu können. Die Verhandlungen blieben vorerst erfolglos und erzwangen eine Fortsetzung am folgenden Tag.

Tassilo aber verabschiedete sich und kehrte mit seinen Begleitern zur eigenen Sippe zurück.

Gaidemar sandte Späher aus, die einen geeigneten Lagerplatz suchten und schickte auch Beobachter in die Sippe des Gottfried. Gerwin und Rango erhielten den Auftrag, die Lage zu erkunden und festzustellen, welche römischen Händler, Sklavenjäger oder Legionäre anwesend waren. Weiter beauftragte der Hunno die jungen Burschen, alle Vorgänge bei den Römern und um den Eldermann auszuspähen und besondere Aufmerksamkeit auf ein mögliches Zusammentreffen zwischen dem Eldermann und den Römern zu richten.

Für Gerwin wies das Dorf eine gewaltige Größe auf. Der Fluss beschrieb einen weitläufigen Bogen. Am flussab rechten Ufer, zwischen zwei Hügeln eingebettet und einem Bachverlauf im Tal folgend, breitete sich die Siedlung aus. Sie reichte bis zu den Ufern des Maa.

Beide das Tal beherrschende Hügel zwangen die Hütten sich schlängelnd dem Talverlauf anzupassen. Gleichzeitig verhinderte der Verlauf des Baches den Blick vom Fluss auf die letzten Hütten des Dorfes. Der Hauptteil der Siedlung nutzte die nahezu ebene Fläche in unmittelbarer Flussnähe.

Viele der Bewohner hielten sich zur Tageszeit am Flusshafen, wie dieser von den Anwohnern genannt wurde, auf. Mehrere Boote lagen verzurrt am Ufer. Besonders fielen dem Knaben zwei römische Flussliburnen auf, die denen glichen, die sie vor wenigen Tagen vernichteten.

Es bedurfte nur einer wortlosen Verständigung mit Rango, dass dieser sich direkt im Dorf bewegen und seine Aufmerksamkeit besonders auf den Eldermann richten sollte, während er selbst sich dem Römerlager und den römischen Schiffen widmete.

Gerwin trieb sich den ganzen Tag in der Nähe des Flusshafens herum. Er zählte die Ruderbänke der Liburnen, die Mannschaften, prägte sich die Gesichter der Schiffsführer ein und beobachtete die römischen Händler. Er sah, wer mit wem sprach und welcher Händler sich mit den Schiffsführern traf. Gerwin erkannte Sklavenhändler an ihrer charakteristischen Peitsche und erblickte, wie der Älteste berichtet hatte, zum ersten Mal fremdländische Sklaven mit dunkler, fast schwarzer Hautfarbe. Neugierig und verstohlen betrachtete er diese merkwürdigen Erscheinungen. Niemand interessierte sich für ihn.

Mit der Beobachtung vollauf beschäftigt, dem Einprägen von Gesichtern und Mannschaftsstärken, der Musterung der Unterschiede im Schiffsbau zwischen Handelsschiffen und Liburnen, verbunden mit der

Erkenntnis, dass auch diese römischen Kampfschiffe Unterschiede besaßen, hätte er den Römer fast übersehen, der vom Dorf kommend auf eines der Schiffe zuschritt.

Den Weg des Römers abschätzend, bummelte er in diese Richtung, denn ihm war eine Augenbinde des Fremden aufgefallen. Näher an den Römer herankommend, stellte er das Verdecken des rechten Auges fest, erkannte eine Narbe auf der rechten Gesichtshälfte und als er unmittelbar vor dem Römer stand, sah er unter dem Umhang den vernarbten rechten Oberarm des Legionärs.

‚Er ist es!' durchschoss es den Knaben und im selben Augenblick erstarrte er zu Stein. Nur wenige Schritte vom Römer entfernt, schon im Rücken des Legionärs, löste sich die Erstarrung. Doch im gleichen Augenblick griff eine römische Faust nach seinem Oberarm und stieß ihn zur Seit, so dass Gerwin hinstürzte.

Der Römer mit der Augenbinde blickte sich um und sah den Knaben im Dreck liegen. Sein Blick streifte über den Knaben zu dem ihn begleitenden Legionär, der Gerwin zur Seite gestoßen hatte, und setzte ungerührt seinen Weg fort.

‚Vaters Mörder! Was macht der hier?' dachte der Knabe erschrocken, erhob sich und trollte sich von den Schiffen weg. Er suchte Rango und fand ihn herumlungernd vor dem Steinhaus des Eldermanns. „Komm, wir müssen zu Gaidemar!"

„Was hast du? Hast du einen Geist gesehen? Du siehst merkwürdig aus!" Überrascht musterte Rango seinen Freund. Gerwin wirkte weiß wie eine Kalkwand.

„Vielleicht, vielleicht auch nicht ... Vielleicht habe ich einen Geist aus Fleisch und Blut gesehen, mit dem ich noch eine Rechnung offen habe..." Zu weiteren Äußerungen ließ sich Gerwin nicht verleiten. Er riss Rango förmlich mit.

Mit Mühe unterdrückte Gerwin den Zwang zum Rennen. Nur keine Zeit zu verlieren und andererseits nicht aufzufallen, beherrschte sein Denken. Doch übermächtiger war die Erkenntnis, dass er auf seinen Römer gestoßen war. Den Römer, der seinen Vater auf dem Gewissen hatte!

Zorn und Hass geboten ihm, sich zu beeilen, damit der Römer seiner Rache nicht entging. Doch allein mit Rango und den wenigen, unerfahrenen Kriegern, die zu ihrer Bedeckung eingeteilt waren, schien das Risiko eines Angriffs zu groß. Eine unüberlegte Aktion versprach keinen Erfolg, konnte jedoch zur Warnung des Römers beitragen.

Gerwin verlangte es nicht danach, Gaidemars Zorn zu erregen, wenn er sich unbedarft in Gefahr begab. Zuerst musste der Hunno vom Römer erfahren und dann würde dieser sicher so handeln, dass Gerwin seine Rache bekam.

Deshalb presste der junge Hermundure verbittert seinen Mund zusammen um nur ja kein Wort, keine Erklärung über seine Lippen zu lassen. Nur von ihm musste Gaidemar die Botschaft erhalten und das so schnell, dass eine Gefangennahme des Römers unausweichlich wäre.

Gemeinsam suchten sie ihre Begleiter bei den Pferden auf und ritten in Richtung des neuen Lagers.

Gerwin lies seine römische Stute nahezu frei laufen und erreichte so vor Rango und den Anderen das Lager. Auf dem gesamten gemeinsamen Weg sprach er kein Wort. Sofort stürmte er zu Gaidemar, der gerade Anweisungen zur Bewachung des Lagerplatzes erteilte. Gerwin abwehrend, führte der seine Anweisungen zu Ende aus und wandte sich dann an den Knaben.

„Was ist denn mit dir los? Kommst völlig abgehetzt ins Lager und störst meine Beratung?"

„Er ist hier! Ich habe ihn gesehen!" platzte es aus dem Knaben heraus.

„Wer ist hier? Beruhige dich erst einmal." folgte die Frage des Hunno.

„Der Mörder meines Vaters, der Römer!" fügte Gerwin zum besseren Verständnis hinzu.

„Du irrst dich bestimmt..." zweifelte Gaidemar und betrachtete den Knaben mit aller Aufmerksamkeit.

War ihm eben flüchtig der äußerliche Eindruck des Jungen aufgefallen, sah er nun dessen innere Verzweiflung und begriff, dass diese Botschaft eine Bedeutung besaß, wenn sie denn vollständig zutraf.

„Nein, ein Auge fehlt!" drängte der Knabe. „Er trug eine Augenbinde, dann die Narbe auf seiner Wange! Bestimmt, er ist es und dann der Arm..."

„Wie sollte er zu diesem Dorf gelangt sein?" kam die Gegenfrage des Hunno.

„Mit den römischen Schiffen..." Jetzt wurde es auch für Gaidemar interessant.

„Gut, dann berichte alles, von Beginn an!" kam sein Befehl und der Knabe erzählte von seinen Beobachtungen, den römischen Schiffen, den

Schiffsführern, der Mannschaftsstärke, den unterschiedlichen Bauweisen und den Legionären, die er gezählt hatte. Als der Knabe seinen Bericht beendete, schwieg der Hunno.

„Kann es auch ein anderer Legionär mit gleichartigen Verletzungen sein?" lautete seine Frage.

Gerwin widersprach heftig. „Nein, es ist der Römer! Ich habe ihn erkannt! Trotz seiner Veränderungen durch die Verletzungen und er trug die gleiche Bekleidung, wie beim Überfall auf das Dorf."

„Das ist kein Beweis, die Römer tragen gleiche Kleidung. Reiten wir ins Dorf. Zeig mir den Römer!" Gaidemar gab einige Anweisungen an seine Schatten und nach kurzer Zeit kam Richwin.

„Du hast mich rufen lassen?"

„Sammle deine Männer! Wir müssen noch mal zum Dorf!"

„Wenn man dich erkennt, könnte das gefährlich werden ... Noch wissen wir nicht, ob der Eldermann oder die Sippe für oder gegen uns entscheidet ... Du darfst nicht in Gefahr kommen!" zögerte der Gefährte.

„Gerwin, kommen wir günstig an das Schiff heran?" fragte der Hunno, sich zum Knaben umdrehend.

„Wir können uns direkt zu den Schiffen der Römer bewegen. Reitet mir nach!" Mit Richwins Männern im Gefolge, brach der Hunno zur Erkundung auf. In der Nähe des Ziels eingetroffen, begaben sich nur Gaidemar und Gerwin in den Flusshafen. Die Männer seiner Begleitung zerstreuten sich auf dem Weg in Richtung des Dorfes. Die Pferde verblieben unter Bewachung fluchtbereit im angrenzenden Waldstück.

Der Hunno und der Knabe bewegten sich langsam, scheinbar teilnahmslos, in Richtung der römischen Liburnen und fanden ein zum Trocknen der Fischernetze von Fischern aufgestelltes Netzgestänge. Sich diesem nähernd, das trocknende Netz prüfend und dann umhängend, konnten sie eine Weile in der Schiffsnähe verbleiben, ohne Aufmerksamkeit zu erregen. Dann setzten sich beide an einen nahestehenden Baum um Pause zu machen und stellten sich nach einer Weile schlafend.

Es verging geraume Zeit, ohne dass auf den Schiffen überhaupt etwas geschah. Träge bewegten sich Krieger und Ruderer, manche wechselten von Schiff zu Schiff, schwatzten hier oder an anderer Stelle und kehrten auch zurück.

Die Römer fühlten sich absolut sicher, es gab keine Wachen und Offiziere ließen sich auch nicht sehen. Gaidemar wurde, trotzdem ihm bewusst war, dass ihr Warten gänzlich vergebens sein könnte, schon etwas ungeduldig.

Dann kam Bewegung auf das vordere Boot. Zwei Legionäre erschienen auf dem Deck, auf dem zuvor der Römer verschwunden war. Es dauerte nicht lange und der Römer verließ das auf dem Deck stehende Zelt. Gerwin stieß seinen Anführer an den Fuß und flüsterte: „Das ist er! Siehst du…"

„Sei Still!" flüsterte der Hunno und nur wenige Schritte von ihnen entfernt, passierten die Römer. Jetzt konnte Gerwin noch einmal deutlich die Narbe auf der Wange und auf dem Arm sehen. Er bemerkte, dass dieser rechte Arm an einem Gürtel eingehackt wurde.

Gerwin sah den Makel der Narbe, den fehlenden Muskel und schlussfolgerte daraus, dass der Arm unfähig zum Führen einer Waffe sein musste. Er sah die Gesichtszüge des Römers aus der Nähe und war sich vollkommen sicher, dass dies der Römer war, der für den Tod seines Vaters verantwortlich zeichnete und dem seine Rache galt.

Gaidemar erhob sich und wies dem Knaben an, sich ins Dorf zu begeben, um seinen Bruder zum Flusshafen zu holen. Er sprach dies so laut aus, dass auch der Römer es hören musste. Sollte dieser die Sprache verstehen, war eine Reaktion zu erwarten.

Im Moment des Endes von Gaidemars Anweisung, die Römer waren noch keine zehn Schritte vorangekommen, blickte sich der Römer um. Sich an Gerwins Bericht erinnernd, mutmaßte der Hunno, dass der Römer seine Worte verstand.

Aus Gerwins Bericht wusste er, dass auch der Römer, der des Knaben Vater töten ließ, ihre Sprache ebenfalls verstand. Auch diese Tatsache sprach für die Erkenntnis des Knaben.

Gerwin seinerseits begriff, dass er dem Römer folgen sollte. Er erhob sich und trottete völlig teilnahmslos hinter den drei Römern her.

Als der Römer außer Sicht war, zog sich Gaidemar in die Richtung des Waldrandes zurück und verschwand zwischen den Bäumen. Dort bei den Pferden auf Rango treffend, befahl er diesem, Gerwin zu suchen. Er wies ihn an, gemeinsam mit Gerwin, den Römer zu beobachten und wenn möglich zu belauschen. Dem Hunno schien, dass der Römer ins Dorf marschierte, um sich mit dem Eldermann zu verständigen. Wenn dies seine Absicht war, könnte ein Hören gesprochener Worte Aufklärung zum Eldermann und dessen Verbindungen zu den Römern erbringen.

Rango fand Gerwin in der Nähe des Steinhauses des Eldermanns. Mit Blicken verständigt, setzte sich Rango, in einiger Entfernung zum Knaben, an einen einzeln, an der Giebelseite des Steinhauses, stehenden Baum, dessen starke Zweige bis in die Nähe des Hauses reichten.

Während Gerwin sich langsam näherte, erhob sich Rango und lehnte sich, mit den Händen eine Trittfläche bildend, am Baum an. Gerwin begriff des Freundes Wunsch. Wenn er seinen Fuß in Rangos Hände setzen könnte, wären ein Erreichen der unteren Zweige des Baumes und damit das Erklettern möglich.

Sich vorsichtig umschauend, trat Gerwin an den Freund heran und sprang, auf ein Kommando von Rango, in dessen bereitgehaltene Hände. Nach oben geschleudert, erreichte er den unteren Ast und verschwand im Blätterwald. Rango verließ den Baum und setzte seinen bisherigen Weg teilnahmslos fort.

Gerwin schob sich auf einem oberen Ast, durch den dichten Blättervorhang geschützt, näher an eines der Fenster heran. Als er Stimmen hörte, verharrte er. Sich eine stabile und bequemere Lage auf dem Ast suchend, lauschte aufmerksam. Zuerst hörte er den Ältesten, dessen Stimme er vom ersten Zusammentreffen kannte. Anschließend vernahm er eine fremde, dunkle Stimme, die nach seiner Erinnerung niemals vom Römer sein konnte. Es musste also eine dritte Person anwesend sein oder er belauschte die falsche Unterhaltung. Gerwin schob sich noch etwas näher ans Fenster um besser verstehen zu können. Dann hörte er den Römer.

Der Römer klang fast wie der Eldermann, aber seine Aussprache war irgendwie merkwürdig. Seine Worte klangen abgehackt, seine Rede stimmte im Fluss ihrer Worte nicht und wies deutliche Unterschiede in der Aussprache einzelner Wörter auf. Gerwin konzentrierte sich auf den Gesprächsinhalt und verstand, dass sich die Unterhaltung um die Abfahrt der Schiffe und deren Richtung handelt.

Der Dritte mit der dunklen Stimme wollte weiter flussaufwärts und drängte den Römer, seiner Vorstellung nachzugeben. Das währte so lange, bis der Römer barsch dessen Rede unterbrach und deutlich machte, dass er noch eine andere Aufgabe zu erfüllen hätte. Deshalb werde er umkehren.

Der mit der dunklen Stimme behauptete daraufhin, dass sich das Gespräch für ihn nicht lohnte. Der Römer schnauzte den Sklavenhändler an, sein Maul zu halten.

Beide andere Männer, Römer und Eldermann, stimmten den Termin einer Übergabe von Schweinefleisch in Fässern, Obst und Gemüse ab und der Römer verkündete letztlich, wenn diese Waren an Bord wären, würden die beiden Schiffe ablegen. Gerwin hielt diese Abmachung für einen Vorwand und verblieb auf seiner Lauschposition. Doch das Gespräch schien beendet. Hatte er das Wichtigste verpasst?

Es dauerte nicht lange bis sein Römer, in Begleitung eines für einen Römer ungewöhnlich großen, breitschultrigen Mannes mit tiefschwarzem, langem Haar und massigem Bauch, erschien. Die beiden römischen Legionäre und noch zwei Sklavenjäger folgten den Männern dichtauf und bewegten sich in Richtung des Flusshafens.

Kurz nach dem die Gruppe verschwunden war, verließ der Älteste das Haus, wies einem Knecht an, sein Pferd zu bringen und ritt allein aus dem Dorf. Erst jetzt bestand für Gerwin die Möglichkeit, den Baum zu verlassen.

„Was konntest du hören?" wurde er vom Hunno, nach seinem Eintreffen gefragt und der Knabe berichtete. Gemeinsam ritten die Beobachter zum Lager der Gefolgschaft zurück, wo kurz vor ihnen Eldermann Gottfried eingetroffen war.

Gaidemar begrüßte den Mann und bekam sogleich die Mitteilung, dass die Römer ablegen würden, wenn das Dorf eine versprochene Lieferung übergeben hätte. Anschließend würde genügend Zeit zur Verfügung stehen, zur Gefolgschaft zu beraten. Mit keiner Deutung gab Gaidemar zu verstehen, dass er einen Teil des Gesprächs kannte.

Doch etwas irritiere den Eldermann, bekannte dieser gegenüber dem Hunno. Der sich ihm vorstellende römische Tribun würde nicht flussauf, sondern zurückfahren. Dies sei ungewöhnlich. Auch habe seinem Gespräch mit dem Römer noch ein Sklavenhändler beigewohnt, der zuvor schon einmal versuchte, Kontakt mit ihm aufzunehmen. Er spreche nicht mit Sklavenhändlern, betonte Gottfried. Als der römische Tribun sein Kommen anzeigte, fand er jedoch keinen Grund, ein Gespräch mit dem Römer abzulehnen. Plötzlich sei der Sklavenhändler, der sich schon einige Zeit im Handelshof der Römer herumtrieb, mit aufgetaucht. Dieser Mann wäre von der Absicht des Tribuns zur Rückfahrt überrascht gewesen und hätte widersprochen, bis der Römer ihm das Wort verbot.

Gottfried könne sich auf das merkwürdige Verhalten des römischen Tribuns keinen Reim machen, vielleicht aber der Hunno, ließ er diesen wissen. Gaidemar bedankte sich für die Mitteilung und der Eldermann verließ das Lager.

Die entstandene neue Lage war zu durchdenken. Welche Gefahr ging von den Römern aus? Warum hatten die römischen Schiffe dieses Dorf aufgesucht? Wie vertraut waren die Bewohner mit den Römern? Welche Hintergründe besaß die Rückfahrt der Römer?

Der Hunno war unschlüssig, welche Bedeutung das Eintreffen der Römer in der Siedlung besaß. Verrat seitens des Eldermanns oder von persönlichen Interessen getragene, zu enge Kontakte schienen nicht vorzuliegen. Warum aber legten die Schiffe des Römers hier an? Und statt den Weg weiter flussauf fortzusetzen, drehte der Tribun jetzt wieder um...

Gaidemar blieb nur die Vermutung, dass der Römer sein Ziel erreicht hatte und dieses Ziel nicht mit der Absicht der Sklavenjäger in Verbindung stand. Der Sklavenhändler, so schlussfolgerte der Hunno, schien nach Gerwins kurzem Bericht auf ein Ereignis zu warten. Vielleicht galten dessen Erwartungen einem flussab eintreffenden Transport, der aber niemals hier eintreffen konnte. Diese Zusammenhänge durchdenkend, forderte er den Knaben auf, ihm zu folgen.

Beide entfernten sich aus dem Lager. Sie fanden in einiger Entfernung, am Rande einer Lichtung einen umgestürzten Baum, auf dem sich der Hunno niederließ. Nur mühsam hatte der Knabe seine innere Erregung unterdrücken können. Wieso tat Gaidemar nichts? Der Römer würde entkommen ...

Trotzdem zwang sich Gerwin zum Abwarten. Doch als der Hunno weiterhin in seinen Gedanken versunken blieb und scheinbar teilnahmslos auf dem Baum hockte, platzte dem Knaben der Geduldsfaden: „Willst du Üben oder Reden?"

„Reden!" knurrte der Anführer und da Gerwin erkannte, dass der Hunno noch etwas Zeit brauchte, wartete er, unter Aufbietung aller inneren Kräfte schweigend, schoss jedoch wilde Blicke zum Paten.

„Du bist dir sicher, dass dies der Römer ist, der den Überfall auf eure Sippe anführte?" Es war mehr eine Feststellung als eine Frage und so wartete der Knabe weiter.

„Der Römer verfügt über Schiffe und will nicht weiter in Richtung Quelle, sondern umkehren. Er hat noch eine andere Aufgabe und wies die Forderung des Sklavenhändlers zurück, weiter flussauf zu fahren. Gleichzeitig verbot er dem Mann seine Rede."

Gerwin wusste, dass Gaidemar oft seine innersten Gedanken in Worte fasste und keine Zwischenbemerkungen duldete, bis er selbst zum Grund der Erkenntnis vorgedrungen war. So wartete der Knabe voller innerer Spannungen und vernahm nach einigen Augenblicken: „Was denkst du, hat der Römer vor?"

„Woher soll ich das wissen? Er ist hier und ich habe mir geschworen, meinen Vater zu rächen! Ich will seinen Kopf!" brach der Zorn über die Lippen des Knaben.

„Wie denkst du dir das? Ein Knabe gegen einen erfahrenen Kämpfer, oder sollen wir dir den Kampf abnehmen? Wäre das deine Rache?" konterte Gaidemar. „Überschätze dich nicht!" fügte er hinzu.

„Nein! Der Mann kann seine Kampfhand nicht mehr benutzen! Das sollte mir genügen." widersprach der Knabe.

„Dummkopf!" lautete die entrüstete Antwort des Hunnos, der dann fortsetzte: „Glaubst du, die Römer schicken einen kampfunfähigen Mann als Anführer in Feindesland?"

Nach einer längeren Pause knurrte Gaidemar: „Schlag dir das aus dem Kopf! Der Römer kann zwar seinen rechten Arm nicht mehr nutzen, doch schien mir, dass der andere Arm sehr wehrfähig war. Er trug das Schwert auf der anderen Seite. Erinnere dich, was der Bataver über das Tragen der Schwerter bei Offizieren und Mannschaften berichtete. Der Römer trug sein Schwert wie die Legionäre. Das hat einen Grund. Er kann kämpfen, glaube mir und ich werde nicht zulassen, dass du in seine Waffen rennst!"

Beide schwiegen, bis Gaidemar festlegte: „Du wirst nicht mit dem Römer kämpfen! Dazu bist du nicht gut genug. Das ist mein Befehl!" Er unterstrich seine Entscheidung mit einer heftigen Handbewegung. Wieder breitete sich Schweigen aus.

„Warum hast du mir befohlen, dir zu folgen und schweigst dich dann aus?"

„Ich will mir darüber klar werden, was der Römer beabsichtigt! Du störst mich beim Nachdenken!" beschied der Ältere.

„Soll ich dich verlassen, damit du Ruhe findest?" kam die etwas spöttische, aber zornige Bemerkung des Jüngeren.

„Nein! Bleib! Du sollst mir dabei helfen ..." und nach einer weiteren Denkpause kam die Erinnerung an die dem Knaben gestellte Frage: „Ich hatte dich gefragt, was der Römer vor hat? Diese Antwort bist du mir noch schuldig!"

Jetzt war der Knabe an der Reihe, seine Gedanken zu ordnen, seine Rachegedanken aus dem Kopf zu vertreiben und sich der Frage des Hunnos und damit der entstandenen Situation zu widmen.

In der Vergangenheit war es oft so, dass sein Pate von ihm wissen wollte, was er zu neuerlichen Ereignissen dachte. Gaidemar hörte sich alles an und erst dann fasste er einen Entschluss, den er dann oft nicht erklärte, aber zumeist schnell umsetzte. Gerwin wusste nie, woran er war. Es störte ihn nicht und es hatte auch keinen Einfluss auf ihn, was der Hunno erwartete. Gerwin sagte ihm, was er dachte und stellte oft im Nachhinein fest, dass er Unsinn erzählte, weil seine Bemerkungen aus nicht zu Ende gedachten Gedanken hervor traten. Auch das irritierte ihn nicht, aber jetzt wusste er mit der entstandenen Situation nichts anzufangen.

Zögernd begann Gerwin zu sprechen: „Die römischen Schiffe könnten tatsächlich nur mit dem Ziel der Verpflegungsaufnahme hier sein, aber auch ein Treffen mit den von uns vernichteten Sklavenhändlern wäre möglich? Vielleicht liegt das Ziel der Römer irgendwo flussab. Warum die römischen Schiffe dieses Dorf aufgesucht haben, wissen wir nicht. Wir wissen auch nicht, wie der Fluss weiter verläuft. Aber irgendwo flussab liegt das Lager, das die Römer bezogen hatten, als sie unser Dorf angriffen. Vielleicht wollen die Schiffe dorthin? Nach Notkers Bericht ist der Hauptteil der römischen Truppen inzwischen dort eingetroffen ..."

Gerwin überlegte laut weiter und der Hunno hörte aufmerksam zu. „Um Rotbarts Sippe nicht vorzeitig zu warnen, sind die Römer flussauf bis hierher weiter gefahren. Der Römer hat offensichtlich Zeit. Aber seine Hauptmacht ist doch eingetroffen und hat ein Lager errichtet?" Verwundert unterbrach der Knabe seine Überlegungen.

„Verpflegung wird der Römer nicht brauchen, auch wenn er diese hier beschaffte? Vielleicht wartet er auf Botschaften? Ja, so könnte es zusammenhängen ... Notker berichtete von einem Sklavenjäger. Dieser Fremde handelt im Auftrag des Römers. Wenn der Fremde hier eine Botschaft für den Römer zurück ließ?" Gerwin sah den Hunno an und dieser nickte mit dem Kopf.

„Wenn zwei wie wir, unabhängig von einander, zum gleichen Ergebnis kommen, muss Wahrheit im Denken liegen ... Der Römer suchte eine Botschaft, vielleicht von dem Sklavenjäger? Wie aber passt der andere Sklavenhändler in das Bild?" Gaidemar schüttelte unwillig den

Kopf. Auch der Knabe wusste keine Antwort, äußerte aber leichthin eine Vermutung.

„Könnte es nicht möglich sein, dass der Händler mit dem Jäger nichts zu tun hat?" warf Gerwin zögernd ein.

„Der Sklavenhändler wollte flussauf, weil sein Transport aussteht. Dafür hatte der Römer kein Verständnis. Der Römer schnauzte den Sklavenhändler an. Würde er das tun, wenn beide das gleiche Ziel verfolgten?" Diesmal schüttelte der Knabe mit dem Kopf.

„Das wäre eine Möglichkeit. Andererseits könnte es auch so sein, dass der Sklavenhändler in des Römers Begleitung mit den anderen Sklavenhändlern, deren Schiffe wir vernichteten, hier zusammentreffen wollte. Davon könnte der Bataver wissen?" vermutete Gaidemar.

„Nein, ich denke nicht, dass der Bataver das kennt!" antwortete der Knabe. „Er hätte davon gesprochen!" fügte er an.

„Ich werde ihn trotzdem fragen ...Wenn die Römer ihre Waren erhalten haben, werden sie ablegen. So lange deren Schiffe vor Anker liegen, können wir mit unserem Lastkahn nicht an ihnen vorbei! Wenn die Römer unser Flachschiff sehen, werden sie uns stellen und nach dem Verbleib ihrer Kampfschiffe fragen. Wir müssen warten, bis die Römer ablegen, dann können wir ihnen folgen!"

„Können wir die Römer im Flusshafen überfallen und vernichten?" kam des Knaben Frage.

„Nein, dafür sind wir zu wenige Krieger! Du selbst hast mir die Kampfstärke der römischen Schiffe genannt!" wies Gaidemar den Vorschlag zurück.

„Wenn wir die Hilfe des Dorfes hätten..." der Knabe ließ die Fortsetzung seiner Frage offen.

„Nein!" entschied der Hunno und setzte seinerseits fort „Wir können nicht verhindern, dass Römer, und wenn es nur Händler wären, fliehen könnten ... Die Römer würden wieder kommen und die Sippe wäre verloren. Außerdem fehlt uns Zeit zur Kampfvorbereitung. Einen Hinterhalt können wir hier nicht nutzen ...!" Nach einigem Zögern fügte er jedoch hinzu: „Beobachten können wir sie jedenfalls!"

„Wenn wir uns bei Nacht mit dem Lastkahn an den Römern vorbei schleichen? Dann wären wir immer vor ihnen und hätten Zeit für einen Hinterhalt. Außerdem wären wir weit vom Dorf weg!" Gerwin ließ nicht locker und unterbreitete einen neuen Vorschlag. Er war versessen darauf, so schnell als möglich, des Römers habhaft zu werden.

„Dann haben wir immer noch das Problem der zahlenmäßigen Überlegenheit der Römer und eines darfst du nicht vergessen, die Liburnen schwimmen schneller als der Lastkahn!" Nach einigem zögern fügte Gaidemar seine Entscheidung hinzu: „Wir beobachten nur!"

Leise sprach der Hunno seine weiteren Überlegungen aus: „Nehmen wir an, die Römer beziehen ihr altes Lager und wollen sich am Bergedorf rächen, dann macht die Anwesenheit des Römers Sinn. Der Römer hasst uns, schon allein auf Grund seiner Verletzungen ... Wir haben seine Legionäre vernichtend geschlagen und er weiß, welche Sippe das tat. Deshalb kehrt er zurück. Ich vermute, er hat viele Krieger ... Er will zum Rotbart und wir müssen Rotbart warnen!"

Wieder schwieg Gaidemar um seine Gedanken zu ordnen. „Rotbart weiß das bereits. Erinnere dich an Notkers Bericht. Aber auch du hast recht! Falls die Römer ihr früheres Lager bezogen haben, sind sie hier, um Rotbarts Sippe zu strafen. Wir brauchen die genaue Anzahl römischer Krieger! Außerdem müssen wir die übrigen Sippen unseres Bündnisses benachrichtigen! Wo können wir unsere Kräfte am Besten zusammenziehen?"

„Sammeln wir unsere Krieger am alten Buchendorf, am Mondstein!" schlug Gerwin vor.

„Der Gedanke gefällt mir. Du wirst mit einem Rudel zu Degenar aufbrechen!" legte der Gefolgschaftsführer daraufhin fest.

„Nein!" unterbrach ihn der Knabe „dann verliere ich den Römer aus den Augen!"

„Schweig!" herrschte ihn der Anführer an und setzte fort: „Meinst du, der Römer verschwindet wieder? Was willst du nur mit deiner fixen Idee, den Römer sofort zu ergreifen ... Er will Rotbart und seine Sippe! Dich kennt der Mann gar nicht. Er weiß weder, dass dein Hass ihm gilt, noch was er dir angetan hat. Der Römer ist hier, um seine Rache an Rotbarts Sippe zu vollziehen! Der läuft dir nicht weg!"

Der Hunno überdachte seine Worte und sammelte weitere Gedanken, bevor er vollendete: „Du wirst Degenar warnen, und dann zum Rotbart reiten. Wir werden alle Krieger der verbündeten Sippen zu einer Streitmacht vereinen ... Der Mondstein ist ein guter Ort ...

„Ich lasse inzwischen die Römer in deren Lager ausspähen. Nur muss ich zuerst die Verhandlungen mit dem Eldermann Gottfried abzuschließen ... Dann folgen wir den römischen Schiffen. Welches Rudel soll dich begleiten? Einzig diese Wahl lasse ich dir offen ..."

Gerwin ließ nicht locker: „Du hast etwas übersehen!"
Verwundert musterte der Hunno seinen Zögling. „Was meinst du?"
„Fassen wir zusammen, was wir wissen ... Die Römer sind im Lager an der Salu. Der Sklavenjäger streift auf der Suche nach lohnenden Sippen durchs Land. Der Römer erwartet seine Mitteilungen, offensichtlich auch hier, aber nicht vom Eldermann ... Wer, also hat solche möglichen Botschaften?" Gaidemar starrte seinen Zögling überrascht an. Doch der Knabe ließ sich nicht beirren.

Er setzte fort: „Ein Sklavenhändler erwartet einen Transport von Sklaven. Der Transport steht aus. Deshalb will der Mann ihn suchen. Doch diesen Transport haben wir vernichtet. Also, was wird der Händler tun?" Der Hunno verstand nicht, worauf der Knabe hinaus wollte.

Gaidemar schien jedes Verständnis der Notwendigkeiten abzugehen und er konnte nicht umhin, des Knaben Jagd auf den Römer erneut abzulehnen. „Schlag dir den Römer aus dem Kopf! Der läuft dir nicht davon!" Der Hunno erhob sich.

Doch noch gab Gerwin nicht auf. Er fasste seinen Paten am Arm und veranlasste ihn so zum Warten. „Der Sklavenhändler wird flussauf ziehen. Er wird unser Schiff sehen! Außerdem hatte irgendjemand in der Siedlung eine Nachricht für den Römer. Meinst du nicht, dass diese Nachricht auch uns nützen könnte?"

Der Hunno setzte sich zurück auf den Baumstamm. Er schwieg. Sein Zögling hatte recht. Dieser Sklavenhändler hier könnte seine Ziele gefährden. Außerdem beförderte er auf diesem Boot noch die anderen gefangenen Sklavenjäger. Mit der Botschaft an den Römer scheint der Knabe auch richtig zu liegen...

Gaidemar erhob sich wieder. „Du hast vielleicht einen sehr wichtigen Schluss gezogen. Dieser Händler sollte auch auf unserem Boot sitzen oder aufgehängt werden ... und die von dir vermutete Botschaft werde ich auch suchen, aber du reitest zu Degenar und Rotbart!"

Enttäuscht von der Entscheidung des Anführers, schlug der Knabe vor: „Dann lass mich unter Richwins Führung reiten! Wir gehen zuerst zu Norbert, dann zu Degenar und zum Schluss zu Rotbart. Treffen können wir uns am Mondstein im alten Buchendorf. Wir werden in spätestens sieben Tagen am Treffpunkt sein. Wir bringen alle Krieger mit!" Gerwin verzichtete auf einen Widerspruch.

„Gut, genau dies erwarte ich von dir! Wir kennen die Absicht und Stärke der Römer nicht! Deshalb werde ich sofort Späher aussenden!"

Nach einer kleinen Pause setzte Gaidemar fort: „Ich nehme die Zennos zusammen. Werner wird nach seiner Rückkehr die Beobachtung der römischen Schiffe übernehmen! Sorge für die Bereitschaft von Richwins Dachsrudel. Nehmt Pferde für alle Männer! Ihr müsst schnell sein und vergiss eure Verpflegung nicht ..."

Damit waren dem Knaben hinreichend Aufgaben gestellt. Während dieser sich um die Erfüllung kümmerte, setze Gaidemar die Zennos von der entstandenen Lage in Kenntnis, erteilte Befehle und schickte einen weiteren Boten ins Dorf zum Eldermann, um den nächsten und hoffentlich letzten Treff für den Morgen des nächsten Tages zu vereinbaren.

Noch am gleichen Tag verließ Richwin mit seinem Dachsrudel das Lager. Der letzte Reiter in der Formation war der unzufriedene Gerwin, der lieber bei der Beobachtung des Römers und dessen Schiffen verblieben wäre.

26. Der Römerhof

65 nach Christus - Sommer (3. Iunius)
Barbaricum - Im Land der Hermunduren zwischen dem Fluss Moenus und dem Herzynischen Wald

*M*it der Abenddämmerung, Gerwin und seine Begleiter waren längst zur Talwassersippe Norberts aufgebrochen, zog sich um den römischen Handelshof die Schlinge hermundurischer Krieger zusammen.

Die Lage des Handelshofes, am Ende des Flusshafens, unmittelbar flussauf am Ufer, trennte den Hof von der Siedlung. Zuvor ausgespäht, nahm auch der Sklavenhändler, neben den Beiden den Hof betreibenden römischen Händlern, deren Knechten und Dienern, Quartier innerhalb der Hofmauern.

Die Krieger des Hunnos machten sich die abseitige Lage des *Römerhofes* zu nutze und umzingelten den Hof. Zwischen der Siedlung und dem Hauptgebäude verlief ein breiter Weg, der eine Umfriedungsmauer von Manneshöhe durchbrach und innerhalb der Mauer auf einen großen Hof mündete. Das Tor bestand aus Eichenbohlen und schloss sich mit Einbruch der Dunkelheit.

Die Späher fanden heraus, dass einer der Ställe zur Unterbringung der Knechte des Sklavenhändlers genutzt wurde. Hier nächtigten nahezu zwanzig, im Waffenhandwerk erprobte und erfahrene Gesellen. Der Stall lag in der zum Fluss zu geneigten Hofseite. Gleich hinter der Stallwand, die auch gleichzeitig als Hofwand diente, befand sich ein kleiner Bach, der wenige Schritte später sein Wasser in die Maa ergoss.

Gaidemar hatte keine Eile, den Hof zu überfallen. Wusste er doch, alle ihn interessierenden Römer innerhalb der Hofmauern. Für einen Angriff kurz vor Beginn des neuen Tages erwartete er die geringste Gegenwehr. Seine Krieger verbrachten den größten Teil der Nacht in ihren Positionen, die ihnen ermöglichten, jeden den Hof verlassenden Dingfest machen zu können. Trotzdem lauerten die Männer weit genug von den Mauern entfernt, so dass keinerlei Laut die Bedrohten warnen konnte.

Der Hunno wusste, dass Wachen den Hof schützten. Zwei der Männer standen in der Nähe des Tores, wovon sich Einer ständig auf einem kleinen Podest neben dem Tor bewegte und den Weg zur Siedlung im Auge behielt. Der Kopf des Mannes war deutlich gegen den Nachthimmel zu erkennen. Diesen Wächter mussten sie als Ersten unschädlich machen, wollten sie unbemerkt in den Hof eindringen.

Gern hätte der Hunno die Knechte im Schlaf überrascht und auf diesen Moment war sein Plan ausgerichtet. Die größte Gefahr ging von den Männern des Sklavenhändlers aus. Deren Fähigkeiten im Umgang mit dem Schwert oder auch ihren Peitschen hatten Kämpfer des Hunno schon einmal kennengelernt. Diese Peitschen stellten eine Gefahr dar, die zu keinem Zeitpunkt zur Entfaltung kommen durfte.

Mit den ersten Strahlen Sunnas holperte ein einzelnes Eselsgefährt über den Weg zum Römerhof. Ein Bauer trieb das Tier mit trägem Schnalzen der kleinen Peitsche auf das Tor zu. Dort angelangt, sah er beide Torposten Nebeneinander auf dem Podest und einer der Wächter rief den Ankömmling, mit eingelegter Lanze, an.

Olaf, als Bauer verkleidet, schlurfte gebückt, die Last des Alters vortäuschend und einen Fuß nachziehend, auf das Tor zu. Der erste der Posten beugte sich über die Mauer um den vermeintlichen Alten besser betrachten zu können. Unbemerkt von beiden Wächtern hob sich auf dem kleinen Wagen eine Plane, Sindolf glitt am hinteren Ende vom Wagen und nahm sofort, noch immer vom Gefährt gedeckt, Schussposition ein.

Als der Wächter sich über die Mauer lehnte, um den Alten besser sehen zu können und diesen zum wiederholten Mal aufforderte, seinen Namen zu nennen, fuhr ihm ein Pfeil in die Schulter. Der Mann war nicht sofort tot. Er drehte sich, von der Wucht des Einschlags zur Seite gerissen, und deckte genau in diesem Moment den Körper seines Gefährten, dem der zweite Pfeil des Schützen galt.

Der erste Wächter, diesmal in die Brust getroffen, starb einen schnellen Tod und rettete damit vorerst das Leben des zweiten Mannes. Dieser sprang vom Podest und schlug mit seinem Schwert an einen Metallbügel, der frei an der Torinnenseite hing und zur Alarmierung der Hofinsassen diente.

Sindolf, stolz über den Auftrag, mit seinen Pfeilen das Bollwerk der Römer zu öffnen, hatte das Pech, dass der zuerst Getroffene den zweiten Pfeil abfing und so dem zweiten Wächter das Leben bewahrte. Dass dies nicht von langer Dauer war, lag in Sindolfs Wut begründet, mit dem zweiten Pfeil eigentlich gescheitert zu sein.

Der Schatten des Hunno schnappte sich den Esel am Zügel und zerrte das Tier mit Gefährt zur Mauer. Olaf schwang dazu die Peitsche und das ängstlich brüllende Tier tat, was man von ihm wünschte.

Über den Karren auf die Mauer kletternd und oben verharrend, sah der Bogenschütze den zweiten Wächter das Alarmeisen schlagen. Schnell lag ein weiterer Pfeil in der Sehne. Noch keine fünf Schläge waren verklungen, als sich Sindolf über die Mauer schwang und den Wächter mit einem dritten Pfeil ins Totenreich schickte.

Doch diese nur wenigen Laute reichten aus, die Knechte des Sklavenhändlers und auch alle Anderen zu wecken. Ohrenbetäubendes Schlagen anderer Warninstrumente antwortete bald, Gebrüll und Rufe schallten über den Hof und die wehrfähigen Männer sammelten sich in einem Haufen vor dem Haupthaus.

Ein kleiner Mann, ein Römer, stürzte aus dem Haus. Das Schwert, welches er trug, schien größer zu sein, als er selbst. Eine viel zu große Lorica Hamata hing von seinen Schultern und auf dem Kopf trug er einen *Cassis*.

Alles an dem Mann war zur Lächerlichkeit preisgegeben, außer seiner Stimme, die zwar schwach war, aber einen schneidenden Ton offenbarte, der augenblicklich für Ruhe unter den Männern sorgte. Seine erteilten Befehle waren klar und eindeutig. Ein Trupp von etwa fünfzehn Knechten stürzte zum Tor. Der Rest der Knechte, bis auf die eine Reserve bildenden Sklavenjäger, verteilte sich innerhalb der Mauerumfriedung und bildete im Inneren des Handelshofs eine Kette einzelner, lebender Bollwerke.

Der Sklavenhändler gehörte zu den Letzten, die am *Portikus* des Haupthauses angelangten. Er hatte es auch am Schwersten, musste er doch erst sein Beinkleid suchen, dass er in der vergangenen Nacht beim Erstürmen des Bettes einer der jüngeren Mägde des Hofbetreibers achtlos zur Seite geschleudert hatte. Der am Abend zuvor genossene Wein und die Mühen des Beischlafs laugten den Mann aus und verhinderten einen allzu klaren Blick. Am Portikus eingetroffen, herrschte er den kleineren Mann in der Lorica an, was der Unsinn bedeute.

Der Kleine maß den Großen mit einem einzigen Blick und zog wortlos seine *Spatha* aus der Scheide. Dann drückte er dem ihm körperlich deutlich überlegenen Riesen die Spitze der Waffe in seinen Wanst.

„Wenn du noch einen Ton von dir gibst, spieße ich dich auf! Wo sind deine Waffen, du Idiot? Hol sie!" Das forsche Auftreten des ihm gegenüber stehenden Zwerges verschlug dem Sklavenhändler den Atem und er stürzte davon, dem Befehl Folge zu leisten.

Der verhältnismäßig kleine und noch dazu ältere Mann hatte es geschafft, in nur kurzer Zeit eine wirksame Abwehr herzustellen. Am Portikus stehend, verfolgte der Kleine die sich im Tor entwickelnden Kampfhandlungen.

Sindolf sah die Meute der Knechte am Haupthaus und erkannte, dass noch niemand zum Tor lief. Er sprang über die Mauer auf das Podest und von dort in den Hof, stürzte zum Tor und wuchtete den Sperrbalken nach oben. Von Außen gedrückt und von Innen gezogen, öffnete sich der erste Torflügel. Der Krieger schlüpfte hinaus und sprang gerade noch rechtzeitig vor Werners Pferd, das als Erstes das Tor erreichte, in Sicherheit. Dichtauf folgten weitere Krieger und ergossen sich in den Innenhof.

Die zum Schutz des Tores befohlenen Knechte trafen auf die Horde heranpreschender Pferde. Der Wucht des Ansturms der Angreifer ausweichend, konnten einige der Männer noch zur Seite springen, andere wurde umgerissen. Weitere Knechte spürten Stöße der gegnerischen Waffen in Bauch und Schulter. Einen der Knechte traf es besonders schlimm. Von einem der Pferde umgerannt, stürzte er unter ein zweites Pferd und wurde von diesem im Rücken erwischt. Der Huf schlug im Genick auf. Das Krachen der Knochen vernahm der Mann schon nicht mehr.

In die Zügel der Pferde gegriffen, Reiter zu Boden gerissen, sich mit Gegnern wälzend, ergab sich ein Knäuel verschlungener Leiber. Die Schnelligkeit des Angriffs überrollte die tapferen Knechte der zum Tor strebenden Meute und nur Wenige gelangten aus dem Bereich der Schwerter und Framen.

Der kleine Mann, den Zusammenbruch mit drohender Niederlage erkennend, sandte seine Reserve in den Kampf. Die Sklavenjäger rückten Peitschen schwingend vorwärts. Weitere Kämpfer des Handelshofes verließen ihre bisherigen Positionen und strömten zur Kampffläche. Das Getümmel nahm an Schärfe und Unerbittlichkeit zu.

Der Angriff lief nicht so ab, wie sich das der Hunno vorgestellt hatte. Der Widerstand nahm erhebliche Formen an und mancher der tollkühnen Jungkrieger blieb verletzt oder tot auf dem Hof liegen. Die Römer des Handelshofes und auch deren Knechte kämpften mutig und entschlossen, mussten der Übermacht jedoch Tribute zollen. Zum Portikus zurückgedrängt, schmolz die Zahl der Verteidiger. Nicht nur Jungmänner der Gefolgschaft und Knechte des Römerhofes fanden den Tod, auch Sklavenjäger.

Wo zuerst Peitschen für Respekt unter den Angreifern sorgten, drängten des Hunnos Krieger die Peitschenmänner bald vom übrigen, kämpfenden Pulk ab und machten die sich verzweifelt, gegen die Übermacht, wehrenden Sklavenjäger nieder.

Denen gegenüber entfachte sich die Wut der Gefolgschaftsmänner besonders und als ein donnernder Ruf zum „Halt", vom Hunno ausgestoßen, sich über den Kämpfenden ausbreitete, standen mit dem Sklavenhändler nur noch zwei seiner Gesellen. Tote lagen am Boden und Verletzte wälzten sich im Dreck.

Es war dem Hunno vorbehalten, den Wahnsinn des Tötens zu beenden. Er wollte nur die Sklavenjäger und er wollte den Informanten des Römers.

Dass sich ihm eine derart kampfwütige Meute mit solchem Geschick entgegenstellte, konnte er nicht vermuten. Auf seinem Pferd sitzend, schrie und gestikulierte er, bis erste Kämpfer seiner Gefolgschaft sich vom jeweiligen Gegner zurückzogen. Die Framen angriffsbereit gesenkt, löste sich der Kreis um die Knechte des Hofes. Abstand zwischen Angreifer und Verteidiger bringend, beruhigte sich das Treiben.

Auch die Männer um die Sklavenjäger unterbrachen ihren Angriff. Der Händler wankte. In einer Hand die Peitsche, in der Anderen eine Spatha, verteidigte er sich. Der Mann blutete am Bein, am Oberarm und aus einer Wunde in der Hüfte. Einer seiner Männer sprang zu ihm, um ihn zu stützen. Auch dieser Jäger blutete am Kopf und am Arm. Der dritte, ein großer gewaltiger Sklavenjäger stand breitbeinig inmitten am Boden liegender Jungkrieger. Er senkte als Letzter seine Waffe.

Dieses Blutbad hatte Gaidemar nicht bezweckt. Einen kurzen Kampf mit nur wenigen Verlusten strebte er an. Die Übermacht sollte erdrückend sein und jede Gegenwehr im Keim ersticken. Doch genau dies gelang nicht und so fand er bei seinem Eintreffen im Hof mindestens eine Hand voll, am Boden liegende Gefolgschaftskrieger. Auch nach seinem erneuten Ruf verringerte sich der Kampflärm nur langsam und brach irgendwann endgültig ab. Stille senkte sich auf den Hof.

„Ergebt euch! Legt die Waffen nieder! Nur wer seine Waffe behält, stirbt!" Gaidemar bestürzt über das vor sich Sehende, übernahm das Kommando.

Am Portikus stand der kleine Mann. Die Schar seiner Kämpfer teilte sich und der Mann trat nach vorn in den Hof. „Wer bist du? Warum überfällst du uns?" rief er zum Reiter aufschauend.

„Leg deine Waffen ab, sonst bist du der Nächste der stirbt!" Gaidemars Antwort blieb unmissverständlich.

Der Kleine sah sich um und erfasste mit einem Blick, dass die Zahl seiner Anhänger zu sehr zusammengeschmolzen war. Die inzwischen den Hof überschwemmende Meute der Angreifer wirkte auf ihn zu überlegen, als dass es noch Sinn gemacht hätte, sich der Übermacht zu erwehren. Er warf seine Spatha auf den Hof und drehte sich um. Langsam schritt er zum Portikus hinauf, wandte sich oben noch mal um und rief: „Werft eure Waffen hin!"

„Nein!" gellte ein einzelner Schrei über den Hof. Der gewaltige Mann der Sklavenjäger hatte ihn ausgestoßen, schwang seine Peitsche und sein Schwert und sprang auf den Hunno zu. Er kam nur wenige Schritte weit, als kurz hintereinander zwei Pfeile in seiner Brust einschlugen. Den Schwung des Laufes bremsend, zwangen die Pfeile den Riesen in die Knie. Verblüfft und Überrascht brach sein Blick, bevor er langsam zur Seite kippte.

Aus der Reitertraube der Angreifer saß ein einzelner Bogenschütze ab, ging gemächlich zum Hünen und zog mit je einem Ruck die beiden Pfeile aus dem Körper. Der tote Sklavenjäger merkte davon nichts mehr.

Es war Hella, die, ohne einen Laut oder eine unnötige Bewegung, diese Handlungen ausführte. Sie war es gewohnt, verschossene Pfeile zu bergen. Was bei der Jagd geschah, vollzog sie nahezu geistesabwesend auch in diesem Fall. Es war eine normale Handlung, die sie bereits sehr oft ausführte. Was nach Außen so kalt und unpersönlich erschien, hatte im Inneren der jungen Frau eine Seite zum klingen gebracht, die sie von sich selbst nicht kannte. Dieser Berg von einem Mann war ihr erster Toter!

Der Hunno rief seine Zennos zu sich, befahl das Aufräumen, das Auflesen der Toten, den Abtransport der Verwundeten und folgte dann, Olaf an seiner Seite, dem kleinen Mann über den Portikus ins Haus.

Während vor dem Haupthaus die Waffen der Verteidiger eingesammelt wurden, Unverletzte in einen Kellerraum gesperrt und die Toten, getrennt nach Angreifer und Verteidiger, auf einem Haufen abgelegt wurden, sich Verletzte um die inzwischen eingetroffene Heilerin sammelten oder sich gegenseitig halfen, blutende Wunden zu verbinden, stürmte der Eldermann der Frekisippe auf den Hof.

„Was ist hier geschehen?" Er riss einen der Jungkrieger am Arm herum und schrie den Mann an. „Wo ist euer Hunno?"

Der Mann zeigte zum Haupthaus und sofort stürzte der Eldermann in die gewiesene Richtung. Fünf seiner Begleiter folgten ihm, die Restlichen verblieben im Hof. Werner, der das mitbekam, rief nach seinem Rudel der Marder und drängte an deren Spitze, hinter dem Eldermann her.

Gottfried sah den kleinen Mann des Handelshofes auf einem Hocker sitzen und den Hunno vor ihm stehen.

„Hunno, was habt ihr getan? Warum seid ihr über den Handelshof hergefallen?" fauchte er wütend den Gefolgschaftsführer an.

Gaidemar, der das Auftauchen des Eldermanns nicht bemerkt hatte, drehte sich zu diesem um. „Was willst du hier? Das ist nicht dein Kampf!"

Noch immer voller Wut brüllte der Eldermann zurück: „Es ist meine Sippe, die Gastrecht gab! Du hast es gebrochen!"

„Nein!" donnerte der Hunno zurück. Er wies nach draußen über den Hof. „Deine Sippe lebt dort! Das hier ist ein römischer Hof!"

Gottfried trat noch einige Schritte auf den Hunno zu und blitzte diesen an. „Auch dieser Hof gehört zu meiner Siedlung und du hast ihn grundlos überfallen. Wir werden es büßen müssen ... Gegen Rom erhebt keiner die Waffen, wenn er sich nicht des absoluten Sieges sicher sein kann. Und genau das können wir nicht! Duu..." Der Eldermann suchte nach Worten, die er nicht fand. Hochrot im Gesicht stand der Älteste der Sippe kurz vor dem Platzen.

Der Hunno drehte sich brüsk vom Eldermann weg und gab diesem zu verstehen, dass er unwichtig sei und sein aufgebauschter Ärger im Widerspruch zum Nutzen des Kampfes stand.

Sich dem kleinen Mann zuwendend, zeigte der Hunno dem Eldermann, was er von dessen Auftritt hielt.

„Hört auf, euch zu beschimpfen!" sprach der kleine Mann leise. „Es ist zu spät. Viele meiner Männer sind tot oder verletzt ..."

Der kleine Mann erfasste die Situation richtig, obwohl er den Grund des Überfalls nicht kannte.

Er sah, dass der Anführer seiner Feinde den Kampf beendete, obwohl noch immer genügend wehrfähige Männer ihre Waffen führten. Also wollte der Angreifer nicht bedingungslos vernichten ...

„Wir werden uns um die Verletzten kümmern!" Der Hunno drehte sich in Richtung des Portikus um, sah dort Werner und wies diesen an, die Heilkundige zu rufen.

„Sie ist schon längst dabei!" bestätigte der Krieger und machte keine Anstalten, den Raum zu verlassen.

„Dann bring mir den Sklavenhändler!" Auf ein Zeichen des Zenno verließen zwei seiner Männer das Haus und schleppten kurz darauf den Sklavenhändler in den Raum.

Der Hunno besah sich den Mann. Dieser mochte weit über 40 Winter erlebt haben. Der Mann schien kein Römer zu sein. Langes, schwarzes, für einen Römer untypisches Haar hing bis auf seine Schulter. Er blutete aus drei Wunden, schien sich aber schon wieder langsam zu erholen.

„Wie ist dein Name?" eröffnete der Hunno die Befragung.

„Trebius Selicius."

„Warum bist du hier?"

„Das geht dich nichts an, Germane!" Der Ton der Antwort war abfällig und das letzte Wort fast hingespuckt. Gaidemar überging die offensichtliche Beleidigung.

„Du wirst mir jetzt sagen, warum du hier bist, andernfalls ..."

„Was soll sonst geschehen, du germanischer Hund!" fauchte der Sklavenhändler. Was als Herausforderung gedacht war, verpuffte.

„Werner, rufe den Folterer!" Diesmal verließ Werner das Haus und kehrte bald darauf mit einem schmächtigen Jungkrieger zurück.

„Hunno?" sagte der Jungkrieger und es klang mehr nach einer Frage, als das es ein Gruß war.

„Der Mann ist ein Sklavenhändler." Gaidemar nickte zum Gefangenen hin. „Ich habe ihm eine Frage gestellt. Er will nicht antworten. Was schlägst du vor?"

Der Jungkrieger umkreiste den Sklavenhändler. Gebannt starrten der Eldermann und seine Begleiter auf den Jungen, den der Hunno als ‚Folterer' bezeichnete.

Der Jungkrieger beendete seine Betrachtung und wandte sich an den Hunno: „Das ist ein harter Hund! Drei Verletzungen hat er schon und zuckt nicht mit der Wimper." Das war eine einfache sachliche Feststellung und so gleichgültig ausgesprochen, dass der die Sprache offensichtlich gut verstehende Römer irritiert zusammenzuckte. Noch mehr verunsicherte alle Zeugen des Gesprächs der Widerspruch zwischen dem Alter und der fast schwächlichen Statur des Jungkriegers und der Bezeichnung ‚Folterer'.

„Wir können es mit Wasser und Feuer versuchen?" schlug der Folterer vor.

„Schildere ihm doch mal, was du vor hast. Vielleicht führt das zur Einsicht. Immerhin haben wir uns dieser Mühe nur unterzogen, um seiner Habhaft zu werden."

„Mit einer Sperre zwingen wir ihn sein Maul zu öffnen und dann gießen wir solange Wasser, bis sein Wanst platzt. Wenn ihr Salz habt, erhöht das die Wirkung."

„Wie lange wird das dauern?" Auch Gaidemar bediente sich einer Gleichförmigkeit in der Sprache, dass sich dem Sklavenhändler die Nackenhaare sträubten.

„Bis zum Sonnenhöchststand, wenn er gut ist. Andernfalls ..."

„Das ist mir zu lange!" Entschieden lehnte der Hunno ab und der Händler atmete hörbar auf.

„Mit Feuer geht es schneller!" teilte der Folterer ungerührt mit. Der Hunno sah den Jungmann an und wartete auf dessen Fortsetzung.

„Feuer unter den Füßen löst die Zunge. Wir könnten auch ein Eisen erhitzen und ihn dann damit brennen. Das Feuer ist schnell entfacht, vielleicht könnten wir mit einer Hand im Kohlebecken beginnen oder ihn mit dem Arsch reinsetzen. Hunno, es gibt viel Möglichkeiten. Wenn er zu verstockt ist, drücken wir sein Gesicht ins Feuer."

„Dann kann er doch nicht mehr sprechen!" gab der Hunno zu bedenken.

„Wenn er überzeugt wurde, schon." knurrte der Jungkrieger. Das Gespräch nahm brutale Züge an. Der Gefangene wechselte laufend die Gesichtsfarbe und wurde mit der Aufzählung möglicher Quälereien immer blasser. Aber er sprach nicht ...

„Wie ich dir schon sagte, der ist zäh und verstockt ... Vielleicht sollten wir uns auf eine Folge der Qualen einigen?" vollendete der Folterer seinen Vorschlag. Gaidemar nickte mit dem Kopf.

Der Jungmann drehte sich plötzlich um und sprach die Krieger der Gefolgschaft an. „Besaß er nicht eine Peitsche? Kann mir Einer seine Peitsche bringen?"

Ein Krieger stürzte nach draußen und der Folterer wandte sich an den Hunno: „Die liebt er doch so sehr, soll er sie mal selbst umarmen ..."

„Nein!" schrie der Sklavenhändler. „Ich erzähle alles, nur nicht meine Peitsche!" stöhnte er auf.

„Hunno, das verstehe ich nicht?" Der Folterer strahlte den Gefangenen an.

„Du streichelst deine Sklaven doch so gern damit, warum fürchtest du dich dann vor ihr?"

Der zum Suchen gesandte Krieger tauchte mit der Peitsche in der Hand auf. Als der Sklavenjäger seine Eigene erkannte, glitt er zu Boden und wimmerte haltlos.

Der Griff des Instrumentes war kurz und von Leder umwickelt. Die Lederschnüre mochten wohl fast zehn Fuß lang sein, bestanden aus einem losen Bündel und waren in den einzelnen Bändern kunstvoll mit Bleikugeln unterschiedlicher Größe und kleineren Widerhaken aus Eisen versehen.

Ein ‚Streicheln' mit der Peitsche verursachte nicht nur den Schmerz des Leders, sondern hinterließ zahlreiche kleinere Wunden auf der Haut. Hatte der getroffene Sklave Pech, traf ihn einer der größeren Bleiklumpen. Knochenbrüche konnten die Folge sein, zahlreiche schmerzhafte Prellungen durch die kleineren Bleie waren genauso unabwendbar wie Risswunden in der Haut. Das richtige Schwingen und Treffen war eine Kunst. Vielseitige Möglichkeiten erforderten einen Meister in der Handhabung. Des Sklavenhändlers Angst resultierte vor allem aus der vermuteten mangelnden Kunst des Folterers. Er befürchtete vor allem Knochenbrüche und rechnete damit, von Bleiklumpen größerer Art getroffen zu werden.

„Hebt ihn auf und stellt ihn hin!" forderte der Hunno seine Männer auf. Der Sklavenhändler hörte auf zu wimmern.

„Warum bist du hier?" Gaidemar wiederholte seine zuvor gestellte Frage.

„Ich warte auf einen Transport!" Noch immer verstockt, aber schon etwas gefasster, antwortete der Mann.

„Möchtest du deine Peitsche oder erzählst du jetzt freiwillig?"

„Sklaven, schließlich handle ich damit!"

„Woher?"

„Vom Oberlauf des Moenus, Furt der Schweine!"

„Wer sollte die bringen?"

„Eine Prahm!"

„Was ist eine Prahm?"

„Ein Flachschiff, mit großer Fläche und gut geeignet für Transporte."

Der Händler gab inzwischen bereitwillig Auskunft. Er war verzweifelt. Offensichtlich sah er keinen Ausweg und bevor er seine eigene Peitsche spüren wollte, beantwortete er alle Fragen, wohl wissend, dass ihn danach der Tod erwartete.

„Woran hättest du erkannt, dass es dein Transport ist?"

„Zwei Liburnen fuhren mit der Prahm flussauf. Unter den Jägern waren auch meine Männer."

„Wer gab den Auftrag?" Der Sklavenjäger zuckte mit der Schulter.

„Weißt du es nicht oder verschweigst du nur den Namen?"

„Du kennst den Römer doch nicht!"

Zweifellos kannte der Hunno den Römer nicht und trotzdem reizte es ihn, den Namen zu erfahren.

„Du hast zwei Möglichkeiten!" Der Sklavenhändler hob den Kopf und sah den Hunno an. „Du sprichst ohne oder nach der Behandlung mit der Peitsche."

Die Kälte in den Worten, die nicht sehr laut ausgesprochen wurden, zerstörte auch den letzten Widerstand des Händlers.

„Scapula heißt der frühere Senator." Es waren die letzten Worte des römischen Sklavenhändlers, die er in seinem Leben sprach.

„Schafft ihn weg!" befahl der Hunno. Zwei seiner Krieger packten den Mann und schleiften ihn, vom Folterer verfolgt, hinaus in den Hof. Als der Jungkrieger an Werner vorbei zum Portikus hinaus schritt, schüttelte er seinen Kopf und Werner hörte die leisen Worte, die sein Innerstes gefrieren ließ. Bedauern lag in der Stimme des Folterers. „Es hätte so viel Spaß machen können?"

Der Zenno verschloss die gehörten Worte in seinem Innersten und nahm sich vor, zukünftig besser auf den Folterer zu achten. Als Werner sich wieder dem Raum zuwandte, hörte er noch das Röcheln des Sklavenhändlers. Der Folterer hatte wohl doch noch seinen Dolch in den Hals des Sklavenhändlers gestoßen.

Eldermann Gottfried hörte alles und stand erschüttert neben dem Hunno. Die Folgen des Gemetzels sehend, verstand er nicht, dass der Hunno Sklavenjäger erbarmungslos verfolgte. Schließlich hatte er, gezwungen vom römischen Tribun, mit dem Händler ebenfalls gesprochen.

Zuvor jedes Gespräch ablehnend, brachte Gottfried diesen Gesellen wenig Sympathie entgegen. Aber so lange in seiner Sippe kein Frevel ausgeführt wurde, besaß er keine Veranlassung, Sklavenjäger zu jagen und zu töten. Der Hunno schien dies zu haben...

Er verstand die Gedanken und Einstellungen des Hunno trotzdem nicht. Im Wissen, dass nicht immer alles so aussah, wie es den Anschein trug, wartete der Eldermann auf eine Aufklärung. Er hoffte, jetzt sogleich eine Antwort zu erhalten. Doch nichts dergleichen geschah. Somit gewann er langsam den Eindruck, dass es zurzeit nicht der rechte Augenblick dafür sei. Also übte sich der Eldermann in Geduld. Er würde die Antwort zu gegebener Zeit einfordern ...

Als der Sklavenhändler fort war, wandte sich der Hunno an den kleinen Mann.

„Du hattest die Gegenwehr angeführt?" Der kleine Mann nickte mit dem Kopf.

„Warum nur warst du so gut? Die Toten waren nicht meine Absicht, mit Ausnahme der Sklavenjäger. Handelst du auch mit Sklaven?"

„Nein!" Der kleine Mann schüttelte abermals den Kopf.

Gaidemar besah sich den Mann im viel zu großem Kettenhemd. Der Mann, gut zwei Köpfe kleiner als er selbst, wirkte trotz kurzer Arme und Beine muskulös und kräftig. Sein Kopf war kahl und wo bei allen anderen Menschen Augenbrauen wuchsen, zeigte sich kein Haar. Die großen Ohren des Mannes, seine nach oben ragende kurze Stupsnase und kleine Schweinsaugen gaben im das Aussehen eines Ferkels. Dieser sichtlichen Hässlichkeit geschuldet, zollten ihm Fremde kaum Respekt.

Dass er sich diesen aber verdiente, bewies die Abwehr des Angriffs. Seine Knechte begegneten ihm mit Achtung und zollten ihm den Respekt, der ihm zustand.

„Warum hast du mich nur angegriffen? Meine Tür steht jedem offen ... Ich lebe hier und ich lebe gern hier. Ich mag euch. Ihr seid ehrlich, ihr seid fleißig. Noch nie hat mich nur einer aus der Sippe bestohlen, beleidigt oder angegriffen ... Ich habe Frau und Kind hierher geholt, weil mich und meinen Sohn hier keiner für unser Aussehen verspottet." Der kleine Mann sah den Eldermann vorwurfsvoll an und der zuckte die Schultern.

„Höre Römer, wenn das so ist und auch Gottfried dich hier halten will, sollte ich dir die Gründe des Überfalls erklären ..."

„Ich kann es nicht mehr ungeschehen machen. Zu viele Männer starben ..." Das Bedauern in den Worten des kleinen Mannes war unüberhörbar.

„Auch bei mir!" Hart klang Gaidemars Ausbruch. „Der Händler, den du beherbergtest, trieb Hermunduren in die Sklaverei. Nachdem wir seinen Transport vernichteten und unsere Stammesgenossen befreiten, haben wir ihn gesucht." Das war zwar so nicht ganz wahr, sollte dem Römer als Begründung jedoch reichen. Alle Zusammenhänge brauchte dieser Römer nicht zu kennen.

„Sei weniger gastlich zu solchen Schuften und du brauchst keine Verluste zu beklagen. Sei weniger kämpferisch und du und die Deinen leben länger ..."

„Woher sollte ich wissen, dass du nur scheinbar kämpfst? Woher sollte ich ahnen, dass dein Ziel nur die Sklavenjäger waren? Was tust du, wenn du angegriffen wirst?"

Der kleine Mann schüttelte mit dem Kopf und seine Ohren wackelten. So grotesk das auch aussah, es beschrieb die ganze Tragik des Überfalls, der aus Vorsicht durchgeführt wurde und leicht aussah.

Das Ergebnis aber waren Tote beiderseits, Wut und Verständnislosigkeit auf der einen Seite und Bedauern, Ratlosigkeit und Schuldgefühle andererseits. Wohl an die zwanzig Männer des Römerhofes fielen dem Kampf zum Opfer. Auch die Gefolgschaft verlor zwölf Jungmänner und hatte einige Verletzte, deren Gesundung längere Zeit erforderte und bei Einigen der jungen Männer fraglich blieb.

Von den Sklavenjägern überlebte nur ein Einziger. Den nahm der kleine Mann in seine Dienste. So fand er nur für einen einzigen Verlust auch Ersatz...

Der Hunno wusste nun, dass der Sklavenhändler auf den Transport wartete, den er vernichtete. Damit waren auf römischer Seite alle Spuren der Sklavenjagd getilgt.

Gaidemar konnte sein Flachschiff nun bedenkenlos den Fluss hinunter steuern lassen. Er nahm zur Kenntnis, dass dem kleinen Mann nicht viel an seiner römischen Herkunft lag.

Die Trauer des Händlers überwog seinen kämpferischen Sinn. Hass gelangte, zumindest zum gegenwärtigen Augenblick, noch nicht zum Durchbruch.

Der kleine Mann erhob sich vom Hocker, straffte seine Figur und schien allen Schmerz von sich abgleiten zu lassen. Er wandte sich dem Hunno zu: „Fremder, du schuldest mir etwas! Du hattest kein Recht, den Handelshof zu überfallen, obwohl ich dein Vorgehen verstehe. Auch ich trage in zweifacher Hinsicht Schuld. Nie wieder werden Sklavenjäger im Hof übernachten ... Unsere Abwehr war berechtigt und doch ist der unsinnige Tod vieler guter Männer deren Mut und meiner Anweisung geschuldet. Dir gegenüber trage ich keine Schuld, du warst der Angreifer! Wie willst du aber deine Schuld uns gegenüber tilgen?"

Der kleine Mann machte drei Schritte und hielt dann noch einmal an. „Gottfried, du wirst nicht befürchten müssen, dass ich die Siedlung verlasse. Du gabst mir Gastrecht, das verletzt wurde. Doch nicht dir gilt ein Vorwurf. Du wusstest nichts von seinen Absichten." Der Händler nickte mit dem Kopf in des Hunnos Richtung.

„Er verletzte kein Gastrecht, denn er erteilte es nicht ... Der Hof ist unser Hof, bisher war er ein Römerhof. Jetzt fordere ich dich auf, dass Gastrecht zu erneuern und den Schutz des Handelshofs zu übernehmen. Was bedeutet mir und den Meinen ein fernes Rom? Hier lebe ich und hier will ich bleiben! Ich bin kein Hermundure und werde kein Angehöriger deiner Sippe. Doch ich bin ein Siedler deines Landes und gehöre zum Dorf. Also gib mir deinen Schutz!"

Er machte einige Schritte in Richtung des Portikus, hielt abermals an und sagte: „Vergessen wir den geschehenen Unsinn ... Ich werde meine Knechte und deren Familien entschädigen. Du Eldermann hast nichts verloren und du Fremder, sieh zu wo du bleibst und wie du deinen Göttern den begangenen Frevel erklärst ... Wir sind miteinander fertig!"

Olaf zwängte sich an dem kleinen Mann vorbei und betrat den Raum. Er teilte seinem Hunno die Abmarschbereitschaft der Gefolgschaft mit. Gaidemar schritt in Richtung Portikus, überholte den kleinen Mann, blieb stehen und wagte einen letzten Versuch, etwas über die Absichten des römischen Tribuns zu erfahren.

„Römer, zwei Dinge möchte ich von dir in aller Offenheit erfahren ... Wie ist dein Name und was wollte der Tribun von dir?"

Der kleine Mann bedachte sich einen Augenblick. „Er hatte ein Medaillon eines Händlers, den auch ich gut kenne. Ich sollte eine Botschaft weitergeben, die ich nie erhalten hatte. Den Inhalt und was der Tribun sich davon erhoffte, kenne ich nicht. Der Mann, der die Botschaft bringen sollte, war nie bei mir. Es sollte ein Markomanne sein ..." Die Stimme des kleinen Mannes klang brüchig und voller Trauer.

„Ich bin *Servius Toranius Quiricus*." fügte er leise an.

Der Hunno begriff, dass er dem Mann Unrecht angetan hatte. Trotz aller, von Gerwin richtig genannter Gründe, entschloss er sich zur falschen Vorgehensweise. Auch Gaidemar war voller Trauer und nicht nur wegen seiner gefallenen Kämpfer...

27. Heimkehr

65 nach Christus - Sommer (4. Iunius)
Barbaricum - Im Land der Hermunduren zwischen dem Fluss Moenus und dem Herzynischen Wald

Nach einer kurzen Pause zur Nacht, in einem der dichten Wälder, nahm das Dachsrudel den Weg wieder unter die Hufe der Pferde. Noch immer hielt sich Richwin, weil ihm das Gelände nicht bekannt war, an die allgemeine Richtung zur Mitternacht.

Gerwin ritt neben dem Zenno und hoffte, dieser würde bald Wege finden, die er kannte und damit anzeigen, dass sie ihr erstes Ziel erreichen könnten. Als Sunna ihren Höchststand überschritt, verkündete Richwin, dass sie in kurzer Zeit das Dorf seines Vaters sehen werden.

Der Zenno drängte auf Eile, freute er sich doch, den Vater, den Bruder und natürlich die Mutter wiederzusehen. Als Richwin mitteilte, dass das Dorf im nächsten Tal läge, fasste der neben ihm reitende Knabe seine Hand und hielt diesen damit an.

Beide Pferde blieben stehen und Gerwin fragte: „Wird es nicht besser sein, wenn wir erst einmal einen Späher senden?"

Richwin zögerte, konnte er sich doch nicht vorstellen, dass ihnen aus dem Dorf des eigenen Vaters Gefahr drohte, gab jedoch schnell nach. Er konnte sich gut an Gaidemars Worte zur Vorsicht erinnern und dazu gehörte auch, dass er sich nicht von Gefühlen leiten ließ.

Er bestimmte einen der Jungkrieger, den er voraus schickte, während der Rest des Rudels eine Rast einlegte. Mit einem weiteren Krieger und Gerwin folgte er dem Weg noch ein Stück in Richtung einer Anhöhe, von der ein Blick ins Tal möglich war.

Verborgen unter den Bäumen des Hochwaldes folgten sie mit ihren Blicken dem Krieger, der sich im Wald verbleibend, dem Dorf näherte. Bevor der Mann sich aus dem Wald begab, band er sein Pferd an einen Baum, legte seine Waffen ab und schritt dann über das Brachland in Richtung der südlichen Dorfspitze. Es dauerte nicht lange und der Krieger wurde von zwei Bewohnern, mit in der Armbeuge eingelegtem Frame, angehalten.

Aus der Entfernung war nicht zu erkennen, ob der Gast willkommen geheißen wurde oder gar als Gefangener eingebracht wurde. Richwin und seine Gefährten mussten sich gedulden. Nach einer geraumen Weile verließen zwei Männer das Dorf.

Der Eine war der Jungkrieger des Rudels, in dem Zweiten erkannte Richwin seinen Vater.

Während Richwin dem sie begleitenden Krieger den Befehl gab, die zurückgebliebenen Männer zu holen, ritt er selbst in Gerwins Begleitung ,auf seinen Vater zu, sprang vor diesem vom Pferd und umarmte ihn.

Auch Gerwin sprang aus dem Sattel und wartete, bis Norbert den eigenen Sohn aus seinen Arm entließ, um dann ebenso herzlich willkommen geheißen zu werden.

Trotzdem der Knabe erkannte, dass den Eldermann viele Fragen drückten und er vor Neugier fast platzte, gab er dem Eldermann zu verstehen, dass sie wenig Zeit hätten. Auf dem Weg zurück ins Dorf unterrichten beide, Zenno und Knabe, den Eldermann über die zurückliegenden Ereignisse und mit dem Eintreffen im Dorf erfolgte der Ruf nach allen Kriegern.

Es dauerte nicht lange und die Krieger fanden sich auf dem Platz, inmitten der Siedlung, ein. Die nachfolgende Beratung war kurz. Gerwin berichtete über die Gefolgschaft und bat den Eldermann um Krieger. Schnell war Einigkeit erzielt. Nur verfügten nicht alle Krieger der Sippe über Pferde. Die Wehrhaftigkeit des Dorfes zu erhalten, gehört zu den Pflichten eines Ältesten.

Deshalb beauftragte der Eldermann seinen älteren Sohn **Richard** mit der Führung der zurückbleibenden Krieger, während er selbst seine Absicht äußerte, am folgenden Tag mit der Kriegerhauptmacht den Marsch zum Mondstein aufzunehmen.

Gerwin beschrieb Norbert die Lage des Tals, in dem einer der Römer, beim Überfall, abgestürzt war. Er empfahl dieses Tal als Lagerstätte und mahnte zur Vorsicht. Am Mondstein sollten nur Boten auf seine Ankunft warten.

Vorsicht war auch deshalb geboten, weil Norbert mit seinen Männern als erster an diesem vereinbarten Treffpunkt lagerte und sich nicht von anderen Kriegern weiterer Sippen überraschen lassen sollte. Die Verbündeten kannten einander nicht und so lange ein Bündnis nicht geschlossen sei, sollte gebotene Aufmerksamkeit vorherrschen. Die Gefolgschaft unter Gaidemars Führung würde auch bald am Mondstein eintreffen. Letztlich würden auch Rotbarts Krieger zum Mondstein aufbrechen.

So vereinbart, befand sich das Dachsrudel um Gerwin wenige Zeit später wieder auf dem Weg.

Der Knabe übernahm die Führung, ging es doch jetzt für ihn nach Hause. Die Durchquerung der Salu per Pferd stellte kein Hindernis dar und mit Einbruch der Dämmerung näherte sich der Trupp dem neuen Dorf der Sippe.

Wieder ließen die Krieger Vorsicht walten und so blieb es Gerwin vorbehalten, allein auf das Dorf zuzuschreiten. Er kam nur bis zum Dorfrand, als er von mehreren Burschen seines Alters und einem Älteren, der sich als Arnold herausstellte, umzingelt wurde. Wie ein Lauffeuer ging die Botschaft durch das Dorf.

„Gerwin ist zurück!"

Hatte doch keiner damit gerechnet, den Knaben jemals wiederzusehen. Degenar und Brandolf stürzten regelrecht auf den Knaben zu und wollten viele Fragen loswerden, die der Knabe aber fast herrisch unterband.

Er forderte Brandolf auf, alle Freien und Krieger zu versammeln. Erst dann beantwortete er die wichtigsten Fragen und bat Degenar um Unterstützung.

Die Sippe hatte offensichtlich an Stärke gewonnen, das Dorf war gewachsen und so kam auch eine stattliche Anzahl von Kriegern zur Beratung. Wieder steuerte der Knabe direkt auf sein Ziel zu. Krieger, Pferde, Waffen und Verpflegung. Degenar versprach, zu Geben was er könnte. Das Hereinbrechen der Dunkelheit zwang die Boten zur Übernachtung im Dorf.

Zwei Entscheidungen waren schnell getroffen. Als Führer der Krieger der Sippe wurde Brandolf gewählt. Es lag nahe, dass er als Rotbarts Sohn und Hüter der Gesetze die Krieger führte, welche die Rache an den Römern vollziehen sollten und diese Rache wog schwer.

Nur wenige Ältere, darunter auch Ulf, verblieben mit der Jugend im Dorf. Degenar wehrte sich, die Muntväter ziehen zu lassen, obwohl alle den Drang dazu verspürten. Seine Überzeugungskraft zwang zur Vernunft, galt seine Bemühung der Erhaltung der Sippe und damit war auch der Schutz der Kinder und Weiber erforderlich.

Der Abend wurde festlich begangen und Gerwin zum Erzählen genötigt. Ein großes Feuer brannte, Met wurde gereicht, über einem Feuer ein Schwein geröstet und es schien alles einen freudigen Verlauf zu nehmen. Trotzdem gab es ein Ereignis, das die Dorfbewohner verschreckte.

Einige Jungkrieger gaben sich zu sehr dem Met hin und unter den jungen Burschen, denen auch ihr erster Kampf bevor stand, fand fast ein Wetttrinken statt. Als Gerwin das bemerkte, war er doch lange von den Älteren abgelenkt und zum Erzählen veranlasst worden, sprang der Knabe auf, griff seinen Eichenstock und schritt auf die trinkende Gruppe zu.

In deren Mitte, sprach er die Jungkrieger aus dem Dachsrudel mit Namen an und forderte sie auf, sofort das Gelage einzustellen. Die Jungkrieger sahen auf, wer diese Forderung stellte und augenblicklich verstummte deren Prahlen.

Die Jungkrieger erhoben sich und verschwanden kleinlaut in einer der Hütten. Gerwins Wort, dass diese Männer keinen Met mehr gereicht bekommen sollen, wurde von ihm deutlich laut, für alle hörbar, Kund getan.

Einer der Jungmänner des Dorfes aber, der Gerwin weder von früher kannte, noch dessen Rolle einschätzen konnte, begehrte in trunkenem Zustand auf und versuchte den Knaben ins Feuer zu stoßen. Dies scheiterte vollkommen und zwar so, dass der Stoßende selbst ins Feuer taumelte und im letzten Moment von Gerwin zurückgehalten werden musste. Das sah dieser als Angriff an und zog, in seinem umnebelten Zustand ein Messer, um damit auf Gerwin einzudringen.

In diesem Moment nahmen alle Älteren die Situation erst wahr. Während viele von ihnen aufsprangen und Gerwin zu Hilfe eilen wollten, nahm dieser seinen Eichenstock und entwaffnete den mutigen Messekämpfer, um ihn dann letztlich auch mit einem Stockschlag in dessen Füße, zum Liegen zu bringen.

„Jungmann, greife mich niemals an! Es könnte dein Leben kosten …" stellte der Knabe lakonisch fest und wandte sich ab.

Der Jungkrieger aber, so geschmäht, wollte nicht glauben, was er hörte, erhob sich und stürzte sich mit gezogenem Messer von hinten auf Gerwin. Der Knabe, mit dieser Reaktion rechnend, drehte sich mit einem Seitwärtsschritt um und der Jungmann stürzte an ihm vorbei, über den ausgestreckten Fuß auf seine Nase.

„Richwin, kannst du den Draufgänger binden lassen? Mir scheint, er könnte noch nicht genug bekommen haben und es wäre doch schade, müssten wir im Kampf gegen die Römer auf so einen mutigen Krieger verzichten!"

Der Bursche kam nicht mehr auf seine Beine. Schnell war er gebunden und ohne einen weiteren tropfen Met war der Abend für ihn wohl eine lange Durststrecke.

Dieser Angriff in seinem Heimatdorf schockierte die Älteren, der Knabe aber winkte entspannt ab. Er forderte alle auf, es dabei zu belassen. Er versprach, vor seinem Aufbruch mit dem Jungkrieger Bodo zu sprechen und danach, so meinte Gerwin, könnte der Vorfall ganz vergessen werden.

Es gab noch ein zweites Ereignis, dass aber von allen Älteren unbemerkt verlief.

Gerwin, der sich mit Gertrud unterhaltend vom Feuer zurückgezogen hatte, wurde plötzlich an der Schulter berührt. Vielleicht war es Gertruds Auftrag, den Knaben vom Feuer wegzulocken, vielleicht geschah es aus Zufall ...

Keiner der Älteren, auch Degenar nicht, bemerkte diese Begegnung. Erst im Nachhinein wurde sich auch Gerwin der Heimlichkeit bewusst. Während er sich zu Ragna umwandte, sie erkannte und sich aus seiner Sitzhaltung erheben wollte, meinte die Frau zu ihm: „Bleib sitzen, ich möchte keine Aufmerksamkeit erregen!"

„Was willst du von mir, Ragna?" Neugierig musterte Gerwin Brandolfs Schwester. Inzwischen hatte sich Gertrud erhoben, Ragna ihren Platz überlassen und war in Richtung Feuer geschlendert.

„Wie geht es Gaidemar?" begann die Ältere vorsichtig.

„Gut, denke ich!" lautete die ebenso vorsichtige Antwort.

„Du sagst, er ist der Hunno der Gefolgschaft?"

Der Knabe betrachtete die junge Frau und fühlte deren Unsicherheit. Wusste er doch längst, wie es zwischen Gaidemar und Ragna knisterte. Sollte er ihr helfen und von allein entgegenkommend ihre Neugier befriedigen oder wäre es besser, sich zurückhaltend zu äußern. Letztlich war es eine Sache zwischen den Beiden und nicht ihm oblag die Last des gegenseitigen Verstehens. In dem sich Gerwin der empfindlichen Reaktionen seines Paten erinnerte, entschloss er sich zu einer verhaltenen Beantwortung.

„So ist es!" beschied er ihr kurz angebunden.

„Wie kam es dazu und warum er?" drang sie weiter vor und der Knabe sah ihre Augen funkeln.

„Warum? Weil er klug und mutig ist! Das Andere ist eine lange Geschichte ..." Die Antwort blieb zurückhaltend und zwang die junge

Frau zum Bekenntnis ihrer Interessen, ohne dass sie selbst sich schon zu diesem Zeitpunkt der Wendung des Gesprächs bewusst wurde.

„Erzähle sie mir!" forderte die Frau nachhaltig und lieferte sich dem Knaben aus.

Gerwin war sich sicher, dass diese Fragerei mehr als allgemeines Interesse darstellte. Er zählte ihm bekannte Verhaltensweisen seines Paten zu der entgegengebrachten Aufmerksamkeit und den nachhaltigen, drängenden Fragen zusammen und gelangte zur Schlussfolgerung, dass es zwischen dem Gefolgschaftsführer und der rothaarigen Schönheit nicht nur knisterte, sondern gewaltig geblitzt haben musste ... Was auch immer vorgefallen war, Ragna interessierte sich zu heftig, als dass ein weiterer Grund zu suchen wäre.

„Es wird aber einige Zeit dauern? Na ja, warum nicht..." und so begann der Knabe die Kurzfassung von sich zu geben und kam bis zu der Stelle, an der drei andere Frauen zur Gefolgschaft stießen und eine davon zum Schatten des Anführers wurde.

„Was?" fuhr Ragna auf und griff zum eigenen Dolch.

Gerwin zog sie zu sich herunter in die Sitzposition und bemerkte spöttisch: „Ich denke, du wolltest keine Aufmerksamkeit erregen?" und im Befehlston fügte er, ohne ein spöttisches Lächeln unterdrücken zu können, an: „Setz dich und höre weiter!"

Dann erklärte er die Funktion des Schattens und wer diese sind und wie er selbst sich immer in Gaidemars Nähe aufhielt. Er vermied es, Äußerungen und Behauptungen zur Zweisamkeit zwischen Frauen und Männern kundzutun und so beruhigte sich der Rotfuchs wieder.

Aufmerksam lauschte Ragna seiner Erzählung. Als sie genug gehört hatte und Gerwin auch nichts mehr erzählen wollte, stand sie auf und sagte: „Gerwin, ich danke dir. Ich weiß, dass du ein schlauer Bursche bist und sicher verstehst, dass Geheimnisse Verschwiegenheit fordern. Du glaubst jetzt, von mir etwas zu wissen ... Vielleicht ist es so, vielleicht auch nicht? Erzählst du es Anderen, werde ich dich töten!" sprach es, drehte sich um und verschwand.

Verflucht, dachte der Knabe, ausgerechnet zwei seiner größten Freunde drohten ihm mit dem Tod. Grinsend erhob sich der Knabe und dachte an Worte eines Anderen, die er einmal aufgeschnappt hatte: „Wer solche Freunde hätte, brauchte seine Feinde nicht zu fürchten ..."

PERSONENREGISTER

Name	Seite	Personenerklärung (65 n. Chr.)
Gaidemar	11	Germane, Hermundure, Bergesippe, Übersiedler zur Framensippe, 26 Winter erlebt, Krieger, Brandolf's Freund, Gerwins Pate;
Gerwin	11	Germane, Hermundure, Buchensippe, Überlebender, 14 Winter erlebt, Knabe, Zögling Gaidemars;
Richwin	11	Germane, Hermundure, Talwassersippe, 21 Winter erlebt, Krieger, Sohn Norberts;
Thilo	11	Germane, Hermundure, Ottersippe, 20 Winter erlebt, Krieger;
Ernst	11	Germane, Hermundure, Ebersippe, etwa 40 Winter erlebt, Fischer;
Hubert	11	Germane, Hermundure, Ebersippe, über 50 Winter erlebt, Eldermann, Sippe an der Schweinefurt;
Hagen	11	Germane, Hermundure, Ottersippe, über 50 Winter erlebt, Familienoberhaupt & Fischer;
Olaf	18	Germane, Hermundure, Talwassersippe, etwa 40 Winter erlebt, Krieger;
Norbert	18	Germane, Hermundure, Talwassersippe, etwa 45 Winter erlebt, Jäger, Krieger;
Siegbald	18	Germane, Hermundure, Talwassersippe, Alter über 50 Jahre, Händler, Eldermann;
Reingard	22	Germane, Hermundure, Bibersippe, 20 Winter erlebt, Sprecher der Jungkrieger;
Ronald	23	Germane, Hermundure, Ottersippe, Sohn Farolds, 21 Winter erlebt, Krieger;
Modorok	24	Germane, Hermundure, Ebersippe, 30 Winter erlebt, Schmied, Krieger;
Manfred	24	Germane, Hermundure, Ebersippe, über 50 Winter erlebt, Familienoberhaupt, Krieger;
Ludwig	31	Germane, Hermundure, Ebersippe, über 40 Winter erlebt, Mann der älteren Tochter des Hubert, Händler;
Viator	40	Römer, etwa 40 Jahre, Legionär 1. Centurie 1. Kohorte Legio XXII Primigenia, Legionär, Immunis des Tribuns T. Suetonius;
Paratus	40	Römer, Sizilianer, etwa 40 Jahre, Legionär 1. Centurie 1. Kohorte Legio XXII Primigenia, Legionär, Immunis des Tribuns T. Suetonius;
Bubo, Marcus Aurius	41	Römer, etwa 30 Jahre, Präfekt Ala I Tungrorum, Auxiliar-Kohorte;

Suetonius, Titus	49	Römer, 26 Jahre, Tribun Legio XXII Primigenia, Neffe des Paulinus, jüngerer Bruder des Quintus Suetonius;
Helmut	59	Germane, Hermundure, Ebersippe, über 40 Winter erlebt, Mann der jüngeren Tochter des Hubert, Anführer Huberts Schergen;
Werner	68	Germane, Hermundure, Bibersippe, 23 Winter erlebt, Krieger, Narbenmann;
Baldur Rotbart	70	Germane, Hermundure, Bergesippe, über 50 Winter erlebt, Eldermann;
Rango	71	Germane, Hermundure, Ottersippe, 16 Winter erlebt, Sohn Hagens, Freund Gerwins;
Sindolf	71	Germane, Hermundure, Ottersippe, 18 Winter erlebt, Jungkrieger;
Gerald	88	Germane, Hermundure, Buchensippe, Gerwins Vater;
Wolfram	89	Germane, Hermundure, Bibersippe, etwa 40 Winter erlebt, Eldermann;
Swidger	97	Germane, Chatte, Ebersippe, etwa 35 Winter erlebt, Schalk des Manfred, Fürst der Mattios, Gefolgschaft;
Widogard	98	Germane, Chatte, etwa 40 Winter erlebt, Ebersippe, Pferdesklave des Hubert;
Gerald	104	Germane, Hermundure, Ottersippe, Sohn Hagens, 21 Winter erlebt, Krieger;
Farold	106	Germane, Hermundure, Ottersippe, über 45 Winter erlebt, Eldermann;
Degenar	107	Germane, Hermundure, Buchensippe, Überlebender, Eldermann Framensippe, über 50 Winter erlebt, linker Fuß verletzt, hinkt seit vielen Jahren;
Gertrud	107	Germane, Hermundure, Buchensippe, Überlebende, Framensippe, 16 Winter erlebt, Mädchen, Ragnas Zögling;
Gandulf, der Bataver, zeitweilig Gavrus genannt	113	Germane, Bataver, etwa 38 Jahre alt, Steuermann einer römischen Liburne, Gefangener, (Gavrus römischer Name);
Ragna	125	Germane, Hermundure, Bergesippe, 20 Winter erlebt, Übersiedler Framensippe, Tochter von Baldur Rotbart, Schwester von Brandolf, Jägerin und Kriegerin;
Leif, der Friese	126	Germane, Friese, 32 Jahre alt, ehemaliger Centurio der Römer, Gefangener, Gefolgschaftsmann;
Hella	126	Germane, Hermundure, Adlersippe, 22 Winter erlebt, Kriegerin;

Wilgard	126	Germane, Hermundure, Rabensippe, 25 Winter erlebt, Heilkundige der Gefolgschaft;
Minna	129	Germane, Hermundure, Rabensippe, 21 Winter erlebt, Gefolgschaft;
Eila	136	Germane, Hermundure, Buchensippe, Überlebende, Framensippe, älter als Degenar, Seherin & Kräuterweib;
Norman	136	Germane, Hermundure, Bergesippe, über 50 Winter erlebt, Unterführer;
Bertrun	138	Germane, Hermundure, Buchensippe, Überlebende, Framensippe, etwa 35 Winter erlebt, Weib;
Brandolf	139	Germane, Hermundure, Bergesippe, 23 Winter erlebt, Übersiedler Framensippe, Sohn des Baldur Rotbart, Krieger;
Sigrid	142	Germane, Hermundure, Bergesippe, 23 Winter erlebt; Übersiedler Framensippe, Ulf's Weib;
Irvin	142	Germane, Hermundure, Bergesippe, 19 Winter erlebt, Übersiedler Framensippe, Svens Bruder, Notkers Pate, Jäger, Jungkrieger;
Finia	142	Germane, Hermundure, Bergesippe, 22 Winter erlebt, Übersiedler Framensippe, Frau;
Inka	142	Germane, Hermundure, Bergesippe, 16 Winter erlebt, Übersiedler Framensippe, Tochter von Leopold;
Günther	142	Germane, Hermundure, Bergesippe, 19 Winter erlebt, Übersiedler Framensippe, Jungkrieger;
Gisela	142	Germane, Hermundure, Talwassersippe, 19 Winter erlebt, Übersiedler Framensippe, Frau;
Tanka	142	Germane, Hermundure, Talwassersippe, 17 Winter erlebt, Übersiedler Framensippe, Tochter von Rüdiger;
Gisbert	142	Germane, Hermundure, Talwassersippe, 15 Winter erlebt, Übersiedler Framensippe, Sohn von Rüdiger;
Arnold	143	Germane, Hermundure, Bergesippe, 25 Winter erlebt, Übersiedler Framensippe, Maltes Pate, Jäger, Krieger;
Holger	143	Germane, Hermundure, Bergesippe, 20 Winter erlebt, Übersiedler Framensippe, Krieger;
Thorsten	143	Germane, Hermundure, Bergesippe, 19 Winter erlebt, Übersiedler Framensippe, Jungkrieger;
Siegried (Siggi)	143	Germane, Hermundure, Bergesippe, 22 Winter erlebt, Übersiedler Framensippe, Frau;
Stilla	143	Germane, Hermundure, Bergesippe, 22 Winter erlebt, Übersiedler Framensippe, Frau;
Astrid	143	Germane, Hermundure, Bergesippe, 18 Winter erlebt, Übersiedler Framensippe, Mädchen;

Bodo	143	Germane, Hermundure, Talwassersippe, 19 Winter erlebt, Übersiedler Framensippe, Jungkrieger;
Falko	143	Germane, Hermundure, Talwassersippe, 18 Winter erlebt, Übersiedler Framensippe, Jungkrieger;
Ingo	143	Germane, Hermundure, Talwassersippe, 24 Winter erlebt, Übersiedler Framensippe, Krieger;
Dankward	143	Germane, Hermundure, Talwassersippe, 22 Winter erlebt, Übersiedler Framensippe, Krieger;
Walda	143	Germane, Hermundure, Talwassersippe, 20 Winter erlebt, Übersiedler Framensippe, Frau;
Belenus, Gaius Fufius	145	Römer, etwa 30 Jahre, Praepositus Classis, Offizier der Classis Germanica (Rheinflotte);
Fagus, Spurius Plancius	146	Römer, etwa 35 Jahre, Centurio, Pilus Prior 6. Kohorte Legio XXII Primigenia;
Crito, Aulus Ligurius	147	Römer, Genuese, etwa 40 Jahre, Centurio, Pilus Prior 5. Kohorte Legio XXII Primigenia;
Lurco, Lucius Rabirius	147	Römer, etwa 30 Jahre, Präfekt Cohors I Raetorum Equitata, Auxiliar-Kohorte;
Boiuvario	149	Kelte, Helveter, 35 Winter erlebt, Trierarch römischer Flussliburne;
Amantius, Julius Versatius	155	Römer, etwa 45 Jahre, Händler in Mogontiacum, Besitzer römischer Villa Nähe Fluss Nahe;
Raimund	158	Germane, Hermundure, Dachssippe, 18 Winter erlebt, Ortskundiger, Jungkrieger;
Harras, der Wolf	165	Ragnas Wolf;
Sven	171	Germane, Hermundure, Bergesippe, 24 Winter erlebt, Übersiedler Framensippe, Irvins Bruder, Jäger, Krieger;
Tankred	171	Germane, Markomanne, etwa 40 Jahre, Sklavenjäger & Späher in Roms Dienst;
Malte	175	Germane, Hermundure, Buchensippe, Überlebender, Framensippe, 13 Winter erlebt, Knabe, Gerwins Freund, Arnolds Zögling;
Notker	175	Germane, Hermundure, Buchensippe, Überlebender, Framensippe, 14 Winter erlebt, Knabe, Gerwins Freund, Irvins Zögling;
Ulf	192	Germane, Hermundure, Bergesippe, 26 Winter erlebt, Übersiedler Framensippe, Schmied, Krieger, Ehemann von Sigrid, Goswins Pate;
Leopold	192	Germane, Hermundure, Bergesippe, etwa 40 Winter erlebt, Übersiedler Framensippe, Familienoberhaupt, Krieger;
Folkward	194	Germane, Hermundure, Bergesippe, 19 Winter erlebt,

Ulbert	200	Übersiedler Framensippe, Jungkrieger; Germane, Hermundure, Mardersippe, etwa 40 Winter erlebt, Eldermann;
Rolf	202	Germane, Hermundure, Ottersippe, 19 Winter erlebt, Wegkundiger, Jungkrieger;
Gottfried	202	Germane, Hermundure, Frekisippe, über 50 Winter erlebt, Eldermann;
Goswin	215	Germane, Hermundure, Buchensippe, Überlebender, Framensippe, 13 Winter erlebt, Knabe, Ulfs Zögling;
Ratmar	221	Germane, Hermundure, Bergesippe, etwa 30 Winter erlebt, Unterführer, ältester Sohn Rotbarts;
Vannius	225	HBP, Germane, Quade, Geburts- & Todesdatum unbekannt, König der Quaden & Markomannen von 19-51 n. Chr., romfreundlicher Klientelkönig;
Sido	225	HBP, Germane, Quade, Neffe (Schwestersohn) des König der Quaden Vannius, 51 n. Chr. Anführer der Revolte gegen den Onkel;
Vangio	225	HBP, Germane, Quade, Neffe (Schwestersohn) des König der Quaden Vannius, Anführer der Revolte gegen den Onkel;
Gefion, der Folterer	229	Germane, Hermundure, Ebersippe, 22 Winter erlebt, Krieger, Folterer;
Scapula, Marcus Ostorius	229	HBP, Römer, Senator Roms, Konsul 59 n. Chr.;
Tassilo	234	Germane, Hermundure, Ochsensippe, 40 Winter erlebt, Eldermann;
Marbod, Marbodus	250	HBP, Germane, Markomanne, im Jahre 8 v. Chr. König der Markomannen, im Jahr 18 n. Chr. von Catualda gestürzt;
Frauke	259	Germane, Hermundure, Buchensippe, Überlebende, Framensippe, 16 Winter erlebt, Mädchen;
Uwo	259	Germane, Hermundure, Buchensippe, Überlebender, Framensippe, 5 Winter erlebt, Kind;
Herline	259	Germane, Hermundure, Buchensippe, Überlebende, danach Framensippe, 4 Winter erlebt, Kind;
Wunna	259	Germane, Hermundure, Buchensippe, Überlebende, danach Framensippe, 3 Winter erlebt, Kind;
Helmar	265	Germane, Hermundure, Bergesippe, 13 Winter erlebt, Übersiedler Framensippe, Sohn von Leopold;
Rüdiger	265	Germane, Hermundure, Talwassersippe, 40 Winter erlebt, Übersiedler Framensippe, Familienoberhaupt, Krieger;

Oswin	266	Kelte, Vangione, etwa 40 Winter erlebt, Händler;
Rufus, Lucius Verginius	298	HBP, Römer, Feldherr, gelebt von 14 bis 97 n. Chr., Konsul 63 n. Chr., danach Legat Legio XXII Primigenia, 67 bis Sommer 68 n. Chr. Statthalter Militärterritorium der Germania Superior (Provinz Obergermanien), Tod nach Sturz und Erkrankung;
Suetonius, Quintus	299	Römer, 29 Jahre alt, Tribunus Laticlavius Legio XXII Primigenia, Neffe des Paulinus, älterer Bruder des Titus Suetonius;
Lupinus, Publius Hortensius	299	Römer, 27 Jahre, Tribun Legio XXII Primigenia, Rivale Titus Suetonius;
Publius, Proculus	300	Römer, etwa 35 Jahre, Optio und neuer Centurio IV. Centurie Cohors I Raetorum Equitata;
Scribonius Proculus, Publius Sulpicius Scribonius Proculus	304	HBP, Römer, Statthalter, gelebt unbekannt, 58 n. Chr. in Kaiser Neros Auftrag Niederschlagung Puteoli-Aufstand, ab 63 n. Chr. Legatus Augusti pro Praetore Militärregion Germania Superior (Obergermanien), 67 n. Chr. Ruf Neros nach Griechenland & Aufforderung zur Selbsttötung;
Nero Claudius Caesar Augustus Germanicus	304	HBP, Römer, Kaiser, gelebt von 15. Dez. 37 bis 9. oder 11. Juni 68 n. Chr., Kaiser Roms von 54 bis 68 n. Chr., Selbsttötung auf der Flucht vor dem Senat;
Urs	309	Kelte, Raeter, etwa 35 Jahre, Auxiliar, Bogenschütze Cohors I Raetorum Equitata;
Wilko	309	Kelte, Raeter, etwa 40 Jahre, Auxiliar, Reiter Cohors I Raetorum Equitata;
Sempronius, Spurius	312	Römer, etwa 35 Jahre, Händler, Partner von Julius Versatius Amantius;
Nunnius, Manius	316	Römer, etwa 45 Jahre, Sklavenhändler;
Selicius, Trebius	341	Römer, etwa 40 Jahre, Sklavenhändler;
Quiricus, Servius Toranius	347	Römer, etwa 40 Jahre, Händler, Partner des Amantius, Handelshof bei der Frekisippe;
Richard	349	Germane, Hermundure, Talwassersippe, 24 Winter erlebt, Krieger, Sohn Norberts;

WORTERKLÄRUNGEN

Begriff	Seite	Begriffserklärung
64 nach Christus, 65 n. Chr.	11	Die Römer zählen die Jahre ab der Gründung Roms seit 753 v. Chr., Jahr 64 n. Chr. entspricht Jahr 817 nach Gründung Roms, im Roman wird die Christliche Zeitrechnung verwendet;
Barbaricum	11	von Barbaren bewohntes Territorium der Germania Magna, an römisches Imperium angrenzendes Territorium;
Ebersippe	11	Sippe der Hermunduren an einer Furt des Main, Furt der Schweine, zugehörige abgelegene Fischersiedlung am Main;
Eldermann	11	Eldermann, Ältermann, Altermann, Oldermann, Aldermann, Thunginus, hier 'Ältester der Sippe' im Sinne von 'Anführer';
Gefolgschaft	11	freiwillige, durch Treueid gefestigte Gemeinschaft wehrfähiger Männer in germanischen Stämmen;
Hermunduren	11	germanischer Volksstamm, zugehörig zu Elbgermanen (Hermionen), Stammesgruppe der Sueben, Siedlung am Oberlauf der Elbe, angeblich Freund der Römer;
Herzynischer (Herkynischer) Wald	11	antike Sammelbezeichnung der nördlich der Donau & östlich des Rheins gelegenen Mittelgebirge;
Hunno	11	bei den Germanen gewählter Anführer einer Gemeinschaft, abgeleitet von einer Hundertschaft im Kriegsfall, Anführer einer Hundertschaft Krieger;
Jungkrieger	11	wehrfähiger junger Mann;
Maius	11	im römischen Kalender nach Caesar Monat Mai;
Moenus, Maa	11	Main, römische Bezeichnung des Main, keltische Bezeichnung Moin, Mogin, in germanischer Sprache 'Maa', Nebenfluss des Rhenus (Rhein);
Schar	11	paramilitärische Formation einer Gruppe von Kriegern/Jungkriegern;
Schweinefurt (Schweinfurt)	11	Untiefe im Bach- oder Flussbett, Durchquerung zu Fuß möglich, Herleitung des Namens möglicherweise aus der Wassertiefe (ein Schwein gelangt durch die Furt...);
Ottersippe	13	Sippe der Hermunduren am Main, Lage an der Mainschleife;

Term	Seite	Bedeutung
Römer	15	Bürger der Stadt Rom, später des gesamten Römischen Imperiums (sofern Bürgerrechte im Besitz), sonst synonyme Bezeichnung aller Einwohner des Römischen Imperiums;
Talwassersippe	18	Sippe der Hermunduren, Lage an der Quelle eines Baches (Talwasser), benannt nach Besonderheiten der örtlichen Lage, Nachbarsippe zur Framensippe (ehemals Buchensippe);
Chatten	19	germanischer Volksstamm, lat. 'Chatti', Besiedlung der Täler an Eder, Fulda und Lahn vor 10 v. Chr.;
Thing	19	Beratung Freier Männer einer Sippe, eines Stammes, eines Volkes;
Jungmann, Jungmänner	21	vom Alter unabhängiger wehrfähiger unverheirateter junger Mann;
Flottille, Flussflottille, Handelsflottille	22	kleinere Gruppe von Schiffen;
Haufen, Kriegerhaufen, Heerhaufen	22	historisch spätere Bezeichnung für eine schwach organisierte paramilitärische Truppe, 'Haufen' versteht sich als Anhäufung einer unbestimmten Menge gleichartiger Teile (Krieger);
Huntare, Hundertschaft	22	Hundertschar, Hundertschaft, schwach organisierter paramilitärischer Haufen germanischer Krieger;
Kriegerhaufen, Haufen, Heerhaufen	22	historisch spätere Bezeichnung für eine schwach organisierte paramilitärische Truppe, 'Haufen' versteht sich als Anhäufung einer unbestimmten Menge gleichartiger Teile (Krieger);
Frame (n)	28	ein germanischer Wurf- & Nahkampfspieß, hauptsächliche germanische Angriffswaffe;
Tochtermann, Eidam	31	veraltete Bezeichnung für Schwiegersohn;
Legionär, Miles Legionarius	33	Soldat einer römischen Legion, Legionssoldat;
Scherge (n), Häscher	33	dienstbarer Gehilfe eines Schurken;
Späher	39	Aufklärer, Kundschafter, leichtbewaffnete Krieger zur Suche des Feindes;
Feldlager	40	Marschlager oder Feldlager der römischer Legionen oder anderer militärischer Formationen (Kohorte), strukturierter, vorgeschriebener Lagerausbau;
Porta Principalis Dextra	40	römisches Feldlager, rechtes Tor;

Barbar (en)	41	ursprünglich 'die die nicht oder schlecht griechisch sprechen'; Synonyme Bedeutung für 'roh-unzivilisierte, ungebildete Menschen', im römischen Imperium Schimpfwort für alle Nichtrömer;
Germanen	41	Bezeichnung ehemaliger Stämme in Mitteleuropa, Sprachzuordnung nach 'erster Lautverschiebung';
Präfekt, Praefectus	41	eine Person mit der Wahrnehmung einer bestimmten Aufgabe in Verwaltung oder Militär, Praefectus Cohortis & Praefectus Alae - Kommandant einer Hilfstruppeneinheit (Kohorte oder Ala);
Tribun, Tribunus	41	Bezeichnung für verschiedene politische & militärische Funktionsträger, 'Militärtribun' - hoher Offizier der römischen Legion, von 'tribus' abgeleitet - entspricht der Unterteilungen des römischen Volkes;
Turma (e)	41	lateinisch "Schwarm", kleinste taktische Einheit der römischen Reiterei, 30 später 33 Reiter unter dem Kommando eines Decurio;
Meilen, Römische Meile	44	Längenmaßeinheit, fünf Fußlängen (lat. pes, pedes) entsprechen zwei aufeinanderfolgenden Schritten (Doppelschritt, lat. passus), Tausend Doppelschritte wurden als mille passus (Tausend Schritte) zur römische Meile von 1.482 m;
Gladius, Gladi	47	römisches Kurzschwert, Standardwaffe der Infanterie der römischen Legion;
Pilum, Pili	47	ein Wurfspieß, die typische Fernwaffe des Legionärs der römischen Armee;
Pugio	47	römischer Dolch, Zweitwaffe der Legionäre;
Scutum	47	großer ovaler, später rechteckiger, stets gewölbter Holzschild (Turmschild), Teil der Schutzbewaffnung der Legionäre;
Sizilianer	47	Einwohner der Insel Sizilien;
Tunica	47	Bekleidungsstück, meistens aus Leinen oder Wolle, zwei rechteckige Stoffstücken durch Fibeln auf der Schulter zusammengehalten oder vernäht, in der Hüfte mit Gürtel gerafft, Männer Knielang, Frauen Knöchellang;
Kohorte	48	im Römischen Reich eine militärische Einheit der römischen Legion, ca. 500 Mann, Ranghöchster unter den sechs Centurionen kommandiert die Kohorte;
Immunis, Immunes	49	vom normalen Dienst (Munera) befreite, privilegierte Soldaten, dafür spezielles, weitläufiges Aufgabenfeld;

Vexillation	49	Abteilung des römischen Heeres, Abordnung für einen bestimmten Zweck & auf unbestimmte Zeit;
Trabant, Trabanten	50	dienende Begleiter oder Leibwächter;
Bibersippe	51	Sippe der Hermunduren an einer Furt des Main, Lage zwischen Main und zufließendem Fluss auf einem Landeck;
fünfzig Winter	52	Zählung des Alters nach überlebten Wintern, bei Germanen üblich;
ROM	58	Stadt im Zentrum des Römischen Imperiums, Gründung 21. April 753 v. Chr. von Romulus, sieben Hügel Roms als Siedlungsgebiet, erst Königreich, dann Republik (509 v. Chr.), Römische Kaiserzeit (Prinzipat) ab 27 v. Chr., Römisches Reich beherrschte Territorien in drei Kontinenten;
Maa, Moenus	59	Main, germanische Bezeichnung des Main, keltische Bezeichnung Moin oder Mogin, in römischer Sprache 'Moenus', Nebenfluss des Rhenus (Rhein);
Bergesippe	70	Sippe der Hermunduren des Baldur Rotbart, Nachbarsippe zur Buchensippe, Lage in südlicher Hoher Rhön (Schwarze Berge);
Hüter des Rechts (der Gesetze, der Bräuche, der Ordnung)	73	ein im Auftrag zum Schutz von Personen oder Dingen Handelnder, Auftrag eines Übergeordneten, im Sinne der Sippenführung handelnder Beauftragter;
Verkünder des Götterwillens	73	Glaubensdiener einer Sippe/eines Stammes, der die Zeichen eigener Götter zu lesen versteht;
Sommer, Winter & Winter, Sommer	74	Zeitbestimmung der Barbaren als Halbjahresteilung, praktisch ist der jahreszeitliche Beginn mit einer Folge von Tagen für zu erwartendes jahreszeitliches Wetter verbunden, Beginn mit Sommersonnenwende & längster Nacht des Jahres den Germanen unbekannt;
Blutrache	77	Prinzip zur Sühnung von Verbrechen, Mord oder andere Ehrverletzungen werden durch Tötung gerächt;
Schalk	77	germanischer Sklave, ursprünglich 'Scalk', 'Knecht', 'Unfreier', 'Sklave';
Dunkelwald	79	Synonym verwendet für Herzynischen (Herkynischer) Wald, Bezeichnung der waldreichen Mittelgebirge nördlich des Main (Erzgebirge, Thüringer Wald, Rhön, Vogelsberg & Spessart);

Herzog, Kriegsherzog	79	ursprünglich 'Führer', Heerführer im Krieg, für Dauer eines Kriegszuges auf Thing von freien Männern gewählter germanische Heerführer, Krieger mit großer Erfahrung & hohem Ansehen, Einfluss resultiert aus der Größe & Kampfkraft der zugehörigen Gefolgschaft, später auch Adelstitel;
Salzschlacht, Salzkrieg	79	58 n. Chr. Salzschlacht, Grenzstreit zwischen germanischen Stämmen (Chatten, Hermunduren), Beanspruchung Fluss mit besonderer religiöser Bedeutung & zur Gewinnung von Salz (Werra, Saale), Lage des Ortes der Schlacht unbekannt;
Heil	89	historische Begrüßungsformel & Beschreibung eines persönlichen Zustandes, schließt Glück, Gesundheit & Erfolg ein;
Mardersippe	89	Sippe der Hermunduren zwischen Südrhön und Main, Lage im Wald am Bach;
Buchensippe	92	Sippe der Überlebenden des römischen Überfalls, Siedlung zwischen Fränkischer Saale und Fluss Sinn;
Legion	92	selbständig operierender militärischer Großverband der römischen Armee, ca. 5.500 Legionäre, zumeist schwere Infanterie, zahlenmäßig geringe Kavallerie (ca. 120 Mann);
Fürst	98	Sammelbezeichnung für die wichtigsten Herrschaftsträger wie Kaiser, Könige oder Herzöge, Bezeichnung für selbstständige Herrscher;
Bataver	106	westgermanischer Volksstamm, hervorgegangen aus den 'Chatten', Siedlungsgebiet ab 50 v. Chr. an Rheinmündung, treue Bundesgenossen der Römer;
Friesen	106	germanischer Volksstamm, zugehörig zu Nordseegermanen (Ingaevonen), Siedlungsgebiet an der Nordseeküste zwischen Rhein und Ems, zeitweise Verbündete der Römer;
Prahm, Prahmboot, Prahmschiff;	107	Schiffe ohne eigenen Antrieb, zumeist flache kompakte kastenförmige Bauweise, mit geringem Tiefgang & seitlichen Rampen, Prahm der Römerzeit floßähnlich mit Mast & Segel;
Schatten	109	Bezeichnung für Personenschützer;
Nott	110	in nordischer Mythologie die 'Nacht', reitet als dunkle, schwarze Riesin;
Sunna	110	die Sonne;

Centurie, Centuria	113	militärische Formation einer Legion oder der Auxiliartruppen, ursprünglich eine Abteilung von 100 Mann (später 80 Mann), Centurie (lat. centuria, von centum, 'hundert');
Centurio, Centurionen	113	Centurio, auch Zenturio 'Hundertschaftsführer'", von lat. centum=hundert, Offizier des Römischen Reiches mit Befehl über eine Centurie bzw. Auxiliareinheit, zumeist aus dem Mannschaftsbestand aufgestiegener erfahrener Legionär;
Decurio	113	Führer einer Gruppe von zehn Legionären in römischer Legion, in römischer Reiterei Führer einer Decurie von zehn Reitern;
Legat, Legatus Legionis	113	Kurzbezeichnung/Bezeichnung für Befehlshaber einer einzelnen Legion in einer Provinz (Legatus Legionis), einem General vergleichbar, entstammt dem Senatorenstand (Ordo Senatorius);
Contubernium, Contubernia	115	Zeltgemeinschaft der römischen Legion, Lederzelt, Handmühle & Maultier gehörten dieser Haushalts- & Kampfgemeinschaft; Contubernium stand zumeist als Rotte in der Phalanx;
Rudel	115	paramilitärische Formation einer Gruppe von Kriegern/Jungkriegern, ähnlich einem Wolfsrudel führt ein Anführer seine Schar, ein Trupp von etwa 10 Jungkriegern in der Gefolgschaft;
Biberrudel	116	Trupp von Jungkriegern der Gefolgschaft, Bezeichnung nach der Sippenherkunft;
Dachsrudel	116	Trupp von Jungkriegern der Gefolgschaft, Bezeichnung nach der Sippenherkunft;
Eberrudel	116	Trupp von Jungkriegern der Gefolgschaft, Bezeichnung nach der Sippenherkunft;
Marderrudel	116	Trupp von Jungkriegern der Gefolgschaft, Bezeichnung nach der Sippenherkunft;
Otterrudel	116	Trupp von Jungkriegern der Gefolgschaft, Bezeichnung nach der Sippenherkunft;
Hundertschar	117	zur Verwaltung/Beherrschung eines Gebiets eingesetzte Masse von Kriegern;
Zenno	117	Anführer eines Trupps (Rudels) von etwa 10 Kriegern/Jungkriegern der Gefolgschaft;
Gubernator	120	Steuermann des Schiffes;

Liburne, Kampfliburne, Flussliburne	120	leichtes, bewegliches Kriegsschiff, mit zwei Ruderreihen, Überwachung der Schifffahrtswege & Bekämpfung von Piraten, Transport des Landheeres, Begleitschutz für Handelsflotten, Flussliburne - vorrangig zur Sicherung der Nebenflüsse des Rheins eingesetzt;
Danuvius, Donaws	121	Donau, keltisch 'Danuvius', gotisch 'Donaws', zweitgrößter & zweitlängster Fluss in Europa; durchfließt zehn Länder, mündet ins Schwarze Meer, personifiziert als stiergestaltiger Flussgott mit Ähnlichkeit zum römischen Neptunus;
Horde	122	allg. Sinn eine umherziehende wilde Bande, organisierte Gruppe mit Teilung des Lebensraums, wilde, ungeordnete Menge oder Schar mit bedrohlichem Charakter;
Wodan, Wodanaz	122	nordischer Mythologie, Odin als Hauptgott, Kriegs- & Totengott, südgermanische Form ist Wodan, Götter der nordischen Mythologie gingen möglicherweise aus den Göttern der Germanen hervor;
Viktualien	124	Lebensmittel, Nahrungsmittel, lat. 'victualis' zum Lebensunterhalt gehörig;
Donar, Donars Donner	127	in nordischer Mythologie Thor, Donar für germanische kontinentale Völker, 'der Donnerer', Gewitter-, Wetter- & Vegetationsgott, Beschützer von 'Mitgard' (Welt der Menschen);
Adlerrudel	130	Trupp von Jungkriegern der Gefolgschaft, Bezeichnung nach der Sippenherkunft;
Rabenrudel	130	Trupp von Jungkriegern der Gefolgschaft, Bezeichnung nach der Sippenherkunft;
Mondstein	132	Felsen im Bereich des Dorfes der Buchensippe;
Alb	134	nordische Mythologie, Bezeichnung einer Gruppe von mythologischen Wesen, Naturgeister;
Fee, Feen	134	geisterhafte, mit höheren Kräften begabte Fabelwesen, Gabe der Unsichtbarkeit & zumeist gütig, heiter, schön & niemals alternd;
Geist, Geister	134	im Verständnis, dass der Mensch aus 'Körper' & 'Seele' besteht darf der 'Lebende' die 'Seele' des Toten nicht vergessen, sonst verliert diese ihre Unsterblichkeit, die ungebundene 'Seele' wird zum Geistwesen & kann Furcht, Schrecken, aber auch Gutes verbreiten;

Riese	134	nordische & germanische Mythologie, übergroße, gewalttätige, bedrohliche Wesen, Mensch & Götern feindlich gesinnt, stehen synonym für unbändige Naturkräfte (Eis, Feuer, Wasser, Stein, Orkan, Erdbeben & Springflut);
Zwerg	134	nordische Mythologie, menschengestaltige, kleinwüchsige Wesen mit übermenschliche Kraft & Macht, schlau, zauberkundig, bisweilen listig, geizig & tückisch, meist aber als hilfreich charakterisiert;
Freya	136	nordische Mythologie, Freya altnordisch 'Herrin', Wanengöttin der Fruchtbarkeit, des Frühlings, des Glücks, der Liebe & als Lehrerin des Zaubers, südgermanische Form ist Frija, Götter der nordischen Mythologie gingen möglicherweise aus den Göttern der Germanen hervor;
Kobold	136	Hausgeist, Beschützer des Hauses, neckt gerne Bewohner ohne Schaden anzurichten;
Nixe, Nixen	136	Wassergeist, zumeist weiblich, bringt Gefahr, Schaden & Tod durch Betörung & Verführung;
Tyr (Tiwaz, Tiu)	136	nordische Mythologie, Gott des Kampfes & des Sieges, Beschützer des Thing;
Wüterich, Wut	143	Wut als heftige Emotion mit aggressiver Reaktion, der in Wut befindliche gilt als 'Wüterich';
Framensippe	144	Reste der Buchensippe verstärkt durch Umsiedler, Lage im Waldtal nördlich der Fränkischen Saale am Eiswasser;
Classis Germanica	145	Teilstreitkraft der römischen Kriegsflotte mit Stationierung in Germanien, 13 v. Chr. aufgestellt, Überwachung des gesamten Rheins & dessen schiffbarer Nebenflüsse, Sicherung der Mündungen, Gewährleistung reibungslosen Transit- & Handelsverkehr auf dem Rhenus (Rhein);
zur vierten Stunde	145	Horae Temporales, in Abhängigkeit des Jahreszyklus veränderte Tag- & Nachtdauer, die immer 12 Stunden umfasst, Stundenzählung Tag beginnt mit Sonnenaufgang & endet mit Sonnenuntergang, die dritte römische Stunde liegt somit vor der Mitte des Tages;

Legio XXII Primigenia	145	Römische Legion, Ausgehoben 39 n. Chr., ab 43 n. Chr. stationiert in Mogontiacum (Mainz/Germanien), Legatus Legionis von vermutlich 63 bis Sommer 68 n. Chr. Lucius Verginius Rufus, vermutlicher Bestand: Legionäre 62% italischer, 33% gallischer & 5 % norischer Herkunft;
Porta Principalis Sinistra	145	römisches Feldlager, linkes Tor;
Praepositus Classis	145	Offizier der 'Classis Germanica', Nachgeordneter des Flottenpräfekten, führt selbständige Kommandos mit Flottenteilen aus;
Principia	145	Stabsgebäude, verwaltungsmäßiges & religiöses Zentrum eines befestigten Garnisonsort der römischen Armee;
Tribunus Angusticlavius	145	Militärtribun, mit 'schmalem Purpursaum' an der Tunika, junge Aristokraten aus dem Ritterstand (Ordo Equester);
Unterpräfekt	145	Stabschef & Stellvertreter des Präfekt (Praefectus Classis) der Classis Germanica (Rheinflotte);
Mogontiacum	146	Mainz, Gründung 13/12 v. Chr. von Drusus am Rhenus (Rhein), Errichtung Legionslager in strategisch günstiger Lage gegenüber der Mainmündung;
Pilus Prior	146	Dienstrang eines Centurio in der Kohortenstruktur römischer Legionen, Centurio 1. 3. oder 5. Centurie (Prior Centurie/Triarii-, Principes- oder Hastati-Centurie), 2. bis 10. Kohorte, lat. prior - ‚früherer'/‚vorderer'/‚vorheriger';
Porta Decumana	146	römisches Feldlager, Hintertor;
Pridie K Junias	146	römischer Kalender nach Caesar, Letzter Kalendertag im Monat Mai;
Trierarch (us)	146	Kapitän, Kommandant eines Kriegsschiffes;
Ala, Alae	147	lat. „Flügel", Kavallerie von 500 bis 1.000 Reitern (Kaiserzeit), Auxiliartruppen;
Cohors Equitata	147	gemischte Einheit aus Infanterie & Kavallerie mit ca. 3/4 Infanterie & 1/4 Kavallerie;
Tungerer	147	westgermanisches Volk, Lebensraum linkes Niederrheinufer um Aduatuca Tungrorum, vor 58 v. Chr. Umsiedlung auf linkes Rheinufer & Vermischung mit Kelten;

Begriff	Seite	Beschreibung
Tribunus Laticlavius, Obertribun	148	Ranghöchster Militärtribun mit 'breitem Purpursaum'; formal zweithöchster Offizier der kaiserzeitlichen Legion, Stellvertreter des Legatus, junger Aristokrat aus Senatorenstand (Ordo Senatorius);
Griechen	149	indoeuropäisches, griechisch sprechendes Volk, Existenz seit Antike, Siedlungsgebiet Mittelmeerraum & Schwarzes Meer;
Kelten	149	griech. Bezeichnung 'keltoi' (Herodot), Siedlungsraum zwischen Quelle der Donau bis zur Rhone, nie ein geschlossenes Volk;
Porta Praetoria	151	römisches Feldlager, Haupttor;
Salu	152	Fränkische Saale, nordöstlicher Nebenfluss des Mains, Ersterwähnung 'Salu' als fließendes Gewässer;
Triarii	154	Elite der römischen Legion, mit Speeren (Pilum), „Turmschild" (Scutum), Kurzschwert & Dolch (Gladius, später Spatha, Pugio) bewaffnet, bessere Waffenqualität, hohe Kampferfahrung;
Markomannen	155	suebischer Volksstamm der Germanen; von Römern besiegte Stammesgruppe, um Zeitenwende aus dem Maingebiet nach Böhmen abgedrängt, Reich des König Marbodus;
Buhlschaft	158	Bezeichnung für ein Liebesverhältnis,
Mogon	168	keltischer Gott, Heil- & Sonnengott, 'der Mächtige' oder 'der Große', Namensgeber für Mogontiacum (Mainz);
Rhenus, Rhénos, Rhein	170	Rhein, Strom Mitteleuropas, wasserreichster Nordseezufluss, auch 'Rhenos' (kelt.) genannt;
Cherusker	171	germanischer Volksstamm, zugehörig zu Elbgermanen (Hermionen), Siedlung an Oberlauf der Weser bis Elbe und Harz, Cherusker und Verbündete wehren sich gegen römische Expansion & siegen über 3 römische Legionen in der 'Varusschlacht';
Kuning	171	König;
Albia, Albis	172	Fluss Elbe, Griechen, Kelten & Römer nannten den Strom Albis, die Germanen Albia;
Quaden	172	kleiner suebischer Volksstamm, zugehörig zu Elbgermanen (Hermionen), Siedlungsgebiet ursprünglich am Main, um Zeitenwende Zug mit verbündeten Markomannen nach Böhmen, stellten nach Marbodus Tod Könige der Markomannen und Quaden;
Met	194	Honigwein, alkoholisches Getränk aus Honig & Wasser;

Jotunheim	199	nordische Mythologie, 'Welt der Riesen';
Walhall	199	nordische Mythologie, 'Vallhöll - Wohnung der Gefallenen', der Ort zu dem tapfere, im Kampf Gefallene, verbracht werden & bis zum Ende der Zeit verweilen;
Walküren	199	weibliches Geisterwesen aus Odins Gefolge, des Kriegers Todesengel, Walküren geleiten den Einherjer an des Göttervater Tafel nach Walhall;
Wodans Tafel	199	nordische Mythologie, Einherjer werden durch den Kuss der Walküren vom Schlachtfeld (Walstatt) zum Festmahl des Gottes gerufen & tafeln bis zum Weltuntergang;
Frekisippe	202	Sippe der Hermunduren am Main, Lage am westlichen Maintal, an einem zum Fluss zu offenen Taleinschnitt mit zufließendem Bach;
Senat, Senator	229	Römischer Senat, oberste Rat des römischen Reiches, System des Prinzipat (Kaiserreich) formelle Republik mit entscheidenden Vollmachten des Princeps (Erster des Staates), Senat büßte ab Kaiser Augustus die zuvor besessene Entscheidungsgewalt ein, Senator ist Mitglied im obersten Rat, lat. 'Senatus' - Ältestenrat, frühe Kaiserzeit ca. 600 Senatoren;
Senator	229	Mitglied im obersten Rat des römischen Reiches, lat. 'Senatus' - Ältestenrat, frühe Kaiserzeit ca. 600 Senatoren;
Ochsenfurt	234	Untiefe im Bach- oder Flussbett, Durchquerung zu Fuß möglich, Herleitung des Namens möglicherweise aus der Wassertiefe (ein Ochse gelangt durch die Furt...);
Ochsensippe	236	Sippe der Hermunduren am Main, Lage an der Furt der Ochsen im Mainzipfel;
Gladiator	240	abgeleitet von lat. Gladius (Kurzschwert), Berufskämpfer für öffentliche Schaustellung, Gladiatorenkämpfe trugen ursprünglich religiöse Bedeutung, gehörten von 264 v. Chr. bis zum 5. Jahrhundert zum römischen Leben;
Charon, der Fährmann	246	Seelen der Toten werden von Charon über den Styx gebracht, Lohn ist eine Münze (Obolus) unter der Zunge oder auf den Augen;
Argusaugen	261	griechische Mythologie, unermüdliche, unaufhörliche Beobachtung;

Leuca	272	lat. Leuga oder Leuca, nicht mehr gebräuchliches Längenmaß, Entfernung, die ein Mensch in einer Stunde zurücklegen konnte (Wegstunde), Umrechnung 1 Leuca ca. 2,22 km oder 1,48 römische Meilen;
Cohors I Raetorum Equitata	298	gemischte Einheit aus Infanterie & Kavallerie mit ca. 3/4 Infanterie & 1/4 Kavallerie römischer Auxiliaren, Ausgehoben im Stammesgebiet der Raeter;
Dignitas	299	Würde, im römischen Imperium Stellung in der Wertehierarchie einer Persönlichkeit, Vorrangstellung einer Person;
Optio	299	Stellvertreter des Centurio & Gehilfe, auch Stellvertreter eines anderen Funktionsträgers;
Carcer	300	Kerker, Gefängnis;
Cingulum Militare	301	Kriegsgürtel, Hüftgürtel zur Befestigung von Waffen;
Lorica Hamata	301	Kettenhemd, 30.000 verflochtene Eisen- oder Bronzeringe, Gewicht bis 10 kg, ärmellos, reichte zumeist bis zur Mitte des Oberschenkels;
Velites, Plänkler, Plänklertrupp	301	Kampftaktik zur Beschäftigung & Schwächung des Gegners, leichter bewaffnete Kräfte lockten den Gegner vor schwerer gerüstete Truppen, Ausrüstung mit 7 Wurfspeeren, Kurzschwert, kleinem runden Schild & lederner Kappe;
Miles	302	von 'Miles Legionarius' 'Legionssoldat', oder auch nur 'Miles (Soldat) oder Legionarius (Legionär);
Legatus Augusti pro Praetore, Augusti pro Praetore	304	Verwalter im Auftrag des jeweiligen Kaisers für bestimmte Regionen (Provinzen, Militärterritorien) mit weitreichender Regierungsvollmacht, auch zur Führung dort stationierter Legionen;
Mime	304	Schauspieler;
Statthalter	304	Verwalter für eine bestimmte Region mit Verwaltungsaufgaben & weitreichenden Regierungsvollmachten, auch der Führung von Legionen;
Centurio Supernumerarius	305	überzähliger Centurio einer Legion, Verwendung für spezielle Aufgaben, führte keine Einheit;
Anulus Aureus	307	Ritterring;
Praefectus Castrorum, Lagerpräfekt	307	Lagerkommandant, dritthöchste Offizier der Legion, führte eine im Lager liegende Legion bei Abwesenheit Legatus & Tribunus Laticlavius, Verwaltungschef der Legion, aus Laufbahn der Centurionen aufgestiegen;

Custos Armorum	308	Waffenwart, Ausbesserung von Handwaffen, zumeist mit Schmiedekenntnissen;
Marschlager	308	Feldlager der römischer Legionen;
Signifer	308	Träger des 'Signum' (Feldzeichen) einer Centurie in der römischer Legion, erfahrene Soldaten mit erwiesener Tapferkeit, Signum war Orientierungspunkt für die Legionäre im Gefecht & durfte nicht fallen;
Tesserarius	308	Leiter des Wachtrupps & somit Gehilfe des Centurio, verantwortlich für Stärkemeldungen, Wachberichte & Parole;
Raetien	309	römische Provinz im nördlichen Alpenvorland, Nordgrenze zur Germania Magna, westlich Gallia Belgica, östlich Noricum & südlich Kernland Italien, Bewohner Raeter & Vindeliker, unter Kaiser Tiberius Bildung Militärbezirk Raetia et Vindelicia, Kaiser Claudius baut Donausüdstraße für militärische Zwecke zur Sicherung Donaugrenze;
Raetien, Raetia, Raeter	309	Bezeichnung der Römer für von Raetern besiedeltes Territorium, nördliches Alpenvorland zwischen Schwarzwald, Donau & Inn;
Kalendis Juniis	310	1. Tag im Monat Juni;
Amulett	313	am Körper getragener Gegenstand mit Glücks- bzw. Schutzfunktion aufgrund 'magischer Kräfte';
Pituli, Praeco	314	Trommler, Schlaggeber für Ruderer auf Schiffen/Flusskampfschiffen;
Rojer	314	Ruderer auf Ruderschiffen;
Manipularius	315	römischer Seesoldat;
Toga	315	Kleidungsstück römischer Bürger, in der Regel weiße Wolle, Toga trugen nur römische Bürger;
Toga der Senatoren	315	Kleidungsstück römischer Bürger mit breiten Purpurstreifen für Senatoren;
Pridie EID Maius	316	14. Mai, (Mitte des Monats);
Römerhof	334	römischer Handelshof im freien Germanien;
Cassis, Galea	336	lat. 'Helm', Helm des römischen Legionärs;
Portikus	336	Säulengang, Halle;
Spatha	336	zweischneidiges, einhändig geführtes Schwert mit gerader Klinge, Hiebwaffe, auch Reiterwaffe;

www.tredition.de

Über tredition

Der tredition Verlag wurde 2006 in Hamburg gegründet. Seitdem hat tredition Hunderte von Büchern veröffentlicht. Autoren können in wenigen leichten Schritten print-Books, e-Books und audio-Books publizieren. Der Verlag hat das Ziel, die beste und fairste Veröffentlichungsmöglichkeit für Autoren zu bieten.

tredition wurde mit der Erkenntnis gegründet, dass nur etwa jedes 200. bei Verlagen eingereichte Manuskript veröffentlicht wird. Dabei hat jedes Buch seinen Markt, also seine Leser. tredition sorgt dafür, dass für jedes Buch die Leserschaft auch erreicht wird.

Autoren können das einzigartige Literatur-Netzwerk von tredition nutzen. Hier bieten zahlreiche Literatur-Partner (das sind Lektoren, Übersetzer, Hörbuchsprecher und Illustratoren) ihre Dienstleistung an, um Manuskripte zu verbessern oder die Vielfalt zu erhöhen. Autoren vereinbaren unabhängig von tredition mit Literatur-Partnern die Konditionen ihrer Zusammenarbeit und können gemeinsam am Erfolg des Buches partizipieren.

Das gesamte Verlagsprogramm von tredition ist bei allen stationären Buchhandlungen und Online-Buchhändlern wie z. B. Amazon erhältlich. e-Books stehen bei den führenden Online-Portalen (z. B. iBook-Store von Apple) zum Verkauf.

Seit 2009 bietet tredition sein Verlagskonzept auch als sogenanntes "White-Label" an. Das bedeutet, dass andere Personen oder Institutionen risikofrei und unkompliziert selbst zum Herausgeber von Büchern und Buchreihen unter eigener Marke werden können.

Mittlerweile zählen zahlreiche renommierte Unternehmen, Zeitschriften-, Zeitungs- und Buchverlage, Universitäten, Forschungseinrichtungen, Unternehmensberatungen zu den Kunden von tredition. Unter www.tredition-corporate.de bietet tredition vielfältige weitere Verlagsleistungen speziell für Geschäftskunden an.

tredition wurde mit mehreren Innovationspreisen ausgezeichnet, u. a. Webfuture Award und Innovationspreis der Buch-Digitale.

tredition ist Mitglied im Börsenverein des Deutschen Buchhandels.